JN149592

インパール作戦従軍記

—葦平「従軍手帖」全文翻刻

火野葦平

解説
渡辺　考（NHKディレクター）
増田周子（関西大学教授）

集英社

中国戦線でメモを取る火野。腕章から「軍報道部」として務めているのがわかる。

火野と向井潤吉の行軍風景。この絵については「手帖」7月10日に詳述される。

7月4日の淡彩画。記述は作戦中止後、撤退する兵士たちの悲惨な状況を記すが、この絵は激戦地「ビシェンプール」の遠景が美しく描かれている。

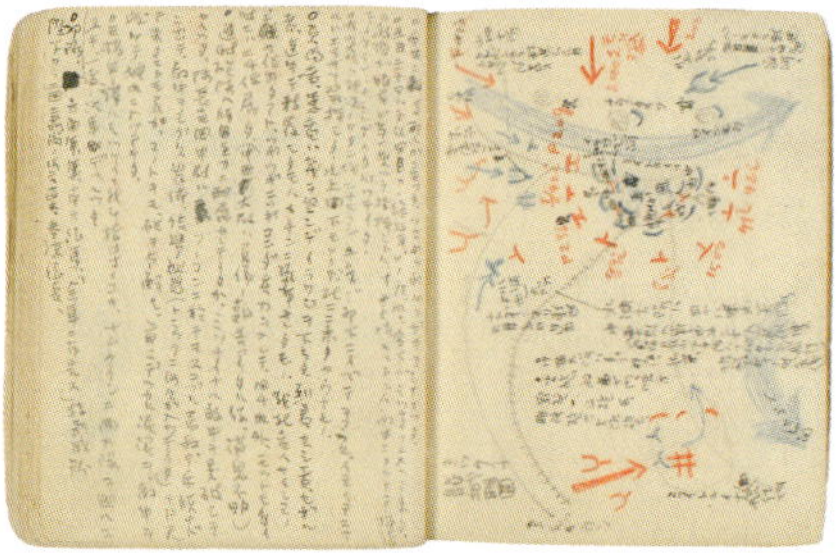

赤・青鉛筆で部隊の配置図が描かれた他戦線の聞き書き。これらの内容は本書の「資料編」に収録。

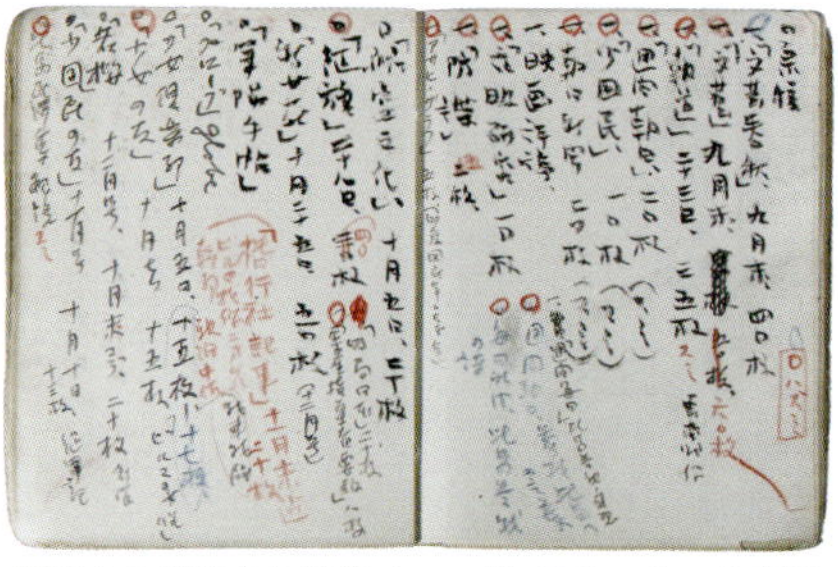

寄稿する雑誌名と枚数メモ。「九月末」という記述から、帰国後も締切に追われていた様子がわかる。

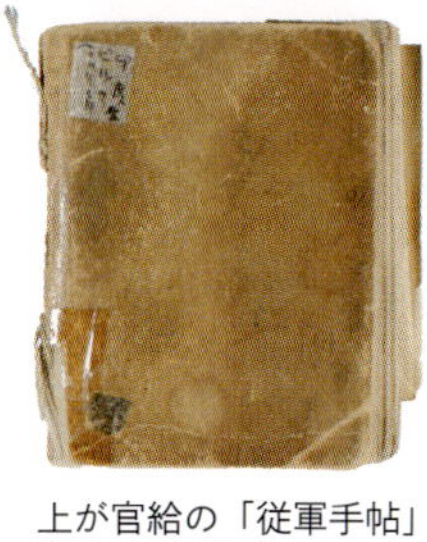

上が官給の「従軍手帖」（「広東作戦」）。下が、インパール作戦で使用した火野自作のもの。

火野と画伯こと向井潤吉（後方）。撮影場所は不明。（向井の長女・美芽氏提供）

向井が1944（昭和19）年、帰国後に描いた油彩画「ロクタク湖白雨」。インパール南部に広がる湖で、その先には、ついにたどり着けなかったインパールの町がある。画面下部の兵士3人が火野と向井たち一行か。

目次

「従軍手帖」解題

広東作戦に火野葦平と共に従軍した東京朝日新聞の末《すえ》常卓郎《つねたくろう》は、「週刊朝日」主催座談会「帰還の火野葦平にきく」で、「目的の所に着くと、大概僕らは寝てしまふのに、彼（注：火野）は直ぐ手帳を出して書き始める。それを戦闘中にやるんだ」さらに、攻撃の激しい中で「彼（同）はトラックの蔭に坐り込んで書き始めた。弾はびゆん〳〵来てゐる」[1]と記す。火野は銃弾が矢のように飛んでこようが全く動ぜず、「従軍手帖」を書き続けたのである。報道班員の使命を全うしようと懸命であった。苦労して書かれ、何とか戦火を免れた手帖は、火野自身により日本に持ち帰られた。

そして火野が亡くなる一九六〇（昭和三五）年一月二四日まで、自宅二階書斎の押し入れに「火野葦平」と自筆で書かれた茶封筒[2]に入れられ、大切に保管されていた。その後も遺族に守られ、自宅に保管されたが、一九八五（昭和六〇）年「火野葦平資料の会」の尽力で、北九州市若松市民会館内の火野葦平資料館に寄託された。その後、手帖の一部が順次ガラスケースに展示されるようになり、「手帖」そのものは一般の人々の目にふれることになった。二〇一〇（平成二二）年には北九州市立文学館に寄託され、現在に至る。

ただ、残念ながら、その内容は、九州の同人誌「敍説」（発行／花書院）誌上で、鶴島正男氏による翻刻が掲載されたものの、記述の全貌は一般に流布されることはほとんどなかった。もっとも、これら「従軍手帖」は、火野が従軍した一部の師団の記録であり、到底、作戦行動の全てを網羅したものではないとは言え、「戦争の真実」を目の当たりにし、戦地の記録や戦場で見聞きしたリアルタイムの内容が事細かに書かれている。それは、大本営の命令、作戦などの戦争の概要だけではなく、戦時中の生々しい人間の真実の記録である。決して作家火野葦平が描いたフィクションではない。

火野葦平（玉井勝則）は、一九〇六（明治三九）年一二月三日（戸籍上は翌年一月二五日）、現在の北九州市若松区に生まれる。早くから文学を志すが、早稲田大学在学中の一九二八（昭和三）年、福岡歩兵第二四連隊に幹部候補生として入営した。除隊後、父により無断で退学届を出されたことを知り、やむなく大学を中退、一時文学への夢をあきらめ家業を継ぎ、家業と両立しながら若松港湾の歴史をまとめ、組合書記長として労働運動に没頭した。一九三二（昭和七）年に若松駅で特高に連行され、転向、再度文学の情熱に目覚め、一九三四（昭和九）年には「とらんしつと」、一九三七（昭和一二）年「文学会議」（第四号に『糞尿譚』掲載）に参加し、詩や小説を書き始める。

その後、火野は召集を受け、一九三七年九月、日中戦争最初の杭州湾上陸作戦に陸軍伍長として参戦する。一九三八（昭和一三）年『糞尿譚』での第六回芥川賞受賞を契機に陸軍報道部に転属するが、その後も徐州会戦、広東作戦、バターン作戦、インパール作戦など数多くの作戦に長期に亘り従軍した。そして、その都度詳細な「従軍手帖」を記してきたのである。近代の作家としては戦地で従軍した期間が最も長いと言える。

これら「従軍手帖」は、全部で二十数冊ある。その内訳は、大陸・杭州編二冊、大陸・広東編一冊、海南島編一冊、汕頭作戦・広東編一冊、宜昌作戦編一冊、比島編九冊、インパール作戦編六冊で、その他に大隊本部でのメモを記したものがある。

形状は、官給、市販など使用した手帖の種類は様々だが、いずれも従軍中にペンで書かれたもので、サイズもごく小さい。そこに豆粒ほどの字で克明に戦争の様相を綴っている。時には地図を赤・青の色鉛筆で色分けして記したり、現地人の絵を淡彩でスケッチしたり、その詳細さ、緻密さは本書で見られる通り目を見張る。また一兵士として戦争を記録し、筆記したことが重要である。だからこそ、戦争のリアルな実態が記されている。

火野は、本書の舞台であるこのインパール作戦に、三七歳で志願し、陸軍報道班員として従軍した。手帖の記述は、一九四四（昭和一九）四月二五日から九月七日まで、全部で六冊ある。そこにはインパール作戦と雲南・フーコン作戦の従軍記録が記されている。この作戦自体は一九四四年三月八日〜七月三日まで遂行された。しかし結果として、目標地インパール攻略までには至らず、作戦が長引くにつれ兵站が分断され、食糧、物資が欠乏をきたし、多くの犠牲を出して敗北を喫した。

火野自身途中からは、「弓」師団と行動を共にするため、手帖には「弓」師団の人物が数多く登場し、実名と共にその撤退戦の実態が綴られる。また大本営は七月二日に正式に作戦中止を認めるが、下達命令が遅れ、火野らは、部隊と共に作戦中止後も前線へと向かうというやるせない実態が、同時進行で記述される。その後七月八日に撤退し、引き続き雲南・フーコン作戦の司令部である第一八師団や、第五六師団と合流した事実が手帖によりわかる。

これら、インパール作戦を記述した六冊の手帖には、爆撃や負傷兵の様相、揺れ動く火野自身の心情、日本と共に戦うビルマ兵やインド兵、また、作戦の記述だけでなく、現地人の風俗や暮らしぶり、自然描写、戦争に苛立つ兵隊の煩悶等が生々しく記録され、火野の自筆の絵や挟み込みの戦争資料も数多くある。巻末の「作戦・戦闘聞き書き」や敵の宣伝文等も、本書では、個人情報関係は割愛した上で、紙幅の許す限りそのほとんどが採用された。本書は当時の戦況を知る貴重な文献である。

増田周子

1　「週刊朝日」主催座談会「帰還の火野葦平にきく」（「週刊朝日」一九三九年一二月三日）
2　ほとんどが角0や角2サイズの封筒。

凡　例

1、火野葦平の「インパール作戦」従軍手帖は、日付順にⅠからⅥまでの番号が付された六冊がある。各冊とも原則として横書きでひらがな表記による日誌部分と、おもに各手帖末尾の日付のない、メモ風の記述（縦書き、カタカナ表記のものが多い）からなる。本書では、日誌部分を内容に即して章立てし、全八章で構成した。

2、メモ風の記述は「資料編」として、日誌部分とは分けて巻末に掲載した。資料編は、多岐にわたる内容を「葦平雑感（風俗・生活他）」「ビルマ・インド他の風俗」「作戦・戦闘聞き書き」「軍事関係（一般）」「葦平備忘録」とテーマ別に分類し、記述のまとまりごとに点線で区切り、記述順に並べた。それぞれのまとまりの最後に手帖番号のローマ数字を［　］で示した。

3、原本は歴史的仮名遣いを基本とし現代仮名遣いも混用されるが、統一はせず原本のままとした。漢字は新字体を用い、固有名詞などは原本のままとした。数字はアラビア数字、ローマ数字、漢数字が使われているがすべて原本のままとした。

4、明らかな誤字は適宜訂正し、脱字については想定される文字を《　》で補ったが、訂正候補をひとつに絞り込めない場合などは（ママ）を付した。また編集部による注記も《　》で示した。

5、ルビは現代仮名遣いにより、原本に付されていたルビはそのまま【　】で示した。

6、解読できない文字は□で示し、無理な推測は避けた。

7、意図的な空白と思われる個所は《空白》と示した。

8、原本の○で始まる各段は原則として改行をしていないが、読みやすさを考慮して編集部で適宜改行した。

9、全文翻刻を原則としたが、個人名・住所など、個人情報にあたるものは、編集部の判断で適宜割愛した。

10、個人情報保護のため、一部伏せ字●を使用した。

11、日誌には渡辺考による解説を適宜付した。冒頭に◉を付し本文より二字下げ、該当する段の後に掲載した。

12、本書解説中での火野葦平『麦と兵隊』『青春と泥濘』の引用は『火野葦平選集』（東京創元社）により、漢字は新字体に改めた。

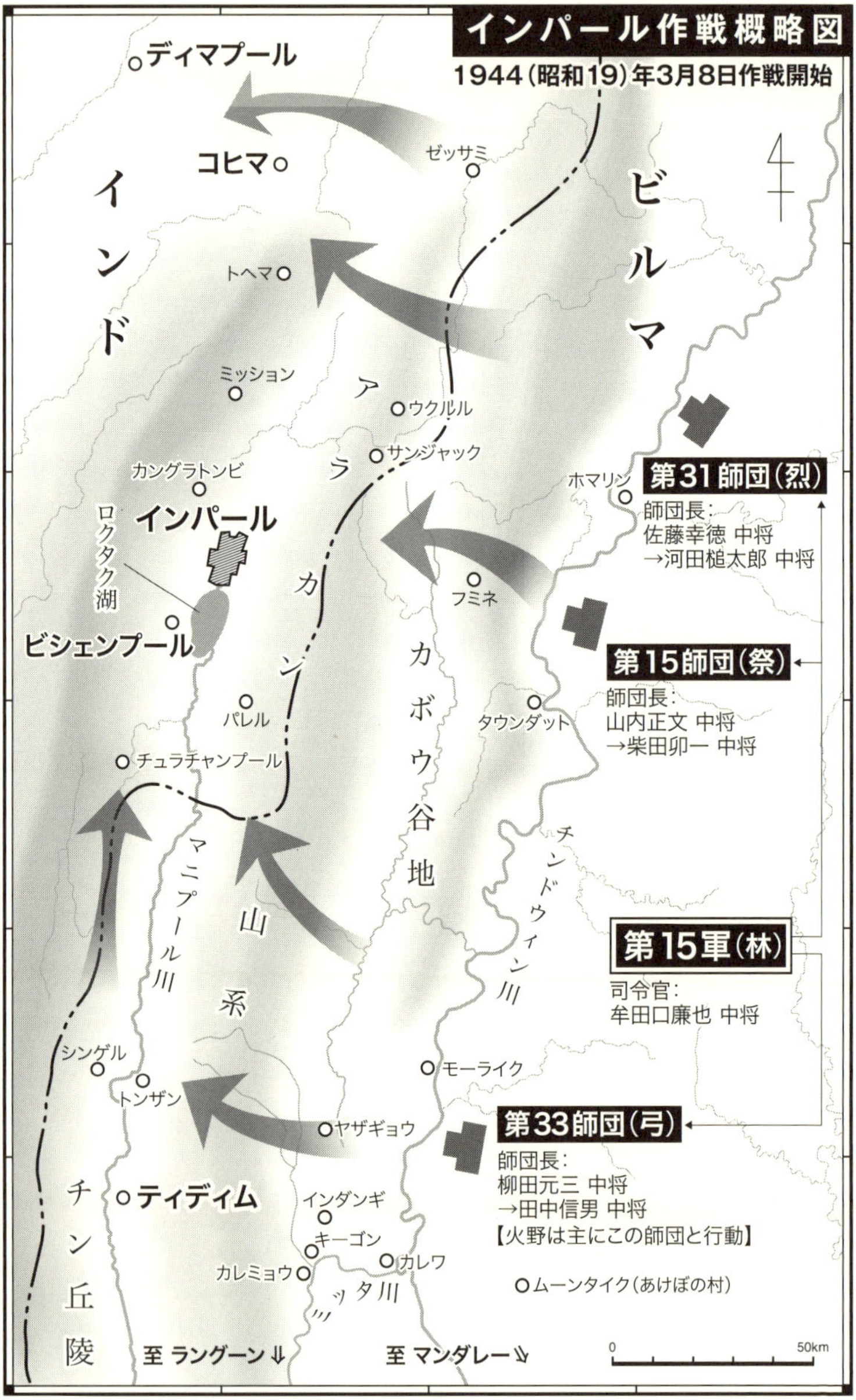
インパール作戦概略図
1944（昭和19）年3月8日作戦開始
ディマプール
コヒマ
ゼッサミ
インド
ビルマ
トヘマ
ミッション
アラカン
ウクルル
サンジャック
カングラトンビ
インパール
ロクタク湖
ビシェンプール
ホマリン
第31師団（烈）
師団長:
佐藤幸徳 中将
→河田槌太郎 中将
フミネ
第15師団（祭）
師団長:
山内正文 中将
→柴田卯一 中将
カボウ谷地
パレル
タウンダット
チュラチャンプール
マニプール川
山系
チンドウィン川
第15軍（林）
司令官:
牟田口廉也 中将
シンゲル
トンザン
モーライク
ヤザギョウ
第33師団（弓）
師団長:
柳田元三 中将
→田中信男 中将
【火野は主にこの師団と行動】
チン丘陵
ティディム
インダンギ
キーゴン
カレミョウ
カレワ
ミッタ川
ムーンタイク（あけぼの村）
至 ラングーン
至 マンダレー
0
50km

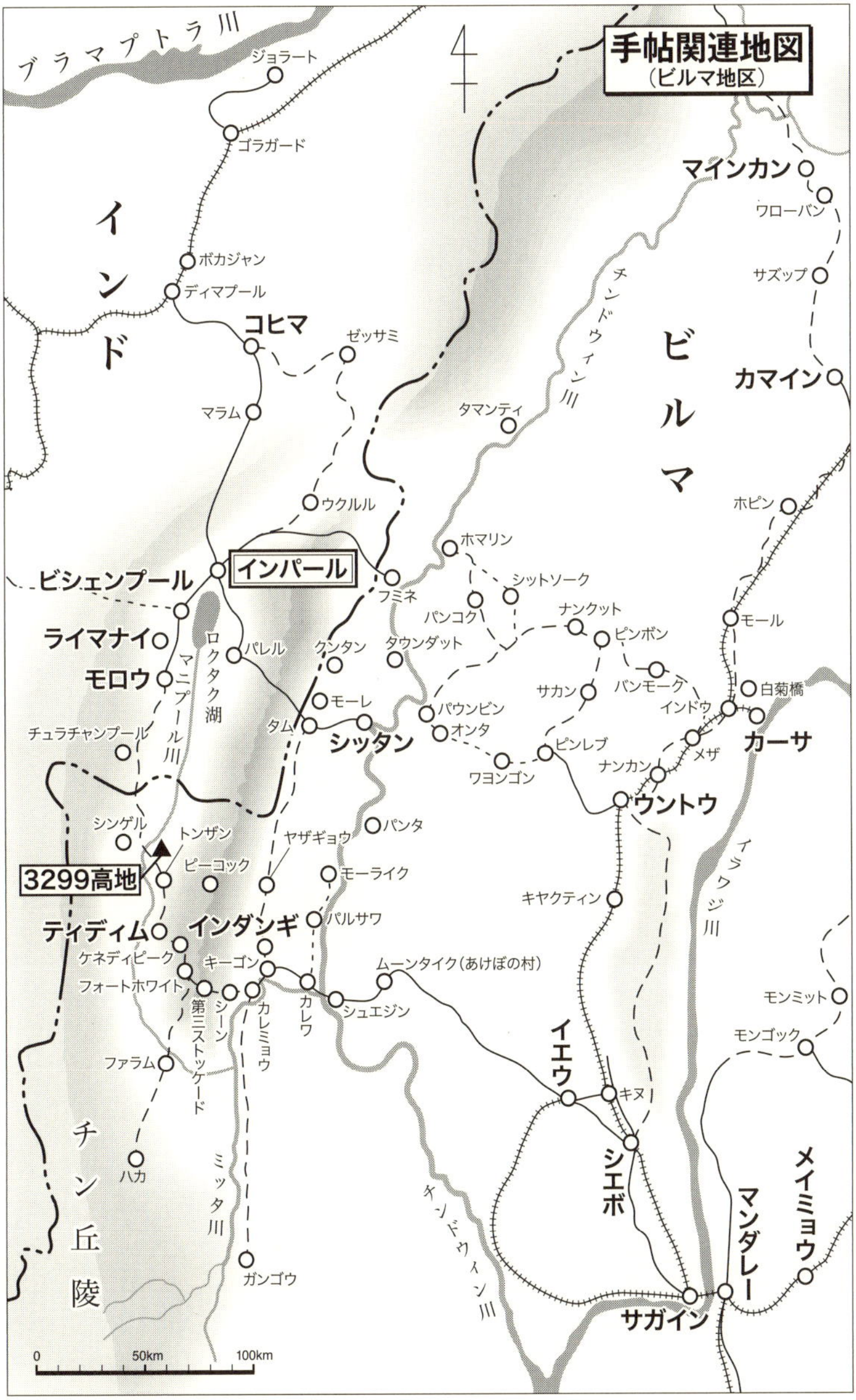
手帖関連地図
（ビルマ地区）
ブラマプトラ川
ジョラート
ゴラガード
インド
ボカジャン
ディマプール
コヒマ
ゼッサミ
マラム
ウクルル
ビシェンプール
インパール
フミネ
ライマナイ
モロウ
チュラチャンプール
ロクタク湖
マニプール川
パレル
クンタン
タウンダット
モーレ
タム
シッタン
パンタ
ヤザギョウ
シンゲル
トンザン
3299高地
ピーコック
モーライク
パルサワ
ティディム
インダンギ
ケネディピーク
キーゴン
フォートホワイト
第三ストッケード
シーン
カレミョウ
カレワ
シュエジン
ムーンタイク（あけぼの村）
ファラム
ハカ
ミッタ川
ガンゴウ
チン丘陵
0
50km
100km
ビルマ
マインカン
ワローバン
サズップ
カマイン
チンドウィン川
タマンティ
ホマリン
シットソーク
パンコク
ナンクット
ピンボン
バンモーク
サカン
パウンビン
オンタ
ワヨンゴン
ピンレブ
ナンカン
ウントウ
キヤクティン
ホピン
モール
白菊橋
インドウ
メザ
カーサ
イラワジ川
モンミット
モンゴック
イエウ
キヌ
シエボ
メイミョウ
マンダレー
サガイン

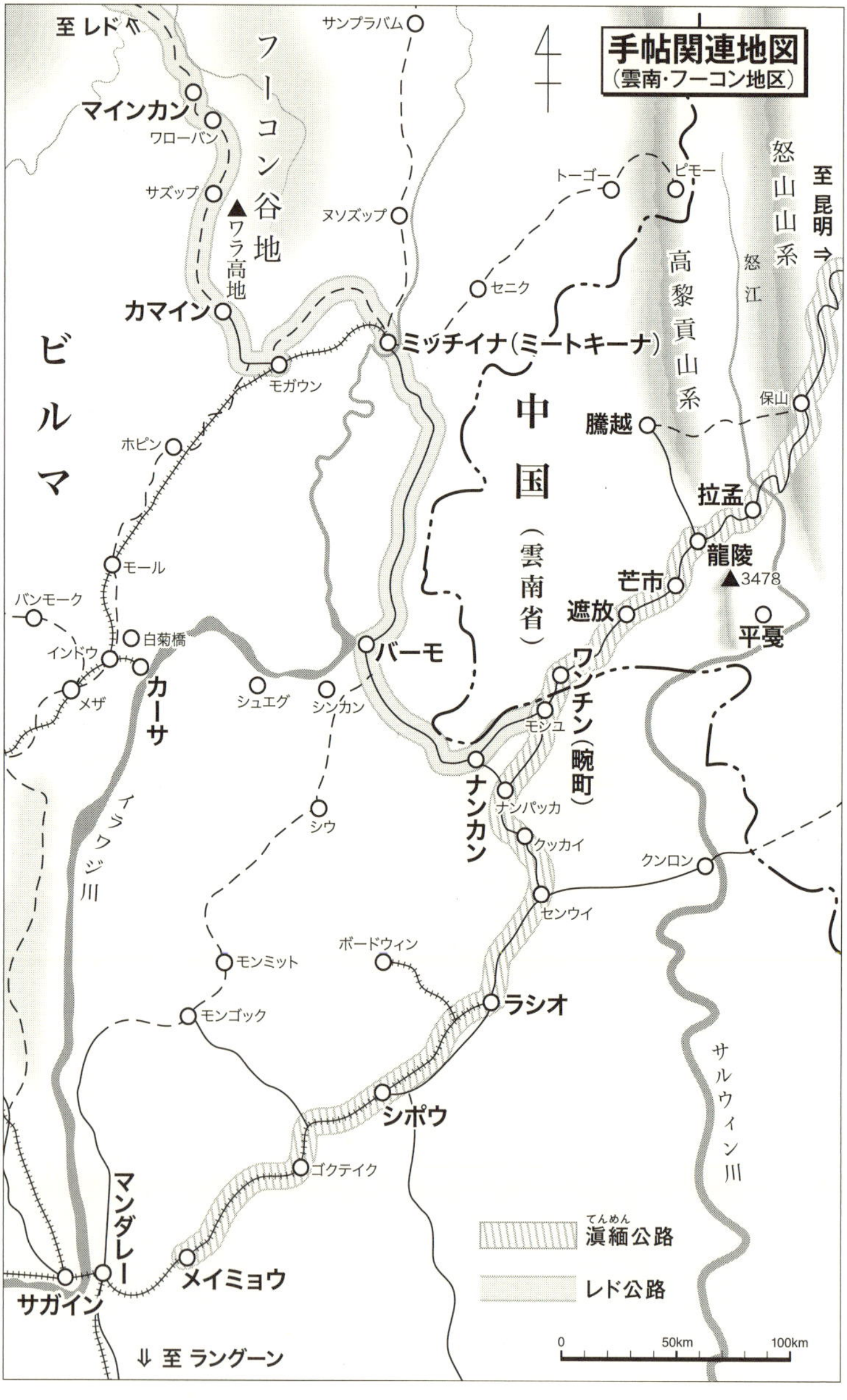

手帖関連地図
（雲南・フーコン地区）
至 レド
サンプラバム
フーコン谷地
マインカン
ワローバン
サズップ
ワラ高地
ヌソズップ
トーゴー
ピモー
怒山山系
至昆明
高黎貢山系
怒江
セニク
カマイン
ミッチイナ（ミートキーナ）
ビルマ
モガウン
中国（雲南省）
保山
騰越
ホピン
拉孟
龍陵
3478
芒市
遮放
平戛
モール
バンモーク
白菊橋
インドウ
バーモ
カーサ
メザ
シュエグ
シンカン
ワンチン（畹町）
モシユ
ナンカン
ナンパッカ
イラワジ川
シウ
クッカイ
クンロン
センウイ
ボードウィン
モンミット
ラシオ
モンゴック
サルウィン川
シポウ
ゴクテイク
マンダレー
滇緬《てんめん》公路
レド公路
メイミョウ
サガイン
至 ラングーン
0
50km
100km

インパール作戦従軍記

――葦平「従軍手帖」全文翻刻

装幀　伊藤明彦（アイ・デプト．）

インパールへの道

渡辺　考

本書に収録されている火野葦平（一九〇六〜六〇年）の「インパール作戦」従軍手帖第一冊〜第六冊は、一九四四（昭和一九）年四月の記述から始まる。なお、火野が残した「従軍手帖」といわれるものは二〇冊を超える。

それらの手帖は、遺族の遺志により、現在小倉にある北九州市立文学館に寄託されている。

日中戦争から太平洋戦争にかけての八年あまりの年月で綴ったこれらの手帖は、表紙に書かれたタイトルから中身が推測できるものが多い。杭州、広東作戦、海南島、汕頭作戦、宜昌作戦、フィリピン、インパール作戦。まるで日中戦争から太平洋戦争にかけての激戦のダイジェストのようである。

数多くの作家たちが、戦場で文字を綴ったが、これほどの長い期間にわたって前線に立ち続けた作家は、火野以外いない。

日中戦争の前線で火野は、補給がないなか、泥だらけになりながらも行軍する自身や兵の様子を綴り、太平洋戦争初期には大東亜共栄圏の思想に傾斜する言葉を記していた。手帖には、作家らしく、小説の材としようとした創作メモや、現地で見た民族風習などのスケッチも描かれていた。同時に、端々に刻まれていたのは、庶民への温かい眼差しが感じられる言葉の数々だった。

そうしたなか、量と内容で特筆すべきがインパール作戦に関しての手帖である。冒頭に書いた通り、火野はこの作戦だけで、六冊もの手帳を綴っていたのだ。

手帖に綴られた言葉は、どのような意味を今日に投げかけてくるのだろうか。私はテレビディレクターとして二本の火野の特集番組（NHKスペシャル「従軍作家たちの戦場」、ETV特集「戦場で書く」）を作ったものであるが、インパール作戦の従軍手帖翻刻に添える文章をという依頼を集英社の学芸編集部忍穂井《おしほい》純二氏から受け、再び火野と向き合うこととなった。戦場で兵士たちと汗と血を流しながら綴られた火野の言葉に、平時に暮らす私が拮抗などできるはずはないが、この機会に今を生きる者として戦場の言葉をとらえていきたいと強く思った。

二〇一六（平成二八）年一月半ば、取材の第一歩として訪ねることにしたのが、火野の故郷・北九州市若松（かつての若松市）だった。


二両編成の列車を降りると、瞬時にディーゼルの排気ガスの匂いが鼻腔に飛び込み、全身を凍てつくような寒さがおおう。JR若松駅を出て、向かったのは、火野が長年暮らしていた家「河伯洞《かはくどう》」だった。鈍色《にびいろ》の雲が、空全体に広がり、重くのしかかってくる。

両方の手に息を吹きかけながら、思いをはせた。どんな気持ちで小説家は、故郷から三七〇〇キロも離れたインパールに向かったのだろう。周囲を見渡しても、何の手がかりもあるはずなどなかった。

一枚しかない写真

瓦屋根を頂いた贅を尽くした瀟洒な日本家屋。大ベストセラーとなった『麦と兵隊』で得た印税をもとに建てられたという河泊洞で出迎えてくれたのは、火野の三男の玉井史太郎《ふみたろう》さんである。七八歳（取材時）になる。

挨拶もそこそこにして、私は本題を切り出した。「インパール作戦について、何かお父さんから聞いたことがありましたか」。史太郎さんは、ちょっと戸惑った表情を浮かべ、「インパールねえ」と言いながら、玄関横の居間に私を誘った。

「写真は、一枚だけなんですよ」

指をさした先にあったのは、壁にかかげられた一葉だった。藪の中の一本道で、精悍な相貌の男が腰に手を当てて立っている。火野葦平本人だった。被写体となった火野は、遠くを見ているようだった（本書カバー写真として使用。この写真については248ページ参照）。

火野は大の写真好きで、戦場にもカメラを持ち込み、頻繁にシャッターを切ったという。日中戦争の時の中国江南地方、広東、太平洋戦争初期のフィリピンなど、アジアの戦地で撮られた写真は数十枚にものぼる。火野本人が被写体となったものも多い。史太郎さんは、生前の父が大切にしていたそれらを引き継ぎ、保管していた。しかし、決して少なくはない戦場での写真だが、インパール従軍時のものは、この一枚だけだということに驚かされた。

さらに史太郎さんは意外なことを教えてくれた。

「これは向井潤吉が撮ったものなんです」

洋画家・向井潤吉は、戦後画壇の重鎮のひとりで、藁ぶき屋根の日本家屋をモチーフとした風景画を多数描いたことで知られている。さらに史太郎さんが、写真を壁から外し、裏側を見せてくれた。

そこには、万年筆で殴り書きされたメモがあった。「ライマナイにて」。戦史叢書の作戦地図を調べると、ライマナイは、インパールにほど近くのインド領域で、日本軍が拠点を築いていた場所であることがわかった。

日中戦争から太平洋戦争にかけて多くの画家が従軍し、戦争記録画を描いていた。向井もたびたび戦場に赴き、太平洋戦争開戦当初のフィリピンの戦場では、火野と一緒だったことを私は認識していたつもりだ。しかし、こんなビルマ・インド国境の過酷な前線にまで赴いていたとは……。牧歌的な向井の作風と、激戦地インパールのイメージとの大きなギャップに私は動揺した。

史太郎さんは、さらにひとりの男の名前を出した。

「古関裕而もね、父と一緒にビルマに行ったんですよ」

古関裕而は、NHKドラマ「鐘の鳴る丘」の主題歌や、阪神タイガースの応援歌『六甲おろし』や早稲田大学の応援歌『紺碧の空』、高校野球で使われている『栄冠は君に輝く』などで知られる。明るく高らかな作風で親しまれた国民的作曲家だ。

小説家、画家、そして作曲家。戦争は、芸術家をも巨大な渦の中に巻き込んでいたのだ。

火野は合羽をはおっていることから、雨のなかで撮影されたようだ。腰に両手を当てて、顔を上げて何かを見つめている。絶望的な戦場に違いないはずなのだが、何故かその表情は晴れやかにすら見える。その目線の先にあるものは、いったい何なんだろうか。

ふと外を見ると、贅を尽くした河伯洞の庭の築山には、うっすらと雪がつもり始めていた。

火野と従軍

火野はどのような経緯でインパール作戦に従軍することになったのか。その軍歴を中心に辿ってみよう。

そもそも火野が、軍に最初に所属したのが、一九二八（昭和三）年二月、文学の道を志していた早稲田大学二年生在学時にさかのぼる。

この頃日本では、男子は満二〇歳になると強制的に兵役の義務を負っていた。高学歴の学生に対しては幹部候補制度ができ、大学、高等学校、専門学校の卒業生、ないしは在学生がその有資格者だった。

火野も、徴兵検査を受けて甲種合格し、幹部候補生となった。大学を休学し、福岡歩兵第二四連隊に入営、兵役についた。

兵役を終え、伍長で除隊した火野は、早稲田の杜に戻ることができなかった。父・金五郎が大学の籍を抜いてしまっていたからだ。行き場を失った火野は、そのまま故郷若松に戻った。

翌二九（昭和四）年火野は、父が営む石炭荷役業玉井組に入った。それまでは、文学の道を志し金五郎の期待を裏切っていただけに、父の仕事を継ぐことを決心した裏には、罪滅ぼしの気持ちもあったのだろう。

一度は文学の道を断念して仕事に邁進していた火野だが、文学仲間たちに恵まれたこともあり、仕事のかたわら書き続けた。福岡の「九州文化」や「九州芸術」、そして久留米の「文学会議」など他の同人誌にも加わって叙事詩や短編を発表していく。

そして、一九三七（昭和一二）年、書き始めたのが処女作『糞尿譚』だ。火野は若松市内で糞尿汲み取りに奔走する父の友人の藤田俊郎の日常に関心を抱き、直にその労苦を聞き出し、創作のアイディアを練り上げていった。火野は、石炭産業興隆の若松で、あえてスポットライトが当たりにくい立場の人々に着目したのだ。

しかし、時を同じくして一九三七年七月に勃発したのが日中戦争である。二ヵ月後、火野のもとに赤紙が届いた。火野が所属することになった部隊は、第一八師団第一一四連隊である。第一八師団は大村の第五五連隊、久留米の第五六連隊、小倉の第一一四連隊の三個連隊で編制されていた。帰郷途中の船中や、出征壮行会でも『糞尿譚』を書き続け、入隊直前に脱稿した。『糞尿譚』は、「玉井組」の「若親父」として、貧しい庶民たちのために文字通り身体を張ってきたことで培われた火野の庶民に対する優しさが感じられる名作である。徹底した庶民の賛歌であり、火野文学の原点だった。

処女作を書き上げ、それを久留米の同人誌に送付した上で、小倉の連隊に入営した火野が向かったのは、中国東南部、杭州湾だった。

戦争と生きた作家

兵隊として最初に体験した作戦が、杭州湾上陸作戦だった。身分は幹部候補生の訓練で得た陸軍伍長。第二大隊・第七中隊・第一小隊の分隊長を任されることになった。しかし、上陸時にさほどの戦闘はなく、火野は、そのまま南京へと向かっていく。

火野が、従軍手帖を書き始めたのは、まさにこの頃だった。以来、太平洋戦争におけるフィリピンの作戦、そしてインパール作戦と、実戦部隊で部下を率いる分隊長から軍の報道班員へと立場は変わるが途切れることなく、手帖に自身の見た異国の風景、日本軍の作戦、そして自身の心中を綴っている。私としても、いずれ、今回のインパール作戦以外の手帖についても深く読み込んでいきたいと思っている。

はじめて、作家・火野葦平の名前が世間の脚光を浴びたのは、杭州湾上陸から三ヵ月後のことだ。久留米の同人誌に掲載された『糞尿譚』が、芥川賞を受賞したのである。

当時、中国・杭州の前線にあった火野のもとに、評論家小林秀雄が芥川賞を渡しに来たことはよく知られるところだ。この当時の火野の従軍手帳「杭州」第一冊に、その時のことがメモされている。

小林秀雄といふものが、賞品を持つて来て居る、といふ。えらい奴が来やがつたな。（一九三八年三月二七日）

彼の芥川賞作家というバリューに目をつけたのが陸軍だった。中国駐留の「中支派遣軍報道班」は、火野を説得し、報道班に引き抜いた。火野は、その後の「徐州作戦」に報道班員として従軍、その期待にこたえ、戦場で綴ったのが火野の代表作『麦と兵隊』である。

一九三八（昭和一三）年に発売され、銃後の日本で大ベストセラーとなった。火野は、そのまま報道班員として中国戦線に留まり、さらに『土と兵隊』と『花と兵隊』のいわゆる「兵隊三部作」を書き上げ、いずれも大ヒット。火野の戦争作家としての地位は揺るぎないものとなった。

一九三九（昭和一四）年に現地除隊した火野は、以降も戦場、とりわけそこで戦う兵士をテーマにした作品を発表し続けた。

太平洋戦争開戦間近の頃には、「白紙」（徴用令書）一枚で軍が文化人を徴用できるようになっていた。そして戦争が始まると、名のある作家たちは、次々と徴用されていく。一九四二（昭和一七）年に陸軍報道隊の一員として火野が赴いたのは、フィリピンだった。バターン作戦に従軍し宣伝活動に奔走、さらに現地住民や捕虜への宣撫工作などに従事した。その時期の手帖も九冊現存する。その後一時日本に戻ると、日本文学報国会の主要メンバーとなり、大東亜文学者大会などを牽引した。

そして一九四四年四月、自ら望んだのがビルマとインド国境地帯で繰り広げられていたインパール作戦への従軍だった。この時、火野は三七歳になっていた。

インパール作戦概略

開戦から二年三ヵ月が経過した一九四四年三月、日本軍は、すでに抜け出せないような泥沼にはまっていた。太平洋の島々では、米豪軍を前に玉砕を繰り返し、東南アジア各地では、連合国軍による猛攻により、苦戦を強いられた。数限りない人命を代償にしながら……。

開戦から半年後に全土を支配したビルマも、英印を中心とした連合国軍の反攻にあい、失われようとしていた。ビルマは、インドと中国を結ぶ援蔣ルートの通り道として、連合国軍が重きを置いていた地域だった。そこで、日本軍は、連合国軍のビルマ反攻作戦を阻止し、同時にインド国内の反英運動を高揚させる新たな計画をたてた。「ウ号」作戦、通称「インパール作戦」。

選ばれた舞台は、ビルマとインドの国境地帯だった。日本の濃尾平野とほぼ同面積のインパール平原がターゲットだった。しかし、作戦は周到に準備されたものではなかった。三個師団の兵力で、補給なきまま、峻険なアラカン山系を突破し、連合国軍が拠点を構える要衝インパールを攻略しようという強引なものだった。ちなみに作戦開始から一ヵ月あまりたってビルマに渡った火野が、合流すべく、そのあとを追った部隊は、南部地域を担当していた弓兵団・第三三師団（師団長・柳田元三中将）である。

作戦を立案した牟田口廉也《むたぐちれんや》中将は、三週間でこの作戦は終わると予定していた。そのため、補給はほとんど軽視され、将兵に持たされることになった食糧は二〇日分だけだった。別名「ジンギスカン作戦」。牛を二万頭連れていき、それらに糧秣を運搬させ、順次それらを殺して食糧にするという、素人が考えても雲をつかむかのように思える作戦だった。複雑な地形による困難も、計算に入っていなかった。ビルマ北部からインドとの国境はまず標高千数百メートルの、ジビュー山系を越えねばならない。その先には川床が一〇〇〇メートル近いチンドウィン川がある。雨季には、濁流と化して渡るのが困難になる大河である。さらにその先に待ち受けるのが、標高二〇〇〇メートルを超えるアラカン山系。

まさに、切り立った山々と狭い川谷が複雑に入り組んだジャングル地帯である。この地方では五月から一〇月までが雨季なのだが、降雨量は世界一と言われ、交通は途絶する。川は奔流と化し、マラリアや赤痢、チフスなどが蔓延する。このような地形および疫病は作戦ではほとんど考慮の対象になっていなかった。

とはいうものの、牟田口が予定した通り、四月初旬まで、最初の作戦は順調に進行した。そのため、メディアは「インパール入城間近し」などと喧伝した。そのようななか、大本営は、インパール作戦の特別報道班員派遣を企画、率先して手を上げたのが火野だった。火野は、「インパールの土と化す。その可能性は充分にあつた」が「覚悟していた」。「日本が興亡を賭けた最後の戦場に屍をさらすこと」に責任のようなものを感じていたという。

作戦が開始からひと月以上たった四月下旬、火野が大本営報道部におもむくと、「今から行つても、インパール入城には間に合わんかも知れんぞ」と軽口を叩かれたほどであった。四月二九日の天長節が陥落予定日だから、急いで行けという話だったようだ。

同行することになったのが、向井潤吉と作曲家の古関裕而である。本来、画家は向井ではなく宮本三郎が行くはずだったという。宮本の送別会まで開いたにも拘らず、出発の前日に急病になったため、急遽、向井に白羽の矢が立った。向井は「いつしよに行く作家は誰?」と尋ね、火野の名を聞き、「そんなら行きましよう」と即答したという。(火野葦平「解説」『火野葦平選集』第四巻　一九五九年　東京創元社)

火野と向井の固い絆は、これから紹介するインパール作戦の従軍手帖にたびたび描かれ、胸が打たれるほどの形で伝わってくる。殺伐とした負け戦さの描写と並びこの手帖の白眉と言っていい。

日本をあとに

博多湾と玄界灘の間に防波堤のように突き出している砂州、海の中道《なかみち》。この先の志賀島《しかのしま》は、金印が見つかった場所としても知られる。二〇一六年四月、私はここを縦断するJR香椎線に乗り込み、雁《がん》ノ巣《のす》駅に降り立った。七二年前の同じ頃、ここで起きた出来事を追想するためだった。

博多湾の方角に歩いて行くと、総合スポーツ施設が広がっている。雁の巣レクリエーションセンターだ。少し前までは福岡ソフトバンクホークスの二軍の練習場もここにあった。アビスパ福岡の練習場もある。とにかく広大で、野球場だけでも一〇面以上、サッカー場も五面あまりある。

桜が満開だった。日曜の昼下がりということもあって、サッカーをする青年たち、野球をする子供たちの声があちこちから響いてくる。緑が広がる公園では親子連れの姿が目立つ。花見を楽しんでいる人もいる。

ここにかつてあったのが「雁ノ巣飛行場（福岡第一飛行場）」だった。日中戦争勃発前年の一九三六（昭和一一）年から使われるようになり、太平洋戦争の時には、八〇〇メートル級の滑走路が交差する形で二本設けられ、朝鮮、満州（現中国東北部）、上海、台湾などへの連絡基地として重要な飛行場となった。面積はおよそ、一三五万平方メートル。陸海軍が使用するほか、民間航空機も離発着、戦前の日本最大の国際空港だった。

二〇〇二（平成一四）年までは格納庫が残されていたようだが、今はそれも取り壊され、この場所にかつて飛行場があったことを思わせるものはない。福岡空港の最終着陸航路にあたるため、低空飛行のジェット機がひっきりなしに真上を通り過ぎる。

インパールを目指す火野たちは、この場所から父・金五郎たち家族、そして親友のロシア文学者・中山省三郎の見送りを受けながら搭乗した。飛行機は、様々な物資が積載された新鋭の重爆撃機だった。客席はまったくなく、狭い通路に適当に座るしかなかった。

同乗者は、向井潤吉、古関裕而、朝日新聞の記者、そして現地の軍司令部の参謀たちだった。火野たちは、待ち受けている過酷な運命をまったく知らずに、最初の目的地上海に向けて飛び立つことになる。時は一九四四年、四月二五日。

「雨模様。また欠航かと思ふ」

火野の手帖はこう始まる。

第1章 日本本土を発つ

（一九四四年　四月二五日〜五月六日）

福岡の雁ノ巣飛行場で、家族・友人らに見送られ、ビルマに向かう火野葦平一行。同行者は、インパール作戦終了まで軍と行動を共にする画家・向井潤吉他。雨の降りしきる早朝であった。彼らにはまだ、戦線の実態は知らされていない。

Ⅰ《第一冊》

印度新戦場へ

いでてゆく戦の庭は何処とも数ならぬ身を醜《しこ》の御楯に

火野葦平

昭和十九年四月二十四日朝

二十数冊の残された従軍手帖のうち、この６冊がインパール作戦にあたる。

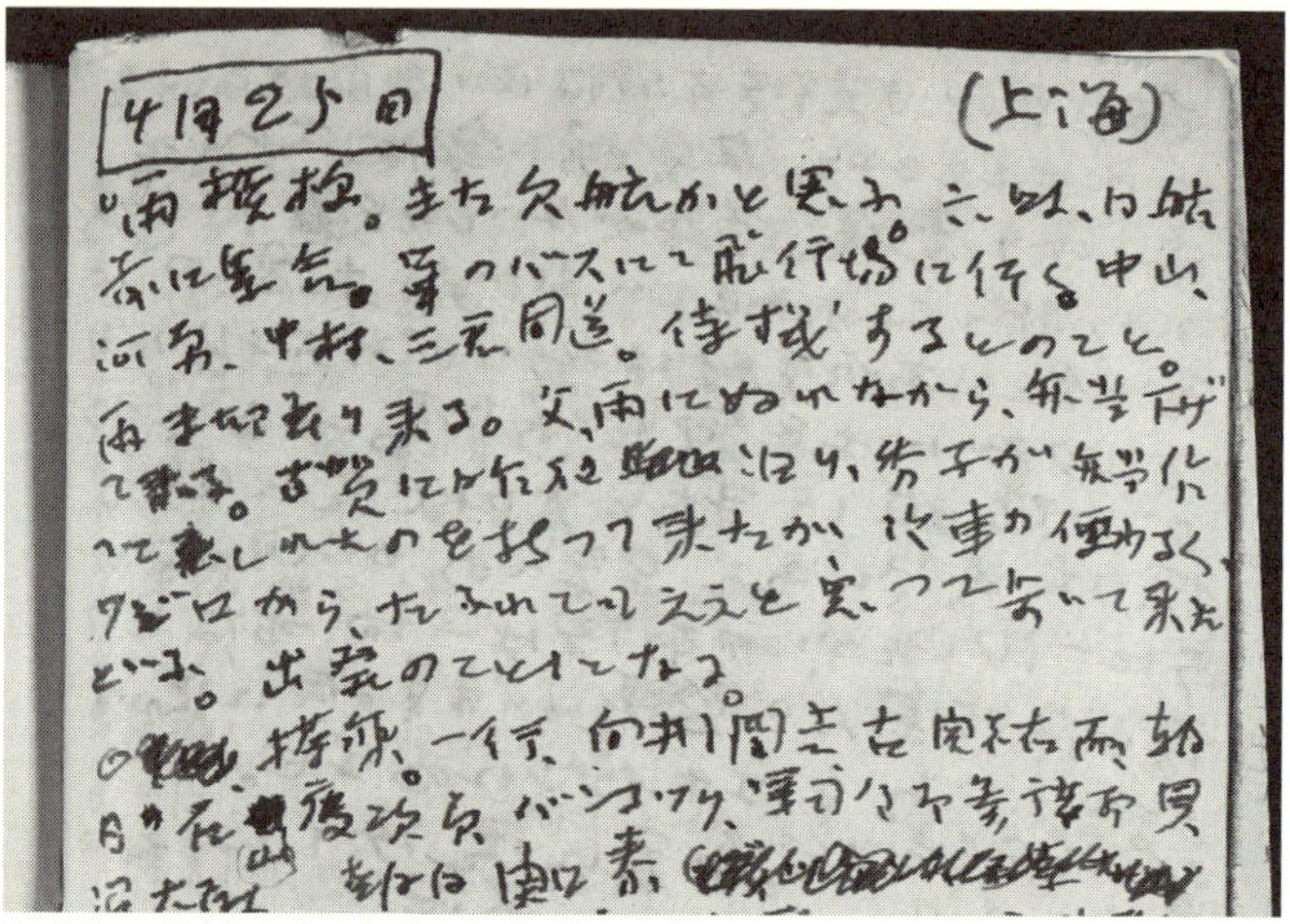

実寸大の手帖書き出し部分。（　）内の地名はこの日の目的地を記入。

4月25日　（上海）

○雨模様。また欠航かと思ふ。六時、日航前に集合。軍のバスにて飛行場に行く。中山、河原、中村、三君同道。待機するとのこと。雨また降り来る。父《玉井金五郎》、雨にぬれながら、弁当下げて来る。古賀に昨夜泊り、秀子《妹》が弁当作つてくれたのを持つて来たが、汽車の便わるく、ワジロ《和白》から、たふれてもええと思つて歩いて来たといふ。出発のことになる。

●中山、河原、中村　三人はいずれも、火野と近しい関係にあった者たちである。中山は、ロシア文学の翻訳者の中山省三郎である。火野との付き合いは古く、同人誌を通じて交流を深めた早稲田大学文学部時代にさかのぼる。『糞尿譚』が芥川賞を受けた時は、戦場にいる火野にかわって奔走、出版関係の世話は在京の彼が一手に引き受けた。義理にかたい人物で、わざわざ火野を見送るため、東京から福岡までやってきたのだ。

河原とは、演出家で作家の河原重巳。火野と「九州文学」を通じて交流を深めた。舞台演出の専門家で、一座を率いて台湾、中国、朝鮮等を巡業したこともある。親から引きついだ河原鉄工所を食いつぶしたため、周囲からは欲得なしの風来坊とみられていた。そういう計算度外視の豪放さゆえに火野とうまがあったのだろう。

中村は、社会運動家で物書きもする中村勉で、火野の妹、秀子の夫である。市議会議員に立候補した様子は火野の代表作『花と龍』にも描かれている。

この中村勉の息子が、アフガニスタンなどで国際的な支援活動を続け、ノーベル平和賞候補ともいわれる医師の中村哲である。つまり哲は、火野葦平の甥っ子にあたる。私が福岡で哲に会った時、あらためて驚かされたのは、その容姿が祖父・玉井金五郎に酷似していたことだ。哲は、物心ついた頃から伯父の作品にふれてきたといい、こう語った。

「最初に読んだ書物というのは火野葦平の書物なんです。どれだけわかったかは別として、小学校の間にほとんど読みましたね。そういう意味ですごく身近に感じていました」

「戦争とはこういうものかというのを、子ども心に刻まれましたね」

伯父の著作に描かれた人間の実態を受け取ったことが、その後の哲の平和活動の礎になっているのかもしれない、と思った。

火野は、インパール行きが決まった時、仲間たちに、今度は生きては帰れないだろうと決意を語ったという。そんなこともあり、東京からかけつけた中山を筆頭に、仲間たちも特別な思いを持って見送りに来ていたに違いない。

◉父・玉井金五郎と『花と龍』　玉井金五郎とは、火野葦平の実の父親である。彼が拠点としたのが、明治の終わりから昭和の前半、石炭産業が花盛りの時代に、筑豊炭田から石炭が集まり、積み出し港として日本一の取り扱い量を誇った北九州若松である。そこで、石炭荷役、つまり沖仲仕として、一時代を築いたのが金五郎だった。

もともとは、愛媛松山の生まれだった。しかし、小学校も行くことができず、年若くして故郷を後にした。若松に腰を落ちつかせる前に門司港、洞海《どうかい》湾と仕事場を移り、裸一貫で若松の沖仲仕のとりまとめ役となり、一九〇六（明治三九）年、「玉井組」を立ち上げた。ちょうど火野が生まれた年でもある。最盛期には、若松だけで四〇〇〇人の沖仲仕が働き、年間で八三〇万トンの積み出しがあったという。

そんな金五郎を主人公にした火野の小説が『花と龍』だ。両肩から腕にかけて龍の刺青を、左手の骨節には桃の実と葉の刺青を入れていた金五郎、そして妻の女仲仕のマンをめぐっての一代記である。火野が実際に体験した出来事と、伝え聞いた話を交えた実話ベースの物語である。

『花と龍』は、実に六回にわたって映画化され、高倉健、石原裕次郎、渡哲也、中村錦之助（萬屋錦之介）、藤田進という一九五〇年代から七〇年代初頭にかけての、きら星の如き映画スターたちが金五郎の役をこぞって演じた。北九州出身の高倉健に至っては、二度もその役をつとめている。

○搭乗。一行、向井潤吉、古関祐而《（ママ）》、朝日石山慶次郎、バンコック、軍司令部参謀部貝沼大尉、朝日関口泰（五分刈の白髪うつくし）中尉、朝日記者など、同勢《空白》人。席もない重爆《撃機》にて、つめこまれる。入つてしまふと窓がなくて顔を見ることもできないので、雨のなかを四人かへつてゆくのが見える。八木操縦士は童顔のた《の》もしげな男。あまりよい天気ではないが、すこし行けば向ふはよいといふ。９時離陸。

○寒い。貝沼大尉、あそびに来て下さいといふ。「万葉集」を読んでゐる。眠いので、窮屈な姿勢でうつらうつらする。眼がさめると、海の色が濁つてゐる。点々とジヤンクが見える。11時40分、海まつ赤になる。久しぶりで見る支那の海。禿ちよろの赤土原のやうな海にやがて陸地が見えはじめる。崇明島の上を抜けると、黄浦江が光り、ブロードウエーマンシヨンがそびえ、上海の町見えて来る。12時40分、大場鎮着。台湾方面の天候不明につきしばらく待たれたしとのこと。兵隊に案内されて舎屋に入り、昼食。秀子がないものをかきあつめて作つてくれたらしいおかず、赤飯のにぎり飯。石川中尉はフイリツピン作戦に行き、バタアンには長野支隊に属してゐて、キングが降服して来たときにはそれに立ち合つた由。さいきん、東京へのかへりにマニラに一泊したが、日本語は一向普及して居らず、比島人の態度が横柄に思はれた、といふ。今はサイゴンにゐる由。

●バタアン　バターン半島は、ルソン島の中西部にある半島である。マニラを起点にすると、湾を挟んだ形で西側に位置している。一九四一（昭和一六）年一二月からの日本軍のフィリピン進攻により、マニラを追われたダグラス・マッカーサー司令官率いる極東陸軍がこの地に立てこもっていた。一九四二年四月三日、日本軍はバターン総攻撃を開始する。

火野は向井潤吉とともにこの作戦に参加、宣伝班員として対敵放送に関わったり、伝単（宣伝ビラ）の作成などに従事していた。

六日間の戦闘の末、糧秣、弾薬の枯渇から限界に追い込まれた米軍のエドワード・キング少将は四月九日に降伏した。火野が手帖で書いている「キングが降服」というのはその時のことである。その後、予想以上の捕虜を得たことが、連合国軍捕虜虐待につながり、戦後問題化した、いわゆる「バターン死の行進」も、手帖「比島編」の記述によると、火野は現地で目撃していた。

○大陸新報児島君に電話してみたが、南京にゐるとのことにて留守。
○草つ原にねころぶ。久しぶりで見る支那の空、家、支那人。はるかに見える忠霊塔に敬礼。ここらは激戦のあつた古戦場と思へば感慨が少くない。機関士来て、今日は止めましたといふ。洗面用具だけを持ち、トラックにて出発。もうすつかり実つてゐる麦畑の波。徐州のことを思ひだす。丈たかいソラ豆畑。多くの支那人が田を耕してゐる。青い服が目立つ。真茹の無電台、江湾競馬場をすぎる。いたるところにトーチカの残骸がまだ残つてゐる。
○上海の町に入ると、日本人が列をなして通る。いつぱいに溢れてゐる。なにごとかと思つてゐると、新公園の入口に「海軍志願兵合格者壮行会場」としてあつた。陸戦隊の姿。上海神社前を過ぎると、北四川路に入り、賑やかな上海の街が昔と変らぬ姿で雑踏をあらはした。目まぐるしい動き、電車、ヤンチヨ、声、音、耳を聾するばかりである。本願寺前の兵站事務室にて手続きを終り、宿舎偕行社（前のアスター・ハウス）に行く。向井画伯と408号室。もう四時に近い。

◉火野と中国　火野が日中戦争で、従軍作家として華々しく活躍したことは前述したとおりである。しかし火野が最初に中国に渡ったのは、その数年前、一九三二（昭和七）年にさかのぼる。当時、火野は故郷若松で家業玉井組を手伝い、沖仲仕のとりまとめの仕事をしていた。そんな時に、上海の三井埠頭で起こったのが、そこで働く苦力《クーリー》（労働者）たちによるストライキだった。火野ら、玉井組のメンバーは、三井の支援という名目で上海に派遣された。そして、上海でおよそ一ヵ月にわたり、苦力の代わりに荷役業務に従事した。ちなみにこの時、火野が仕事の合間に上海市中で遭遇したのが第一次上海事変だった。

○報道部へ電話してみると、今日は靖国神社大祭により休みの由にて、部長出淵中佐も、松森君もゐない。内山完造老へ電話かけるとびつくりした声がおこる。佐藤春夫氏が今朝発つて内地へかへつたといふ。あとで行くと約束。大陸新報は飛高君がゐた。

○朝日の車が来たので、総局に行く。金のことがさつぱりわからないので、聞いてあきれる。18円が100ドルといふが、それは公定で闇値が別にあり、それによつて物価がきまつてゐるので、小さい羊羹が一本四円五十銭、つまり25ドルといふことになり、エレベーターボーイのチップも100ドルやつてもよい顔をしないといふ。100ドルづつ借りる。エレベーター休みとて、五階を上つたり降りたりする。

画伯《向井潤吉》と自働車便を借り、内山書店に行く。表はしまつてゐるので裏から入ると、自宅へかへつた、案内して来てくれといひおかれた由。店員が金がお入用でしたらといふので、日本金は通用せんらしいからすこし換へてもらひたいといふと、持つておいでて下さい、3000ドルもあつたらよろしいですかといふ。2000ドル借りる。このごろは本がなくて、棚ががらあきになつとつたが、今日はじめてすこし詰めたといつたが、それでも、いくつもすいた棚がある。隣りの雑貨屋で素末《ママ》な布紐を１２０ドルで買ふ。小僧さんに案内されて、近くの内山さん宅に行くと、孫らしいのを抱いて出口まで迎へに出てゐて、にこにこしてゐる。久闊を叙す。上海の近情。このごろになつてどうにもならんといふことがやつとわかつた、軍が直接対峙してゐるので、一遍にわかつた、新四軍（共産軍）がうるさい由。出版を計画してゐる、山本実彦氏《改造社社長》に進出をすすめてゐるが、紙がおそろしく高いので、二の足を踏んでゐる、しかし、支那人が五六人で百万元で出す雑誌は、まづ百万元の損を五六年つづけるつもりで、それからは儲からうといつてゐる、今出して今採算をとるといふせつかちなことではいかん、自分の本がこのほどなんとか叢書の第一巻として出たが、80ドルの定価をつけた、一ケ月も経たずに皆売れた、心配するほどのことはない、といふ。金、返す。

○話してゐると飛高君来る。児島君には南京へ連絡しておいたといふ。

《以下約二ページの空白の後、一ページ半ほどカタカナ書きのメモが入る。資料編５２１ページ参照》

○久々で飲む老酒。勘定をはらふと、１５３３元である。それにチップ１７０元。内山さん払ふ。銅が上るので気の毒がるかも知れんがそんな心配はいらぬといふ。出る。内山さんと別れる。

○暗い街。防空演習をしてゐるといふ。このごろはよく協力して上手になつた由。暗いが街中は活気にあふれ、さびしい博多からいきなり来て、異様な感じである。生活に困る者少く、乞食、行路病者もこのごろは見当らず、これまで出て来なかつた連中も卒直に日本人と語り、文章も書くやうになつた、日本がアメリカに負けないと思ふ者も多くなつた、重慶の工作も今はちよつと手の出ぬ形、テロなども全くない、さういふ話を飛高君する。

◉重慶　この頃、国民党率いる蔣介石が、その本拠地としていたのが重慶だった。つまり「重慶の工作」とは、蔣介石（国民党政権）が仕掛けた工作のこと。

○揚子飯店のダンス・ホールに入つてみる。その絢爛たる雑踏と頽廢的な空気にただあきれるばかりである。コーヒー四杯２６０元。

○偕行社にかへる。松森君より電話。

4月26日（飛行場で佐藤春夫氏に会つた）（屛東）

○8時、偕行社を出る。内山書店の前に行くと、内山老が孫を抱き、右手に本を持つて待つてゐる。80ドルの本「上海汗語」と「上海文学」冬、春作品号である。黒木清次君の「棉花記」が完結してゐる。発行所は大陸新報社になつてゐることは知らなかつた。内山老の提唱拠金で上海文学賞が設定されてゐる。九州文学賞以来、各地にこの種の賞がいくつかできた。

○9時離陸。眠いので、せまいところに海老のやうになつて寝る。眼がさめると、生あたたかく、南へ来たことを知る。12時43分、屛東着。上から下まで、夏物に着換へる。暑い。鳳凰木、椰子、檳榔などの熱帯樹。司令部で弁当を食べ、トラックにて花屋旅館に行く。黄西瓜を山のやうに持つて来た。

○「縞手本」の結章を大急ぎで書く。二十三枚、日の落ちるまでに書いてしまふ。飛行機が四月二三《ママ》日頃は東京にかへるといふので、菊池侃気付で中山《省三郎》宛にし、《空白》さんに依頼する。

画１　屏東へ向かう機内を描いた水彩画。

○燈火管制で、戸をしめてしまひ、まつぱだかになつてゐても、だらだら汗が出る。蚊。
○まつ暗な町に散歩に出る。画伯《向井潤吉》、古関氏、石山氏。観山亭といふレストランで、高砂ビールをのむ。ビフテキ、オムレツ、そのほか、料理をいくらでも持つて来る。勘定は88円なにがし。みんなで笑ふ。将校たち、来てのみさわいでゐる。

◉佐藤春夫　佐藤春夫は、和歌山新宮出身の小説家。東京郊外の農村地帯を描写した代表作の『田園の憂鬱』はあまりにも有名である。

火野との接点は、一九三八（昭和一三）年二月、火野が『糞尿譚』で芥川賞を受賞した時にさかのぼる。この時の選考委員のひとりが佐藤だったのだ。佐藤は、『糞尿譚』を推した理由をこう記している。

「いかにも骨組の逞しい力のある作である。（中略）ともあれこの異色ある作家をお座敷へ出してみて、果してどんな風格を生ずるかを見るのは可なり楽しみである」（「文藝春秋」一九三八年三月号）

さらに、火野と佐藤は、日中戦争の戦場でも交流する。一九三八年九月、上海に渡航してきた「海軍ペン部隊」の一員だった佐藤を、当時陸軍報道部の一員として接待したのが火野だった。

「ペン部隊」とは、日中戦争の時に、中国の戦場に赴いて、軍部のプロパガンダのために活動した文学者たちの俗称である。誕生の背景には、政府のメディア戦略があった。戦争がずるずると長期化していた一九三八年夏、徐州作戦で勝利をおさめた日本軍が新たな照準を定めたのが、揚子江中流の街、漢口だった。それを受け立案されたのが武漢攻略作戦（漢口作戦）である。

作戦遂行上、重要視されたのが世論形成だった。中国側に対する宣伝戦での遅れへの強い危機感、日本国民への国威発揚の必要性を感じていた内閣情報部と軍は、新たな情報戦略に乗り出した。目をつけたのが、ペンの力だった。

この時、メディア側で重要な役割を果したのが、文藝春秋の社長で『恩讐の彼方に』『父帰る』などの作品で知られていた、作家・菊池寛だった。菊池に、内閣情報部から「作家たちを中国の戦場へ派遣したい」という内容の連絡があったのが三八年八月半ばのことだった。菊池が声がけをしたところ、久米正雄、吉川英治、吉屋信子、横光利一、尾崎士郎、佐藤春夫、北村小松、白井喬二、小島政二郎、丹羽文雄、片岡鉄平が集まった。私は小島の名は初めて知ったが、まさに文豪とも言うべきそうそうたるメンバーである。

作家たちを武漢攻略作戦の最終目標地点・漢口の戦場に派遣し、国威発揚のため、ペンの力で日本に都合の良い宣伝をさせるのが軍と内閣情報部の狙いだった。

作家たちは翌日までに意思決定が求められ、参加者のうち、横光利一を除いて全員が中国行きを快諾した。さらに一一人の作家が追加で選ばれた。こうして二〇人を超える著名作家が大挙して中国へ派遣されることになった。彼らはやがてメディアから「ペン部隊」と呼ばれるようになった。

ペン部隊は「海軍」と「陸軍」に振り分けられた。羽田の飛行場を飛び立つ前に撮られた「海軍ペン部隊」の写真が残されており、満面の笑みを浮かべた吉屋信子や、ちょっと不機嫌そうにも見える菊池寛、そして破顔の吉川英治、そして自信なさげに俯いているような佐藤春夫の姿が写し出されていた。

4月27日　海南島（Saigong 西貢）

○5時に起き、6時、旅館発。佐藤先生が忘れて来たといふ外套を送つてくれるやうに旅《館》の番頭（本島人）にたのむ。

○飛行場。海南島は低気圧があるのでマニラにまはるかも知れんといふ。久しぶりのマニラと思つてゐると、やつぱり海南島といふことになる。8時離陸。

○11時45分三亜着。六年ぶりの海南島。上から見ると町が出来、港にたくさん船が入り、すつかり変つてゐる。飛行機がたくさんゐて、離着陸頻繁。粗末な小屋の司令部に行くと、司令官の腕章をした中尉が来て、司令官にもいろいろありますと笑ふ。飯野中尉。昼食。広東から派遣されて来てゐるが、なんにもないところで、地味な警備をしてゐる、慰安所もない、このごろ、夜になると空襲がある、敗残兵もときどきやつて来るが物資目的で、奪還しようとかなんとかいふことはなく、うるさいが大したことはない、住民はよく協力してゐる、道路も島を一周できるやうになつた、食糧はすべて現地徴弁《ママ》で、豚や鶏を飼つたりしてゐる、さういふ話。

◉火野と海南島　この日、台湾屏東を飛び立ちサイゴンを目指した火野が、一時間弱ではあるが、立ち寄ったのが海南島だった。日中戦争のさなかの一九三九（昭和一四）年二月に、この島で日本軍の作戦が敢行されたのだが、南支派遣軍の報道部員だった火野も参加、その体験をもとに『海南島記』を綴っている。

海南島はまた、ビルマの独立運動とも深く関係している。太平洋戦争の開戦前に、陸軍中野学校出身者が中心になり、アウン・サンらビルマの青年三〇名をゲリラ戦にそなえる特訓をしたのだが、その訓練の場が海南島だった。ちなみにアウン・サン・スーチーは、このアウン・サンの実の娘である。

太平洋戦争開戦直後、日本軍は彼らを基盤にビルマ独立義勇軍を北部タイで編成する。一九四二（昭和一七）年に日本軍がビルマに上陸し全土を制圧した際、この独立義勇軍も大きな貢献をしている。

画２　狭い操縦席で服装の不揃いがリアル。

○12時40分離陸。「上海文学」の「棉花記」よむ。前篇の緊迫感がなく、投げやりの安易さが目立ち、終りが見えすいてゐて、失望した。この前はこれを芥川賞に推すつもりであつたが、考へなほす。「上海汗語」はなかなか面白い。
○飛行機３０００《メートル》以上を飛び、寒いうへに息ぐるしくなる。３時、サイゴン着。支局長深澤氏迎へに来てゐる。むつと灼ける暑さ。息がつまるやうだ。南方にいよいよ来た感じ。

○支局へ行く。アカシアの並木の美しい瀟洒な町。フランス式植民地。支局に行くと安南人のボーイが水やビールを持つて来る。
○深澤氏の話。フランス人は横柄ではあるが小さくなつてゐる。安南人は無気力で独立運動などできさうもない。
○宮澤君（毎日新聞の記者、遊びに来る）の話。安南人は革命を希望してゐたが、日本から四度裏切られた。進駐のときには日本と手をにぎつて独立を策すつもりであつたが、日本がフランスと手をにぎつた、これは大きな立場からで是非がない、志士は検挙された、いま、志士たちのもつと強い関心事は欧州第二戦線の問題。これによつて宿望を達するつもり。フランス人生意気なのでやつてしまへといふ説もあるが、それには兵力が必要で、全戦局面から考へると、ちよつと無理、
○日本ホテルに行く。サイゴン川に添つたカチナ通り。去年から出ることができずにゐるフランス軍艦。眼のある民船がしきりに来往。表にゐると安南人の少年が革具はいらんかといふ、カバンやら財布やらを持つてゐる。シヤワーを浴びる。よい気持。
○小関《ママ》君ひよつこりあらはれる。上海に一緒にゐたが、今は同盟《通信》で来てゐる由。用達してすぐ来るからとて出て行く。
○小関《ママ》氏からアジヤレコード会社の檜山氏を紹介される。すこし見物しませんかといふので、車に乗る。運転をしてゐる安南人は呉文孟といつて、レコード会社を独力でおこした人といふ。革命の志士で、フランス人は横暴だから早く駆逐しなくてはならんと常にいつてゐる由。巡査は皆安南人だが、さういふ連中までが、さういふことを最近いふやうになつて来た、フランス人は用件の外はけ

つして日本人を口《ママ》をきかない、にこりともしないといふ。二頭立の牛車。一頭立の馬車。支那人が多いが、安南人とちよつと見わけがつかない。呉君もまだよく日本語ができないらしく、檜山さんとちぐはぐな問答をしながら、それでも、ぐるぐると自動車を走らせる。シヨロン（Cholon）の町に入る。まつたくの支那人街で、支那人の恐しさとえらさといふものに圧倒される思ひである。経済力は彼らがにぎつてゐるといふが、物資は豊富で、すこぶる活気に溢れてゐる。女の服の袖が肩までのは広東人で、長いのが安南人らしい。物を買ひに立ちよると、高いことといつておいて、去らうとすると、ナンボかときく。相当にかけ値をいつてゐる。

　サイゴンの方にかへり、ならんでゐる革具屋で、図嚢をひとつ買ふ。27ピアストルを20比弗にした。シヨロンではバクチとダンスがさかんであつたが、バクチは禁止した、しかし家のなかではやつてゐる、朝からマージヤンをやつてゐる由、自動車が行くと、町の表に群れてゐた支那人がぱつと散つた、素知らぬ顔ですましてゐる、バクチをやつてゐたらしかつた。

○トラツクで行くイギリス兵捕虜の群。

○かへつてみると、もう六時半で、小関《ママ》君が来たかも知れなかつたが、連絡がつかない。食堂で夕食。大阪の料理人がやつてゐるとのことであるが、純日本料理である。朝日から迎へに来る。燈火管制をした暗い町を行く。一番成績のわるいのは日本人といふ。昨日、サンジヤツク（サンゴン《ママ》町《ママ》の河口の町）に空襲があり、船が四隻やられた、一隻は轟沈。そのときに、女三人を内地からつれて来た女将が女をみんな失つたといふ。さう聞くと、昼間支局にゐた二人の女を思ひだした。若い方の一人は顔や手が傷だらけであつた。女将の養女といふことであつた。

翠光園。畳のしいてある日本料亭。飛行機の人たちも一緒。実は今日は三人で飛行機の人たちを招待することにしてゐたのだが、支局の方でやつてくれるといふ。富澤機関士が、明日はアンコールワツトを見たらよいといふ。ちよつとコースを反らせばよいといふので、ぜひたのむとたのむ。ここでできるといふまづい Tiger Beer。水つぽいばかりで、高砂ビールに似てゐる。画伯《向井潤吉》酔ひを発し、腹に顔をかいて私のラバさんをおどる。かへる。

○画伯の知人といふ青木少尉話に来る。前正金《しょうきん》銀行の重役の息子とかで、二十三四であらう。飛行少尉。インパール上空で敵を四十機ほどおとし、こちらにも三機犠牲が出たが、ラングーンは雨期に入りかけてゐて、曇つてゐるので引きかへして来た、また明日行くといふ。フランスで生れたといひ、弟は海軍の飛行将校の由。

○蚊帳を吊つてねたが、暑くて眠れない。

4月28日　Bangkok（盤谷）

○かんかんと鐘が鳴つてゐる。表はくらい。空襲かと思つたが、教会堂の鐘であつた。すばらしい真紅の朝あけ。アカシアの並木ごしに、これよりも赤い赤を見たことはないくらゐ強烈な色の朝あけ。明けて来るサイゴン川を民船が絶えまなく往来する。

○八時出発。九時半離陸。メコン河の緑青の蛇流。やがて見えて来る大湖（トンレ・サップ）見わたすかぎりのカンボヂア大平原。

○アンコール・ワツト。矩形の塚のなかに聳えたつ巨塔群。八木機長、この上をわざわざ四五回旋回

画３　ニッパ・ハウス。フィリピンで描かれたものか。

してくれる。高度３５０米。細部はわからないが、その規模は一目のうちにある。こんな平原のまんなかによくこんなものを作つたと、信仰の力に一驚。水戸の彰考館文庫で見たアンコー《ル・》ワツトの図面を思ひうかべた。尤も、これは使者が印度の祇園精舎と間ちがへて写して来たものといふことであつた。

○十二時45分盤谷着。ドン・ムアン飛行場。二月ごろ出来たものらしく、八木機長もはじめてといふ。飛行機が一台づつ、防空壕に格納してある。昼食。兵隊が小笠原流で盆をささげて来て、なにか大声でわめいた。外の人にはよくわからなかつたらしいが、「茶を持つて参りました」といつたのである。ここの兵隊は気合がかかつてゐて、きびきびしてゐる。支局へ連絡したが、なかなか車が来ないので、貝沼大尉の参謀部の車を借りてゆく。バンコツクまで30キロもあるといふ。合歓の並木うつくしい鋪装道路。フイリピンの家に似た家。暑いところはどこでもニツパ《ヤシの一種》・ハウスの式なのであらう。屋根はなんで葺いたものかわからなかつた。うすぎたないタイ国人たち。安南人より色が黒いやうだ。マニラのイサツク・ペラル街を思ひだすアカシアのトンネル道。

○朝日支局。支局長横田千秋氏。石山氏は前にここの支局長だつたので、ボーイたちがなつかしさうにしてゐたが、一匹の白毛の手長猿があらはれてなつかしげな顔をし、まつはりついた。覚えとつたなと石山氏もうれしさう。手塩にかけて育てたのだといふ。ものをいふやうに声を出す。このごろ、眼はトラホームで、耳が中耳炎にかかつてゐるといふ。夏蜜柑やマンゴをおいしさうに食べる。

○横田氏、さいきん、ラングーンからかへつたばかりといふことにて、状勢を聞く。想像以上の苦戦にて、インパールもさう簡単には落ちさうもなく、来月五日（節句）か、5月27日かといふやうに、しだいに予測がのびてゐる、一ケ月分くらゐの準備しかしてゐないので、敵に進撃を遮まれて、進展してゐない、ラングーンから先の空中輸送はまづ困難、兵力も充分でなく、機械化部隊も道がないため、思ふやうに活躍できない、コヒマ方面もとつたりとられたりの激戦、ラングーンは毎日のやうに爆撃がある、その他。国幣２００バーツを借りる。

◉想像と現実のギャップ　朝日新聞支局の横田に面会。ここで、インパール作戦の現状を初めて知ることとなる。楽勝モードでいた火野に現実が突き付けられたのだ。しかし、当時の火野が現状把握できていないのにも理由がある。インパール作戦は、初期段階では「順調」だったからだ。

ここで、この時点までのインパール作戦の概要を整理してみよう。参謀本部第二〇班が当時つけていた「機密戦争日誌」（『大本営陸軍部戦争指導班　機密戦争日誌』上下　一九九八年　錦正社）というものがある。そこには、インパール作戦初期の模様について、「極メテ順調」（三月二五日）、『インパール』主作戦方面ハ順調ナリ」（四月一日）といった具合に「順調」が強調されている。

ところが作戦開始の時点で、日本軍はすでに出鼻をくじかれていた。作戦実施の三日前に、連合国軍は第一五軍の後方地区に空挺部隊を投下、指揮系統や補給線を寸断した。第一五軍の上層部でも作戦に対して反対意見が出されたが、牟田口司令官は、予定通りの開始を曲げなかった。作戦は四月中下旬に完了し、その後約一ヵ月の間に新防衛体制を確立するというのだ。五月中下旬に雨季が始まるからである。

一九四四（昭和一九）年三月八日から一五日にかけて、南北に並んだ三個師団はインパールに進撃を始めた。このうち、南端を担当する第三三師団（通称・弓）が三月八日にいち早く動き出し、最も南のカレワやヤザギョウといった地域から南部アラカン山系を越え、インパールを目指した。三月一五日には、第一五師団（通称・祭）が中部タウンダットからアラカン山系を越えてインパールの側面を、そして、北端の第三一師団（通称・烈）が最も北側のホマリン、マウンカンあたりからインパールの北側にあるコヒマを目指した。烈の任務は、インパールと兵站の要衝・コヒマ間の街道の遮断だった。

北から烈・祭・弓と並んだ各兵団は、四月初頭までにインパールの平原を望む高地に到達した。烈・第三一師団はインパール―コヒマ道をおさえる地点に進出するなど、インパール包囲態勢を整えた。

日本国内の新聞各紙もこぞってインパールの戦果を喧伝した。つまり、「順調」だったのだ。四月末バンコクに来るまで、火野たちに知らされていた戦況も、そんなムードと思われる。

しかしこの時点で、牟田口の考案した「ジンギスカン作戦」は瓦解しており、前線に食糧はほとんど届かない状況だった。

コヒマを陥落させた第三一師団だったが、イギリス軍もすぐに増援部隊を派遣し、激しい攻防戦となった。そのような中、コヒマ陥落を聞いた牟田口は、佐藤師団長に四月八日、さらに西北のディマプール進攻を命じた。当初から、牟田口はインド・アッサム州進攻を主張していたため、そのチャンスが到来したと思ったのだ。しかし、これはインパール作戦の計画から逸脱する行為だった。そのためビルマ方面軍の司令官河辺も、ディマプール進撃命令を撤回させた。コヒマ方面での苦戦はさらに続き、師団長の佐藤は厳しい状況に立たされた。

他の師団もインパール付近の前線に辿りついたものの、それ以上進むこともできないまま、敵の火力と機動力に圧倒されていた。

そもそも、イギリス軍を主体とする連合国軍は歩兵では日本軍の二倍以上、火砲は三倍、戦車も三倍以上という戦力を有した上、制空権を完全に支配していた。

さらに、連合国軍は、日本軍の動きを予想し、インパール平原に兵力を集め、日本軍を待ち構えていた。イギリス軍は丘の上に塹壕を掘り、その周囲に鉄条網を張り巡らせ、重火器や戦車をずらりと並べていた。日本軍はそれを「蜂の巣陣地」と呼んでいた。ここに空中から繰り返し補給が行われるため、糧秣は不足することはなかった。その実態は、火野の手帖の七月二日の記述に詳しい（岡本参謀の話）。「機密戦争日誌」も四月の半ばから「『インパール』敵複郭陣地ハ半ヶ年ノ日子ヲ費シ相当堅固ナリ」（四月一三日）、「『ビルマ』ニ於ケル一師団ノ損耗ハ平均五千ナリ」（同一八日）と現状認識が記され、トーンダウンしていく。

この頃、河辺ビルマ方面軍司令官は、ある研究を命じていた。「作戦が失敗せる場合を考慮し方面軍として打つべき方策」である。しかし、四月一七日に命じたこの研究は真剣に検討されることなく終わってしまった。「機密戦争日誌」の記述はその後も「敵ノ抵抗ハ極メテ頑強ナリ」（四月一九日）、「一中隊玉砕セリ」（同二五日）など悲観的なものばかりである。

それでも、手帖を読む限り、この時点で、火野はまだ、ほんとうの前線の様子を知ることはなかった。「インパールもさう簡単には落ちさうもなく」と陥落を前提として記述しているからだ。この後、火野は、ビルマでさらなる現実に打ちのめされることとなる。

○兵站に行き、旅館をきめてもらふ。係りの兵隊が尉官待遇はメナム旅館になつてゐるからといひ、いくらいつても佐官待遇にしてくれない。しかし、宿はやつとオリエンタル・ホテルにしてくれる。
○街にはいると爆撃の跡さんたるものである。電車通りの目抜き街の片側はほとんどやられてゐて、廢墟である。夜間やられた。ところが、タイの憲兵や青年団はドロボーと同じで、防火の加勢に来たといひながら、日本人の店の棉布をトラックに積んで逃げたり、たまたま前日組み立てた自転車260台を一台ものこらず持つていつてしまつたりした、と支局員、憤慨して話す。汚ならしい殺風景な町である。ルーズベルト、チヤーチルを踏まへた伝単。
○オリエンタル・ホテル。ゆつたりした大きな宿。いかだかづら。南洋にはどこにでもある。まつ赤な火の木。久しぶりで見た。19号。水を浴びて、冷たい水をのみ、ほつとする。
○父母はじめ、良子《妻》ほか一同へ手紙書く。仲よく、助けあつて暮して欲しいといふことだけ。遺言かも知れぬと思つたりする。気苦労してゐる良子が可哀さうになる。
○町に、画伯《向井潤吉》と連れだつて買物に出る。日本人の店で、靴下、シヤツ、小刀などを買ふ。雑誌は去年の分しか来てゐない。
「明治天皇御製集」「南洋の言語と文学」「ベルツの日記」を買ふ。

○古関《裕而》氏と会ふ。日本軍専用の看板のある喫茶「富士」に入つてみると、兵隊がたくさんゐて騒いでゐる。狭い汚い店である。出て、今度はスイフオンに入ると、これはがらんとしたただ広い店だが、客は誰も入つてゐない。すれちがふいろいろな人物たち。支那人のゐない町のないのにおどろく。美人のゐない女たち。ホテルへかへる。案内してくれる《空白》さんは、この間の爆撃で生き埋めみたやうになつて、命びろひした、まだ足が痛いといふ。
○海天楼。支那街の料亭。朝日の人たち、飛行機の人たち。六時といふことであつたが、日本時間では八時である。酒はないので、ブランデー、ビール等すべてよせ集めである由、広東料理の珍味、好意に感謝する。支那芸者。そこを出て、劇場に行く。安つぽい場末の芝居屋で、客もあまりゐない。ジンタ。舞台の左手にある面がよい。欲しくなる。タイ不美人の猥褻ダンス。振袖で東京音頭。二階にかはり裸ダンス。汚く不快のみ。

4月29日　天長節（ラングーン）

○暗いうちにひどい雨。すぐ止む。六時に飯。表に出ると印度人がにやにやしながら、一人一人に弁当をわたす。門番で、なんにも役に立たずかへつて盗人の手びきをしたりすることもある由。朝日の車にて出発。飛行機の連中の乗つたのは電車に衝突し、こちらのは犬を軌《（ママ）》く。石山氏苦笑して、人間が間が抜けてるから、犬まで間が抜けてるといふ。まつ黄な衣の坊主がたくさん跣足で歩いてゐる。手に手に鉢をかかへてゐるが、恰度オトキの時間で住民が飯を提供してゐるらしい。袋の下《（ママ）》げてゐるが、青や、赤や、色がちがふのは位の差かも知れない。

画4　ラングーンへ向かう機内の通信士。

○8時45分離陸。10時45分ラングーン着。上空から見る金色のパコダ《（ママ）》。バンコックより涼しい。
○園田支局長以下、出迎への人々。いよいよ、飛行機の人たちとも別れである。八木機長以下に礼をのべ、手をふつて別れる。機はすぐに、バンコックへ引きかへした。しばらくそこで待機の由。正木君ゐる。
○自働車でラングーンへ向ふ。南方はどこに行つても同じ木と花。あざやかな火の木の並木道。二頭立の牛車がえんえんとつづき、その大部分が牛の背に真赤な花のついた木の枝をさしてゐる。ターバンを巻いた色の黒い男たち、まつ赤なロンジーを巻いた男、きたない男の立派な髭、牛を鞭で追ふ、放牛、ニツパ・ハウスにむらがる黒い人間たち、西へ来るにしたがひ、色が黒くなるやうだが、印度人と見まがふほどのがゐる。アラビアン・ナイトの物語を読むやうな感じもある。

　金色に光るパコダ《（ママ）》の塔。園田氏、「日本は僧侶が腐敗してゐて、仏教が立派だが、ビルマは仏教の方はすでになんとも知れぬものになつてゐて、僧侶が立派である、よく戒律を守るので、民衆から絶対の尊敬をかち得てゐる、ビルマ人のパコダ《（ママ）》に対する信仰は狂信的で、うちのボーイなども給料の半分はパコダ《(ママ)》へさしだす、殺生禁断といふことが実によく守られてゐて、蝶でも蚊でも殺さない、蚊が来てもふつと吹いたり、手ではらつたりするだけ。虱をとるけれども殺さずに放してゐる、先達、コレラの予防注射を実施したことがあつたが、なんのために注射するかときく、バイキンを殺すためといふと、そんなら受けないといふ、バイキンも生き物だといふのであつた。」赤い衣の坊主が跣足で歩いてゐる。

○道の上に竹を組みあはせたトンネルができてゐる。道路を遮蔽するためのものださうであるが、こちらの竹は弱くて、上から落ち、危険だといふ。

○コカイン・ヒルの朝日支局。半分青と白の斑のシヤツを着た運転手はもと映画俳優であつた由。支局は堂々たる建物で、広大な地区に、二号館、三号館など、いくつもあるらしい。ここは、日本時間になつてはゐるが、実際は2時間半ちがふといふ。弁当をひらいて昼食。兵站に泊ることをやめて、支局に厄介になることにする。園田氏が磊落なよい人らしいので、みんな和気藹々としてゐるらしい。なんにもないところで、気がいらいらしてゐるから、のんきにやつてゐる、こんなところで角つきあはせはじめたらきりがない、といふ。

　物価はべらぼうで、猿又が１００円、鉛筆一本が10円、防暑服５００円、紙一枚8銭、などで、ただ安いのは米と酒、米はたくさんあるので、毎日ここで酒をつくつてゐるが、一升、1円25銭、ただし、その日にすぐ飲まんと駄目で、三日はもたない、のみくちがよく、頭には絶対に来ない。そこで、ずるい奴は、トラツクで、米を積み、シヤン州などに出かけて行つて、かはりの物資を積んでかへつて商売をする、すると一台で確実に1万円は儲かる、ところがいくら儲けても、内地へ持つてかへることも送金することもできない。あるとき大使館に二十五六の日本人が献金に来た、給料のいくらかでもためたのだらうと思つてゐると、ぽんと7万円出した、おどろいて、しばらく待て、といつた。どうした金かわからなかつたからだ、それがやつぱりさういふ闇で儲けた金で、寄附しておけば、挙げられたときに罪も軽からうといふわけであつた。

○空襲はこのごろは少くなつた。敵は雨期開けの総反攻を企図してゐたのに、12月1日に百五十機編隊で来たとき、ひどくやられてから、ぱつたりと昼間の空襲はやめた。そのとき見てゐたが、150機にむかつて、友軍の戦闘機がおそひかかつて、あまり高いので、きらきらと光る程度にしか見えなかつたが、敵機はつぎつぎに煙や火を引いて、編隊はばらばらになつた。そのとき、わが方では15機撃墜といふ発表をしたが、敵の方は三機帰還せるのみと発表してゐた。夜間10時すぎ、夜明けなどによく来る。照空燈ですぐにとらへ、戦闘機が火を吹いて射ちかけ、燃えて落ちてゆくのを見ると、拍手したくなるときがある。支局はラングーン一の防空壕をさいきん作つた。15000円かかつた。それを本社へ報告したら、0が一つ多いのぢやないかといつた。

○前線の戦況を概略きく。出発の節考へてゐたやうではなく、たいへんな苦戦であることがわかる。メイミヨウに司令部がある由。ボース氏《インド国民軍司令官》もそこにゐるらしい。バーモウ首相はこのごろ格式ばつて生意気になつたが、ボースはなかなか気持がよいといふ。印度国民軍やビルマ軍も協力してゐるが、なかなか思ふやうにいかない。ビルマ兵が四五名で、ばつたり、敵兵に会つた。いきなり、機関銃をうちかけたら、敵は死傷者ができ、火焔放射器、機関銃などを放棄して逃げた。大勢であつたのに、不意をうたれたので退却した。まづ、殊勲であるが、行つてみると、ビルマ兵はゐなくて、機関銃に紙が貼つてあつて「もうこれだけ働いたのだから、帰して貰ひます」と書いてあつた。

●現地で知った最前線の「苦戦」　それまでの行程でも、アンコールワットを上空から見たことなどが記述されるなど、手帖の言葉には切迫感がないが、ビルマの第一印象も「上空から見る金色のパコダ《(ママ)》。バンコツクより涼しい」と穏やかなものである。

私は、一九九四（平成六）年、火野が辿ったのと同じようにバンコクからラングーン（現在のヤンゴン）に行ったことがあるのだが、火野の記述通り、まず目に入るのは、黄金色に輝くパゴダ、つまり仏舎利塔である。奇しくも火野がビルマに参戦してから五〇年後のタイミングだった。町中至るところに袈裟をまとった僧侶たちがいた。敬虔な仏教国、というのが私の強烈な第一印象だった。町の真ん中にあるシュエダゴン・パゴダに行ったのだが、老若男女が熱心に仏に向かって祈っている姿が今も記憶に残っている。火野の手帖にもいかにビルマで僧侶が徳高く、衆人から尊敬を受けているかが書かれている。しかし、彼の目に映ったのは、それだけでなかった。戦禍に大きなダメージを受けていたラングーン。「爆撃の跡におどろ」き、「さながら廢墟の町である」と感じていた。

四月二九日は、特別な日である。手帖にもあるように、天皇誕生日、天長節だった。牟田口がこの日までにインパールを陥落させると意気込んでいた日である。大本営としても、作家、画家、作曲家たちにインパクトを与える最大の宣伝効果があると考慮し、あえてこの日に到着するように図ったのかもしれない。しかし実際は、陥落どころではなかった。

バンコク同様、ラングーンに到着したその日のうちに火野がさっそく向かったのが朝日新聞の支局だった。火野は、そこで「前線の戦況」を聞き、衝撃を受けた。出発時に考えていたようなものではなく、「たいへんな苦戦であること」がわかったのだ。バンコクで現状に一歩近づいた火野は、さらなる悲惨を聞いたのである。

火野がこれから向かおうとする「前線」は、南部地域を担当する弓兵団・第三三師団（長・柳田元三中将）の戦場だった。しかし、この時点で第三三師団は苦戦の連続を強いられていた。少なからずの戦果はあったが、逆にそれが軍内部に動揺を生み出していた。

三月一五日から一八日にかけてのトンザン、シンゲルの激戦が発端である。このさなか、第三三師団は、敵の軍需品集積場・3299高地を発見し、奪い取ると、敵の第一七師団は逃走を始めた。しかし情報伝達の齟齬もあり、柳田師団長は、第一七師団を包囲殲滅しなかった。このことが消極的すぎる、統制前進ではないかという問題になった。

その後、前線には、食糧も弾薬もなくなっていく。三月二七日、柳田は「インパール平地への東進を中止し」という意見を軍司令官に具申した。そのことが、牟田口の激怒を買った。

天長節までにインパールを攻略することに牟田口が固執していたのは、個人的な事情が絡んでいたという。牟田口が、一九四二（昭和一七）年五月一日に第一八師団を率いてビルマに進攻した際も、天長節に合わせていた。その前のシンガポール陥落も、二月一一日の紀元節を目指したのだが、果たせなかった。そのため今回はどうしても節目のタイミングで、という気持ちがあったと思われる。

具申を聞き入れられなかった第三三師団は、四月二七日から総攻撃を開始した。この頃、牟田口の強引な作戦に悩まされていたのは、コヒマを陥落させた北端の第三一師団（長・佐藤幸徳中将）も同様で、主要部隊の宮崎支隊をインパールに回すように命令を受けていた。しかし、コヒマの防衛線は辛うじて宮崎支隊により守られていたので、結果的に佐藤は命令を無視し、宮崎支隊をインパールへとは送らなかった。

結局、天長節を目指したインパールへの攻撃は失敗し、軍司令官の牟田口と師団長の柳田、そして佐藤との関係は、最悪のものになっていた。

それらの情報を、火野はこの時点でどこまで把握していたかは定かではない。「概略」としているので、火野が知りえた情報は、そこまで微にいり細をうがったものではなかったのだろう。それでも予想もしなかった事態に、火野は悲愴さを帯びた覚悟をかためていったに違いない。

○宣伝部に行く。邸内でラヂオ体操をしてゐる。そのあとで、部長井上大佐に会ふ。好々爺といふ感じである。古関《裕而》氏を紹介すると、「露営の歌」は怪しからん、死んでかへれなどと、兵隊は死ぬのが本意ではない、生きてかへらなくちやいかん、憤慨にたえんので、自分の師団だけはこの歌をうたふなといつたことがあるといふ。作歌者もラングーンにゐると、澤山少尉話す。「慰問文について」をさいきん読んだといふ。大本営から何の連絡もないとすこし憮然とした様子であったが、参謀部には来てゐたと澤山少尉いふ。今日は天長節につき、明日、司令部に行くことにする。

◉露営の歌　陸軍軍曹だった私の父が、生前、酔っぱらって歌う曲のひとつに、勇猛なものがあった。「勝ってくるぞと勇ましく」で有名な『露営の歌』で、「軍歌の定番」のひとつである。この曲は日中戦争勃発からまもない一九三七（昭和一二）年九月に作られた。

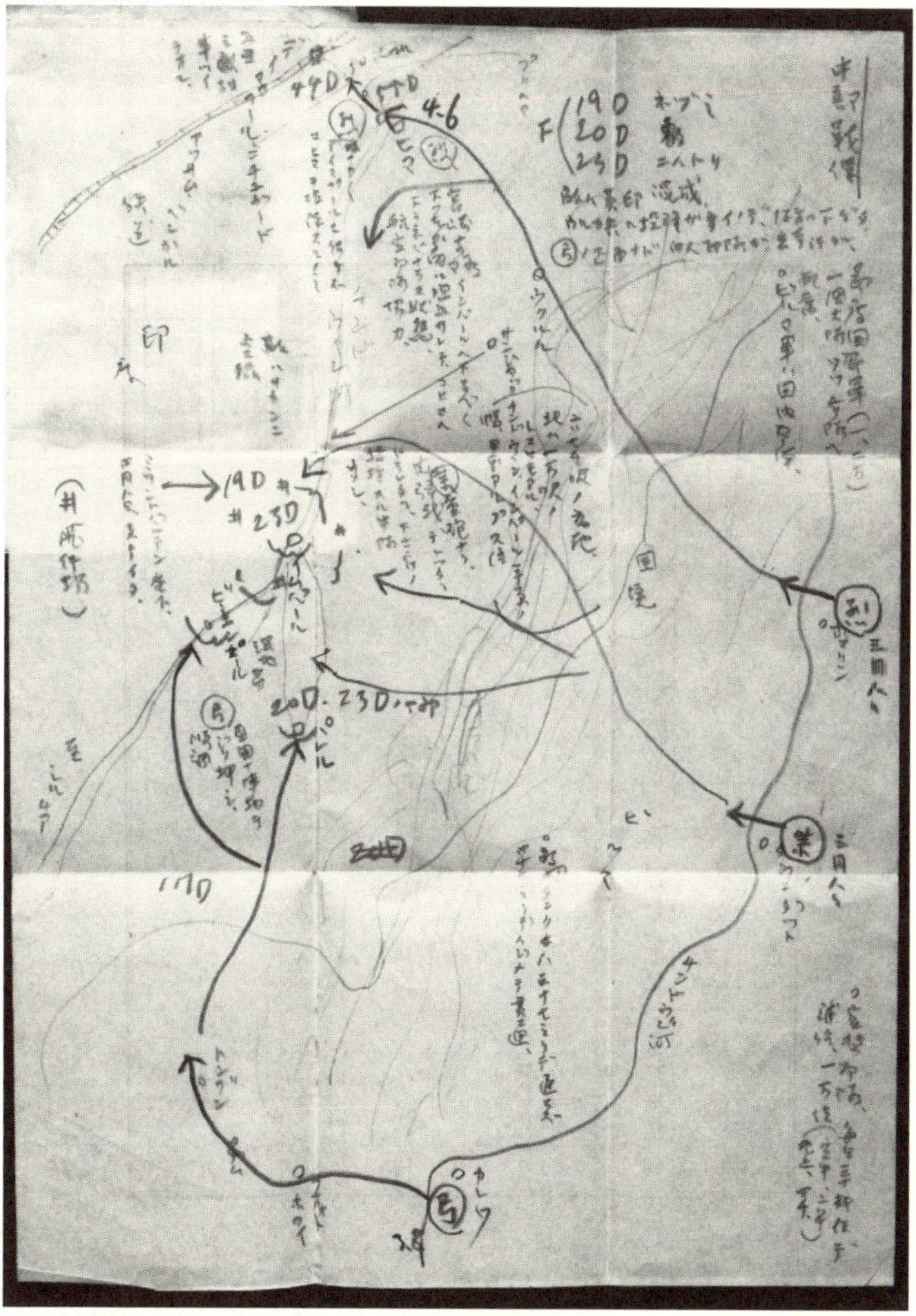

軍から説明を受けて火野が作った地図。矢印の向く中心にインパールがある。

そもそも大手の新聞社が、戦争が始まり、戦意高揚のための進軍歌の歌詞を公募したのがスタートだった。傑作に選ばれたのが、当時、京都市役所に勤めていた籔内喜一郎のものだった。その歌詞に、『露営の歌』という題名をつけたのは、菊池寛や北原白秋という文壇のトップランナーたちだったという。

古関裕而がこの歌詞に出会ったのは、満州を旅している時だった。古関は感動し、自発的にそれにあう曲を作り上げた。満州から帰国した古関にコロムビアの社員が、作曲を依頼に行ったところ、「その曲はもうできていますよ」と答えたという。

この歌を霧島昇や伊藤久男など、当時の人気歌手たちがこぞって歌って大ヒットとなった。

○部屋を割りあてられる。画伯《向井潤吉》は一号館、古関氏は三号館。こちらは二号館で、正木君のゐる家。正木君、部屋を変つてくれる。明るいよい部屋。前線にどうしても出してくれないと正木君こぼす。戦場報道隊といふのがあつて、妙にこじれてゐること、大本営の後藤少佐はどこか前線に出てゐること、このごろ、航空隊附きになつたこと、若松のこと、など。すこし日本語のわかるボーイの三郎、こまめに世話してくれる。

◉戦場報道隊　一般的に、陸軍から前線の様子をペンの力で銃後に伝えることを担った火野や、後述する棟田博などの作家たちが、「陸軍報道班員」である。火野らが来る前の初期のビルマ作戦にも作家は派遣されており、その一人が高見順だった。

「陸軍」と「戦場」で役割が違うのであろうか、火野の手帖の記述を読む限り、「戦場報道隊」は火野たちと別に活動していたグループのようである。そして、彼らは戦場の情報を扱う役割だが、いわゆる新聞記者ではないようだ。なぜなら、前線のインダンギでの記述（五月一五日）を読むと、「朝日班」というものが、戦場報道隊と別に存在しているからだ。戦場報道隊は、最前線で、戦況の最新情報をつかみ、それを電報などによって後方にいる新聞記者などに伝達する兵たちと思われる。
○放送局にゐる松内則三氏たづねて来た由であつたが、会へなかつた。やめて、明日の飛行機でかへる由。
○せつかくの手帖が長くて、ポケットにはいらぬので、十冊とも上下を切つてもらふことにする。中上君が印刷屋でやつて貰ふといふので、ついてゆく。画伯も古関氏も正木君も同道。車でゆくと、パコダ《（ママ）》の附近に密集してゐる大勢のビルマ人たち。ここが一番賑やかだといふ。市内が爆撃でやられたので、この附近にぞくぞくと家が建ち、新部落ができつつあるらしい。秀文舎印刷屋に手帖をたのみ、市中にはいる。爆撃の跡におどろく。さながら廢墟の町である。ボンベイをふと思ひだした。広大な地域にわたつて、破壊された家々、がらんと人の住まない空家の羅列、犬などがうろつき、人かげもない。無気味な惨状。ラングーンが爆撃されたことは知つてゐたが、こんなとは思はなかつた。廢墟の諸所に、点々とたむろしてゐるビルマ人たち。赤い衣の坊主も見え、水をどんどん出してマンデ《水浴》をしてゐる者もある。巨大な空家の一角にきたない店をひらいてゐる者もある。
○日本酒をつくつてゐるところに行く。「香露、香蘭」といふ立看板が立つてゐる。白い牛二頭にひかせた車に、酒樽を積んで、何台も出る。十本ほど、車に積む。
○かへりに破壊された《空白》のパコダ《（ママ）》を見る。きらきらと塔は昔のまま黄金に光つてゐるが、周囲は破壊されて惨澹たるありさまである。誰もゐない。
○二号館の下には兵隊がゐる。ラヂオロケーターが丘の上にあつて、空襲はここが一番にわかるといふ。わかつてから、十五分もしてサイレンが鳴るので、悠々と防空壕に入れるが、ここらは藪なので、目標にはあまりならず、見物が多いといふ。
○夕食。にぎやかな団欒。庭の芝生に出る。やうやく日が暮れはじめる。星の話がはじまる。ここにゐると、なにもすることがないので、星の話、花の話、木の話、しまひには女の話になる。パンの木にいつぱい実が生つてゐる。ジヤツク・フルーツともいふ。ドリアンに似てゐる。ボーイのバーモウが二人を使つて、木にのぼらせ、三つほど落す。バーモウはボーイ長格らしく、胸に朝日の印をつけてゐる細面の色黒で、眼鏡をかけてゐる。みんなが面白がつて、バーモウ、バーモウといふ。バーモンといふのが本名らしい。丘の下に、ボーイの家族の朝日部落といふのがあるらしい。パンの実は棒をつきさして、二日ほど置いてからでないと味がつかないといふ。雑談に花が咲く。垣の茂みには青ハブがゐるらしい。日本酒をまだ出して来たが、甘たるくてもうのめない。こくがないのはアルコールを使はないからであらう。
○「南洋文学」を読んで寝る。暑い。汗。

4月30日

○さまざまな小鳥の啼き声の交響楽。

◉手帖第一冊について　全部で六冊ある「インパール作戦従軍手帖」の第一冊はここで終わる。福岡を出発する前日の一九四四（昭和一九）年四月二四日から書き始められ、ラングーンに到着した翌日の四月三〇日までのわずか七日間だけに使われている。最終日に至ってはわずか一行で終わっており、およそ手帖全体二〇〇ページのなかの四〇ページほどが使われているだけだ。つまり五分の四は空白のままである。

その理由ははっきりとはわからないが、ビルマから日本に帰る者がいて、その人に託すため、急遽中途で終えたのかもしれない。戦争時の郵便事情は極めて悪いので、信用できる筋に手紙や日記、手帖などを託すことは、行われていたからである。

結果的に、この「第一冊」は、日本からビルマに至るまでの行程を描いたものとなった。

◉手帖の空白　ここで気になるのは、第一冊が四月三〇日で終わっているのだが、第二冊が書き始められたのが五月七日だということだ。この間、火野はラングーンに滞在している。火野は、何か文化的刺激を受けた時、心動かされる出来事や話を聞いた時に、詳細に記述する傾向がある。これでもか、というほど、何ページにもわたって、事象、そして自身の感情などを赤裸々に書き綴る。反対に、何もない時は、簡素になる。

では、この間の一週間あまり、ラングーンで外出せず、人とも会わなかったのだろうか。宿にこもり溜まった原稿を書いていたのかもしれないな、と私は推測した。

しかし、手帖第二冊の最後の方の記述を見ているうちに、火野が大きくバツ印をつけているページがあるのに気付いた。そこに火野は、簡素ではあるが、四月三〇日から五月六日の出来事をメモしていた（資料編516ページ参照）。軽くそれらをフォローしてみよう。

四月三〇日に、火野はパゴダに行き、「鈴木君」から戦況を聞いていた。庭で「スキヤキ」も食べたようだ。五月一日には、ビルマ方面軍の司令部に行き、軍トップの河辺正三《まさかず》司令官ら最高幹部と面会した。河辺は、ビルマ全体の作戦をすべて決定する総責任者である。そして、日中戦争の時、火野の代表作『麦と兵隊』の原稿を最終的にチェックしてGOサインを出した人物でもあった。しかし、火野は今回のこのメモには彼の名前を簡単に記しただけだ。後に牟田口廉也について詳細に綴っているのと対照的である。面会が儀礼的なものだったのか、あまり河辺に感じ入るものがなかったのか。あるいは、『麦と兵隊』の検閲の際に何か遺恨が残ったのかと推察するのはうがちすぎだろうか？

五月二日に火野は学校や放送局を見学に行っている。この日から、「湖畔荘」というところに宿泊している。そして翌三日に、気になる呼称が書かれていた。「光機関」である。日本軍が、インド攻略に際し、作り上げた謀略組織である。なぜ、火野がそのようなところに行ったのかは、書かれていないが、その後もたびたび火野の手帖に出てくる名称である。光機関については詳しく後述したい。翌四日、火野は終日、湖畔荘にいたようだ。五日は「ハタオリ」を見たと記される。手帖の後ろに何ページにもわたってスケッチされた絵は、この時に描いたに違いない。そして、六日には、「模型」と書いているが、青木参謀の室に於いて、とあるので、それは、何らか作戦に関係がある「模型」だったのかもしれない。

以上が、火野のラングーン滞在時のメモである。この一週間は、さほど火野の印象に残るものではなく、この程度のメモにとどまるものだったのだろう。しかし、それを丁寧にバツ印をつけて意図的に消し去ろうとした理由は定かではない。

火野の手帖の特徴は、日付がついた、まさに「日記」というべき部分と、ここで取り上げた手帖末尾のメモが同居していることである。「日記」と「メモ」を丁寧に照合していくと、火野が手帖に何を残そうとしていたかが見えてくる。

さらに「日記」「メモ」だけでなく、火野が手帖に残していたものがあった。それが「添付物」だ。火野は、手帖にいろいろな資料を貼り付けていた。その「添付物」から、この一週間に火野が確実に、やっていたことが浮かび上がってきた。火野は、自身がこれから向かうインパール作戦を細かく分析していたのである。

その証左が、手帖第二冊をめくってすぐのページに貼り付けられた二枚の原稿用紙だ。それらは、原稿用紙として使われておらず、裏の白紙が利用されていた。一枚目には、「作戦要領」と書かれ、ビルマ全土に展開されている部隊編制図が描かれていた。インパール作戦だけでなく、フーコン作戦、雲南作戦の展開も描かれている。鉛筆だけではわかりにくくなると思ったのだろう、師団の名称が青で、そして細かい部隊展開が赤鉛筆で記されている。次のページも、同様に原稿用紙の裏に図が書かれていた。こちらはインパール作戦に特化した展開図だった。「中部戦線」とタイトルが書かれ「烈」「祭」「弓」各師団の展開を、やはり赤青の鉛筆を使って細かく記していた（53ページ参照）。

これらの図は、戦後に発刊された、戦史叢書などの作戦図ともほぼ同じもので、当時にあっても火野がかなり信頼すべき筋から聞き込んだ情報をもとに作った図だと思われる。ここまでの展開図はむろんマル秘で、一般の将兵には知らされていない情報である。四月三〇日の「鈴木君」との面会の時や、翌日のビルマ方面軍司令部訪問時に、軍上層部から聞き込み、この作戦図の作成に費やしたのかもしれない。あるいは、六日に青木参謀の部屋で見た「模型」にそのヒントがあったのかもしれない。これら作戦図をもとに、当時の戦況の研究・取材に当たった分、この期間の手帖の日記記述が手薄になったのだろう。いずれにしても、火野がまず作戦状況の全体像を頭に入れたうえで前線に向かおうとしていたことがよくわかる。

まるでこれから戦場に向かう将官のようだ。元兵士で、分隊長として部下を指揮した経験がある火野ならではの流儀だと感じた。このような姿勢に下支えされた目線があったからこそ、ただ机に向かうだけの文学者たちが戦場で綴った従軍記とは一線が画されたリアルな戦争文学が生み出されたのだ。

第２章
司令部跡を拠点に
（一九四四年　五月七日〜五月二〇日）

最前線から三〇〇キロ以上後方、マンダレー近郊のメイミョウへ。直前まで第一五軍司令部が置かれていたこの優雅ともいえる街を拠点に、軍関係者・インド国民軍のボースらとの面会が続く日々。前線の緊迫感は感じられないが、空襲など戦火の影は容赦ない。

Ⅱ《第二冊》

テイデイムにて
わがまことかく足らはじとひむがしを仰ぎて愧《は》ぢぬなほここに来て
つはものの日夜殪《たお》ると聞くからにこの悲しきをなほ生きてゐむ

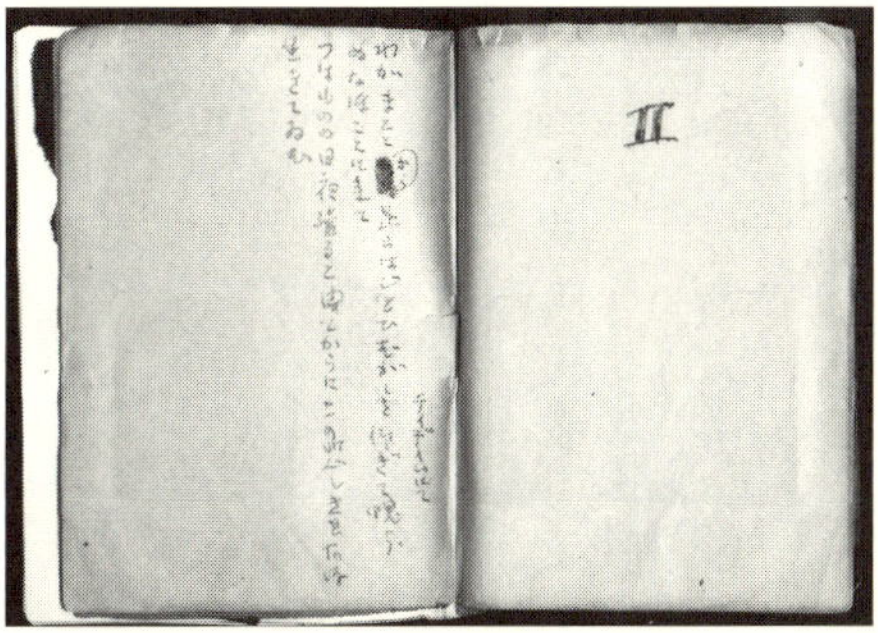

各手帖にはローマ数字がふられ、Ⅵまである。

5月7日　（ラングーン→ナウンキオ）

○満月の水祭があるといふので、画伯《向井潤吉》、古関《裕而》君、三人でシエイ・ダゴン・パコダ《ママ》へ行く。たいへんな人出である。跣足で上る。足焼ける。着かざつた善男善女がうようよと堂宇にあふれ、たのしさうに坐りこんだり、拝んだり、話したりしてゐる。花車が来る。金ピカの鳥。熊手のやうなものに、紙幣を一杯はりつけて来る。仮装して踊る男。妙な太鼓。

○司令部に行くと、嘉悦参謀、昨夜の飲みすぎがこたへ、出てすぐ帰つた由。鈴木中尉、飛行隊へ連絡をとつてくれ、18時半出発の予定なので、18時までに飛行場に行つて欲しいとのこと。昆《第三三軍の通称》の尾崎中尉宛、手紙書いてくれる。

○宣伝部に、借りものに行く。軍袴、鉄兜、靴、外被、巻脚絆など。

○大本営の後藤少佐に会ふ。今日前線からかへつた由。数日中に東京にかへる予定。前線はたいへんですよといふ。

○古関君はラングーンへ置いてゆくことにする。

●置いて行かれた古関　古関とは、作曲家・古関裕而である。なぜ火野や向井が前線を目指したのに、古関はラングーンにとどまったのか。古関の自伝『鐘よ 鳴り響け』（一九八〇年　主婦の友社）によると、陥落後に、参謀部と一緒に行くことになったのだという。己を兵隊作家、兵隊画家と認識し、リアルタイムに前線に向かったふたりと、古関の前線への思いの違いが、行動にあらわれたのだろう。

火野は、この日古関と別れる前に、司令部から頼まれていた『ビルマ派遣軍の歌』の歌詞原稿を手渡していた。ラングーンで、古関は、この歌詞につけるメロディーの作曲に腐心した。完成後は、同地で、ビルマの歌や踊りの曲をゆっくり十分に採譜したという。それでも時折、前線から戻ってくる従軍記者たちから「悲観的なことばかり」を聞かされ、火野たちの安否を気づかっていた。インパールは陥落しなかったため、結局、古関はラングーンより先には行っていない。

○ミンガラドン飛行場。南北滑走路の北端といふのがなかなかわからない。遠まはりをして、やつとはいる。将校四五名、兵隊たち、整備をしてゐる。トラックやつて来ない。サイドカーで高橋大尉来る。少年のごとき将校。18時半になつてもトラック来ず、中上君むかへに行き、園田《支》局長などをのせて来る。途中でエンコせる由。小倉の者だといふ兵隊がゐて、父へよろしくとのこと。（富野師範東町●●茂太郎、兵隊義雄）戸畑出身で若松中学に通つたといふ中尉。高橋大尉笑つて、今日、あなた方をのせてゆくといふので、みんな出て来たのですよといふ。偵察機。搭乗、出発。自転車をのりまはすやうである。このごろ、メイミヨウは毎日爆撃されてゐて、ことに、敵機はうしろからついて来て、着陸すると同時に、銃撃して来る、この間は、五六機で来て、かくしてあつた飛行機をさがしまはり、12機のうち8機を焼かれたといふ。

○ラングーンの町、遠ざかる。光る黄金のパコダ《(ママ)》。昨夜のつかれ去らず、せまいところにひつくりかへつてしばらく寝る。眼がさめると、山岳地帯の上をとんでゐる。

○飛行機は北上し、左に真紅の太陽がはつきりした輪廓を見せて沈み、右手には白い満月がある。まつすぐな道路、鉄道。二時間以上になるのに着かない。いたるところの密林に、白煙が立ちのぼつてゐる。自然発火をした山火事らしい。夕刻、小さな町の上に出る。合図らしく翼を三度ほど振る。

赤土の滑走路に着陸。誰もゐない。自転車のやうに飛行機はどんどん森のなかにはいる。兵隊が三人ほどゐて、樹の下に誘導する。高橋大尉、ここは、メイミヨウぢやないんですよ、敵機が見えてメイミヨウへ行くらしかつたので、急に方向を転じた、あなた方に知らせると心配すると思つたのでいはなかつた、ここはナウンキオです、といふ。

○サイドカーが来る。画伯と三人で乗り、兵舎に行く。アンペラ《筵《むしろ》のような織物》の簡素な建物。住民に会ふ。ここはもうシヤン州なので、シヤン族かも知れん。一軒の家から兵隊に案内されて一号兵舎といふのに行く。ひやりとした涼しさ。雑木林の多い高原地帯。種々雑多な小鳥の声。標高800米余。同じやうな清潔なアンペラ兵舎。武装をといて表に出ると、明るい月明。しばらく月を見てゐる。食事。塩焼の魚、キヤベツ、蓮根の皿に汁。電燈がついてゐるので不思議さうにしてゐると、飛行場大隊は皆発電機を持つてゐるといふ。色々な恰好の虫。蚊はゐないらしい。メイミヨウに高橋大尉電話連絡をしようとしたが通ぜず、電報にする。またしばらく表に出て、草の上で月を見る。空は霞んでゐるが、あたり

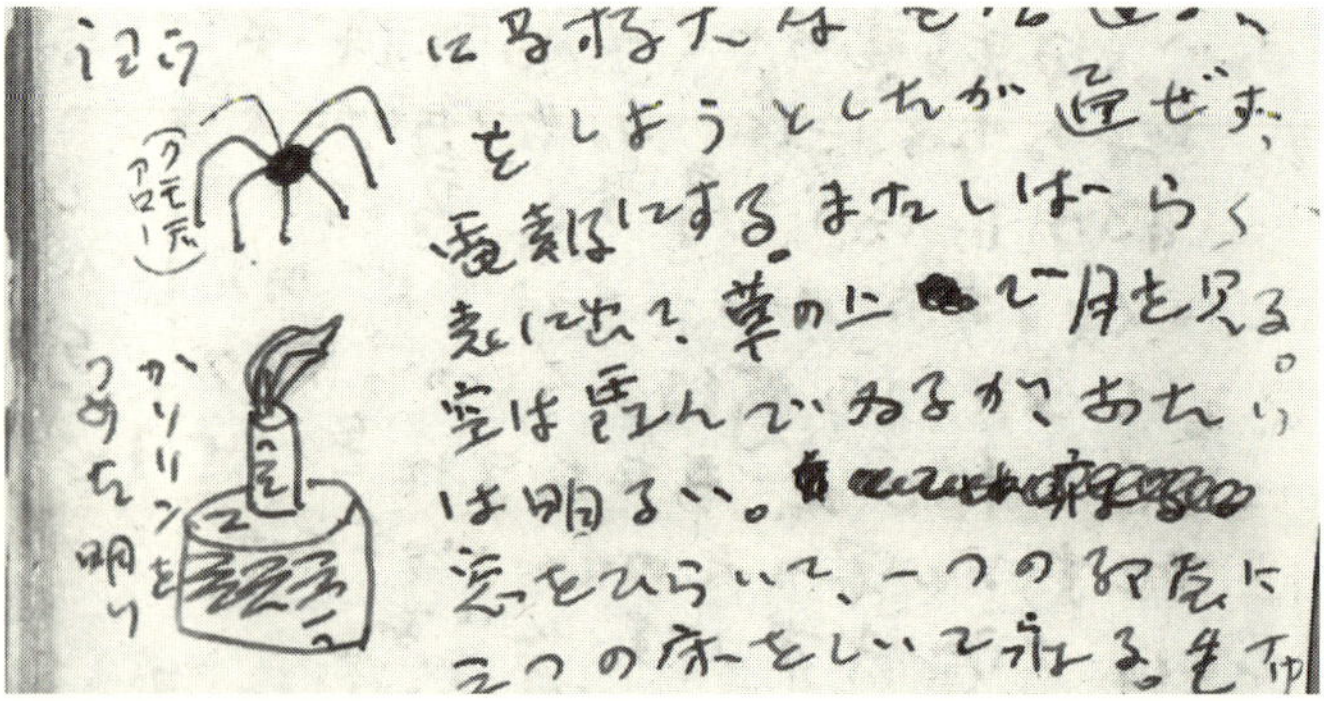

手帖に記された日常の小さいものへのまなざしは、前線に近づいても変わらない。

は明るい。窓をひらいて、一つの部屋に三つの床をしいて寝る。毛布をかけた藁蒲団。ひさしぶりの状袋。

五《（ママ）》月8日（メイミョウ）

○夜あけ。裏に美しい流れがある。顔洗ふ。飛行場に行くと飛行機が見つからない。笑ふ。《空白》時出発。20分でメイミョウ飛行場着。高橋大尉は北澤参謀をのせてかへるとて、林《第一五軍の通称》司令部に連絡する。待つてゐると、北監視哨に爆音といふ連絡。飛行機をすぐかくせとてみんなで押す。いつも朝は来たことはないのに、いやにはええなと兵隊笑ふ。すこし飛行機を動かしてゐると、自動車来る。高橋大尉、すぐ飛びませう、その方が安全ですとて、北澤参謀をのせ、たちまち飛び上りラングーンの方向へ消える。司令部の自動車に乗せてもらひ、メイミョウへ行く。並木道の間を走る立派な鋪装道路。英人の避暑地であつたといふメイミョウは軽井沢といふ感じで、緑の町である。しかし、家は爆撃のため見るかげもなく破壊されわづかに残つた家で、住民が商売をしてゐる。気のよい運転手で、前線にええ自動車を持つて行つてしまうて、こんなぼろ車で走るんで故障や修繕ばかりなどといひ、内地のことを聞きたがり、朝日支局まで送つてくれる。司令部のすぐ隣り。

●メイミョウについて　火野は、日本軍の本部が置かれた高原の町メイミョウについて「英人の避暑地であつたといふメイミョウは軽井沢といふ感じ」、「緑の町」と綴っている。

『動物農場』などで知られるイギリスの作家ジョージ・オーウェルが、戦争が始まる前のメイミョウについて書いている。オーウェルは、一九二三年にマンダレーの警察官訓練学校を卒業後、実地訓練のため、メイミョウに赴いていた。『カタロニア讃歌』のなかに「客車から一歩外に出ると、違った世界に足を踏み入れる。不意にイギリスのではないかと思わせるような甘く冷たい空気を吸い込む。まわりはいたるところ緑の草、わらび、もみの木。ピンク色の頬をした山の女たちがバスケットにいちごを入れて売っている」（都築忠七訳／岩波文庫）と記述している。確かに、火野の「軽井沢」「緑の町」という描写と重なり合うような光景である。そもそも、なぜ「英人の避暑地」がビルマの山中にあるのか。イギリスは、ビルマを手中にしようと、三度にわたって戦争を仕掛けた結果、一八八五年、王朝ビルマを征服し、隣国で、すでに植民地だったインドと合併した。直接支配はせず、政治統治はインド人に、経済は華僑に握らせ、イギリス人は主要都市に白人クラブを作り、遠隔支配をした。山岳地帯の少数民族はキリスト教化し、治安維持をはかったという。そんな背景があったため、日本軍が進駐してきた時、ビルマの支配層の中には、植民地解放の期待をした向きもあったようだ。しかし、一九四三年、ビルマは独立したものの、日本軍の支配は続き、ビルマ人の期待を大きく裏切っていく。さらにビルマ各地での戦況は悪化、日本人への感情も悪化していった。

当時のメイミョウの写真に、日本軍将校の宿舎が写されたものがあるのだが、スイスなどの高級リゾート地と見間違えてしまうような西洋風の瀟洒な建築物に感嘆させられた。牟田口が宿舎とした建物の写真も見たが、やはり立派な西洋風建造物で、ちょっとした体育館ほどの大きさがありそうだ。

かつての「英人の避暑地」も日本軍の本拠地になったため、火野が到着した時には、すでに連合国軍による爆撃にさらされていたことが手帖の記述でわかる。第一五軍司令部は、インパールに近いインダンギに移ったため、メイミョウで火野は牟田口に会えていない。この後、火野は日本兵しかいない山中の泥濘へと足を踏み入れていく。（参考文献／師岡司加幸「『フーコン戦記』に見る戦争」「あしへい」第一五号　二〇一二年）

○中埜誠一、藤井重夫、尹久《【コレヒサ】》君など。朝食中。園田支局長からの手紙わたす。中埜君はフーコン地区から、藤井君は空挺隊の方から数日前にかへつて来たばかりで、玉砕をしかけたことも度々といふ。

◉中埜君　前線を目指し始めた火野の手帖の記述に、一気にふえてくるのが軍人や記者の名前である。戦場に近づいていく証左でもあるだろう。

この日、メイミョウで出会ったひとりが中埜誠一である。火野とうまがあったようで、火野は手帖で「中埜君」と記述する。インパール作戦に向かう道中では、すぐに記述がなくなることから、早い段階で別れたようだが、八月に火野が北部ビルマに行く時の先導役として活躍することになる。

○雑談を抜き書きすれば

①敵は諜報がうまい

②アメリカ兵とイギリス兵はちがふ、英兵は武士道らしきものを持つてゐて、日本兵の屍骸を埋め、十字架を立てその上に鉄兜をかぶせてあつたり、日本兵の負傷者の治療してから、元気になつて来たまへ、もう一度戦はう、などといつたことがあつた。

③敵の地図はメリンスの布に印刷してあつたり、裏が緑にしてあるのがある。

④空挺隊陣地は頑強で始末に悪い、こちら飛行機がないので敵の跳梁次第で、夜間、三つの翼燈をつけて堂々と輸送し、陣地内も電気をつけてゐる、こちらは明りを見せないやうにしなければならぬ、「敵の終夜営業」と呼んでゐた。モウル附近、もつとも堅固。

⑤敵の手紙、唇を紅でつけたものがあり、それにキスしたあとがある、love, darling などといふ言葉をやたらに使ひ、あなたの太股が忘れられないなどある。あなたを食べてしまひたいほど愛してゐるなど。航空便が多く、電送などもあり、ロンドンから十日位で着いたのがあつた。

⑥空挺隊は馬を八頭づつはこんだり、ベトンのトーチカをはこんで来て、そのまま据えたりする。敵機はまるで演習をやつてゐるやうで、ときどき捕虜をつかまへると、飛行時間も少い奴で、服もスフ入りがある。空挺隊に支那兵が入つてゐたといふのは嘘で、英米兵だが、英兵をつかまへると、自分はアイルランド兵で、英国兵ではない、命を助けてくれれば英兵のことをしやべるといふ。英兵はアメリカ兵からいじめられてゐるらしく、それがいやで、投降して来た者もある。

⑦行動の速度は、こちらが75粍《センチ》、敵は150センチでなかなか追つつかんと兵隊笑つてゐる由。戦車はキヤタピラの音がきこえず、飛行機が爆音で消してゐることもある。こちらは夜しか動けないし、敵は昼動く。

⑧負傷をしても、戦死をしても、死体収容ができにくい。

⑨要するに問題は飛行機で、もう少し飛行機があつたら、わけはないのである。きいてゐて、はがゆい話ばかりで、銃後は何をしてゐるのだと思ふ。このごろ、銃後もしつかりしては来たが、まだまだ足りない。前線の将兵にこんな苦労をさせてゐては、義理にも銃後が立派で

あるとはいへぬ。腹立たしく、悲しくなる。しかし、前線は士気旺盛の由。

㊮《敵の伝単裏面の写し。前ページにその表面か太平洋の略図に戦況を写す》

昭和十七年には

日本軍部は意気揚々と御稜威の下に赫々たる戦果を誇つた。真珠湾の欺し撃ちの余勢に乗じて、日本軍はのこ〳〵とソロモン群島のガダルカナル島までやつて来た。この安値の進出で全日本は狂気的感激の一色に塗り潰された。

だが

昭和十八年はどうであつたか

同じ御稜威の下に戦つて居たにも拘はらず日本軍は新しい土地を一寸も攻略せず其の代りに土地を失つたばかりであつた。その失つた土地は次表の示す通りだ。

南太平洋

ソロモン諸島

一、ガダルカナル島

二、ラツセル島

三、ニユージョージア島

四、レンドヴア島

五、コロンバンガラ島

六、ブーゲンヴィル島に米軍が上陸し目
　下激戦中
ビル（ママ）マルク群島
　ニューブリテン島米軍が上陸し目下進撃
　中
　ニューギニヤ諸島には聯合軍が日本軍の重要なる諸拠点ブナ、ラエ、サラモア等を次ぎから次ぎへ占領、目下マダンを目指して進撃中
北太平洋
　アリューシヤンのアッツ島及びキスカ島は米軍に奪還された。
中部太平洋
　ギルバート群島から日本軍が追ひ出された。
●この頃の太平洋戦争全体図　火野の手帖に記された、おびただしい数の地名。それは敵軍のまいた伝単を写したものであった。それらを見ると、南太平洋および北太平洋の広域

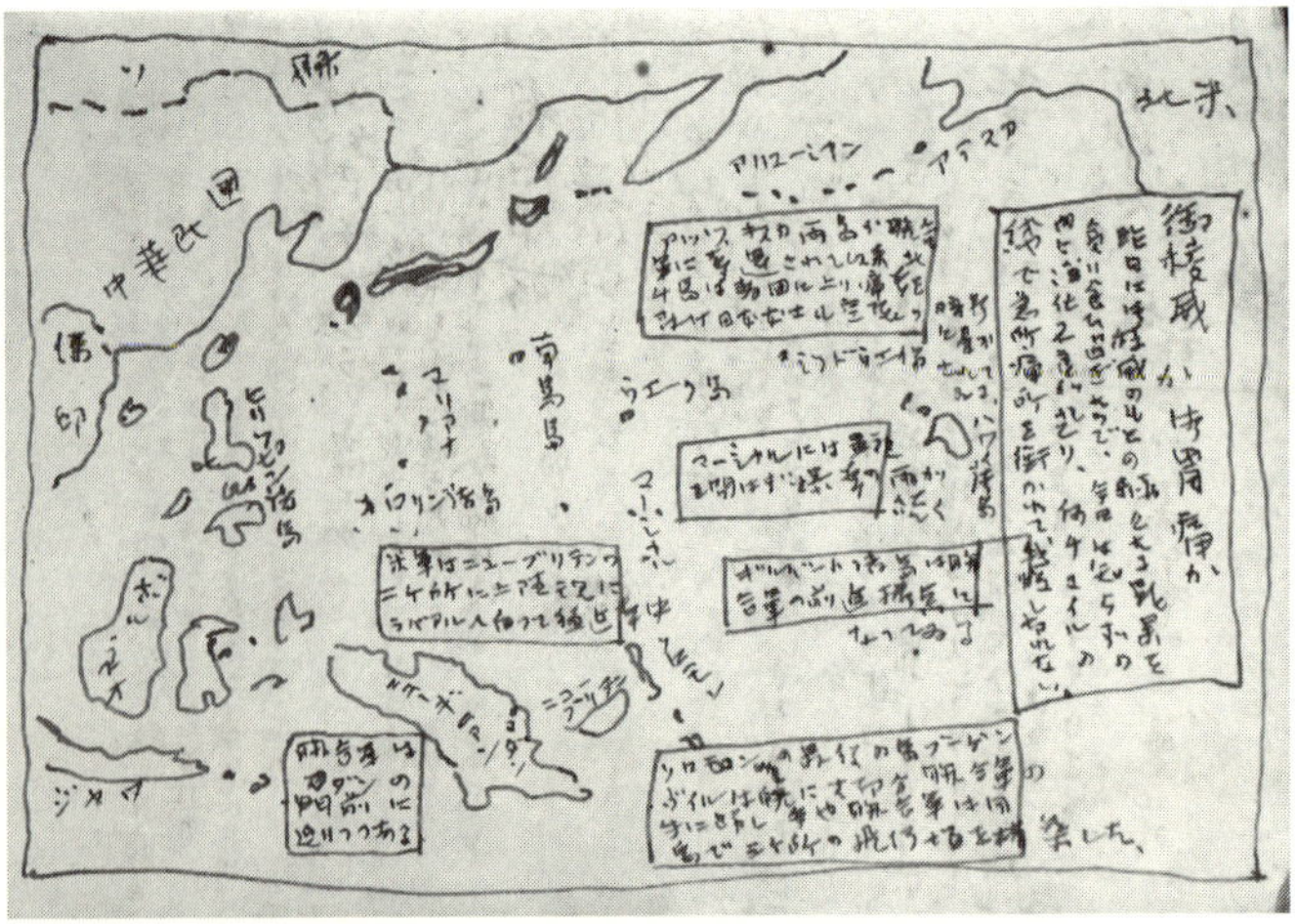

敵の宣伝ビラを写したもので、太平洋の図に厳しい戦況が書かれている。

にわたって、いかに日本軍が勢力を拡大していたかを思い知らされる。と、同時に、これらの地域は、一九四三（昭和一八）年初頭のガダルカナル撤退を皮切りに、急速に失われつつあることもわかる。インパール作戦を立案する時、その背景にあった日本軍の戦局を頭に入れておかないと理解ができない部分が多いだろう。これらの地域で劣勢に立たされていたことも、強引なインパール作戦と繋がっていたのである。

あらためて、一九四三年の戦局を見てみよう。日本軍は、この年の二月、本腰を入れて奪還しようとしたガダルカナル島からおびただしい犠牲者を出した上で撤退した。アメリカ軍は、完全に攻勢に転じていた。五月にはアリューシャン列島のアッツ島で日本軍は玉砕、八月には同じくアリューシャン列島のキスカ島を米軍は奪還した。さらに一一月には中部太平洋のマキン（現ブタリタリ）、タラワを占領した。

日本の資源輸送はままならなくなり、国内での工業生産力は低下していた。

このような中、東條が目をつけていたのが、太平洋とは反対側にあるビルマだった。八月一日に、バー・モウを首相としてビルマを独立させた。ビルマを軸にし、この頃、独立運動に揺れていたインドを刺激してイギリスの戦略に揺さぶりをかける計画だった。

○「時勢」ニユースを敏速にとらへて、ビラにして撒く。
○「日本軍の敗残兵諸君に告ぐ」といふやうなもの。密林の孤児をやめて、わが軍に来れ。
○日本へ先へ行く者は誰か、諸君よりも我々が先であらう。

○落下傘にて、煙草やマッチを落す。民衆のところに落して、煙草をのんであまつたマッチで、日本軍の兵舎を焼け、あるひは林を燃やせなどいふ。

○前線で真面目に伝へられてゐるデマ。

イ、米の配給が2合3勺から、1合九勺（ママ）になつたといふこと。

ロ、九州は大爆撃をうけ、北九州のごときは、めちやめちやになつたといふこと。

ハ、土佐沖海戦、敵は戦艦8隻、航空母艦20隻、それに巡洋艦、駆逐艦を附した大機動部隊をもつて本土上陸を策して来たが、わが方は千機をもつてこれを邀撃《ようげき》し、駆逐艦二隻を逃がしたのみで、あとを全滅させた。わが方損害２００機。

○1時半。話しをしてゐると「空襲」とどなり、警報が鳴る。門前の防空壕に行く。爆音のみで機影は見えない。ロツキードで、偵察に来たものだらう、今夜は来るぞといふことになる。解除のサイ

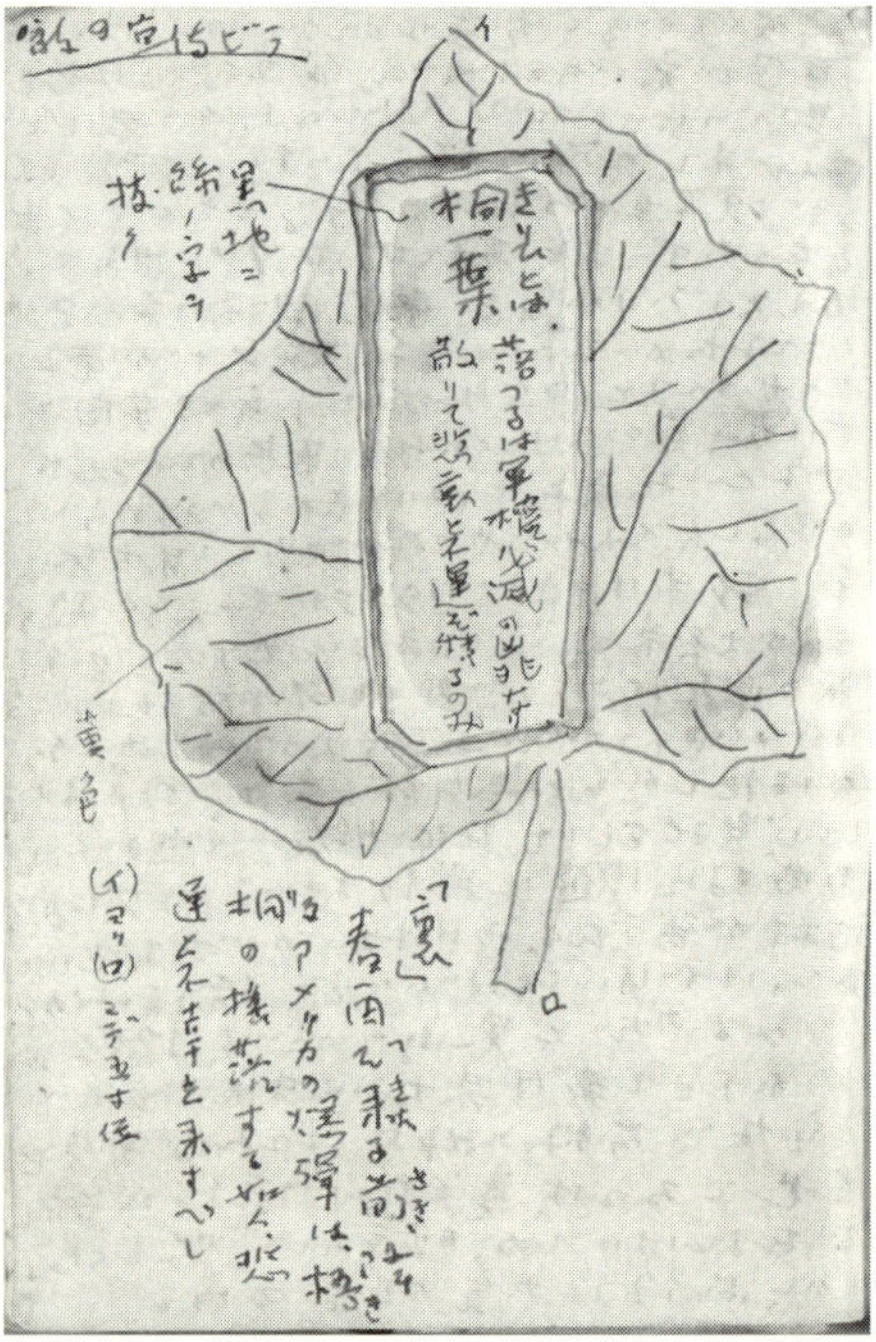

葉の形をした敵の宣伝ビラの写しで、色まで記す。

レン。
○庭にある美しい花。藤に似た花に、セクパンがもつれて、一つの木に赤と紫の花が咲いてゐるやうに見える。玄関の屋根を掩ふイランイラン（比島名）の柿色の花。見わたす緑の芝生と樹木。松の木が点々とある。松たけも出るといふ。どこかに桜もある由。
○昼食後、司令部に行く。田中参謀に嘉悦参謀からの名刺わたす。同じ部屋にゐる尾崎中尉に、鈴木中尉の手紙わたす。急いで前線に出てもなかなかだから、ここで二三日ゐて、それから便を待つてインタンギ《（ママ）》へ追及したらよろしからうといふので、指示を俟つ旨返事する。磊落さうな人である。高級副官に挨拶。司令部だけは不思議に敵が爆撃しないので、知らないのか、あとで頂戴するつもりかだらうと笑つた。
○町へ出る。廢墟のなかに明妙市場がある。「軍指定野菜納入商」といふ木札のある店の帳場に、でつぷり肥えた女がゐて、しきりに煙草を吹かしてゐる。白い上衣、大きな口、描いた眉毛、左手には金の腕環、大きな紅玉のはまつた指環をはめ、きたない店に不似合に派手な婆さんである。看板の下にママコ《（ママ）》があるのが名らしい。もう一つの貼紙には、「毎度ありがたう存じます、マ、マコーン」とある。いくらか日本語がわかるらしく、「イリマス？　大キイカ、小サイカ、小サイヨロシ」などといふ。トマトである。まつ黒な小僧が、銹ついた大きなチキリではかつてくれ、「カゴ、アシタ、ワスレチヤネ」といふ。二人の兵隊が店のなかで、蓄音器にきき入つてゐる。日本の甘い流行歌。
○偕行社食堂。甘たるい栗饅頭にコーヒー。四五人、日本女性がゐる。ムーランルージュの踊り子や、カフェの女性などで、国民学校の先生をしてゐたのもゐる由。色の白い英印混血の少女たちが可愛いい。茶をはこんで来る。かへりに競馬場の横を通る。放牧してある牛。空挺隊が降りるといふので、広場いちめ《ん》に立てたといふ杭。

◉偕行社　東京市ヶ谷駅から徒歩一〇分ほどの雑居ビルに、偕行社という名の旧陸軍のＯＢ団体がある。ここは大日本帝国陸軍の元将校や自衛隊の幹部の親睦組織である。戦前から組織されたもので、やはり帝国陸軍の将校や准士官の親睦・互助・研究組織だった。日本各地に作られ、各種の軍装品の販売や、関係者に向けた喫茶店や旅館が営まれていた。ちなみにビルマに到着する前に立ち寄った上海で火野たちが宿泊したのも偕行社である。手帖からメイミョウにも偕行社があったことがわかる。食堂には女性の従業員がいて、かなり贅沢な食材が集まっていたようだ。また、書籍も販売していたようで、手帖後半には、火野が偕行社で本を買い求めていたことが記述されている。

○夕刻、田中参謀と尾崎中尉来り、新聞社といふのは汚いなあと笑ふ。明日、ボース氏と十一時半から会ふことをきめて下さつた由。
○満月。昨日が満月だと思つてゐたのに、今夜もたしかにまん丸である。
○夕食。Fire Tank whisky といふ現地ウイスキー。あまり酒はのみたくない。自動車にて、湖に行く。きらきらと硝子の破片のやうに光る蛍。水にうつる月光。湖畔の草に坐すとよい気持。メイミヨウの町はこの水を引いてゐる由。女の声。晴明荘の女たち、日本の歌をうたつてゐる。

5月9日　（メイミョウ）

○汗をかかぬ冷やりとした爽快な朝。
○10時、林《第一五軍の通称》司令部の橋本参謀宅に行く。空挺隊の方にさいきんまでゐた由にて、その戦況を話す。菊部隊は強いが、戦のやりかたを知らん、昔の古い考へでやつとるので、損害ばかり出ていつまでも落ちん、敵のトーチカにダニのやうにくつついて、いやがらせをやり、飛行場などにも接近してゐて、反復夜襲をやれば、敵が根気まけする、昔のやうに包囲するとか、退路を立《マヽ》てば敵が困るといふやうな戦法はもう役に立たん、牟田口兵団長と三年間もいつしよにゐたが、自分のいふことはよくきいてくれた、今度の攻撃をはじめる時機については、第一線を見まはつたあと、ほぼ、三月八日と心にきめてゐたが、牟田口閣下もそれに同意し、軍の方との意向ともぴつと合つた、佐藤兵団長はすぐ今から行くといふ、牟田口将軍がまあ待てといつた、向ふいきの強い牟田口閣下が人を制したのは珍らしい、しかし、空挺隊など自分は大したものと思つてゐない、などといふ話。すこし早口で、闊達な口調。

●菊部隊　日本軍では、兵隊のまとまりである軍、師団などすべての部隊が、数字の正式名称のほか、通称名も併せ持っていた。菊は、火野がかつて所属していた第一八師団の通称である。九州北部出身者が主体で、福岡、佐賀、長崎県民が多数だが、山口、大分の一部、そして沖縄の出の者もいた。
　菊師団に対しての火野の並々ならぬ思いは、手帖の端々からも感じることができる。第六冊の後ろに書かれたメモに、「菊兵団数へ唄」、というものがある（資料編519ページ参照）。その中に「故国ヲ遠ク幾千里九州男子ノ意気ヲ知レ」と書かれており、まさにこれは火野の矜持そのものだと思った。さらにそのあとに記されているのが、「菊兵団歌」（417ページ図版参照）なのだが、その歌詞は「ああ、玄海の荒汐に」と始まって、「日夜鍛へし、鉄腕は」と続いており、プロ野球の福岡ソフトバンクホークスの応援歌と似ていることに驚かされた。

菊兵団は、日中戦争では杭州湾上陸作戦を皮切りに、多くの作戦に参加、太平洋戦争がはじまると、牟田口廉也軍司令官の指揮下で、太平洋戦争最初の戦闘といわれるマレーのコタバル敵前上陸を成功させた。シンガポール攻略後、第一八師団はそのままビルマに進攻、一九四二（昭和一七）年五月一日、マンダレーを攻略。ビルマの英国軍はインド領に、中国軍は中国領に退却、ビルマ全土の制圧に貢献した。

しかし、その後は苦闘を続けた。とりわけ、火野の手帖の第五冊で記述された、フーコンの戦いでは、五〇〇〇人が命を落とした。

●牟田口閣下　火野の手帖に初めて牟田口の名が記されるのは、メイミョウ滞在時の五月九日のことだ。牟田口とは、インパール作戦を総指揮していた第一五軍司令官牟田口廉也のことである。火野が「閣下」「将軍」と敬称をつけているのは、インパール作戦時に、中将の位にいたためである。一八八八（明治二一）年、佐賀県に生まれた。陸軍士官学校の第二二期。一九一七（大正六）年に陸軍大学校を卒業して、陸軍省軍務局や参謀本部に勤務した。

牟田口は、一九四一（昭和一六）年に第一八師団長に就任する。気性の荒さと強気の作戦指導の指揮官として知られていた。しかし、その強引な性格が、インパール作戦を強行する起爆剤となってしまった。

○11時半、田中参謀、迎へに来る。自動車にて迎賓館に行く。光機関長磯田三郎陸軍中将、同、北部邦雄大佐、陸軍司政長官千田牟婁太郎氏など。千田氏に、本間閣下の名刺と、石山さんの手紙をわたす。広東の報道部で田村部長時代、廊下で会つたことがあるといふが、おぼえない。

去年の臨時議会のとき、ボース氏と同席した千田さんが、両耳のうしろに手をあて、身体をのりだすやうにして、東條首相の演説をきいてゐたのを思ひだす。磯田中将は杭州湾にも上陸したので、「土と兵隊」は面白かつたが、徐州戦は北から南下したので、「麦と兵隊」はぴんと来なかつたといふ。雑談をしてゐると、12時になる。出る。

◉光機関　諜報機関・光機関が編成されたのは、一九四二（昭和一七）年の四月末、サイゴンでのことだった。インド国民軍結成のために陰で動いていた諜報機関・岩畔機関が発展したものである。この時、インド国民軍の訓練をシンガポールで行い、インドに向けて放送や宣伝活動を始めていた。またペナン島でスパイ工作員を養成した。

○スバス・チャンドラ・ボース氏邸。バーモ長官の別荘。印度兵が門をひらく。衛兵所の兵隊たちが号令をかけて起立し、敬礼する。瀟洒な建物。玄関にも印度兵数兵。玄関わきの一室に、千田さんに案内されて入ると、応接間に、ボース氏が一人、無造作に立つてゐた。両方から頭を下げる。千田さんが紹介してくれる。

軍服の胸に印度国民軍の徽章をつけてゐる。堂々たる体軀、広い顔に、思ひのほか強い感じの眼、

画5　右下の人物がボース。戦後の火災で焼け焦げた跡が見える。

禿げあがつた額、剃りあとの青い鼻の下と、顎、ふつくらとした首筋、浅黒い顔には思慮と決意とのみなぎつた精悍さが感じられたが、態度はものやはらかである。蝦茶色の乗馬靴をはいてまつすぐに立つてゐると、この人が強い指導力と統率力をもつてゐるのがよくわかる。会つただけで充分で、月並な問答をする気も起らない。腰かけたのを横からみると、頭髪はうすく、後頭部はそいだやうにまつすぐである。田中参謀が遠慮なしに話せといふ。

◉スバス・チャンドラ・ボース氏　インド国民軍司令官で、自由インド仮政府主席のことである。イギリスの植民地だったインドを解放したいと強い願望を持っていたボースは、日本軍と協力体制にあり、インパール作戦のキーパーソンのひとりである。

◉印度国民軍　五月九日、ビルマ到着後、わずか一〇日にして、火野は、ボースとの面会が実現した。手帖の記述には、ボースへの親しみと尊敬の両面があふれでている。

なぜ、インド人のボースが日本の戦争に参加しているのか。そもそも発端は、日本軍によるシンガポール陥落の時にさかのぼる。この時に大量に捕虜になった連合国軍の中に、インド兵たちがいた。日本軍の諜報組織が、彼らを宣伝や軍事活動に従事させるため、再教育し、結成したのが、インド国民軍だった。日本軍は、国民軍を利用して、インド攻略の起爆剤にしようとしていた。

開戦から一年一〇ヵ月がたった一九四三（昭和一八）年一〇月二一日、インド国民軍を主体とする自由インド仮政府がシンガポールで組織された。その政府主席に指名されたのがボースだった。ボースは同時にインド国民軍の司令官にも就任した。

ボースが、機会あるごとに日本軍に要請したのは、インド進攻だった。そのためインパール作戦が具体化すると、ボースは、牟田口ら幹部に共同戦線を持ち掛けた。日本側は、第一五軍の作戦がスムーズに進まないことを恐れ、ボースの提案には消極的だったという。

しかし火野が手帖に記述しているように、ボースの意志力と行動力は強く、結局、インパール作戦にインド国民軍は全面的に参入、協力することになった。遊撃、特務、情報、補充の面から作戦遂行を支えた。火野もインド国民軍についてこう記している。

正直に白状すると、私は現地に行つてみるまでは、印度国民軍といふものは政治的な意味の方が強い軍隊で、名ばかりではあるまいかと思つてゐた。ところが戦地に行つてみると、実質的にも国民軍が充実をしてゐてよくやつてゐることを知つて、自分の認識不足を恥じた。メイミヨウの国民軍病院を見舞つたときには、多くの患者の中の半数は戦線で敢闘して負傷した兵隊たちであつた。英軍と交戦し、英兵と取つ組み合ひをした者もあれば、爆撃銃撃にやられた兵隊もあり、また多くの印度兵がすでに前線で散華して英霊となつてゐた。（中略）彼等は片言の日本語を話す者が多く、前線には通訳として来てゐる印度兵もかなりゐて、日本の兵隊ととんちんかんな会話をしては笑つてゐる風景をよく見かけた。日本の兵隊も印度兵を兄弟分にしてよく面倒を見てやり、並んで行軍したり、同じ場所で共に炊爨《すいさん》したりすることも多く、また煙草をわけあつてのんでゐた。（中略）印度兵たちのデリーへの熱情はたいへんなもので、口癖のやうにデリーを繰りかへし、デリーへ入るまでは、死しても進軍の戈を収めない、といふのは総帥ボース氏以下の壮大なる夢である。（火野葦平「二つのインド語」「アサヒグラフ」一九四四年一〇月一八日）

しかしインド国民軍は、最終的には日本軍と一緒に敗走することとなる。ボースは、日本の敗戦直後、搭乗機が台北飛行場で離陸に失敗し帰らぬ人となった。四八歳という若さだった。

○印度作戦に対しては全国民の関心が集まり、ことに印度国民軍とその統率者の奮闘に期待がかけられてゐる、自分もそのために大本営から派遣されて来た、自分はフイリツピン作戦にも従軍し、全東亜人が一つにならねばならぬことを痛感した、印度の英国からの解放のために日本がいかなる支持をも惜しまないのは閣下の知られる通りである、インパールに印度《国民》軍とともに入城したいつもりである。

◉フィリピン作戦従軍と「全東亜人が一つ」　火野は、太平洋戦争が始まっておよそ三ヵ月後の一九四二（昭和一七）年三月初頭からおよそ一〇ヵ月間、フィリピンで陸軍宣伝班（のちに報道班と改称）員として宣撫活動に従事し、同じように従軍手帖を残している。それを読むと、火野は、「大東亜共栄圏」が謳うアジア諸民族の「共存共栄」を文字通り信じていたようである。それから二年あまりたった一九四四（昭和一九）年時点でも、火野の考えは変わっていなかったようで、ボース相手に「全東亜人が一つ」にならないといけないと自説を述べている。

○日本全国民の誠実ある支持はたいへんありがたい。自分を日本軍の傀儡のごとく英国は宣伝してゐるが、自分は自主的に印度自身として戦かひ、日本軍も手伝つて貰つてゐると考へてゐる。デリーに入るまではいかなる困難があつても退かぬ決心である。

○印度国民軍の活躍については、国内ではまだ充分認識されてゐない。（千田さん、これはボース閣下にはいはれないが、国内では、あんなもの名ばかりで、役には立つまいといふ者さへある）自分は日本軍の勇敢さはよく知つてゐるので、今度は印度国民軍の活躍をつぶさに知りたい。

○国民軍は勇敢によくやつてゐる。一個聯隊は前に出てゐるが、近くまた一聯隊到着する筈である。パタンの王様の子が二人ゐたり、貴族などもゐるが、すべて、軍隊にては階級の差別を撤廃した。宗教も自由にした。

○（千田さん）ボース閣下の指導力が強固なので、統制はよくとれてゐる。実際に前線ではよく協力し、効果もあげてゐる。ボース閣下は牟田口閣下と肩をならべてインパールにはいるつもりになつてゐる。

○ガンジー釈放について、たづねようと思つてゐると田中参謀がきいた。

○ガンジー翁釈放には政治的な意図がたしかにある。ガンジー夫人が獄中にあつたとき、民衆がやかましく騒ぎ立ててゐたのに、獄死したので、問題になつた。そこで、ガンジーを出して、様子を見ようとしてゐるにちがひない。ネールは出してゐないし、それを見ても英国の腹が知れる。ガンジー翁は衰弱が甚しいとはいふが、側近についてゐる医者の顔ぶれにみると、一流の者でなく、印度には名医が多いのだから、危険状態であるとは思はれない。印度進軍とインパール失陥があたへる影響は大なので、英国は相当狼狽してゐる、ガンジー翁釈放も国内鎮圧の一策かも知れない。作戦が停滞したのはやや残念である。

○向井画伯は日印軍インパール入城の記録画を描きに来たのである。

○それは大いに結構である。

○(千田さん)ガンジー翁は資本家をあまり攻撃しなかつた。ボース閣下の支持者は青年、労働者、一般大衆、国民会議派のなかにも、穏健派と急進派とある、ボース閣下は剣を持つて来る者には剣を持つて起つ決意。

○ボース閣下の意を補促《(ママ)》しながら、千田さん話す。ボース氏はつよい表情のなかに童顔に似た柔かさをみせる。親しめる顔である。千田さんは60に近い人であらうが、細面で痩身であるが、元気いつぱいで、長い体験にきたはれた不敵さがその柔軟な応対にほのみえる。ボース氏から信頼をされ、最高顧問となつてゐる。前線用の食糧をすでに準備してゐるとて進められる。サカプラといふ名の由。

○サハイ氏(仮政府内閣書記官長)はいつて来る。日本にゐた人で、夫人は日本人。古関《裕而》君が夫人の声を録音して、レコードを持つて来たといつてゐた。顔を見るや、「ああ、ヒノさん、あなたと昭南でお目にかかりました」といつた。むろん、会つたことはない。向井画伯にも、「ああ、東京でお目に」といつたにはあきれた。日本語うまし。

○庭に出て写真をとる。松の木たくさんある。ボース氏とならんで、みんなで四五枚うつす。尹久君撮影。ボース氏の歩いてゐるのを見ると、のつしのつしとして、立派である。

○画伯がスケツチした肖像を見せると、実物よりも肥えとる、と、顎のあたりをさして笑ひ、サインをする。

○別れる。「ジヤイ・ヒンド」の挨拶。出あつたときも同じ挨拶。印度の勝利の意。

○印度では英軍がしきりに募兵をしてゐるが、このごろは質が低下した。パンジヤブの兵隊は強い。外敵の侵攻路にあたつてゐたので、常に争闘に訓練されてゐた。グルカ兵は精悍純朴で、主に仕へる心が強いので、投降して来ると、新しい主のために働く。印度国民軍のなかにもゐる、と千田さんの話。

○ラクシユミ隊訪問。ラクシユミ大尉はとなりの病院に注射の加勢に行つたとて留守。マドロス《ママ》大学を出て医者の免状を持つてゐる。母は印度で有名な女で、なにかの大会でアメリカに派遣され、そのかへりに日本に寄つたことがある。叔父が教育世界大会で東京に行つたことがある。ラクシユミ大尉の夫君は昭南にゐるらしいが、ほつたらかして来てゐるといふことだ。

○待つ間、そこにゐる女兵隊と話す。カーキ色の軍服を着た一人の女兵が英語で千田さんと話す。ここにゐるのは十九人で、昭南にゐる部隊はまだ到着してゐない。メイミヨウで参加した者が多い。

隣りにゐるもう一人の女兵は友人だが、隊に加はるので別れに行つたら自分も入らうと一緒に加入した。グルカ族は強いが、女でも強く、三人ゐる。毎日、半分づつ別れて、訓練と、病院の看護とに当つてゐる。訓練は突撃などもやる。初めは印度式をやつたが今は日本式をやつてゐる。前にゐた宿舎が爆撃でやられた。壕に入つてゐたので人間に被害はなかつたが、トラツクが五台やられた。引つこしの途中、銃撃を受けて、三人負傷し、恐かつた。爆撃より銃撃が恐い。さう話す女兵はいくらかははにかんでゐるが、はきはきしてゐて、首に水色と白の毛糸の襟巻をまいてゐる。

○「ラニー・オブ・ジャンシー・レジメント」この名は１８５７年の独立戦争から来てゐる。ジャンシーといふところ女王が女軍隊を率ゐて最後まで頑強に抵抗した。その名をとつて、ボース氏がつけた。印度のジヤンヌ・ダルクの意。印度では女は尊敬されてゐて、女兵は射たない。女も加はつてゐるといふことが総力戦の意をつよめ、家の娘も出てゐるといふことは、士気を高める。また、負傷者の看護もでき、戦後の宣撫にもつて来いである。まだ前線に出てゐないが、昭南からの到着を待つて出る筈になつてゐる。

○ラクシユミ聯隊長、首に聴診器をまきつけてやつて来る。黒眼鏡の小づ

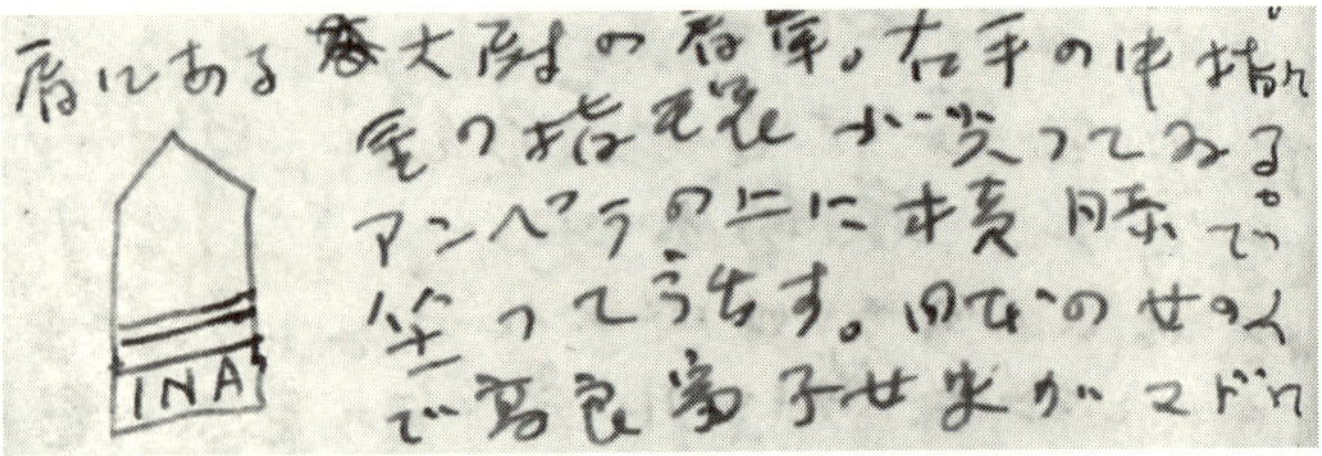

「ＩＮＡ」は、Indian National Army の頭文字。

くりな女。きりつとしまつた感じ。肩にある大尉の肩章。右手の中指に金の指環が光つてゐる。アンペラの上に横膝で坐つて話す。日本の女の人で高良富子女史がマドロ《(ママ)》ス大学時代の友人で、母のところに一緒に行つたこともある。ボース氏とタゴールのところへ紹介状を書いてあげた。今度、ボース閣下が大東亜会議に行つたとき、高良女史が手紙をことづけてくれた。明日は日本軍病院でレントゲン検査がある。そんな話を、右手で白い花びらをもみながら話す。

○写真。女兵隊たち、鉄砲を持つて出て来る。イギリスの旧式な分捕銃。となりの病院へ行く。

◉ラクシュミ隊と女兵隊　女医であったラクシュミー・スワミナタンは、チャンドラ・ボースが設立した「自由インド仮政

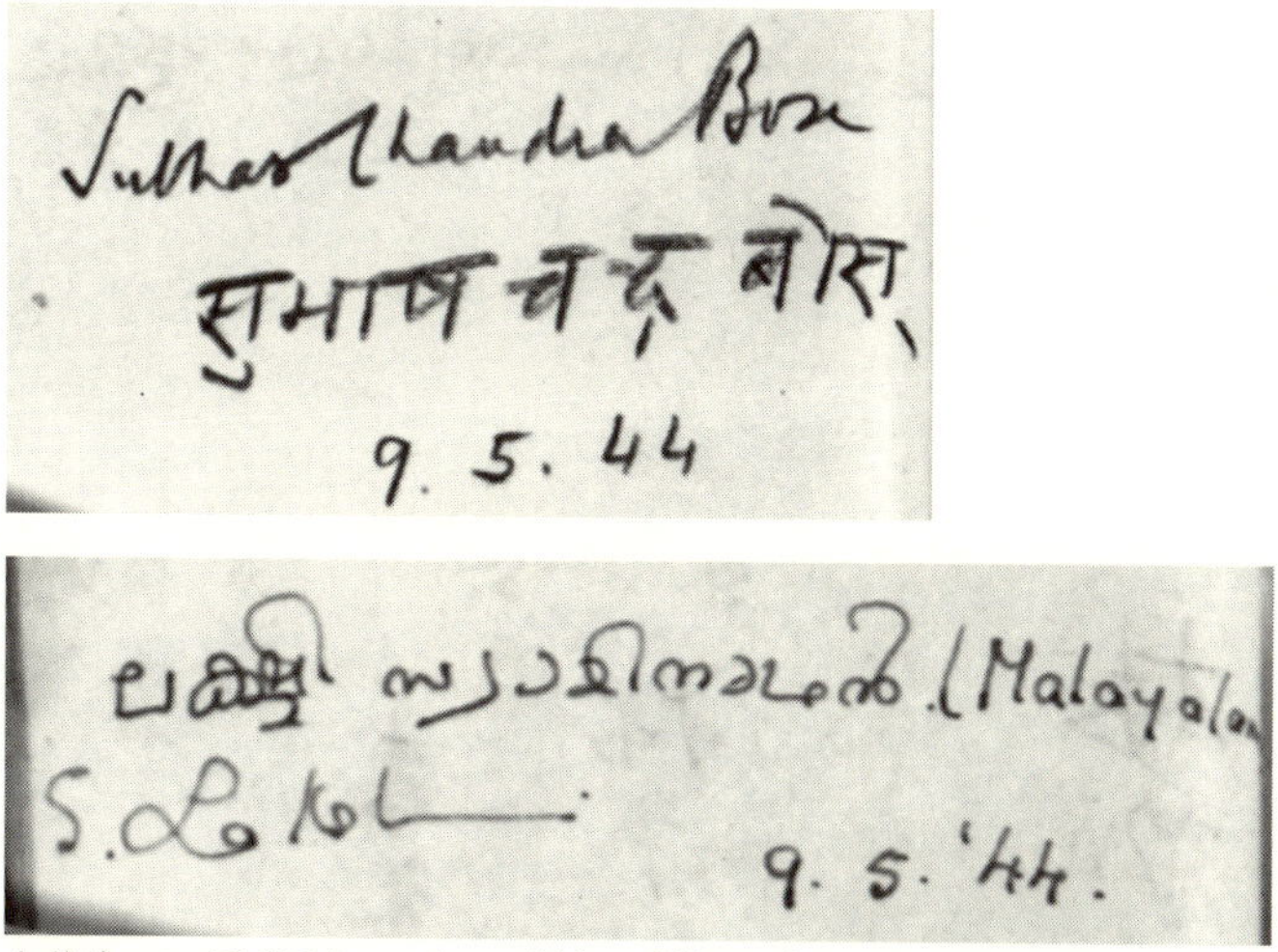

上がボース、下がラクシュミーの署名。手帖には多くの人の署名が残る。

府」の婦人相だった。彼女は、同時にインド国民軍の大尉として、女性部隊「ジャンシー連隊」の指揮官として活動した。五〇〇人からなる連隊は女性だけで編成され、後方で看護部隊として従事した。

火野のいう「ラクシュミ隊」とは、この「ジャンシー連隊」のことである。女兵隊は、そこに参加している女性のことを指しているのだろう。火野は、手帖の記述のように、ラクシュミー本人とも会っており、この手帖の、最後のほうに、ボースと共に彼女からもらったサインが残されている。

○「印度国民軍療養所」もとミツシヨン・スクールだつた建物。病院長ババ少佐案内。ラクシユミ大尉もついて来る。一部屋づつ廻る。現在収容人員181名、うち戦傷43名、その他皮膚病、マラリヤ、花柳病等である。戦傷患者は早く前線へ出たいといつてゐる由。頑丈な体格、黒い顔、髭だらけ、ぎよろりとした眼、頭布をとつたあとのちよん髷、角力取りのやうでもある。足に継木をあて繃帯してゐる兵隊。アメリカの下士官二人を捕虜にしたところ、二人が逃げようとしたので射ち殺した男。敵軍中の印度兵を多くこちらへ投降させて、怪我した兵隊。印度国民軍が実際に協力し、奮闘してゐることを知る。慰問品らしく、小さい籠につめた苺がたくさんならべてある。薬品はいまのところあるらしく、空爆に備へて、諸所の地中に分散させてあるとババ少佐いふ。院中に咲きみだれてゐる紫色の花。
○偕行社。昼食をよばれる。メイミヨウの物資はここへ集まつてゐると聞いたとほりの献立。磯田中将、北部大佐、千田さんなど。話がママコのことになる。千田さん、よく訪問する由。姐御気質の女で、兵隊が西瓜など買ひに来て、四円、といふと、高いなあといへば、二円でよい、といふ。兵隊があまり金を持つてゐないことを知つてゐて、安くする。マンダレーにも支店を持つて、月に何万円といふ商売をしてゐたらしいが、戦争で一寸駄目になつた。亭主にはさいきん死に別れたが、子供が四人あり、親類が50人ほどあつて、それを養はねばならぬので、なみたいていでない。トラツクも一台持つてゐる。自宅は五六キロはなれたジャングルのなかにある。小さいことをこせこせいはず、兵隊を可愛がるので、いつも兵隊が店にあそびに行つてゐる。

○ママコ店の看板。(兵隊が書いてやつた)

○ママコの弟、偕行社の女と駈落せし由。

○夕刻、空襲警報。裏の壕のところに行く。爆撃の音。司令部の方で、飛行場銃撃中とどなつてゐる。機関砲でばりばりやるので、爆撃のやうな大きな音がすると中埜君いふ。あとで聞くと、軍偵一機やられた由。はがゆし。

○日が暮れてから、清明荘といふ料亭に行く。日本女たち。いろいろな酒。

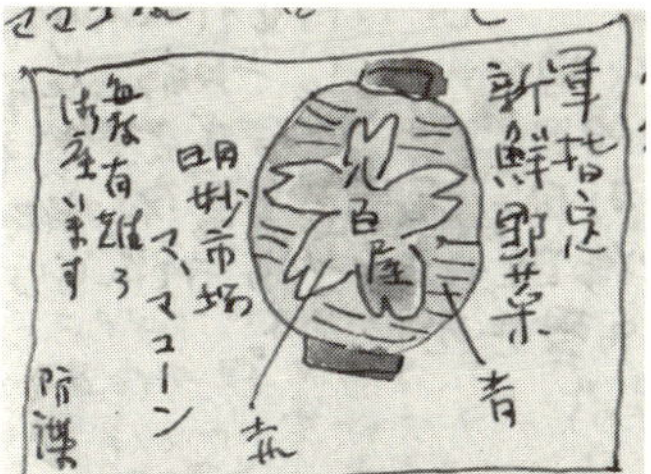

「軍指定」「防諜」の文字が見える。

●清明荘　正直このようなものが、戦争中の、しかも外国にあったのかと驚いた。清明荘とは、そもそも大阪の飛田新地の遊廓の経営者が、日本から畳から食器に至るまでを運びこみ作った飲食店だった。そこには、日本同様に、仲居や芸者もいたという。メイミョウというビルマの山の中にもかかわらず、マグロの刺身や、日本酒が並んでいたという。ここに本部を構えた第一五軍司令部の専属の料亭という意味合いをなしていたという。そのため、軍幹部の新年会などには、女性たちは出張サービスまでしていたようだ。
牟田口もここの常連だった。そしてお気に入りの芸者がいたという。うがった見方かもしれないが、牟田口がインパール作戦開始後も、なかなかメイミョウを離れずにいたのは、軽井沢のような環境に加え、このような店まであったからかもしれない。

5月10日　(メイミョウ)

○頭と腹と胸がいたい。一日寝て暮す。
○夜、田中参謀に招《よ》ばれる。また、清明荘である。同盟《通信》の斎藤□彦君。橋本参謀もあとから合流する。橋本中佐の芸におどろく。

5月11日　(メイミョウ)

○昼すぎ、田中参謀に呼ばれて司令部に行くと、明日の晩、橋本参謀がインダンギへ行くので同行されたらよからうといふ。さういふことにする。打合はせのため、橋本参謀の官舎に行く。もう、かへつて来ないとて、荷物を整理中。同行をお願ひしてかへる。
○かへりに、中埜君、自働車をどんどんボース氏の家に乗り入れる。玄関に横づけにして、中埜君、印度語でしきりにしやべる。サハイ氏をさがしてゐるがゐないらしい。一人の印度兵を自働車に積み、サハイ氏の自宅に行く。ラクシユミ軍の演習を見るやうに話してあつたといふ。車はどんどん山のなかに入る。道は悪くなり、森は深くなり、バタアンを思ひだす。二十分も山に入つて、やつとサハイ氏の家にたどりつき、こんなところにゐるのかとあきれる。まつたくの掘立小屋だが、数人の印度人がゐて、小屋の窓に、一人の女と幼児とが見えた。小屋の裏に行くと、粗末な卓をかこんで、サハイ氏と千田さんとがゐる。「ようこそ、さあどうぞ」とサハイさんの日本語は流暢で、如才がない。コーヒーと菓子を持つて来るが、器はさまざまである。小麦粉を水でこね、油でいためたといふサカプラ、これが先だつてボース氏からすすめられた前線用の食糧と同じである。
○このごろ、パレル附近で捕虜になつた敵の印度将校の話によると、敵は戦意がない筈といふ。印度国民軍が戦線にゐるといふことは知らなかつた。知つてゐたら、発砲するのではなかつた。なんとかして、これを知らせたら、英軍内の印度兵はぞくぞく投降して来るだらうといつた由。

5月12日（メーミョウ→マンダレー）

○空襲といふ声で眼がさめる。まつ暗である。ヅボンをはき、鉄兜をかぶつて裏庭に出る。中埜君が表の壕に行きませうといふ。月明。十七夜くらゐ。爆音。ぱつとあたりが明るくなる。四つ、赤の照明弾が頭上に降る。表の防空壕に入るとたれもゐない。頭の上を爆音が往来し、旋回してゐる様子。今にも落すかと待つが爆音ばかりしばらく。壕のなかは暗くて、蚊が多いので、ハンカチではらふ。
　両方の入口からぼうと月明りがさしこんでゐる。爆音の様子で、一機ではないと思つてゐると、突然、ばしばしばしと、つづけさまに音がして、びつびつと爆風が顔にあたつて来た。壕の壁がゆらぎ、土が落ちて来た。あまり遠くではないやうだが、はじめての爆撃で、距離や方角の見当がつかない。つづけさまにすさまじい音と、震動。司令部を狙つてゐるやうにも思はれる。穴から閃光がさしこむ。不気味な時間。ふと、ボース氏にもしものことがなければといふ思ひがわいた。爆撃音はひつきりなしにつづいたが、遠くなつたり近くなつたりする。どうも、十機くらゐの飛行機のやうである。

　はがゆし。歯を噛む。こち《ら》に対空砲火や抵抗のまつたくないことを知りぬいての傍若無人のふるまひである。こちらの飛行機や高射砲はどこにもない。銃後はなにをしてゐるかと、くやしさがわく。空襲が長いので、壕の中で眠くなる。外の連中はどうしたかと思ふ。一時間あまり経つて、解除の警報鳴る。出てみると、空は雲に掩はれてゐるが、月でぼうと明るい。小便をしてゐるともう一つ向ふの壕から画伯《向井潤吉》と中埜君と出て来る。どこに落ちたかななどと話す。あちらからもこちらからも、鶏が鳴いてゐる。蛍がきらきらと飛ぶ。眠いので、また、床にはいる。六時頃らしい。父から借りて来た時計が進むので、時間がよくわからない。眠る。

○九時、支度をととのへて行く。自働車で行くと、まだ、トラツクが来てゐない。ぐるぐる廻つてゐるうちに、やつとトラツクに出あふ。濱島准尉が世話してくれる。トラツクははみでさうに荷物と兵隊を積み、運転手はボロ車にすこし積みすぎた、パンクせにやええがな、四五日前は水タンクがまるで茷《ママ》に水入れるみたいで五分ごとに水を入れにやならなんだが、修繕してすこしなほつた、と心細さうなことをいふ。橋本参謀宅をまはり、出発。

○松林。セインパンの並木。アスフアルトの道の両側には牛車道があつて、二頭立の幌車がいろいろな荷物と人とを積んで、堪《ママ》え間なくすれちがふ。緑がいくらか切れて、疎林になると降り道で、すこしづつ暖かくなつて来る。バタアンの山中にたくさんあつた竹林を間《（ママ）》をすぎると、急カーヴの道がうねうねと曲りくねり、三角砂糖のやうな白いパコ《（ママ）》ダが点々と見えるマンダレーの平野がはるかの眼下に見下される。日光の登山道を思ひだす。暑くなつて来る。中途のあたり、おはぎ配給食堂などといふのがあり、聞くと、現地満期した兵隊が、ビルマ人を女房にして開店したものの由。バー（長刀）を帯したシヤン人がすれちがふ。

○マンゴの並木越しに見えて来るマンダレー・ヒルのパコ《（ママ）》ダ。「おはぎ茶屋」をすぎて、マンダレー王城の城壁添ひの道に出ると、ビルマ人がしきりに天を指してみせる。空襲を知らせるものらしい。マンゴの木のかげにトラックを入れる。あとから来たトラックも三台とめる。爆音はするが、機影は見えない。河の方らしい。しばらく降りる。ぎざぎざの城壁、城門、美しい水の堀、いつぱいに水面をうづめてゐる睡蓮、点々と花がひらいてゐる。美しい古城址。空襲解除。

◉マンダレー・ヒル　一九九四（平成六）年夏。ラングーン（一九八九年にヤンゴンに改称）から鉄道に乗って私が目指したのが高原の町マンダレーだ。のんびりと鉄道の旅を楽しもうとしたのだが……そんな呑気な気分を吹き飛ばすほど、列車は驚異的に遅く、始終激しく横揺れしている。とても快適な旅とは言えないものだった。かなり古い鉄道であることは間違いなかった。手元のガイドブックを見て、自分の不勉強さを恥じた。もともとこの線路は、日本軍が数多くの捕虜を使って突貫工事で作り上げた泰緬《たいめん》鉄道そのものだったのだ。

　マンダレーはラングーンに次ぐ第二の都市である。現在の人口は一二〇万人。仏教熱が高いところで、町の中心部にある高台マンダレーヒルが信仰の中心地である。マンダレーは元々「曼荼羅の丘」という意味の「マンダレータウ」が語源という。その核をなすマンダレーヒルこそ、「曼荼羅の丘」だった。

標高三二〇メートル。入口は四つあるのだが、そこでヤンゴンのパゴダ同様に、靴や靴下を脱がなくてはならなかった。入口からゆっくりと裸足で歩いていくと、道中両側にパゴダや仏塔が並んでいる。僧侶と一般人と観光客が入り混じって人が多い。頂上まで行くのに三〇分近くもかかってしまった。現在もミャンマー（ビルマ）最大の仏教の修行の地でミャンマー人の誇りでもある。手帖を見る限り、「大げさな寺院」「ブリキと鉄骨とコンクリートの安普請」「ちやちな仏像」「安つぽい建物」と記すように、火野はここにきてあまり感銘を受けなかったようだ。

○マンダレー輸送隊司令部。濱島准尉が連絡に行つてゐると空襲警報。防空壕に入る。暑い。十三四の通訳モン・バ・べと腕章したビルマ少年も入つて来て、すこし片言ではあるが、戦争になつた当時の思ひ出話をしてゐる。英国人がきらひといふ話である。二十分ほどの解除までの時間、話をきく。長えなと、兵隊たち暑がりながら、いつになつたら日本の飛行機来るのですかなどといつてゐる。

○昼食をよばれる。司令官中尾中尉。食後、内地の話をしてくれといふことなので、座談会になる。

○マンダレー・ヒルのパコダ《ママ》に登る。王城とつながつた丘陵を利用した大げ《さ》な寺院。ブリキと鉄骨とコンクリートの安普請。遠くから見てゐるとよいが、近よるとげつそりする。階段をのぼる。しだいに、マンダレー平原と、市街が眼下にひらける。熊本に似た森の町。遠くににぶく光るイラワジ河。一年六ケ月マンダレーにゐるといふ中尾中尉が案内をしてくれる。ところどころにある仏像の前に、参詣してゐるビルマ人。花売り。果物売り。ちやちな仏像。安つぽい建物。ところどころにある陣地のあと。ここは重慶軍が守つてゐたのであるが、退却のとき街を焼いて逃げた。ビルマ人は支那人を恨んでゐるといふ。
○櫓を組みたてて、壁にしきりになにか書いてゐるペンキ屋。中尾中尉がビルマ語できくと、寄附者芳名を記入してゐるとのこと。四本の柱の一角が２２００円、一つの壁が５５０円で、それが五つに区劃されて名前が書かれてゐるところを見ると、一人が１１０円出したものらしい。それで、階段にも、屋根にも一々書きこんであつたビルマ文字の意味がわかつた。古風な建物につづくホテルのやうな近代建築。ちぐはぐも安つぽさもすこしも意としない図太さにあきれる。
○ところどころに寝ころんでゐるビルマ警備軍のだらしなさ。これにくらべると、印度兵はずつとよいですと中尾中尉いふ。（座談会のときに出たインド兵の話。日直将校が、印度将校に英語で話しかけたところが、おこられた、自分たちは英国とたたかつてゐるのに、なぜあなたは英語を使ふかといふのである。その後、ラングーンへ行つてくれといふと、行かないといふ。なぜかといふと、自分たちは前線へなら出るが後方へは下らないといふ。さうではない、ラングーンへ自働車をとりに行つて、それで前線へ行くのだ、さういふと、それなら行くといつた。ビルマ兵は士気がふるはない。）
○ところどころにゐるをかしな一隊。罐に黒い汁を入れて、パコダ《（ママ）》や、寺の柱をよごしてゐる。防衛司令官の意向で、迷彩してゐるものらしい。各所に箱に泥水をとかしてゐる連中。ばらまいたり、こぼしたり、塗つたりしてゐる連中。のんきたらしく、まるで遊び。男八円、女五円、子供３円50

銭、これはここの老僧正ウガンテイが支払ふといふが、それは人助けの功徳なのかも知れない。雨が降つたりすぐ《ママ》落ちますよと塗りながら平気である。水槽が各所にある。天水をとるやうだ。水のない水槽の影に入つたり、仕事しながら歌をうたふ。中尾中尉笑つて、あれは男女礼讃の歌で、ビルマ人がたれでも歌ふといふ。「メマネ、ヤウヂヤ、ハ、ネヨ、タチミダウエー……」（男と女との二つはどうしてもなくてはならん）の由。どこまで行つても泥人夫が居る。三百人位毎日出てゐるときいてあきれる。

走りまはる栗鼠。途中でサガパンといふ白い花を買ひ、本殿に詣る。展望絶佳。まことにビルマはパコダ《ママ》の国である。熱風。熱気。陽炎。

○マンダレー王城。歩哨の立つてゐる門からはいると、爆弾の痕がある。はじめは王城には爆弾をおとさなかつたが、部隊が居ると睨んだものらしい。豪華絢爛たる古王宮。正門前の二門の大砲には木車がついてゐる。どこか、安普請の感じはあるが、壁も柱も金箔と硝子、鏡、宝石を鏤めてあるにはおそれ入る。この王宮は1852年ミンドン王がアマラプラ王宮にて即位すると同時に、土地平面、風光明媚、水陸交通の要衝たるこの地を選んで王城建設を計画、1859年まで7年を要し、周囲約二里の大王城が完成、その子シーポー王にいたる二代、ビルマ王朝の亡びる1885年までの居城たりしところ、とまだ軍政部の名の残つてゐる立札にある。

英国が来ると大部を壊し、刑務所を作つたり、兵営の一部にしたりした。現在残つてゐるのは正門から入つた一部で、いまにもたふれさうなベンガラ色の螺旋楷段の望楼、廻廊を入ると、獅子王座、家鴨王座、ルビーの間、ガラスの間、蜜蜂の王座、外国使臣室、第一女王居間、第二女王の間などがある。博物館室には古い物が残つてゐたらしいが、兵隊がとつていつたといふ。模型を見ると、たいへんなものである。昼夜交替、36円の王城掃除人が25人。誰もゐず狸臭し。
○英兵俘虜収容所。刑務所の一部にある牢屋。先達、火事があつて囚人が１００人以上焼死した由。足に二つの金輪を鳴らしながら、働いてゐる囚人。コソ泥が多いらし。髭だらけの英兵たち。思つたより頑丈な体格であるが、いかにもげつそりした様子で正気がない。一人ゐる米兵が隅つこに別になつてゐる。空挺隊らしいが、落下傘で来た者は三名といふ。下痢してゐる者、痙攣してゐる者、きたない者どもを睨んで出る。
○市場をまはつて西瓜（一個十円）とシエレ煙草（ひとくくり50本3円で、マンゴを三つおまけ）を前線慰問用にすこし買つて、町に出ると、マンダレーはラングーン以上の廃墟である。主として重慶軍の放火によるもの。そのなかに冷たいものをのませるといふ瓦城園に入る。「アイスクリームは売り切れました」とて、冷しコーヒーをのむ。同行は、中尾大尉（ママ）、濱島准尉、画伯《向井潤吉》。ラングーンに出発した藤井、穴田、《空白》、の三君がゐて、会ふ。今朝、ラングーンの上を飛行機が通り、シヤンステートの高原に照明弾の落ちるのが見えたので、きつとメーミヨウがやられてゐたにちがはんと思つてゐたと笑ふ。別れる。
○兵站宿舎。水をかぶつてよい気持。マンダレーがビルマ唯一暑いとのことを承認する。六月になると涼しくなりますよなどとのんきなことをいつてゐる。
○輸送司令部に行く。表に出ると、南十字星と北斗七星が相対してはつきり見える。23時に橋本参謀の車来る。トラツクに乗車、ただちに出発。対空監視をしてゆく。敵機のため、昼は行動できないのである。マンダレー王城の横を通り、郊外に出る。夜行軍。サガインで車を換へる。

○12時15分、イラワジ河渡河。800米ほどの河幅。擬装をほどこした大発に乗つてわたる。トラックと自動車は次の船にのせる。暗い水面に立つ波の音と、発動機の音。星かげ。いよいよ前線に行く気持おこる。ここの渡河点はいつも敵機に狙はれてゐるらしい。乗車、進行。対空監視をよくしてゆけといはれてゐるのに、いつの間にか兵隊みんな寝てしまふ。のんきな兵隊たちである。1時、月の出。仕方がないので、空を気をつけてゆく。一行は情報部の兵隊（濱島准尉以下6名）と、便乗者《空白》中尉とその当番、総計8名。いつぱい積みこんだトラックの上にのつかる。よい道。あかあかとライトをつけてゆく。

しだいに細い道にはいる。合歓の並木みち。行きちがひもできない道で、兵隊たちが靖国街道だといつてゐたのを聞いたことがある。ときどき、トラックとすれちがふ。おこられて、兵隊ときどき空を見るが、またすぐに寝てしまふ。点々とゐる勤労隊。月あがつて来る。この間から満月がつづいたが、とつぜんのやうに欠けた二十夜ほどの月である。眠くなり、すこし眠る。同じやうな平坦な風景。

●イラワジ河（ビルマの川入門）　前述したように、私は、ミャンマー（ビルマ）を旅をしたことがあるが、強烈に残ったのはマンダレーの近くで見たイラワジ川の雄大さである。対岸まで数キロある雄大な流れで、大型の船が行き来していたことが脳裏によみがえる。

北部に峻険な高山地帯を背景にしているだけに、ビルマは、北から南にかけて、大きな川が幾筋も流れている。それらは、合流をくりかえし、最終的には、東側のサルウィン川と中央を流れるイラワジ川

（エーヤワディー川とも呼ばれている）に集約される。このうちサルウィン川はチベットを水源に、南流する川で、上流の中国では怒江とも呼ばれている。

最大の河川は、イラワジ川で、河口から約一六〇〇キロ上流のバーモまで、五〇〇トン級の汽船が航行することが可能で、交通の大動脈としても使われている。

日本軍は、インパールに進軍する途中に何本も河川を渡らないといけなかったが、それらはこのイラワジ川に合流する河川である。そのうち大きいのがチンドウィン川である。チンドウィン川の主要な支流にミッタ川がある。そのミッタ川も二つの川の合流で成り立っている。ひとつはインパール盆地に源を発するマニプール川とミッタ本流である。

まわりくどい表現になってしまったが、イラワジ川と支流の関係について、火野が簡潔に記述しているので引いてみたい。

インパール平原のロクタク湖に源を発して、チン丘陵を蜒蜿と縫つて来るマニプール川はミツタ河に注ぎ、ミツタがチンドウイン河に注いで流れを太め、更にイラワジの本流に合するのである。（火野葦平「ミツタ河を降る」「短歌研究」一九四五年三月号）

つまり、インパール作戦を進める上で日本軍の障害となったのはチンドウィン川本流、ミッタ川、そしてその支流のマニプール川である。

5月13日（ナシガ）

○パンを貰ふとて兵站のあるイエウに停車。前進。夜が明けて来る。行けども行けども変らぬ風景。

ネムとマンゴを主とする並木道。山の見えない果しない平原。荒蕪地の感じ。比島の椰子とはちがつた羽をあまりひろげず、風車のやうにぽつんぽつんと立つた椰子。いたるところにあるパコ《（ママ）》ダ。白く尖つたのは新しく、ぬうと不恰好に葛や草のしげつてゐる古い塔はすこし猥褻である。黄色い衣の坊主が日傘をさして行く。牛車道。白い埃のなかに、つながつて牛車が悠々と行く。シヤンバツクを肩にした男たち。頭に壺をのせた女たち。

○飛行機といふ声。とつぜん、眼前に低く敵機があらはれた。ぐつとトラツクが木のかげに入つたとたん、誰かから突かれて、斜面の下にころがり落ちた。起きあがると、並木を横に旋回して、飛行機が右へ行く。みんなばらばらと木かげを見つけてかくれる。鉄兜をかぶつた画伯《向井潤吉》がずつと先の方から、手まねきして呼んでゐる。道路上をまつすぐに、50米あまりの低さで来た敵機が、どうして直前で急カーヴしたのかわからない。飛行機は前方にもう一つあるらしい道の上を偵察するやうに低くゆく。見つからなかつたといふのも不思議である。

　肱をすりむいたが筋をたがはしたらしく、腕があがらない。敵機はそのまま遠ざかつて行つた。先を行つた橋本参謀の車がどうしたかと気になる。もう大丈夫だらうと出発。すこし行くと前方から、橋本参謀の車があとがへつて、「これは道がちがふぞ」といふ。イエウからちがつたらしいのでひつかへす。土民をつかまへて聞いてみる。わからないが、目的地のカレワといふ名をいはないので、イエウへかへる。3時間ほど無駄に走つたのである。

◉火野の負傷　この日、火野は、敵機来襲を受けた。その時、気を利かせた仲間が、火野の身を守るため、火野を突き飛ばした。火野はトラックから落ち、その際、左肘に怪我をしている。この傷はあとを引き、二日後の手帖にも「左手が痛くて泳げない」という描写がある。その後治療した結果大事には至っていないが、少なくとも五月二三日頃まで、生活に支障をきたしていることがわかる。六月になると、左手に力が入れられなかったため、体を支えられず転落し、今度は左足を怪我している。戦場で怪我をしてしまったことは、不都合なだけでなく不安を誘引したことと思う。

○兵站で食事をもらふ。空襲警報。爆音。ロッキードだと兵隊たち知らん顔をしてゐる。食事を終ると、これから昼間行くと橋本参謀いふ。車のスプリングが折れたので、すこし行つたベンガといふ部落に行つて、車を換えて貰ふ。（林五７０５部隊）伊藤計雄副官の世話になる。大隊長が、危険だから、昼間行くことをとめるので、20時出発といふことになる。パコダ《ママ》の寺を使つた兵舎で、坊主も数人ゐる。寺の庫裏にあたるところにゐて、柱には兵隊のやつたらしい日本の女の顔や、子供の写真がある。ねころんでゐる肩肌ぬぎの坊主を通りすがりの子供が煽いでゆく。アンペラをしいてくれる。井戸に行つて、水をかぶるとよい気持。装具をといて寝る。空襲警報二回。出発したら出あふところであつた。雷鳴と驟雨。だんだんはげしくなつて来る。小僧茶をくんで来る。寝る。雨晴れる。

○夕食後、出発。八時。いつまで行つても前と変りのない風景。日が暮れて来ると、木々が少し高くなつて来て、上りになつて来たらしい。便乗して来た兵隊が今ごろが一番危い、この先でかならずやられるなどといふ。夕暮れとともに、ジャングルにかかる。べんがら色のよい道。坂道。蟬。西にまつ黒な雲のび上る。稲妻。雷鳴。やがて、降りはじめる。外被をかぶる。濡れてかへつてよい気持。土砂降りにはならず、寒くなつて来る。雨と雲と晴れ、星が出る。月の出。3時ころ。爆音をきいて、木かげにはいる。高いところをつぎつぎにすぎて行く編隊機。メーミヨウか、マンダレー行きであらう。

○爆破されてゐる橋。さつきの雨のせいで、流れが早いが、たちまちのうちに水は減つてゆく。やがてなくなるのを待つて、徐行して渡河。すぐまた車とまる。今度はすこし厄介である。貨物廠の車もたくさんとまつてゐる。兵隊たち集まり、泥んこになつて、やつと、板をならべ、渡河点をつくる。左腕がまつたく利かなくなり、加勢もできずじつと見てゐて、その労苦に涙のにじむ思ひがした。やうやく、河をわたり、密林に入る。たくさんある橋。川には水はない。断崖絶壁。急坂をのぼり降り。すこし寒い。だいぶ高くなつたらしい。行軍してゆく部隊を追ひこす。眠る。

5月14日（あけぼの村）

○明けがた「あけぼの村」（ムー《ン》タイク）に着く。どうせ、チンドウ《イ》ン河の渡河は暗夜しかやらないので、ここで一日暮すことになる。もとは部隊がゐたらしいが、今はがらあき。チークの林のなかに車を入れると、金網があつて、猿が二匹ゐる。「みざる、きかざる、いはざる、防諜防空」の札がある。兵隊にたづね、適宜に宿をとる。川をきいて、林を出る。浅さい小さい流れ。土民の女がしきりに足を洗つてゐる。口をすすぎ、歯をみがき、顔を洗つてよい気持。小屋で鍋をかきまはしてゐる邦人、土民の女二人。きくと酒保《兵営内の売店》で、ぜんざいを作つてゐるといふ。蟬。栗鼠。トカゲ。野鶏。いろいろな小鳥、いろいろな声で鳴く。朝昼食をいつしよにすませて寝ることにする。なにもせずに寝てばかりゐなくてはならぬとは苦しいものである。暑さやりきれぬ。うつらうつらしかけると、空襲警報。三度。夕刻ちかくには、ぐるぐると旋回し、爆弾10発ばかりおとし、機銃掃射をして行つた。防空壕の壁にびりびりひびいた。どこがやられたか不明。先般は弾薬集積所をやられた由。

○あまり暑くて、ぼうとなり、なにをする気も、なにを考へる気もおこらない。ものをいふのも大儀だ。ボース氏と文学芸術の話をするのであつた、などと今ごろになつて考へてゐる。馬鹿のあと智慧である。

○無数の蚤。靴のなかにいつぱい入りこむ。小さいゴマのやうな蠅がうるさい。鳴きわめく山蛙。

○のつそりと入つて来る閣下。「ここは飯は食はせんのかい」といはれる。

○7時半、夕食。マンダレーで買つて来た西瓜を食ふ。もう腐つてゐる。

○9時出発。上つたり下つたりの山道にかかる。この道は道路隊（工兵）が作つたものといふが、その努力と労苦に頭が下る。この道あつて初めて、今度の作戦もできたのだが、かういふ陰の労苦はなかなか人に知られない。

○チンドウイン河、夜目に白く見えて来る。夜ばかりの行動なので、風景はさつぱりわからん。イラワジ河より河幅はせまいらしい。そこは渡河点で、帰路の車がわたつて来る。往路はもつと先らしい。川添の峻嶮道。胸つき、坂落しの連続。よくここで車が転落する由。ぼうと白いチンドウイン河。椰子林。爆音といふ声。車を木かげにとめ、すぐ傍の橋の下にはいる。前方に赤い照明弾。渡河点附近と思はれる。爆撃音。照明弾が消えるとすぐ頭の上に爆音がして、照明弾が光つた。みんなの顔があかるく浮かび上る。爆撃音。やや遠い。カレワの附近らしい。一機らしく、やがて遠ざかつて行つた。

12時である。前進。断崖、峻嶮なほつづく。渡河点附近に来ると、トラックが密集してゐる。発見されたら大変だらうと心配になる。船にトラックを積み、渡る。きはめて簡単な桟橋に、カンテラをつけた兵隊。対岸にわたると、数十輛のトラックが密集し、混雑をきはめてゐる。危い話である。

橋本参謀降りて、叱りながら指揮してゐる。このあたりがカレワらしい。ときどき、停車して、爆音をききながら、前進をつづける。三度ほど、飛行機。真赤な半片の月出る。西瓜。悪い道、揺れながら行く。トラック、パンクしたり、タイヤに石はさまつたりする。とび上つたり、はみ出しさうになつたりするので、ほんとに眠れないが、いつか、少しづつうたたね。暗黒の森林の間に点々と、ぼうとあかりが見え、兵隊がゐる。連絡任務を持つて、対空監視などもやつてゐるのだ。曲り角など、ぽつんと一人立つてゐるのもある。いたるところ、山火事、榾火《ほだび》、敵のおとした焼夷弾が山を燃やすのだ。カレワからは、ミツタ河に添つて走る。鳴く山蛙。蛍。

5月15日　（インダンギ）

○埃まみれのあけがたの道を歩いて行く者がある。土民かと思つてゐると、鉄兜をかぶつてゐる者も中にある。印度国民軍である。「ジヤイ・ヒンド」といふと、みんな「ジヤイ・ヒンド」とこたへる。いたるところに、三々五々。前線へ出て行くのであらう。「タバコ、マスター」などといつて、向ふからくれる。休憩してゐる一群。
○疎林の高地に入る。ここがインダンギといふ。竹林。枯れ木林の感じ。今までが落葉期で、これから木の芽が出るといふ。車の入るところまで入り、そこから、橋本参謀に指示された通り、情報班の小屋に行く。竹と木と萱を組みあはせた粗末な家。床は竹がならべてある。十四五人の人たち。長髪の人多く、なんの人か、わからない。荷物を下す。いろいろな人。しばらく休むことにする。すこし上にある小屋にゐる中井中尉、世話やいてくれる。

◉インダンギ　チンドウィンを渡河した地域にあるインダンギにメイミョウから第一五軍の司令部が移されたのは四月二〇日のことである。作戦に参加した磯部卓男氏によると、インダンギの集落は爆撃によって焼失、野猿の群れが炊事場の残飯を奪うほどの山中だった。（磯部卓男『インパール作戦　その体験と研究』一九八四年　丸ノ内出版）

火野が到着した時は、さすがに司令部が設けられた後だけに、人は頻繁に出入りしていた様子である。同時にその風景描写からは、さびしげな竹林の中に手作りの宿舎がいくつかあるだけの場所のような印象を受ける。手帖の後ろの方に書かれた詩には、「竹の小笹の枯林小鳥の声のかしましくときには豹も出るといふ」と書かれ（資料編516ページ参照）、かなり辺鄙で物騒なところにも思えてきてしまう。

火野はここに到着した時は、日本軍の前途に希望を失っていなかったようで、続けて「やがては落ちんいんぱある」と詠んでいる（同前）。

第一五軍の軍司令部がある故、インダンギは、牟田口司令官が常駐する場所であるが、火野が到着したこの日、牟田口は、前線に行っていたため不在だったことが記されている。

○一緒に来たトラックの兵隊が荷物をみんなとどけてくれた。橋本参謀はすぐに今夜前線（祭方面）へ出る由。藤原参謀は昨夜、前（烈方面）に出、牟田口閣下も二日ほど前に、弓方面へ出られたらしい。すぐに追及したいと思ひ、中井中尉に案内されて、平井参謀に会ふ。今、硬着《ママ》状態で、どうにもならんので、しばらく様子を見て、戦場報道隊と一緒に出たらどうかといふ。向ふをむいて坐りこんでゐた参謀が、報道隊はもう前には出すなどといふ。指示を待つことにして引き下がる。木下高級参謀に挨拶。宮崎の落下傘部隊のとき会つたといはれる。こちら憶えてゐず、恐縮する。よい人らしい。

●祭、烈、弓　「祭」「烈」「弓」というのは、前述したように、インパール作戦に参加した、第一五師団、第三一師団、第三三師団それぞれの呼称である。火野は、このうち最も南側からインパールを目指した弓兵団に合流すべく、同じルートをおよそ二ヵ月遅れる形で辿っている。

弓の師団長は柳田元三中将。火野と柳田は、中国戦線からの知己だった。後述するが、二人は、インパール手前の戦地で再会、そのため柳田の名前は、この手帖にもしばしば登場している。

○空襲警報。うしろの防空壕にはいる。昼間はひつきりなしに来るといふ。防空壕通ひが日課の由。何回も通つてゐるうち、梁山泊の人たちとも少しづつ顔見知りになる。前線では会ふものがすぐ友達になる。

○同盟記者野口勇一さんは、昨日、コヒマ方面から、連絡にかへつて来たばかりの由。苦労した様子にて、髯だらけで、服もよごれてゐる。三人つれて行つたのが駄目になつたので、人を入れかへて、また、コヒマへかへるといふ。

○コヒマはいまはわづかに支へてゐる状態。四六一高は魔の山と呼ばれてゐて、とつたり、とられたり死闘をくりかへしたが、今は敵が蜂ノ巣陣地を作つてゐて、いくら突撃しても落ちない。兵団長はなんとかしてこれをとりたいと念願し、兵力を貰ふとすぐにこれにつぎこむ。敵は30分に２０００発も砲弾を射つて来る。連続して撃つので、雷鳴のやうでもあり、波の音のやうでもある。こちらは弾薬不足のため、重砲はあるが、日に三発射つたなどといつてゐる。兵力の損耗もはげしく、下士官の指揮してゐる中隊多く、ある中隊は軍曹と上等兵と二人になつてゐて、それでも兵隊は頑として、陣地を守り、「わが中隊は陣地を確保し、所望の敵に対して攻撃中なり」といふやうな報告をよこしてゐる。１２４聯隊は一個中隊がある戦闘で全滅したほか、まだ少しも痛んでゐない。ガダルカナルの生き残りもゐて、なかなか強い。食糧は米と塩だけ。チン族の米は赤味をおび、たくともち米のやうになるので、どうにか堪えられる。

敵は日本軍に弾薬のないのを知つてゐて、前に出て来て、女がダンスをしたりなどする。癪にさはるので、十挺ほど小銃をそろへて射つと当つて、あはてふためき、タンカにのせて、将校らしいのをつれて逃げた。あれが旅団長ぢやと兵隊はいつてゐる。飛行機の協力がないので、どうも攻撃がやりにくい。敵は戦車をくりだして来たが、44台ほど、日本軍の陣地に入りこんだとき、兵隊は突撃をして、12台擱坐させた。その後も８台やつつけた。その後はあまり戦車も来なくなつた。罐のなかにガソリンをつめて、兵隊は待ちかまへてゐる。悲壮な話である。

●歩兵第一二四連隊　ビルマ北部で作戦を展開していた第一八師団所属の連隊。福岡で編成されたこの連隊は、悲劇の部隊とも呼ばれている。ちなみに、一九三七（昭和一二）年、火野が徴兵検査後入営した部隊（第一八師団第一一四連隊）の、兄弟連隊でもある。

第一二四連隊は、つねに第一線にあった。日中戦争の時は、第一八師団の隷下で杭州湾上陸作戦、杭州作戦、バイアス湾上陸作戦に参加したあと、広東地区の警備にあたった。その後も中国各地を転戦した。

太平洋戦争が始まる直前、第一八師団は編制替えとなり、第一二四連隊は川口清健少将率いる第三五旅団の指揮下に入った。開戦後、ボルネオに上陸、その後、フィリピンのセブの作戦、そしてミンダナオ島の作戦などを経た後、一九四二（昭和一七）年八月、向かったのが、ソロモン諸島のガダルカナル島だった。

私は、二〇〇三年から二〇〇五年にかけて、この連隊の取材を続けたのだが、その過程で三回にわたってガダルカナル島に渡り、戦場、そして彼らが逃げ惑ったジャングルを辿った。補給が途絶えたガダルカナルで、兵士たちが苦しめられたのは餓えである。ジャングルには人の口に入るようなものはなく、多くの将兵が餓死に追い込まれた。そのことから、やがてガダルカナルは餓えの島「餓島」と呼ばれるようになった。

鬱蒼とした密林の中には、あちらこちらに人骨が散らばっていた。いまだに日本兵の一万にものぼる遺骨が拾われることなく眠っているという。私も、頭蓋骨から足の先までそろった遺骨を三時間あまり歩いた奥まった山中のジャングルで見つけた時は、強い衝撃を受けた。

第一二四連隊は、四ヵ月あまりの戦いののち、一九四三年二月、「餓島」を撤退、四〇〇〇人のうち、およそ三二〇〇人が犠牲となった。生き延びた八〇〇人は、再び第一八師団（菊）に編成され、向かわされたのがビルマだった。当初北ビルマの戦いに参加するはずだったが、新設された第三一師団（烈）麾下となり、インパールの戦いにも参加することとなった。かくしてこの連隊は、ガダルカナルとインパールという補給を無視した二つの死闘に参加したのである。そのあまりにも過酷な軍命ゆえ悲劇の部隊と呼ばれるようになった。

○師団の特務機関である西機関の隊長、正田中尉、今村曹長、土井曹長などがゐる。みんな髪をのばし、土井曹長のごときは髭のなかに顔があるやうである。土民の工作に努力してゐるらしい。

◉西機関と梁山泊　日本軍の作戦には、現地ビルマの少数民族が関わっていた。土地勘のない日本兵にとって、峻険な土地とその自然を知り尽くす現地の人々の情報は欠かせなかったのだ。数名から八〇名前後で構成される異民族工作班が日本軍の傘下に設置された。西機関とは、彼ら少数民族を管理・指示する特務機関だった。工作班の任務は、諜報活動、地形・道路・河川・気象の情報収集、インド国民軍との連絡、住民工作などである。

インダンギに「梁山泊」という建物があったようだが、火野の記述によると、そこが西機関の拠点だったようだ。その名の通り、様々な少数民族の工作隊員が出入りしていたようだ。時には少数民族の部族長なども出入りした。

火野は、西機関を頼りにしていたようで、毎日のように訪問し、隊長の正田中尉をはじめとする三人の軍人から少数民族のことをいろいろと聞きこんでいる。機関所属の少数民族の人々と火野は仲良くなり、一緒に飲んだり歌ったりしている。

西機関は正田が率いるものだけでなく、複数あったようで、長逗留していたティディムでも火野は日参、時には、隊長の稲田に少数民族の村を案内してもらっている。ちなみに正田や稲田も陸軍中野学校の出身である。西機関には情報だけでなく、物資も集まるらしく、火野は物資の支援も受けている。

○グルカ人はすこぶる日本人に似てゐる。純朴で、主に仕へる心が深い。
○チン丘陵には虎や豹がゐる。象はうようよゐるらしいが、眼にはなかなかかからぬ。兵隊が便所に入つてゐるとき、虎が出て来て、絶対絶命《ママ》、じつと睨むと、逃げて行つた。虎の通路があつて、そこを通ると危険。そつとうしろからついて来て、休んで居ると、手でたたきころす。象もこのごろは人間の味をおぼえたらしく、たちが悪くなつた。山を通ると、虎や象の鳴き声をよく聞く。虎の声は犬の遠吠に似てゐる。
○後藤一平氏（陸軍技師、三宅坂の陸地測量部にゐる由。いまは、写真印刷班）非常に耳が敏感らしく、「あ、来た」と、敏速に防空壕へ行く。地図のことはさすがに詳しく、測量についての理論、実際などを詳しく話してゐる。なかなか面白い。正田中尉が、天動説と地動説とどつちがほんとかなどといひだし、しばらく宇宙の話に花が咲く。
○野口さん、敵捕虜の話をする。英兵は日本に敵意を持つより、独逸に憎悪の心をもやし、日本が独逸と同盟してゐるのが癪にさはるといふ。日本は宣伝が下手だ、自分たちは戦争目的はわからずに狩りだされて来た、さうして、たいへんな損害をうけたが、そのことをロンドンにむけてどんどん宣伝したら、出征者の家族たちは動揺して、戦意がなくなる筈だ、なぜそれをやらぬか、といつたり、どうも理解できないのは、日本はアメリカから太平洋反攻を受け、本土上陸までされさうになつてゐるのに、のこのこ印度まで出て来ることだ、といつたりする。
○暑い。熱風があたりに立ちこめ、じつとしてゐるのに、湧くやうに汗が出る。腹が立つほどだ。扇といふものが涼風をおくるものでなく、熱気をつくるものであることがわかる。扇をつかふと余計あつくなるのである。
○八時半すぎ、後藤さん、正田中尉と、サイドカーに乗り、キーゴンに行く。六キロほど。ここに、兵站連絡所と、捕虜中継所と、戦場報道隊とがゐる。毎日、戦況電報をとどけてやる由。それによつて、記事を書いてゐるのである。捕虜は二名しかゐず、当番につかつてゐるが、敵の諜報では、ここに大勢捕虜がゐることになつてゐて、爆撃をしない由。藪のなかの兵站。
○朝日班の小屋に行く。成田君以下。園田支局長からの手紙をわたす。
○裏に出て、ミツタ河に浸る。よい気持。水はなまぬるく、流れは早い。正田、後藤、今村諸君は泳いでゐるが、左手が痛くて泳げない。魚を釣つてゐる兵隊。魚なかなか釣れぬ由。暮れてゆく西空。夕焼。降つて来る民船。戦場と思はれぬひとときである。石鹼で身体を洗ひ、洗濯をする。しぼることもできん。
○まつ暗になつてから、サイドカーを飛ばしてかへる。坐席の蔽ひのセルロイドが焼けてゐる。焼夷弾で燃えたのを運転の兵隊が消しとめたものといふ。ぞくぞくとライトをつけて動くトラック群。

昼はかくれてゐて、夜、活躍をはじめるのだ。道路で降りて、山にはいると、まつたくわからない。勝手知つた後藤さんのあとにつづく。いたるところで、ひつかかり、竹で、身体をつかれ、顔をつかれる。星をあふいで、前線を思ふ。

◉チン族、グルカ人　日本軍と関わったビルマ少数民族のうちで、協力的な民族のひとつが、ミャンマーとインド国境のアラカン山系に居住しているチン族である。ミャンマー側では、主にチン丘陵に暮らし、人口はおよそ四〇万人。チンとは現地語で「裸」という意味だそうだ。その協力について火野は「いまではチン人のうちで数百名が自発的に〇〇隊を組織して、すこぶる果敢に皇軍に協力している」（火野葦平「国境の民族」「朝日新聞」一九四四年七月二二日）と書き記している。ナガ族、マニプール族なども日本軍に協力的だった。

またグルカ人の記述があるが、グルカはゴルカともいい、もともとネパールの山岳民族である。そのため、彼らは英印軍から引き抜かれたものと思われる。火野はグルカの特徴を「こちらに来ると、こちらに忠実になる」と記述している（七月二日、岡本参謀談）。

逆に日本軍に非協力的な少数民族もいた。そのひとつがカチン族だったようで、火野は語気を強め、「カチン族はもっとも悪辣の敵」（火野葦平「フーコン地区」「文藝春秋」一九四四年一一月号）と言い切っている。

火野は、少数民族の文化についてもことあるごとに調べ、手帖にそれをスケッチもしている。チン族についての詳細な記述も別のページにも書かれている。火野が彼らの生活に深い興味と関心を抱いていたことがわかる。しかし、火野には、大きな視座の欠如があった。それは彼らの内面への想像力である。

チン族に関しては、彼らの勤勉をほめながらも、「彼らは理窟などいってもわからず、適当な指示をあたへてやる方がよい」「日本人のすることはなんでもよいと思つてゐて、反抗する気配など、さらにない」「酋長の命令の方をよく聞くので、酋長をよく掌握して居ればよい」と見下しているとも思える記述が手帖にある（１４４ページ）。これらは聞き書きなのだろうが、他国が勝手に始めた戦争で故郷をずたずたにされ、その上に協力を強いられた人々の心の底を火野が探ろうとした軌跡は見当らない。

5月16日（インダンギ）

○空襲警報数度。出たり入つたり。
○医務室に行つて、手を治療して貰ふ。内出血してゐるが、大したことはなからうと、軍医いふ。湿布をし、繃帯をまき、換へ薬をくれる。
○寝るよりほかに仕方がない。なにも本を持つて来なかつたのを悔いる。
「明治天皇御製集」が一冊あるが、寝ころんで読むことはできない。そこらにあるユーモア小説集や、富士をひろつてみたが、つまらなくて読めない。
○雨もよひのせいか、昨日のやうには暑くない。ときどき、ぱらぱらと来る。画伯《向井潤吉》は梁山泊を写生してゐる。
○寝て暮らす。いやな退屈さである。
○夕刻、医務室から、北島少尉が迎へに来る。画伯と二人で行く。二畳くらゐの竹の間に、いささかの馳走がととのへてある。岩手県の人といふ佐々木軍医。マンダレーでできる濃厚酒。四倍ほどにうすめてのむ由。そのあと、月桂冠が一本出ておどろく。四本、持つて来た最後のものといふ。輸送司令官高田少尉は面白い人と佐々木軍医しきりにほめる。牟田口閣下は、今度の戦で、二個兵団と飛行機をやらうかといはれたとき、牟田口は運のよい男だからいらないといつた、それが今こたへて来た、切腹ものだなどといふ話をきく。内地の話。かへりに、ビール罐に二本、酒をもらつてかへる。

○梁山泊饗宴。正田中尉の部下の人たち到着。チン人、グルカ人など十人ほどゐる。グルカ人は実に日本人に似てゐる。八五郎などといふ名をつけてゐる。五郎といふ少年は睾丸炎。マン・バハドルといふグルカ人、グルカの歌うたふ。古い兵士の歌、戦争になつてからの歌、相聞歌。哀調があり、日本の民謡の節によく似てゐるのにおどろく。チン人、チンの歌をうたふ。リアン・トンは元土侯の直系の男。正田部隊は今度は烈の指揮下にはいる命をうけて、コヒマの方へ出発するさうである。《以下、二ページ半にわたり「チン族の歌」をローマ字で記載》

○空襲警報が鳴り、光を消す。まつ暗な中で、敵機の爆音を伴奏に土謡をうたふマン・バハドル。また明りをつける。はにかみながら歌ふのである。彼は敵18師《団》の下士官、トンザンで捕虜。衛生曹

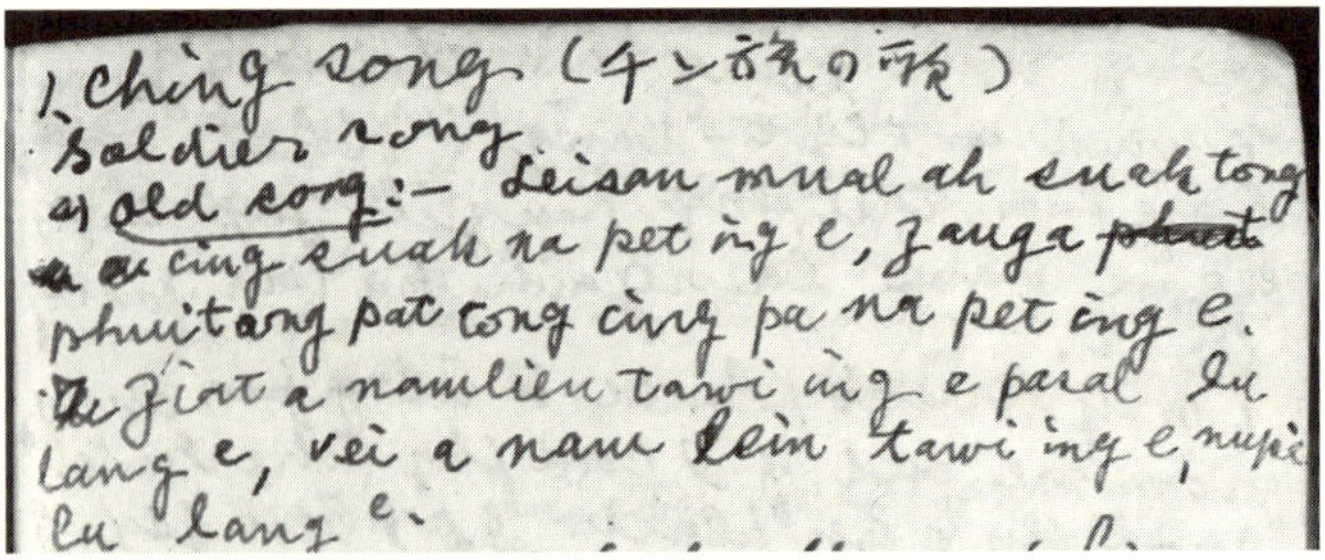

「チン族の歌」を英語やローマ字による音写で記録している。

長、水をのんでゐたところに正田中尉出あはせ、ついて来いといふとついて来た。

◉膠着状態（五月半ばの戦況）　この頃、インパール方面で、雨季はすでに最盛期に入っていた。連日の豪雨は山野を覆い、渓谷は激流と化し、地は泥濘となり、糧秣も弾薬も欠乏して、将兵は餓えと疲労のピークにあった。戦いそのものも、膠着していた。

そのような中、五月初旬に大本営から、ビルマの司令部に派遣されたのが、秦参謀次長だった。秦が、ビルマ方面軍の司令官河辺の側近から聞かされたのはこんな発言だったという。「インパール作戦の見通しは、成功率八〇～八五％である」。河辺自身は、日記に秦との会話をこう綴っていた。「予としては最後まで頑張るの一点のみなる事情を詳細に説明」。根拠のない粘りの姿勢を見せたのは、現地司令官としてのプライドもあったのかもしれない。秦は部下の参謀をメイミョウに行かせたところ、「インパール作戦の成功はおぼつかない」との所感を得た。しかし……。大本営に戻り次長報告として「インパール作戦の前途はきわめて困難である」と参謀総長でもある東條に報告したのだが、東條は逆に「戦は最後までやってみなければわからぬ」と秦を叱責するだけだった。

東條は、五月一六日、天皇に次のように上奏したという。

「インパール方面の作戦は、昨今少々停滞がございまして前途必ずしも楽観を許さないのでございますが、幸い北部ビルマ方面の戦況は前に申しあげましたごとく、一応大なる不安がない状況でございますので、現下における作戦指導と致しましては、剛毅不屈、万策を尽くして既定方針の貫徹に努力するを必要と存じます」

インパール作戦の失敗を、北ビルマの作戦の「不安がない状況」によって糊塗しようとしていることがわかる。こうしてインパール作戦は膠着し、まったく先が見えなかったにも拘らず、続行されていったのだ。

5月17日（インダンギ）

○鳥の声。「チヤカホコヂヤー」「ブツ、ブツポーソー」「ケツキヨ、ホーチヤホ」「ゴツコー」「ペヨ、ホーチヤカホ」「チ、チ、チ、チ、チ、」「ポツポーポオイ」「チユクチユクチユク」「リ、リ、リ、リ、」「ツツチイロ、ツツチイロ」「テンクワクワクワ」「チイヨ、チイヨ」「コワオ、コワオ」その他。

○中井中尉に案内されて、上の小屋に行き、新名主大尉に会ふ。前線から今朝かへつたとのこと。情報の主任将校。澤畑中佐と、嘉悦参謀からの手紙と名刺を、藤原参謀へとどけて貰ふことにする。前線の状況を聞く。苦戦の連続らしい。弓司令部へ出る時機に同行してもらふことにする。ものやはらかな人。鹿児島産。

○雨もよひの空にて、昨日のやうに暑くはない。ときどき、ぱらぱら。敵機も少いので、友軍機が活躍しはじめたのではないかといふ。こちらが暇になるのは前線の苦労が増えるわけであらう。電報により、18日から23日まで、飛行隊が全力を挙げて、インパール正面へ協力することを知る。

○チンの男装である puandum を着てみる。纏布で、右肩を出して身体にかけるだけだが、布地と模様がよい。

○雑談をして暮す。工作隊の連中はみんな気さくである。

○(正田中尉)　コンタといふ町で、モン・サン・カインといふ工作員を得た。これが二度も自分の命を助けてくれた。はじめは英国に心をよせてゐたが、ポンジー・チヨン（寺）で誓ひを立ててからは、こちらに忠実になつた。眼つきの鋭い小男で、はじめは敵のスパイではないかと思つた。工作隊員をつれて、パコダ《（ママ）》に行き、ポンジー（坊主）に、宣誓式をやるといつても、坊主が殺人をやる戦争のために、さやうなことはできないといふ。自分はパコダ《（ママ）》の前に、ビルマ人と同じやうな式で、ぬかづいて礼拝した。それから、ポンジー説得に一時間かかつた。英国こそベア（神）に反く者である、これを倒するのが日本で、それは神の命によつたものである。やつと納得したポンジーは工作隊員の宣誓式をしてくれた。敵情があると聞いて、ある部落に行つた。藪のなかから敵にうたれ、自分の前にゐたモン・サン・カインが腹を射たれた。看護兵はもう腸が出てゐるから助からないといふ。可哀さうなことをしたと思ひ、なにかいひのこすことはないか、あとは心のこりのないやうにしてやる、といつても、ベアのために死ぬのは本望だ、なにも心のこりはないといふ。死んだ。

　こちらはまだ武装の整はないときで、竹槍などを持つてゐたが、その竹槍を柵にして、モン・サン・カインの墓をつくつてやつた。埋葬する前に、自分が感慨無量で、死体の前にしやがみ、頭をなでてゐると、爆音がした。敵機だと、みんな藪のなかにとびこんだ。とたんに、だだだと音がした。爆弾にしてはをかしいと思つてゐると、前方の竹藪が波をうつてたふれてゐる。それで、近くの敵が自動小銃を射つたのだとわかつた。それで、自分の背後で狙つてゐたのが、間一髪、敵機のために助かつたのだとわかり、ひやりとした。モン・サン・カインがまた自分の身がはりに、頭部に穴をあけられてゐた。敵を追つぱらつてから、カインの家に行つた。

予感がしてゐたとみえて、なにもいはないのに、自分が表を入ると、女房が「《空白》」と叫んだきり泣きだした。村中にひびくほどの声で泣きわめき、二人の息子もいつしよに泣く。この女は後妻で、カインは35歳ほどだが、細君は42、3だつた。あとをねんごろにしてやつたが、今度、コヒマの方へ追及する途中の道なので、ぜひコンタへ寄りたい。
○(今村曹長)鬼に出あつたことが二度ある。ビルマ人の工作員をつれて、三十名ほど英国兵がゐるといふところへ探索に行つた。夜、歩いてゐると、とつぜん、二十人ほどゐたビルマ人がなにか叫んで逃げだした。敵が出たかと見たが、さうでもない。仕方がないので、引きかへして、どうしたかときくと、鬼が出たといふ。一番最後にゐた者がさういひだしたので、みんな逃げたのだ。そんな馬鹿があるかといつても、承知しない。口が耳もとまで裂けた鬼がときどき出て人を食ふことがあるといふ。その後、別の部落に、伝令をつれて行つたら、伝令がまた逃げだした。ぶるぶるふるえて鬼が出たといふ。そんなことはないといつても、もう絶対あの部落には行かぬといふ。自分は見に行つた。一人で行つてゐると、うしろから戦友がどなりながらやつて来て、一人ぢや心細いだらうから応援に来たといふ。二人でさがしたが鬼らしい者はゐなかつた。
○ある部落に行くと、七台の牛車に百足を積んではこんだといふので、そんなにたくさん百足がゐたのかときくと、一匹だときいてあきれた。ラングーンの博物館に持つて行つたといふのである。
○(土井曹長)モイランで爆撃を受けたが不思議なことがある。敵機が50機くらゐで空襲に来たので、防空壕に入つた。すると、やがて、壕の両壁がくつつくくらゐはげしく揺れた。それなのにすこしも音がしないので、地震かと思つてゐた。近くの家にゐた者も、地震と思ひ、とびだしたが、敵機がゐるので、また家のなかに飛びこんだ。あとで、しらべてみると、爆弾のあとが百ほどある。橋も半分壊れ、一発は他の壕の半分に命中して、一人死んでゐる。相当大きな爆弾なので、どうして音がしなかつたのかわからない。自分だけでなく、他の連中も、をかしいな、をかしいなとしきりに首をひねつた。(そんな馬鹿な話があるか、と今村曹長がひやかし、土井曹長は絶対に事実だといひ張り、長い間議論する。)

○宗教と民族の問題。正田中尉はまじめである。ミンダナオのモロ族の話をする。

○夜、雨降りだし、大騒ぎ。どんどん洩つて来るので、そこら中かたづけて、合羽をかぶせ、天井に天幕を張る。濡れるので、外套を着る。これくらゐの雨でこれだから、雨季来に恐れをなす。西機関の人たち、小まめに動き、広い天幕を張つてくれる。それから、食糧品を出し、グルカの菓子、ロツテイをつくりはじめる。うどん粉を練つて、バタでいためるのである。敵産の携帯燃料。シヤツはいりませんか、猿又はありますか、合羽は、などと、正田中尉気前よくいろんなものをくれる。みんな押収品らしい。靴下は二十文くらゐ大きい。お礼をいふと、行軍に重いからですよと笑ふ。つくつたロツテイをグルカやチンにもやり、正田中尉はいかにも親分である。

○おそくなつて濡れながら、後藤さんキーゴンからかへつて来る。これだけの雨で、もう道がわるくなり、トラツクが停滞してゐる由。朝日で、園田さんから、腕はいかがといふ見舞の無電があつた由。軍の電報を見る。前線の労苦に胸つまる。「大隊長以下43名なり」などといふのもある。敵に損害もあたへてゐるが、味方の飛行機の損耗が多い。未帰還二、五、などといふのが毎回ある。やがて雨やみ、星が出て、飛行機が来る。光を消すと、蟬の声。三時ごろまで、話す。

5月18日 （インダンギ）

○朝がた、三回ほど空襲警報。友軍機かも知れんといふ者がある。今日もまだ前へ出る運びにはならないらしい。パレル方面の敵は後退してゐる様子。弓正面、ビシエンプールの方へ増強してゐるのではないかと観測される。二十日から総攻撃といふ。戦闘司令所は、ビシエンプール西南高地Saduにある由。早く、そこまで行きたいものだ。

○画伯《向井潤吉》、しきりにグルカ兵、チン兵を写生。

○医務室の北島君、旗やハンカチをたくさん持つて来る。絵と文。

○昼すぎ、一人の若い少佐入つて来る。光機関らしく、正田中尉などと話してゐるのを見て、見たことある人だと思つたが、思ひ出せなかつた。話をして、福岡現役時代、中隊付見習士官であつた皆廻《ケマリ》少佐とわかつた。十六年ぶりである。そのころのこと話す。松井中隊長はいまは聯隊長で、怒江方面にゐるといふ。ＩＮＡ《インド国民軍》の軍医中尉をつれてゐる。国民軍指導の仕事をしてゐるらしい。

ぞくぞくと印度兵が行軍やトラックで集まつてゐる。これから、その一聯隊千人ほどをつれてコヒマの前線へ行くといふ。軍医は憔悴してゐて、菓子や乾麺麭をいかにもうまさうに食べる。今村曹長が石鹼を出すと、お前たちはとんでもないものを持つとるのうといふ。顔など洗つたことがないと笑ふ。軍医をつれて出て行く。印度兵、食糧がないので弱つてゐるが、向ふへ寝がへり打つのは少ない。24人のうち、6人あつた。こちらは15円、敵は45円の給料だが、向ふの物価の高さに比較すると、こつちがよい。

画６　スケッチ自体の日付はないが、インド国民軍の兵士たちか。

○夕刻、経理室から呼びに来る。西機関が出発するので、浅井上等兵をつれて行き、濃厚酒を一本とどける。９時半といふので、また一本貰つてかへる。正田中尉班歌をうたつてゐる。新名主大尉もゐる。壮行の辞として、「すめらみくにのもののふは」を歌ふ。一同出発。

○同盟《通信》の野口君、また来る。ナガ族の話。風俗習慣は大体似てゐるが、部落ごとに言葉が全くちがふ。これはチンとよく似てゐる。大家族主義で、部落外の者とは絶対に婚姻せず、部落同志でさかんに闘争して来た。その原因が、頭の髪を丸坊主にしたとか、結び方が左に寄りすぎたとかいふやうなつまらない理由で、殺到すると、一人のこらず殺戮をしてしまふ。人間を食ふ習慣があつて、育ちさうもない幼児は殺してしまふ。槍をつかふことの名人。コヒマ方面は民情が悪くて、徴発に行つて、下士官が殺されたり、刺されたりした。敵を誘導して来る奴もある。

●徴発と餓え　前述したように、インパール作戦は、大量の牛を同行させた以外は、基本的に日本軍の将兵たちに二〇日分の食糧しか持たせずに始まった作戦だった。そのため兵士たちは現地で、食糧を調達しなくてはいけなかった。それが徴発である。

一九九三（平成五）年に、この地を実際に取材したノンフィクション作家・中田整一氏から興味深いことを聞いた。ビルマの国境近くの村に中田氏が訪ねたところ、住民たちが日本軍発行の軍票を見せてくれたというのだ。軍票というのは、正式には「軍用手票」といい、戦時において植民地や勢力圏内で将兵が物資調達などのために使った疑似紙幣だ。ビルマの現地の人たちがそれをいまだに持っていることから、それらが使い物にならなかったことがわかる。

軍票を使用しているだけまだましかもしれない。やがてそれすらも反故にされるようになり、強奪が始まった。私が実際に話を聞いたビルマ作戦に従軍したもと日本軍兵士も現地の村で食糧を強奪したと証言し、米が手に入った時など嬉しくてたまらなかった、と目尻を下げた。そのようなことが日常化していったため、火野の手帖に書かれるように、現地住民に恨まれ、殺されるような事例もあったようだ。七月二日の記述にも、現地住民の籾、つまり米を取り上げたために、「民情が悪化して来た模様」と綴られている。

前線の日本兵は餓えに餓えていた。その象徴的なエピソードが五月三一日の手帖に書かれている。ダイナマイトに関するものである。

ちなみに連合国軍は、現地住民から食糧を取り上げるどころか、自分たちの食糧も差し出したほどだったという。だんだんと現地住民も日本軍から離反し、連合国軍に協力するようになっていった。

○キーゴンにゴリラが出た。なにかがさがさするのでなにかと思つてゐると、ぱつと稲光りがして、ゴリラが見えた。たしかにゴリラだつたといふ話。
○日暮れ、ぱらぱらと驟雨。
○今日から初まつてゐる航行隊協力の戦果はまだ電報に現はれてゐない。但し、今日は昼間輸送をやつてゐた由。

5月19日（インダンギ→シイン）

○ミツチイナへ敵の空挺部隊、続々、降下中といふ電報。空襲警報は、カレワ附近とおぼしく、すさまじい爆音。

◉ミツチイナ　ミッチイナはビルマの北部、中国との国境近くにある東西一キロ、南北三キロという小ぶりな市街地である。「ミートキーナ」とも呼ばれる。そんな場所がどうしてクローズアップされるようになったのか。この頃、ビルマ周辺での作戦展開は、インパールだけではなかった。ビルマ北部、さらにはビルマと中国国境に及ぶ広域で日本軍と連合国軍との間の戦闘が繰り広げられていた。「フーコン作戦」と「雲南作戦」。それは二本の輸送路を巡っての戦いだった。

この二つの作戦をあわせた名称は「断作戦」。インドと中国をつなぐ軍事物資の輸送ルートを遮断することから名付けられた作戦だ。輸送ルートのひとつが「滇緬《てんめん》公路」である。蔣介石は、米英と協力して、一九三七（昭和一二）年末の南京陥落後にこのルートの建設に動き出していた。国境に送り込まれたのは、五〇万の苦力と三〇万のビルマ人労働者たちだった。一九三八（昭和一三）年に雲南の昆明からビルマのラシオに至るおよそ一二〇〇キロの自動車道路が出来上がった。道幅はビルマ側では六メートル、中国側では一〇メートルであった。連合国軍は、このルートを使って、月一万トンの支援物資を蔣介石の重慶政府に送り込んでいた。タングステン、アンチモニー、すず、水銀、油、さらにトラック、飛行機、石油、武器などである。これらの物資が中国各地の「抵抗勢力」の支援となっていたのだ。

ふたつ目の道路は、太平洋戦争が始まってから計画された「レド公路」である。連合国軍は、一九四二（昭和一七）年に、インドの産油地であるレドからビルマのフーコンを抜けて、バーモ、ナンカンから中国の雲南省に入るというこの公路を着工する。

すでにある援蔣ルートの滇緬公路と連結してしまうと中国軍への補給路が確保されてしまう。そのため重要な地区となったのが、フーコン谷の南側に位置する、陸空の交通の要所ミッチイナだった。ここには海岸からの鉄道の終着駅とともに飛行場もあったのだ。

この地域の防衛にあたっていたのが、菊師団歩兵第一一四連隊、つまり火野がかつて所属していた部隊だった。しかし、その多くが傷病兵で、戦力は手薄だった。そんな状況を見透かされたのか、連合国軍は一九四四（昭和一九）年五月、ここにある飛行場に空挺部隊を降下させた。飛行場を占拠し、さらに大編成の空挺部隊がそこに降り立った。火野が手帖に記していたのは、このことである。

ミッチイナは既に、中国軍三個師団とアメリカ工兵隊と歩兵隊からなる二〇倍もの兵力に囲まれていた。守備隊は不足しており、籠城状態となった。火野にとって、その攻防は他人事ではなかった。

ミイトキイナ籠城部隊は知人や戦友が多く、その戦況は私には少からず氣がかりであつた。（前掲火野葦平「フーコン地区」）

インパール作戦の後、ミッチイナに近い北ビルマのバーモに赴いた火野は、この地で、自分の部隊の壮絶な最期を知ることになるが、それは二ヵ月後のことである。

○部屋の中を大掃除。西機関のおいて行つた広い天幕を上に張る。雨待つ支度終る。
○出発はいつのことかと思つてゐると、中井中尉来て、憲兵の佐藤中尉が今夜出発する由をいふので、同行をたのむ。
○原稿書く。飛行機が少い話なので許可になるかどうかわからないが卒直に書いておく。花々しい景気のよい報道も気持はよいが、国民ははつきりと実情を知らなくてはならぬと思ふ。先はどんなことになるかわからないので、機会あるごとに書いておかうといふ気になる。後藤さんにことづけて、キーゴンの成田君にとどけて貰ふことにする。前線へ画伯《向井潤吉》を同行することがよいかわるいか、残るやうにいはうと思つたが、画伯が無頓着の様子なのでいはぬことにした。

◉向井への思いやり　火野は、この日、かなり踏み込んだ現状認識を吐露していた。日本軍の飛行機がビルマの作戦ですでに払底していることについて原稿を書いたのだが、そこに込めたのは、「国民ははっきりと実情を知らなくてはならぬ」という義だった。インパール陥落を前提としていた火野の中に、大きな変化が起き始めていたのは間違いないだろう。

同時に、火野の頭の中を占めていたのは、画家・向井潤吉のことだった。日々悪化する戦況のなか、前線近くまで向井を連れていくべきではないと火野は思っていた。巻き添えにしてしまうのではと気遣っていたのだ。五月二一日にも、火野は自分の死の覚悟を書いた上で、向井を同じ立場に立たせてはいけないと綴っている。結局、向井は火野と全行程を共にする。このインパールの地で、まさに同じ釜の飯を食った二人だからこそ、生涯を通じての親友となっていったのだろう。

○8時半に道のところまで出る。浅井上等兵、松野少尉などがいろいろと世話やいてくれる。とても持つては歩けないが、用心のため、英兵の背嚢に二つ、おのおの、米、塩乾魚、干肉、砂糖、味噌、塩、などを詰める。軍通の兵隊二人便乗、中隊長の中島中尉が送りに出てゐる。司令所まで行くらしい。佐藤中尉の一行はチラ《(ママ)》チヤンドラ《(ママ)》プールまでの由。そこから、司令所まで20キロほど歩かねばならぬといふ。自働車なかなか来ず、10時になる。やつと来ると、元気のよい運転手が、雨のため、スリツプしておくれたといふ。乗車。出発。車上は六人。

○キーゴンの方へすこし引きかへし、三叉路から、右に折れる。まつ暗。悪路。星と蛍。樹にいつぱいに咲く蛍の光。きらきらと鋭い明滅をする沿道一面。何台も車が行く。戦車の轍のあと。カレミヨウの四辻をすぎてすこし行くと、シーン。先が交進交叉ができないので、今夜はここに一泊とのこと。ニナキにも来てゐない。ぼうと明りが森林のなかに見える。小川のせせらぎ。わめく蛙。トラツクの上にシートをひいて寝る。

5月20日　(シーン→テイデイム)

○6時半出発といふことなので、時間をつぶす。運転の河合兵長話ずきとみえて、小屋に来て、なにかと話す。内地の人と話するのは気持がよい、同じ内地の者でも兵隊は風情がないなどといふ。徐州戦にも行き、一度かへつて今度は十五年に召集を受けたきりの由。不精髭をはやし、すこし嗄がれ声で、にこにこしてゐる。さつき、六機通つたのが、どうも友軍機らしかつたとよろこんでゐる。もとは漁師をしてゐたが、自働車を扱ふやうになつてから、15年にもなり、腕に相当自信があるらしい。

○小川で身体を洗つたり、洗濯をしたりする。左手に力がはいらないので、画伯《向井潤吉》にしぼつてもらふ。すぐ乾く。蟬。

○軍通の兵隊（小田兵長、永尾一等兵）が炊爨その他いろいろやつてくれるので助かる。戦闘司令所へ持つてゆく書類袋を持つてゐて、これを失つたら切腹だと小田兵長は寸時も離さない。軍通はバタアンで会つた山田部隊らしいが、山田大佐は変つたとのこと。干肉を焼いたり煮たりしてみる。煮た方がよい。

○7時、シーンを出る。道路に棒に石の重りをつけた遮断機を下して、交通統整をしてゐる兵隊。これから先は交進交叉ができないのである。

○しだいに登りになる。顔前《(ママ)》に見えて来たチン丘陵。だんだん坂が急になつて来て、道は断崖の端になる。まだ没しない陽が西に夕焼けを作りかけてゐたが雨雲に消されて、薄黒色《(ママ)》になり、やがて、ぱらぱらと降りはじめた。寒い。画伯の上衣を借り、雨合羽を小田兵長と二人で被る。画伯はジヤケツを着こむ。くねくねと曲つた急坂を自働車はのぼつてゆく。幾重にも重なりあつた山々が、色のちがつた霞の幕で掩はれたやうに異つた色をし、降つたり止んだりする雨と、曇つたり晴れたりする空の下に、次第に下方へ遠ざかる。美しい虹。山を横に見てゆくのかと思つたら、さうではなかつた。越えてゆくのである。

　路は断崖の横腹を切りひらいて作られたもので、トラック一輛がやつとの幅しかない。雨でゆるんでゐるところでもあればそれきりだ。片方は切り立つた崖、下は数百尺の谷で、下を見るとあまりよい気持ではない。何千尺とも知れず、底の見えない谷もあつて、見はるかすとはるかの眼下の谷々にもくもくと霧が湧き、いくつもかたまりになつて嶺々を横に刷いてながれる。過ぎて来た平原が山の間に盆地のやうに見える。ところどころきらりと川のながれが光り、なにかわからないが白い斑点が貝殻を投げたやうに見える。一つの山を越えると次の山があり、さらに断崖は深く、道は登り、寒さはきつくなる。雨が降るので飛行機が来んでええと兵隊はいふが、この谷にはすでに数十輛のトラックが落ちたときいては飛行機よりもそちらが気になる。このやうな長大にして困難な行程によつて、今度の作戦が行はれたことを思ふと、頭が下らざるを得ない。また、インパール戦闘への補給路としての路がこんなであることは想像のほかであつた。チン丘陵（Cing Hill）といふのだが、丘陵ど《こ》ろではなくて、山脈である。一番高いところは８８００呎《フィート》あるといふ。やがて、日が暮れて来る。

　壮大な景観が薄闇にとざされはじめると、不思議な早さで、夜になつた。断崖の道はどこまでもつづく。ところどころの曲り角に崖に凹みをつくつて、止つてゐる車や戦車がある。また寂しい断崖の路に、点々と連絡所があつて、ぼうと明りが見え、一人か二人かの兵隊がゐる。まつ暗な道を自働車のライトが照らしてゆく。ふりかへると、ずつと下の方の闇のなかに、狐火のやうに灯が点々と連つて見える。あとから来る車である。途中、兵隊たちがたくさんゐる場所があつた。行軍してゐるらしく、大隊長がこれから前線へ追及するのだといつてゐた。そこはフオートホワイ《ト》であつた。濡れそびれ《（マヽ）》てこの峻嶮を歩く兵隊を見づらい思ひ。やがて、森林から開闊した地点に出る。ここが頂上らしい。８８００呎の地点であらう。そこから道は下りになる。前を行く車、うしろにつづく車。

○爆音。自働車のエンジンの音で敵機の近づいたのはまつたくわからなかつた。雨はやみ、星が出てゐた。車をとめて、ライトを消す。ずつと遠くの闇のなかにつづいてゐた明りが、一つづつ消えた。いづれも、頭の上に敵機が来て気づいたのであらう。敵機は一機らしく、頭の上をしきりに旋回する。やがて、どこに落したのか、爆弾の音がつづけさまに起つて、深い谷からいくつも谺がひびいて来た。すると、眼下の闇のなかにぱつぱつと眼が開くやうに、灯がともつた。敵機がまだ飛んでゐるのである。爆弾を落してしまつたと見ての横着心であらう。なめられた敵機は二三回機銃掃射をやつた後、退散していつた。

　前進。谷はいよいよ深くなるばかりで、ひやひやするが、どうにも仕方がない。自信満々たる河合兵長は、その絶崖の道をどんどん飛ばす。車ははねあがり、乗つてゐる者も荷物も間断なく飛びあがつて尻を打つ。すこし乱暴だと腹が立つ。そのうちに眠くなつて来て、横になつたが、眠れるどころではない。身体中に雨がしみてゐるし、架橋も濡れてゐるので、寒さはひととほりでない。

○テイデイム着。四時である。ここへ泊ることになる。車を本道から森のなかに入れ、二三回道を迷つて、連絡所に行く。アンペラ小屋の兵隊は冬外套を着てゐる。このあたりは６０００呎くらゐの由。佐藤中尉ほか二名と、こちらと二手に別れる。兵隊に案内されて、暗い崖道を降り、せまい谷につくられた小屋に行く。二畳くらゐ。ここへ六人寝ることになる。画伯に上衣をかへし、雑嚢からあるだけのシヤツの類を出して四枚着る。寿司詰になつて寝る。

河合兵長は話し好きで、習慣になつてゐるといふ夜食を食べながら、いつまでも誰彼に話かける。ぱらぱらと雨の音。腹工合がをかしいので起きて糞をたれに行く。まつ暗でわからない。坂の中途にしやがんでゐると、がさがさとなにかが過ぎていつた。匆々にして切りあげたのである。

第3章 第三三師団拠点のティディムへ

（一九四四年　五月二一日～六月一九日）

火野が前線へ近づくにつれ、現場の軍関係者や報道記者、ビルマ現地人、少数民族などとの接触が増え始め、手帖の記述は当時のビルマ風俗も含め多彩になる。しかし一方、ティディムでの足留めが続き、火野の最前線への思いは焦燥と共に募るのだった。

5月21日　（ティディム）

○いちめんの松林。日本の山のやうだと思つたが、よく見ると、松の形が尋常でない。細い幹がひよろひよろと高く伸びてゐるが、枝は申しわけのやうに短かくついてゐるきりである。落葉をひろつてみると、みんな三本ある。黒い松かさが実のやうに無数についてゐて、地面にもたくさん落ちてゐる。褐色に松の落葉が地面をうづめてゐるなかに、ぽつんぽつんと妙な花がある。葉も茎もなく、

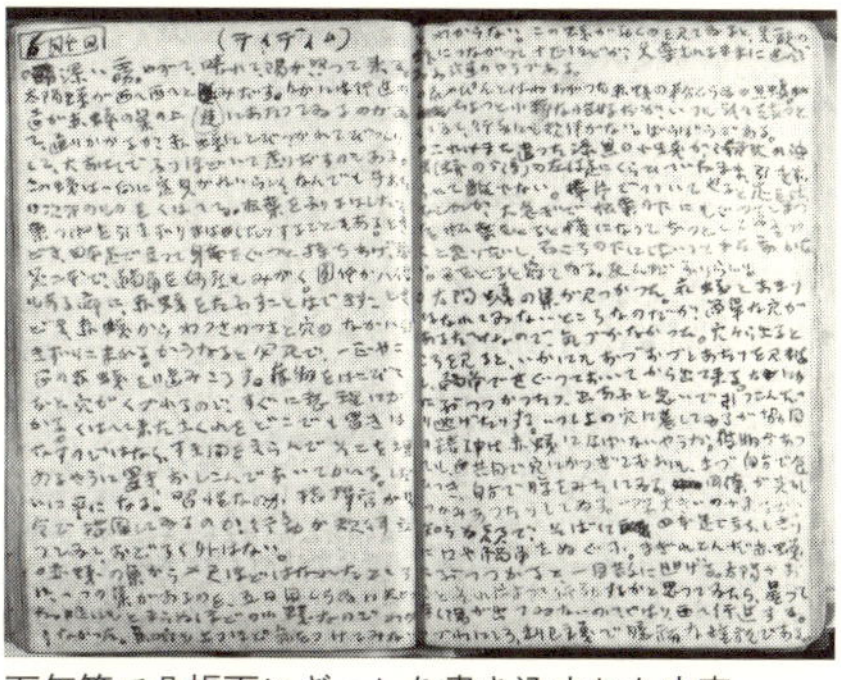

万年筆で几帳面にぎっしり書き込まれた文字。

ぢかに地から花びらの重なつた赤い花が咲いてゐる。下の方の黄色いのはやがてそれが赤くなるものらしい。松や、雑木の幹に寄生してゐる蘭がある。白い大束な花びらである。そのほかには花らしいものは見あたらない。いくつも重畳した山々。

○兵隊が来て、朝食は給与するが昼からはそちらでやつて欲しいといふ。食糧が充分でないらしい。しかし、ここはまだ、ある方で、これから先に行くと、まつたく米と塩ばかりの由。ここは敵の黒猫兵団といふのがゐたらしく、占領当時は糧秣が相当にあつたが、食ひつくした。また、敵は占領された直後、飛行機で糧秣倉庫を爆撃で焼いた。給与された味噌汁に茗荷のやうなものが入つてゐるので聞くと、朝見た花の由。

○松林を歩いて、高地に出る。そこへしやがんで、前方の山を見る。幾重にもなつた山はどれも別な色をしてゐて、どの峰にも松林がある。膝をいだいてゐると、ひとりでに、思ひが今度の従軍のことにかへる。もう一度、自分の覚悟をふりかへつてみた。さうして、ともかく、覚悟がゆらいではゐないと信じることができた。かへらぬ決意、たとへ、印度の戦線で散つても悔いのない気持は変つてはゐないやうである。

ひそかに心のなかに期するもの、自分の死の意味するものへの小さぬう《ママ》ぬぼれ。「征でてゆく戦の庭はいづくとも数ならぬ身を醜の御楯に」といふ歌が何となく口をついて出たが、それは自分の全精神を傾けての吐息であつた。中山《省三郎》や、《劉》寒吉などにはその一端を語つた。自分が一篇の文章を書かずとも、火野葦平が印度の戦線へ赴いた、また、そこで死んだ、といふことが、国民の士気に影響するところがないであらうか。

また、狭く考へて、文学者を鼓舞し、奮起させるところがないであらうか。強いて死ぬ必要もないが、死は惜しくないのである。一家のことなどは、なにか大きなもののなかへ消えてゐるやうで、あれこれとしたことは、今は心に浮んで来ず、浮んで来ても、心を煩はすこともない。このやうなことは語るべきことでなく、自分の胸ひとつに収めて居ればよいのであり、それはたのしいことである。ただ、画伯《向井潤吉》のことを考へると、画伯を自分と同じ立場と思ふことはできないし、かういふ前線まで伴つて来たことがよかつたか悪かつたかと気になるのである。

●火野の覚悟　この日、火野は、自身の死がもたらす効果を考えていた。

しかし、私は何か火野の決意にざらざらとしたズレに近いものを胸の奥で感じてしまう。念頭に浮かんだのは、日中戦争の最中に書かれた『麦と兵隊』である。ある村で火野は激しい戦闘に巻き込まれた。この時も、火野は死ぬ覚悟をしていた。ただ、その時の自身の心の揺れを、このように綴っている。

今迄変に大胆であつたように思えたことが根拠のないもののように動揺して居る。弾丸なんか当らぬと変な自信のようなものを持つて居た。そんなことは気安めに過ぎない。（中略）ただ、その砲弾が、私の頭上に直下して来ないという一つの偶然のみが、私に生命を与えて居る。

つまり、日中戦争の時点では、戦場で死を意識しながらも、命へのこだわりをしっかりと記述していた。それに比べると、インパールの手帖に記された「覚悟」は、死が美化されているようで、戸惑わざるを得ない。

目にした光景の凄まじさ、そして次々に入る情報は、物事を前向きに捉えるための好材料ではなかったに違いない。さらにティディムが、日本をどこかしら思わせる風景だったことも、火野を感傷的にさせたのかもしれない。

『麦と兵隊』の執筆からインパール作戦までおよそ六年、この間に火野は戦争作家としてスターダムにのぼりつめた。生真面目な火野だからこそ、そんな自分が戦死することが、膠着した太平洋戦争のひとつの起爆剤になると思い詰めていたことは間違いないだろう。

○下に小屋があつて、チンの苦力（と兵隊はいふ）の男女がゐる。女は特有のスカートをはき、首に紅玉の首かざり、右腕に真鍮の腕環を巻いてゐる。画伯、写生。その小屋に「美しき地図」があるのにおどろく。ぼろぼろになつてゐる。署名を求められる。飛行機、しきりに上空を旋回。

◉美しき地図　『美しき地図』は、太平洋戦争が始まる一年前の一九四〇（昭和一五）年一二月から四一年五月まで「朝日新聞」朝刊に火野が連載した小説で、挿絵を向井潤吉が担当。これが火野と向井との初仕事となった。

○穴ぐらのある谷間づたひに出て、もう一つ丘を越えた谷に、細々とした流れがあつて、それが全部の水らしい。ドラムにそれをためて、そこに炊事場がある。野牛を一頭殺してゐる。敵機。

○佐藤中尉が連絡に行つてくれる。それに寄《（ママ）》ると、チラ《（ママ）》チャンプール前面に空挺隊が降りた、地中潜入部隊と合して約千。それを討伐するために、今どんどん兵力を輸送してゐるし、前夜歩いてゐた大隊もこれから迎へに行く。つまり、戦闘司令所へ行く中間が遮断されたわけで、その戦闘が終らなければ司令部へ行くことはできない。危険であるし、今行つても邪魔になるので、二三日、様子

画7「3299高地にて」のメモがある。火野や向井は6月21日にここに着く。

を見ては如何。野戦倉庫にゐる三浦参謀に会つたが、さういつている。その戦況次第で、三浦参謀が一緒に司令部に同行してもよいといつてゐる。自分たちは明日、3299高地までとりあへず行く。軽四輪をとりに来たのが自分の任務であるが、三浦参謀はもうない筈、あつたら処罰してもらつてよいといつた。さういふ話なので、止むなく、前線の戦況を待つことにする。

◉3299高地　3299高地は、もともと連合国軍が軍需品の集積場を築いた陣地である。日本軍がこの場所を攻め立て奪い取ったのは、作戦開始から間もない三月半ばのことだ。しかし連合国軍は、この場所を捨て去ると同時に焼き払っていた。それでも残された物資はおびただしいものだった。大量の自動車、数百の幕舎、食糧、被服、さらに酒、ガソリンが残されており、日本軍にとっても重要な補給地点となった。

○安崎中尉（自働車中隊長）のところに行き、二人厄介になること頼む。隊長の小屋に寝台を入れてくれる。小田、永尾の二兵隊はすこし先の軍通のゐるところに行くといふので、街道まで送つてやる。

○夕食。気さくな安崎中尉。小樽附近の産。ウイスキーを一本抜く。佐藤中尉、小隊長田畑少尉、（三重県）などと五人。バツテリーでつけた豆電気。ラヂオが鳴る。小屋のなかに真鍮の長いアンテナが張つてある。

○雨。夕方になると降るらしい。寝る。ガソリン罐のうへに、折りたたみ寝台をおき、毛布を敷いてくれる。久しぶりで、柔かな体触。夜なかに爆音。天幕屋根の上を走りまはる栗鼠。

5月22日（テイデイム）

○深い霧。周囲だけしか見えない。春雨。

○朝食の味噌汁にわらびが入つてゐる。

○インパールまで160マイルといふ。はじめここに着いたとき、36マイルとか、24マイルとかいつてゐるのがよくわからなかつたが、それはインパールを中心にしての距離を地名のやうにしてゐるのだと知つた。二十日に総攻撃開始、六月十日インパール入城の予定であつたが、さうはいきさうもないと佐藤中尉いふ。ビルマ新聞が十日まで来てゐる。景気のよい戦況記事。毎日、同じやうな文句と文字の羅列。

◉インパールを中心にした距離　火野の手帖には頻繁にマイルによる地名表示がある。一マイルは、約一・六キロ。火野がここに書いているように、日本軍は、「インパールを中心にしての距離を地名のやうに」していた。つまり、地名のある村落は別として、名もなきような山野で重要な場所は、インパールを起点とした距離で表していたのだ。言うまでもないが、インパールに近づけば近づくほど、マイルは小さな数字になっていく。

○夕刻まで、霧と雨。出ることもできず、寝台にねころんで、そこらにある本を手あたり次第に見る。１９４２年、敵の発行した日本軍隊論“on Japanese military forces”序文を見ると、これは捕虜の陳述を綜合したものとあり、写真や図面がたくさん入つた詳細なものだ。あきれる。中央公論十一月号、改造五月号、いづれも半分しかない。座談会、皇国経済の確立、なかなか面白い。仕方なしに、隅から隅まで読む。里村君の「北千島にて」が載つてゐる号なのに、そこは千断《ちぎ》れて無い。
○佐藤中尉、３２９９高地（１０９哩《マイル》）まで出る由。そのすぐ先に敗残兵が出没し、機銃など射つので怪我人もときに出るといふ。７時の予定がおそくなり、８時半になる。雨やうやく晴れる。道がゆるんでゐるかも知れぬと心配してゐる。出発。
○話しに来ませんかといはれて、安崎隊の分隊の小屋に行く。飼つてある鶏十羽ほど。防空壕のなかにゐる孕み豚。子を持つてゐるので殺せないでゐるらしい。もと黒猫部隊の司令部かなにかがあつたところが、炊事室になつてゐる。野原曹長、御馳走しませうといひ、パン粉をこね、油をたいて、菓子をたくさん作る。四五人の老兵隊、にぎやかに騒ぎながら、子供のやうにパン粉を色々な形にこねて喜んでゐる。野原曹長と《空白》とが碁を打つのを見る。くらい明り。きたない折りたたみ盤と石。見てゐてはらはらする。十二時、明りを借りて帰る。

5月23日（テイデイム）

○雨は晴れたが、松林越しのケネデピイク《（ママ）》（越えて来た8800呎の峯）のうへには一筋白雲がながれてゐる。敵機、六機来て、谷間をさかんに銃爆撃。すさまじい谺となつて山鳴りのやうにおこる轟音。道路上をうかがふやうにしきりに旋回。飛行機去ると、蟬の声やかましくなる。蝶はとび、蜂は食用花の上に降り、壕の壁に、無数の蟻がせつせといろいろなものを運ぶ。落莫としたもどかしさに襲はれる。

○飛行機の来往しきり。

○西機関を訪れる。大下伍長（顎髭、鼻髭、えびす顔、相当年配）案内してくれる。道路を下に降る。敵の兵舎のあと。焼けのこりの器材、自働車、防毒面、散乱してゐる迫撃砲弾。チン兵の歩哨がゐて、捧げ銃をする。谷の傾斜にいくつもある舎屋がすべて西機関らしく、隊長室に行く。不在。江藤曹長。マラリヤの由。この間まで、正田中尉と一緒だつたといふ。

○至るところにある黒猫の標識。

○江藤曹長の話。チン兵、三百ほど。酋長（土侯のやうなもの）に命じ、酋長は村長に命じて徴募したもの。二十前後が多い。一個分隊、長以下十一名、二分隊で一小隊、さういふ区分。すべて、号令も動作も日本式。20円の給料。ゲリラにはもつて来いだが、慾深かで、利己主義。マニプール河の対岸は敵のつかつてゐるチンが出没してゐる。英軍ケリー中佐といふのが、工作をやつてゐるらしい。寝がへりはほとんどないが、一二あつて、油断はできない。この下にチン部落があるが、敵機にやられた。

スパイが密告するので、さいきん、このテイデイムも、小規模の倉庫、自働車、チン人を集める特別工作隊がゐるといふ情報が敵に入つたらしい。食糧不足で、米は四分の一定量になつたし、パン粉を練つて油揚げしたものをたべさせてゐる。野菜もこのごろ作らせてゐるが、日本軍が来るまでは英軍が道路作りに大勢狩りだして、耕作など碌にできなかつたらしい。しかし、英軍は英兵と同じ給与をあたへてゐた。チン族で、オペレーターとしてカルカツタに行つた者が、印度は乞食と病人と飢死者とで惨憺たるありさまで、早くチン丘陵へかへりたいといふ手紙を出してゐた。

隊長稲田中尉はマニプール川に敵が有力な兵力を配置してゲリラをやるのではないかと心配して、チン兵の歩哨を配置するために偵察に出て行つた。敵が34マイルに落下傘部隊を降したのは、兵力をそこへ誘致するつもりであつたらしいが、こちらから追及部隊の行つてゐることを知らず、それに叩かれることになつた。チラチヤンプール《(ママ)》は38マイル。住民は残つてゐて、魚《(ママ)》が菓子などを売りに来るが、これがスパイで、その売つた数量によつて、砲弾や、爆撃が来る。前線は一回しか飯が食へず、数十機で銃爆撃され、死ぬ兵隊はもう給料はいらぬから、それで飛行機を作つてくれと申しあはせたやうにいつてゐる。

○話してゐると、下で、号令の声。チン兵が演習からかへつたらしい。出てみると、ずつと下の広場に整列してゐる。敬礼は捧げ銃の一点

張り。解散。夕方は軍歌演習をやるといふ。チン兵の食べてゐるといふもの（菓子か、餅か、饅頭か、不明）をよばれる。チンにはパコダ《ママ》はなく、ナッツ《ビルマの民間信仰》の信仰があるが、多くはクリスチヤンで、若い者はたよりなく、老人の方が力になる、といふ。チーズを三罐もらつて帰宅。

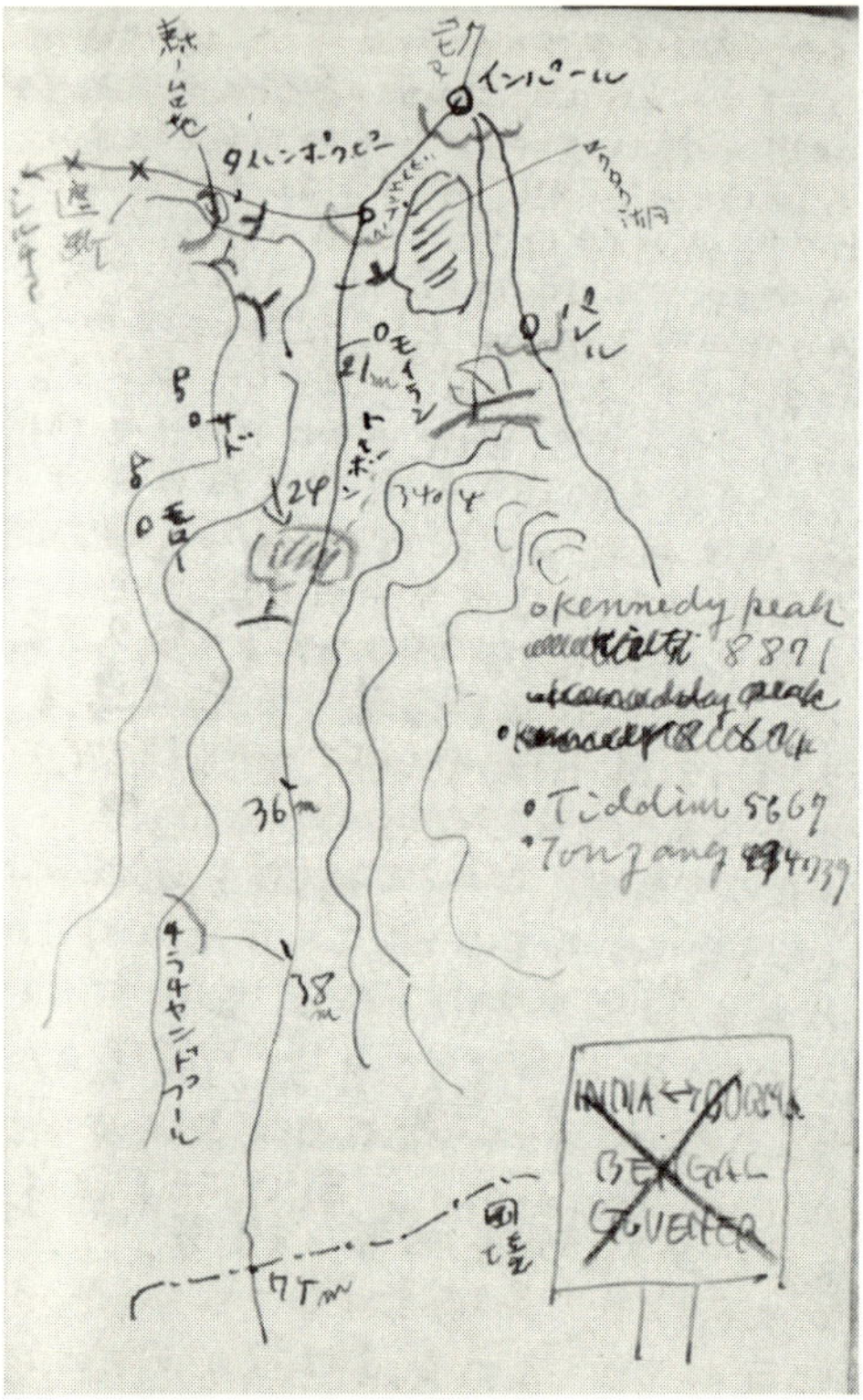

インパール南方の略地図。等高線やインパールからの距離（マイル）が書き込まれている。

○寝ころんで「沃土」を読んでゐると、大久保憲美記者（毎日新聞東亜部）たづねて来る。前線から、物資徴《ママ》達にかへつて来て、さつき三浦参謀と話をし、聞いてたづねて来たといふ。髭ぼうぼう、画伯《向井潤吉》からもらつた白い煙草をうまさうに吸ふ。チラ《ママ》チヤンプールから、二日で突破して来た。前線はなにもない。米と塩だが、籾を鉄兜のなかでつくのは佗しい。タイレンポクピーにある「森の台地」はなかなか抜けず、無電台の柱が二本立つてゐるが、ラヂオなどかけてゐる。戦闘司令所はモローー、弓本部はサドにあるが、モローは危くなつたので、弓と一緒にならうかといふこともきいた。

インパール平原といふのは、それこそ、まつたく遮蔽物のない平地で、戦車などが来ると困る。平地に壕をつくり、わづかの笹や、ボサをかぶつてかくれてゐる。戦車を二台擱坐させたが、肉弾攻撃で、そのたびに兵力が減る。トルボン隘路口に出て来た敵に対しても、はじめは輜重《しちょう》が十人くらゐで夜襲するやうな始末である。十七日までくらゐの糧秣しかなくてビシエンプ(ママ)ールの前に出てゐる大隊はどうしてゐるか知らん。気候はこの辺くらゐ。蚊はあまりがゐないが、砂蠅がうるさくて弱つた。これが嚙まれたあと。ものの本に、癪にさはる嚙みかたをすると書いてあるとほりで、しかし、雨が降るとまつたくゐなくなつた。飛行機はこくらくらゐのものでなく、まあ、内地でも、飛行場の近くにすんでゐるやうなものと思へばよい。友軍機はめつたに来ないが、来ると強くて、たいてい向ふのを落す。こないだも、三機、われわれの上を縦横にやつてゐた敵が、かへりに友軍機にあつて、二機落されたのは気持がよかつた。自分はモイランまで行つた。さういふ話。

◉大久保憲美記者　毎日新聞所属の記者。出会ったその日の記述から「君」と呼んでいるように、火野は、ずいぶんと彼に心を許している。以後、手帖には彼の名は頻繁に出てくる上に、彼から得た前線の情報は貴重に扱われている。火野の手帖の登場人物の中で重要なひとりで、その様子は生き生きと描き出される。そして大久保の戦場におけるフットワークの軽さに、火野は敬意を払っていた。親しいが故であろう、火野は、お手製の手帖を大久保に進呈している。大久保は、時には「猥談」も語るなど、ずいぶんと気さくで親しめる人物だったようだ。

○風呂に入る。谷底の炊事場の横。ドラム罐。よい気持。美しき青き亀頭を洗つて感慨少しばかり。洗濯。左手がまだほんとでなく、弱る。

○大久保君、ビルマ新聞を眼を皿にして読み、なるほど、こんな風になるかなあと首をひねつてゐる。五月十日までのが来てゐるが、木谷、雁金、両八段の碁がすごい碁なのに、きはどいところで、あとがない。戦況記事は空疎である。敵機、低空、銃撃。

○大下伍長、三浦参謀のところへ自働車にのせてくれる。敵産のがたがた。

大久保記者も荷物をとりに行くのでつれて行つてくれといつてゐたが、西機関に一寸行くといつたきり来ない。呼びに行く。稲田中尉と悠々と話しこんでゐる。稲田中尉に挨拶したが、暗くて、顔はわからなかつた。大下伍長は電報を飜訳してもらひにゆく由。車三台通れるほどの広い道路。ところどころぬかるんでゐるが、危険はない。誰もゐないテイデイム部落。萱葺きでなく、トタンかなにからしく、夕ぐれのなかに、白く屋根が光つてゐた。爆撃がはげしいので、みんな避難したらしい。すこし先に、敵の野戦倉庫の残骸。右下に、グランドのやうなものがあるのは、物量投下場である。五キロほどゆく。道に、前線へ追及する部隊が点々とゐる。暮れて来たなかにうづくまつてゐる兵隊たちを見て胸にこたへる。

○野戦倉庫。その附近に小さい家。焚火の明りが洩れる。顔中髭でうづめた三浦参謀（弓、後方参謀）が一人ゐる。明朗な感じの人である。少し下痢してゐたがもうよくなつたので、明日あたり、テイデイムの方へ出かけてみようかと思つてゐたといふ。二三日したら、トルボン隘路口も開くだらうから、その時、一緒に行かうといつてくれる。弓はさいしよはうまくいつたのに、インパールの開闊地に出て、得意の戦法がきかなくなつた。

金峯山（ケネデピ《（ママ）》ークの近く）には酒井中隊が頑張つてゐたが、敵は一日に七千発以上撃つて来て、山の形が変つた。１２０人居つたのが、55人になつた。本道上を攻撃して来たのは主として酒井中隊だが、この十五日に、中隊長はビシエンプール前面で戦死をした。今、祭の一個大隊、兵（つはもの）の一個大隊、戦車、重砲が増強してゐるから、今後はうまくゆくだらう。大砲は十加、十五加、８門くらゐしかなかつた。こちらが一発射てば十発はお返しが来る。飛行機が跳梁するのを、何故射たぬかと、はじめ《て》の人はたいていいふが、さうするとお返しがたいへんである。入江大隊があまり癪にさはるので、山砲で飛行機を撃つたことがある。さうすると、翌日、爆撃機20、戦闘機20でやつて来て、山も木も草も人もなくなるくらゐにやられた。大隊長はお附武官もしたことのある人だつたが、戦死した。一人でも見つければ徹底的にやるので、位置を知られるといふことは有利でない。まあ、この調子で、来月一杯にはインパールをとらねばならぬ。

テイデイムをとつたときには、碌なものはなかつた。ビールが三千本ほどあつたほか、ウイスキイはなく、チン酒が一本あつた。自働車も百五十輌くらゐで、それでも大助かりなのだが、ラングーンのときは一万五千台あつて、おそらく、うちの師団長、参謀長が一番よい車に乗つて居られるだらう。

英将校のケリー（来たときは大尉だつたがもう中佐になつてゐる）といふのは敵ながらあつぱれ

な奴で、チンに五年ゐて、チン語をしやべり、さかんにチン工作をやつてゐる。なかなかつかまらない。この附近の部落にまでやつて来て、演説をしたりしてゐる。

西機関もよくやつてゐるが、向ふが一枚上手らしい。情報もよく知つてゐるし、ゲリラをやるので、これを警戒してゐる。こちらの国民軍も、敵線にのこのこ行つて、話をしては来るが、なかなか多くは寝がへりをうたない。ＩＮＡの意気などはわからず、向ふも印度兵を使つてゐるなくらゐの認識。すこし上の者も給与のことなどきいて、やめとこなどといふ。

○ここに野戦病院があるらしく、後送されてゆく患者が道にならんでゐる。帰営。

●軍人による先導　火野の手帖には、何人かの軍人が具体名で登場する。インパール作戦の前線に向かう時に、とりわけ頻出する三名を紹介しよう。

初期の行軍で活躍するのが橋本参謀だ。彼が、メイミョウからインダンギまで火野を誘った。引き続いて登場するのが、三浦参謀だ。五月二三日にティディム近くで火野と出会った三浦は、最前線の司令部行きを希望する火野の気持ちを汲み、コーディネートを申し出た。以後、三浦は、前線に行くタイミングを深慮し、それを火野に伝えるという立場で頻出する。しかし、いざという時には大抵状況が悪化し、前線行きを諦めるよう火野を諭す役割にも見えてきてしまう。そしてそのたびに火野の焦燥感はつのっていくのだった。ようやく三浦が「明日行きませんか」と言ったのは、出会ってからおよそ一ヵ月後の六月一九日のことである。

その翌日の六月二〇日に、手帖に初登場するのが、青砥大尉である。三浦の記述は急になくなることから、青砥が火野たちを前線に誘う先導役となったと考えていいだろう。火野、そして向井をティディムからインパールに近いライマナイまで引率した。青砥は、それまで戦いの最前線にいた苦労人の将校で、日中戦争勃発以来、日本内地に帰っていなかった。時折、火野に戦の悲惨を語っている。自身の考えを押し通すタイプのようで、兵士たちには「細かすぎる」、「やかましいおやぢ」などと言われ、煙たがられていた。しかし、火野自身は、彼の実直さに惹かれていたようで、出会って三日目には早くも「非常に積極的」で「覇気と実行力を持つた人」と評価している。

その後しばらく存在がうすくなる三浦だが、七月一八日に西機関で久しぶりに登場する。どうやら火野たちの行動と完全に離れていたわけではなかったようだ。そして二〇日に本格的に撤退を始める時、火野らと別れることになるが、それはまた後の話だ。

5月24日（ティディム）

○雨が降つてゐたが、十二時ごろ晴れる。昨夕の銃撃で、自働車一台、兵隊四人負傷し、一人は片腕をもぎとられた由。

○することなくて、寝ころぶ。「沃土」読んでしまふ。ときどき、読むのがいやになつて、とばしたいところがある。物慾をすべての基調にして書くところ和田式であるが、から農村を息苦しく書くことに疑問がある。銀の人柄にときどき微笑がわくが、それも、前夫の死と、清平との結びつきとの間にうけがへない点がある。うまいし、力作ではあるが、好きにはなれぬ小説である。ことに、最後の一行を読んで、不愉快になつた。

○昼食。飯粒が卓のうへにこぼれてゐるのをみて、ふいに、勝江《末子》の顔が眼にうかんだ。子供たちがさわぎながら食事をしてゐる状景が髣髴して、どうしても消えない。切ないものが胸にあふれて来て、飯が咽喉を通らない。臆病風が吹いて来たかと、叱る。涙が出さうで弱る。

○子母澤寛「近世侠客ばなし」を読む。

○夜、野原曹長と碁打つ。かへつて、怪談、河童の話などしながら寝る。

◉現地での娯楽　火野は、戦場でずいぶんと暇をもてあそんでいる。酒を飲み、本を読み、猥談を楽しみ、そして将兵たちと碁を打った。句など、戯れうたを作った。自然も重要な遊び相手で、月を愛で、昆虫の観察に時間を費やすこともあった。

5月25日　(テイディム)

○西機関に行く。チン部落に行くつもりであつたが、少しおそいから、明日早朝にしようと稲田中尉いふ。

○チン族は勤勉。働いて辛うじて食つてゐて、蓄へなどは持たない。一ルピーも持つてゐると金持といふ。土地が豊饒といふわけではないので、なんで《も》できるといふわけにはいかない。さいきん、薬種や(部屋の隅に、種子袋が二つこしらへてあつた。FALAMの張紙)その他、野菜の種子をあたへて作らせることにしてゐる。彼らは理窟などいつてもわからず、適当な指示をあたへてやる方がよい。独断の余地などあたへてやつても困るばかり。いはば、どちらでもよいのであらうが、そのときの主人には一心に仕へる。日本などといふ国は知らなかつたのに、英人が来て、日本軍の動静をさぐつて来いとかなんとかいふので、その存在を知つた。気分としては、圧迫してゐた英人よりも、日本人との方が合ふらしい。日本人のすることはなんでもよいと思つてゐて、反抗する気配など、さらにない。

戸籍もなにも従来からなかつたので、ビルマ領でありながら、別種の領域を形成し、ビルマ独立なども、どこ吹く風かといふ始末であつた。英人のゐたときには大いに尊崇し、貞操観念は割合にかたいのに、毛唐が娘を出せといふと光栄にして、お祭りをしたりした。チンとパンジヤブはあまり仲がよくないが、ゴルカとは、同志だといつてゐる。印度人とは合はぬが、それはアリアンとモンゴルの血の問題のやうに思はれる。女がよく働く。結婚は、女18、9、男22、3だから普通。信仰はナツツだが、どちらでもよく、若い者にきくと、ナツツは面倒だから、クリスチヤンになつたといふ。牛を殺すところを見た者はかへつて、その通りやらねば崇られるといふやうなことでは困る由。そこで、仏教は今はないが、改宗は可能と思はれる。金や品物を持つて行くよりも酋長の命令の方をよく聞くので、酋長をよく掌握して居ればよい。

○チンの女たち、被服のつくろひ、縫ひ物などをしてゐる。首かざりを二十ほどもしてゐる。五人ゐるが、いづれも別嬪といふことはできず、一人一番年少らしいのがくりくりと可愛いい。男は長いロンギ《腰から下を巻くように覆う民族衣装》をしてゐるが、女は膝までのが多い。坂を上り下りするのはこの方がよろしい由。

○小澤一等兵、湊勘市とメイミヨウの病院に一緒にゐたときいておどろく。その後、湊の動勢は知らぬが、いつも班長殿の噂をきいたといふ。

○野原曹長と碁。四目にする。トルボン激戦中。

○夕方ラヂオをかけてゐると東京の海外放送が入る。洛陽城占領。

5月26日　（ランザン）

○夜明とともに屯営を出る。まだ、当番もねてゐて、朝食の支度はできてゐない。西機関に行くと、隊長室の前で、稲田中尉が大きな声をだしてゐる。チン兵に訓辞でもしてゐるのであらう。やがて、その一隊が去ると、次の一隊。六人の武装したチン兵と、手ぶらの男二人。通訳。稲田中尉が中川一等兵をよび、手ぶらをしばらせる。敵のスパイをチン兵がつれて来たらしい。二人がぐるぐるにしばられる間、チン兵たちはなにかぽそんとした妙な表情で見てゐる。見て居れないやうに横をむいてゐる者もある。しばられながら、チン人がなにかぼそぼそいふのに、また、はばかるやうな声でチン通訳が答へてゐる。スパイをすでに十数人処断したといふことだから、二人も斬られるのかも知れない。

○水筒に湯だけ詰めてもらつて出発。稲田中尉、大久保君と三人、馬に乗る。馬ははじめて。大久保君もさうらしい。白馬。坂をのぼり、本道に出て、そこを横切る。せまい径。下は断崖。馬の足元

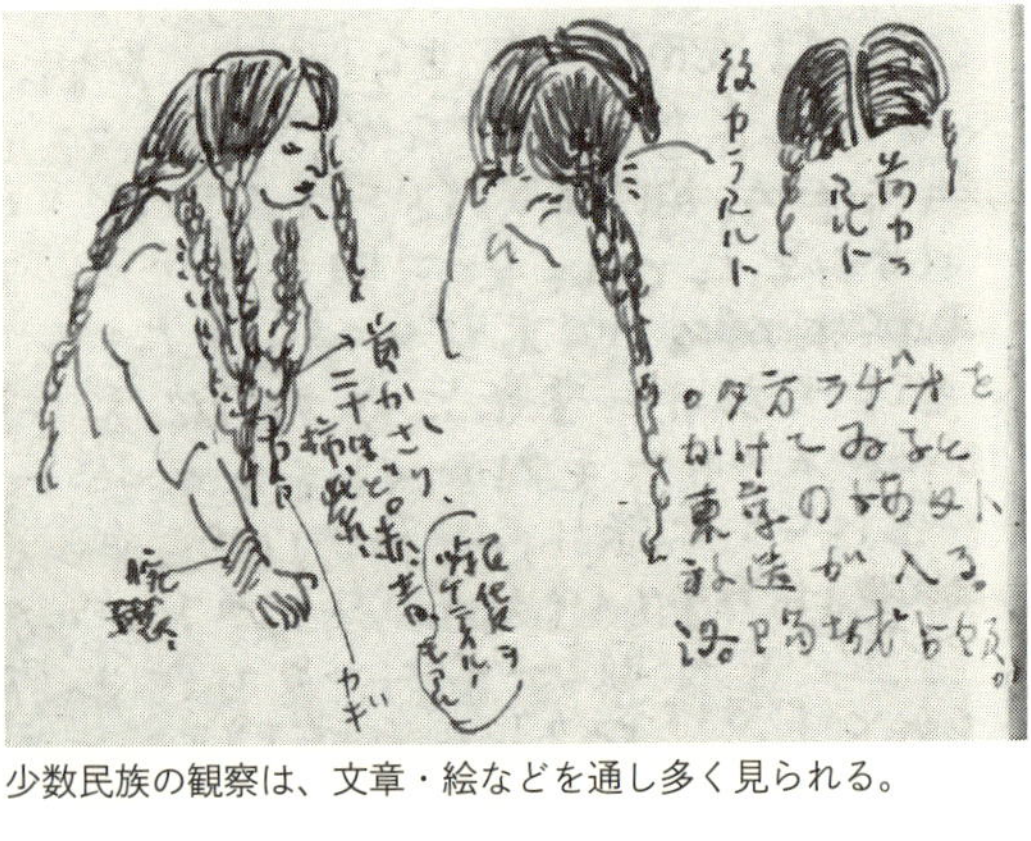

少数民族の観察は、文章・絵などを通し多く見られる。

が危い。大久保君、二度落馬。一二尺しか幅のない石ころ路で、安心といふわけにはいかない。

しかし、よい気持である。松の木がだんだん少くなり、雑木林になる。重畳した山々。一行は先頭に徴募課長ナアントン。行く行く何かどなると、チン兵やチン人が待ちかまへてゐて敬礼。附近の村長といふ角力とりのやうなのが出て来て、しばらく道案内。ナアントンのあとに、二名、銃を持つたチン兵。稲田中尉、火野葦平、大久保記者、塩野目一等兵、そのあとに十名ほどの親衛隊。通訳。しんしんたる山気。急坂の横につくられた道を行く。立ちはだかる山肌に、ゾールピー、ゴーンモール（貧しき丘の意。英人が肥沃の地にはチン部落を置かせなかつた）等の部落。ブリキ屋根点々。やがて、深い谷間に、マニプール河が見えて来る。見えかくれし、彎曲する流れ。道をい《ママ》くらかよくなる。姫小松。ところどころに墓所。木形子《こけし》のやうな墓標。卒塔婆状のもの。自然石のもの。墓にはいづれも水牛、山羊、象、馬等が彫つてある。壮大なチン丘陵の景観。
○ランザン。芭蕉。なつてゐる青いバナナ。大きな林投《阿檀》。垣の間の小径。赤い石の瓦で葺いた家。角力とりのやうに髪をうしろに結んで、ロンギをはいた男たち。首かざり（銀貨もある）をつけて、籠を負つた女の子。肩から布を負ひ、そのなかに赤ん坊を入れて、掃除してゐる女。木を繰《ママ》りぬいて、樋にし、長々と水をひく。
○村長の家。つるしてある動物の頭蓋骨。水牛。鹿。獣の皮を張つた腰かけ。草屋根。ブリキ屋根。家を葺く草がなかなか手に入らぬので、放火罪が死刑と同じ位。
○入口から石だたみ。左側が五尺位低くなつてゐて、柵があり、白馬一頭。板張り。家の中央に板壁があつて、その中間に窓のやうに、観音開きの扉がある。豚の後足を引きずつて来る男。

1ページ全体に描かれた淡彩画。墓の様子が詳しく記されている。

○ブンジヤナン村長。45歳。病気で休んでゐる。集まつて来る顔役。カムジヤタンは助役である。額はげ上り、繁好に似てゐる35歳。タンコリンも助役。50歳。クアルザチン、助役。30歳。ネンプン。助役57歳。

○村長は世襲。第一夫人の長男。ハカ、フアラムの方は一夫多妻だが、このあたりは一夫一婦らしい。村長はもと腕力の強い者がなつたが、今は村長を換へないでくれといふ。ランザンには英人は住まなかつた。

○助役たちに演説をする徴募課長ナアントン。もと、警察官、兵隊の世話係り。

○チン酒ZUをウイスキイの瓶に入れて来る。卵色。酸つぱい。チン人は寒さしのぎにこの酒をのみ、一晩中、単調を《(ママ)》踊りをして歌をうたふといふ。

○前方に見える重畳たる山稜。山頂近いところに見えるゾールピー部落。雲重なつて、青空見えず。それで飛行機が来ないのかも知れない。部落は爆撃されたことはないさうである。

○チンの歌をうたふネンプン助役。はづかしがり、ヅウをのむ。歌。牛か豚かの膀胱をふくらましたものをぶら下げてゐる少年。玩具かも知れない。

○戸数88戸。人口４００余。村は50戸から２００戸までくらゐ。平均7、80戸。痩せた雀に痩せた放牛。

○フアラム郡　酋長４（70―１００村）
テイデイム郡　酋長15
ハカ郡　酋長15

カンペレ郡（未だ日本軍の力及ばず）

（トンザンのポンザマン酋長は、１２８村）50歳

○ファラム郡長レンロエン。22歳にして結婚、35歳。これまで人といさかひしたこともなくやつて来た。無口な男。一夜つらつら考へた。日本軍のために全力をあげて協力しなくてはならぬが、それが自分の本心かどうか。英人が来たら自分はどう動くか。反省。絶対日軍協力を決意。敵側を容赦なくあばき、白人の首をとつて来らせる《（ママ）》。兵隊の号令はチン語でやつてくれと申し出て来た。

○ファラム、タイソン酋長ワモン、62歳、日本軍が好きといふ。どうしてかといふと、わからんといふ。もと、先祖はチンの王様の如きものであつたが英人が分割した。（稲田中尉の話）

○上にあがる。トタン屋根のバンガロウ風の建物。官吏かなにかの家のあと。通路に久しぶりで見るセクパン。門口にたくさんならべてかかげてある大小の獣頭骨。めづらしく大きい野牛。セクパンはマンパ（とげの花）といふ由。（十二時）

○敵の乾麺麭を砂糖つけて食べる。チン兵、飯盒に飯をたいて来てくれる。花が煮てある。二時間ほど、昼寝。

○トアルチン、その息子クアルザチン。その家で休む。ZUをのまぬかといひ、鶏をカレーでむしやきにしたのと、フライエッグを皿に盛つてある。久しぶりの御馳走である。

クアルザチン、ニユームの皿に生卵を十五ほど入れて来る。県知事閣下ならびに二人の日本軍将校が来られてたいへん光栄であり、うれしい。もともと、こちらから出むかねばならぬところ、身体が悪くて、恐縮のいたり。英人（イングリ）が持つていつてしまつて、なにもさし上げるものが

ない。少くて恐れ多いが、これを持つてかへつて頂きたい、の由。

親爺トアルチン、イングリは仕事ばかりさせて、金も払はず行つてしまつた。女を強姦したり、掠奪したり、悪かつたが日本軍は非常によいと、黒い顔でおろおろとふるへながら誰もいふことをいふ。

四五人集まつた村民。皺だらけの男、壺から、しきりに酒をついで来る。自分ものみ、人にものませて、だんだん眼を据えて来る。
○大久保君の話。前線で野重《野戦重砲》が象を使つてゐる。象つかひがゐる。働く時間、4時間。馬の二倍の積載量。象牙は鋸で引ききつて、パイプや箸をつくつてゐる。飛行機が来ると象うごかず、上から見ると岩石に見える。
パプア島に行つたときのこと、クリーが集まらない。しらべると、マヌクアリから十海里ほどの海上にある小島にみんな集まつて踊り騒いでゐる。中心は80になる婆。黄色いのが白いのを追つぱらつた、今度は黒いのが黄色いのを追つぱらつて、われわれの天下が来る、パプア天国の実現が近づいたといふわけ。一個小隊で行き、砲を射つと水際に落ち、水煙が上る。弾丸は水にとけるとて、恐れない。その婆をとらへて処断した。エロ婆であつた。
○ビルマ独立はよいといふが、ほんとうの意味はわかるまい。なにか、賑やかに、連中しやべる。すこし酔つたのだらう。シンガポールの英捕虜、500か600かとナアントンきく。30、000といふと、眼を丸くする。大久保君ランプを一つ欲しいといふが、金をとらぬ、薬でも持つて来てやらうと稲田中尉いふ。

○チン籠
（ニ）は竹籠、（ホ）は綱、（ロ）は板、（イ）の部分は繰《（ママ）》りぬいてあつて、そこに首をはめ、（ロ）を肩にのせる。
（ハ）は籐。手に持つたり額にあてたりする。
○出発しようとて村長の家に行くと、また、飲めの食へのといふ。腸詰め、鶏の胆、うまし。ZUはことはる。お土産に、豚の股、卵、バナナをくれる。卵は芭蕉の茎を折つて、それに包む。写真うつすと、ぜひくれといふ。
○18時出発。途中まで送つて来る二人。かへす。雲晴れたり、曇つたり、薄ら日ときどき。山嶺の上に掩ひかぶさる雲。重なり合つた山、谷、襞がいろいろの色に変化する。のぼるにつれて、いままで見えてゐたゴーンモールの部落が下になる。馬とは強いものである。尻がすこし痛い。先頭をゆく十七になるチン兵、ミモン（英准将、工作してゐた男、今でもチン女五六人つれてうろうろしてゐる）と一緒にゐたことがあるといふが、チンバツグをかけ、銃を後首にあてて横にして、両手をあて、腰に瓢箪をぶら下げて歩いてゐる。高木伸太郎を思ひだす。

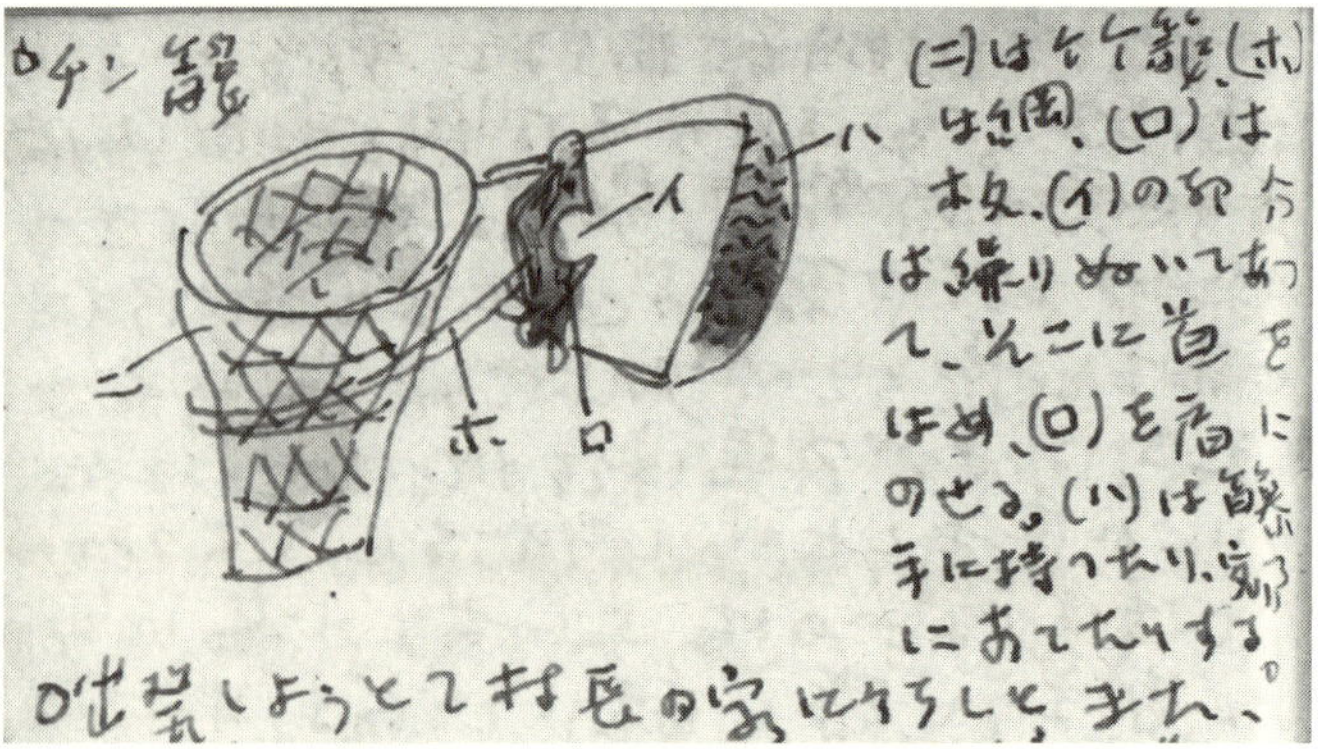

火野の目を通した風俗スケッチは、単なる絵でなく図解になっている。

はるかの眼下に河床を半分だして光つてゐるマニプール河。首に鈴をつけて放たれてゐる馬と牛。峠で小休止。出発。八時、帰着。軍歌をうたふチン兵。音頭をとる塩野目一等兵。先生があまり上手でない。愛国行進曲、愛馬進軍歌、歩兵の本領など。サンペイセンノハナトチレとうまくうたふのがをかしい。整列して敬礼する衛兵。分隊長三名、小隊長一名の進級式があるといふ。徽章がないから、曹長は来週日曜まで日のべ。私情に駆られて進級させると処罰するぞ、と稲田中尉、兵隊をたしなめてゐる。厳格な隊長らしい。
○一度も敵機の来ぬ不思議な日である。
○松籟。林ごしに見えるはるかの峯の道を狐火のやうにつづくトラック隊。
○ラヂオ、マウル、カーサの空挺隊退却を告ぐ。

5月27日　海軍紀念日　（ティディム）

○前線は相かはらずで、トルボン隘路口が開かぬのみならず、横から道を襲撃などしてゐる由。ここにかうしてゐても仕方がないが、いつ出られるとも知れず、はがゆし。三浦参謀赤痢とのこと。
○終日、雨。幕舎へ水ながれ来る。上の方より、音立てて、濁水傾斜をくだり、前線と道とのこと思はる。
○諏訪三郎「大地の朝」五頁ほど読み、あきれて止める。日本革新思想について述べる寺田稲次郎の談、面白し。
○雨の合間を見て、大久保君来る。明日、弓師団長柳田閣下、西機関へ来られる由。田中少将（着任と同時に中将）と交替されたのである。昼食を一緒にする。昨日かへりに貰つた豚の足三本、卵、バナナ。雨。雷鳴。寒し。

○夜、ラヂオをききに来るといつてゐた大久保君、雨ひどくて来ず。雷鳴のためラヂオかからず。仕方なく、明るいうちから、寝る。画伯《向井潤吉》、パリーと絵かきの話などする。安崎中尉は北海道産故、熊と林檎の話である。ラヂオ故障。

5月28日（テイデイム）

○明け方、騒々しくなつて、客来る。田畑少尉の声がしてゐたが、あとの人は誰かわからなかつた。安崎中尉、自分の寝台を明けわたし、当番の林君の小屋へ移る。朝になつてみると、梅本芳雄（兵器行政本部員、兵技少佐）といふ人であつた。３２９９高地から帰つて来た由にて、自働車のことを調査に派遣されたといふことである。佐藤中尉は３２９９に滞在、シンゲルの方に出たかも知れぬといふ。随行者は嘱託森川技師。梅本少佐ものやはらかな人にて、松の切株に腰を下し、昭南のこと、ジヤバのこと、その他歩いて来たところのことなど話す。

○髭剃る。四時ごろ、西機関へ行く。隊長室の入口の階段を上ると、中から、「やあ、火野さん」といふ声。見ると、ハルピンでお世話になつた柳田閣下なのでおどろいた。この人が弓の師団長であつたとは思ひがけなかつた。苦労されたと見え、憔悴されてゐるし、作戦中、交迭《ママ》される心事を思ひやると、まともに顔が見られない気持である。バイコフが喜んでゐましたといふ。ハルピンでバイコフと会つたが、一昨年は大東亜文学大会で東京に行つた。そのことなのであらう。閣下は快活な様子であるが、ことさらに自分の気持を殺してゐるものと察せられる。戦の話はせぬ方がよからうといひながら、地図をひろげて、弓師団の労苦について話される。

峨々たるチル《ママ》丘陵、ヤザギヨーから、ピコツク要塞をおとした部隊などは、牛が凍死するやうな道を行つた、牛の屍体が臭かつた、笹原聯隊も佐久間聯隊（聯隊長は南支報道部長たりし人）も奮闘した。多くの戦死傷者を出した。いかにも、兵は強い。困苦欠乏によく耐えた。自分の馬は八歳で、シンエンといひ、よい馬だつたが、トンザンで迫撃砲で戦死した。

ビシエンプールまでは開闊地なので、山を行つたが、山蛭にみんな噛まれた。自分のこの痕はみんな山蛭で、シヤツの中まで入つて来る。一度、夜襲をやると、すぐに百名の犠牲者。自分は坊主になつて部下を葬つてやりたい気持。誰がやつてもさううまくいかない。有史以来の戦争かも知れない。自分ではよくやつたつもりでゐるのに、何故変へられるのかわからない。どこが悪いとはつきりいつて欲しい。

軍司令官はすぐ後に来て、しきりに尻をたたく。征馬は思ふやうに進まない。自分も身心ともに疲れた。死ぬつもりでゐたのに、生きてかへるとは不本意。全員、未帰還の決意で、自分も遺書をつくつて副官にあづけておいたが、こんなことになつたので、とりかへして来た。生ける屍も同然だ。向井さん、あんたの絵をハルピンで見ました、と、閣下は鬱積した心のなかを隠して、次々に話をされるが、なにか、こちらは虚心に話ができない。なにもいはないつもりであつた。自分のいつたことは忘れて下さい、といはれる。閣下の残念さと寂寥とが胸にこたへた。

◉柳田閣下　この日、火野がティディムの西機関で出会ったのは、弓・第三三師団の前師団長の柳田元三中将だった。柳田は失意のどん底にあったと思われる。五月一二日に牟田口に師団長を罷免されてから二週間あまりしかたっておらず、言葉の端々にその無念がにじみ出る。そして火野の前で無理に快活を装う様子も痛いほど伝わってくる。

柳田は、開化的な発想の持ち主だったようで、陸軍大学在学当時から合理主義者として知られ、空虚な精神論を侮蔑していた。そして航空戦力と補給を欠く作戦は必ず失敗するとの信念を持っていたといわれる。

その一方で、空襲時には部下を差し置き壕に逃げるなど、かなりの臆病ぶりも露呈している（六月二〇日、青砥大尉の話）。そんなリーダーシップの弱さも更迭の理由になったようだ。

柳田の代わりに新たに第三三師団の師団長になったのは田中信男である。

七月になると、火野は前線の近くの師団戦闘司令所で実際に田中と面会することになるが、そのことは後述する。

●異例の三師団長更迭　前述したように、柳田は、三月終わりの時点で、インパール作戦の中止を第一五軍司令官・牟田口に意見具申した。作戦への違和感は、他の二人の師団長も共有していた。第一五師団長の山内正文は、昭和初年代に米国への留学体験を持ち、昭和十年代には米国の駐在武官を務め、アメリカ軍の事情にも精通していた。山内も牟田口のようなタイプを軽侮していたという。

第三一師団長の佐藤幸徳は、補給も十分でない状態で兵士を戦線に送りだすことはできないと主張していた。三人の師団長が作戦に慎重論を唱えていたことは、火野も後日手帖に記している（七月二四日、鍵田大尉の話）。

牟田口は、この三人の師団長が煙たかったのか、一月に各師団に作戦計画を示達する時に、三人を司令部に呼ばずに、各師団の参謀長や作戦参謀だけを呼んで命令を下した。牟田口に対して反感を強く持った三人の師団長。牟田口との意見の隔たりが作戦開始後に抗命、罷免、更迭といった事態を生むことになった。

◉山蛭　たびたび出てくる山蛭の描写。私も小さな頃、よく自宅の庭先で蛭にかまれたので、さほどの問題に思えなかったが、ビルマの山蛭は別物らしい。「雲南作戦」に参加していたもと兵士を取材した時、突如ジャングルの上から襲いかかってくる巨大な山蛭に悩まされたと聞き、急に薄気味悪くなった。

○郡長トワルカム、酋長ポンザマン、挨拶する。土産を持つて来る。閣下は立つて行つて、握手をする。民族の指導が大切だよ、と稲田中尉にいふ。満洲で白系ロシヤ人を工作してゐた人の言葉とく。在住将校十名ほど、伺候挨拶。東京までついて行くといふ曹長が、弾丸が尽きて石合戦をした、それには勝つた、円匙《えんび》を持たないと駄目、みんなやられる、といふ話してゐる。

会食。こんなおいしいもの初めて食べた、と、ここではあたり前の料理をいかにもおいしさうに食べられ、こんな味噌汁はじめてだといはれる。持参の日本酒をふるまはれる。うまし。一合ほど、現地人にやつてくれといふ。九時、出発。坂の上まで見送る。チン兵に一々握手。日暮れる。

5月29日（テイデイム）

○画伯《向井潤吉》、梅本少佐にたのまれて、軽四輪の模写に行く。序《ついで》に肖像をたのまれてゐる。

○所在なさに、「大地の朝」とりあげ、腹が立つより、をかしくなる。「文芸時代」のころ、読むに足るものがあつたと思つてゐるが、どうしてこんなことになるか、文章は恐しいものである。
○この数日、飛行機が来ない。しかし、正午ごろ、渡河点か、３２９９あたりとおぼしく、遠く爆撃の音がきこえた。
○「印度進軍歌」「日印同盟軍」二つつくつてみる。頭ぼうとしてゐて、さつぱり駄目。なにもすることのないはがゆい日を暮してゐると、頭の働きも止るらしい。
○西機関から、吉田一等兵が手紙を持つて来る。二十時から、現地人指導者と会食するので、出席ありたしとのこと。すこし早目に行く。こちらでも、鶏をつぶし、チン酒をすこし工面して来たといふので、折角とて、すこし食べてゆく。
○チンの女たちに、給料五ルピづつ払つてゐる。一日一ルピで、五日交替の由。いづれも、跣足、首かざりで、下げ髪だが、なかなかはにかむやうである。
○会食。第二高等官宿舎と札の出てゐる建物に、準備されてゐるテイデイム最高の料理。いつもは山崎（カチン族の兵につけた日本名）がやるが、今日は小澤一等兵の腕の由。白布をかけた卓の上にある花、薔薇、百合、セクパン、など。チン人に、花の名をきくと、どれも、パ、パ、といひ、all same などといふ。チン人たち先につき、王様稲田中尉は最後におもむろにあらはれる。
○テイデイム郡長トワルカム
トンザン酋長ポンザマン、50歳
ラルドン（フアラム、クラウ酋長の息子、県書記）

オンギン（宣伝部長）
ブンコハウ（郡、教育主任）
カンチンタン（宣伝部員）
カイムンマン（郡書記）
キヤンピユウ（労務課長、苦力係り）
バ《(ママ)》ウザカン（徴募課長、野菜、肉類など）
○ZUをあげて乾盃。ランザンで飲んだよりも甘い。チン人のなかにはラングーンを知つてゐる者半分くらゐで、大学に行つてゐた者もあつた。純朴で快活な種族らしい。

なにか、感想を述べるやうにいふと、まづ、トワルカムが立ちあがる。色黒、眼ぎよろぎよろ、厚い唇。つぎに、オンギン。若い男。彼は即興詩人らしく、今朝も詩を一つ作つたといふ。つぎに、ポンザマン。でつぷりと肥り、シヤツの上に水色の背広を着、下はロンギ。どつしりして、いかにも酋長らしく、部落民から恐れられてゐた男といふが、どこか、カピンピン将軍に似たところがある。これは英語ができないらしく、チン語。三人の話は共通で、日本軍の人たちと、かういふ風に卓を同じうし、ともに飲み、ともに食べ、ともに語ることは、欣快のいたりである、英人（English fellow）は自分たちを軽蔑し、圧迫し、動物視して、ともに食事をするといふやうなことは更になかつた、自分たちはここに東洋民族としての日本人を身近に感じ、ともに戦ふ心が、腹の底から湧く、勝利はわれらのものであることは疑ふ余地はない、といふのである。

たしかに、彼らがお座なりの協力でないことは信じてよいであらう。トワルカムもその他の者も妻子持ちが多いのだが、ときには家にかへれといつても、とんでもない、戦ひが終るまでは妻子どころではないといふさうである。白人の首をとつて来る者もあるし、勇敢に自動短銃を持つて敵中にとびこんで行く者もある。マニプール川一帯には教育した遊撃隊を出してあるが、適確に情報を集めて来る。山道を跣足で、すばしこく走り、靴をやつても腰にぶら下げる。

○オンギンが立ちあがつた。チンの習慣では客を迎へたときには歌をうたつて歓待することになつてゐるので、歌をうたふが、そのかはり、日本の客人も日本の歌をきかせて貰ひたいといふ。

先日からたのんであつた歌稿をタイプで打つてくれてゐたので、それを見る。オンギン歌ひだすと、郡長、酋長、はじめ、チン人たち、手を打つて合唱する。歌はきはめて単純で、節も単調。軍歌も、首狩り歌も、恋歌も、みんな同じ調子らしい。稲田中尉、軍歌を歌ふ。ポンザマンも、郡長も歌ふ。すこしZUが廻つて来た模様。黒田節をうたふ。大久保君が歌意を英語で説明する。もののふは酒をのむこと剣をのむごとくせよなどといつてゐる。チン歌はどこか甚句に似て、単調だが、くりかへしてゐると興奮して来さうな重さがある。恋歌の文句は激越で、男が来たら、酒で酔ひつぶして帰さないやうにする、などといふのがある。

踊りを所望すると、舞台が狭く、太鼓がないといふ。あれば踊りたいらしい。兵隊がこんなにチン人たちが愉快さうにしてゐるのははじめてですといふ。すこし遅れて訓練隊の連中がやつて来た。二百四名ゐて、毎日、訓練をしてゐるらしい。週番肩章をしたモンセートン伍長は快活な青年で、片言の日本語をしやべり、愛馬進軍歌をうたふ。何語かわからない。彼は占領後、住民がジャングルに逃げこんでゐたのを、単身でかけて行つて呼びかへした功労者ださうである。10時半散会。新月。

5月30日　（ティデイム）

○トルボン隘路口ひらき、戦車隊、ビシエンプールの前面まで出た由。但し、シルチア道ひらかれしといふ。明瞭でない戦況だが、さいきん増援部隊ぞくぞくと前線に出、１５１聯隊（一大隊欠）も廻つて来たといふから、いくらか有利になつて来たのかも知れない。しかし、三浦参謀は、弾丸がまつたくないから、後方に貰ひに行くなどといふのである。早く前線へ出たい心。あせつて来る。画伯《向井潤吉》をおいて、一人で行かうかとも考へる。敵機。

◉火野の焦り　火野は、五月二〇日に、ティディムという拠点に到着。その後六月一九日にいたるまで、当地に留まることになる。一日でも早く前線に行きたい気持ちがあふれていた火野は、五月三〇日、みずからの心の「焦り」を綴っている。前線に火野を引率する役目の三浦参謀が、後方に弾丸を貰いに行くと言い出したことが直接の原因だろう。さらに前線にたびたび赴いたことのある大久保記者と情報交換したことも、遠因となったのかもしれない。

並の作家だったら、戦場に来ることができただけでも十分だろうが、火野は、兵隊の目線に立たないといられない性分だった。

ふと私は、フィリピン・バターン作戦でのエピソードを思い出す。この時も何日か足止めを食らっていた火野は、その焦燥感を手帖に綴っている。ようやくバターンの前線に近づいた火野は、兵隊の苦闘を涙ながらに手帖に描いた。

インパールでも、いかに危険であろうと、最前線の兵たちを身近に感じられる場所に出たいと願う火野の気持ちが手帖の記述に痛いほどにじみ出ている。

○大久保君、やつて来る。稲田中尉が厳格で、兵隊をなぐる話をする。碁盤を借りて来て、井目《せいもく》で打つ。敵機。

○梅本少佐、ラングーンへ帰るといふので、園田《支》局長宛の手紙、歌、フイルムなどたのむ。谷間で銃声数発、牛を殺す音である。その牛、夕食膳にあらはれる。若干のZU。九時半、梅本、森川、田畑、三氏出発。インダンギまでの由。

○丘の上からとつて来た石楠とコスモス。画伯、こんなものでも描かにや仕方がないと笑ふ。霧かかつたり、晴れたり。月明るし。

5月31日　(テイデイム)

○夕方、三浦参謀(このごろは野戦倉庫を引きあげ、すぐ上の方に移転)来て、今夜、山砲の聯隊長が前に行く、歩兵の護衛もついてゐるし、よかつたらといふ。前線は好転してゐるわけでもないといふので、三四日後、柳田閣下に随行して行つた副官杉本中尉の車がインダンギからかへるので、それに便乗するやう返答する。柳田閣下は気の毒ではあるが、神経衰弱がひどくて、あのままでは身体がつづかなかつたらうといふことである。この間も、まだほんとうになほつてゐないらしく見えたといふ。夕食をいつしよにし、おそくまで話す。大久保君も来る。ビールが三千本ほどあつたのを歩兵が60人ばかりで千本ほど飲んだ。罐詰もたくさんあつたが、いくらでも持つていけといつても、重いので、せいぜい欲張つたのが三個であつた。前線にダイナマイトを百キロおくると50キロしかないといふ報告が来る。兵隊が食ふのである。甘味があつて、羊羹より柔いし、切り餅くらゐの大きさで手ごろなので食べるのだが、食ひすぎると下痢する程度。

敵の地雷の種類の多いのと、仕かけ方のうまいのは感心する。戦車地雷を見つけて、これをとりはづすと、もう一つ下にある人馬殺傷地雷が爆発する。重味をとると爆発するやうになつてゐて、工兵はこれに閉口した。電柱の根に埋めたり、橋の下に仕掛たりしてあるが、一定の重量を越えぬと爆発せぬものもあつて、トラックが通つてもなんでもなかつたので、重砲があとにつづくと爆発した。チン人は地雷をしかけることには馴れてゐるので、とりはづすことも上手だ。

いよいよ米や弾薬がなくなつたので、近く後方へとりに行くつもり。前線は籾をついて、二食の粥。木の根を食つてゐる部隊もある。中隊はもう四十人以上といふのは珍らしく、五人くらゐのもある。ビシエンプールの北、ブリバザーに飛びこんだ部隊もあるが、おそらく玉砕ではないかと思はれる。雨のため、道はいたるところ崖くづれしてゐる。軍司令部は撤退をする。

○本部の小屋へ碁を打ちに行く。松田伍長、野原曹長、病馬廠の水野軍曹など。森脇軍曹、若松に三度ほど行つた、藤木の寺の本田は親戚になるといふ。安崎隊長の悪口をいひ、聞きづらし。眼の仇にされてゐるといふことだ。

6月1日　（ティディム）

○さかんな銃砲撃。大きな音、小さな音。なにかわからなかつたが、あとで聞くと、兵隊が炊事をしてゐて、敵の古い火薬庫に引火したとのことであつた。飛行機、二回。

○雨。霧が白く山を煙らせる。大久保君来て、二時頃、軍司令官到着の筈といふ。軍司令部が引きあげるなどは醜態だねといふ。四時ごろ、白い霧雨のなかを画伯《向井潤吉》と西機関へ行く。稲田中尉とトワルカムとが話してゐるところへ行くと、今、閣下はやすまれたばかりといふので、また後で来ることにし、事務室に行く。

森脇軍曹がさつきまで隊長から呼びつけられてゐたらしく、口真似をしたりして、隊長をからかつてゐる。これから、隊長室の座《(ママ)》をなほさんと五六人で板をとりに行く。敵が水槽につかつてゐた板片がたくさんある由。尾下伍長に誘はれて、病馬廠に話しに行く。水野軍曹、せまい小屋に碁を打つ。病馬は、現在十八頭しかゐない。敵の馬はとることができなかつた。稲田中尉の乗つてゐる馬は敵将軍用のものであつた。馬を後方に下げるのに閉口した。自働車と馬一頭がかはらない狭い道が多いし、この間は砲兵隊で使つてゐる象と出あつて、象が馬をおそれる、馬も象をおそれるで、三頭ほど崖の下に落しかけた。

シーンは雨季になると水びたしになるので、短い距離を一、二ケ月かかつたりすることがあるといふ。この間からの話をきいてゐると、もはや行くこともかへることもできなくなつたやうである。

○雨やまず。白いなかを降りる。参謀長野々村《(ママ)》《久野村》桃代《とうだい》中将と、木下高級参謀、食事をしてゐる。挨拶。隊長室に行くと、牟田口閣下と三浦参謀が話してゐる。軍司令官はさして身体は大きくない人で、頭は禿げあがり、ものやはらかな顔であるが、眼が鳶のやうに鋭い。猛将といはれる人であるが、一見すると好々爺のやうだ。話好きの模様で、所信を率直明快に語られる。身ぶり手ぶりで、賑やかに話をされ、屈托なく声をあげて笑ひ、すこぶる元気で、話は尽きない。さすがに話には芯があつて、独特の人格が思はれる。毛糸の袖なしチヨツキ。
○あなたの書いたものも拝見したが、戦争は神聖なものだ。すべて大君へささげまつると一念あるのみ。いつも部下に話をするのだが、三つのホルモンの注射をする。第一は戦争は必ず日本が勝つ、第二は戦争は外国人の考へるやうに悪でなく善であること、第三は人生の完遂は臣下としての任務の完成以外にはないこと。
　自分が予科士官学校の校長を仰せつかつたとき、困つたことがある。武教官はいつもかはるが、文教官は長くつとめてゐる人がゐて、いふには、校長が変るたびに学校の方針がかはつて困る。自分はそんな馬鹿はないといつたが、聞いてみると、ある人は元帥大将を目標にするといひ、ある人は小隊長でよいといふ。この考へ方は将来国軍の根本思想となるべきものなので、自分は頭を痛めた。大物、小物と区別するのはよくないと思ひ、いかなる任務をあたへられても遂行するといふ覚悟と力とを作らねばいかん、小隊長だけで、中隊長、聯隊長のことは知らんではすません、また、拝命して辞退するといふことはできないのだ。小隊長を勉強しながら、元帥大将になつても困らぬやうに心がける。あたへられた任務をいかなることでも遂行し得るといふことが教育の根幹で、大物も小物もない、学校設立の趣旨には、将校タルノ素質ヲ与フルニアリとあつて、将校は上元帥から少尉まであるわけだ、といふ方針でやつた。

　学校の建物には苦労した。廊下のせまい建物はどことなくゆとりがない。今の大本営、もとの士官学校はいかにも廊下がせまい。四列で大手を振つて歩けるやうにしろといつた。デパートでも、廊下のひろいのが入りがよい。海軍兵学校は特別にひろい。講堂に六千人入れるくらゐにした。世界にもないといふ。予算の範囲でよいものをつくることに腐心し、習志野の杉を切つた。これは明治大帝が鷹狩りをなさるために植えられたものであつた。これを切ると、第一師団長がおこつたが、管下の予科士官学校につかつたのだといふとさうかとうなづいた。あれで習志野も演習がしよくなつた。（○犠牲的精神は不可のこと。）

○ものごとは無駄を大切にしなくて《は》ならん。今日だけの露営といふと、それだけの設備しかしない。すると一日が二日になり、三日になつて、困るので、またやりなほす。たとへ、一日でもちやんとしてをく《（ママ）》心がけが必要。金などもけちけちせずに使ふがよい。一億万円つかつたところで、戦に勝てば安いもの。現住民などにも気前よくしてやつたがよい。無駄を大切にするは余裕をつくると同じ。

○ボースはバーモ《ウ》よりも二枚ほど役者が上。今度の戦争は政治的な意義が大きく、印度をひつくりかへせば、アメリカも、重慶も困る。英国の弱点をつく必要がある。

○メイミヨウで坊主を七十七人教育してゐる。コレラ予防のため、鼠をとれといつても一番に反対するのは坊主。そこで、青年僧を教育してゐるが、宗教と国家について、話をしてやつた。小乗仏教を大乗仏教へ転換させなくては、ビルマの宗教は害になるばかり。坊主に、薬のんだことある者は手をあげといふと、ほとんど手をあげた。薬をのむのはバイキンといふ生物を殺すためで、鼠をとるのと同じだといふ風に持ちかけた。坊主がさきにやれば、民衆もこれに従ふ。

○今度の戦争はなかなか大変だが、大したことはない。自分は戦運のよい男だが、今度の戦もうまく行くものと信じてゐる。いくらか、おくれてはゐるが、大丈夫だ。東京の方や、後がやあやあいふので、少々、遅延仕り申しわけなしといつてやるが、いろいろな点から、現在の戦情はやむを得ない。

自分はインダンギから、パレルの方へ廻るつもりだが、ともかく、ビシエンプール前線へ一度出て、見て貰ひたい。戦闘司令所のあつたモローから一望すると、インパール平原、ロクタク湖畔、その先にパレルの戦場も見え、実に壮大な感にうたれる。どちらが先にインパールに入るかわからぬがいづれにしろ、一日二日の差と思ふので、なんなら、またパレルの方へ廻つて来て貰つてもよい。戦は必ず勝つし、念願のある者には一切の障害はない。インダンギでは河辺閣下に会う筈。

（神の子と罪の子）

●戦争は神聖なもの　六月一日、火野は、ティディムで初めて牟田口と顔を合わせている。その第一印象は、手帖に書かれた通りで、好意的なものである。

火野は、牟田口が語ったことを微細にメモしているのだが、その内容に私は引っかかってしまった。牟田口は陸軍大学校を出たエリートではあるが、多分に精神論にもたれ掛かる人物と言われている。牟田口が火野に語った神聖なる戦争に必要な「三つのホルモンの注射」も精神論以外の何物でもないと私には感じられた。「日本が勝つ」、「戦争は（中略）善である」「人生の完遂は臣下としての任務の完成」という三つを人々に教え込むのが大事、というのだ。ほとんど科学的でないし、論理的でもない。

牟田口は火野に「今度の戦争はなかなか大変だが、大したことはない」「今度の戦もうまく行くものと信じてゐる」と強弁した。「念願のある者には一切の障害はない」。

私は今これらの言葉を引きながらため息が出るのを禁じ得ない。私は戦争に参加したこともないし、むろん参加したくない。ただ物事を進める時、しかも人の命がかかっている時は、必ず実現可能なプランが必要だと思う。しかし、牟田口の論理は、何度読みかえしても、何を根拠にしているのかが全くわからないし、そら恐ろしい空虚さしか感じられない。このような人物が立案した計画に基づいて戦った何万の将兵のことを考えると胸が重くなってきてしまう。

◉宗教革命　さらに牟田口の語りで驚かされたのが、彼がビルマ人の僧侶の教育にもあたっているという部分である。なんと牟田口自身が宗教を宗教家に教えていたのだ。牟田口は、ビルマ人が大事に守っている小乗仏教を、日本と同じ大乗仏教に転換すべきと考えており、それを実際に彼らに強要していた。

言うまでもないが、宗教を含め、人の大事な内面に、他者が都合よく土足で踏み込み、変更を迫ることは、暴挙を超え、許されるものではない。ちょっとした火野の記述から牟田口という人物の本質がいや応なく透けて見えてしまう。

○話をしてゐると時間が来たので、先に出る。20時。坂の上にて待つ。新名主大尉もゐて、手紙を書いてくれた栗林中尉は迫撃砲でやられたといふ。浅井上等兵、井上上等兵などもゐたが、司令部の二十人ほどの人員が、いづれも蒼い顔をして憔悴してゐるのにおどろいた。油あげを食つとつたと笑はれる牟田口閣下は元気である。細雨のなかを、三台のトラツク出発。

○帰つて来ると、建築がはじまつてゐて、たちまち、しつかりした床ができあがつた。これまでは空き罐の上に板をわたして寝てゐたのだ。安崎隊長、雨季を待つ姿勢といふ。

○マンダレーに派遣してゐた隊員がかへつて来る。武内准尉ほか。久しぶりマンゴ。酒三本のむ。道がたいへんだつたらしい。客人、久賀軍医中尉。碁好きとて、六目にて二面。一勝一敗。よい碁である。後方ではいろいろなデマが横行して困る由。みんな自分だけが知つてゐるやうなことといふのである。

6月2日（ティディム）

○山はめつきりと青くなつた。枯木に出る青芽。褐色に松の落葉の散りしいた間から、青草がによきによきと出て来、若い芽が吹いた。眼に見えて伸びるのである。やかましくなる蟬時雨。山鳩。霧が谷底から湧いて来て、みるみる峯々を掩ふ。ケネデ《(ママ)》ピークあたりの一帯はまつ白になつて見えない。毎朝の習慣なので、尖出した丘の上に出て、宮城を遥拝し、軍人勅諭を口吟む。涙出づ。
○昆虫の世界。この間から、退屈のままに、毎日、蟻の巣を見てゐる。赤松葉のなかに、直径一尺くらゐ、丸く土の盛りあがつたところが、中央よりすこし片よつて、細い穴がある。もとはなかつたのであるが、その穴の出口のところから、青い草の芽が出た。蟻の出入りや、物品の搬入にはいくらか邪魔になるやうである。二分ほどの褐色蟻。せつせとうるさいほど動く。力つよく、身体の五倍くらゐのものを運ぶ。慓悍《ひょうかん》で、まだ生きてゐる大きな虫にもとびかかつてゆく。どうも、なにか言葉か、合図かがあるとしか思はれない。
　こほろぎの屍骸を穴の附近においてやると、一匹が見つけてあとがへると、たちまち大勢の者が出て来て、それにたかり、足をくはへ、身体をかつぎ、御輿をかつぐやうにして、穴のなかに引きずりこんでしまふ。距離など問題でない。獲物のあるときには、何だ何だといふやうに、穴のなかから、三倍ほどの大きさの奴が出て来る。頭がいやに大きく、不恰好の上に、不器用で、動作はすこぶる敏活を欠く。はじめは親分かと思つてゐたら、三匹ほど出て来た。見かじめなのであらう。臆病な奴で、ちよつとつつくと、大あはてで、穴に逃げかへつた。屍骸はなんで《も》引つぱりこむ。乾パンをおいておくと、すこしづつ欠い《ママ》で持ちこんだ。こほろぎの半死のものが暴れるので刎ねとばされたりするが、ひるまずにいどみかかつてゆく。バツタの屍骸を穴のなかにさしておくと、はじめは引きこもうとしてゐたが、穴が小さいので一日もてあましてゐた。翌る朝見ると、頭と胴中を食ひ去つて、骸を外にはこび出してあつた。

　なんでもといふわけでなく、好みがあつて、昆虫の屍でも見むきもしないものもある。大きなものは手に負へないことを知つてゐるやうだ。いつたい、いつ寝るのかと不思議だ。その勤労と協同の精神は見あげたものだが、一途に物慾のみに没頭するさまは不愉快である。バツタをはこびだしたあと、もうたくさんといふやうに、せつせと穴をふさぎにかかつた。だんだん穴が小さくなつて行く。小便をしこむと、ぽつこり大きな穴があいた。大事件なので、右往左往しはじめた。

○この赤蟻の八倍ほどの青蟻。朝はかならず、多くの者が太陽に背をむけて、

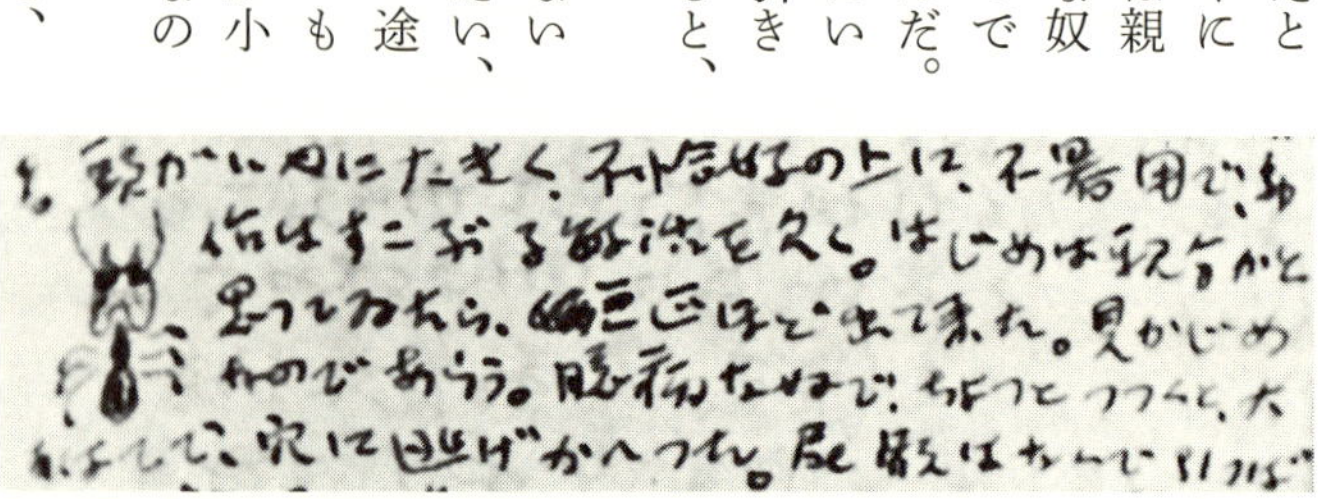
る。頭がいやに大きく、不恰好の上に、不器用で、動
作はすこぶる敏活を欠く。はじめは親分かと
思つてゐたら、三匹ほど出て来た。見かじめ
なのであらう。臆病な奴で、ちよつとつつくと、大
あはてで、穴に逃げかへつた。屍骸はなんで

戦地での「蟻」の観察描写は秀逸。蟻へのこだわりは戦後の作品にも反映する。

西へ西へと行く。相当にはなれてゐるのに、一匹も方角をたがへず、同じ方向に進み、松の木にのぼつてしまふ。夕方は東へかへる。太陽が彼等の生活の基準たるは疑ふ余地がない。しかし、この太陽蟻は図体の大きなくせにすこぶる弱虫で、赤蟻をおそれてゐる。この一統にも見かじめの一際頭の大きいのがゐる。

◉蟻と兵隊　火野の「暇つぶし」は前に軽く触れたが、ティディム到着後に始めたのが、蟻の巣の観察だ。生きること、そして、そこに突如降りかかる不条理な暴力と破壊。火野は蟻の世界に人間世界を重ねあわせている。

この蟻の観察はこの日だけではないが、特にこの日の火野の記述はかなり細かく、だんだんとこちらも引き込まれていく。そして、火野が蟻たちを兵隊に見立てていることに気づかされる。そして、その滑稽を嗤う。火野の戦争観がにじみ出ているようで興味深い。ちなみにこれらの蟻の観察は、そのまま、戦後の作品『青春と泥濘』（一九五〇年　六興出版社）に生かされることになる。

6月3日　（ティデイム）

○一日無為。杉本副官のバス、なかなか帰つて来さうもない。佐藤中尉、かへる。

○夕方、尾下伍長に誘はれて、水野軍曹のところに行く。十日ほどの月あかるし。また、飛行機が来ることであらう。こつちに来て、はじめて月に関心を持つやうになつたと大久保君笑ふ。尾下伍長、マンダレーの濃厚酒を一本下げてゐる。病馬廠の小屋で、酒を割り、牛罐を切つて、盃をあげる。病馬廠も、水野軍曹と、院長（さういはれてゐる年配の髭兵）と二人きりになつた由。話、猥談になり、大久保君、99知つてゐるといふ。
○柿の木。新婚夫婦、日曜の朝やらうとしてゐるところへ友達来た。やむなく、通したが、柿の木の下に細君と二人で菰を持たせて立たせ、亭主木にのぼり、柿の実を五つほど落した。降りて来て、友人をなぐる。友人おどろくと、上から見たら、きさま女房とやつてゐた、怪しからんといふ。そんなことないといつても聞かず、そんなら、柿の木にのぼつて見れといふ。友人のぼつて、上から見ると、なるほど、たしかに、やつてゐるやうに見えた。
○まだまだ。夫、表からしようと思つてかへつて来ると、妻、子に乳をふくませて、寝てゐる。おいでおいでの合図をすると、子を指さして、まだまだといふ。それを数回くりかへし、何回目かに行つて、おいでおいでをすると、妻はいつか眠つてゐたらしいが、子がふりむいて、まだまだをした。
○男、村に帰省し、娘と夜通ふ約束をした。夜、男行き、やるとなにもいはずにさせる。あくる日、田圃で娘に会ふと、なぜ来ぬと怒つてゐる。をかしく思ひ、その夜も行くと、また同じ。朝、娘おこる。たしかに行つたといふので、娘しらべにかへると、離れに中気の老婆あり、なにかなかつたかと、それとなく聞くと、さういへば二晩うなされた、さうして朝になると、口のなかにねばいものがたまつとつたといつた。
○隣りの部屋でやるのをきいてゐた。雨降りで、女は蝙蝠傘を持つて来てゐた。男が、この眼はたれのものときくと、あなたのものといふ。鼻は？　あなたのもの、口は？　あなたのもの、手は？　あなたのもの、といろいろいつてゐたが、女あはてた風で、蝙蝠傘は私のものといつた。（画伯《向井潤吉》）

6月4日　（ティディム）

○深い霧。やがて、晴れて、陽が照つて来る。太陽蟻が西へ西へと進みだす。なかには行進の道が赤蟻の巣の上にあたつてゐるのがゐて、通りかかるが、赤蟻にとびつかれてびつくりして、大あはてでふりほどいて走りだすのもある。この蟻は一向に定見がないらしく、なんでも手あたり次第のものをくはへる。松葉をふりまはしたり、葉つぱを引きずりまはしたりすることもある。

ときどき、四本足で立つて身体をぐつと持ちあげ、前足二本で、触角を何度もみがく。図体が八倍もある癖に、赤蟻をたふすことはできず、ときどき、赤蟻からわつさわつさと穴のなかに引きずりこまれる。かうなると必死で、一匹や二匹の赤蟻を嚙みころす。獲物をはこびこむと穴がくづれるので、すぐに整理にかかる。くはへて来た土くれをどこでも置きはなすのではなく、すき間をえらんでそこを埋めるやうに置き、おしこんでおいてかへる。しだいに平になる。習性なのか、指揮官が号令で指図してゐるのか、行動が規律立つてゐて、おどろく外はない。

○赤蟻の巣から二尺ほどはなれたところに、一つの巣があるのを、五日目くらゐに知つた。眼にもとまらぬほどの小蟻なのでわからなかつた。巣の穴もよつほど気をつけてみないとわからない。この蟻が動くのを見てゐると、先頭の蟻につながつて十匹ほどが、先導されるままに進んでゐる。汽車のやうである。

○尻のぴんとはねあがつた赤蟻の半分くらゐの黒蟻。ちよつと小粋な恰好だが、いつも戦々兢々としてゐて、行動にも規律がない。ばらばらである。

○これはまた違つた漆黒の小蟻が、瀕死の油虫（蟻の5倍）の左後足にくらひついたまま、引きずられて離れない。棒片でつついてやると足をはなしたが、大急ぎで松葉の下にもぐつてしまつた。松葉をとると横になつてぢつとしてゐる。つつくと走りだし、石ころの下にはいつてまた動かない。石をとると寝てゐる。死んだふりらしい。

○太陽蟻の巣が見つかつた。赤蟻とあまりはなれてゐないところなのだが、簡単な穴があるだけなので、気づかなかつた。穴から出るところを見ると、いかにもおづおづとあたりを見まはし、触角でさぐつておいてから出て来る。なにかにぶつつかつたり、出あふと急いで引つこんだり逃げたりする。

いつしよの穴に暮らしてゐるが協同の精神は赤蟻に及ばないやうだ。獲物があつても、共同で穴にかつぎこむよりも、まづ自分で食ひつき、自分で腹をみたしてゐる。同僚が来てもつかみあつたりしてゐる。一際大きいのが来るが、知らぬ顔で、そばに四本足で立ち、しきりに口や触角をぬぐふ。まぎれこんだ赤蟻にぶつつかると、一目散に逃げる。太陽があるとそれによつて行動するかと思つてゐたら、曇つて全く陽が出てゐないのに、やはり、西へ行進する。いづれにしろ、利己主義で臆病な種族である。

○大久保君の猥談つづき。握り飯。好きな大工夫婦があつた。子供があるので、なにか合図をきめることにして、飯にしようといへばよいことにした。ある日、仕事に出た大工、昼間なのに、近所の家のなかでしてゐる者がある。たまりかね、せんずりをかいた。かへつて来て、女房もよふ《（ママ）》してゐたのに、飯にしようといはない。あんた、飯はどうしたとたまりかねて聞くと、握り飯ですましたといつた。

○三浦参謀、不時着した敵機の話。アメリカから来たばかりの学生飛行士十人乗つてゐた。カルカツタに行く筈が行きすぎてガソリンきれた。イエウの先の方に降りた。スリツパなどはいてゐて、まだ配属もきまつてゐない。衛生材料、菓子なども積み、爆撃照準器の優秀なのがあつたが、はじめ、どれかわからず、大きなものだらうと思つて外したら、ちがつてゐた。かかへられるやうな小さなもの。敵が爆破に来ると思ひ、高射機関銃など据えて待つてゐたが数日来ず、やがてやつて来た。コンソリデーテツトの新型。

○印度にも入らぬうちに、手帖二冊つぶしてしまつた。あきれた。

◉手帖第二冊について「インパール」というタイトルが付けられた二冊目の手帖は、五月七日から六月四日のおよそ一ヵ月にわたって綴られたものだ。火野は、この間、ラングーンから軍司令部のあるメイミョウ、そしてチンドウィン川を渡ったビルマ・インドの国境近くのインダンギ、そしてインパールまで一六〇マイルの前線であるティディムまで進出、その地に一ヵ月近く、とどまった。日記の最後の記述から火野としては、この手帖を使っているうちにインパールに入るつもりだったことがわかる。

この間、戦闘はなく、少数民族の観察など、余裕も感じられる。時にはイラストも描いている。手帖の最後の方は、数ページにわたって色付きで、機織りをする女性の様子がスケッチされ、火野がビルマの伝統に根ざす色彩に心惹かれていた様子がうかがえる。インド仮政府代表、スバス・チャンドラ・ボースにもらったサインもあった。

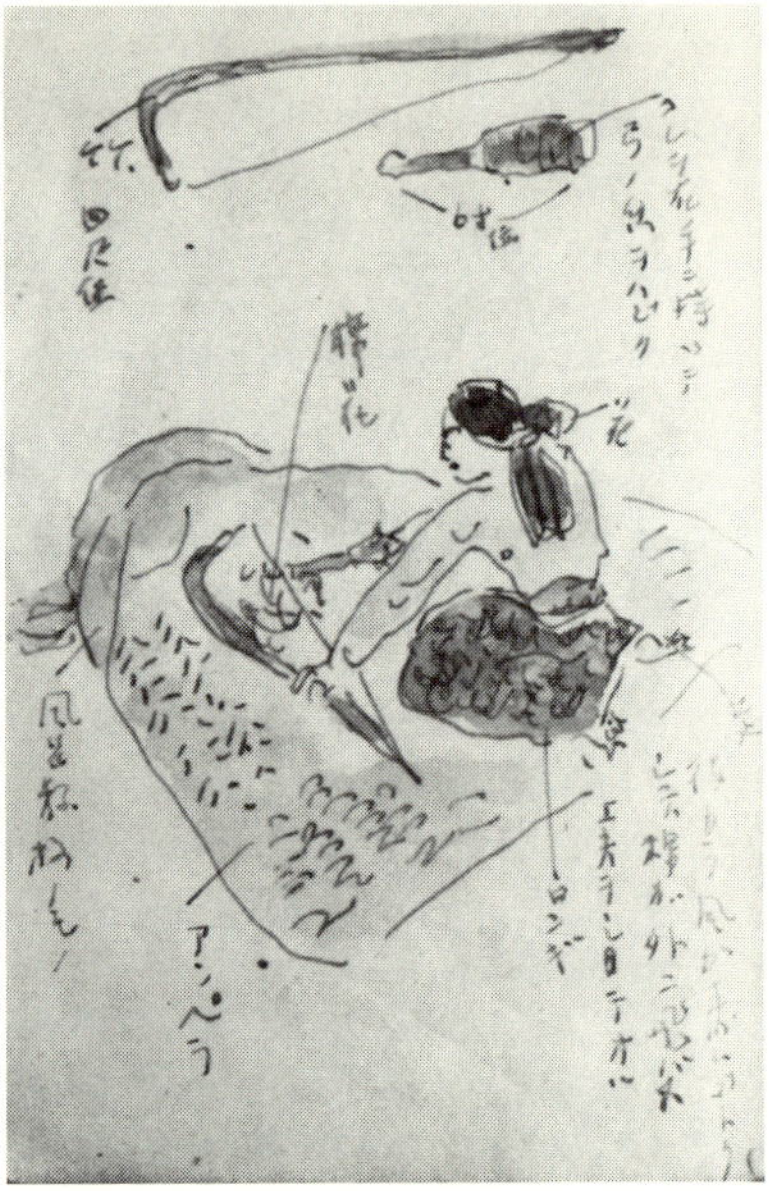

火野は戦地にありながら生活道具への観察も忘れない。左図は綿の繊維をほぐす綿打ちの作業。この後、機織りまでの工程を描く。

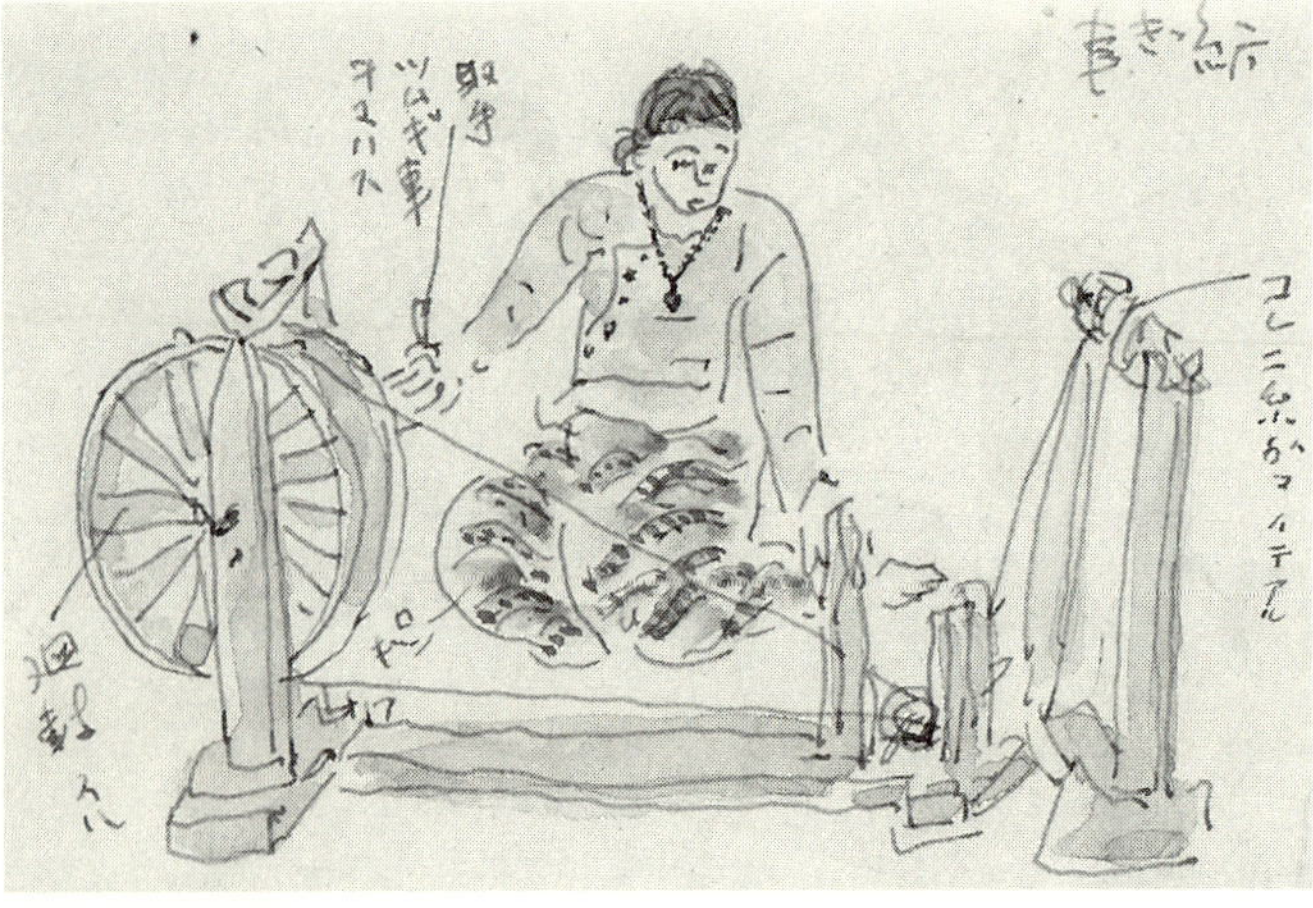

糸を紡ぐ作業。

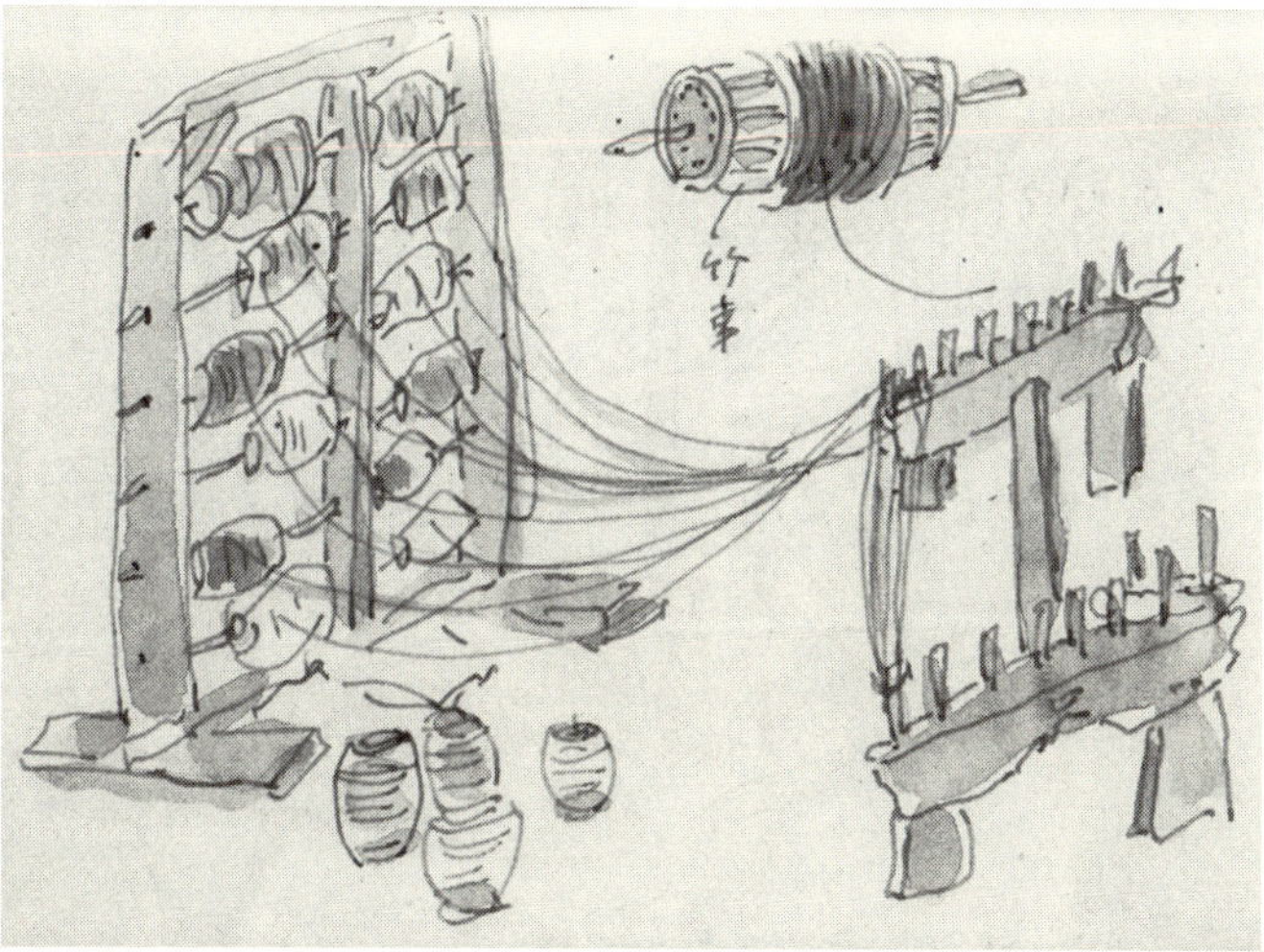

紡いだ糸を巻いた竹車。

機織りの作業。

6月5日　（ヒアンズン）

○西機関に行き、小野衛生軍曹の医療宣撫に随行する。医者はいろいろな薬品をリユツクと鞄につめこみ、チン兵に背負はせる。口調をきいてゐると、山口弁丸だしなので聞いてみると、ヨシキ郡だといふ。ちよび髭をはやし、大柄で、気さくな人。案内のチン兵道を知らず、大迂回をして、急坂を何度ものぼり降りし、ゴム底靴（コレヒドール土産）の画伯《向井潤吉》、しきりに辷《すべ》る。

道とは名ばかりの断崖の石ころ路を、チン兵は跣足で平気である。前面の重畳した山々は雲に蔽はれて美しいが、ランザン村の方面のやうな雄大さはない。ヒアンズンはマニプール側とは反対側で、テイデム（ママ）の避難部落である。一マイル半ときいてゐたのに、三マイルほども歩いたらうか。汗にまみれて到着。

●医療宣撫　六月五日、ビルマでの三冊目の手帖の最初に綴られたのが、ヒアンズン村における西機関による宣撫の様子である。

そもそも宣撫というのは、現地の民情をやわらげ、日本軍に協力してもらう状態に持っていくプロパガンダ活動のことだ。そのため、日本軍は、東南アジア各地で、村々に行き映画を上映したり、日本軍の方針を語ったりしていた。演劇や芸能の出し物もあったようだ。

ここにあるように、医療による宣撫もそのひとつだ。日本軍の医療従事者を村落に行かせ、病気になったものの診察などをし、日本軍のプラスのイメージを植え付けようとしたのだ。ヒアンズンが選ばれたのは、そこがティディムを追われた住民が急遽、避難した集落だったからだろう。

火野は、ヒアンズンにおける宣撫の様子を、軍医・村人との会話も交えてかなり詳細に綴っている。待機が続いていた火野にとっても、非常に興味深い一日だったのだろう。

○ヒアンズン村。斜面にある粗末な小部落。以前からあつた家は三、四軒らしく、あとは急造のあばら屋。十一戸。実のない痩せたバナナ、低い高粱、小粒な紫陽花に似た赤い花の間を抜けて行くと、鶏と豚が走り、たくさんゐた子供たちがばらばらと逃げる。村長パウザカンの家に行く。家でなく、繁みのなかに、組み立てた木にドンゴロスの袋を張つた瀬振りである。パウザカンは徴募課長で、先夜の会食の席に来てゐた男。色は黒いが端正な顔で、シヤツの下によれよれのロンギをはき、跣足。大柄な皺のふかい顔の老女が図のごとき水煙管《180ページ》をすぱすぱやつてゐる。二十ほどの首かざり、腕輪、首輪で賑やか。村長夫人だが、年配はどうやら夫君より上らしい。あとで、酋長ポンザマンの妹だといふことを知つた。
いつも洗濯や縫物に西機関に来てゐる娘がゐる。同じやうな顔の可愛いい子供たちがたくさんゐるので聞くと、みんな村長の子で、男四人、女三人といふ。娘は長女で、着てゐる上衣やロンギは敵落下傘の布らしい。くれくれといふのでやつたら、あんなことしとると小野軍曹が笑つた。布が足りなくて閉口してゐるらしい。上衣は赤、ロンギは黄。敵落下傘投下は物量の種類によつて、傘の色異るので、見てゐると美しい由。赤は衛生材料、黄は弾薬、青は食糧とのこと。家のなかはごたごたといろんなものが積み重ねてあり、突然の訪問なので、白蚊帳のなかから、村長が起き出て

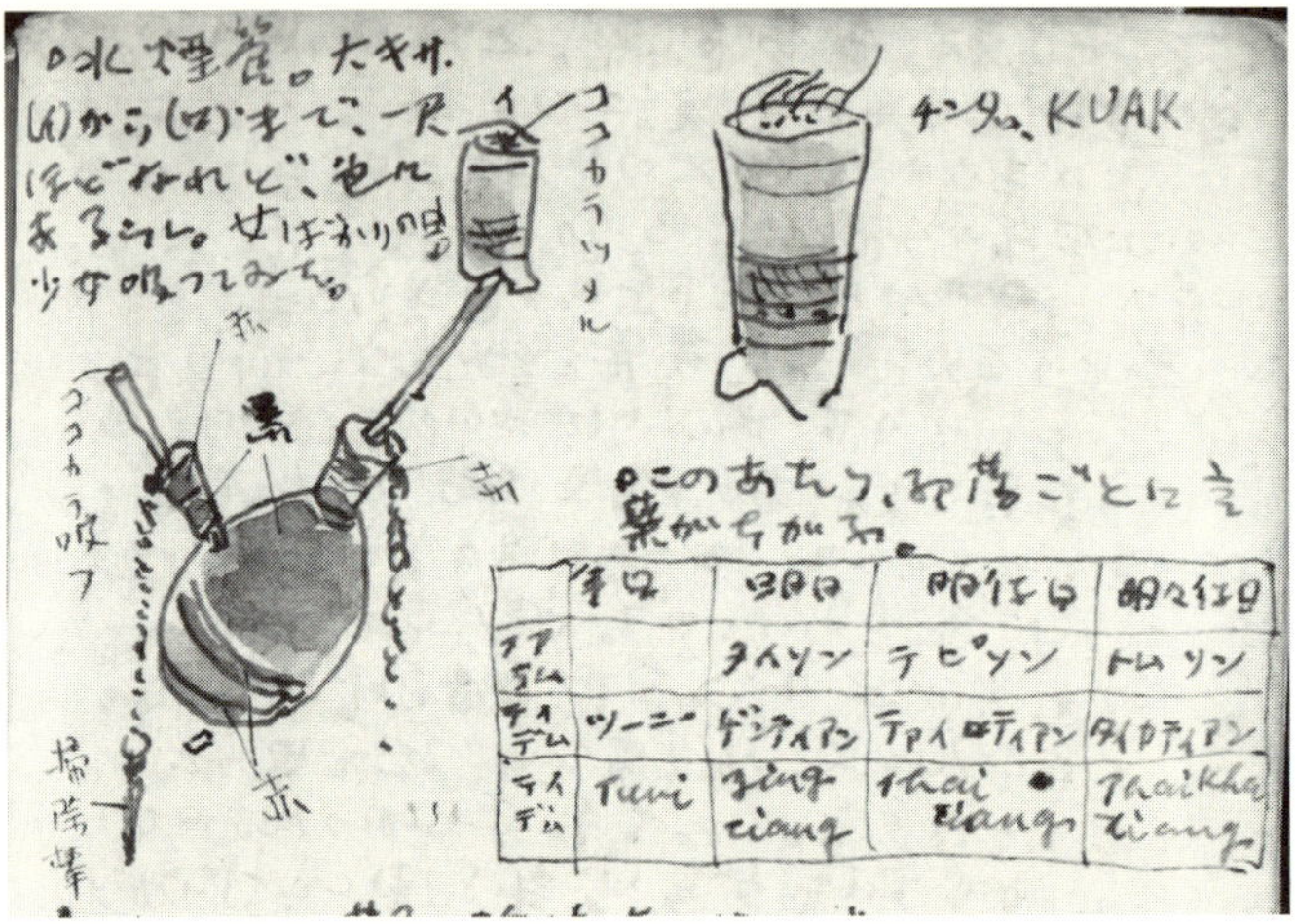

水煙管ほか、絵解きが得意な火野らしい臨場感のある記録。

来た。コーヒーと、卵を三つ焼いて出した。小野軍曹、ビルマ語で話してゐる。
○診察開始。きたない小卓のうへに、いつぱい薬品、治療道具をならべる。拳銃を腰に下げ、大刀を吊つた医師。二つくらゐの女の子を負つた少年。日本と同じやうに背に、敷布のやうなもので負つてゐる。青い顔の少女、おそれてベソをかく。マラリヤ。英語の雑誌の紙を切り、六枚ならべて、薬を入れる。一日、三服、二日分、砂《糖》をつけてやる。次は、おでこの若い女。これも、西機関に来てゐた。頭が痛いといふ。次は子を抱いた女。いづれも栄養不良らしい。六十くらゐの黒い皺くちや親爺。ちよん髷。骨と皮のやうに痩せ、腹をおさへてゐる。医師が腹をぎゆつとおさへ、痛いかといふと、痛いといひ、見物の子供たち笑ふ。陽がさして来たので、医者があはてる。薬が直射されるといかんとて、村長の家にはいる。青い顔の青年。貧血ぢや、といつて注射する。怖さうにすこしふるへる。チン兵に予防接種をしたとき、ふるへたり逃げたりする奴があつて弱つた、力を入れてしやちこばるので、それでなくても皮がかたいのに、針がささらん、と医者笑ふ。

この時、爆撃の音、遠くにおこる。チン人ら、なにかぶつぶつ呟く。次は若い女、紐で鉢巻し、青い顔。黄色い舌。どれもこれも栄養不良ぢやと苦笑。次は村長の息子。すこし上唇のまくれた四人の少年。二番目らしく、もう一年も左耳から膿が出る、夜になると痛むといふ。中耳炎。パウザカン、膝に抱き、心配さう。竹で箸をつくり、消毒し、黄薬をガーゼにつけて耳に入れ、繃帯をしてやる。アルバジール（画伯の提供による）に他の薬品をまぜ、砂糖をつけようとすると、砂糖はあるといふ。次はその下の子供、皮膚病、薬をつけ、薬をわけてやる。四人とも、日本の子供とすこしもちがはない。支那、比島、その他を歩いて、日本人によく似てゐると、度々思つたが、チン人のやうに酷似してゐる者はなかつた。日本人といつてもわからない者が多い。年を聞くと、パウザカンいちいち考へる。聞くたびにちがふ由。

往診に出かける。産後の婦人二人。よく子供を産む連中である。まつぱだかの白い赤ん坊。片方は七日、片方は十四日。生れたときは白いのである。足のはれてゐるニヤンゴ、脚気かと膝小僧をたたく。二つ腰かけを重ねて腰かけさせようとすると、恥しがつてなかなか掛けぬ。もう一人ブンラスワ、産後の手当不良。きたない家のなかにミシンがある。西機関で仕事をさせてゐるのだ。村長夫人を診察。耳鳴がするといふ。老女が三つにわけた黒髪をお下げにしてゐるので、異様。村長の息子、紙鉄砲を持つてゐる。はじき鉄砲の玉を土でつくつてゐる子供。うろうろする犬。猫。寄生サボテン。近道して帰る。

○西機関に来て、衛藤曹長から工作月報を借りる。稲田中尉は３２９９に行き、兵隊たちはのびのびしてゐるといふことである。

○風呂に入る。ドラム罐高いうへに、左手に力が入らないので、転落し、左足の膝裏を打つ。やうやく手がなほりかけたら足かと苦笑。

○ラヂオ。ローマ陥落。独軍は戦略上何等、大局に影響はないといひ、デリーでは独軍敗北を大いに宣伝してゐる。

○安崎隊長、連絡のため、３２９９へ出発。竹内准尉、早速、隊長の悪口をいふ。どうも、兵隊たちの素質が下つたといふ感想を、この間から押へることができない。早く、第一線の方へ出たい。

6月6日（テイデイム）

○西機関工作月報を読む。苦心のあと見える。（末尾に要点を附す《資料編５５９ページ参照》）

○足痛くて歩けない。上の便所にあがるのがやつと。股に内出血してゐて、紫色になつてゐる。

○ラヂオ。六日、早朝、米英聯合軍、フランス上陸を告げる。第二戦線開始。セーヌ、マルヌ河、沿岸、ノルマンジー北岸地区、なほ落下傘部隊続々降下中、カレー、ダンケルク爆撃。デリーは、独軍無能にて、一機の偵察機も来らず、無血上陸といふ。東京は、敵落下傘師団殲滅さるといふ。

○インパール戦線は大した変化もないらしい。前線はすでに、連日、雨の由。１５１聯隊は行軍にて、15日までに集結とのこと。太鼓を打つて、印度国民軍、前線へ行く。

○森川軍曹に、足を湿布して貰ふ。
○敵の陣中雑誌「victory」「strand」を拾ひ読み。

6月7日　（ティデイム）

○「《空白》」
　日本の東北帝大へ英文学の講師として招聘されて行つた。生徒二人しかゐない。Hikaru, Takuichi。女中のスパイ。地震。Dean Doichi といふ教師、ウイリアムブレエクの権威者といひ、東京帝大へ研究論文を出したといふので、写しを見せてもらふと、コンマ、ピリオツド、ハイフオン、さういふものの数ばかりを数へたものでなにもない。このほかになにかと聞くと、それだけだと答へた。
○「《空白》」
　ダツチハーバーの反対側の海岸に日本の潜水艦があらはれ、捕鯨小屋に近よつて、二人の米人と一人のロシア人を捕虜にした。露人 Igor Kulalov はつれて行かれる途中、日本兵をなぐりたふして海中に飛びこんだ。日本兵射つたが負傷させしのみ。米人二人、ボートでつれて行かれる。突然、銃撃。捕鯨船の上から、イゴールが小銃を撃つてゐる。日本の潜水艦はそれにびつくりして、沈んでしまつた。とりのこされた日本兵たち。その騒ぎに米人二名も逃げだす。

「自動車のうしろの標識」のタイトル。

二つとも、日本を馬鹿にしたもの。
○西機関に月報をかへしに行き、かへりに病馬廠によつて、手製のきんとんをよばれる。院長さん、マラリヤを発して寝てゐる。
○森川曹長に繃帯を換えてもらふ。夜。すこし雨。低空する飛行機。三時半、安崎隊長帰る。

6月8日　（テイデイム町）

○46マイル附近にまた敵が出たので、とても前には行けまいと安崎隊長いふ。3299は一日に60機くらゐでやつて来て、ぶんぶんやるとのこと。
○画伯《向井潤吉》と、テイデイム町に行く。西機関に行くと、戦車聯隊長上田中佐、咽喉に繃帯して、居る。交替の由。パレルでつ《(ママ)》つかつてやられました、敗将、兵を語らず、などといひ、すこぶる元気がない。ビシエンプール方面には40台ほど出てゐる。総攻撃になつたら、一週間位でいからといふ。
○大久保君、案内してくれる。近道とて、谷を上り下りしてゆく。足痛くて楽でない。画伯は例によつて辷る。１０００米ほど。町の屋根見えて来る。高原の町。いまは全く廢墟。ブリキ屋根の家ばかりで、煉瓦づくりの立派な建物もあり、こんな立派な町はこれから先にはどこにもないと大久保君いふ。
　紫陽花に似た花垣。セクパン（ここではマンパ）、百合、日向葵《(ママ)》、薔薇などもあり、段々の丘陵にある「美しき町」である。物量投下場が二ケ所にある。ふだんはラグビーでもやつてゐたか、棒

ティディムの洋風の家。西機関が使っていたもののようだ。

が両方に立つてゐる。商店街。支那人の家らしい作りだが、軒下などの飾りは独特で、チン式なのであらう。どこか、動物的である。もと、ここに西機関がゐたらしく、図の家の戸に大きく西機関と書いたのが残つてゐる。図の家は代表的なもので、これに類した家が多く、印度風なのもある。煉瓦作りの洋風なのには英人が住んでゐたものであらう。パウザカンもここにゐたわけだらうが、どの家なのかはわからない。水道の設備もある。山の上に水槽を設けて鉄管で引いたもの。戦争のためにできた町かも知れない。

眺望は東にむかつてひらけ、襞に富んだチン丘陵の山々が重なり合ひ、ケネデピ《ママ》ークをふくむ頂上は雲に掩はれて見えない。谷の底に光りこむ明るさ、雲間を洩れる太陽が山肌にまだらな緑をつくり、点々とチン部落がある。

しきりに飛来し、旋回する爆音がするが、雲ひくく、機影は見えぬ。人かげは全くない。郵便局、教会。本道の上にある教会はすこぶる簡単なもので、三間に四間くらゐのがらんとした部屋に、説教台があるきり。拝殿も、像も、なにもない。四人かけくらゐの椅子が散乱し、二つ合はせて藁がしいてあるのは兵隊が宿営した様子。屋根の中央に鐘楼、その上に簡単な十字架。鐘は下に降されてゐたが、上の飾りに、狛犬があつた。新教とはいへ、あつけないほどだが、帰依したチン人が詣つてゐたのかと、苦笑がわいた。本道を帰る。
○七時頃、西機関に行く。明日出発の予定なので、鶏三羽をつぶし、世話になつた礼に、西機関の兵隊を招待する。大久保君と三人共同。医務室に行くと、上田中佐、話に来る。パレル附近で、斥候戦車四台が敵主力戦車群に遭遇、射ちあひをして敵四台をやつつけたが、こちらも全滅した。軽戦車なのでやられたが、中戦車がゐたら敵を全滅させてやるのだつた。敵のM２（砲七門）を三十米に引きつけておいて、80発射つて擱坐させたこともある。性能は敵がよいが精神力では向ふが押されてゐるから、今度、ビシエンプールの方は大丈夫だらう。
さういふ話をしたあと、風呂に入るとて出られる。野天に机を出して会食。鶏。牛肉。木の葉のうま煮。塩乾魚の砂糖煮、ZU、そこへ上田中佐よりとて、塩辛来り、これが最後の栄耀栄華と笑ふ。

小野軍曹、今日の医療宣撫の話してゐる。35軒しかないのに、100人から病人が来た、またその隣り村は120何人ゐるのに、120何人病人が居つて全滅、女に月経のあるなしを聞くのに閉口したが、毎月毎月血が出る、といつたらわかつたらしい、自分が行くと、顔を洗つたり、足をふいたり、着物を着かへたりする女もあつたが、大小しやれ気はある、これは土産にくれたと、バナナ、杏、饅頭を出す。衛藤曹長、毎月、部隊のため、57頭づつ牛を出してゐるが、だんだんなくなるので困るといふ。雨が来て解散。

6月9日　（ティディム）

○蟻の穴をすつかりつぶしておいたところが、今朝はすつかりもとのとほりに開けてゐる。見かじめ役らしい不器用な奴を棒でおさへつけ、土のなかに埋めると、大勢が集まつて来て、せつせと土を退けはじめた。身体をさがし出して引きあげる。弱つてよたよたしてゐるのに、護衛のやうに五六匹がつきそひ、穴の方へ誘導する。ひつくりかへると助けおこす。かういふ情誼もあるのである。

○西機関にお別れに行く。チンの女五人、前のとちがつたのが、医務室の裏でお針をしてゐる。うるさいので、ここに移したと衛藤曹長笑ふ。鶏二羽を買ひ、かへる。一羽二円。

○三時半、三浦参謀のところに連絡に行く約束してゐたので、道路上に出て四時まで待つたが来ないので、下まで降りてみると、上田中佐と一緒に出たといふ。もう一つの道を通つて行つたらしい。本道に出てみたがゐない。別れ道のところに、たくさんの兵隊がゐる。追及してゆく151であらう。自動短銃を持つた兵隊が牛を引つぱつて谷間へ降りてゆく。かへつてしばらく経つと、三浦参謀と久賀中尉が降りて来た。すぐに大久保君も来る。今日は駄目らしい。60マイルに敵が出てゐるので、すこし待ちますかと三浦参謀いふ。出発の支度だけはする。早く出たいのである。明日と、大久保君ときめる。

ラヂオ、うまく出ない。竹内准尉、マンダレーへ出発。大久保君、なにか三浦参謀と口喧嘩した由。久しぶりで谷間のドラム風呂に入る。足も大したことはない。大久保君、二時ごろまで話してかへる。ジヤワのよい話をし、南に住みたいと、自らを故郷を持たぬ男といひながら述懐する。混血児の話。した方がよいか、悪いか。ジヤワで、オランダ人が、インドネシアとすると、白い子ができ、次に黒い子ができる。すると、白い子はオランダ人の籍に入れるが、黒い子は私生子のやうにしてしまつたりして、全く資格が変つてしまふ。ジヤワは物があり、気候はよいし、安く生活できるので、女が駈落して山で暮さうなどといふ。オランダは混血でジヤワでは失敗した。

大東亜共栄圏といふも血のつながりあつて初めて強いので、混血をどんどんしたがよいといふ説もある。血の純血を保てといふのもある。なかなか難しい。など。画伯《向井潤吉》、安崎中尉の肖像を描いたので、一詩を加へる。月出でず、雨となる。

6月10日　(テイデイム)

○朝、ラングーンから、毎日新聞の尾野君(写真)と《空白》君(連絡員)をつれだつて大久保君来る。ラングーンは毎日雨の由。インダンギの報道隊は十五日に、すでにタムに出てゐる軍司令部に追及するといふ。

○昼食後、師団輜重に連絡に行く。九時に兵力輸送の18車輛が出るといふことで、それに乗せて貰ふことにする。マンダレーの兵站宿舎であつた若い少尉に会ふ。安《やす》兵団はフーコン地区に行くのであるが、その一個聯隊（一個大隊欠、151i）がまはされて来るのである。三浦参謀のところはずつと山の上とのことで、挨拶に行く時間もないので、かへつて、安崎中尉に名刺をことづける。荷づくり。尾下伍長、砂糖、マッチ、ローソクを、森脇軍曹、蚊帳を、林上等兵、つけもの、紅茶、のり佃煮を、安崎さん、毛布二枚、天幕一をくれる。紀念撮影。

◉フーコン　フーコンは、北ビルマとインドとの国境に広がる谷間の地域である。南北におよそ一〇〇キロ、幅は狭い所で二〇キロ、広い所で七〇キロにおよぶ大ジャングル地帯だ。人がほとんど暮らしていない土地で、カチン族の言葉で「死の谷」を意味する。インパール作戦同様に重要な作戦がそこを舞台に展開されていた。「フーコン作戦」。

そこは、連合国軍が築こうとしていた「レド公路」の通過点であり、日本軍は、それを遮断する必要があった。しかし、フーコン地区の敵である中国軍は、ジャングル戦の訓練を受けて鍛え上げられた上にアメリカ軍から最新の装備を供与されていた。さらにインパール作戦の失敗により、フーコン地区の第一八師団は、援軍も補給も絶たれており、苦戦を強いられた。

○八時半、本道上、単独宿舎の前に出る。兵隊たちがぞくぞくと山のなかから出て来る。二個中隊位。151聯隊。四月初旬、門司を出たといふ。米を一斗（二十日分）ほど持つて、米だけでへたばりさうぢやのと笑つてゐる。梯子を持つてゐるので聞くと、鉄線鋏がないので、これで鉄条網をわたるといふ。円匙も十字鍬も持つてゐない。予定の車故障し、出発できなくなる。なさけなくなる。

6月11日（テイデイム）

○一日無為。碁など打つて暮らす。夜になると雨降り、拍子木をたたく虫鳴く。

○棟田博君がインダンギに来てゐたとのこと。会ひたし。

◉棟田博　棟田博は火野と多くの共通点を持つ作家だ。火野と同じく早稲田大学文学部を中退。日中戦争に上等兵として応召し、火野も参加していた徐州作戦などで戦った。しかし、徐州作戦の戦闘で負傷、除隊となり日本に帰還する。故郷岡山で療養に当たるが、この時転機が訪れる。師として仰ぐ作家長谷川伸からすすめられ、読んだのが『麦と兵隊』だった。触発された棟田が書いたのが、自身の戦争体験を綴った『分隊長の手記』である。ベストセラーとなり、一躍流行作家となった。戦後も『拝啓天皇陛下様』を書き、監督・脚本、野村芳太郎によって映画化されている。

棟田は、火野同様、インパール作戦に従軍していた。火野と最初に会ったのは、ラングーンのようだが、火野の手帖にはその時の具体的な描写は欠落している。棟田側の記述によると、空襲警報のサイレンが鳴り響くなか、火野と食事を一緒にしたという。

また、すでに棟田は、直前に立ち寄ったバンコクでインパール作戦不利の情報を得ていたという。そのことを話すと、同席していた情報通の男が同意したという。その時の決意を棟田は綴っている。

私は火野と顔を見合わせた。しかし、私たちは行かねばならない。私たちは、大本営陸軍部報道班員で、インパール作戦に従軍すべしの命令を受けているのだ。（棟田博「解説」『火野葦平兵隊小説

文庫』第七巻　一九七八年　光人社)
棟田によると、この後、ラングーンを発ち、牟田口司令官がいるインダンギの戦闘司令所へと向かったという。棟田の言葉通り、火野も手帖に棟田がインダンギにいることを記し、棟田と会いたいと願望を書いている。同じような境遇で戦場を過ごしてきた作家だけに、並々ならぬ思いがあったのだろう。
しかしこの後、火野は棟田を強く批判することになる(３２２ページ参照)。

6月12日　(テイデイム)

○霧。夕刻、宮田中尉が明日、戦車隊の車が行くので、それに二人便乗できるといふことを知らせに来てくれた。兵器部長川合大佐の安崎隊長への土産 Fire Tank whisky が一本とどく。久しぶりの味。前線用のチーズを一罐切つて、座談会。くだらん話。雨。電報班の稲田兵長来り、三浦参謀殿が明日出発の準備しおくやうとの伝言。渡河点、爆撃された由。野原曹長も来る。ビルマ新聞に、インダンギで書いた原稿出てゐる。眠つたのは三時ごろである。雨と拍子木。

6月13日　(テイデイム)

○美しい霧の山。横山大観えがくである。碁でも打つより時間つぶしの方法もない。読むものもない。碁も相手になるほどの者もゐない。
○連絡に行くつもりでゐると、三浦参謀来る。今日のつもりであつたが、車かへつて来ないので明日にしてくれとのこと。宮田中尉の方をことはる。38マイルにゐる土屋中尉へ連絡の手紙かいてくれる。兵力輸送まだ50車輛あるとのこと。
○大久保君、前線から帰つたといふ連中が到着しないので心配だと、3299に出かけた。腰の軽い男である。
○退屈なるままに天狗俳会などを催すも、大して面白い句も出でず。夜は雨になつて来て、折角の洗濯物が濡れてゐる。

6月14日　(テイデイム)

○一日。雨。雷鳴。霧。拍子木。毎日新聞持参の山中峯太郎「豪快二等兵」読みあきれる。飯田豊雄「殉国の女性」《(ママ)》もつまらない。チン族のこと、絵と文との原稿にし、ラングーンへ頼む。
○夕刻、師団輜重の伍長来り、まだ車がかへらないので、今日は行けないと三浦参謀からの伝達。くさる。明日は大丈夫だらうとのこと。
○安崎さんが持つて来た羊羹様のものをなにげなく口に入れたら、甘くて、肉桂のやうに舌にひびいた。ダイナマイトであつた。前線で兵隊が食ふといふのはこれであつた。
○夜。雨。天狗俳会。怪談。など。

6月15日　(テイデム《(ママ)》)

○尾野君が杉山隊に連絡に行つてかへり、マニプールの橋流れ、当分、かかるみこみがない、車も今朝やつと舟でわたしたのが一台かへつて来ただけ、といふ。四五日前から、両方から来た車輛が両岸に密集してゐる由。それでは今日も駄目らしいが、これでは引つかへしてタムへ廻つた方がよからうかといふと、タム道はなほ悪いと隊長いふ。
○一日、雨が降つた。いよいよ本格的の雨季らしい。車、前より帰らぬ由。
○食糧になる豚の鳴き声、全山にひびく。夕食にさつそく出る。ここもそろそろ食糧難のやうである。
○「軍隊手帖」第七章「勇気について」を書く。

6月16日　(テイデイム)

○一日じめじめと雨。梅雨のやうである。憂鬱《ユーウツ》。
○大久保君かへる。マニプール河まで行き、対岸に渡れなかつたが、引きあげて来る連中とは連絡ついたとて、いつしよにかへる。写真染谷君、無電有村君、記者松田君。ゴルカ兵の当番（忠実で、犬と同じといふ）橋流れ、門橋でわたしてゐるが、日に五車輛位だが、昨夜少し余計に渡れた筈だが、一行は38マイルから十日かかつたとのこと、川底は暑かつた、しかし、ざこのやうな魚をたくさん御馳走になつた、森の台地は落ちたといふがはつきりわからない、防疫給水のトラックがやられた、などといふ話。髭ぼうぼうたる一行。

6月17日　(テイデイム)

○久しぶりに雨晴れたるも青空出でず。ときどき、細雨。
○夕刻、三浦参謀、前も後も進退谷《きわ》まつた、マニプール川をはじめ三ケ個《ママ》所ほど崖くづれ、後は第三ストツケードが駄目、マニプールでは大発が転覆し、兵三名行方不明、おそらく死んだであらう、前方から、復旧の見込たたずといつて来た、どうも近ごろの連中は気力でなくていかん、何日で復旧する見込といふやうな積極的な電報ならよいが、はじめから尻込みしとる、パレルの敵は退却中なりといふこと。森の台地落ちてゐない。

○大久保君の話によると、牟田口軍司令官は7日附で訓辞を出してゐる由。軍は行動開始以来、一ケ月にして敵をよく制圧し得たるも、爾後、交綏《こうすい》状態に陥つた、軍は万斛《ばんこく》の恨をのんでコヒマを撤退（かどうかはよく覚えないといふ）した、いよいよ最後の攻撃を開始するが、これに失敗するやうなことがあつたなれば、再び復行を許さず、といふやう《な》もの。X日を期して攻撃命令は出てゐると三浦参謀いふ。前からも後からも車来ないし、野戦倉庫に米ももう20トンほどしかない、いよいよ貧乏作戦になつて来たと笑ふ。

◉貧乏作戦　火野は、毎日新聞記者の大久保から聞いた話として「軍司令官は7日附で訓辞を出し」たことを綴っているが、それがどのような訓辞であるか、今のところわかっていない。ただその前の六月五日、六日のことは、牟田口本人の回想録や、河辺ビルマ方面軍司令官の当時の日記などによって辿ることができる。

五月末から前線を視察していた河辺方面軍司令官が五日に向かったのはインダンギにある第一五軍司令部だった。ここで河辺は、六日にかけて牟田口と会談した。牟田口の回想録によると、牟田口がまず主張したのは、第一五師団・祭の師団長山内中将の更迭だった。牟田口は三個師団しかない戦闘部隊のうち、すでに第三三師団の柳田師団長を解任していたが、二人目となる師団長更迭を要望したのだ。

かなりの異常事態であるが、河辺はそれをやむを得ないとして同意した。山内は実際に、六月一〇日付で更迭されている。

さらに牟田口は、河辺に対して兵力の増加を求め、努力するという約束を取り付けた。そこですべての会話が終わり、結局インパール作戦の今後の見通し、つまり作戦中止のタイミングに関しては何ら話し合われなかった。二人は黙り込んでしまったという。

しかし、興味深いエピソードが、牟田口の回想録には書かれていた。

私は河辺将軍の真の腹は作戦継続に関する私の考を察知すべく脈をとりに来られたことは充分に察知した。私は最早作戦断念の時機であると、咽喉迄出かかつたが、どうしても将軍に之を吐露する事は出来なかつた。私は只私の風貌によつて察知して貰いたかつた（牟田口廉也「イムパール作戦回想録」一九五六年　防衛省防衛研究所蔵）

牟田口が書いていることが本当だとすると、こんな重要事項を最高司令官ふたりが、口に出さずお互いの様子見で決めようとしていたということになる。驚きを感じずにはいられない。そしてここで牟田口がとっているのは、「私の心中を察し、責任が重いあなたが作戦中止を判断して下さい」という責任転嫁の態度である。

すでにこの時、牟田口は、かなり疲労困憊していたと言われている。とりわけ深刻だったのが、人間関係だった。二人の師団長を更迭した牟田口だったが、もう一人の師団長とも最悪な状態に陥っていた。

第三一師団を率いる佐藤幸徳中将。佐藤師団長も牟田口の作戦に強い疑問を抱いていた。それでも四月の段階で、コヒマまで進出、同地を陥落させた。しかし、五月に入ると、イギリス軍は反攻に転じ、攻守は逆転していたが、牟田口は実態把握をせず、やみくもに攻撃命令を出し続けていた。

佐藤は諸々の空手形に対して怒りを抱いていた。とりわけ、深刻だったのが補給だった。それは、作戦開始からおよそ一ヵ月で露呈していた。第一五軍は、日々一〇トンの補給を約束していたにもかかわらず四月半ばの時点で、少しも補給が届かなかったのだ。

五月末に、佐藤は糧秣を得られる場所までの撤退を決意し、軍に打電した。佐藤の怒りに慄いた第一五軍は妥協し、ウクルルという地点までくれば補給を与える、と確約、そのうえで一週間後にインパールを攻撃せよという新たな命令を出した。しかし、佐藤らの前線からウクルルまでは二〇〇キロも離れていた。この時点で師団の戦力は作戦開始時の三分の一に減っており、さらに一〇〇〇人あまりの傷病兵をかかえていた。それでも二週間以上かけてウクルルに到着したものの、そこには軍から受領するものは何もなかった。激怒した佐藤師団長は、さらなる後退を決意した。

しかし、その撤退は悲惨なものだった。チンドウィン川を渡る時、「あたりは人の死臭が漂い」、「死体が敷きつめられ」、渡河後も「延々何十里も」「死体が敷きつめられたように累々と」続いていた。（中村孝三「白骨街道」『ビルマ戦線　歩兵第五十八連隊の回想』　一九六四年　五八会）

火野は「貧乏作戦」と綴りながらも、ここまでの事態は想像してはいなかっただろう。

私がこの手記を読んでいるうちに思い出したのは、ガダルカナル戦の生存者の貴重な証言だった。補給が完全に途絶え、数多くの将兵が熱帯のジャングルをさまよったあげく、飢えと衰弱で亡くなった。

ガダルカナル失敗からインパール作戦まで、一年以上の年月がある。その体験と教訓は、日本軍に共有されていたはずである。それなのに、また補給はないがしろにされ、同じことが繰り返されてしまったことに胸が重くなる。そして失敗を半ば認めながらも、作戦命令者がそれを自ら口に出さず、責任転嫁に走っていたことに、やるせなさを感じざるを得ない。

河辺は、前述した牟田口との沈黙の対話を終えた時の心中を、戦後の手記に綴っている。

牟田口司令官の面上には尚ほ言はんと欲して言ひ得ざる何物かの存する印象ありしも予亦《また》露骨にこれを窮《きわ》めんとはせずして別る――この感想は遂に当年の日記にも誌しあらずと雖《いえども》、情景は今尚彷彿す――（河辺正三「緬甸《ビルマ》日記抄録」一九五六年　防衛省防衛研究所蔵）

言葉を失い、ただただ、悲しくなってしまう。河辺も牟田口同様に、この作戦はもうダメだとわかりながらも、言い出せないでいたのである。作戦のトップは、部下の本意を察知しながらも、それをしっかりと確認せず、走り続けたのだ。トップがこうだったら、誰が冷静な判断をできるのだろうか。

しかし、河辺は決断をせず、自己保身と周囲の空気読みに走った。周囲への忖度ばかりが目立ち、作戦遂行者の思考、および行動とはとても思えない。結局、諫められることのなかった牟田口はさらにこの作戦を一ヵ月も続け、やみくもにインパール突入を主張し続けたのである。

現場を無視した、この累々たる無責任の構造。そして過度の忖度と自己保身。しかし、これは過去で終わったことであろうか。ふと周囲を見渡すと、決して他人事とは思えないのが切ない。

○久々で見る星。やがてまもなく曇つて消える。《空白》少尉、来て泊る。16年早稲田の第一回繰上げ卒業生の由にて、大学講堂で講演をきいたことがあるといふ。

○天狗俳会。暇とはいやなものである。

○ほろ酔ひで憎さも憎し豆泥棒。
○でつかいの抱へて入れる髭紳士。
○その夜からとかく君子も二人づれ。
○お嬢さんでつかい奴をつまみ食ひ。
○鬼でさへまらも立たずにうすわらひ。
○牟田口さん苦しまぎれに深入りし。
○向井さん出べそなでなでする気なり。
○ま夜中に参謀殿はひとにぎり。
○みづてんはその手その足口と口。
○恋女房立ち聞きされて舌打ちし。
○雨が降りや欠伸まじりで腰ひねり。
○ほろ酔ひでしびれるやうな月見かな。

6月18日　(テイデイム)

○有村君から原稿紙をもらひ、手帖、封筒などを作る。こんなに長くなるとは思はなかつたので、手帖を二冊しか持つて来てゐなかつたのである。飯で糊をねり、紙を切り、糸でとぢてゐるやうなたわいない処作がなにかたのしい。四冊つくり、一冊を大久保君へやる。画伯が第一頁に似顔をかいたので題して曰く「いんどのいくさはてもなく、ひごとよごとのうたてさに、ときにいととりふみをあみ、ひげのおとどへたてまつる」

○三浦参謀、いま居るところは雨が降ると湿気がひどくて駄目といひ、西機関隊長室へ移る。マニプール川の向ふで銃声がし、迫撃砲のやうだといへば、べつに変つたこともないですと衛藤曹長こたへる。チン兵で警戒してゐたのだが、このごろは日本兵の歩哨を出した由。参謀の移転により毎日の連中、追ひだされたとて来る。

○蟻ものべつ幕なしに貪婪の労働をするものではないらしい。この日ごろ、雨で見に行かなかつたが、行つてみると、穴をふさいでしまはうとしてゐる。こほろぎの屍骸をそこにおいても、二三匹がついたが、前のやうに、一散に報告にかへつて、すぐに大勢が出て来るといふやうな現象が起らない。穴から出て来た連中も、ちよつとこほろぎに近よるが、どうでもよいといふ様子で離れて、土はこびの方に熱中する。

見なれぬ奴が一匹出て来た。見かじめ役の太いのと形はだいたい同じだが尻に縞の模様がある。色もやや茶が強い。それを棒でおさへると、身体が二つに切れた。さうすると、別々になつた頭と胴がどちらも動きまはり、首は髭をしきりに振り、胴は前とかはりなく這ひまはる。神経が別々にあるのであらう。一大事ができたといふやうに、蟻どもは頭と胴とに数匹づつかつきまはつてゐたが、穴の入口のところまで運んで行つてから放棄してしまつた。いづれは死ぬであらうが、見てゐる間中、

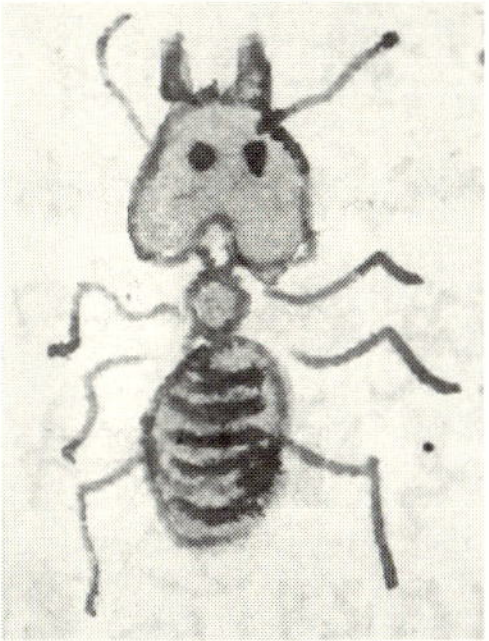
尻に縞の模様のある蟻。

どちらも動いてゐた。
○横溝正史「南海の太陽児」よみかけてあきれる。どうしてこんな本ばかり前線に来てゐるのか。土師清二「対島牡丹」はじめから手にせず。
○風呂から上つて来ると、三浦参謀来てゐて、明日行きませんかといふ。明日は安崎さんの車で行くことにしてあつた。チツカまで行くといふので同乗をたのんだのだ。打合せの結果、明後日ときめる。
○ラヂオをひねつてゐた大久保君が緊張した顔で呼ぶ。北九州が爆撃されたといふ東京からの海外放送。13日午前二時、二十機内外の敵機がやつて来た、うち7機は撃墜、3機撃破、うち一機（B29）は若松市郊外に落ち、爆弾をたくさん積んだままで炎上、乗員は学生あがりの若い奴、その程度の発表で、状況はまつたくわからない。損害もわからない。島郷あたりに落ちたのであらうが、いろいろの状景が髣髴して来る。たうとう来たかと、さう思つたが、大した不安も起らない。当然のことだと、これで大いに緊張することだらう。
小笠原諸島のうち、硫黄島、父島にも来襲。13日から15日にかけて、サイパン島に大機動部隊を来襲。激戦中といへば、上陸をしたわけであらう。身の引きしまるのをおぼえる。内地の空気も想像され、いよいよ深刻になつて来た戦局に、祖国の安泰を心の底から祈る。敵は第二戦線と呼応した総反攻を開始して来たのだ。

インパール作戦が現在のごとく行きつまつてゐることは憂慮にたえぬ。身内にたぎるものあり、外に出て、いつもの丘の端に出て、東方に向ふ。ぼうと星あかり。不動の姿勢となつて、軍人勅諭を口吟む。涙あふれて、止らない。

◉北九州の爆撃　北九州がB29によって空襲されたのは、一九四四（昭和一九）年六月一六日のことだった。火野は一三日としているが、情報を聞き違えていたと思われる。

連合国軍の攻撃目標は八幡製鐵所だった。この時のB29は、中国成都の連合国軍基地から飛来したものだったが、この空襲で八幡だけで一〇〇人を超える死者を出し、およそ一六〇戸が全壊した。

戦時中、NHKの前身である日本放送協会は、海外に向けて短波放送を流していた。いわゆる「ラジオ・トウキョウ」と呼ばれるもので、その内実は拙書『プロパガンダ・ラジオ』（筑摩書房）に記したので参考にして頂きたい。火野たちもこの放送を聞いていた。私は、北九州空襲を報じたニュースの音源を米国立公文書館より入手したのだが、それは驚くべき内容だった。

「我が方には全く被害がありませんでした」とアナウンサーは声高に語っているのである。八幡製鐵所も火事が出たものの、「一瞬のうちに消し止められ被害は全然ありませんでした」。おそらく「大久保君」が聞いていたのも同じ内容のもののはずで、正しい北九州空襲の情報は伝わっていなかった。火野も北九州若松に両親と、妻、四人の息子、一人娘を残していたが、損害軽微の報に安心したに違いない。

日本軍が太平洋の要サイパン島を失い、絶対国防圏の一画を崩されるのは、それから一ヵ月もたたない七月初めのことである。

○尾野君は戦車隊の写真をとりにトンザンに行つた。明日から二食とのこと。谷間に牛をうつ銃声四発。

○大久保君とつておきのウイスキイを抜く。こちらもとつておきの鮭の罐詰を切る。国のことをかたり、盃をあげる。寝たのは四時である。拍子木の音しきり。

6月19日　(ティデム《ママ》)

○青空。爆音久方ぶり。戦闘機編隊。

○三浦参謀来て、明日行きませんかといふ。師団副官青砥大尉が、一路、戦闘司令所へ直行するのでよい便だとのこと、なるほどよい便と思ひ、さうきめ□安《以下空白》

第4章 最前線・インパールへの思い

（一九四四年　六月二〇日〜七月六日）

ティディムを拠点に、軍に随行し、様々な作戦行動がレポートされる。戦闘の繰り広げられる前線の後方にある、厖大な「軍事行動」の実態が、火野の目を通し、つぶさに描かれる。そこは「移動」さえままならぬ中、人力の「土木工事」の連続であった。

6月20日　（マニプール河渡河点）

○出発。10時といふことなので、8時に起きる。朝寝癖がついてゐて眠い。表はまだ薄くらい。荷づくりをする。もらつた天幕が宿になつてゐるのでまた外し、毛布蚊帳などつつむ。これで同じことを三度やるのである。西機関の前に来てくれといふことだつたので、安崎さんに世話になつた礼をのべて出る。田中兵長、稲田兵長荷物をはこんでくれる。大久保君送つて来る。出口のところに誰

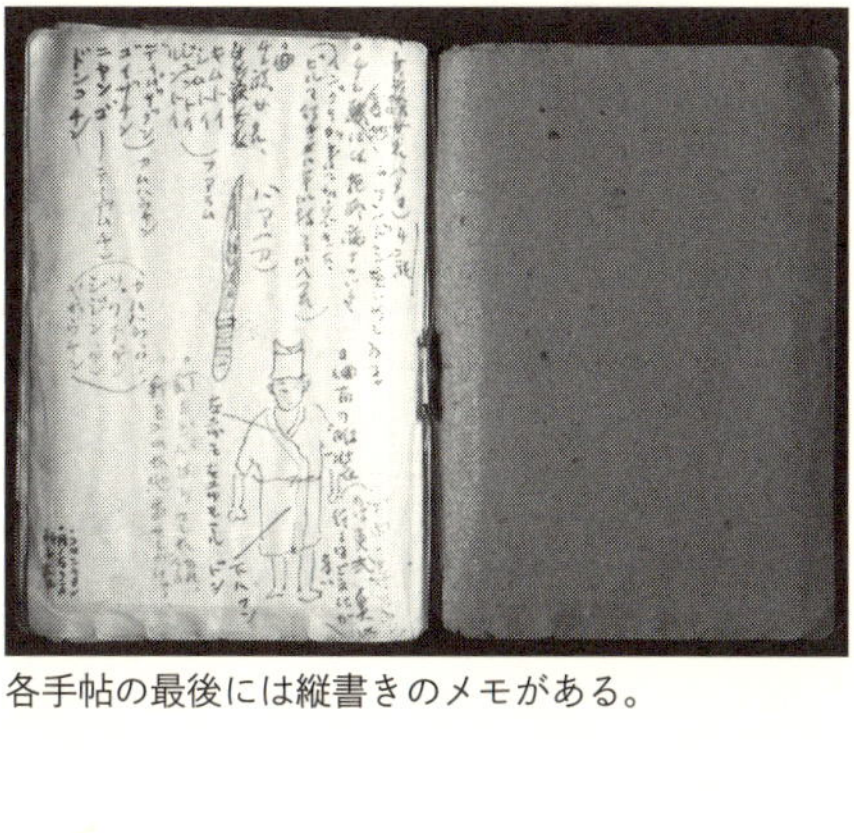

各手帖の最後には縦書きのメモがある。

もゐないので、下まで降りてみたが、下にもゐない。小野軍曹と衛藤軍曹（まだ寝てゐた）とにも世話になつた礼と別れとを述べ、また上にあがる。チン兵たち、拳銃演習、突撃演習などをやつてゐる。

稲田中尉が３２９９に出てから、いささか士気も沈帯《ママ》しゆるんでゐるやうに思はれる。一軒の家から眠さうな顔の軍曹がゐたので聞くと、青砥大尉はここにはゐないが、自分も一緒に行くのだが、まだ飯が来ないといふ。もう十時ですかとのん気なことをいつてゐる。チン歩哨のゐるところから本道に出る。そこで大久保と別れる。インパールで会はうといふ。装具をつけて、坂道をのぼると息が切れ、汗がながれる。怠けてゐた罰がてきめんである。わづかの坂を三回も休む。本道に出ると、見習士官大高曹長の引率する三十名ほどの兵隊がテイデイムの方から歩いて来た。一緒らしいので、そこで青戸《ママ》大尉を待つ。仏印から幹部は飛行機で、あとは汽車で来たといひ、ほとんど下士官ばかりで、弓兵団へ配属されるものらしい。もう、五年になる六年になるといふ兵隊ばかりで、マツチがないかといひ、二本、三本と大事さうにわけあつてゐるので、林君からもらつた一個しかないマツチをやる。

○トラツク二台来る。助手台に乗つてゐる人が青砥大尉（師団副官）である。顔や手に紫色の斑点があるのが眼について、どうしたのかと思つたが、あとでマラリヤを十度もやつて、こんなことになつたと笑つた。つづいて、五車輌来る。全員各車に分乗。先頭の車に乗る。荷物がいつぱい積んであるが五人なので楽だ。それにシートの屋根もつくつてある。これはありがたい。

十一時出発。テイデム《ママ》の町、物量投下場を下に見て行く。空は薄ぐもり、谷間から霧がわき、峯

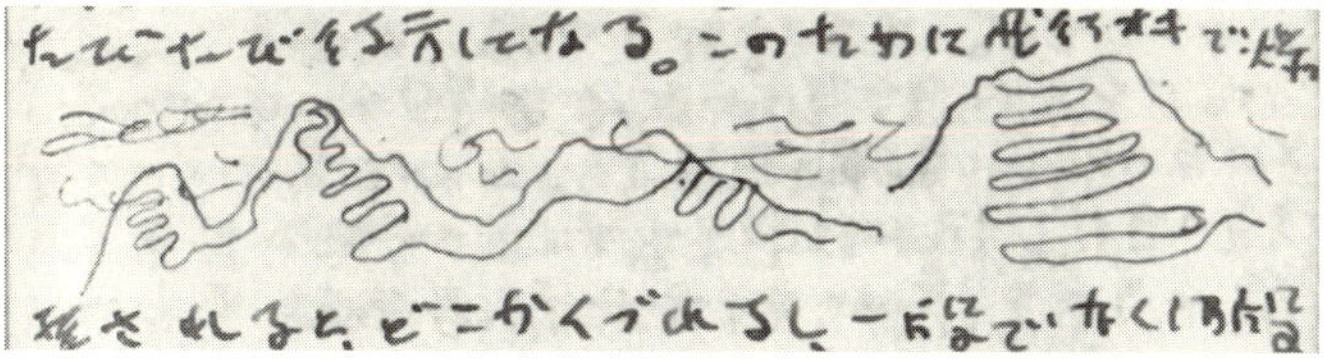

火野はチン丘陵のくねくね曲る道路の様子をスケッチしている。

は雲におふ《（ママ）》はれてゐる。おあつらへむきの天気である。ひらけて来る壮大なチン丘陵の景観。山また山、谷また谷、ほとんどの山が屹立して独立し、山の八合目あたりに点々と部落がある。きりき《（ママ）》らいてあるところはほとんど高粱畑である。一つ一つの山が分離してゐる先の稜線にあがるためには、どうしても一旦谷底まで下らなくてはならぬ。斜面は急であるし、ついてゐる道路はくねくねと曲り、さながら螺旋楷段である。直距離にすればいくらもないところが、十倍くらゐの遠さになる。これから行くところがたびたび後方になる。

　このために飛行機で爆撃されると、どこかくづれるし、一段でなく何段にも被害を受ける。稜線の上に出たとき、またたく間に霧があたりに立ちこめて来て、山も谷もたちまちかくれてしまつた。どんどん水蒸気が走る。二十米くらゐ先は見えなくなつた。

○爆音。木かげにトラックを入れる。北から南へ雲のなかを過ぎてゆく編隊機の音。姿は見えない。出発。霧うすらぎ、マニプール川が投げだした帯のやうに白く浮く。霧が過ぎると赤味をおびて来て、雨をふくんだ滔々たる濁流であることがわかる。遠目にも水流のはげしさと、しぶきをあげてゐる奔湍が見える。いくつかの支流がそそいでゐる。やがて、マニプール川の音がざあと谷底からひびいて来て、車は流れに添つた断崖の道を下つて、川岸へ出た。

せまくなつたり、ひろくなつたりしてゐるが、ものすごい急流である。気温が降るにつれて上つて来て、川岸に来ると、むつと生あたたかい。

途中、歩いて行く兵隊がある。安部隊で、米袋をはじめ、身体中にいろんなものをくつつけ、汗にぬれ、足どりもあまり芳しくない。鉢巻をしめてゐるものも三四ある。青戸《ママ》大尉承知する。川岸で休んでゐると小隊長が来て、マラリヤの者三名ほど便乗させてくれといふ。青戸大尉承知する。小隊長よろこんで、部下にそのことを伝へてゐる。部下の眼に涙がきらりと光つたのを見た。行軍部隊は黙々とすぎて行く。相当つかれてゐるのであらう。みんな怒つたやうな顔つきだ。

杭州湾以来のことが思ひ出されて、肩がうづき、足がきりきりと痛む思ひがした。

○昼食。青《砥》大尉と小屋に入る。自動車小隊長根本少尉（ときどき安崎隊へ来てゐた）歩兵工兵中隊長要員田村大尉も一緒。若い紅顔の将校である。飯盒をひらく。枯れ草を集め、塩干魚を焼いてゐると、おかずはありますと、青《砥》大尉笑ひ、当番に罐詰を切らせる。蟹、牛肉の御馳走で、おどろく。

副官は十二年以来、内地を知らぬ由。去年、絵かきや、水木京子などが来たとき、毎日、カローで、すきやきをしたといふやうな話する。兵隊から特進したらしく、一見、魁偉の風貌であるが、苦労人らしく、ものわかりのよさがあり、笑ふと童顔になる。46、7の年配であらう。一時間ほど休止の後、出発。

●水木京子　戦前に活躍した映画女優。巨匠溝口健二の初期の無声映画『813』（一九二三年公開）、『塵境』（一九二四年公開）、『無銭不戦』（一九二五年公開）などに出演している。ビルマには、慰問で来ていたものと思われる。

○トンザン。道また上りになる。霧のなかの廢墟。戦車隊の兵隊がゐたが、尾野君の消息はわからなかつた。激戦のあつたところだが、軍況は不明。そこを出ると、多くの陣地。掩蓋《えんがい》銃座が数へ切れないほどある。同乗してゐる兵隊たちが、あちこち眺めまはして感慨深げである。あの山を攻撃したとか、あそこを歩いたとか、ここへ出て来たんだとか、あそこで砲撃されて弱つたとか話す。藤岡軍曹、《空白》軍曹、当番の百瀬上等兵の三人。いよいよはげしくなる螺旋楷段を下つて、マニプールの渡河点附近に出る。すこし手前から、右へ折れ、車を待避させる。すぐ傍へマニプール川へそそぐ支流があつて、きれいな水が奔騰してゐる。

三時。画伯《向井潤吉》と渡河点に行つてみる。もとからあつたと思はれる鉄橋は破壊されて水中に落ち、かけられた二つの橋も流れ、渦をまいた濁水が矢の早さでながれてゐる。一人の髭の兵隊がぼんやりと流れをながめてゐるほか、誰もゐない。半、骨になつた馬一匹。流れは左へながれ、五百米くらゐのところで、断崖にぶつつかつて、急に右に曲つてゐる。この水速ではとしばらくぼんやりと眺める。工兵隊の者もゐないので引かへす。画伯と裸になり、流れにつかる。すこし冷たい。アボアボ川を思ひだす。兵隊はながれに来て米を洗ひ、炊爨をはじめる。煙を出すなとどなる声。

○工兵隊。丸木橋をわたり、河原の道を五百米ほど行くと、林のなかに低い小屋があつて、印度兵が十名ほどゐる。青黒い顔で寝てゐる者もあつて、ジヤイ・ヒンドといふと、マラリヤと力のない声でいふ。小隊長遠藤中尉の場所を聞いてゆくと、青戸《（ママ）》大尉も来てゐる。とても見込みが立たぬので、作業しないつもりでゐたが、今夜は七車輌わたしてみようといふことになる。渡河点の状況を聞くつもりでゐたら、すぐ準備をはじめるといつて、支度をととのへ、遠藤中尉は出て行つた。

青戸《（ママ）》大尉と二人になり、しばらく話をする。当番が二人分の食事を持つて来てくれる。牛肉の塩づけを煮たもので、ここでの唯一の御馳走とのこと。内地のこと、戦地のこと、柳田閣下は気の毒であつたが、第一線部隊長としては無理であつたこと、トンザンを落して、マニプール河へかかつて来たとき、敵は猛烈な砲爆撃をして来た、さうすると、大変ぢや、全滅ぢやと、騒いだ、空襲があるとまつさきに壕にとびこみ、頭をかかへて出て来ない、自分はたびたび諫言《かんげん》したこともある、酒さへのんでればよいのだといつたこともある、頭のよい方ではあつたが、といふやうなこと。大隊が二十名くらゐは普通、中隊は一人もないといふのもあり、今度後方へ行つた任務は入院中の軽症者、その他、監視兵、当番兵など、さういふ兵隊を集めて追及させることであつたが、千数百名を送つて、やうやく、隊勢をととのへた。

さういふことやら、欧州戦線のこと、ドイツのこと、北九州爆撃のこと、気むづかしさうで、気さくによく話す人である。給与などは自分の方でやるからといつてくれる。

◉柳田閣下は気の毒　火野を先導していた青砥大尉が、柳田前師団長を「気の毒」と言っているのは、五月一二日、牟田口から師団長を罷免されたことを指している。

○待避所へかへる。休んでゐると、兵隊がぶわぶわに皮のやぶれたドリアン（パンかも知れない）の実を二つかかへて来て、早く食べないと腐りますといふので、食べる。すばらしく甘い。一つを兵隊の方へやり、種だけは返納せよと青戸《(ママ)》大尉いふ。きくと、種を茹でるとおいしいとのこと。はじめてきく説である。前線に持つて行つて、閣下にさしあげるつもりだつたのにとすこし残念さう。

○かへる道で取つて来た花。蠟燭のやうな芯を一枚の葉がとりまいてゐて、茎には黒い斑点があり、すこしいやらしくて毒草かと思つたが、花の奥にいつぱい蟻がくつついて蜜を吸つてゐる様子なので、毒はないのであらう。画伯写生しながらすこし猥褻ぢやなと笑ふ。

○日暮れかかる。渡河点の作業を見に行く。流された桟橋の根に、更に一橋節をつぎたす。工兵が総出で、木材をかつぎ、橋脚を打ち、釘をうち、ある者はまつ裸ですさまじい流れのなかに入り、遠藤中尉が指揮して、懸命である。印度兵が木材をかついで協力してゐる。日没とともに、空晴れ、星出て来る。炬火（罐詰のあきかんにガソリンを入れ、布にひたしてもやしたものを、棒でぶらさげて提灯のやうにしてゐる）の明りでぎらぎらと兵隊の黒い身体、顔が光り、流れはすごい早さで走つてゐるのが映る。十二時までかかる。

　渡河開始。門橋を桟橋につける。鋼索で引つぱつてゐるのだ。流れに押されて、ぎいいとし《(ママ)》はる音。切れればそれきりである。トラックを廻し、

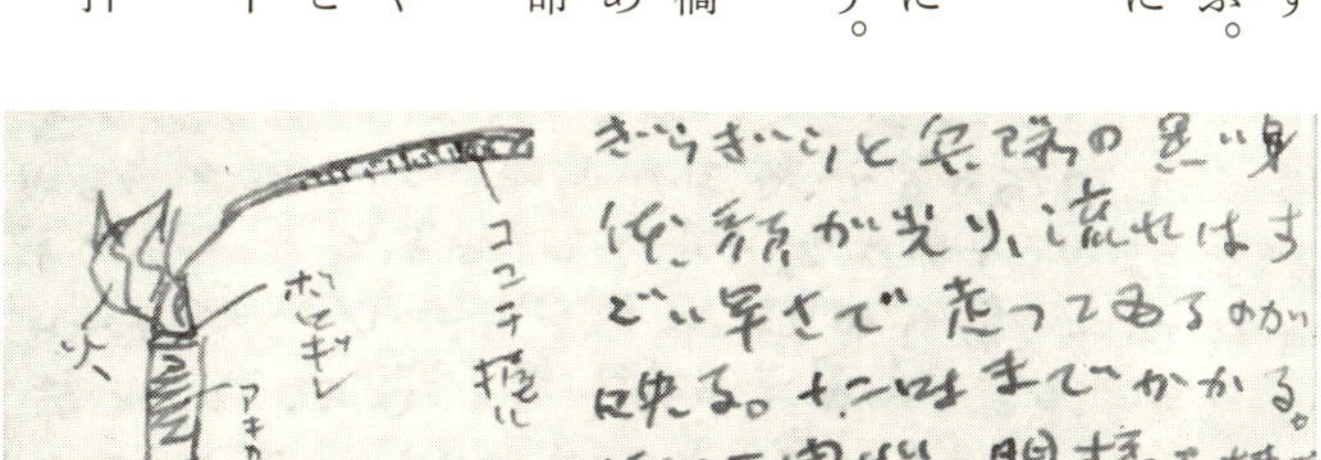

「炬火」が現場を照らす照明具だということが、本文とこの図解によってわかる。

荷物を全部おろし、まづ、先頭の荷物と、戦車修理の軽四輪とを積む。それに乗る。遠藤中尉、重すぎるから、とて、兵隊を十人ほど降ろす。ようしといふ声と同時に、門橋が桟橋をはなれる。しやあと水の音。流れについて下る舟がぐつと鋼索に引かれ、ぎいと不気味な音がする。舟が対岸へ寄つて行く。二分ほどで着く。上陸。門橋かへり、次々にトラック、荷物を積んで来る。危険を承知の作業であつたが、割合順調に進捗。十往復で、全部修了《ママ》。

こちら岸では、印度兵たちが炬火をつけて走りまはつたり、綱を引いたりしてゐる。寒いのか、たき火をしてゐるのもある。対照《ママ》監視をしてゐたが、やつて来ない。出発。また、上り道になる。一マイル毎に標識がある。

◉一回目の冒険　六月二〇日、一ヵ月近くにわたってティディムに足止めされていた火野は、ようやく前線を目指して、マニプール川をわたっていく。この時も重要な同行者が、画家向井潤吉だ。火野と向井は、青砥大尉を先導役に最前線を目指すことになる。この先に記述されるふたりの冒険譚は、この手帖の白眉とも言える。

6月21日　(3299高地)

○車とまる。断崖の上である。この辺の道は山肌の斜面につけてあるのではなく、直立に近い絶壁を横に切つてつけてあるのだ。しかも、土ではなく、岩石で、材木岩のやうな中条《ママ》節理がある硬岩のため、雨のためゆるんで崩壊すると見える。いたるところの道に崩れ落ちた土砂や岩がころげ落ちてゐる。兵隊が降りて行つて、それをとり除き、前進する。三度目にぶつつかつたところは、そんな簡単なわけにはいかなかつた。五トン以上もあると思はれる巨大な岩が道のまんなかにのさばり、それにつれて落ちた大小数十の石が道を埋めつくしてゐる。常駐の工兵隊がずつと向ふ側から道をなほして、手にあまつたらしく、中途で工事を中止した形跡も見える。

全員下車、とりのけにかかる。星空。対空監視。火焔瓶（ビールびんにガソリンをつめ、布で栓をして芯にし、火をつけるもの）を二本ともす。マニプール川の濁流の音と、流れ。下の谷あひに白くながれる霧がかすかに□白い。三本の丸太を梃子にして、枕石をすけ、目的の石の下にかひ、さあの、よいしよ、さあの、よいしよと動かす。なかなか動かぬが、大勢の力で、やつと一つづつのける。谷へ落すとすごい音を立てて、ころがり、マニプール川へ落ちる音。青砥大尉がみづから、石に手をかけ、梃子をにぎつて指揮する。根本少尉、見習士官、兵隊はほとんど下士官ばかりで、船頭が多く、なかなかにぎやか。人数が多いので蟻のやうに石にくつついて人のうしろを人が押し、わあい、ケツ押すな、力が抜けるなどと悲鳴をあげるのもある。見上げる崖はまた今にも崩れさうだ。

三時すぎからとりかかつたのに、その道が通れるやうになつたのは、六時半であつた。夜だから、この仕事ができたのだが、昼はとてもできまい。かういふ補給路によつてつづけられてゐる戦かひの困難さに、眼がしらのあつく《なる》のを禁じ得なかつた。そこを抜けてもまた除去しなければならぬ小さな障害があつた。

夜が白んで来るころ、マルカイの部落に入る。降りた青砥大尉が、金子中尉とどなつてゐる。工兵の隊長らしい。道のことを話してゐる。いたるところ山くづれで、この六日ほどは全く車が通らずにゐた、あの岩は人力では手に負へぬので、爆破するつもりでゐたといふので、青砥副官、人力で手に負へたよと笑ふ。３２９９まではまだ数個所も道がふさがつてゐるのでとても行けない、今日すつかり開けるつもりとのこと。

出発。相かはらずくねくね曲つた断崖の道。木も石も雨でながされ、木の根が上にむいてゐる斜面。山肌を切りひらいて高粱畑が点々とあるが、小屋には誰もゐる形跡がない。四キロほど行つたところの道の曲り角に車を入れて、大休止。道は曲つてゐるといつても、谷をはさんで、折りかへし、ほとんど３６０度角である。敵のゐたらしい小屋が斜面に、七八軒ある。青砥副官、根本少尉、画伯《向井潤吉》と、一軒の小屋にはいり、食事をして、横になつたと思ふと、昨夜の不眠の疲れで、すぐに眠つてしまつた。

○前方の道路修理に、工兵隊や、こちらの兵隊が出て行く。前面にそそり立つ山、一つくるりと瘤のやうな高地がある。そこを指さしながら、青砥大尉の話。マルカイの戦闘は激烈だつた。小田中隊があの高地を占領したが、ぐるりを敵に包囲された。二百米位の下をとりまいて、十数倍の敵が攻撃する。十日間も、食糧も弾薬も少く頑張つた。一時は玉砕と覚悟してゐたが、シンゲルの方の道があいて、敵が退却したのであの瘤の敵もマルカイに下つた。すると小田中隊はそれを追撃して、マルカイに突撃した。マルカイに師団司令部があつたとき、爆撃でやられ、戦死者が出た、柳田閣下の小屋も、移動した翌日、ふつとんだとのこと。

山と谷との交錯する戦場をながめてゐると、戦かつてゐる兵隊たちが顔前に髣髴する。支那での苦戦の思ひ出話などをし、どうも、思はぬ御馳走にありついたあとには敵に出あふやうだと笑ふ。

カレミヨウで作らせたといふ饅頭、カローでできるといふパイン酒（パインアップルの山があり、それで作る）、ビスケットなどを出し、これは特別で、贅沢をして居ると思はれては困るといふ。卵色の豆。なにかと思ふと、昨日のドリアンの種をうでたもの。くはひ《（ママ）》のやうな淡白な味でおいしい。

○また寝る。青空が出て来たので、飛行機の顧慮がある。この先で、自動車が四輛焼かれてゐるとのこと。うつらうつらしてゐると、兵隊が入口に立つた。○○中隊の○○兵長でありますが、キーゴンまで帰るのでありますが、糧食がありません、戦友の遺骨を三体持つて居ります、自分は退院をして来たのでありますが、キーゴンに遺骨を持つて行く命令を受けました、3299で糧食をいただくつもりで居りましたが、通過部隊にはくれません、今そこで工兵の金子中尉殿にお会ひしましたら、青砥副官に指示を受けろといふことでありましたので参りました。青砥副官、キーゴンに行つても仕方がない、もう一度3299にかへつて、遺骨をあづけ、前線へ追及しろ、糧食は俺がもらつてやる、十日分もあればよいか。はい、それだけ頂けば、と兵隊の顔が輝く。首に二つ小さい遺骨箱を下げてゐる。つれが下に二人居るらしい。

兵隊がかへると、今度の戦だけで、もう遺骨が五千に達して居ると暗然としていふ。しかし、その犠牲は覚悟の前で、初まる前に、師団長が3《（ママ）》分の一の消耗といはれたときに、3《（ママ）》分の二は見とかなくてはいけないといつたことがある、六月二十日に補充の兵隊が来る筈、その後もぞくぞく来る、はじめは受領のため400名も出してゐたが、とてもそんなことはできないので、しまひには聯隊から下士官と兵一伍《五名》を送つてゐたが、それも今度はことはつた、昔のやうに教育ができてゐないので骨が折れる、止血法ひとつ知らぬ兵隊が来る、自分は軍曹を長いことやつたが、昔の下士官は貫禄があつたが、今のは子供のやうだといふ。同感である。兵の素質はたしかだが、これは止むを得まい。また寝る。

◉遺骨が五千　火野たちを先導していた青砥大尉はかなりの情報通で、この時点で（六月二一日）彼が知りうる限り、日本兵の遺骨が五〇〇〇に達していると火野に伝えている。七月に全軍の撤退が始まるが、さらに食糧事情は悪化、撤退する道は白骨街道と呼ばれた。インパール作戦全体で犠牲者は三万以上にのぼった。

○爆音。近いが、この谷でなく、一つ裏手らしい。3299訪問機かも知れない。三回ほど旋回してゐたが、爆撃も銃撃もせずに去つた。

○3299までは通るやうになつたとて、金子中尉来る。柔和さうな人。雨が降るとくづれるので頭痛の種だが、作戦の重大さを考へて、全力をあげてやつてゐる、道路を車が通るのが楽しみで、兵隊は今日は何台、昨日は何台と数へてゐて、数の少い日は淋しい、このごろは全く通らないので、心細かつた、仕事が終つたあとはうれしくて、また腹が減るので、かへつてから食べる米と塩だけの食事がたまらなくおいしい、食べ物はなにもない、花、南瓜の葉、茸（これは食べられるかどうか初めはわからなかつたが、思い切つて兵隊が食べてみた、赤や紫で、ちよつと毒茸のやうなので、食べたあと、もう腹が痛くなるかと待つてゐた、なんともないので、また翌日食べて、腹痛を待つたが、兆候がないので、食べられることがわかつた、チン人は食べてゐることを知つた）それにときどき見つける山芋、これは、このごろは大きいのがなくなつた、大きいのはべらぼうで、股の太さほどのもの、五米位長さのものがあつた、さういふのは上の方は木の根のやうに堅くて、大味だが、やつぱり御馳走だつた、このあたりはあまり蛇が居らんので困る、大蛇が居ればよいのですが、などといふ。

紙もないといふと、青砥大尉笑つて、前線でも、それが一番困る、師団長閣下が草で尻をふかれるときいて、塵紙を送つたが、兵隊たちも、草の葉が多く、竹べら、縄、古雑誌などを使つてゐる、それもなくなつたらうがどうしてゐるかな、とのこと。パイン酒を出すと、このごろは酒も煙草もやめた、前線を思ふと、それ位の奉仕はしなくては、と、まじめな人である。

北九州空襲の話を知つてゐて、自分も小倉にゐたことがあるので、若松はよく知つてゐるといふ。辞退してゐたが、パイン酒一本を兵隊にといつて持つてかへつた。まじめでよい男だが、すこし気力に乏しいところがある、詩や歌はうまいがと、副官いふ。

○21時、出発。驟雨きて、すぐ晴れる。一つの峠をまはると焼かれた自動車がある。二輌目は道のまんなかにあつて、崖側をまはると車輪がみんな入つてスリップしてすすまぬ。降りてみんなで押すと、はねで泥まみれ。道ばたに木梯子があるのを見て、安部隊といつしよに行くことになつてゐたのを思ひだした。あのときの兵隊かも知れない。飛行機に馴れぬ兵隊がトラックの下に入りこんでやられたといふことだ。

霧はしる山嶺、川のやうに眼下をながれる谷。敵機はこの山峡の沢を縫つて低くとぶといふ。爆音をきいて上を仰ぐと、下から飛び上つて来るさうだ。たそがれて来る。車とまる。道いつぱいに岩石がくづれ落ちてゐる。これまで見たうちで一番大きな障害物で、工兵隊がなほしたあとで又くづれたものらしい。

　これは人の手に負へないので、爆破することになる。田村大尉が兵隊に命じて、豆腐様の綿火薬を三つくくり、しかける。みんな逃げると、すでに暮れたなかにぐわつと火があがり、があああとしばらくすさまじい谺が谷々をわたつた。三度しかける。いくつかに割れた岩をみんなで退けて、車通れるやうになる。いまにもくづれさうに、見あげる岩崖がぽろぽろと石を落したり、砂がさらさらとながれて来たりする。

○前から引つかへして来た杉本副官。安部隊の尻をひつぱたいて行軍を急がせたり、ぐづぐづしてゐる自動車などを叱汰《ママ》して来たとのこと。前の道は何段にも崩れてゐて、自動車はそのまま行くことはできない、三個所くらゐで区間輸送、その間、荷物はかついで行かねばならぬ、前線は食糧欠乏して来て、糧秣交附所にも籾が不足して来た、しかし敵も同じらしく、ゴルカ兵も鉄兜で籾をついてゐる、雨のため、補給に来たダグラスが着陸できずにそのまま引かへしたりしてゐる、飛行機も少くなつた、戦況は有利に展開してゐる、といふやうなこと。青砥大尉が、司令部が餓死するといふ時にとつておいた秘蔵の一トンの米にそんなにみんなが眼をつけては困るのうと笑ふ。

　杉本中尉はマニプールの方へ行く。飛行大尉一人。22マイルに不時着した由。敵ダグラスを追つかけた友軍機同志が翼を接触し、隊長機だけが傷み、落下傘で降りたといふことだ。

○雨ふりはじめる。車とまる。落ちて来た木の根が道にはみ出してゐる。鋸で切る。厄介な道だなと苦笑する。豪雨になる。まつ黒な中に煌々とライトを灯したトラツクがつづき、濡れた青葉が幻燈

画８　「3299 高地」の図。作戦地域の名もなき場所は、海抜などで工夫して標示。

のやうに浮き、美しい。崖の道終り、平地に入つた様子。３２９９である。

　マントを被り、青砥大尉について、杉山隊の事務室に行く。杉山中尉（師団輜重中隊長）ゐる。当番がまつぱだかになつて、濡れながら、ガソリンをかけた木片に火をつけて、たき火をする。濡れたもの乾かす。敵将兵の天幕舎。煙あふれ、暑く汗出る。眼細く、小さい口の上に柔かなうすい髭のあるおとなしさうな杉山中尉。

　案内されて、雨のなかを、草むらをわけて、中津川准尉の幕舎に行く。蚊帳吊つて、土の上に寝床が準備してある。鼠が多く、蛇が乾いたところを探して来るから気をつけてくれとのこと。すこし飯盒飯を食べる。春秋堂《（ママ）》文庫「伊豆の踊子」があり、なにか高等学校の生徒の話でつまらないと准尉いふ。八幡が三時間で鎮火したといふことで、すこし心配になる。

6月22日（3299）

○一晩中、降りつづいてゐた雨も、朝は止んだ。伝令が来て、崩壊が二十個所ちかくあるので、これから総動員で復旧工事をするといひ、准尉出て行く。マニプール川からここまでが六ケ所とのこと。杉本副官もどこかで引つかかつてゐるのではないかと思ふ。

いくらなほしても、雨のたびに崩れるのだ。3299を出たすぐのところの川の橋もながれた。田村大尉が見に行つたが水深二米、水速も三米近くあつて、とても橋かけられないといふ。橋脚がながれ、橋床は切れて岸にくつついてゐるらしい。水のひくのを待たねば仕方がない。青砥大尉は自分が橋をかけて行くといふ。一緒に来た時間はわづかだが、非常に積極的な人で、やれないといふのはやらないからだといふ覇気と実行力を持つた人である。

◉3299高地の橋梁復旧作業　六月二一日に火野たちが到着したのが、3299高地だった。前述したように、ここはもともと連合国軍の軍需品の集積場が築かれていた場所で、大量の物資が残されており、日本軍の重要な補給陣地となっていた。

連合国軍は、敗走する際に橋を壊していったようで、火野の手帖には、その復旧作業の様子が詳細に綴られている。そんな作業に付き合っていたこともあり、火野は、この地に五日ほど滞在している。

この場所については同行していた向井も思い入れがあったようだが、そのことは後述する。

○画伯《向井潤吉》と出る。両側は切り立つた山で、すさまじい濁流がその間をながれ、いくらかの平地が河岸にあるが、ふかぶかとした山峡である。あたりいちめんに何百といふ自動車が散乱し、焼けてゐるもの、てんぷくしてゐるもの、こはれてゐるものがある。使へるものはとり、つかへぬものは部品をとつたのであらう。敵は逃げるとき、あれこれとくづさずに、全部、同じ部品をはづして行つた。小さいものだがそれがないと動かないので、自動車廠で仕方なく作つたらしい。

ここには陣地はなく、野戦病院、倉庫、自動車廠、兵舎などがあつた。物品はおびただしいもので、天幕、被服などは山をなしてゐた。看護婦もゐた。ひつくりかへつてゐる自動車の残骸には、象のマークが多く、猫もある。赤十字のマークのものも多い。ここには松の木はなく、楊柳に似た木がつらなり、支那を思ひ出させるが、近づいてみると、葉がちがつてゐる。ここにもゐる拍子木虫。

○西機関。川をわたつて両方からせまる道を行く。「火の交附所」できいて行く。二キロほどある。歩きながらふりかへると、重畳した山のあはひに雲があふれて、みる間に移動し、美しい山嶺の上に不思議な青さの空がある。首かざりをした女や、チン兵がゐるのでそこと知る。チン人に西機関かときくと、おうと答へる。斜面に数軒の家。テイデム《（マヽ）》と同じやうに、一本の通路がきちんと作つてある。隊長室に行くと、稲田中尉と少佐の肩章のある背のひくい将校とが話をしてゐた。丸顔を髯で埋め、ぐるりとした丸い眼でまじまじと見る。稲田中尉から田中少佐だと紹介されて、この人かともう一度見なほした。作間部隊の大隊長で、兵隊たちが、敵は英軍でなくて田中少佐であるといつてゐるといふことをきいたことがある。

一度も中隊、陣地を見まはらず、天気のよい日で、飛行機の来ない日に迎へをよこせといつた、また、敵機が来ると一番に防空壕にとびこみ、こしらへた二人の副官を入口の両側に張り番させたともきいた。今度交替させられるために後に下げられたが、たれかが憲兵が二人ついてゐるといつてゐた。ここで会つたのは意外であつたが、鈍将といふ感じの人で、いくらか気の毒にも感じたが、かういふ風な大隊長といふものは支那事変以後でも見なかつたが、今度の部隊長級の人にはどうもはがゆい人がときにあると、なにか悲しい気持がわいた。一体に素質が低下したのかも知れないが、これは大変な問題である。飛行機が多いとか、食糧がないとか、処置ないとか、泣き言をいふ者が少くない。しかし、田中少佐は、飛行機なんて、伏せてれば大丈夫で、大したことないとか、あなた方が行くところにはインパールも落ちるでせうとかいつてゐた。

○稲田中尉の話。このあたりのチン人は程度がひくい。部落の数も少いし、家もあまりない。住民も逃げてゐるところが多く、残つてゐる者もあまりてきぱきといふことを聞かない。トンザン酋長ポンザマンの管轄下。ポンザマンの弟二人を宣撫につかつてゐるが、頭がわるく、うまくいかないけれども、仕事のよくできる奴をつれて来ると、住民との折合がわるくなる。仕方がないので、弟によい助手をつけてぼつぼつやつてゐる。来た当初は家がなく、十日ほど野天幕で雨にうたれて暮したが、そのときには住民がなにをいつても受けつけなかつた。この家が立つて、机に頑ばるやうになると、これはいふことをきく方がよいと気づいたか、やうやく話が通じるやうになつた。

牛も昨日はじめて一頭来、鶏も二羽来た。工作もだいたいここらあたりまでで、あまり北に出ると、これまでのフアラムからの一帯が留守になつて困ることができる。軍隊の移動のやうに簡単にいかない。住民の生活に根を下してゐて、自警団や防衛軍に兵器弾薬を渡してゐるので、あとを整理しなくては万一の場合に困る。

このごろは苦力も少しづつ集まり、毎日道路工事に協力させてゐる。ビルマ人の工作をやつたとき200名ほどのビルマ工作員を怪我させるし、自分も負傷し、兵隊もきづつき、チンドウン《（ママ）》河を民船で降つたとき、対岸からはげしく射たれたが、応戦する気も起らず、ぼうとしてゐたことがある。シンゲル附近に5、600の敵情があるといふ情報が来てゐるが、200そこそこと思はれ、大したこともないと思ふ。なにか給与で困ることでもあつたら、いつて下さい。

○夕刻、雨。風呂ができたといふので、青砥大尉のあと、川ぶちのドラム罐に行く。濁つてゐるのをわざわざ濾水したらしい。裸になり、川に入らうと思つたが、冷たくて入れぬ。みみずを入れた空罐が岸にあるのは、兵隊が魚釣りでもするのであらう。雨の下の入浴。蕭々と降る雨のなかを高い木のてつぺんにとまつて、しきりにとび上り、とび降り、旋回をし、急降下をする黒い鳥二羽。

○《空白》少尉来て、籾すり器を作れといふのですが、そんなもの見たことないので弱つてゐますといふ。前線から二三日兵隊を指導にやらうと副官いふ。

○後方の兵站自動車その他がどうも気合が抜けてゐるといふ話。道が通れない、橋が流れたといふと、それをよいことにして休む。積極的に切りひらいて、少しでも早く前へ行くといふ気魄に乏しい。そして、用もないことをして時間をつぶしてゐる。すべての力をインパールを落すといふ一点に集中しなくてはならんと青砥大尉いふ。立派な人だと思ふ。

　話をしてゐると爆破の音。いくどでも崩れる道をやつて来る部隊がハツパをかけてゐるのであらう。杉山中尉、中津川准尉など、早朝から道路修理に行つた人たちが、雨のなかを帰つて来る。どうにか、二十ケ所ばかりを通れるやうにして来たが、この雨ではまた崩れてゐるだらうと苦笑する。

それでも夜中に、安部隊の兵力が12車輛着いたといふ報告が来る。越えて来た道を思ひ出してみんな顔見合はせる。
○青砥大尉と根本少尉の碁はじまる。少尉、井目おいて負けてゐる。副官なかなか打つ。一度やりたいと思つてゐると、強いのは顔見てわかるからやらんと笑ふ。准尉と5目二面、6目一面で打つてみる。勝つ。そうら、それで打たんとまた副官いふ。好きとみえて、蚊帳のなかにいつたん入つたのに、またのこのこ出て来、かう蚊に食はれてはたまらんといつて蚊帳に入つて、中からそれをつがにやとか、とつてしまへとか准尉に声援してゐる。准尉が二目の手割の由。
○画伯は本ばかり読んでゐる。「成吉思汗」
○拍子木虫しきりに鳴く。テイデム《ママ》を思ひだす。雨やまず。「伊豆の踊子」読みなほし、ほのぼのとよい気持になる。

6月23日　（3299）

○からりと晴れたよい天気。早速、空襲警報。
○橋を架けに行くといふので副官について出る。画伯《向井潤吉》は留守番。道に落ちてゐるロープを見て、これは使へる、もつたいないと拾はせる。散乱してゐる自動車を見て、占領したときしめたとよろこんだら、自動車廠で、ぼろ車ばかりが集まつてゐてがつかりしたと笑ふ。集合を命じてあつた便乗の下士官が、ぐづぐづして集まつてゐない。もう12時なのに、朝食をたいてゐるのもある。だらしのないのに腹立たしい思ひでゐると、副官がどなりつけ、戦争だぞ、便乗といふ言葉がいかん、お客のつもりでゐるとおこる。現場へ派遣しておき、組み立てた軽四輪の修繕を、杉山隊の修理班にたのむ。猫印。
○廢墟のなかで、糸の切れた泥だらけのギタをひく兵隊。
○車のできるまで長い時間かかる。杉山隊の幕舎で待つ間に眠つたり、バルザックの「プチ・ブルジヨア」を読んだりする。これまであきれるやうな読み物ばかり見てゐたので、さすがにと思つて、下巻なのに倦きずに読んで行つたが、虚構のうまさに首をひねるところがある。構成に於ける虚構は大なるべく、細部は真実にいふことは賛成であるが、その間のみだれる場合には迫力の鈍ることもあらう。好きになれぬ作品である。
○出発。軽四に田村大尉、副官と三人乗り、工事の現場に行く。三キロほど。道のところどころ泥沼。山峡のあひだにながれる幅15米ほどの川。濁流が走（マヽ）いが、昨日よりは一米も減水してゐる由。十四五名の兵隊たちが休憩してゐる。
　材料が集積してある。工兵大尉がもつぱら指揮にあたり、作業にかかる。兵隊たち褌ひとつになる。約二米長サの正方形の鉄材を四つ結びあはせ、それに針金で網を作る。一節の間に二本縦横にするやうといへば、一人の曹長、先に器用に網をつくつて、かぶせる。

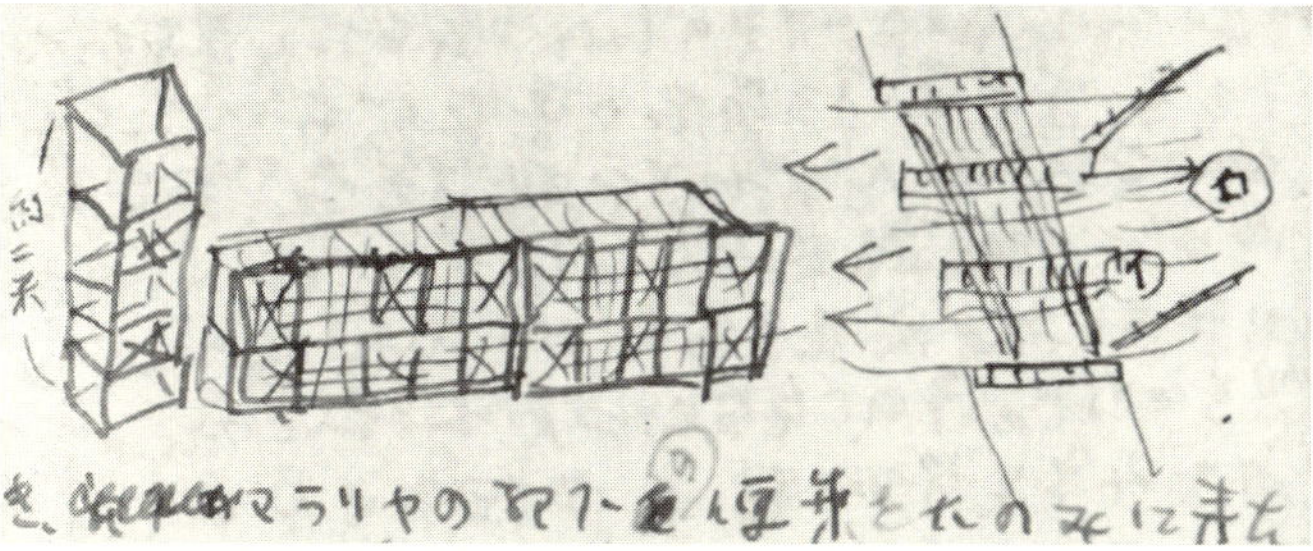

橋の修復の工法まで図入りでていねいに説明している。

画９　橋の修復作業。向井のスケッチにより火野の記述が具体的にわかる。

冷たい水のなかに入り、できた橋脚を沈め、適当の位置に据える。流れ早く、思ふやうにならぬ様子。ちよつと上手に、敵の破壊した鉄の吊橋がある。組み立て式のもので、橋脚をつくつてないところを見ると、雨期の増水と流木などの顧慮をしたものと思はれる。このあたりは野戦倉庫のあつたところで、おびただしいドラム罐が散乱し、全部ガソリンだつたのを敵が焼いて逃げた由。流れにはねられ、褌まくれ丸出しになる兵隊。深さ臍のあたりまで。

附近に宿営してゐる安部隊の兵隊三十名ほど手伝ひに来る。トンザンで休憩してゐたとき、マラリヤの部下の便乗をたのみに来た少尉がゐて、あの時歩いてゐた部隊である。副官整列させ、附近の石はこびをさせる。脚のなかに埋めるのだ。夜もろくろく寝ず、飯も食べてゐないとて、兵隊たち一寸大きい石はやつとの様子。うんと食はせてやればいくらでも働くのにと副官憮然とする。針金を網にしてゐた曹長も、熱発をおかしてやつてゐたらしく、もう我慢ならぬやうに、河原に寝る。マラリヤもずゐぶん多いらしい。安部隊はあたりいちめんに散乱してゐる自動車の残骸のなかにそれぞれ分宿してゐる。破れたシートをかけてゐるが、雨が降つたならばなんともなるまい。㋑《２２３ページの図中の記号》の脚だけ坐る。集めて来た石を入れる。天狗とりでやるのだが、ならんだ安の兵隊、動作が緩慢で、大きな石になるとひよろつく。その間、裸で入つてゐた兵隊たち、陸に上つて、唇を紫にして、焚火をしてゐる。川の水は冷たいのだ。もう一つ向ふの橋脚を作らねばかへられんと因果がふくめてあると田村大尉笑つていふ。

○副官と吊橋の横の石に腰を下し話する。大正十三年、空中勤務者の募集があつて志願した。聯隊で１４０人あつて、体格検査、筆記試験などで、結局二人になつた。向ふに行つてみると80人来てゐたが、また選抜で20しかとらない。幸ひ、自分ら二人ははいつたが、やつてみると、不時着を四回分もやるし、たちまち８人も死ぬし、やめてしまつた。最後まで残つたのは六人ばかりで、それも今生きてゐる者はない。

旧式の複葉練習機で飛行した。自動車の運転はしたが、戦車はまだやつたことはない。戦地に六年だが、いつか参謀長が、内地にかへりたいことはないかときかれたとき、兵隊でも六年兵がたくさんゐるし、かへりたいと思つてはすまないと答へた。六年兵はこの作戦がすんだらかへしてやりたいと思つてゐるが、そんなことをいふと動揺して志気がにぶるから、お前たちは大東亜戦争がすむまで絶対かへれぬからそのつもりで居れといつてある。日暮れて帰営。小雨。

○中津川准尉と碁を打つ。副官横から、准尉に応援する。打たうとはいはない。副官は棋院の初段より強い人に五目か六目かで習つたことがあるとあとで准尉いふ。画伯、巴里の話などに花咲かせ、深更にいたる。夜にいたり雨いよいよはげし。

6月24日（3299）

○雲つてゐるが雨やんでゐる。広場に出る。副官、つかつかとあちこちの幕舎に寄り、食事したり、炊爨をしたりしてゐる兵隊たちに、飯止め、すぐに集合とどなつてゐる。兵隊たち十名ほど集まる。おくれて来た一人の軍曹に、まだゐるのか、向ふに12、3名ゐます、なにしとる、食事して居ります、案内せいと行く。みんな来る。きつい顔になつて、お前たちはなにを考へとるのか、戦争だぞ、こんなことでは戦争に勝てん、前線は十日も飯を食はず、弾薬もなくて、銃剣一本で戦つとるんだ、この橋ができなんだら、どうなる、何万人の前線の兵隊を救はなくてはならんのだ、好きなだけ寝て、たらふく食つて、暇のときに、面白半分に橋をかけるんぢやない、もう三十分も予定の時間を過ぎとる、俺が指揮してをる間はそんななまけたことはさせん、違反した者はただちにここから軍法会議に送つてやる、前線を救ひ、戦に勝つためには、お前たちが五人や十人死んでもええと思つとるんだ、わかつたか、よし、そのつもりでやれ、終り。

そのあとで、田村大尉のところへ来、細い声で、まだ飯を食つとらん者もあるやうだから、適当に処置してやるやうに、といふ。こちらへ来て、可哀さうに、兵隊、私がおこるもんだから、しかし、同情して甘い顔をしとつたら、なにもできないから、としんみりといつた。田村大尉が、もつとてきぱきせねばいかん、飯食つた者は二歩あとへ、炊爨してない者は二歩前といひ、食つてないものはすぐに飯盒をとつて来い、炊さんのすんでない者は残留員に炊いてもらつて、持つて来てもらへと指示する。紅顔の少年だが、しつかりしてゐて、娘をやりたいなどと思ふ。小雨模様。

○現場。すごい流れ。水量も増し、昨日入れた橋脚がほとんど没し、ときたまちらりと頭を見せる。流木や埃が引つかかつてしぶきと波をおどらせてゐる。川に入つてもとても立つてゐることはできまい。まづ、吊橋をわたつて、太いロープを一本対岸へわたす。ロープが水につかると、ぐんぐん引きずられる。ぴんと張る。折りだたみの小舟一隻をそのロープにくくりつけ、両岸から引つぱるやうにする。山羊鬚の軍曹大いに活躍し、田村大尉と二人で乗り、試乗すると、中央の激流に来て、転覆しさうになり、田村大尉ずぶ濡れになる。

　舟は革製で、舟の形のまま扁平になるやうになつてゐて、組み立てるときには舷側にとりつけられた6本のつつかひ棒で底をささへるのだ。敵産。その舟で、脚にする鉄材、針金、金槌などみんな送る。好調。こちら側で、二段に組み立てた脚をどうして沈めるかと評定の末、吊橋のところから、綱をつけてほりこみ、対岸からみんなで引つぱる。相当の重量のものなのに、水流のため恰度よいところへ行く。

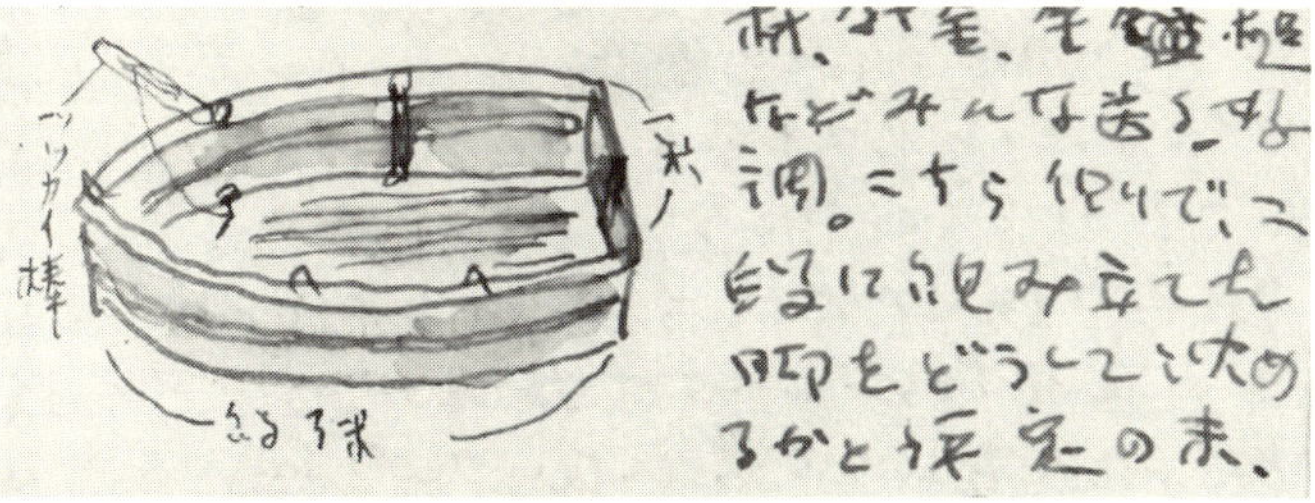

革製の舟。現場ではこうした「敵産」のものでも工夫して使った。

裸の兵隊、それを定位置へ持つて行き安定させる。首からつかり、あぷあぷやる。手つだひに来てゐる安の兵隊ずぼらにて、見てゐてはがゆい。橋脚をうづめる石はこびをしてゐたが、すこし運ぶといつの間にか一人逃げ二人逃げして、半分くらゐになる。飯を食べてゐる。副官、でかけて行つて、裸になつて一生懸命やつてゐる者があるのに勝手に飯を食ふとはなんだ、とおこる。駆け足をしろといつても走らない。敬礼も堅確でない。疲れてゐるのかも知れないが、さうばかりでもない。京都16師で、バタアンには西海岸にゐた部隊だが、そのぐづぐづした様子を見てゐると、九州の兵隊はよいなと心から思ふ。副官、弓の兵隊なら一人でやるのを、十人で力を出しきらん、いくらいつても駄目だと笑ふ。

インパール攻撃のためにはとつておきの新鋭部隊なのだが、しつかりしてくれと願はずには居られない。兵隊の何人かが、もう伊勢の神風が来たから大丈夫などといつてゐたが、インパールを落してからいつて貰ひたいものだ。もとより、全部さうといふわけでなく、なかなか一心に働く兵隊もある。数人の将校が来て架橋作業を見てゐるが、白髪まじりの色黒中尉、ぽかんと口をいつもあけて、間断なく顔をふるはせてゐる青い少尉、瓜のやうな長顔で出歯の少尉などである。根本少尉、奮闘。

○爆音。みんな待避する。雲ひくく機影は見えない。副官、傍にゐて、自分はずゐぶん橋かけをやつた、こつちに来る途中も三つほどかけた経験もあるし、案も持つてゐるが、田村大尉が専門家だから、あまり口出ししないでゐるといふ。爆音通過。

○兵隊が三人ほどで、対岸の山から、籠にいつぱい草をかついで来る。南瓜の茎、木の根、茸など。

茸は朝飯食つてもあかんほどおいしいといふ。
○やうやく、橋脚二個所は坐る。3時半、副官操縦して、かへる。昼食後、副官また行く。
○前の状況も、うしろのことも、欧州、太平洋、内地、のこともまつたくわからなくなつた。杉山隊があつた《(ママ)》ラヂオも故障の由。いささかたよりない心地。ともかく今はインパールへ一路進むのみ。
○古い雑誌に竹田敏彦の農村小説があり、人の笑ふのもきかず、独り、開墾に没頭する青年、金力をひけらかして村の土地を買収しようとする悪漢、さういふものがどうやかうやしてゐる小説で、諏訪三郎「大地の朝」もさうだつたが、そのおきまりにいささかあきれる。問題にすることはないわけだが、戦地で兵隊が読むことを考へると、いささか腹が立つ。どんな古雑誌でも、単行本でも、ぼろぼろになるまで愛読する兵隊のため、ほんとうによい読物が欲しいものだ。兵隊を見くびることはもつてのほかである。

6月25日　（3299）

○曇天。朝食のとき、副官マラリヤの話。支那でもカローでも、エナンギアンでもやつたことなかつたのに、あけぼの村（師団司令部の秘匿名をとつてつけたものだが、しまひには作命《作戦命令》にまで使用されるやうになつた）でたうとうかかり、それからは十回ほどもやつた。二週間で建築せよといふことで、昼夜兼行でやつたが二十日かかつた。この斑点はマラリヤでできたのだが、次第に消える。（さういひながら、ひどくなるやうだなと手を見る）ここのマラリヤは悪性で頭に来る。軍医少佐もかかつたは、これはふだんから予防も周到で、かかつてからでも、下士官が三人もつきりで、到れりつくせりであつたのに、死んだ。頭に来て、あらぬこと（「左むけ右」「地球はなんのために自転するか、知つとる者は手をあげ」「宇宙の果はどこか」など）を口走つてゐた。そのときに、これは自分たちが頭に来るとなにをいひだすかわからん、一番おめこさせろなどともいひかねんと、参謀長と笑つたことであつた。

《二行あまり文字を消した跡あり》そのころ、二十名の下士官を選抜して、所沢で習つた。背面飛行をやつてゐて、そのまま木にひつかかつた将校があり、機は壊れたが人は助かつた、あとで聞くと、さかさになつたまま、どうしても起きなかつたといつた。スミス《飛行家アート・スミス》の宙返りなどをびつくりして見てゐた時で、幼稚なものだつたのだ。不時着四回、一度は同乗した時。

○軽四を副官運転して出発。あざやかな操縦ぶりである。安崎隊の幕舎のところから本多少尉出て来て、先の状況をきく。副官、わからん、山にきいてくれと笑ふ。戦車が16台故障してゐる由。徒歩で行つた方がよいだらうといふ。現場に来ると、水はずつと減つて、橋脚にした鉄塔の二段目が半分出てゐる。流れもゆるい。安部隊の兵隊も大勢来てゐる。脚は二つともでき、鉄材をわたして、両端にはドラム罐を縦にしてならべる。横にすると弱いが、たてにすると非常につよいといふ。兵隊たち面白がつて、がらんがらんと山の上からドラム罐をころがして来て、何本も川へ落す。副官、「田村橋」としたらどうだといふと、田村大尉笑つて、こんな橋に田村をつけるのは困るです、もつとよい橋をかけねばといふ。

爆音。待避。戦闘機二機。三回低空して、まうへを飛ぶ。銃撃すると思つてゐたがそのままかへつた。橋かけるのを見て行つたから、この次は爆撃だぞとみんないふ。落されたらまたかけますよと田村大尉笑ふ。副官と川岸を歩いてみる。道路工事用の機械がたくさんある。敵が道つくりに全力をあげてゐたことがある。内地では針金、古釘などまでも集めてゐるのだが、この屑鉄は惜しいものだ。エナンギアンの鉄塔54本もあり、戦艦二隻が楽にできると副官いふ。

　松の丸太がたくさん積んである。このあたりを占領したときには、桜と同じ木が満開で、あつと声をあげたほどだつた、二十米くらゐまで近よると、まつたくちがふ花だつたと副官山を見まはしていふ。画伯《向井潤吉》、幕舎の残骸を画いてゐる。一緒に軽四でかへる。

○昼食後、副官、今日はどんなことがあつても橋かけるとて、出て行く。中津川准尉来て、碁を打つ。八目までなつて止める。

○10時半でないとほんとうに日が暮れない。副官、たうとう橋できた、もう、トラック二台渡して来たといつて帰つて来る。スマートな橋ができたと笑ひ、上の方がきれいだから、丈夫だと思つてどんどん渡られると困る、最徐行の札を立てといてくれやと中津川准尉に指示する。杉山中尉、道路の状況を報告に来る。３２９９から89マイルまで。

　１、１０７ｍ《マイル》—80米位崩れてゐるが、半分排除。

　２、１０６、６ｍ—５〜６米位

　３、１０６、４ｍ—10米

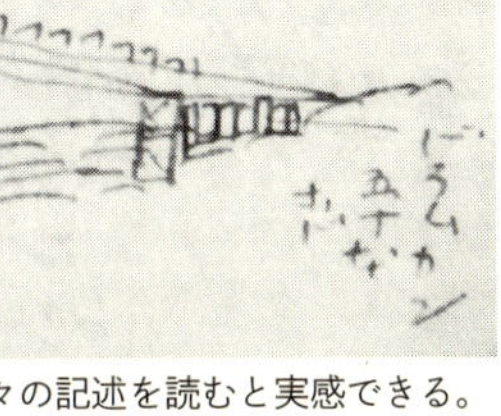

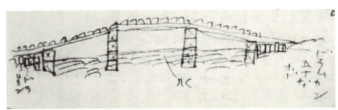

トラック１台を渡す橋がいかに大切であるかは日々の記述を読むと実感できる。

4、106、1m—10米（泥、水、砂、膝まで没す）
5、106、 m—10米
6、105、2m—3米（木の根出てゐる）
7、104、6m—5米
8、104、1m—10〜15《米》（100米の間、
四ケ所、一ケ所は、泥、水、砂の沼）
9、103、3m—7米（木ノ根アリ）
10、103、1m—5米
11、101、4m—3米

大体以上十一ケ所であるが、なほ崩れさうなところ何ケ所かある。但し、101、4mから89mまではほとんどないと思はれるとのこと。黎明までに大部分なほしておかねばならぬとて、安部隊の兵隊を80名、三時半出発の命令を書き、中津川准尉持つて行く。杉本副官も自分も行つて督励して来るとて、その時刻に徒歩で行くといふ。ちよつと見ると細面のやさづくりだが、きびきびとした青年将校で、なかなか勇敢でもある。夕食後、秘蔵の甘納豆など出て、座談会のやうになり、副官、昼の疲れも知らぬげにほとんど独りでしやべり、三時を過ぎる。杉本中尉は1時過ぎにひと眠りするとてかへる。

○座談会抜筆。

「象イロイロアリ、右ムキ左ムキ、走ツテイルモノ、立ツテイルモノ、図ノゴトキモノ、隊長ノモノデモアリカ、」と説明あり。

《以下、三ページ半、空白》
○鼠に足の指を嚙まれる。

6月26日　（91マイル）

○副官、田村大尉など朝、先発。青空ところどころ。
○20時、出発。杉山隊も主力をもつて81マイルに前進するとていつしよ。根本少尉が指揮することになり、便乗者を集合させて、１００附近に約２００の敵がゐるといふ注意をあたへてゐる。画伯《向井潤吉》は後の車の運転台に乗る。先日から苦心の果架けた橋をわたる。「田村橋」とも「最徐行」とも書いてなく「１０９」の標識がある。川の水はずつと減り、橋礎が二段目から出てゐて、ながれの音も低い。

ふたたび、くねくねと曲る断崖の道。すぐ眼の前のところへ行くのに、一つの谷をわたるので、屈折が甚しく、直距離の十倍もあると思はれる。十一ケ所もあると昨夜いつてゐた障害個所はすつかり排除されてゐるが、ところどころ、泥濘のためスリツプする場所がある。降りて小石を埋める。暇さへあると、芭蕉の茎、野草の葉、茸などをとる兵隊たち。芋の葉や、大きいのや細いのやいろいろあるが、兵隊たち敬遠してゐるらしい。食へる、食へん、といふ芋評定。食へると思つて食べたところ、しばらくして、腹が焼け、胸が焼け、唇がかものはしのやうにぷつと膨れてとびだしたといふ者あつて、とらぬことにきめる。

点々と焼けた車があり、中に白骨が靴をはいてハンドルをにぎつてゐるのがあつた。車が通過すると谷から屍臭が霧を抜けて来る。道はしだいに上りになり、山の上に山がせりあがつて重なり、印度が見えるのではないかと北方の空を見る。かすかな縹《はなだいろ》色の山。印度かも知れないが、はつきりわからない。夕陽が山肌を光らせる。飛行機来さうな天気だが来ない。これまで見えなかつた松の木がまた高くなるにつれて林をつくる。やつと自動車一台しか通らぬやうな場所がいくつもあり、断崖の方へかたむく。

日暮れる。中津川准尉が自分の車に乗れとて、運転台のうしろに乗せてくれた。藤川軍曹も乗つてゐる。スイッチがいくつもあり、ルーマライト《(ママ)》をはじめ、方々に明るい豆電気がつき、煙草の火つけまである。修理車に改造した敵の弾薬車。暗闇のなかを走る車のライトが前も後も狐火のやうにえんえんとつづいて行く。こんなに車が走つてゐるとは思はなかつたのに、橋をかけてゐるうちに、3299に到着した部隊が一度に出発したものらしい。四、五十名もゐるやうだ。

寒くなつて来たので、マントを着る。これまで聞いたこともないはげしい蟬の声のなかを抜けて、しばらく行くと、車とまる。前方から指揮者集まれと逓伝《ていでん》して来る。降りてみると、道の両側に広場がある。ここで宿営といふ。89マイルが崖くづれのため通れないのだ。車は渡ることはできないので、そこからは区間輸送とのこと。

ここはおほむね91マイル。警備隊がゐる様子で、トラックの待避所や寝床の世話を焼いてゐる。馬百頭入れるところはないかといはれて、困つたなといふ。途中、駄馬部隊が行軍をしてゐた。安部隊らしかつた。寝るところもほとんどないらしく、画伯と二人、トラックのなかに寝ることにする。青砥大尉はどこか、道の上の森のなかにゐるらしい。トラック道の下の木かげに入る。天幕をとき、毛布を出して寝床をつくる。シートの屋根があり、たのしいわが家である。古い「日本女性」あり、萩原朔太郎の「小泉八雲の家庭生活」を読み、女の立派でなくてはならぬことを思ひ、眠る。うすら寒い。駄馬部隊が通過をして行つた。新月。

6月27日（チッカ）

○珍しくよい天気と兵隊いふ。青砥副官細かすぎる。やかましいおやぢ。青砥山砲のころが花だつたなどと兵隊話してゐる。朝、副官先発、残りの者は根本少尉の指揮にて夕景出発とのこと。北方につらなる山をながめ、印度ときめる。ここが89マイルで、75マイル附近が国境といふことであり、道程の計算は屈折した道をはかつたものだから、直距離にすればいくらもないわけであらう。別段、変つたところもない山の形であるが、印度を望むといふ気持はまた爽快なものがある。また、この幾つかの山岳の向ふで悽烈な戦闘が日夜つづけられてゐることを思ふと、じいんと瞼にひびいて来るものがある。

このあたりには松はなく、苔むした大樹が枝をつらね、幹を接触して鬱蒼と茂り、低地の雑草のなかには、いつかマニプール渡河点で見た蠟燭花や、糸くづのやうに出た白い花などがあるが、ほとんど花らしい花は見あたらない。蠟燭花は茎が似てゐるので蒟蒻の花と根本少尉はいふが、どうもちがふやうである。ふつくらと身体ばかりがふくれた朱色の虫が、自分の重量さで、ころんでは起き、ころんでは起きして、枯葉の散りしいた上を歩き、頸のみじかい蟷螂の屍骸を、これはどこにもゐる勤勉な蟻が大勢で引つぱつてゆく。あざやかな黄に横縞の入つた敏捷な蜂、黒光りする身体に不相応な大きな羽を間断なくくるくると廻してゐる虫、伸縮しながら前進してゆく一寸ほどの山蛭、じつと見てゐると昆虫と花の世界は興趣が尽きないが、こちらは昆虫学者ではないので、どの虫がどういふ種類でどうといふことはわからない。集めてみれば思ひがけぬ新種もあることであらうが、今はそこまでは手も及ばぬ次第。頓狂な声で鳴く鳥ども。画伯《向井潤吉》、所在なくて、花などを描く。

○同乗して来た軍医少尉、昨日は気分が悪くてとてもいけさうもないと弱音を吹いてゐたが、今日はすこし元気を恢復し、眼のさきに指をつけて、あんたが向井さんで、そつちが火野さんですかなどといふ。悲壮な顔をして、自分は大隊附なので、これから最前線へ行くが、インパールはとても落ちさふ《ママ》もないし、一ケ月後には自分も死ぬでせうといひ、インダンギで棟田博氏に会つたが、彼もインパール不陥落説をとなへてゐたと語る。

　絵をいくらかやつてゐたらしく、画伯のスケツチブツクを見て、この木がこちらにあつて、山が向ふにあるやうに見えるのは何故かときいて、画伯を当惑させる。

○根本少尉は茨城県下館とのことにて、中山《省三郎》と近くである。日立鉱山に勤めてゐた由。蓄へてゐた髭をおとしてすつかり若くなつてゐる。12年以来、師団輜重、杉山隊の小隊長。

○トラツクの中に「日本文典」といふ書きこみのいつぱいある教科書がある。諸岡大尉が大学の試験を受けるためにしきりに勉強してゐたが、戦死した、と藤岡軍曹の話。彼も茨城で、童顔の気のよい男である。

　退屈のまま、その本をひらいて読み、忘れてゐることが多く、浅学健忘を恥ぢる。和字としてあげられてゐるもののなかに、ほうこの字がと思ふもの幾つか。榊、梻《しきみ》、樫、峠、梺《ふもと》、軈《やがて》、鱩《はたはた》、鰯、辻、《空白》など。

○火を焚いて紅茶をわかす。山手から清流が落ちてゐる。この附近には敵の幕舎も相当にあつたらしく、道路工事のための機械、砂利、バラスの山などがいくつもある。今は12名の警備隊、患者をも加へて20名ほどがゐるだけだが、昼は寝て、夜仕事をするけれども、道こはれてゐる時はなにも通らず、心細いことおびただしいといふ。高橋曹長（橋かけのとき、網つくりをしてゐた）久しぶりで紅茶のんだと、うす味なのにいひ、仏印で贅沢をしすぎたと笑ひ、折角来た兵隊たちが米と塩干魚ばかりで弱つたところへ、架橋、道路修理等でマラリヤを発し、満足な者は半分もゐなくなつたと苦笑する。

　マラリヤの猖けつははなはだしく、トラック運転手30名ゐたのに、一人になり、また画伯の乗つてゐる車の運転手は脚気で全身はれ上り、指で押すと一日もとのとほりにならない。前線から引きあげて《くる》患者は毎日、絶えるときがない。青い顔をし、力のない足どりで後方へ下つて行く。路傍に死んだやうに寝てゐる者もあり、人事不省になつた戦友を気息奄々たる兵隊が肩をもんだり、足をさすつたりしてゐるのもある。こんなに患者が引きあげて来て、前線に兵隊が居るだらうかと副官は眉をよせる。

　インパール市内ではコレラが蔓延し、マラリヤも相当に多いとのことで、味方だけではないが、兵隊の戦はなければならぬものが当面の敵だけではないといふことにははがゆさを禁じ得ない。その労苦のほども思ひやられる。

○トラックのなかでひと眠り。ビスケットは腐つて虫わき、さまざまの匂ひ室に満つ。

○20時半出発。残つた貨車三台。道はもつぱら降りとなる。相かはらず屈折彎曲の九十九折だが、嶮峻の感じは減つて来て、いつか周囲に重畳した山々も消え、盆地のやうな感じになる。眼下に見えて来るチツカの部落。そんなに下るわけでもないのに、気温が高くなるのがわかる。89マイルの地点に、杉山隊がゐる。中津川准尉の顔も見え、隊は爾後此の地点にゐて、87マイルの崩壊個所の荷卸しをやる由。

○「爆弾坂」１００米位高さの崖の肌に二段につけられた道が爆弾と土砂のくづれのために、まつたく道を没してゐる。特に土が柔いらしく、敵もコンクリートで土砂止めをつくつてゐたといふが、それは影も形もない。あたり一面爆弾の跡だらけで、敵は弱い個所を知つてゐて、毎日爆撃にやつて来た。雨が降りだしてからは、いくらなほしてもすぐ崩れるので、止むなく、別の細い道を作つたが、急坂のため、車は通ることができない。しかし、副官はそこから軽四輪を綱つけておろしたとのこと。

この附近は地雷が一面に埋めてあるので気をつけよといふ。止むなく、ここで住みなれたトラックと別れることになる。坂の上で、全部荷物をおろす。チン人の苦力が来るとのことなので、とりあへず、ドラム罐を降すために、木を組んで橇を二つ作る。日暮れはじめ、暮れる。

杉山隊の修理車やつて来て、爆弾坂の方に行く。その絶壁から、ワイヤでドラム罐を降すと中津川准尉いふ。仏印からの下士官、先発のほかは病人ばかりで、道傍にたふれて寝る。高橋曹長、十字鍬をふるつて木を切る。百瀬上等兵火焔びんをつくる。横では兵器廠の車が同じやうな橇でガソ

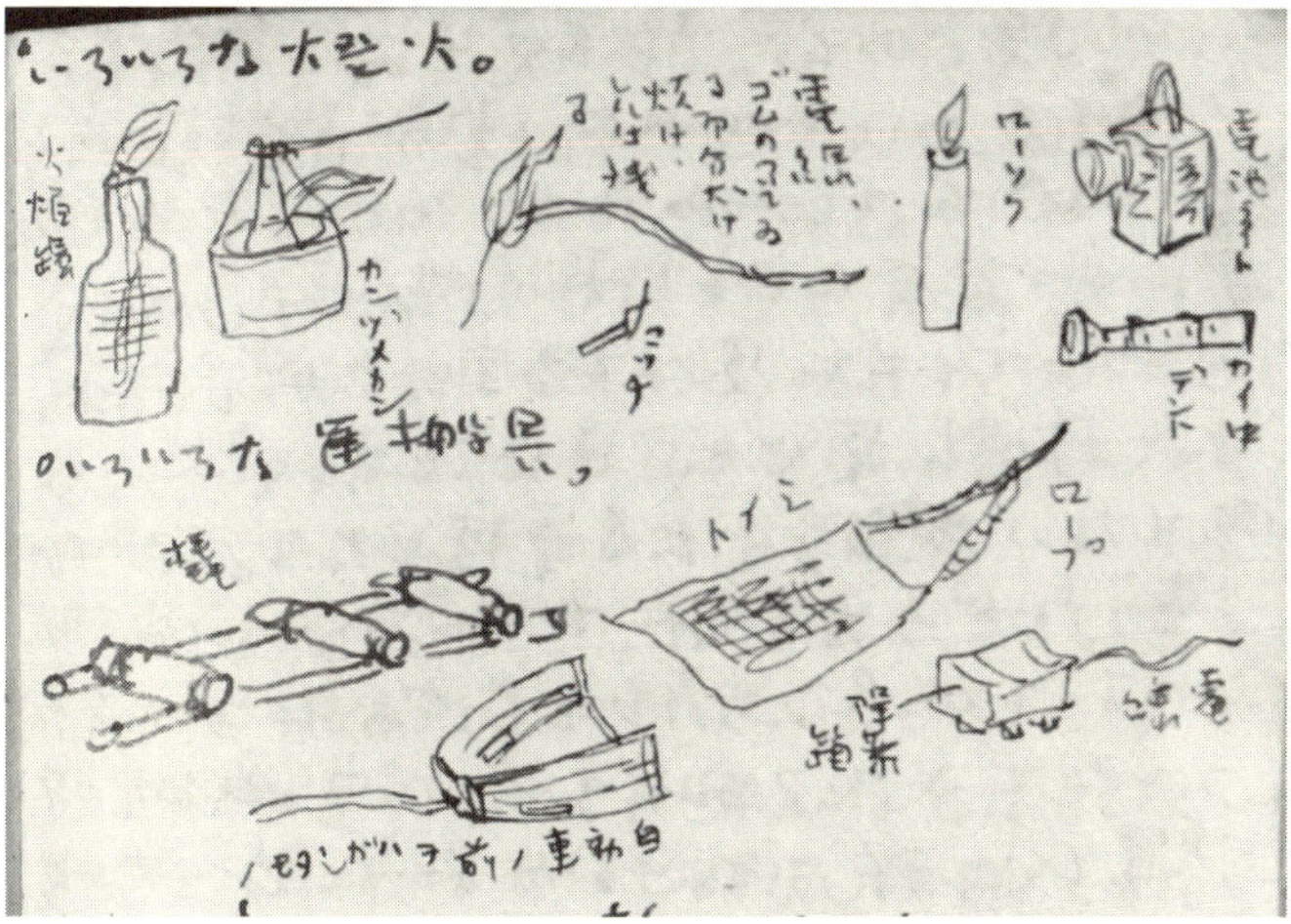

装備の運搬には苦労したことが記述でわかる。その運搬具へのこだわりも強い。

リンや弾薬を降してゐる。降りはよいが、上りは胸つき坂でふうふう息をつく。爆弾坂の方は修理車にとりつけた機械ワイヤで、調子よくドラム罐を下げてゐる。

　昨夜は9本降すのに朝までかかつた、今日は馴れたから20本降すと准尉いふ。杉山中尉もやつて来る。チン人30名来る。寝巻のやうな服を左前にした者多く、帽子はまちまち、跣足の者、ヅツクの者、老人、若者、子供など。まづ、二本ドラム罐を乗せた橇を引かせると、前に十人、うしろに十五人もついて行く。いろいろな燈火。いろいろな運搬道具。画伯と二人の荷物を四人の子供たちに持たせて先に降りる。赤土だが、乾いてゐて辷りはしない。本道まで50米あまりで、爆弾孔がかたはらにいくつもある。本道側の椎の木に荷物をまとめる。

　子供の苦力に乾麺麭三つづつやると、見かじめ役らしい老人もぬつと手を出す。荷物降りて

るのだ。補給の戦ひに思ひをよせる。

来る。緩漫《ママ》なチン人の働きぶり。また一つ見つけたぞと兵隊地雷を掘りだして来る。荷物運びのトラックやつて来るが、こちらの荷みんな降りてゐないので、爆弾坂の方のドラム罐を先に積みに行く。五日ほどの月出てゐる。昨日よりはずつと大きくなつてゐる。大きくなるのはあたり前だが、こちらの月が急速にぶくぶくと太るのには前月以来おどろいてゐる。まだ二三日はあると思つてゐると突然満月になつて、それが三日も続くのだ。

空を見てゐて、模様の急変するのにあきれた。雲が月をかくしたり出したりしてゐたが、やがて空全体星ひとつ見えなくなり、雨が降りはじめた。困つたことだと思つてゐると、やがて晴れて来て、月が出、星が出、月が没すると一天の雲もない皎々たる星空となる。銀河が煙りながらながれ、たがひの顔も見わけられるほどだ。安心をして荷物卸しをやつてゐて、ふつと見あげるともう空には星ひとつ見えない。かすかに幾つかの星がある。雲は動いてゐるとは思へぬのに、ちよつと眼をはづして上げると、すつかり形がかはつてゐる。流星ひとつ。蛍さかんに飛ぶ。

○何人も下つて来る患者。道がないときいて力のない足どりで、急な坂をのぼつて行く。坐つてゐると、一人の兵隊が眼前に来てしきりに手を合はせる。なにか食べ物をくれといふ意味とすぐさとる。飯盒に残つてゐた飯を出すと、手拭を出してつつみ、何度も手を合はせてから去つて行つた。胸うづき、涙ながれて止まらない。なんといふことだと思ふ。兵隊たちは病気よりも空腹に冒されてゐるのだ。補給の戦ひに思ひをよせる。

◉なんといふことだ　軍需品集積場３２９９をあとにした火野は、インパールの前線に向かって向井とともに進んでいく。しかし、日々目撃するのは、前線から引き上げてくる兵の悲惨な姿である。手帖のはしばしにそのことが記されるようになる。

この頃、牟田口は、司令部近くの山頂に遥拝のための祝詞《のりと》の座をしつらえ、祈りを捧げる毎日だったという。一〇坪ほどの土地をならし、その上に白い砂を敷き詰め、青竹で籬《まがき》を作り、丸太で鳥居まで作ったらしい。牟田口は、その場に早朝から赴き、大声を出し祈った。インパール作戦が完全に失敗だと分かった後も幹部をこの祝詞の座に呼び出し、整列させ、こんな訓示をしたといわれている。

皇軍は食う物がなくても戦をしなければならないのだ。兵器がない、やれ弾丸がない、食う物がない等。（ママ）は戦いを放棄する理由にはならぬ。弾丸がなかったら銃剣があるぢゃないか。銃剣がなくなれば、腕で行くんぢゃ。腕もなくなったら足で蹴れ。足もやられたら口で噛みついて行け。日本男子には大和魂があるということを忘れちゃいかん。日本は神州である。神々が守ってくださる。（中井悟四郎・岡田栄蔵「純血の雄叫び」『歩兵第六十七連隊文集』第二巻　一九六六年　六七会）

補給を絶たれ、残飯にありついただけで「何度も手を合はせ」て後退を続ける将兵たちを目のあたりにしても、牟田口は、こんな非論理的な言葉を繰り返すだけだったろうと思うと悲しくなった。

○担架でかつがれて来る一人の兵隊。この少し先で、昨日、飛行機から射たれ、一度も手当をうけてゐないから看てくれと、同乗の軍医のところに来る。左腰下盲貫、左肢甲貫通の二発。機関銃らしい。触ると、ものすごう痛いですと泣き声を立てる。化膿してゐるが大したことはあるまいと軍医いふ。担架、四人の兵隊につき添はれ、坂を登る。

○トラック、こちらの荷も積むはこびになかなかならない。また雨模様となり、すこし寒い。チン人たち、焚火をはじめる。眠くてたまらず、荷物の上にうたたね。副官、軽四にて来る。この先、橋まだできず、トラック二輛ぬまり、引きだしに行つた中戦車がまたはまりこんで動かぬといふ。高橋曹長が足手まとひになる患者二名を入院させるために下げたときき、勝手にそんなことしてはいかんと怒り、昨日から今日いちんち駆けずりまはつて、おこり散らして歩いたと笑ふ。

饅頭腐つてやせんかと百瀬上等兵に出させ、兵隊たちに配る。たくさんなく、半分とか、四分の一とか。みんなを残し、画伯と二人、副官と行く。

止んでゐた雨また降る。チツカに入り、警備隊に行く。副官、架橋を見に行く。田村大尉も行つてゐる由。蚊帳を釣つて寝る。六時半。

6月28日（印度、70マイル）

○昼頃、青砥副官、71マイルにて待つてゐるとて軽四にて先発。すれちがひに別の道から架橋を終つた田村大尉以下警備隊の兵隊たち帰つて来る。沛然たる白雨。この盆地だけの雨らしく、太陽の光のなかに明るい雨がきらきらと光りながら降り、天井から水洩つて来てひと騒ぎ。夕食に、ライスカレーができ、いささか印度に近い感をいだく。田村大尉と道路まで出る。仏印の兵隊たちも出てゐる。日暮れて、半月明るし。工兵隊の車、テイデム《マヽ》まで行くとて来てゐたのを、行けないからとて、田村大尉かへすことにし、その車に便乗することになる。車、爆弾坂から荷物を積んで来る。乗る。「83マイル」の標識がある。出発。

○車ときどき止まり、運転台などを積む。修繕してとり換へる由。一時間ほど走ると、道傍に杉本中尉が立つてゐる。少し先の橋を独工が架けてゐるが、まだ完成してゐないので、迂回路をとつて、川をわたらねばならぬとのこと。すぐそこに国境標識がありますといふので、下車すると、杉本副官、案内しませうと先に立つ。明りをともして、工兵が一心に架橋作業をしてゐる。《以下、約一ページ空白》

6月29日　（チユラチヤンプール）

《以下、四ページ空白》

6月30日　（26マイル）

《以下、四ページ空白》

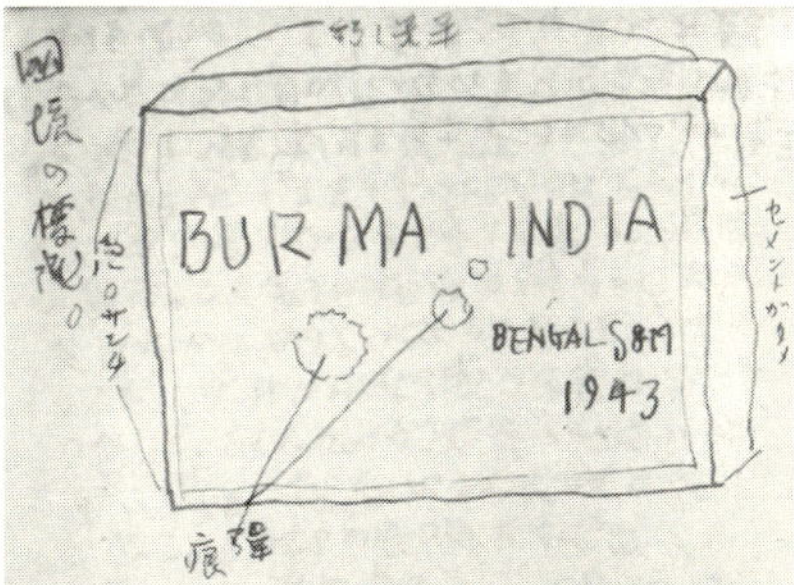

国境の標識。「弾痕」の記入がなまなましい。

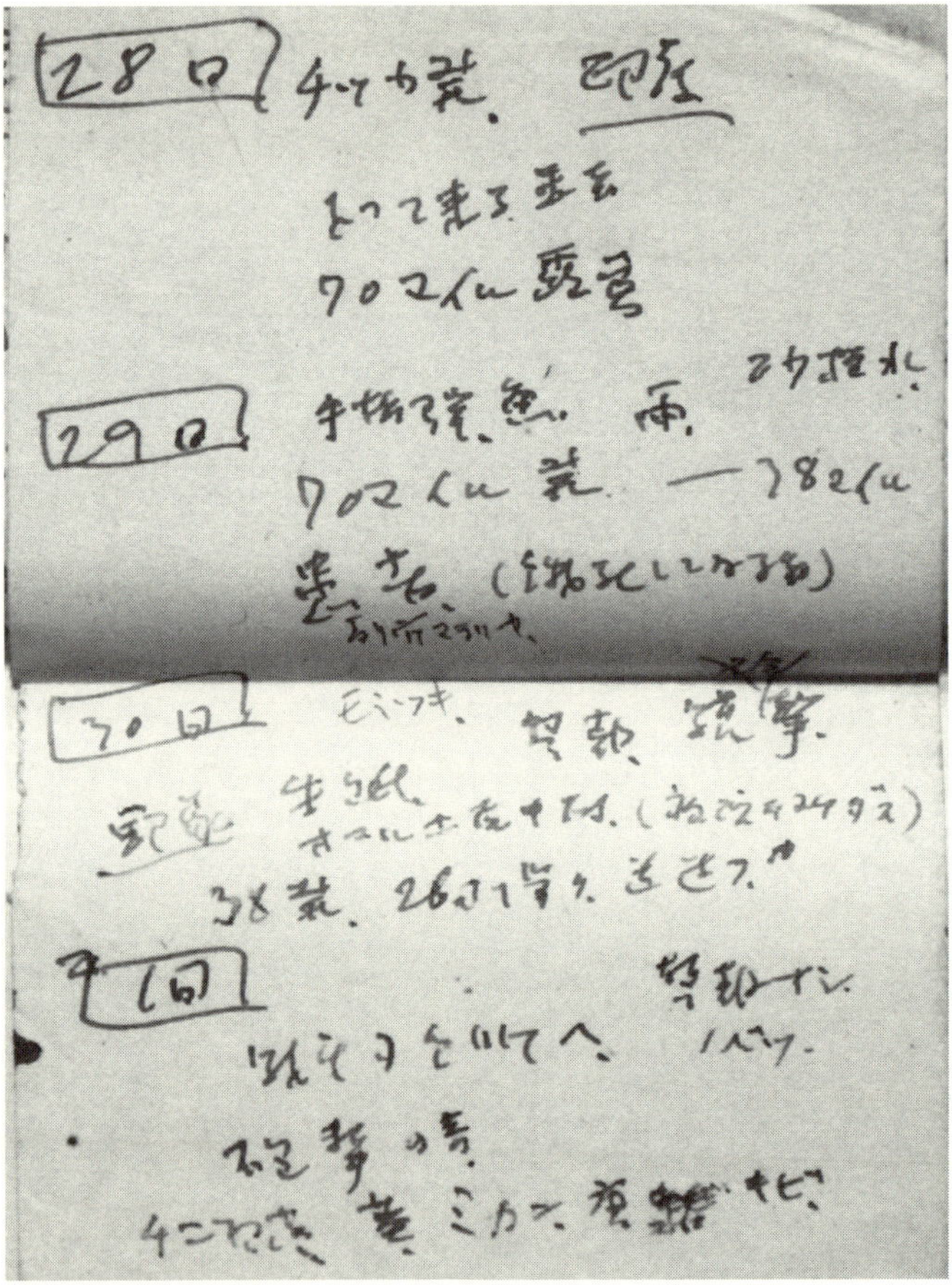

手帖に貼付された１枚のメモ。併せてみると日付の空白が埋まることも。

7月1日　（ライマナイ）

○蚊のために少しも眠れない。不思議な蚊で、どんなにマントで頭や手をくるんでゐても、どこからかもぐりこんで来る。蚊を追つぱらふとて副官しきりに枯枝を燃やす。すさまじく燃えあがり、上の枝まで燃えつきさうになる。このあたりはまだ敵からはわからない、わかつてもかまはんと副官笑ふ。眠たいので横に何度もなつたが、たうとう眠れずにゐるうちに夜が明ける。

曇天。一人の兵隊来る。あんまり火をどんどんたくので、なにごとかとやつて来た重砲の兵隊らしい。道を聞くと、そこの山脚づたひに行くと稜線に出ると教へてくれる。道らしいのがあるのは砲の陣地侵《（ママ）》入路で、先はみんな切れてゐるのだとのこと。

出発。山脚へ出るのも道はなく、田圃のなかを踵まで水に没して行く。背嚢と図嚢の負革が肩をきりきりと噛む。細い道があつて、すこしづつ登りになる。駄馬道程度のもので、ときに岩がつき出てゐたり、石ころを足場にして登らなければならない。砲撃。敵が撃ちはじめたものらしい。雨ぱらぱらと来る。すこし上つて、ふりかへると、インパール平原が眼下にひらけはじめた。水光るロクタク湖がまづ眼に入つた。なほ登る。荷物をかついだ兵隊たち、おくれる。山口中佐もすこし熱があるとて、きつさうである。雨やんだり降つたりするが、身体が熱く、顔がほてつてゐるので、ぬれるのがかへつて気持がよい。一坂のぼつては休む。あふむけにひつくりかへつて、雨にむかつて顔を出し、口をあける。大事にのむが、水筒の水も残りに《（ママ）》少なになる。ちよつと飲んでは口のなかでふくんで、有効に使ふ工夫をする。かなり登つたところに、墓がある。そこで朝食。昨夜たいた冷たい飯に大事な水をかけて流しこむ。

墓のスケッチ。火野は珍しい風習を意欲的に描きとろうとする。

印度領ではあるが、チン丘陵の連鎖であつて、民族もマニプール・チンといはれるものらしい。家のつくりを見てもほぼ同じである。墓は簡単で、ただ、自然石が中央に立てられ、その周囲に矩形に、石だたみがつくつてあるきりだ。墓標の上になるやうに、後の木の枝に、牛頭骨があり、その前後に竹の先に鳥の羽が吊してある。宗教もナツツなのかも知れない。食事を終り、脱糞に草むらに入ると、インパール平原はま下である。まだ、頂上まで上つてゐないので、一望の下といふことはできないが、さつきから登るにつれてふりかへる眼下の風景は、天候につれて、間断なく変貌してゐた。

ロクタク湖は湖といふよりも、とりとめもない湿地帯のひろがりのやうである。水際と岸との区別などはまつたくなく、乾期には陸となり、雨季には湖となるものらしい。水たまりの大きいのを見るやうに、緑の平地へいたるところ水があふれて、まつ白に光つてゐる。湖の南端にいくつか島があつて、模型のやうにくつきりと緑の襞をあらはして坐り、はつきりと水に形をうつしてゐる。そこで水が終り、まつ蒼な絨氈《ママ》がひろがつて、また、大小三つ柔かな瘤のある小山がぽつかりと置かれたやうに横たはつてゐる。地図を見ると、ロクタク湖は眼前に見る水たまりよりずつと広く、倍くらゐに描かれてあつて、三つ瘤の丘は水中の島である。まだ本格的に雨が降らぬので水量が足りないのであらう。

地図ではモイランも、ニントウコンも水辺の部落であるが、こんもりした林にかこまれたそれらの部落と水際との間にかなりの幅の陸地がある。湖の先には横に峨々たる山脈が横はり、黒味を帯びた青い色に沈んでゐる。パレルの戦場はその山岳の中にちがひない。平地は海のやうで、点々とある部落はいづれも樹木に包まれて、島のやうに見える。ビシエンプール、インパールはまだ望むことができない。見てゐる間に空は曇つたり晴れたりし、一帯が白く煙つて来ると、ロクタク湖だけが、浮くやうに光りを強め、それも煙りはじめると、水面のなかに一筋帯を投げたやうに南北へ貫くものがある。

マニプール河はこの湖から発してゐるのであるが、源流はすでに湖のなかから流れをつくつてゐるのかも知れない。天候は一定せず、ある場所は照り、ある部落の上だけ雲がかたまつて、そこだけ紗の幕を垂らしたやうに雨が降つてゐる。特別にどこが印度といふところもないが、全体の大きな感じが、印度へ来たといふ旅情をさそふ。しかし、この壮麗な景観のなかでは悽惨な死闘がつづけられてゐるのである。わが将兵の多くがここに屍の山をきづいた。今もなほきづきつつある。さう思つて見ると、この新戦場にはいひやうもない鬼気がただよつてゐる。

◉ライマナイ　七月一日、火野が到着したのがインド領内のライマナイである。ここには、第三三師団の戦闘司令所がもうけられていた。火野は、この地に一週間ほど滞在している。

ライマナイで迎えた七月七日は、火野にとって重要な日であった。国民的作家としてその名を人々の間にとどろかせるきっかけとなった日中戦争勃発から七周年だったのだ。火野は東方遥拝し、涙を流したと記述しているが、自身のこれまでの歩みへの感慨とともに、泥沼化し出口がなくなった現状と日本の行方への憂慮が重なり合ったからではないだろうか。

ポンチョのようなレインコートをはおった火野唯一のインパール作戦の写真、それがこの場所で撮影されたことは前述した通りである。シャッターを押したのは、親友の画伯・向井潤吉である。

この時点で、もはや作戦は行き詰まり、すでに六月二五日、コヒマとインパールの間の道が敵軍に完全に落ちていた。このことが、インパール作戦断念に繋がっていく。

◉ロクタク湖　ロクタク湖とは、インパールのすぐ近くにある半湿地帯である。マニプール川の源流でもある。火野自身、『青春と泥濘』で、この湖について、こんな風に記述していた。

ロクタク湖は湖といふよりも、とりとめもない湿地帯のひろがりのやうに思はれる。水際と岸との区別が明瞭でなく、乾季には陸となつて、水の部分もいたるところ渡渉でき、雨季には水中に没し去るらしい。大きな水たまりを見るやうに、広漠たる緑の平地のいたるところに水があふれてゆき、まつ白に光つている。

手帖と読み比べてみると、ほとんど同じであることがわかる。いかに火野にとって手帖の記述が大切だったかをあらためて思い知らされる。このロクタク湖と向井の関係は第8章のあと、「もうひとりの主役」で述べたいと思う。

○出発。なほ、急坂をのぼる。稜線へなかなか出ない。砲声がはげしくなり、どどどどと連続した轟音が脚下におこる。つづけさまに打つので、発射音も弾着音も区別がつかない。幾度か休んで、稜線へ近づいて行くと、眼下の景観もいつそうひらけ、右斜にビシエンプールを望むにいたる。

この作戦が初まつて以来、破竹の勢をもつて進軍したわが軍は、このビシエンプールへ来て、すでに二ケ月もひつかかつてゐるのだ。今伝つてゆく高地の右がインパール平原で、左は重畳した山であるが、山脚は本道からすこし離れて屈折しながらつづき、ビシエンプールにいたつて、ぐつと突出して、町はづれまで山脚をのばしてゐる。ビシエンプールは林にかこまれた何の変哲もない同じやうな部落だが、その左端から傾斜がはじまり、いくつかの団子をつみかさねたやうに丸い瘤の多い高地がしだいに稜線へ這ひのぼつてゐて、それらの瘤のいくつかは赤土の肌を露出してゐる。陣地も敵兵も見えず、ふたたび、下つて来た一団の雲から、さあとまつ白に雨が糸の幕をたらして過ぎて行つた。ビシエンプールを一直線に見とほしたところがインパールの筈だが、それとはつきり見きはめることはできない。

ビシエンプールは17マイルの地点に当る。滑走路らしいもののみとめられるのは飛行場なのであらう。砲撃はビシエンプールかららしく、モイラン、ニントウコンの部落に弾が落ち、モイランから二ケ所、ニントウコンから一ケ所、白煙がのぼりはじめ、モイランの湖よりの白煙はやがて紅蓮の火蓮（ママ）と変つた。

　モイランには友軍部隊が居り、光機関、印度国民軍などがゐる筈である。ニントウコンは町のなかをながれてゐる川をはさんで敵味方が対峙してゐるとのことで、敵は照準がちやんときまつてゐるので、川向ふの友軍を狙ふわけであらう。向ふからは射ち放題で、こちらはすこしも応射しないのである。

　坂をなほのぼると、部落がある。誰もゐない。家のなかに入つて休む。籾つきの臼があるが、テイデム（ママ）附近で見た丸臼とはちがつて、上部が四角にしてあつて、籾がこぼれないやうに、縁が高くしてある。自然石の墓地が中央にあり、蜜柑の木がたくさんあるが、実はひとつもない。爆音。空を見あげると見えず、ずつと前方の山脈の頂上線より下のところを、戦闘機が六機、編隊を組んで南へ行く。頭上にも敵機。部落の中から兵隊三人出て来る。管理部の兵隊で、副官に挨拶する。籾をさがしに来たとのこと。司令部にも、もう三分の一定量にして八日までしかなく、その先は全く見透しがつかないので、各所に手わけして籾さがしをしてゐるが、もう、ライナマイ（ママ）附近にはなくなつた、これから三回位の予定で38マイル附近へ行つてみるとのこと。

　山口中佐について来てゐる高橋軍曹と諏訪兵長。諏訪君は開戦直後は宣伝班にゐて、終始、山本和夫君といつしよだつたとのこと。爆音の去るのを待つて出発。どこかでかすかに音がしては居る

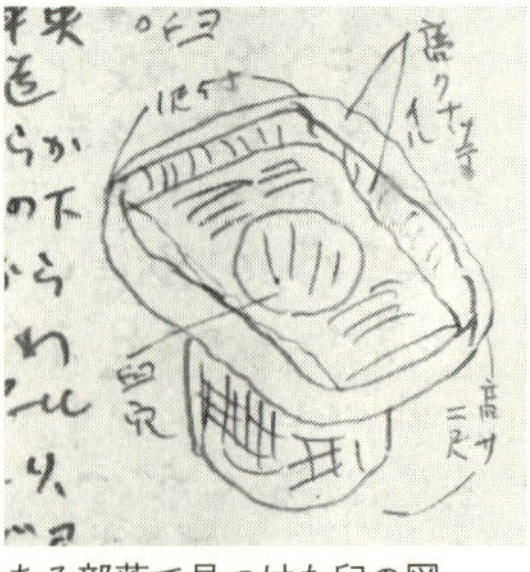
ある部落で見つけた臼の図。

が、ここ来れば飛行機はのべつに飛んでゐるわけで、爆音の全く聞えぬ時間などはないのである。開闊した稜線上の道に出る。ふつくらと青々した丘陵が重なりあつてつづき、その中央の高いところに一本道があるのだが、こちらから、敵部落が一望の下に見えるやうに、敵からもこちらが丸見えのわけである。ビシエンプールへはいよいよ近くなり、家の形まで見えて来る。ときどき飛行機。ほとんど身をかくすところもなく弱る。道ばたの低い灌木のなかに隠れる。あまりよい気持ではない。

雨はやみ、青空が出て、暑くなつて来る。いよいよ荷は重くなり、胸をしめつけて来る。負革のために息苦しくなる。汗は全身をぬらす。分隊長時代を思ひだし、兵隊たちを思ひうかべる。画伯《向井潤吉》はなかなか元気である。ぽつんぽつんと、やつて来る兵隊に会ふ。飛んで行くダグラス。久しぶりの行軍でへたばりさうになり、年のせいかななどと思ひながら、歯をくひしばつて行くと、流れの音がきこえた。ほつとした。林が深くなり、坂をくだると細い清流がある。そこへ荷を下し、顔を洗ふ。ひやりとしてよい気持。思はず、がぶがぶとのむ。百瀬上等兵がもう五十米もない位ですから、上つてから降りて来たらどうですかといつたが、がまんができなかつた。水で元気をとりもどし、上ると、三十米ほどで、幕舎がある。どろどろの道のなかに入ると、画伯のよぶ声がする。そこへ行く。荷を下して待つてゐると、住吉中尉が来て、参謀長へ申告に案内するといふ。すぐ上の幕舎に行く。入口に、髭だらけの若い参謀と青砥副官が居り、せまい幕舎のなかで、参謀長がわざわざ上衣をつけて表に出られた。申告。

御苦労さんでした、私も前の戦闘司令所へ行くばかりでしたが、あなた方が来られるといふので待つてゐました、師団長閣下もお会ひしたいといふとられますから、すこし休まれてから、前へお出で下さい、と鄭重である。かたはらの人は岡本参謀。参謀部の《空白》軍曹が世話を焼いてくれ、兵隊をよんで天幕二枚で幕舎をつくつてくれる。炊爨もやつてくれる由。籾が少いといふことなので、こちらの米を出すことにする。すこしおくれて来た山口中佐の一行が隣りへ設営するといふので、シートをこちらの天幕へ連結してもらふ。鬱蒼たる密林で、美しい青竹がすくすくと延び、傾斜面の灌木林のなかに、点々と粗末な幕舎が張つてある。

　ずるずるした道を降つて、流れに出、靴をぬいで足を冷やす。よい気持。服も荷物も泥だらけの上にびしよ濡れである。流れのそばに濾水器がある。洗濯をしてゐる兵隊に、この水はのめるのかときいてみると、この水は猛烈なアミーバ赤痢を持つてゐるので、濾過した水もそのままのめず、わかしたあとも、十分位おいとかなくてはならぬといふ。さつき、がぶがぶと腹一杯のんだので心配になる。幕舎にかへつて、クレオソート丸を五つのみ、蚊帳を釣り、昨夜からの疲れで、二人とも立ちどころにぐつすりと眠つてしまつた。

○どれ位経つたか、火野君とよぶ声で眼が覚めた。参謀長が表に立つてゐて、これから前に行くといふ。あとで参りますと答へる。敬礼をして出発して行かれた。

○砲撃。すぐま近にきこえる。戦車砲の音が連続する。たえ間ない爆音。ここでは警報などは鳴らない。のべつなので必要ないのである。銃撃の音はげしく起る。その音ききながら、また眠る。

○食事持つて来ましたといふ声で眼がさめる。日が暮れてゐる。雨。21時半以後から火を炊《（ママ）》くことはできない由。籾つきの音。天幕を雨たたき、洩つて来るので、マントを身体にかける。食事。ジヤングル野菜。山口中佐は四十度二分の熱ある由。間断なく砲撃。また寝る。

7月2日　(ライマナイ)

○岡本参謀談。(野原少佐と同期とのこと。)自分はずつと第一線ばかり廻つてゐて、二日ほど前にかへつて来たばかり。作間聯隊長とも長いこと一緒に暮した。ビシエンプールまでは大体順調に来たが、今は交綏状態になつて、無理もきかなくなつた。敵は物をたのんでゐるのだが、これがなかなか馬鹿にならん。我々が蜂の巣陣地と呼んでゐる円形陣地を作るのが敵は得意で、これがなかなか厄介だ。

一個小隊は大体32名で、ＬＭＧ3、小銃21、迫撃砲1、無線器1、自動短銃5を持つてゐる。外廓に鉄条網を張り、その中にぐるり射撃壕を掘り、その次に、幕舎を作り、中央に小隊長と迫撃砲を置いてゐる。日本軍が側面、背面から攻撃するので考へだしたものだが、その円形陣地と近くの森の間には50米位の開闊地を作つてゐる。鉄条網の幅は80米くらゐある。大隊長以上は英人だがその下は概ね印度兵、ゴルカ兵。中には手に銃剣をつきさしたり、石鹸をのんで下痢したりして戦線からの離脱をはかる者もあるらしいが、督戦がきびしいので、なかなか勇敢にやる。パンを与ふる者に忠実なれといふのが彼らの信条で、こちらに来ると、こちらに忠実になる奴らだ。味方の陣地もなるべく敵にくつつけて作るがよい。敵は集中砲撃を得意でやるのだが、近いとそれができず、味方もいつしよに射つことになる。但し、戦車が一番困る。陣地の直前まで来て、掩蓋を一つづつ狙ひ射ちされるので、坐して死を待つ外はなくなつて来る。

敵は一週間位で交替してゐるらしい。時に退却かと思ふ時がある。戦車は斜面でも路外でも上つて来て、５００発位弾丸を積んで来ては射ち、なくなると引つかへして、また積んで来て射つ。砲撃でもまるで太鼓をたたくやうな連射で、５千発位射つのはなんとも思つてゐない。こちらは砲弾がないのでめつたに射たない。道路を破壊しても、またたく間に修理してしまふ。戦車が傍についてゐるので、黙つて見てゐる外はない。包囲して退路を絶つても、空中補給をやるのでなんにもならない。一日に60機くらゐのダグラスで運んで来る。一機に三屯づつ積んでも一個大隊位の給与は充分だ。こちらの飛行機はほとんど来ないし、たまに来ても、高射砲が太鼓をたたくやうに鳴るので、思ふやうな活躍もできない。それに基地が遠いので、長くゐることもできない。地上兵力だけで無理ないくさばかりした。

作間部隊一個大隊でブリバザーの西南二キロまで出て遮断をしたこともあるが、八日間頑ばつてゐるうちに、５００人が50人ほどになつた。２９２６高地附近である。安部隊もなかなか集結しないので、到着した二百名ほどで攻撃をしたが、これも残るところ数十名になつてしまつた。トルボン隘路口の打通にも、祭の一個大隊をほとんど潰した。作間部隊はシルチアへ通じる軽四輪道へ

《以下、一ページ空白》

ライマトンからタイレンポクピーへ下りつつある。５８４６高地の南、クンピの北にある５０００呎ほどの森の台がなかなか取れない。一度とつてまたとりかへされた。そこへも敵は空輪をしてゐる。ひどい消耗戦になつた。兵団の建て直しをしなければどうにもならなくなつた。兵隊は疲れてゐる。なによりも食ふもののないのに弱つた。あと一週間ほどは三分の一定量分だけあるが、あ

との見とほしはつかない。籾はチン部落へ行つて買つて来るが、その米はチン人も食はないで、酒にしたりしてゐるもので、たいてもすこしも増えず、消化もわるくて素通りするので下痢をおこす。

第一線では雨が降ると、天幕をかぶつて、腰まで水にひたつてしやがんでゐるほかはなく、足も腰もふやけて白く腐つたやうになつてゐる。攻撃するにしても、奇襲をやれば成功するが、あとがつづかずに、とりかへされる。攻撃の準備をしてゐることが敵に知れるとたちまち砲撃、爆撃がやつて来る。敵は標定がわかつてゐる上に、弾丸をすこしも惜しまないので、こちらはやられることになる。ただ、敵は合理的で、無理をせず、ある地点まで来ると、すぐに工事をはじめるので、最後の持ちこたへはできる。しかし、今のところ、一寸、手も足も出ない。

○さういふ話をしながら、岡本参謀は終始にこにこと髭面をほころばせてゐる。いひやうもない苦闘であるが、それをこのやうに語る人の覚悟が胸にしみた。なにかよい考へはありませんかなどといふ。もうかうなつたら戦術ではないですよといふのである。戦闘司令所へは明後日出ることにきめる。前から電話があつて、師団長が待つてゐる、宿営の準備をするので一日二日前に連絡して欲しいとのこと。地図を借りてお暇する。後から、支那で横山大観筆、慰問エハガキといふのを貰つたので、また詰らない絵ハガキかと思つてひらいて見たら、エロ絵が入つてゐましたよなどといつて笑つた。闊達な人である。

○青砥大尉のところに行くと高級副官館野中佐がゐて、杭州に二年半ゐたといふ話をし、バナナをくれる。青いのをちぎつて来て地に埋め、上から火をたいて蒸して人口《（ママ）》成熟を試みたものだとのこと。ちよつと渋いがうまい。青砥副官かへつて来て、今から出発するといふ。糧秣弾薬を全力あげて前線へ送る使命を達成するためである。副官は山砲大隊長に転任されたのであるが、山砲は現在二門しか残つてゐず、中隊長は三人ゐて、一人は遊んでゐるやうな状態なので、大隊長になつたところで、往年の青砥山砲の偉力を発揮することはできない。そこで、名目は大隊長だが、副官兼務で、現在の最大問題である糧秣問題の解決に全力をあげるのだ。成功を祈らずには居られない。カレミヨウ平地まで引きかへし、村長を集めて、徹底的に集米をはこる《ママ》つもりと意向を語る。15時、出発。
○隣りの幕舎では、籾すりをやつてゐる。ぐるぐる廻る臼で一通りすり、そのあとを搗くのだ。あちらでもこちらでも、鉄兜のなかで籾をついてゐる音。印度兵が二人ゐて、籾をふるつてゐる。モイランにゐる印度兵も情報蒐集などに行くらしいが、このごろはこの附近の民心がまた敵に傾きつつあつて、うまく行かないことがあるらしい。日本軍がビシエンプールまで押して出たときは、なるほど強いと感じたが、そこで引つかかるし、おまけに、籾などをとりあげるので、民情が悪化して来た模様である。
○近くに病院があるとのことで、行つて見ようと思つたが、思ひかへして止めた。
○飛行機と砲撃の音、絶え間なし。小鳥と拍子木虫、その間に啼く。ネヅミ、キリン、などと、暗号で、部隊を呼びだす電話の声がきこえる。ときどき、大きな声で、岡本参謀殿、三浦参謀殿から電話でありますなどどなつてゐる。
○飛行機しきりにま上を旋回する。曇つてゐても、雨が降つてゐてもおかまひない。谷底から、飛行機といふ腹力のない声を出す者がある。地図をうつしながら、画伯《向井潤吉》と二人と《ママ》砂糖ばかり舐める。蚊と蠅と蜂。

画10　手帖に籾を鉄兜で搗く記述があるが、こうした本格的籾搗きもあった。

○夜になると本降りになる。天幕が洩るので、マントを一枚屋根にかぶせ、一枚を戸口に張る。天幕を打つわびしい雨の音。どこを打つのか、敵の砲撃の音は一晩中つづく。山内中佐（山口ではなかつた）も熱下つたといふ。当番兵が給与された籾を鉄兜のなかで搗きはじめる。食事を持つて来てくれる。ジヤングル野菜のほかに、筍がはいつてゐる。竹林にあらはれて来たものであらう。ややあくが強いが、珍しいものでうまい。山内中佐が、管理部ですこし貰つたからとて、たうもろこしの焼いたのを半分くれる。それを画伯と半分づつ食ふ。蚊帳の中に蠟燭を立て思はぬ身の上話などする。拍子木虫。

7月3日　（ライマナイ）

○早朝から砲声と爆音と籾つきの音。

○《以下、一ページ空白》

7月4日（コカダン）

○雨のなかを首藤軍曹の案内にて出発。画伯《向井潤吉》は残す。11時。どろどろにこねかへされた山道に出て、歩きはじめた時からもう靴は泥だらけになる。踵まで埋り、ずるずる辷る。図嚢の中をすつかり出し、靴下に飯盒の蓋一杯の米、乾麺麭、写真、蠟燭一本、マッチ、を入れ、水筒、手に飯盒といふ軽装にした。毛布は画伯のために残した。五時間位かかるといふので重いものを持つては自信がないのである。年のせいかなと苦笑。

千米ほど行くと、林のなかに入り、両側に家屋が数軒あつて、人影がある。病院とのこと。坂を登つたり降つたりしてゆくと、点々と下つて来る者がある。連絡者もあるが、大部分患者である。道は九十九折になつて、敵へ近づいて行く。青草が重なり、おふむね《(ママ)》道はその稜線上にあつて、飛行機からは充分ではないが、幸ひ、霧ふかく、雲ひくく、爆音は絶えず頭上できこえてゐるが、機影はときどきしか見えない。身体濡れて来る。出て行く者は一人もなく、下つて来る者ばかりだが、それらの兵隊たちを見て、胸いたむ。マラリヤなのであらう。

まつ青な顔にぎよろりと落ちくぼんだ眼を光らせ、全身まつ黒に泥と雨とによごれ、両手に杖をついて、亀の歩みよりもおそく、一歩一歩をはこんで来る二人の兵隊。足にはなにもはいてゐず、異様な色にはれあがり、杖を持つた手はまつ白に手袋をはめたやうにふやけてゐる。力のない声で、病院はまだ遠いですかときく。竹杖をついて、跛をひいて来る兵隊を見ると、左足にまいた布が血でまつ赤になつてゐるが、ぬかるみにつつこんで泥によごれてゐる。戦友の肩にすがつて来る全身血まみれの兵隊。うつむきかげんに杖をついてよたよたと来る兵隊の顔は原形をとどめぬほどに破れ、眼の下にも、脣の横もだらりと肉がぶら下つてゐる。道ばたにたふれてゐる兵隊たち。その中の一人を首藤軍曹がおいおいとゆすぶつたが返事がなかつた。死んでゐた。

すれちがふかういふ状景に、眼を掩ひたいやうだつたが、腹のなかは悲しみと怒りとで煮えくりかへつた。英米の奴、と、歯がみして憤怒の情がおさへきれないが、この兵隊の苦難と、銃後との結びつきはどうか。この大悲哀のさなかに直立せよ。まつすぐにすべてを見よ。相すまぬ。銃後はもつとこれに応へるために心をひきしめねばならぬ。戦線はありたけの力を出しきり、尊い犠牲を日夜出してゐる。銃後にはまだ余つた力がある。その余裕が戦線の兵隊の苦難を大にしてゐる。路上の悽惨な状態に涙がとまらない。患者とまじつて下つて来る兵隊たち。部隊。

橋本部隊（安兵団）作間部隊。作間部隊はタイレンポクピから撤退するとのこと。ところどころの森にかたまつて入つてゐる兵隊、馬。馬は食べ物がなくてみんな参りかけてゐる。路傍に放馬されてゐるもの、たふれて眼だけひらき、ぢつと通過してゆく兵隊を見るもの。

霧が谷からわいて稜線を越し、風をまじへて寒くなつて来る。ニントウコン、ポツサムバムなどの部落がま下に見え、敵からも見えるところがたくさんある。インパール平地は霧にかくれたり現はれたりし、ロクタク湖がにぶく光る。敵が逆襲して来てたちまち作つたといふ掩蓋陣地帯を抜ける。そこには軍通がゐる。泥濘のために泥まみれになる。しきりに飛行機とぶ。道は下りになつてから一寸よくなつたが、すぐに、谷川に入る。黄色い電話線を伝つてゆくのだが、線は激湍をほとばしらせてゐる渓流に添つてゐて、道はまつたくない。岩づたひ、崖づたひに行き、ときどき川に落ちる。疲れて来る。水で顔を洗ふ。のむのは見あはせた。

このあたりは鬱蒼たる密林で、ふと腰を下すと、鼓膜を破るやうな声で蟬が鳴き、山蛭が落ちて来る。葛や蔓のたれ下つてゐるのをかきわけて、いよいよ急になる坂道を登つて、息が切れる。三キロほども渓流をのぼつてから、見あげる山道になり、途中、何度も休む。首藤軍曹はさすがに元気でさつさと先を行く。すこし晴れ間が見える。三時、到着。

◉悲惨な状況　七月二日、前線から帰ってきた岡本参謀から火野が聞いたのは、補給に支えられた敵の圧倒的な戦力だった。岡本の話から、万策尽きた様子が浮かび上がってくる。大本営がインパール作戦の中止を決定したのは、前日のことだが、この情報は、大本営から南方軍、そこからビルマ方面軍、そして現地で戦う第一五軍に伝達された。第一五軍がこの命令を受領したのは五日のことだ。

第一五軍が各師団に対し攻撃任務を解いて戦線整理を命じたのは、さらにその二日後。この頃、絶対国防圏の要サイパン島は陥落しつつあった。

この時期の手帖の記述も、まさに悲惨を極める描写が満載である。作戦中止決定三日後の四日、火野はライマナイから、第三三師団の戦闘司令所があるコカダンを目指している。道中で火野が目の当たりにしたのは、悲惨な兵の姿だった。その記述は、インパール手帖の中で最も悲しみに充ちたものと言ってもいいだろう。そして火野は、そんな状況を作戦のせいにはせず、敵軍への怒りに転嫁している。そして前線のためにも銃後の人々がさらに臥薪嘗胆しないと、と気を引き締めている。

私は、四年前、この作戦に参加していた元兵士に話を聞いた。下田利一さん。インパール作戦参戦の時二七歳だった。第三三師団の山砲兵の一員である。火野が目にした悲惨な戦いを身を以て体験していた。

「食べるものが全くない。仕方なくてジャングル野菜を食べました。ジャングル野菜といっても野草ですね。草。それを飯盒で煮たのです。本当に辛い。我々一個連隊で、一七〇〇名が亡くなりました」

下田さんはインタビューの二ヵ月後に他界した。インパールの記憶を持ったひとは、こうしてこの世を次々と去って行くのである。

火野の手帖の記述は、自身の体験、目の当たりにする光景、そして自身の心情とが入り混じり、重くこちらに迫ってくる。

○戦闘司令所。コカダン。部落はすこし離れたところにあるらしい。十ほどの粗末な幕舎がある。ここでも籾つきの音。御苦労さんといひ、北島中尉が休むところを作つてくれる。参謀長が、やあ、恰度よいところだつた、作間部隊長も来て居られると、小屋のなかからいつた。

しばらく休めといふことなので、小屋に腰を下ろすと、兵隊が毛布を一枚と、枕がはりに《と》いつて、外被を貸してくれた。全身ずぶ濡れで、寒くてならないが、どうにもならぬので、上衣の上からこすつて熱をおこさせる。ぞくぞくと背筋がする。横になるとよい気持だが、寒さの方はいつそうはげしくなる。それでも疲れてゐたので、いつか眠つた。

気がつくと、工兵中尉が横にゐて、やはり同じ小屋で休んでゐたらしく、大変でしたね、いつ内地からお出でましたかといふ。内地のことは会ふ兵隊ごとにきかれる。工兵聯隊長と一緒に下つて来たとのことにて、今までは主として作間部隊と行動を共にしてゐたといふ。前線では六分の一定量でこれまでやつて来たが、ここに来たら、三分の一定量になつてありがたいといつてゐる。

前線で一番困つてゐるのは履き物で、靴が破れてしまひ、跣足なので、みんな脹れてしまつてゐる、20人ゐたら17人まではなにもはいてゐないといふ。田村大尉と一緒に来たといふと、よろこび、中隊長もかへつて来ても、２００ほどゐたのが30人位になつてゐるので驚くでせう、工兵は歩兵がはりに戦闘したので傷んだと語つた。

○師団長田中信男中将。大柄な顔を一面の髭で埋めて居られる。あとで聞くと、少尉任官以来すこしも手をつけない三十三年の髭とのこと。白いものも若干まじつてゐるが、鼻髭はひねつて上げれば耳に達するほどである。討匪行の歌は田中大隊の馬占山追討をうたつたものだときいたことがある。満州で活躍、さいきんはタイ国の旅団長をしてゐて、五月のはじめ、弓師団長に変つたのである。

◉田中信男師団長　この日、火野が到着したのはコカダンの第三三師団の戦闘司令所である。連合国軍が拠点としているビシェンプールからわずか五キロの地点だ。この地で、火野は、更迭された柳田中将に代わって師団長になった田中信男中将に面会した。田中は火野の来訪が嬉しかったようでいろんなことを語っている。火野も、内地の話などをしている。

その頃田中がつけていた日記「戦ひの記」には、

火野葦平氏来陣ス、此ノ砲火ノ中ニ単独ニテ第一線ニ来ル意気ニ感謝ス
色々内地ノ様子ナド承リ久振リニ銃後ノ力強キ国民ノ気合ヲ知リ欣快ナリ

と書かれている。

○大して話すこともないが、部下の苦労をよく見てやつて頂きたい。苦労の状況は君の見られるとほ

りだが、すこしの不平もいはず、まるで神様のやうな姿だ。自分が来てから、四十日以上も、一回も第一線に食糧を送つてやらないが、それでも、なんとかしてやつてゐる。作間大佐が話してゐたが、塩なしで、米を三分の一定量、十日すごしたときはさすがに力が抜けたと笑つてゐた。

部隊長を倒してはならないと、部下が白兵戦になると、まはりをとりまいて肉の楯をつくつてくれるといふ。ずゐぶん無理な戦で、今は建て直しをして、あらためてインパールを落さなくてはならぬが、よくこの状態で兵隊はやつてゐる。作間大佐はすこし後方の敵のつくつた陣地のところで、君のかへりを待つてゐる筈だ。歴戦の中隊長もゐるし、ゆつくり君に話したいといつてゐたので、ぜひ寄つてくれたまへ。自分はかうして、「陣中日記」「戦ひの記」といふものをずつと書いてゐる。これを君にあづけるから、読んでもらつてよい。自分は十八年も戦地にゐて、豊橋の教導学校、今の予備士官学校に一年教官をしてゐたほか、家族とも一緒に暮したことがない。これは戦場の実相をもつて、子供を教へたい気持もあつて書きつけたものだが、連絡の方法もなかつたのでどうしようかと思つてゐたが、君が荷にならなければ持つてかへつて下さるとありがたい。

戦はむつかしいもので、あまり頭の鋭敏なものは適当でない場合がある。柳田閣下も秀才だつた。祭部隊長も変つて、柴田中将が来た。これは学校の成績はびりに近かつたが、実戦の猛将だ。自分がさうといふわけではないが、まあ、戦はのんきに考へてやる方がよいと思つてゐる。敵は弱い。射撃も爆撃も下手。ただ数をもつてやるので、下手の鉄砲も百打てば一発位は当るといふわけだ。敵が日本軍のやうだつたら、全滅のほかはないのだが、つつこんで来ることはしないで、もつぱら飛行機、大砲、戦車などにたより切つてゐる。

この周囲は敵だらけで、波部隊（笹原聯隊）は敵中につき出た裸山、三角山を押へてゐるのだ。聯隊といつても今は使へる兵隊は歩兵百五十名内外。所属部隊を合すれば八百ほどになる。第一線に行きたい希望のやうだが、ここまでで我慢して下さい。実は自分も今日か明日行つてみるつもりだつたが、向ふで来てくれるな、士気旺盛で大丈夫だからといふのだ。渡河点を六ケ所も越さねばならぬし這つてゆかねばならぬところもある上に、前線部隊で、他人が来るのがどうも迷惑らしい。あとで、兵隊に案内させるから、展望台から状況を見て下さい。

笹原聯隊長も作間部隊長も立派な人だ。青砥大尉もなかなか立派で、みんながあんなになつてくれたらなんでもできるだらう。大隊長はみんな死んで、四人しか残つてゐないが、一人は軍法会議に廻した田中少佐、あとは負傷や病気ばかり。実際よくやつた。前任者のことになるから、多くはいはれないが、自分としても責任があるし、国民にも相すまないから、どんなことをしてでもインパールを落すつもりだ。しかし、それにはもつと準備をかためなくてはならぬので、二三ケ月はかからう。一度内地へかへるなり、雲南の方を廻るなりして、もう一ぺんやつて来たまへ。

●前線の状況　田中師団長は火野に強気の発言をしている。「苦労の状況は君の見られるとほりだが、すこしの不平もいはず、まるで神様のやうな姿だ」と兵士たちの苦闘を持ち上げ、自分が来てから四〇日以上も一回も第一線に食糧を送ってやらないが、それでも、何とかしてやっている、と弁解じみた強弁をしている。この日は、まだ師団まで作戦中止が伝わっておらず、田中は「あらためてインパールを落さなくてはならぬが、よくこの状態で兵隊はやつてゐる」と語っている。

火野としてはさらなる前線を目指したかったのだろうが、田中に「ここまでで我慢して下さい」と言われ、結局インパールの最前線には到達できないで終わった。

火野はその後、田中の杖を借りて、見晴らしのいい展望台に行った。広がる眺望の中、日本軍が確保していたのは、わずかな地域に過ぎないことを火野は実感する。

火野の手帖には、これ以降、悲惨な状況描写が目立つようになる。

○こちらも内地の話、欧州第二戦線の話などする。内地のことを一緒に聞かうと参謀長も隣室から来る。田中《鉄次郎》大佐はハイラルで講演をきいたとのことにて恐縮する。高級参謀堀場中佐も来る。雑談。山中峯太郎氏から世話になつたことがあるとて、閣下は早速絵ハガキに便りをかく。そこへ、兵隊が拾つてとどけて来たといふ敵の慰問罐が来る。開くと、二十ほどの乾パン、十ほどの罐詰、油、砂糖、チーズなどが出て来る。参謀長分配役となり、チヤーチル給与に一同舌鼓を打つ。
○渡辺軍曹に案内されて、展望のきく台地に出る。道わるいからとて、閣下の竹の杖を貸してくれる。説明して貰ひながら、眼鏡で見る。左手に、敵のゐる森の台、アンテナ高地、右手にビシエンプール、その中間にある三角山、裸山。ここに波部隊がゐるのだが、ほとんど木のない露出山で、頂上に掩蓋のつくつてあるのが見える。兵隊は見えない。青い山の上が赤く禿げてゐる。眼にしみるやうである。
　ビシエンプールの左手にある三つ瘤山には、ずらりとならんだ掩蓋、幕舎が見える。町はづれの左よりに白壁の家がぽつんとあつて、その横に戦車がある。林にかこまれた中に点々と家があるが、薄霧がかかつてゐて、人かげは見わけがたい。三つ瘤の中間に砲兵陣地があるとのこと。町はづれのすこし右に一点赤くなつた丘があり、銃座が見える。２６１４高地でそこからよく戦車が出て来て射撃をする由。

インパールは見えない。眼下に見くだされるこの小さな町がとれないのかと、くやしさが湧く。雨が降つて来たので引きあげる。閣下が隣りの部屋を準備してくれた。

○砲撃。爆撃。風のやうにごうと連続してひびく。迫撃砲弾が近くの谷に落ちてはげしく谺し、地にひびく。発射音がすぐま近のやうに聞え、ひゆうと何度も頭上を越えて行く。ライマナイ附近と思はれる場所ではげしい銃爆撃の音。電話できくと、モイラン西方地区といふ。26マイル附近かも知れない。あんなに毎日ねらつてやつてゐるのに、八門の大砲のうち、わづかに二門がちよつとかすり傷しただけだと閣下は笑ふ。

○隣室に中野少尉と二人。食事を一緒にしようと閣下いはれ、閣下の部屋に行く。青砥が持つて来てくれたといひ、あつく燗をつけた日本酒をよばれる。腹にしみる。兵隊のついた籾の飯をたべる。やや赤味を帯び、柔かくておいしい。おそくまで色々な話。「糞尿譚」「陸軍」などを読んでゐたとて、母親ワカの話などよく覚えて居られて恐縮する。兵隊の苦労をよく見てくれたまへ、自分個人の名は出さぬやうにとのこと。磊落な人にて、たのもしい気が起る。話しながら、あちこちに手をつつこんで、ぼりぼりかく。おいとまする。

○中野少尉と同衾。拍子木虫。雨の音。

7月5日　（トッパ《ママ》ーワウル）

○砲声で眼がさめる。はげしい銃声がしてゐる。友軍の軽機、小銃の音。裸山附近であらう。敵が襲撃して来たものと思はれる。何時ごろか、まるでわからない。外はぼうと明るいが、夜明けではないらしい。間断なく迫撃砲弾が頭上をすぎ、近くに炸裂する。戦車砲らしい音のするたびに、寝てゐる身体にひびく。激戦らしいが、あたりはまつ暗で、閣下も寝まれてゐる様子。電話室だけが、しきりに、キリン、キリンと呼びだしをかけてゐる。なかなか出ない。すこし不安な気持がわいたが、ここまで突つこんで来ることはあるまいと安心し、また眠つた。

○朝。なほ、つづいてゐる銃砲撃。もう、飛行機が飛んでゐる。電話室が忙しくなり、北島中尉が閣下のところへ報告に来る。午前五時ごろ、裸山前方に六、七十名と思はれる敵がやつて来たが波部隊はこれを邀撃《ようげき》、友軍の大隊砲、聯隊砲もこれに協力した、ニントウコン対岸の敵も増加して攻撃を加へて来たが、これを撃退した、裸山にはまだ敵が残つてゐる、これは困らないが森の台からの榴弾砲がやや閉口。波部隊は充分自信を持つてゐるから、安心を乞ふと連絡があつた。さういふ報告をきいて、さうか、今日はまだいたづらをするかも知れんから気をつけておけと閣下いはれる。絶えぬ砲撃。あんなものは毎日追つぱらつとるんだから、と閣下笑ふ。

○眼下に見えるモイランは各所から白煙が立ちのぼり、部落全体が見えないほど煙に包まれてゐる。

○できあがつたから頼むと、「戦ひの記」「陣中日記」の二冊をあづかる。筆で全部書かれたものである。それから、しばらくタイ国の話などを伺ふ。タイ国はみんな買ひかぶつてゐるが、程度のひくい劣等国だといふこと。どろぼう多くて困る。支那では見つけられたらかへせばよいといふ考へがあるが、タイ人は見つけられてもかへさない。ある人がアヒルを飼ひ、目印に羽を片方もいでおいたのに、隣人からとられた。ねぢこむと、買つたのだといつて頑としてわたさない。

　憲兵や青年団が爆撃のとき、トラックをもつて来て日本人の店の品物をかつぱらつて行つた。横田次郎といふ画家が戦前からゐたが、仏印から進駐して来た皇軍がタイに入つて来たとき、横田の家に六人ほど泊つた。横田は二階の自分の部屋をあけ、下に寝た。それを見てタイ人が仰天した。兵隊が出発したあと、何一つなくなつてゐないのを見て、そんなことはあり得ないといふわけだ。タイの女が洗濯してゐて時計を井戸端にわすれ、日本兵がそれをとどけてやるとおどろいた。人を見たらどろぼうと思へといふのはタイ人自身の思想である。

　ピプン《（ママ）》がよく夫婦喧嘩をするが、そのたびに、ラヂオでその弁明をする。女房は砲兵中佐で、タイの宋美齢《蔣介石の妻》だが、ピプン《（ママ）》は他にも女がゐるのだ。彼は臆病者で、バンコツクにゐず、あちこち逃げまはつてゐる。親日を表面の看板にしてゐるが、日和見。大東亜会議にはタンワイさんをよこした。タンワイ殿下は、殿下といふので、すぐ日本式に考へるがそれは間ちがひで、タイ国人同志で同席するときは、平大臣よりもずつと末席で、ピプン《（ママ）》は顎でつかつてゐる。皇帝は六代目だが、今はスイスにゐてかへつて来ない。

　タイ人は皇室のあることなど知らない者がある。反対派の六代目もゐて、政党もうるさく、いつも内訌《ないこう》してゐて政変の気配が絶えたことがない。軍隊も一度も負けたことがない、日本より強いなどとたわけたうぬぼれを持つてゐる。空軍は敵の分捕機を日本からやつたのだが、60機ほど、大事にして使つてゐる。殿下も大臣もみんな商売人であるが、商売は下手で支那人に牛耳られてゐる。

文化もひくく、すべて幼稚だが、いつかピプン《(ママ)》に日本から油絵（肖像画）とタバコ・ケースとを進呈したとき、次に行つてみると絵の方は飾らず、ケースがちやんと飾つてあつた。

王城の壁画などを見てもおよそ程度がわかる。さういふ話をしたあと、大切なのは教育で、日本人を作る真の教育が忘れられてはならないといはれる。鼻髭の先を耳にひつかけたり、もじやもじやした顎髭をつまんで揉んだりし、笑ふと人なつこい童顔になる。

○なほ絶えぬ銃砲声。濤《なみ》部隊から、司令所の引つこしの使役に来たといふ二人の兵隊。司令所はポツサンバムから丸見えで灯をたけないので、すこし下へ入るといふ。裸山にゐる兵隊なのだが、一人は跣足、一人は無帽、どちらも服はぼろぼろ、顔も青くはれてゐるが、にこにこしてゐる。最前線で死闘をつづけてゐる兵隊とも思はれず、それだけに見てゐて、ふと涙がにじんだ。

○昼食後、13時半、出発。閣下をはじめみんなに別れて、晴れて来た青空の下を行く。軍属小島君案内してくれる。小島君は14年以来ださうで、馬の世話役として志願したとのこと。仙台人で、いつてゐることがときどき聞きとりにくい。クワイマール附近に馬糧をとりに行く由。高地の稜線をつたつて行く。来るときは下の谷川を歩いて来たわけで、さういふと小島君おどろく。道は左斜面に多くついてゐて、まつたく敵に暴露してゐる。ビシエンプール、ポツサンバム、ニントウコンなどすぐ眼の前で、晴れた空の下にロクタク湖の水もいつになく青い。ときどき飛行機。木かげに入る。

道のまんなかにたふれてゐる一人の兵隊。左腕を繃帯し、首から吊つてゐるが、紫色に腫れあがり、水ぶくれのやうに腐つてゐる。これまで歩いて来たがもう一歩も歩けなくなつた、水、といふので水筒をあたへる。眼をつぶり、消えいるやうにぐつぐつと飲む。衛生隊はすぐそこだからと小島君教へる。

赤土道は乾いてゐるので歩きよい。一時間ほど歩くと前方にクワイマールの部落、下に谷川が見えて来る。流れをわたる。この谷川を上流へのぼつたわけである。クワイマールの部落に、作間部隊から迎へに来てゐるとのことであつたが、まだゐない。橋本聯隊（安）の中條中隊がこの附近の警備隊として、家の中にゐる。中條中尉としばらく話す。ここも籾の心配と、籾つきの音。吃りの監視哨が来て、唯今、トラツク九車輛、戦車二、牽引車のやうなもの二、ニントウコンへ入りましたが、四十分ほどしてみんな帰りましたと報告する。トラツクは幌をかぶせてあつたといふ。戦車で護衛して、兵力輸送でもしたのであらう。中條中尉に近道を習つて、出発。

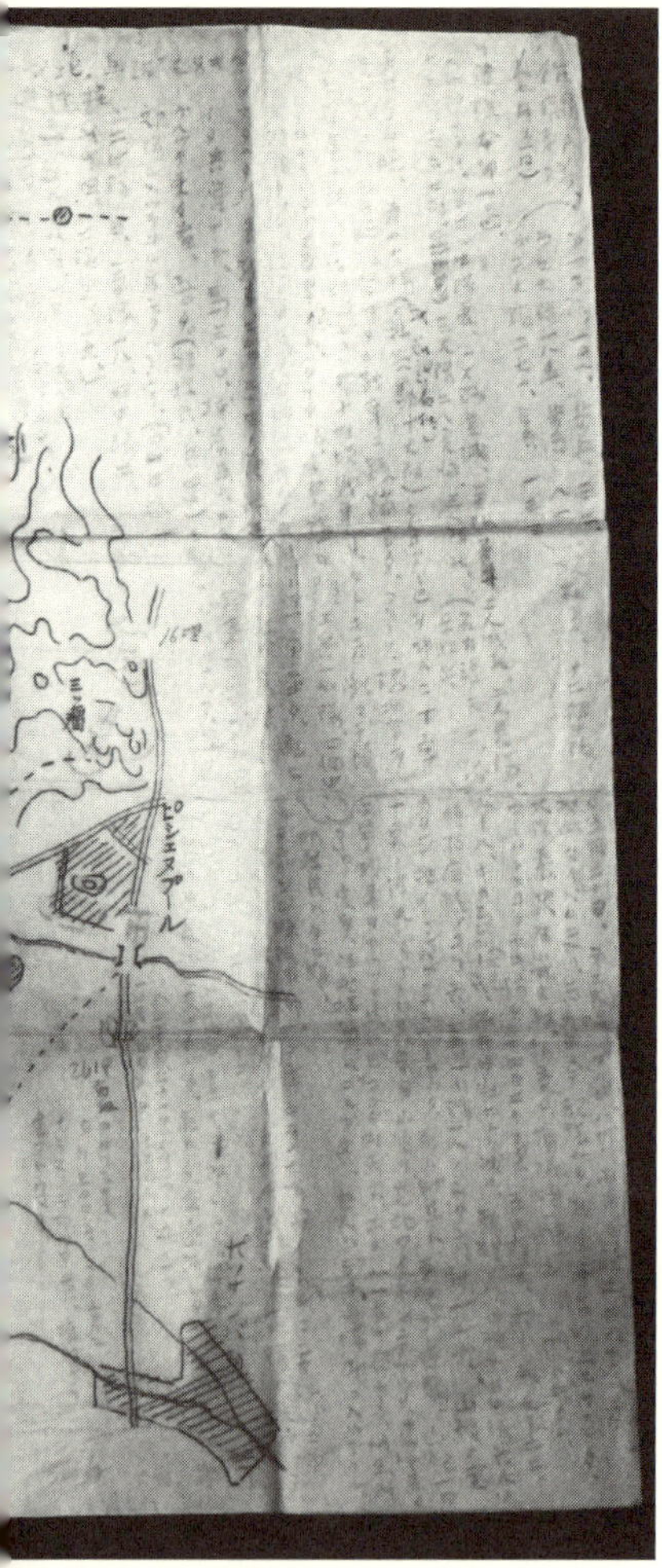

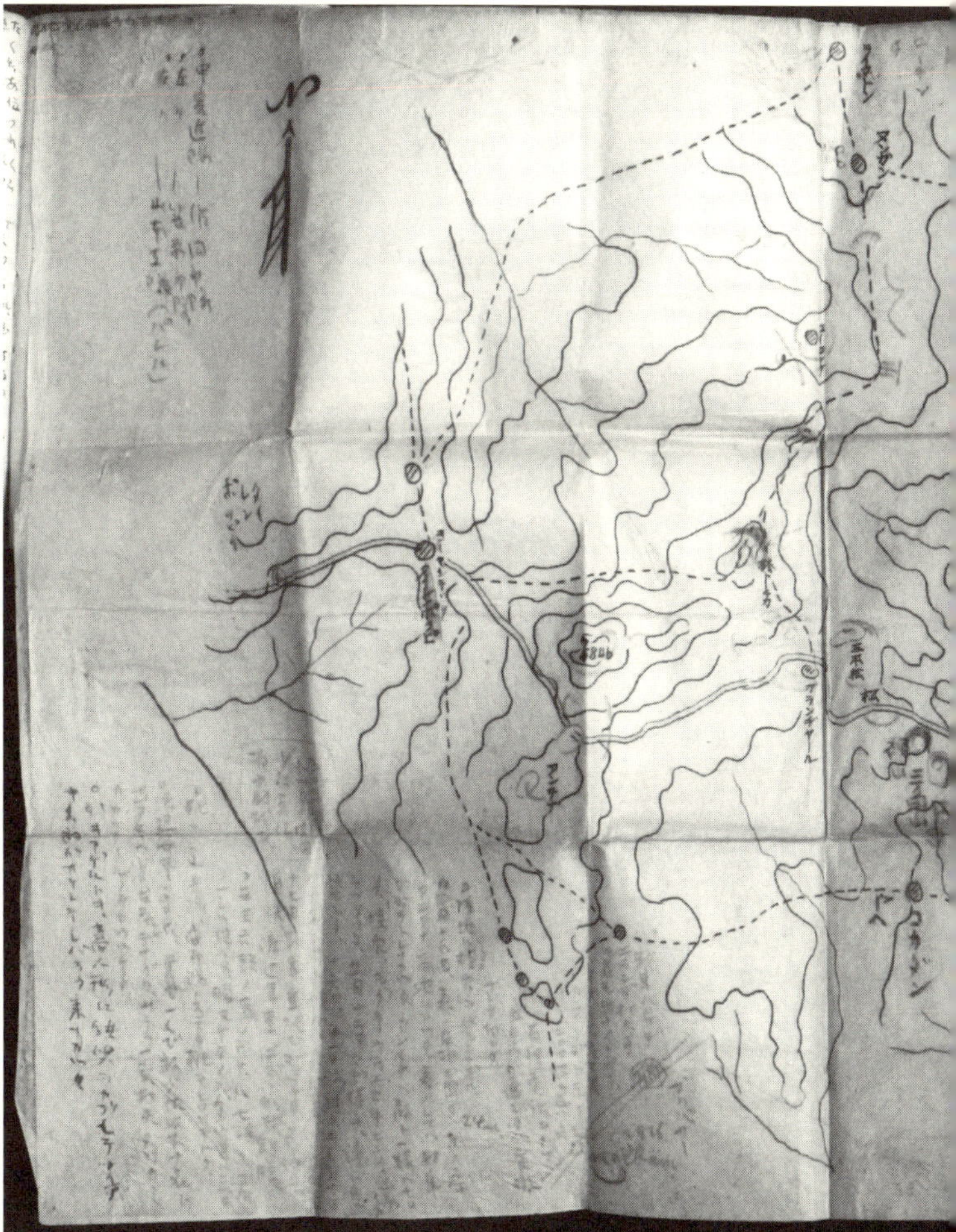

何重にも折り込んだ、激戦地・ビシェンプールの等高線まで入った詳細な地図。

上り道になつて、息切れる。小島君は袋をかついで、先の部落に去つた。飛行機の爆音絶えず。一路上りなので、休み休み行く。たれも通らない。ぱらぱらと通り雨。屍臭。砲撃さかんであるが、どこを打つてゐるのかわからない。ときたま近くの谷に落ちて、森林がはげしく谺する。頂上に出てしばらく行くと、敵のつくつた掩蓋銃座がたくさんあるところに軍通がゐて、作間部隊の位置を教へてくれた。本道上を竹をかついで行く兵隊がいつしよに行つてくれる。本道から入つた場所に小屋がたくさんでき、作間部隊はここにしばらく本拠を置くもののやうである。

○作間大佐。はじめてお目にかかるのであるが、南支の報道部長をしてゐた人で、初対面のやうな気がしない。ものやはらかな人である。今度で二十六度目の瀬振りだと笑ふ。ビシエンプール、ブリバザーにとびこんで、二個大隊が玉砕した話をきく。（地図参照《270～271ページ》）

副官河合大尉来て、迎への者に会はなかつたかときく。すれちがつたらしい。日暮れる。聯隊長の家はこじんまりしてゐて、隅に竹でかこつた囲炉裏が切つてあり、木や竹が濡れてゐてよく燃えず、部屋中くすぶる。食事を共にする。マンダレーの濃厚酒を若干よばれる。師団長閣下からことづかつた土産物をとどける。昨日の慰問罐から、桃と鮭の罐詰二つ。飯が椀に一杯あるので、お客さんのおかげで久しぶりに、定量にありつけたと笑ふ。おそくまで話する。

大佐は山口県の由、一姫三太郎といふ。敵はすこしも強くないのに、いろんな事情でインパールが遅れ、残念だ、必ず落すとしづかな口調のなかに決意のほどを示される。24時ごろ、お暇して、河合大尉の小屋に行く。長中尉と二人で、空きかんでどんどん火をたいてゐて、暑い。砲撃は一晩中絶えず、飛行機しきりに飛ぶ。火を消せとどなる声。月明。拍子木虫。長中尉が頭の上に吊る一人蚊帳を貸してくれる。竹の床。腹工合わるく、夜中に二度ほど便所に行く。下痢。深い樹間を洩る月光。

7月6日　（ライマナイ）

○河合副官のところへ、兵隊が入れかはり立ちかはり、報告やら、申告やらに来る。大きな声を出すので、そのたびに眼がさめる。朝食をすませる。挺進隊として活躍した斎藤中尉来る。子供子供した小柄の将校で、この人がとちよつと意外な気がする。作間部隊の戦歴について、長、河合、斎藤の三中尉から話をきく。（後頁参照《資料編５３１ページ》）長、石井、両中尉は美術学校出とのこと。石井中尉はかへらず、絵だけ見せてもらつた。丹念に書いてゐるが、おどろくほどの絵ではない。しかし、戦陣の間に絵筆を忘れぬのは床しいと思ふ。自分はさつぱり描く気にならんと長中尉笑ふ。

○飛行機。砲撃。近くに炸裂するので、見つかつたかなと顔を見合はせる。クワイモールの部落附近かと思つてゐると、頭上を越して、前の谷に落ちる。頭上でぷすとはじける音がし二本、白煙が尾を引いて、サドの後の稜線の辺に落ち、煙をあげる。煙弾で標定してゐるのである。三発ほど煙弾が来たあと、太鼓をたたくやうな発射音がおこり、谷をひびかせて砲弾がつづけさまに飛んで来た。弾着は右からだんだん左にまはつて来る。のべつに射つ。観測でもするのか、飛行機が旋回する。ま近に数発落ちて、地ひびきがし、鼓膜をはじいて、森林がぐわあんと鳴つた。一時間ほどして、やや閑散。

○作間部隊長の部屋に行き、兵隊にシャッターを切ってもらって、二人で写真をとる。それから、色々な話をする。報道の仕事をして居た人なので、文化関係の話題に明るい。砲撃がひどいから、日没になつてから帰つた方がよいでせうといつてくれる。16時にライマナイへかへる命令受領の兵隊に《（ママ）》ゐるといふので、それといつしよのつもりでゐたが、そのころから再びはげしい砲撃がはじまつた。太鼓をたたくやうに打つといふが、あんなに早く誰も太鼓はたたけはせんなどと兵隊笑ふ。至近弾数発。すこし出発の時間をのばす。

○雨降つて来る。17時半出発。雨すぐ晴れる。同行の兵隊三名。稜線上の道はすつかり平地の敵に暴露してゐるので、萱をかきわけて、反対斜面の横腹についてゐる細径に出る。道といふほどのものでなく、背たけまである茅のなかにいつか自然についた小径である。砲撃は絶えず、後方の三つ瘤の頂上に砂埃をさかんにあげる。蓮の実のやうに穴だらけだ。出て来ると、弾着点がはつきりわからず、トツパワールあたりと思はれる地点へいくつも弾が落ち、すこし気がかりになる。平地の方は見えず、高地の峨々たる山系はひとつひとつの山の形と色が異なり、いたるところの谷間から霧がふきだして来て流れ、そのなかに砲弾がうなりを生じて落下する。

　道がのぼりになつて来ると、例によつてへこたれる。同行の兵隊に、もう道はわかつてゐるから先に行つて欲しいといふ。一人になつて、ぶらぶらのぼる。同じ道をかへる患者、前方から前線へ出て行く兵隊、峠の往来もやや賑やかである。密林のなかに点々と部隊が居り、痩せた馬が尾をふつてゐる。サドを越えて、坂の上で休んでゐると、後方から爆音。かくれる場所もなく、やむなく細い一本の立木の根に坐る。ロクタク湖は二つに割れてゐる。ひくくたれ下つて来た雲のため、前方の山系はかくれ、その雲からやや斜に幕がたれてゐて、ちやうどロクタク湖を南北にわたつて遮断し、水面はすさまじい水煙をあげてゐる。雨は徐々にこちらへ来るらしい。

　正面の部落の岸に茶褐の帆のある十隻ほどの舟が将棋の駒を置いたやうにならび、たれ下つた雨の幕も三つほどに切れてゐて、その間から、前方の紺青の山脈がかいま見え、襞のなかに陽のあたつてゐる部分があつて、異様な明るさで雨の幕のなかに光つてゐる。その雲のなかに、ビシエンプールの上空から右に折れて来た十二機の爆撃機が黒い魚のやうにロクタク湖の上空に飛んで来た。距離がよくわからず、湖のま上あたりかと思つてゐると、湖の右端あたりまで行くと左へ旋回しはじめ、モイランの一つ手前の部落（24マイル附近）の上に来て、編隊をとくと、一機づつ急降下をはじめた。部落の中に落ちたかと思はれる位低く下つたとき、ぶつと火が吹き赤黒い土煙がまき起つた。しばらくして、だあんと音がきこえた。つづけさまに十二機が同じことをくりかへし、部落全体は一面の煙と火に包まれた。

　爆弾をおとした敵機は這ふやうに青原を辷つて上つて行く。見てゐて、歯がみする。奴等の勝手放題だ。怒りが身体をふるはせる。敵機はすぐま横を通つて去る。眼と同じ位《の》高さで、遮蔽もできず度胸をきめて、敵機を見てゐると、機上に二人ゐる敵兵もこちらを見てゐた。つぎつぎにあたりをかすめて去つた。十米ほどはなれたところに一人の兵隊がしやがんでゐたが、敵機の去つたあと、なんとなしに顔見あはせてにつと笑つた。やがて、雨になり、外被をまとつて歩きだす。夕暮の密林の上に、もうもうと上る白煙。炊爨の煙であらうか、その不要心にあきれる。19時半、ライマナイ着。二日留守にしただけなのに、なにか、ここの幕舎がなつかしく、画伯《向井潤吉》

の顔を見て、ふつと眼頭があつくなつた。感傷的な自分である。
○岡本参謀に報告。ここの情況もほぼわかつたので、便のあり次第、一応引つかへすことにする。恰度、電話がかかつて来て、いかん、将校がそんなことでどうする、ここまで上つて来い、と参謀しきりに怒る。モイランに方面軍から情報蒐集になんとか大尉が来てゐて、熱発で行けないから、電報をくれといつてゐる由。嘉悦参謀の下の人。
○山口中佐（ママ）と高橋軍曹はコカダンに行き、諏訪兵長だけのこつてゐる。自宅は雨が洩るので隣りに同居。兵長、炊爨をしてくれる。腹工合わるくて閉口。下痢がなほらず、血がまじつてゐるので、アミーバ赤痢ではないかと気になる。何度も、泥の道を脱糞に表にでる。夜に入つてもしきりに飛行機とび、砲撃一晩中絶えず。戦況の進展は望まれず、はがゆい戦である。

◉手帖第三冊について　手帖第三冊は、一九四四（昭和一九）年六月五日から七月六日までのおよそ一ヵ月のことが記述されている。最初はティディムで二週間ほど足止めをされており、その間は民族文化などの観察をする余裕もあったようだ。

六月二〇日に、火野の念願だった、最前線に向かうことになる。このあたりから、記述がそれまでに比べ、かなり詳細になり、二〇日は八ページ、二一日は一〇ページ、二二日は六ページにわたって所感が書かれていた。いよいよインパールに近づくのだという火野の興奮が感じられる。そして、七月一日にライマナイまで到達。その日、火野は一三ページにわたって記述をしている。

さらに火野は第三三師団の戦闘司令所まで赴く。敵、味方の銃撃や爆撃音が響く中、記述はそれまで多かった伝聞、推量の域をはなれ、リアルな戦場の体感となっていた。

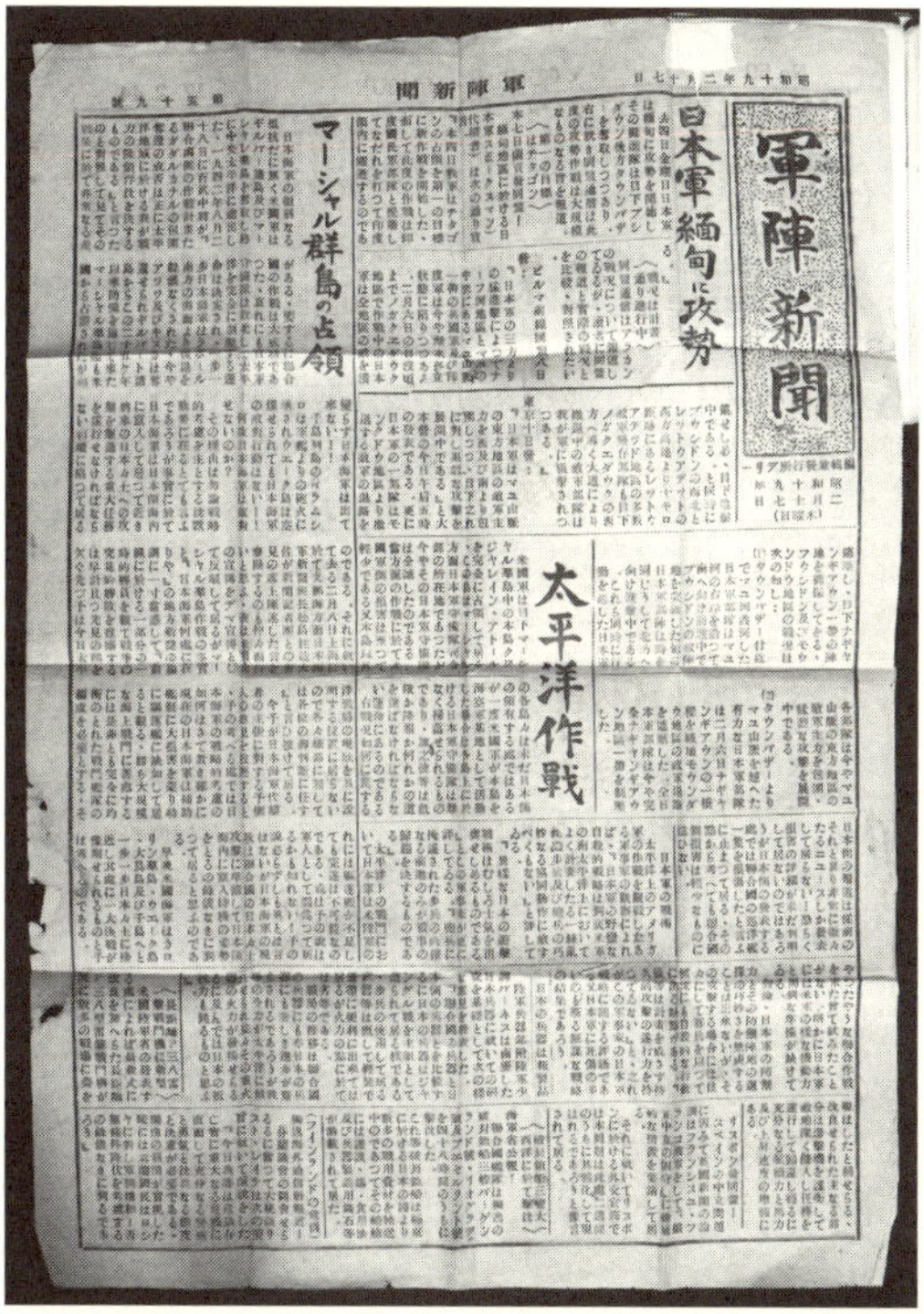

昭和十九年二月十七日　　軍陣新聞　　第五十九號

軍陣新聞

日本軍緬甸に攻勢

マーシャル群島の占領

太平洋作戦

手帖の末尾には、備忘録の他に様々なものが貼り込んである。

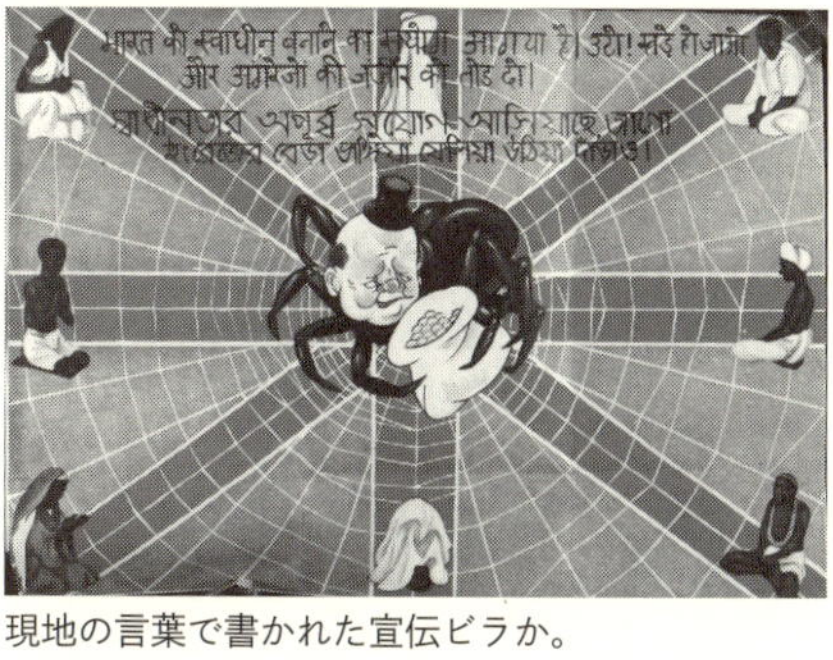

現地の言葉で書かれた宣伝ビラか。

第５章
画伯・向井潤吉との冒険行

（一九四四年　七月七日～七月二〇日）

軍と二ヵ月以上を過ごし、現地慣れしてきた火野。その期間、苦楽を共にした画伯・向井とふたりきりの冒険行に出る。兵隊との行軍、徒歩・車両・舟の移動などの苦難の中にも、中年男「ふたり旅」の悲哀・ユーモアが随所に溢れ、この手帖の読み所だ。

Ⅳ《第四冊》

ひとひらの地図ひらきみてつはもののすすむ山路を思ひやるかな（御製《明治天皇》）

火野葦平

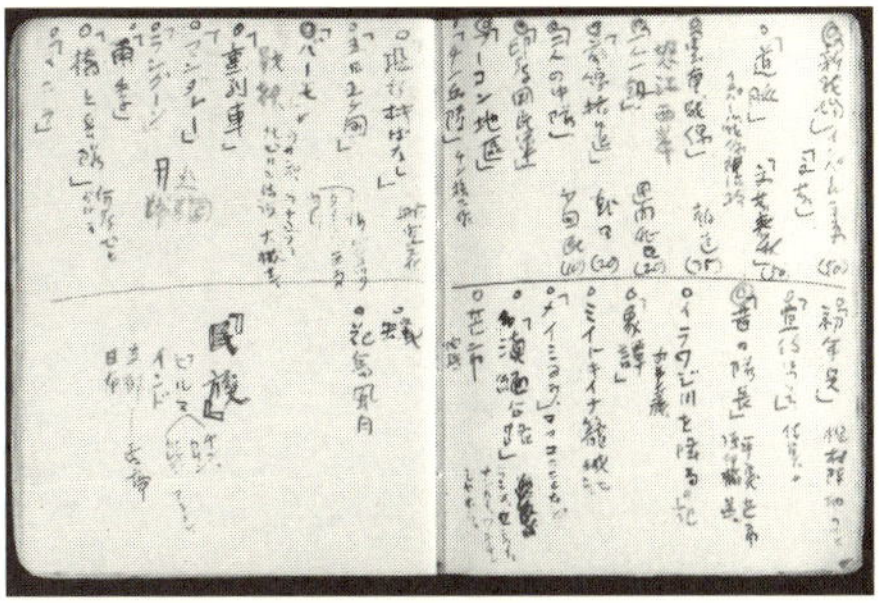

手帖末尾には、原稿依頼の一覧などもある。

7月7日 (ライマナイ)

○支那事変七周年紀念日である。東方を拝し、軍人勅諭を三唱して、涙くだる。

○医務室に行く。軍医は山口中佐《(ママ)》とコカダンに行つたとて、下士官が薬をくれる。アミーバ赤痢がいま非常にはやつてゐる、普通の赤痢より軽いが、薬が足りないし、命を落すものがある、ここの水は絶対に生でのんではいけない、煮沸しても十分位たたないとのまない位にしてゐる、あなたのもその疑ひがある、この薬をあげますから、今日一日はなにも食べず、下すだけ下して、明日からこれを食後にのんで下さい、といふ。おそれをなしてかへつて来ると、一人の兵隊、注射してあげませうとて来る。左腕に注射をしてくれたあとで、薬がなくて困つてゐるが、えらい人用にとつてあつたのを持つて来たといひ、なんの注射かときくと、下痢止めといふ。一人は出す薬をくれ、一人は出さぬ注射をしてくれたわけである。

浅草で本屋をやつてゐたとのことにて、兄は短歌雑誌「山と川」を主宰してゐる由。彼は外所啓次郎、兄は芳得。引つかへしたあと、バナナとジャングルいちぢくと称する果実を持つて来てくれた。なんの実かわからないが、上品な味のものである。六里ほど先から見つけて来たものといふ。果物をあまり嗜まぬ画伯《向井潤吉》も舌鼓うつ。

○藤岡軍曹、やつと昨夜たどりついたとて来る。87マイルの爆弾坂以来、荷物を持つて閉口した由。すこし痩せてゐる。48マイルにて青砥副官と会つたとのこと。コカダンからかへつて来た中野少尉が閣下からの贈りものとて、ヘルメットをあづかつて来てゐるので、あとで副官部へ顔を出して下さいとて帰る。腹工合がわるいので、二時間ほど寝て、副官部に行く。古いじめじめしたヘルメット。田中と裏に書いてある。火野さんにあはなかつたら向井さんにあげてくれといはれた由。

　十二月、一月頃の古新聞が送られて来てゐて、読売にビヤック島の記事があり、住民が日本軍を歓迎する趣が書かれてゐるが、今はビヤック島は敵軍に上陸されてゐる。帽子頂戴して帰る。

○「戦ひの記」「陣中日記」愛読する。まじめな人柄が躍如としてゐて、すでに深い覚悟をされてゐるのに頭が下る。洒達《（ママ）》の気もあつて、ところどころに、歌、俳句、あるひは独々逸のやうな文句が書きつけられてある。自分の死についての気持を反省してみて、まだ足りないと思ふが、負けてゐないといふひそかな自負もある。立場と任務の異ることは止むなく、君国にささげて悔いない心はくづれてゐないと嬉しい。いま、ここでたふれてもいささかも惜しいとは思はないのである。

○岡本参謀、明日、38マイルまで出る兵隊があるので、それといつしよに行つたらといふ。さうする。方面軍は上つて来ないとのこと。

○日暮れ近く、画伯と二人で下の流れに降り、炊爨の支度をする。兵長熱発。兵隊の切つてゐる馬肉をすこし貰ふ。日暮れて、炊く。久しぶりの自炊。うまし。雨。

●頻出するマイル　前述した通り、火野の手帖にはマイルによる地名表示がある。日本軍は、「インパールを中心にしての距離を地名のやうに」していた。名もないような山野で重要な場所は、数字であらわすしかなかったのだ。かなり正確なものだったようで、きちんと道標も立てられていた。とりわけ、ライマナイに到着したあとは、ほとんど無人の場所ばかりだったようで、場所の表記がマイルに偏っている。インパールから遠ざかるほど、マイル表記は大きな数字になっていく。

7月8日　（38マイル）

○昨夜から降りやまないじめじめした雨である。出発は夕方と思つてゐると一緒に行くといふ竹澤軍曹が昼食後すぐに出るといつて来た。準備する。岡本参謀はコカダンへ行つたとのことで留守。住吉中尉が留守番に参謀のお宮のやうな幕舎におさまつてゐる。牛山主計中尉が煙草と罐詰とをくれる。岡本参謀は軍の指示を持つて連絡に行つたものらしいが、部隊はトルボン隘路附近へ撤退して、戦線を収縮整理するもののやうである。残念な話であるが、諸般の情況から見て、止むを得ないところであらう。二人から手紙あづかる。

○細雨のなかを二時頃出発。霧深く、平地の方はまつたく何も見えない。爆音と砲声がそのなかでしてゐる。敵は夜であらうと、霧であらうと日頃から定めた照準にしたがつて、やたらに砲撃する。毛布、天幕、蚊帳などを包んだ荷を棒で通して二人で持つて行く。背中の米が重い。先導してゆく竹澤軍曹（参謀部）は汗をかいたことのないといふ男。現役のとき、毎朝二里位かけ足してかへつて、教官が上衣をとつて汗をふけといつても、汗が出たことがなかつたといふ。なるほど、こちらはもう汗で全身ずぶ濡れになつてゐるのに、けろりとして乾いたシヤツを着てゐる。休み休み行く。

昼食をしてゐなかつたので、墓石のあるところで、冷たい飯を食ふ。前を行く一人のひよろひよろの兵隊。マラリヤらしく、杖をついてよちよちしてゐる。すこし先に行くと、二人の兵隊が休んでゐて、あとから一人来ませんでしたかときく。きくと、安部隊で、籾受領に三人で出かけるらしく、一人で二斗背負つてかへる命令を受けてゐる。三人とも憔悴してゐて、とても、この山道を二斗の米を負つて上れさうもない。三日ほどほとんど食はずで、籾をついてもえらい人が食べてしまふとこぼす。こちらがすこし休んでから行くと、畑のなかにしやがんで、生のたうきびをかじつてゐる。あまり気の毒なので、乾麵麭を一つやる。おしいただくやうにするのが見て居れない。
○霧晴れて来る。平地の方が雲の切れ間からすこしづつ、つなぎ絵のやうに出て来る。爆音。縦横にとびまはる十数機。右に左に、前に後に、機影が雲の上下を縫つて走り、銃撃の音、爆撃の音が各所におこる。38マイル附近がはげしい。ニントウコンの上を十機ほどが旋回し、一機づつ急降下をして爆弾をおとす。それがやつと終ると、右手から敵機。それがぐるぐるまはつてゐるのを見てゐると後方に爆音。いつまで経つても爆音と機影が消えず、入れかはり立ちかはりあらはれるのに、しまひにはなにかをかしくなつて笑ひだしてしまつた。
爆音に砲声がまじる。敵はわが軍の後退の企図を察知して急に活気づいたのかも知れない。無念である。爆音の消えるのを待つてゐては前進できないので、かまはず歩く。雨やむ。途中、駄馬をひいた兵隊に会ひ道を聞く。24マイルへ出る三叉路をすぎ、やつと26マイルへの道を見つける。下りなので、行つたときよりは楽である。竹澤軍曹が、このあたりにはジヤングルいちじくがあると思ふので、三十分の予定でとつて来ますと、森の奥に入る。木は大きいのや小さいのやがあるが、樹の股や幹に鈴なりにくつついてゐるのは前に何度も見たことがあるが、食べられるとは思はなかつた。外所衛生兵が持つて来てくれたの《が》それである。二十分ほどして竹澤軍曹かへり、このあたりには見つからないといふ。汗をかいてゐる。降りになつた路を行くと、道路の両側にたくさんこの樹がある。ほんとの名はわからない。道の上に、林檎の皮をむいたやうに、果実の皮がすててある。通過する兵隊が食べたらしく、残つてゐる実はまだ熟れてゐない。山の中腹に軍通がゐるところで休んでゐると南方から爆音。樹間から仰ぐと雲の中を戦闘機八機、その後方から爆撃機六機、どうも友軍機らしいと画伯とよろこぶ。森林の坂を下つてゆくと、平地に出た。葦や萱のしげつた中を行く。日落ち、薄明。砲声しきり。ビシエンプールの左端が火を発し、煙を吹いてゐるのが望まれる。てつきり、友軍機の爆撃したものと思ふ。萱は背たけより高い位なので、敵からは見えない。目的の部落をのぞんで行くと、ひゆうと砲弾のうなりがしたので、伏せる。だ、だ、だと五六発の弾着。ふりかへると、今通つて来た軍通の附近らしいところから、白い煙が数ケ所あがつてゐる。道を急ぐ。道なのか、なにかわからぬ泥濘路。画伯《向井潤吉》もこちらも疲れ、肩はきりきりと痛み、胸は苦しく、泣きたいやうである。何度か道を迷ひ、引つかへし、結局、重砲の陣地進入路が道になつてゐるところに添ひ、24マイルの部落に入る。

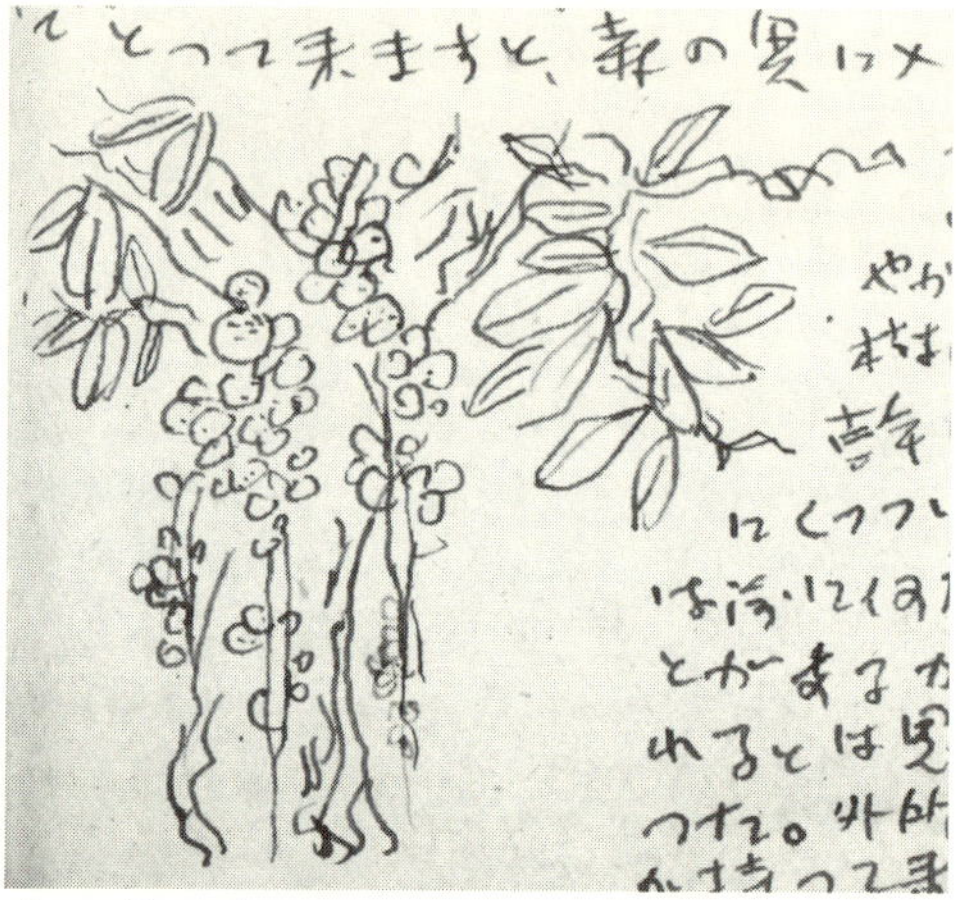

ジャングルいちじくのスケッチ。

　日暮れ、蛍しきりに飛ぶ。部落には人の気配もない。本道の方からライトをつけて、牽引車が来た。それで本道の位置がわかり、やれやれと思つた。本道に出ると、これまでの泥濘とはかはつた坦々たる道。暗黒で、砲撃も止み、無気味なほど静かである。

点々と、前へ行く兵隊がある。本道を26マイルへ下る。道路上に焼けて横たはつてゐるトラックや戦車。道の両側はいちめんの蛍で、きらきらと鋭く明滅する光がその間断のない動きに全く音がないので、静寞の感は身にせまるものがある。

竹澤軍曹が連絡に行つてくれてゐる間腰を下すと、ひどい蚊で辟易する。絶えず顔前をはらつてゐなければならない。道傍にしやがんでゐる一人の兵隊と画伯話をしてゐると、三重県で、近所の者らしく、あのあたりは漁師村で、元気者が多いのに、しつかりしなくては駄目ではないかとマラリヤをおこつてゐる。安部隊の兵隊が多く気合が足らぬのが、自分の郷里だけに、画伯ははがゆいのである。

その兵隊から、向ふの小屋で炊爨してゐるときき、暗いなかを探してゆく。安部隊の患者や、糧受領の兵隊たちが屯《たむろ》してゐる。一隅を借り、近くの水たまりで米をといで、火にかける。竹澤軍曹も来て、いま電話で連絡がとれた、土屋中尉はもう寝てゐて、山岸曹長が出た、宿舎は準備してをく、トラツクは二時から四時までの間とのこと。飯できる。熱い飯に熱い湯をかけ、塩をすこし入れて食べると、たまらなくおいしい。しばらく休んでゐると、あたりが薄明るくなる。月の出。

自動車の音がしたので、軍曹出て行く。こちらも支度して本道へ出る。水筒の栓をなくしたので、あかりをつけて、水たまりの附近をさがしたが見つからず、水のきたないことがわかつた。欠けた月で、顔が見えるくらゐほの明るい。蚊を追ひながら待つてゐると、トラック二輛来る。後の車に乗る。患者で満員。昨日から師団命令で、患者は積極的に車で後送することになつた由。よいことだ。これまでは患者はとぼとぼと歩いて、中には行きたふれになる者が少くなかつた。途中で便乗をたのんでも、乗せてくれなかつた。ライトをつけて走る。来たときより道がわるくなつてゐる。

　やがて、インパール平原をあとに、車はしだいに両側から抱くやうにせばまつて来た山の間に入る。トルボン隘路口を過ぎると高低の多い森の道にはいる。ところどころ下車して押さなくてはならない。チユラチヤンドプ《（ママ）》ールへの入口のところで車を変へる。住中尉といふ声がきこえ、見ると住中尉である。ひどく弱つてゐて、夜目にも痩せた髭の顔が青白い。向ふもおどろいた顔をして、こんな風に会へるとは思はなかつたといふ。警備隊長を命ぜられた由。いつか、土屋中尉から、来るといふことは聞いてゐた、会ひたいと思つてゐた、象をたくさん使つて仕事をしてゐたので、あんたに象を見せようと思つてゐた、昨日、砲弾で象が一匹やられた、このごろはマラリヤで弱つてゐる、と、声にも力がない。

　トラツクしばらく行く、スリツプして上らない。降りる。雨ふりだす。ベイカ（studebaker）が来て、ワイヤで引きあげる。その強いのにおどろく。森の入口でトラツクから下される。どろどろの道を雨にぬれながら行く。なかなかわからず、何度か迷つてやつと土屋中尉の幕舎にたどりつくと、そこの幕舎にやすんで下さいと暗い中からいふ。そこへ行くと、兵隊二人寝てゐてなかなか場所をゆづらない。腹が立つてどなる。ぬれ畳。やつと端の方に画伯と重なるやうにして横になる。

◉安部隊　安部隊とは、京都出身者を中心に結成された、第五三師団の通称である。その一部の部隊が、第三三師団（弓）の隷下で、インパール作戦に参加した。「気合が足らぬ」と書かれているように周囲からは弱小とみられていたようである。火野の手帖には六月二四日の時点で、「ぐづぐづした様子」が指摘され、彼らに比べて「九州の兵隊はよいな」と「心から」思うと書かれている。以後の手帖にも揶揄されたような表現が頻出する。撤退の道行きで、火野と向井が出会い、ときに行動をともにした傷病兵の多くは安部隊の所属だった。七月一〇日の記述では、「意気地のない患者たち」「安部隊の兵隊の行動は苦々しい」と喝破されている。京都出身の向井潤吉にとっては、郷土部隊だけに、その心中は複雑だったに違いない。向井が三重県出身の兵隊と会話している様子が書かれているが、「近所」とされているのは、もともと向井の父親が三重伊勢出身だからであろう。

7月9日　(66・5マイル)

○49マイルから来てゐる松木隊の島田准尉といふのが49マイルへ今夜かへるといふので、同行して貰ふことにする。雨やんで、青空見え、敵機何回となく来て、附近を銃撃。そのたびに、土屋中尉と画伯《向井潤吉》と二人、防空壕に入る。この前泊つた三浦参謀の幕舎は、岡本参謀がライマナイへ持つて行くとてくづし、そのあとに汚いシートで屋根が作られてゐたが、また参謀がここへ下つて来ることになつたとて、もとの家につくりかへる。後方関係を処理するために、住吉中尉と下つて来るといふ。松木隊長は後方視察のために3299に赴いたとのこと。辺見副官が車の心配をしてくれ、便乗証をくれる。テイデム《（ママ）》まで。

○永井曹長のところに行くと、牛山中尉の手紙もあり、不自由でせうとていろんなものをたくさんくれる。一つ二つ貰ふつもりだつたので恐縮する。蟹罐4、牛かん4、水飴二、煙草十個入二本、ミルク4、鮭かん4、蠟燭3、マツチ3、タオル2、ふんどし2、歯みがき歯ぶらし2。物のないところにこんなにもらつてはと気がさしたがかへすこともならず、頂戴し、荷物をつくる。

○住中尉杖をひきひきやつて来る。手紙をあづかる。元気を出すやうにいふ。
○附近の部落に籾あつめに行つた十人ほどの兵隊、すこしも残つてゐなかつたとがつかりした顔でかへつて来た。
○20時30分出発。患者数名、瀬子分隊の者など。出口のところでスリツプして上れぬのをベイカに上げてもらひ、暗闇のなかを前進。道がひどくなつてゐる。ときどき降りる。
○48マイルで患者下車。患者は全部、ここの病院に入り、病床日誌と糧秣とをもらつて、３２９の病院へ下ることになつた由。これまでは各個ばらばらに患者が下つて、いろいろな事故を起したので、そんなことにきまつたわけだが、患者の方では48の病院に入ると殺されるなどといつてゐる。前線で奮闘して患者となつた兵隊の取りあつかひは慎重を要することなのに、残念なことが多い。戦意の問題にかかはるところが大きい。道路傍に多くの患者が群れてゐる。こんなにたくさんの患者のゐる作戦ははじめてだ。重症の者もあつて、担架に乗り、戦友の肩にすがつてゐる。
○49マイル。道路上に簡単な遮断機が下されてゐるところで止まる。車はここまでの由。70マイルの鉄橋が今日爆撃で落された。さうでなかつたら、71マイルの迂回路までトラツクが行くのだが、今度は橋のところまでしか行かない。それも今夜あるかどうかわからないとのこと。自動車でしつらへた連絡所に入り、あてにならぬ便を待つ。眠くなり、うとうとして蚊に食はれる。便がなかつたら島田准尉（小隊長）のところに泊めてもらふやうに話してゐると、トラツクが来た。戦車隊だ。島田准尉出て行つて、軍事小説家の火野先生ほか一名を乗せてもらひたいといつてゐる。画伯と二人乗る。患者が満載されてゐて、暗くてわからず、足をふんだと見えて、大きな声でどなられた。

出発前進。

夜なので風景は見えず、ライトに照らしだされる樹木が幻燈のやうに鮮やかに青く、切り抜きのやうに異様な恰好に見えて、ぐんぐん後へ飛んで行く。若干の星。月がある筈なのにあらはれず、あたりはぼうと明るい。眠いけれども、せまくて居眠りもできない。前へ行くときには感じなかつた妙なわびしさ。トラック二輌。

7月10日（72マイル）

○トラック止まる。ここで全員降りて下さいといふ。70マイルの橋のところかと思つたら、66マイル5の地点といふ。戦車隊の位置らしく、まだ明けがたまでには相当時間があるのに、70マイルまで送らうとはせず、歩いて下さいといつて、さつさと車を森林のなかへ待避してしまつた。
画伯《向井潤吉》がもはや正確とはいへなくなつた標準時計を見ると6時すこし過ぎ。雨降りはじめ、たちまちはげしくなる。患者たち車の不親切をぶつぶつとかこちながら、ぼつぼつと歩きだす。重症者はやむなく、ここで次の夜70マイルまで行く車があるかも知れないといふあてにならぬ便を待つて泊つたやうである。泊るとて、小屋などもない様子。画伯と二人、ちよつと情ない顔を見あはせたが、さりとて、どうとも仕方がないので、外被をかぶり、棒をさがして来て荷物に通し、ぼつぼつ前進をはじめる。

雨はたちまち外被を通し、全身ずぶぬれとなる。はじめ荷を肩にしたが歩きにくいので、ぶら下げることにする。暗いなかを患者がとぼとぼと歩いてゆく。何度も休み休み行くとやがてあたりは

画 11　手帖に頻出する「マイル表示」。この道標が将兵の心を鼓舞した。

白んで来た。雨も小降りとなる。行くときは夜トラックで突破したので、なにもわからなかつたが、印度街道の風景が周囲に展開した。もつとも、特にどこが印度といふこともない山林道で、「大観描く」であり、どこか日本の山中を歩いてゐるやうな錯覚もおきる。道は車が三台位すれちがへるほどのよい道で、あまり登りがなく、しだいに渓谷の音の方へむかつて下つてゆくのはありがたい。

道標が立つてゐて、距離も明瞭だし、歩くにしたがつて刻むやうに道のりが減るのはたのしみだ。一マイルが8に割つてあり、67|1から67|7に来、そのつぎが68になる。インパールからの距離である。1|4マイルづつ歩くことにする。それがやつとである。小鳥の声があたりに満ち、鳥が群をなして飛ぶ。朝食をすることにし、蟹かんを切つて途方もない珍味を得た心地になる。食ふことばかりに慾が出ていささ

かあさましくなつたやうである。林の中に入つて脱糞。腹工合もいつかよくなり、美しい糞を見て安堵。

患者はおくれてゐる者、先に行く者、たふれて進まない者、まちまちだ。休憩してゐると、三人の患者が来た。中尉と准尉と軍曹。そばに腰をかける。画伯が煙草をやると何度も礼をいふ。萬【ヨロヅ】軍曹は頭から頬にかけて、繃帯をしてゐるが、口の左側に穴があき、すうすうと音がし、煙草をのむとそこから煙が出る。ビシエンプール附近の戦闘で貫通し、歯を折つたとのこと。安西中尉は帽子をかぶつたやうに頭を三角巾でつつみ、右眼に砲弾の破片が入つて失明してゐるとのこと。眼は一つになつてみれば格別不自由もないが、治療が手おくれになつてもう一つの眼に影響するのが心配だといふ。高木准尉は足をやられ、跛をひいてゐる。三人ともなかなか元気でなすべきことをなした人の安らかさがあり、近ごろ多く見かけた意気地のない患者たちとくらべて、よい気持であつた。

大したこともないのに後方へ下ることばかりを考へたり、大げさに病状を訴へたり、重いので小銃や鉄兜を木に吊しておいて行つたりする言語同断《ママ》の兵隊も少くない。病気には同情するが気合の抜けてゐることがはがゆくてならぬ。兵隊の素質低下はやむを得ないことかも知れぬが、はがゆいばかりではすまされぬ由々しき問題である。国難の真の意味はかういふところにあるかも知れぬ。とくに、安部隊の兵隊の行動は苦々しい。日本の兵隊の強さに変りはないがもつと真の強さが反省されなくてはならない。流涕。

○前進。だんだんくたぶれて来る。69マイル附近で休んでゐると、萬軍曹がこれから炊爨をするとて水の落ちてゐるところに来たので、見ると飯盒に一杯木の葉を入れてゐる。粉味噌をすこしやるとこつちが気はづかしくなるくらゐ何度も礼をいひ、絶対弾丸にあたらん自信があつたのに、たうとうやられましたと笑ひながら土手の上にあがつていつた。よい兵隊である。

○70マイルの橋梁。来たときはちやんとかかつてゐたのに、見るもむざんに破壊されて川に落ち、濁流が渦をまいて流れてゐる。患者たちが茫然としてながめてゐる。落ちた橋の途中に、針金がところどころひつぱつてあり、板片や棒が結んであるのはそれを伝つて渡るものらしい。兵隊が一人一人、まるで曲芸のやうに、それを伝つて、はげしく音立てて流れる水の上を、上り下りしつつ渡る。渡つてゆく者は患者で、左腕を首から吊つたもの、隻眼の者、跛の者ばかりであるが、必死になつてゐて、誰も落ちない。何度か落ちさうになり、水に足をつけたり、高い橋桁の中央で立往生したりする者もあるが、辛うじて渡ると、対岸でほつとためいきをついてゐる。

画伯と顔見あはせ、どうしても渡らねばならぬ故決心をする。河幅は三十米ばかり。靴をぬぎ、跣足となる。画伯、靴をふりわけにして肩に負ひ、よいしよと手を打つてから、するするとわたる。その身軽なのに感心する。こちらはさうはいかない。装具を全部つけたまま渡りかけると、他人が乗つても動かぬ板がぐつと下つて足が水につかる。落ちれば流されるにきまつてゐるので、緊張してわたる。やつとわたつて対岸の木にとびつくと、幹に一面の毛虫。白い網を張つた上に何千とも知れぬ毛虫がたかり、網の下に幼虫らしいものがうづくまつてゐる。ろくなことはない。

大きな荷物がのこつてゐるのでまた引つかへし、画伯と二人でどうにか運ぶ。画伯は渡る途中、飛行機でも来たらと心配してゐたが、わたりきつてすこし坂をのぼつたとき、爆音。顔見あはせて笑ひ、木かげに入つて朝食をする。四五人の兵隊休んでゐたが、左腕を負傷してゐる一人が話しかけて来る。早稲田出身の伊賀軍曹。いつか文科大会のとき、飛行機事故のため行けなかつたことを覚えてゐて、みんな待つてゐたといふ。食糧を持たぬらしいので、みんなに米、煙草などわける。

○前進。この膝栗毛道中は後世にとどめる価値ありとて、セルフ・タイマをつけて写真にとり、画伯はわが手帖へ記録画を残す。道傍をながれる水で洗濯などして疲れを休めてゐると、工兵隊の兵隊が焚火《(ママ)》をあつめに行つたり、鋲を打つために炭焼をやるのだといつて山へ入つたりしてゐる。歩いてゐると爆音。二機しきりに上空を旋回して去る。71マイルから迂回路に入る。来るとき無理に通過した二本の川が増水のため通れぬので、ワの字に曲つてゐる川に添つて出るのだ。路とは名ばかりで、葦原を人の通れるだけ切りひらいた悪路。ここらで疲れは極に達し、これかへされた泥濘のなかを、二人とも怒つたやうな顔をしてゆき、自分たちはよいが患者を歩かせてばかりゐるのはもつての外だなどといふ。

敵機来て、葦《(ママ)》のなかにかくれる。低空して来るので、爆音がしたと思ふともう顔前にあらはれてゐる。やつと葦原を抜け、森林のな

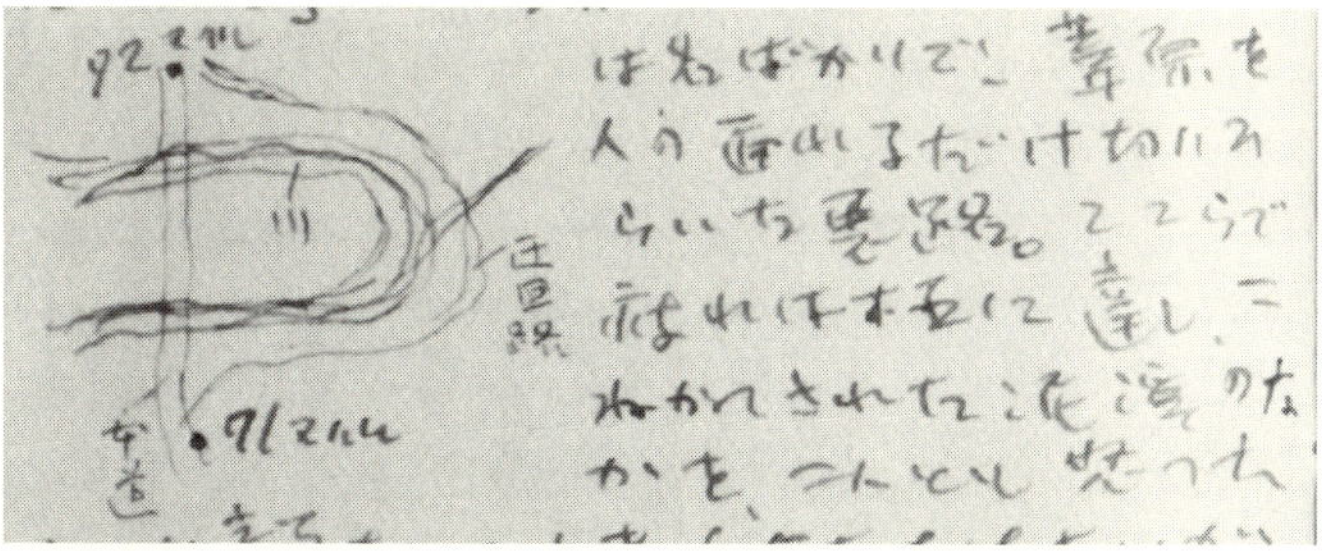

迂回路の図、71 マイルから 72 マイルへの迂回ルートが具体的にわかる。

かの道らしい道に出て、しばらく行くと、萬軍曹の一行が木かげに休んでゐる。そのあたり点々と小屋があつて、兵隊が居る。たそがれのなかにあがる炊爨のけむり。画伯をのこし、部落の方に連絡に行き、小泉少尉（作間部隊将校、72マイル警備隊）に会ふと、車のこと手配してくれる。本道に添つた広場に七八軒の小屋があつて、いづれも患者で満員。戦車隊のトラックが三車来ることになつてゐるが、荷物を川越し作業でわたしてからの帰り車だから、朝の五時か六時にならうといふ。画伯をともなつて部落に来ると、日が暮れ、本道わきの患者輸送隊の一行の小屋に入る。色のついた水をくんで来て湯をわかし、塩を入れてのむ。うまし。たちまち飯盒の蓋に四杯。まつくらなので、水のたまつた防空壕に何人も落ちる者がある。昼は飛行機から狙はれてゐるので、山中に待避してゐる由。しばらく寝ることにし、外被を敷き蚊が多いので頭から一枚をかぶつて横になる。久しぶりでとる睡眠である。

◉二人三脚の「膝栗毛」　七月八日から、火野は本格的に前線からの撤退を始めているのだが、もはや、三浦参謀や青砥大尉のような先導役はいなかった。ずっと行動を共にしている、「画伯」こと向井潤吉が誰よりも頼りだった。手帖の記述は詳細で、映像的だ。横山大観の日本画のような風景を通り、鳥の鳴き声を聞き、昼夜なく、晴れの日も雨の日も、山を越え谷に沿い行軍を続けるふたり。毛布や天幕などを包んだ荷物は、棒で通して片棒を担いだ。眼前に浮かびあがるその光景から、ふたりの結びつきの強さを色濃く印象付けられると同時に、火野の向井に対しての並々ならぬ愛を感じさせられる。

身近に迫る連合国軍の爆撃のあまりの激しさに、火野は「敵はわが軍の後退の企図を察知して急に活気づいたのかも知れない」（七月八日）と記す。道中で遭遇したのは、戦線離脱した精根尽きた日本軍の傷病兵たちだった。

時にはふたりして道に迷い、橋が落ちてしまった川は、協力して渡っている。道中、傷病兵たちとトラックに同乗することもあったが、予定通りには行かないことが多く、途中で降ろされることの連続だった。まるでヒッチハイクのようにあてどなく撤退していく様子が綴られる。

命がけの行軍である。しかし、火野はこの向井との撤退を「膝栗毛道中」とユーモラスに表現している。その時のふたりの姿を、残したいと思ったようで、向井と一緒にセルフタイマーで写真を撮った。残念ながらこの写真は残されていない。

だが、同じような光景が手帖に絵として残されていた。七月一〇日、向井が、火野の手帖にふたりの様子を彩色画にしていたのだ。向井は、ふたりの携行品のディテールを丁寧にスケッチしていた（カラー口絵iiページ）。そこには細かく説明書きも添えられていた。このスケッチを向井の娘、美芽さんに見てもらったところ、字体のくせから、「印度街道膝栗毛之図」というタイトルや、図中にある細かい説明書きは火野によるもので、「丹痴亭〻主写之」のみ向井の文字だということだった。

7月11日　（89マイル）

○戦車の音がしたと思つてゐると、画伯《向井潤吉》からおこされた。あはてて荷づくりをして飛びだすと粉味噌の筒を忘れた。本道に戦車を先頭に三台のトラックがならんでゐる。患者が殺到し、すでに三台とも満員だ。小泉少尉整理をするのに大弱りで、みなさんを全部積みたいのは山々だが車が足りないのだから、と名簿をよみあげて、乗つてゐる患者を下す。77マイル附近に敵情があつたので気をつけて下さい、戦車が射撃したら全員下車して下さいとどなつてゐる者がある。

6時出発。星かすか。前進。霧。眠いのでうつらうつらしてゐると自動車が止つた。あたりは暗い。敵情でもあつたのかと思つてゐると、ここで降りて下さいといふ。83マイルの橋のところまで行き、そこから渡河して別車に乗りかへると聞いてゐたので、どうしたわけかときくと、ここは80マイル6の地点だが、83マイルまでは歩いてもらひたいとのこと。わづか二マイルばかりなのにと、またその不親切なのにあきれ、下車する。ここに戦車隊の待避所があるらしい。80マイル6といへば、75マイルの印緬国境はいつの間にか通過してしまつたわけで、そのあつけないのに苦笑する。画伯とまた荷を棒に通して歩きながら、83マイルからまた爆弾坂まで歩くやうなことになるのではないかなどと笑ふ。

しだいに夜が明けて来る。道標によつて距離は明瞭なので急がないことにする。81／3のところの小屋に入つて炊爨をすることにし、本道から少し入ると、萬軍曹一行がゐて、また会ひましたねといふ。米を洗つて火の用意をしはじめると雨。やれやれと思ふ。七八人小屋のなかにゐるので、ミルク罐を切つてわかすと、久しぶりで腹の底にしみたと患者たちよろこぶ。なんでもない好意にそんなにも感謝する人々を哀れと思ひ、また、かういふ事態に立ちいたつた原因に思ひをはせれば、はがゆく、敵に対する怒りの気持がおさへ切れない。米などわける。

安西中尉は自分はどうも支那系らしいなどと笑ふがさういへば支那大人の風格がないでもない。両眼ともちよつとみるとなんの変つたこともないが、右眼は見えないのだ。画伯が近ごろは眼科手術が進歩してゐるから、大丈夫ですよとなぐさめてゐる。雨小降りになると同時に敵機。四機で、しきりにチツカ附近を旋回して去る。銃撃、爆撃の音。爆弾坂であらう。雨晴れて来たので出発。何度となく飛行機。すぐ傍の橋の附近をはげしく銃撃。やられましたよとにこにこと萬軍曹がやつて来る。傷口から風を出してゐる。
○83マイル。チツカの部落と、行くとき一泊した警備隊の宿舎が見える。途中、何度も安崎隊をさがしたがわからない。ドラムに「安崎隊、空罐集積場」といふのが二ケ所あり、そこを入つてみたが空かんばかりで人影はなかつた。橋は首まで増水してゐるときいてゐたが、落ちた鉄橋の先に水の部分だけ板がわたしてあつて、これは難なくわたれた。
　部落の入口に荷物を置き、連絡に行くと、途中で杉山隊の河野兵長（広東にゐたことがあり、宋公館《火野の小説『怪談宋公館』の舞台》や池田亭をよく知つてゐる）に会ひ、89マイルから荷物が来なければ車は来ないわけで、それは夕刻にならねばわからぬとのこと。杉山隊長が今81マイルに行つてゐるが、昨日かへる予定が増水のためかへらなかつたから、今夜は多分かへるだらうといふ。
○川岸に降り、まつ裸になり、流れにはいる。水はつめたい。石鹼で身体を洗ひ、なんともいへぬよい気持。いつまでも早い流れに尻をすえてゐると爆音。あはてて裸のまま、そばの葦のなかにとびこむ。五機、低空旋回。銃撃の音。不愉快な砂蠅群がつて来る。敵機去つて、河原に腰を下ろし、煙草を一本もらつてくゆらしてみる。なにか、家のことが思ひだされてならない。
○薄暮。雨。こはれたトラツクの運転台に避難。つめたい飯をすこし食べる。食慾がまるでない。画伯は健啖である。対岸に車。迂回して川のなかを渡つて来る。運転台の横につかまつてゐるのが杉山中尉らしく、声をかけると、向ふでもおどろいた顔をする。

二人のせて貰ひ、すぐに出発。チツカからは一路登りである。夜のまがりくねつた山道をのぼつて、爆弾坂に到着。下車、坂をあがる。わづかの道のりと思ひ、荷物を一人でかつぎ登りかけたが、その後新な道を作つたらしく、やや広い道が彎曲してゐて、かなり遠く、へこたれて荷を投げだした。画伯と二人で棒を通して登つたが、ずるずると辷り、泥のなかに何度もころび、おくれてしまつた。蠟燭をともして汗と泥まみれになり、やつと本道まで上ると、暗いなかに七八人立つてゐて、誰かが、行け行けといつた。中津川准尉の顔が見え、やあ御苦労さんでした、今、車を出しますからといつた。車のところに行つて腰を下ろす。

やがてみんな来る。さつきあそこに立つてゐたのが松木聯隊長で後方視察に来たが今帰つたとのこと。車に病人を積む。しつかりせいよ、と准尉、どなつてゐる。杉山隊の兵隊で、前に連絡に出て病気を発し、八日間、なにも食はずに壕のなかにゐた由。杉本副官と一緒になる。安部隊の尻をたたいて追及させる任務はひと先づ終り、糧秣弾薬輸送の任にあたつてゐるといふ。93マイル附近に敵情があつたので、いま、警備隊が討伐に出てゐる、今日から二三日、銃声がしたらそれと思つてくれとのことである。敵のゲリラが初まつたらしい。

89マイルに到着。杉山中尉の幕舎に案内される。ほつとした心地。暗いので場所などはまるで見当が立たない。トラツクが爆弾坂へ患者を迎へに行つた様子。中津川准尉も同居してゐて、疲れてゐるでせうから、今日はもうおやすみなさい、話はあしたゆつくりといつてくれる。はじめて、寝床らしい寝床にねるのである。たちまち、熟睡。

7月12日（89マイル）

○後方への便はマニプール渡河点を貨物がわたり、３２９９を経て持つて来たときの帰り便しかないとのこと。マルカイ附近の崖くづれで三日ほど通行できないから、今日はあるかどうかわからないといはれる。

○深い霧。道路の上側の樹の木《（ママ）》にいくつかの幕舎。重畳した山々に雲や霧がかかつては流れ、ときに部分的に雨に煙る。朝食。カラバイの飯。すでに糧秣欠乏し、馬糧たるカラバイで二食にしてゐるが、通じはなかなかよろしいといふ話。てきめんに、画伯《向井潤吉》、便通ひんぱんになる。患者が48マイルから２５０人歩いて来るので、70マイルのところで一人二キロづつ米を交附せよといふ電話が38マイルにかへつてゐる岡本参謀からかかり、杉山中尉あたまを痛めてゐる。ない袖はふれぬのである。患者、道路の向ふ側に群れてゐる。

○飛行機がしきりに時限爆弾を落す。軍通の兵隊の話をきくと、ずし、ずしとたしかに十発落していつた。爆弾坂附近で、七発ははぜたがあとの三発がなかなか爆発しない。さりとて作業を中止するわけには行かぬので、まづ現場に行つて、みんなで穴さがしをやる。深く地中に入つてゐて、なかなかわからないが、見つかると引つぱりだして遠くへすてる。その間に破裂すれば仕方がない。しかし、これまでに被害はほとんどなかつた。ただ、いつはぜるかわからず、どこにあるかも明瞭でないので、気味がわるい。さういふ話を准尉する。そのうちに、遠くで、間をおいて、二発爆発音。まだ一発あるぞと笑ふ。やりませうと碁盤を持つて来る。当番、たうきびと茶とをはこぶ。杉本中尉、塚越中尉など話に来る。塚越中尉はテイデム《（ママ）》へ行くとのこと。

○今日は便がない。話をしたり、そこらにある「葉がくれ」や田中貢太郎の「新怪談集」やを読み、うるさいほど来る飛行機を待避してゐるうちに一日が暮れる。患者がどこといふおかまひなしに火をたくので、どなつてゐる声。雨の音。ここにも拍子木虫がゐるが、どこかで猫の声がする。

7月13日（89マイル）

○疲れもどうやらとれたやうである。
○執拗に旋回する敵機。ひんぱんな来襲。
○早朝、野重のトラックが二輛来て引きかへすので乗らないかといつて来たが、二台では心細いらしく、とりやめになつた。二度ほど、襲撃された由。今日も便がないらしい。
○とつぜん、山中で自動短銃の音。敵襲かと警戒したが、兵隊が牛を殺してゐるのであつた。さつそく、食事に牛が出た。あんまり、むやみに射つな、百円も出せばチン人がくれるのだ、宣撫をこはすことになると、隊長いましめてゐる。坂の荷役にチンの苦力を使つてゐるので困るのだ。
○夕刻、当番が、××が亡くなりましたといつて来た。八日間壕にゐた兵隊が死んだのだ。貴重な葡萄糖の注射までしてやつたのだから、思ひのこすことはあるまい、銃撃の戦死にしてやるつもりですと杉山中尉暗然としていふ。夜になつて、火葬。屍骸は埋没し、腕だけを焼くのである。森林の一角で、全員整列、式の行はれてゐるのが火の光のなかに浮かぶ。敬礼。

◉身近な死　撤退作戦が始まって数日たった時点での身近な兵隊の死の描写があるが、意外なことに、火野の従軍手帖で、自身の周囲で起きた死の記述は、これが初めてである。病のための衰弱が原因だった。この日まで「死」の描写がなかった理由を私なりに考えてみた。火野はインパールの最前線を目指したものの、実際にはつねに第一線から一定の距離があった部隊の中枢機能と行動をともにしている。そのため、食糧供給はある程度、満たされており、周囲に餓死するような将兵はいなかった。現に、この撤退の中でも缶詰など、贅沢な補給を受けている。最前線に比べ、敵の攻撃にさらされることも少なかったのは確実であろう。そのような状況が起因していたのではないだろうか。しかし、この時点になると、病人は多発、空襲は激化、中枢機能がある場所も安全ではなくなっていた。

7月14日（3299）

○朝、隊長正装して骨拾ひに出る。小さな包みにした遺骨を幕舎の隅に安置する。
○准尉、碁盤を持つて来るので打ちはじめ、井目にて、遂に出発時間ちかくまで続戦。その間、爆音しきりに聞え、何度も壕にとびこむ。３２９９方面からかへつて来るらしい多くの飛行機を見て、３２９９が狙はれたのではないかと話す。駄馬部隊が到着し、道をはさんで馬がたくさんゐるので発見されさうである。
○22時ごろ出発。患者輸送のため、隊長独断で車二輛出すことになり、野重の車とで四車。満員で身うごきならず。隊長、准尉に礼を述べて別れを告げる。山のぼりになり、日暮れ、雲と霧とたなびき、ときに雨降る。画伯《向井潤吉》が煙草を吸つてゐると、もしもし、最後の火を消さないで私に下さいといふ患者がある。そこらの兵隊に一本づつやるとあうまい、何日振りかなあとよろこび、おたがひ同志、病気のこと、病院のこと話しあふ。愚痴ばかりで聞きづらい。ほかに話題もないのかも知れぬが、痛くても痛くないといふ兵隊の意地はないものかとはがゆい。

　警備隊が討伐中なので、気をつけながら行くと、さあと右から左へ長く尾を引いて信号弾のやうな流星。前方からライトが見え、３２９９から出発した岩田少尉指揮の三車輛すれちがふ。割合に道よく、一ケ所どろどろになつたところがあつたが、ベイカは乗員を降さずにぐんぐん登つた。轟然たる爆発音が森林に谺して、自動車は止り、ライトを消した。時限爆弾らしい。三日間かかつてかけた１０９マイルの「青田橋《マヽ》」はちやんと残つてゐる。そこを渡ると車は見知らぬ森林の道に深く入り、まつ暗のなかで止つた。病院の入口らしい。患者下車。なほ、車は坂道を登つて森の奥に行くと、点々と幕舎があり、ぼうと明りがともつて、蚊帳のなかに人かげが見える。病院だ。車にのせて来た杉山隊の患者（銃撃でやられた村上兵長）をそこで降ろす。あたりをふるはせて、また時限爆弾の破裂。坂をくだり、本道に出て、３２９９の平地に到着。

　杉山隊本部に行くと、塚越中尉が話してくれて、寝台を準備してくれた。昨日、今日にかけて、ひどくやられたらしい。昨日、歩兵が四五名うろうろしてゐるのを見つけた敵機が銃撃すると偶然自動車に当つて火を発し、たまたまならんでゐた四台が焼けてしまつた。するとその敵機は去り、たちまち十機ほど誘導して来て、あたりかまはず一面に射たれた。今日はまた銃撃の上に、時限爆弾を七八個落して行つたのが、つぎつぎに破裂する。見つけたのは牽引綱で引きだしてすてた。まだ四五発残つてゐるらしい。昼間は山へ待避してゐるとのこと。岩田少尉がゐないので、杉山中尉からことづかつた手紙を菅原軍曹にわたす。疲れてゐたので、二つの寝台にかぶさるやうに蚊帳を吊つて寝る。画伯しきりに放屁し、カラバイのせいなりといふ。

7月15日（3299）

○青空ひろがる快晴。早朝から食事をし逃げ支度をしてゐる。車は22時出発といふことだが、それまでの時間なにもすることがない。寝るよりほかに手段がないのである。西機関に行つてみようと思つてきくと、昨日、トンザン地区へ引きあげたといふ。敵の工作がその方面に活潑になつて来たためらしい。

画伯《向井潤吉》と安崎隊に行く。小隊長田中中尉に会ふと、さつそく何もない話、一日八勺のお粥、おまけに一ケ月かかつて集めた部品を積んだ車を焼かれたとのこと。どこに行つても不景気な話ばかりである。匆々にして辞し、かへつて寝ころぶ。あまり寝て、頭がぼうとなる。

時間をおいて爆発する時限爆弾。地ひびきがし、爆風が来て、砂ほこりがもうもうと立つ。被害はないらしいがあまりよい気持ではない。隊長当番高橋兵長もテイデム《（ママ）》へ行くことになり、夕食の準備をしてくれたあと、荷づくりにとりかかる。時限爆弾にやられてはあほらしい由。

○全く爆音をきかぬ不思議な日である。

○22時出発のつもりで、本道に出て、指定されたトラックに乗つてゐたが、いつまで経つても出発しさうもなく、23時を過ぎる。平木隊の車つぎつぎに出てゆく。同乗してゐる三人の印度国民軍の兵隊。一人が片言の日本語をしやべり、モイランからテイデム《（ママ）》へ行き、どこにゐるかわからない本部をさがして連絡するのだといつてゐるが、戦況進展せず、印度兵も張りあひのないことであらうが、なかなか元気で、戦争はむつかしい、あくまでもやる、苦労は馴れてゐるし、覚悟の上だといふやうなことをいふ。川の水を入れた水筒に浄水済《（ママ）》をおとして飲まうとしてゐるので、熱い湯をやるとよろこぶ。一本の煙草をわけてのむので、画伯煙草をやる。同行すべき一台故障がなほらないので、23時すぎ出発。

病院の入口に来ると、先発したトラックが多く待つてゐて、患者を満載の上、前進。暗いなかをあかあかとライトをともした車がつづいてゆくのはなかなか景気がよい。うなつてゐる患者。ところどころ道がわるく、円匙と十字を持つて集合と逓伝して来る。道をなほしなほし前進。ひどい道。道が川のやうになつてゐたり、断崖の方へかたむいてゐたり、石が落ちてゐたりする。

マルカイを過ぎると全車とまり、全員集合とのこと。降りてゆくと霧が深く、崖くづれの地点は来るときに大岩をとりのけたと同じ場所だ。この前は6トン半の石といひ、その次には十一トンといひ、今度は十三トンくらゐといふ。三十米ほどの間、いちめんの崩壊。塚越中尉が指揮をしながら、火焔びんをともして、作業をやる。おとなしさうな男だが、仕事になるとてきぱきとやつてゐる。巨岩の下を十字で掘りおこす。そばへ来て、気合をかけてやつてゐるのが、自信がないのですよ、どうやつたらいいですかねといふ。丸太を梃子にして二本入れたら落ちるでせうといふ。この前使つた棒が道ばたにおいてある。巨岩の下に枕石をかひ、二本棒を入れ、全員でよいしよとおこすと、ころりと一ぺんで落ちた。次々に多くの岩と石と木の根を除いて前進しはじめると、東の空が白んで来る。霧深し。

7月16日　（マニプール川）

○マニプールの川の音が聞えて来る。渡河点附近に着いたときは8時過ぎ。早速車はそこここへ待避。

ここで夕刻まで待つて、渡河しようといふわけであるが、はたして渡れるかどうかは明瞭でない。桟橋ながれて、昨日も一昨日も渡河作業をせず、両岸に荷物と人とがたまつてゐる由。この大切な時期になんといふことかとその無責任にあきれる。こんな川ひとつを持てあましてゐたのでは大作戦はできまい。難局を積極的に切りひらく気魄に乏しいとはがゆい。この作戦は陸つづきであるから、この程度でとどまつてゐるのだが、島であつたら、たいへんであらう。ガダルカナルその他の南の島々における苦難がそぞろに偲ばれる。

雨落ちて来たので、屋根のかたむいてゐる小屋に入り、朝食。雨はれたので、河原の方に出て、草つ原のなかにのこつてゐる丸太に天幕を張つて瀬振りをつくる。川に入浴にゆく。すさまじい濁流が音を立ててながれてゐる。水速３米50か、４米はあらう。真裸になつて身体を石けんで洗ふとよい気持。河谷は温度が高く、すぐに汗ばんで来る。ここでも寝るより仕方がない。わり合に蚊や蠅の少いのはありがたい。飛行機来たときに飛びこむ穴をまづ探しておいてから昼寝にとりかかる。つめたくなつたカラバイ飯に水を入れ、お粥にして食べる。

長い無為の時間がやうやく過ぎて、日傾きかかつたので、家をたたみ、道路の方へ出た。河原の木かげから一人の大尉がつかつかと歩みよつて来て、方面軍の鍵田です、お目にかかりたいと思つてゐましたといふ。ライマナイで岡本参謀がどなりつけてゐたのはこの人だが、聞いてみると、光機関と西機関関係の情報任務で来てゐたとのことで、あの日も参謀がさういつたので山に登りかけたが26マイルの重砲陣地附近で熱発のためたふれ《た》由。細面なのはやつれてゐるのかも知れない。柔和な人で、早くかへれといふ命令が来てゐるのでラングーンまで下るつもりだが、下士官が病気で困つてゐるといふ。ともに帯同してメイミヨウまで行くことにする。

◉新たな道連れ　七月一六日、マニプール川のほとりで、火野たちが出会ったのが西機関の一員として情報収集にいそしんでいた鍵田大尉である。以降、火野と向井とともに、マンダレー方面に一緒に向かうことになる。

○対岸の渡河点に大勢の兵隊が出て来て作業をはじめたのは、今夜は渡河ができる様子。桟橋は両方とも流れてゐるので、車輛の運搬は困難らしい。どこにゐたのか、ぞくぞくと兵隊が集まつて来てたちまち百人以上もあちこちに屯する。大部分は患者である。御苦労さまといつて近づいて来て、自分の戦歴をききもしないのに述べ、名刺をくれる将校もある。たそがれはじめる。

　稲田中尉と小野軍曹とやつて来て、まだ渡れずにゐた、二日も待つたといふ。三浦参謀が行けといふのでトンザンに行くが、戦況がかういふ風である上に、定住せずしてうろうろと工作をしても効果は上らない、と、なにか釈然としない様子である。ポンザマン酋長が頭が変になつて、ふらふらと敵側に行つた、どこかジヤングルのなかにでもゐるらしいとのこと。あらゆる面に困難が倍加して来るやうだ。鍵田大尉にむかつて、稲田中尉は声を大にしてチン工作の実情と抱負とを説いてゐる。熱情にあふれた語調だが、どこか焦燥の感あるを感じる。

　対岸では門橋に貨物を積みはじめたが、こちら側では乗客を統制しなくては収収《(ママ)》がつかないだらうと思つてゐると、鍵田大尉が各隊の責任者を集め、適確に乗船区分をした。稲田中尉の当番のチン兵から、腹の減つた兵隊たちがさとうきびをもらつてうまさうにかじつてゐる。暗くなるころ、渡船こちら側に来る。一番に乗つて、すさまじい音を立てる濁流を横切る。対岸の土を踏んでほつとする。鍵田大尉が車の交渉をしてくれる。二十三時ごろ、平木隊の車が七車輌来る予定。腰をおろして待つ。星空。夜のなかにひらめく燈火。水にうつつてくだける火。長良川の鵜飼ひのやうでもあり、両国の川びらきのやうでもある。火といふものはなつかしく、あたたかで美しい。何回となく往復し、荷と人と捌ける。

鍵田大尉が前線での感想をきくので、直截に所感を述べる。先生といふのには閉口。自分たちが行くときには飛行機が昨日来たとか、去つたあとをやられたとか、いふ風になるね、と画伯《向井潤吉》と悪運つよきを笑ふ。毎日やられてゐるといふマニプール渡河点にも、よい天気であつたのに一機も来なかつたのである。

○24時過ぎてから、トラツク来る。巨大な爆弾孔の水たまりに一台はまりこむ。その車に乗る。七車輌すつかり荷役を終り、渡河した兵隊たちを満載して出発。そこから九十九折になつた登りだが、道乾いてゐて好都合。ところどころひどいところがあつて、はねあげられ、尻いたし。

空の変化はなはだしく、星消えて雨落ち、またたちまち晴れて、銀河と北斗いちじるしく、とつぜん、燃えるやうにきらめく長い三日月が出現して、雲に入る。霧ふかくなると、空間にまつ白な円があらはれ、見あげるところをトラツクの影が走る。

7月17日　(テイデム《ママ》)

○夜が明けてから、しばらく走り、トラツク止まる。トンザンはすでに過ぎ、マニプール河畔に、ブリキ屋根の建て物が五六軒かたまつたところ。ベルタン川の橋が落ちてゐるので、ここで夕方まで待つが、橋ができなければ一泊しなくてはならぬかも知れぬといふ。障害相接して起り、行程はなはだしく漫々的《（ママ）》《慢々的《マンマンデ》》なるにをかしくなる。画伯《向井潤吉》と顔見あはせて苦笑。おふむね《（ママ）》146マイルの地点（マニプール川は135マイル）なので、160マイルのテイデム《（ママ）》まで数時間なのである。

○下車。小屋に入る。傍をながれる清流。あとから到着したトラックから、安崎隊の兵隊たちの顔あらはれる。森脇軍曹、鈴木伍長、その他。やあやあと声をかけあふと、やられましたといふ。一昨日、六人でガソリン四罐、その他、食糧、薬物などを積んで、3299へ行く途中、トンザン附近で、敵機に会ひ、六機に掃射されて、道に車を焼かれた、積んであつた物は一切焼失し、着のみ着のままで、命だけは拾つたとのこと。隊長からお目玉だと一同しよげてゐる。米もなにもないとのことなので、所持の残米をのこらず出し、ともに炊爨をする。流れに裸になつて入り、沐浴。

○爆音。たきつけてゐた火をあはてて消して待避。相当高いところを数機過ぎてテイデム《（ママ）》の方へ行く。しばらくしてかへつて来た二機が、マニプール渡河点附近と思はれる上空をしきりに旋回、銃砲撃の音しきり。またテイデム《（ママ）》方面から来た二機がまつすぐに渡河点に向ひ、旋回、銃撃。この地点は通過するだけで問題にしてゐない様子。

○河原の小屋に印度兵四五名。画伯写生に行くと、なかなか気どつたポーズをする。モイランにゐて活躍してゐたマリツク中佐もゐる。長身、黒顔、鳶のやうな鋭い眼、苦闘を語るごとく、服と皮膚とはよごれてゐるが、元気で、片言の日本語をしやべり、ぼろ布の包みのなかから日本人の知人の名刺や写真手紙などを出して見せる。

ゴルカ工作をしつかりやらなくては到底駄目、今はやや手を焼いた形、工作ももつと深くアッサム、ベンガルへ入り、シルチアなどにも潜つてやるのでなければ効果が上らない、特にチッタゴンは反英闘斗《(ママ)》の歴史ある地方なので、そこまで行けば、ジョンブルの急所を脅やかすことにならうといふやうなマリック中佐の説。

戦況進展せざるため、下級印度兵のなかには悲観的な者も出て来たが、幹部はみんなしつかりしてゐると鍵田大尉いふ。画伯が色つき肖像を一枚描いてわたすと、なにもいはず、無造作に四つに折つて、荷物のなかにつつこんだ。光機関には漫画家藤井圖夢画伯がゐて、伝単などを作つてゐる由。ごろ寝してゐる印度兵。

○日、山に入る。21時、出発。無一物になつた安崎隊の兵隊たち、まるで敗残兵だと笑ふ。遺骨を首にした兵隊同乗。マニプール河に添つて上り、しばらく行くと、みんな降りて下さいとのこと。断崖の道がくづれてゐて、わづかに板をわたしてゐる親不知の嶮。トラックの幅だけしかない危険な道を先導の合図のままに、よちよちと一台づつ渡る。つき立つた崖の岩石は頭の上にかぶさり、いくつも割れ目があつて、今も落下しさうである。もう一雨来たら、この道もつぶれるだらう。

七車無事通過して、下つて行くと、マニプール川は遠ざかり、ベルタン川へ出る。心配してゐた橋ほとんど完成。降りて渡り、わづかに残つてゐる部分の仕上げを待つ。朝から作業をつづけたのであらう。工兵隊と、チン苦力たち大勢。首かざりをいつぱいつけた女たちが頭に石をのせてしきりにはこぶ。日暮れる。チン人たち、隊伍を組んで帰る。

橋脚にかすがひを打つ音谷間に谺し、まもなく車通過。前進。雨。しばらく走つて車止ると、道路上で、兵隊が大きな声で運転手に話しかける。今日、平木隊の附近、敵機に八車輛やられた、十機位で徹底的に射たれたとのこと。昼間頭上を通つたのがさうらしい。さいきん相ついで聞く被害に歯をかむ。

雨のなかを前進、鍵田大尉一行は西機関の入口で降り、あとは単独宿舎前で全員下車。安崎隊の敗残兵がひとり乗つてゐて、大きい荷をかつぎ、案内してくれる。暗い道を隊長室へ行く。寝てゐるのを声をかけて起すと、安崎中尉もおどろく。戦車隊の宮田主計中尉泊つてゐる。マラリヤにて熱発の由。

荷をおろして床の上にあがるとほつとした気持。大久保君一行は誰もゐず、大久保君は直接にインタンギ《(ママ)》へ行き、また帰るとて荷物は置いてあるとのこと。安崎中尉はなにか憔悴してゐる感じがあつて、車を焼かれたことで頭を痛めてゐるらしい。兵隊たち報告にかへる。疲れてゐたので寝る。音冴える拍子木虫。

7月18日　(テイデム《(ママ)》)

○霧ふかい松林。なつかしい風景である。

○朝食。カラバイ。糧秣後方より来らず、野戦倉庫は補給を停止したとのこと。

○西機関へ行く。三浦参謀と塚越中尉と話してゐて、中尉はまたすぐに前方へ出発の命令を受けてゐる。後方への便をきくと、第三ストツケード、フオートホワイト附近が悪く、十一日から全く交通が途絶してゐるので、歩いて行くしか方法がないといふ。ひどいことになりましたよと例の顎をしやくつた活達《（ママ）》な笑ひかたをするが、憂色は掩ひがたい。

　六月十三日までのビルマ新聞がある。第二戦線の記事は独逸側にきはめて有利に報道されて居り、一方的発表で真相はあきらかでないが、やや愁眉をひらく。畑大将元帥府に列せらる。糧食が全くないので後方へ下るための何日か分を支給して貰ひたい話をすると、倉庫には一つもないといふやうなことにて話にならず、辞す。

　西機関の事務室に行くと、衛藤曹長、鍵田大尉などゐる。卓上に、ドウナツと、落花生を飴煮にした皿があり、舌鼓。ややいやしくなつて来たやうである。歩くのは大変なので、車便を待つことに打合せし、どうしても駄目なれば歩くも止むなしとする。下士官の熱発なほらず、出発までに全快しなかつたら病院にあづけて行くつもりとのこと。カレミヨウから民船を雇つてカレワに出た方がよからうといふ説もある。ともかく現地に行つてみな《け》れば何事もわからないことは、これまでしばしば経験したところである。たくさんゐるチン人、女たち。

○丘の蟻の巣を見に行く。出るときとは変つて、草が地面をつつみ、なじみの蟻の宿はまつたく見当がつかない。見当をつけて探しても、どこにも穴も蟻もない。その後、雨のためにつぶれたか、それとも、収穫を終つて、みづからふさいでしまつたかであらう。

○トラック焼かれたことで、隊長はやや神経衰弱気味になつてゐる様子。気の小さい人なので、当然かも知れぬが、もう少し隊長は落ちついてゐねばなるまい。右往左往してゐる感じで、決心も定まらないやうだ。前や後へしきりに筆記電話や電報を発し、またそれを取り消し、兵隊たちに同じことをくどくどとくりかへしてゐる。

後方へ糧秣燃料を取りにやつた車がフォートホワイト附近まで来て立往生してゐるらしいので、それを迎へに車を一台出すといふ。恰度よい便なので、それに乗せて貰ふことにする。命令が出て、森脇軍曹以下準備。隊長は前へ出たときにできたといふ水虫の足を引きづるやうにして、三浦参謀のところに連絡に行く。

日没頃、兵隊来て、今日のトラックは取りやめとのこと。弓連絡所で、五日分糧秣交附証をもらひ、田中兵長がとりに行つてくれ、それを背嚢につめて出発準備をととのへてゐたのだが、中止とのことにて、また荷をとく。交附された糧秣、白米二キロ、カラバイ三キロ、塩干魚三枚、塩、粉味噌。

○隊長おそくなつて帰つて来て、車は一台位行つてもエンコしたらどうにもならぬので、十車輌まとまらないと出《(ママ)》されないといはれたとのこと。それはいつのことやらわからない。百瀬隊長から、中隊はテイデムに集結し、第一線部隊の車輌修理に任ずべしといふ意味の電報が来て、安崎中尉もなすべきことがきまり、やや落ちついて元気が出て来たやうである。

大久保君の荷物のなかからトロフイー・ウイスキイを一本抜き、久方ぶりに盃をあげる。たまたま久賀中尉も来つて同席。病院の悲惨なことを語る。どこに行つてもよい話をきかぬが、これこそ戦場の実相である。どんな現象にも負けず、まつすぐにこれを見つめてゐなければならないのだ。酔ひを発したふりをして、安崎中尉に、もう少し図太くしておいでなさい、トラック一台位焼かれても笑つてゐなさいといふ。

7月19日　（テイデム《ママ》）

○早朝から爆音。雲ひくく機影は見えないが、二機ほどで、執念ぶかくテイデム《ママ》の上空を旋回する。ほら、今度はここだぞと笑ふ。一時間ちかくもして、退散。

○よごれ物ばかりになつたが、雨降つて洗濯もできない。仕方なし寝ころんで本読む。三浦関造著「聖者しづかに語る」といふ本をとりあげ、退屈のまま読みはじめたが、なかなか面白く、四百頁ばかりをたうとう読了。金光大神川手文次郎《ママ》といふ神がかりの一代記だが、詩情に富み、その必死の生きかたには、ところどころ人をうなづかしめるものがある。尤も、「信心なき者にとつては荒唐無稽のことばかり語つた」とあるから、到底こちらは信心なき者の部類である。

○夕刻、松田伍長ずぶぬれ、ひげにやつれて帰り来る。肥えてゐるので息が切れるらしく、入口に立つて報告する声もとぎれ勝ちである。尾下伍長はカレワに糧秣燃料等の受領に行き、ドラム罐24、米4トン半、その他を受けたが、第二ストツケードに来たきり、道路崩壊のため、帰ることができない。

　そこで自分は連絡のため、今朝9時に出発をして、今（9時半）やつと辿りついた。フオートホワイト、ケネデピイク《ママ》では寒さのためにふるえ、同道した今井兵長は熱発した。第二と第三の間はまつた《く》車通らないが、フオートホワイトからこちらは、道をなほしなほし行くとニツサンでも通れるやうに思ふ。

　59大隊はあらゆる部隊を動員し、道路工事をやつてゐるが、連日の降雨のため、絶望状態で、毎日、六トン位づつ臂力搬送をするといふことになつた模様だつた。自分は明日、車を持つて行けるところまで迎へに行きたい。さういふ意見。寒さと疲れとに松田伍長弱つてゐるのに、安崎中尉がくどくどと同じことばかりをくりかへしてゐるので、見かねた宮田少尉が御苦労さん、話は明日、今日は暖《(ママ)》いものでも食べてゆつくり休みなさいといふ。

○夜、もう一本のウイスキイを処分する。

7月20日 (ケネデピ《(ママ)》イク)

○西機関の鍵田大尉のところへ、今夜、便があることを連絡に行くと、明日からぼつぼつ歩きだすつもりだつたとて喜ぶ。敵が飛行機で撒いたといふ伝単。印度国民軍向けのヒンドスタニー語なので、さつぱりわからないが、片隅に投降票のついてゐるのだけはわかる。

○三浦参謀のところにお別れの挨拶。電報の情報を見せて貰ふ。いよいよ、部隊は後方機動を本格的にはじめること、作間部隊はマニプール河を渡河し、トンザン附近に位置する、現在、戦闘司令所は42マイル、コカダンはすでに撤退、第一線はライマナイにあるが、これも順次下る、ニントーコンに敵逆襲相当の損害、戦車は故障車其の他を現地処理し、残車、中戦車二、軽戦車二、後方転進に際しては対空射撃を活潑にせよ、など。参謀の話では司令部はシーンあたりに下り、戦線後退の最後の線はマニプール河渡河点附近で、一部は前に残るだらうとのこと。こと茲《ここ》にいたるは止むを得ざるも、ばんこくの恨み、胸中に湧く。作戦部隊はさぞ無念のことであらう。田中閣下の顔、眼にうかぶ。

◉後方機動　前述したように、第一五軍が各師団に対し攻撃任務を解いて戦線整理を命じたのは七月七日のことだ。しかし、実際にそれぞれの事情もあったのだろう、火野が行動をともにする部隊が、後方に撤退を本格化させたのが、この日七月二〇日だったことが手帖の記述からわかる。

○安崎隊へかへつて来ると、松田伍長来てゐて、出発の打ち合はせ。日産のトラック出すことになつてゐたのが、もう軽四に変更になつてゐる。それでは人員の便乗は覚束ないので、困つてゐると、松田伍長かへつてから、宮田少尉がいろいろ話し、また、トラックに変更したので安堵する。
○霧深く、やや雨模様だが、夕刻までは降らない。風呂に久しぶりではいる。
○七時ごろ、鍵田大尉一行来る。朝行つたときに、チン人がプレゼントといつてくれた鶏二羽を料理してもらひ、七人にて夕食。特別にとて、白飯をたき、食べつけぬものにてなんとなしに妙。小峯曹長もやうやく熱が下つた由。河村通訳も病気上りらしく、どことなく元気がない。尤も、ふだんでも無口の人のやうである。陸軍通訳としては優秀で、15軍以来の勤務にて、印度のことに詳しい由。
○9時出発をすこし早くして、8時すぎ、トラックにて出発。すこし行くと、これかへされた坂道でもう動かなくなる。降りて押したり、道を円匙でなほしたり、輪の食ひこむ穴を石で埋めたりする。小雨。坂で難儀してゐるうちに、日暮れる。
　この前はこの坂で四時間かかつて、たうとう、けつわつた、と藤原伍長笑ふ。松田伍長もどちらも運転ができるやうだ。ひどい道をがたがた揺られながら前進。しばらく走ると、土砂くづれの場所。道の上に崖から土と木とが落ちて来てゐる。降りて、工事をやり、何度もしやくつて車を動かしてみたりしてゐると、後方から車来る。59大隊の四輪軌道車。どうしたといつて兵隊が降りて来て、ニツサンでこんな道来るのが間ちがつてる、ケネデピ《（ママ）》イクまでとても行けはせん、押してやらうとて、ぐつと押しだしてくれたのでやつと通る。

　鍵田大尉が交渉し、59の車の方に乗りかへることになる。二車のうち、あとの方に乗ると、兵隊三人寝そべつてゐて動かない。おそろしい震動。うしろから、ニツサンもついて来る。闇のなかから、自動車廠の車ですかと声をかける者。森脇軍曹の声なので、すぐあとに来ると教へる。まつくらでなにがなにやらわからず、ただ揺られてゐるうちに、だんだん寒くなつて来て、車止まる。森林を風吹く音、ごうごうと聞え、腰のしびれるやうな寒気がおそつて来る。ケネデピ《（ママ）》イクに着いたらしい。車のなかに寝る。狭い上に寒いので、ほとんど眠ることができない。

第6章　白骨街道撤退

（一九四四年　七月二一日〜七月二九日）

すでに作戦中止が決せられて二週間。それを知らされぬ現地部隊の実態が記述されるこの章は手帖全体の白眉である。インパールから撤退する将兵の悲惨。その撤退する道路や橋を確保するため、逆に前線に向かう工兵部隊。火野の悲嘆・怒りは最高潮に達する。

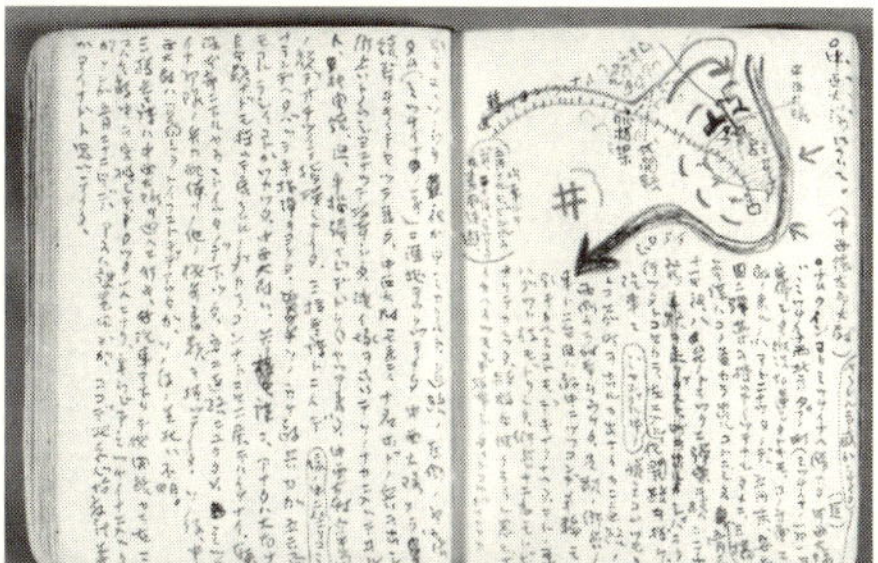

資料編に収録した「作戦・戦闘聞き書き」の自作地図。実物は赤青の色鉛筆で色分けされている。

7月21日　（フオートホワイト）

○薄明のなかに降りてみると、小雨と霧で寒気はなはだしい。蓊鬱《おううつ》と茂つた樹々はいづれも異様な形に苔でふくれあがり、髭のやうにたらした気根や蔓がもつれあひ、奇怪な空気をただよはしてゐる。木々がすべて青苔で掩はれてゐるのは樹齢よりも、雨気のせいであらう。雨季に入ってから一日も霽《は》れることなく、いつもかういふ天気ときき、ここに駐屯してゐる兵隊の暗鬱さを思ふ。下はじめじめしてゐて、木は燃やすに術なく、ガソリンをかけてたくといふ。
ケネデピ《（ママ）》イクはチン丘陵中の最高峯で８８７１呎。富士山の八合目ほどだから寒いのも当然だが、雨と霧と雲とが陰鬱な空気をつくり、風は変てこな形の樹々を鳴らしていやな音を立てる。数台の自動車と簡単な幕舎。あちらにもこちら《に》もたれ散らしてあるカラバイの糞。
○下に行く車はないのと《（ママ）》のことに、止むなく歩くことにして、９時過ぎ、小雨のなかを出発。画伯《向井潤吉》とまた荷に棒を通して持つ。道が下りばかりなのはありがたい。霧が谷の下から吹きあがり、道の附近以外はまつ白でなにも見えない。行くときは夜間通過して、なにもわからず、すこし風景が見たいなどと話しあつたが、今度は昼間歩くのだから、その歎きはもはやないわけである。

まづ、シーンまでは歩くつもりでなくてはなるまい。ときどき会ふ兵隊に距離をきいてみるが、一人一人いふことがちがふので、はつきりしない。道標もない。同じやうな道を前進。いづれも、さかんに放屁と脱糞。カラバイのせいである。二時間ほど歩いてから、朝食。三人はたいて来なかつたので、こちらのを五人で食べることにする。

森林の道を出はづれると、樹木の全くない青草の高原がしばらくつづく。吹きすさぶ風と霧しぶき。休み休み行くとまた密林の道にはいる。雨降つて来たので合羽をかぶる。道をなほしてゐる独工の兵隊にきくと、このあたりはすでに二ケ月以来、かういふ天気ばかりで、今日などは上天気の方だといふ。土砂降りにならないのをありがたいとする。爆音がして来ると、森のなかで、ヒコーキ、ヒコーキと鳴く鳥がある。低地にはない高山植物。

○金峯山。そこまではいくらか登りになつてゐるが、金峯山からは一路下りとなる。今度の作戦の緒戦として、昨年十月にここまで進出したのだが、酒井中隊の守つてゐたこの山は連日砲撃を受け、一日に五千発七千発といふ砲弾を打ちこまれたため、１２０名の部隊が55名に減つた。それでも四ケ月以上頑張つてゐたのである。

森林の道を行くと、突然、樹木の形が全く変つてゐる部分に出る。樹のいただきはそいだやうに切れ、枝は割れ、たふれてゐる樹は黒焦げになり、あたり一面は巨大な足でふみくだいたやうに散乱してゐる。砲撃のすさまじさが髣髴するごとくである。敬礼して通る。

○前進して行くと、フオートホワイトの部落が見えて来る。バンガロオ風の建物、紅殻色の屋根、ブリキの家。それを見ながら進むと、眼下に、白い十字架の立つた墓地。灌木の垣で四角に区切り、十字架が純白で清潔な感じ。荒漠たる山間にとりのこされた無人の廢墟。トタン屋根をはがすチン人があるばかり。焚きものを籠に入れ輪を頭にくつつけてはこんでゆくチン娘の派手な短いロンギの色。小雨。

すこし行くと何人もチン人がすれちがつたがその一人が、マンゴ、マンゴ、といふ。よびよせると籠の中に青いマンゴをたくさん入れてゐて、指二本出して、あとで一本出す。二個一円といふつもりらしい。十個買つて、五円わたし、あまりうまいので、また五円買ふことにし、十円札を出して、前の五円札を返させると、どう間ちがつたか、二十ほどもつかみだしてから、にこにこと去つて行つた。しかし、中には虫の食つてゐるのや腐つてゐるのが相当あつて、損得はなしである。まつ黄色な実がとろりとしむやうに舌にさはり、カラバイの腹壁にしみわたる。夢中のやうに、たちまち全部を平らげた。一つ五十銭は安くはないが、マニラでは一個十円もしてゐると画伯いふ。ラングーンでも一円くらゐの由。

○交通哨。部落を過ぎて二キロほども行つたところ。路傍に掘立小屋。四時過ぎ。ここで泊ることにする。足いたく、踵ががくんがくんする。ここからも全く車は出ないので、第三ストツケードまで歩かなくてはならぬとのこと。崖の下にブリキをつなぎ合はせた粗末な小屋があつて目下建築中。ブリキには弾痕がいくつもある。作間部隊の連絡者といふ稲見兵長ゐて、親切に世話焼いてくれる。板を敷いた一角にすし詰になつて五人はいる。いつたん道に上り、反対側に百米ほど降ると清流がある。米を洗ひ、別棟で火をたきはじめたが、木がことごとく濡れてゐて、五人分の炊爨は大事業である。二時間ちかくもかかつて、くすべられた眼に涙をうかべて終る。

稲見兵長、毛布を三枚貸してくれる。疲れてゐたので、明るいうちから横になると、そのままみんな寝てしまつた。寒いので眼がさめると暗黒である。背嚢から、冬服を出して、上下着る。下にシヤツ四枚、合服のジヤンパ一枚と合計六枚着てゐるのに、寒気は肌をさす。すさまじい風が森林を鳴らし、トタンをふるはせる。厳冬に変らない。しびれるやうに冷えて来るので何度も寝がへりを打ち、まんじりともできない。咆哮する密林。

7月22日 （位置不明）

○ともかく第三ストツケードを目標にして前進。9時半出発。道はどろどろにこねかへされ、何度も泥濘のなかに靴を没しなくてはならない。雨。あちこちで道路をなほしてゐる兵隊、チン人たち。

道路工事はもともと工兵隊の任務であるが、今はあらゆる部隊、追及者などが全員で道とたたかつてゐる。荷物があるので、行軍も楽でなく、途中で苦力をつかまへようとしても、言葉が通じなくてうまくいかず、道路工事のチン人を借りようとしても、監督の兵隊がさういふことはできないとて貸してくれない。一々、通行者に貸してゐては困るわけなので、無理はいへない。相もかはらぬ放屁と脱糞。

　山道で小休止したとき、背嚢を千仞《せんじん》の谷底に落した。もともと急峻の横腹を切りひらいて作つた道なので、道の下はたいていのところが底の見えぬ断崖の谷である。ころげ落ちる音がしばらく聞えて、あとはわからなくなつた。泣き面に蜂である。止むなく、断崖をかきわけて降ると、小峯曹長もついて来てくれた。腐木のにほひがあたりに満ち、嘗て誰ひとり通つたことのない場所であらう。降りても降りても底といふものがなく、のぞいてもどこが果てともわからない。異様な虫がとび、えたいの知れぬ草木の刺が手や顔にささる。もう、見つからぬものとあきらめて降つてゆくと、一本の木と岩との間にはさまつてゐる背嚢が見えた。ほつとしてとりあげ、肩にしてのぼる。

　ほとんど垂直に近い山肌をのぼつてゆくのには立木や木の根がたよりであるが、そのほとんどは腐つてゐて苔にまみれ、力とたのんだ木がめりめりと折れて辷り落ちる。誰も通つたことのないところと思つてゐたら、ところどころ穴を掘つたあとがあるので、なにかと思つてみると、どうも兵隊が山芋を掘つたあとらしかつた。兵隊の足跡いたらざるはなしである。やつと道に登る。

○四時ごろ、左手に一軒の小屋をみとめ、その中に大久保君の顔を発見する。そこに行くと、野重隊で、緒戦の折、ケネデ《（ママ）》ピイクを砲撃した大砲が故障し、止むなくここへ据えたままにしてあつて、その監視分隊が五名ほどゐるとのこと。はつきりわからないが概ね、フォートホワイトから《空白》キロほどの地点。大久保君は相変らず元気の様子で、テイデム《ママ》へ行く途中といふ。三浦参謀からあづかつたラングーンへの帰還命令書をわたすと、承知してゐて、戦場報道隊は全部引きあげることになつたのだが、自分は安崎隊へ荷物をあづけてゐるし、世話になつた礼もいはなくてはならんし、ことに、暗号書を置いて来てゐるのでどうしてもそれを処理しなくてはならない、これからの道が大変なことも、テイデム《ママ》に食糧のないことも知つてゐるが、なんとかして行くつもりだといふ。車がなければ全部歩いてゆくといふをきき、立派な記者だと思ふ。鍵田大尉が暗号書なら焼却するやう電報か電話かで連絡してやらうとしきりにいつてゐるし、普通の記者なら、この難路をテイデム《ママ》《ママ》を行くことなどは思ひとどまるところであらう。

　キーゴンに行つて来たとのこと。まだ報道隊の連中は動けずにゐる。あのあたりの道はこちらどころの段ではない。あとにも先にも、荷物を持つてゐたら働くことができない。棟田博も来たきり、キーゴンに二ケ月もゐたわけで、タムの方には出てゐない。火野君によろしくとのことだつた。（棟田君がキーゴンから全く動かずにゐたといふことは意外である。道がわるく、前線の悲惨な様子をきいて出なかつたといふが、作家たる気魄があれば、いかなる困難を冒しても前線に出、どのやうな悽惨な情況をも眼を据えて見つめなければならぬ筈ではないか。一人の作家でもが《ママ》この作戦の実相を見るといふことは大切なことなのだ。しかも普通の作家ならともかく、兵隊であつた棟田君が前へ出なかつたことは残念である。）

　祭、烈の方の情態は弓よりもつとひどい。片腕をもがれ、跣足の兵隊がインダンギへ来ればなにか食へると一縷の望みをいだいて、泥のなかに腰まで没する道を下つて来るが、後方も糧秣に欠乏してゐる。烈兵団長も変つた。牟田口閣下は毎日粥を二度食つては毎日釣りをしてゐる。今度の作戦の責を負つて自決するのではないかと見てゐる者もあり、また兵隊のなかには牟田口を殺すといきまいてゐる者もある。

海軍大臣が変つた。サイパン島は占領されたのではないかと思はれる。北九州は今月十三日にまた空襲された。国内は一億銃をとるの悲壮な空気になつて来た様子。アンダマン、ニコバルに対する空襲が活潑になつて来たので、敵は上陸企図を実現して来るかも知れない。ここから後方へ下るのはたいへんで、カレワまで出るまでも簡単にいかぬ。民船で川を下るのが良策かも知れない。第二戦線はノルマンジー方面からあまり進展してゐないらしいが、ロシヤがバルカンの方に出て来た。さういふいろいろな話を大久保君から聞く。

◉命がけのジャーナリスト　毎日新聞所属の大久保憲美記者。七月二二日に火野が描き出すのは、命もかえりみず、最前線の様子を己の目で見てやろうという大久保のジャーナリストとしての姿勢である。

「戦場記者」という人々がいる。私の近しい友人にもイラク戦争下のバグダッドから撤退せず、その最前線の様子を伝え続けた映像ジャーナリストがいる。彼にその理由を尋ねると、「前線の情報のリアル、そして言葉を遠く離れた人たちにも伝えないといけない」という使命感が彼を支えていたことを教えてくれた。

私自身は、戦場記者にはなれそうもないし、そんな勇気はない。だが、正しい義が揺らぎ、混沌とした現代社会のなか、命がけで伝えるべきことは確かにある、と強く思っている。平時の今ではあるのだが、命をかけ、言葉を伝える時は近いとも感じている。

◉棟田博への複雑な感情　火野は、同じような境遇を経て一兵士から作家になった棟田博をかなり信用していた。それだけに棟田が「悲惨」であることを理由に、最前線に近づかなかったことがショックだったようで、手帖に字数をかけて無念の思いを綴っている。棟田もこのことは、充分意識していたようで戦後になって、こう記している。

　私は、怠けて、あの戦場では、新聞社の中継基地から動かなかつた。あしへいさんは、前線へ出て行つた。しかも、「弓」部隊の前線で、最も危険な方面であつた。私は、なんだか、はずかしくて困つた。（棟田博「戦場歩きの友」「九州文学」一九六〇年四月号）

この文章は、一九六〇年、火野が突然死去した時の追悼文の一部である。「あしへいさんと同じように、私も兵隊作家と云われていた」と棟田は同文で戦時中を振り返る。火野への思いは格別で、「なんにも云わなくても、お互い顔を見合わせると、ぐつと胸に応えて通じ合うものがあつた」。そして「裸のあしへいさんに、私も、裸の私をさらけ出し」、「一緒に野糞を垂れ、一緒に壕に隠れたり、抱き合うようにして露営の夜を明かした」。それだけに、棟田自身、火野のように前線に行かなかった自身を戦後も後悔し続けていたのだ。

○バナナをよばれ、顎がいたい。通りすがりのチン人から買ふらしい。すさまじい豪雨。びしよ濡れになつて道を行く兵隊たち。憲兵も通り、松田伍長も行く。車はケネデピイク《（ママ）》まで上らなかつたので途中からかへし、全員行軍にうつつた由。

幕舎のなかからとびだしてうろうろするマラリヤ患者。昨夜、フオートホワイトに同宿してゐた兵隊で、ぬうと入つて来たが、頭がすこし変になつてゐるらしい。昼食の代用食だといふえんどう豆を鍋でいつて出され、むしやむしや食べながら、カラバイや豆で屁を製造するばかりと笑ふ。疲れてゐたし、第三ストツケードに行つても寝る場所もないとのことで、野重の兵隊の好意に甘え、ここへ一泊することになる。

とびまはつてゐる二羽の鶏がけたたましく鳴いて、幕舎のなかで騒いでゐたと思ふと卵を二個生んだ。豪雨やがて止んだので、宿舎の方へ移る。大砲の横につくつた狭い場所だが、蚊帳が釣つてあつて、そのなかに入るとやや暖かい。フオートホワイトが標高約６０００《フィート》、ここも４０００位らしく、雨に濡れるとふるえるほど寒いのである。ありたけの砂糖で湯をわかす。

○大久保君は十時ごろ上つて来るといふ車を待ち、自動車の音するたびに飛びだしてゐたが、明朝しか来ないことがわかる。重なり合ふやうにして、十一人寝る。金子伍長以下、気持のよい兵隊ばかりである。長の軍曹は入院してゐた兵隊が病死したのでシーンに昨日下つたとのこと。雨蚊帳通して、額のまんなかに落ちる。暗夜、脱糞に出ると、山は悽愴の気に満ちてゐる。

7月23日　（シーン）

○雨のなかを出発。10時。大久保君、諸君はきつとカレワあたりで愚図々々してゐるだらうから、きつと落つつく《ママ》だらうなどいひ、敗残の姿をうつすとて写真機をとりだす。相かはらず髭《ママ》をひねる。

○行軍。道路の崩壊はむざんなもので、行くときにはシーンから一晩のうちにテイデムへ到着したことを考へると、ほとんど隔世の感がある。雨季といふもの、雨の作戦への影響、雨の無慈悲さといふものがいやといふほど頭にしみた。

いたるところ、大勢の兵隊やチン人が道を修理してゐるが、その力は到底雨の猛威に追ひつくとは思はれない。ことにチン人の働きぶりは緩漫で、円匙のつかひかたも下手だし、わづか二つか三つかの石をえつちらおつちら運ぶありさまでは、その進捗のほども押しはかられる。西機関が苦力を動員して、一日に二千人、月に延6万人といふのだが、これを大して効果のあがらない道つくりに使ふよりは、物資搬送につかつた方がずつと適切ではないのかとおせつかいな考へが湧く。雨季間に到底車が通るやうにはなるまい。車を通すのは物資搬送が目的であるとすれば、いつそ、僅かづつでもチン人に臂力搬送させた方が結果は早いといふことにならう。中にはさうやつてゐるのもあつて、ふんどし一つのチン人、首かざり、腕輪をしたチン女、老人も子供も交つた異様な一隊が、籠をかついで額に紐をひつかけ、或る者は袋を頭にのせ、えんえんとつづいて上つて来る。

雨が降るとその大部分の者が蝙蝠傘をひろげ、芭蕉の葉で編んだ管笠《(ママ)》様のものをかぶる。褌は日本でするのと同じで、裸の者もあれば、寝巻のやうなチン衣を着た者もあり、中にはパイプをくはへた者、長い髪をたばねて、鉢巻をした者、腰巻様のロンギをした者、女は短い派手な柄のロンギをし、男女ともすべて跣足である。前線の方のチン工作は逐次むつかしくなつて来つつあるのだが、このあたりはまだやりよいのであらう。ところどころで、Ⓝの標識をつけたチン兵を見かける。

岩質のところ、赤土のところと山の土質がちがつてゐて、それぞれその場所に応じた補修をやつてゐるが、この雨とたたかつてゐる兵隊たちの姿には瞼のあつくなつて来るのを禁じ得ない。木を伐りだして来て、横に道にしきつめてあるところは歩きよく、車も通りやすいらしいが、その労力はたいへんで、全道をさうすることは思ひもよらず、もつとも悪い場所をやつてゐるのだが、わづか数百米の長さにしか及んでゐない。

いたるところでトラックが立往生をしてゐる。強引に上つて来ては万策つきて、道のまんなかにへたばつてゐるのだ。後に下ることもできない。雨季はまだ二ケ月もあり、もつとひどく降るらしいから、道はわるくはなつてもよくはなるまい。点々と歩いてゆく患者。道ばたにたふれてゐる者もある。

○第三ストツケード。なんにもないところで、右手の台地の上に陣地のあとらしい掩蓋が見える。この要塞は第二ストツケードとともに、チン族討伐のために英軍のつくつたもので、ポンザマンが話してゐたやうに、五十年前、チン族は英国の侵略に対して勇猛に戦つたこともあるのである。そこのあたりは道が泥沼になつてゐる。身体も足も疲れ、靴には泥水が入つて、ずくずくになり、雨は全身にしみて来た。

前進して行くうちに、廻つた道に近道がつけてあるので、画伯《向井潤吉》が先頭に立つて行くと、赤土の上に降りたと思ふと、ずぶずぶと腰までぬめりこんだ。引き上げると全身まつ赤である。底のない泥沼で、ほつて置けば身体中入つてしまつたであらう。そばの水たまりで洗つてもこびりついた赤泥が落ちず、やけ糞だからこのまま行かうと画伯も苦笑する。

無理に車が通つたあと、車輪のあとが深く二本ついてゐて、両端はもり上つて壁のやうになつてゐる。その壁の上端が昔の路面であつたわけで、現在の路底から二米も高くなつてゐるのがある。

轍のなかをすさまじく雨水が走る。これでは乾季になつても相当手入れしなくてはもとの道にはなるまい。土砂くづれのため道が埋まり、また道の方が半分欠け落ちて、やつと人の通れる場所もいくつかある。それでも、通れるところだけ通るつもりのトラックが、必死のエンジンの音を立て、くづれんばかりに揺れながら、悪路をのぼつてゆく。

　すこしでも前に出て、すこしでも糧秣、燃料を前方へ送らうといふ我無者羅の行動である。いまは当分弾薬は必要でなくなつたのだ。戦争の実相はかういふところに真実の姿があるのだ。これで陸つづきだからまだよいので、島であつたら、といふいつもの感想がまた湧く。

○電光型に道の曲つてゐる場所に多くのチン人がゐた。そこに独工小林隊の兵隊がゐたので、苦力を四名ほど借る交渉をする。小林中尉は作業現場に出てゐて不在。兵隊がチン兵の小隊長を呼んでくれる。西機関の一個小隊が道路工事に活動してゐるらしい。テイデム（マヽ）で見たことのあるチン兵が来たので、河村通訳が英語で話し、四人の兵隊を貸してもらふ交渉がやうやく成立。稲田中尉のや衛藤曹長の名を出していふと、証明書はないかときく。鍵田大尉がハチタからことづかつたバーモ首相あての手紙を見せると、それで小隊長は納得した。

　やがて、四人のチン兵が来て、荷物をすつかり負はせ、大助かりで

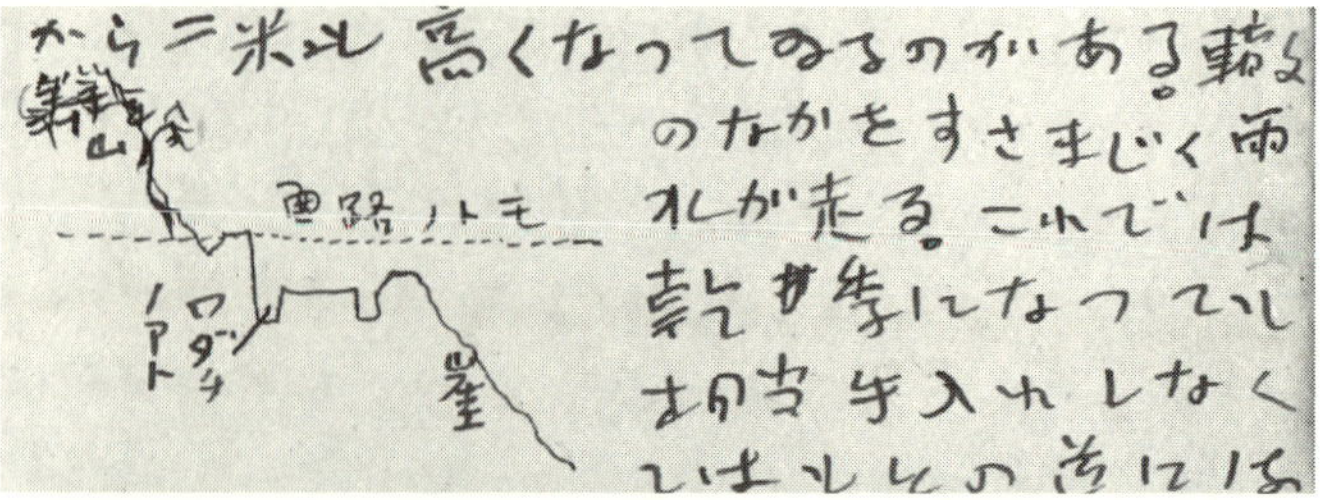

記述を図解する火野の姿勢は手帖の随所に見られ、それは断面図にまで及ぶ。

ある。第三ストツケードが16マイルの地点で、シーンは9マイルだから、あと7マイルくらゐだらうとのこと。このマイルはどこからなのかさつぱりわからない。糧秣不足で、腹がへつてゐるから、飯を食べさせて欲しいといふことで、それを約し、出発。

足は痛いが肩が楽になつて、道はかどる。いたるところで、道路工事と、糧秣搬送のチン人の一隊。雨降つた《り》止んだりする。途中、車がいたるところに溜つてゐる。道にへたばつてゐる一台の車から、にこにこと笑ひかける顔があつて、今、お下りですかといふ。河合兵長である。この兵隊の運転で、インタンギ《(ママ)》からテイデム《(ママ)》まで二日で行き、腕に自信があるとてむやみにあのときは飛ばしたのだが、さすがの彼も雨の威力には勝てぬとみえる。四十分ほど歩いて休憩しながら下つて行くと、しだいにむつとした熱気の立ちこめてゐる谷地にはいつて来て、渓流の音がきこえはじめる。

低地に近づいて来たことがわかり、ミツタ河の上流がすさまじい奔湍を見せはじめると、植物の姿もどこかちがつて来て、山上では聞かなかつた蟬の声がひどく珍らしく耳を打つ。憲兵の連中に追ひつく。川がしだいに近くなり、広場に出ると、たくさんのトラックが森林のなかに待避してゐ、知らぬ間に第二ストツケードを過ぎてゐた。黒塗

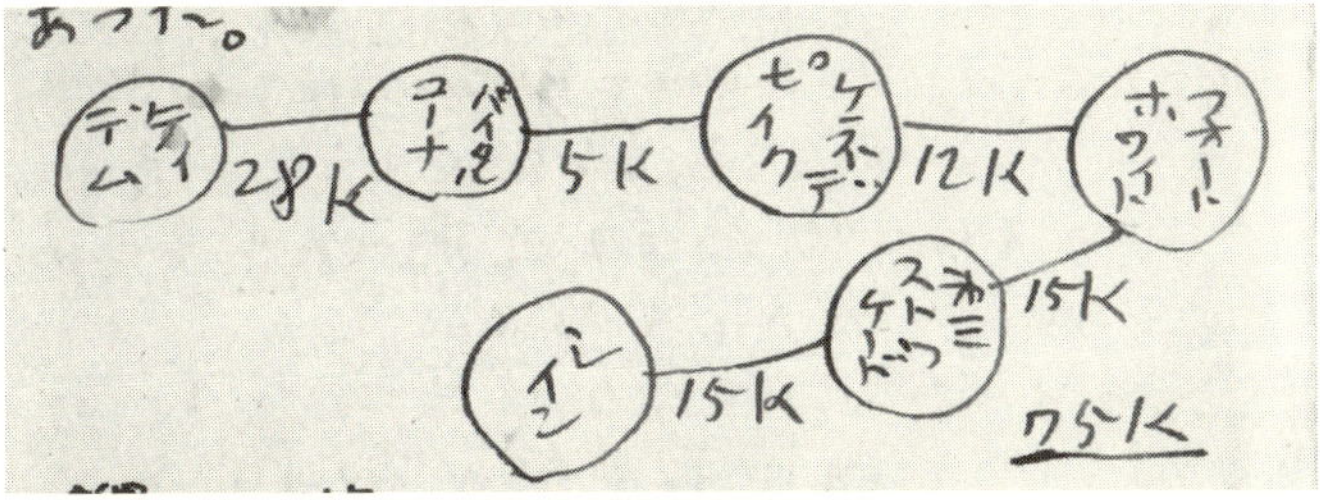

この種の位置把握のメモ・システムは兵の命綱だ。

りの吊橋をわたると、もうそこから平地で、チン丘陵の最高峯、８８７１呎のケネデピ《（ママ）》イクから、下まで歩いたわけである。距離がはつきりしなかつたが、糧秣交付所に到着すると、壁に道程表が貼りだしてあつた。

○シーン糧秣交付所。本道から一寸はいつた森林の中。登ることのできない山砲がたくさん偽装して置いてある。多くの自動車、小屋。交付所に行き、鍵田大尉話して、事務所に厄介になることにきめてゐると、大隊本部（59）から電話がかかつて来てぜひ本部へ来て欲しいとのこと。小峯曹長、河村通訳を残して三人行くことにする。すぐ傍の流れに行き、まつ裸になつて身体をあらひ、よごれものの洗濯をする。赤土で太つた靴を洗ふ。

　事務室にかへると、作間部隊の内田中尉（作業隊として後方残留）があなた方が第三ストツケードあたりから下りつつあると知らせてくれた者があつて、兵隊に飯でも余計たいとけといつておいたといふ。しばらく、横になる。日の光つよく、汗がじつとりとにじんで来て、これまで寒いところにゐたので身体の調子に妙な戸まどひを感じる。残飯をもらつて食べると、カラバイならぬ白飯で、腹も舌もまた戸まどひする。おかしくなる。

○8時半ごろ、トラックで大隊本部に行く。一キロほど本道を走り、森林の道を五六百米歩いて谷底になつたところ。林は密ではないが、すくすくと異様に延びた木々には豊富な青葉が枝を張り、地上を掩つてゐる低い植物は木とも草とも知れず、ひよろひよろと細い幹が十尺ほど立つてゐるのに幅一尺以上もある団扇のやうな葉が五六枚唐突にくつついてゐたり、根もとからぢかに巨大な赤味をおびた大根の葉のやうな葉が出てゐたり、奇妙な形と色の植物が密生してゐて、画伯はどんな出たらめな植物を画いてもありさうだといふ。

むし暑くそよとの風もないため何万本の草木がどの一枚の葉も動かさずにゐるのは妙に不気味である。ところどころに焼けてゐる樹があるが、その黒こげの幹から鮮やかな嫩芽《どんが》がふき出てゐるのはまだ芯が生きてゐるのであらう。雨季に入つて雨をゆたかに受けるせいであらうが、その生長力の強靭さはおどろくばかりで、五月ごろとは打つて変つて、草がのびてゐるのが目立つ。下はじめじめと湿り、健康地といふことはできない。小鳥の影もまばらである。樹の葉は一度すつかり枯れ落ちてから新しい芽や葉を出すといふわけでなく、一本の木に古い葉と新しい葉とが混生してゐて、つぎからつぎに新陳代謝をしてゐるらしい。
○大隊長倉田少佐。眼鏡をかけたものやはらかな人。岡山県出身。隊長室のほか三四軒の一寸大きな小屋。将校室で装具をとき、また隊長室に行く。日没となり、食事が出される。マンダレー製といふウイスキイ。白飯。主計浅石大尉、関少尉なども来て、いろいろな話をする。
59大隊はカレワからテイデム《（マヽ）》までの輸送を担当してゐる自動車隊（ケネデピ《（マヽ）》イクまで乗せてもらつた車はその一中隊）で、道路状況わるく、苦労する話をきく。前線の模様など話す。二本のウイスキイで若干酩酊。辞して将校室に帰り、蚊帳に入つて寝る。画伯、浅石、関両将校とおそくまで話してゐる様子。

いつも感じるのであるが、話が現象的ではがゆいことがあり、やめればよいのにとはらはらせざるを得ない。画伯がいつ寝たのかは知らなかつたが、すさまじい雷鳴の音に眼がさめると、暗黒で、家も森も流れてしまふやうな豪雨である。うつらうつらしたまま、道のことを思つた。

7月24日　（カレミヨウ）

○朝、昼、晩と三食の白飯を食べて、異様な心地である。腹の用心にクレオソートをのんでおく。

○事務室になつてゐて、人の出入が頻繁で、用件はすべて、輸送の問題ばかりである。道のわるい話の出ないことはなく、ここからカレワに行くには、カレミヨウから舟で13哩の地点にいつたん上り、そこから歩かなくてはならない。また、うまく車をつかまへても七哩のところまでで、そこの二つの橋がおちてゐるので三マイルまで舟に乗り、カレワまで歩くか車かで行く。しかしさうは連絡がよくないので、膝まで没する道を13マイル歩くのが結局一番早いかも知れない。特に、キーゴン、ヤザギヨー方面は全く絶望で、入りこんだ車が道の上なのに車体を没して浮いてゐる。また、カレワから渡河できても、向ふが悪いので、曙村まで歩かねばならぬ。つまり、さういふ状況でラングーンまでは何日かかるか見当もつかないわけである。

　軍医中尉が来て、カレワまで衛生材料をやつと３５０梱わたしたが、あとがどうにもならず困つてゐるといふ。患者は続出し、薬物は全くないといふ前線の有様なので、気はせくのだが、手段がないのである。森林のなかにあるドラム罐を出すことができなくなつたので、象を使ふことになり、今日、夕刻五頭来るとのこと。山砲聯隊長病気にて後方に下るため、インダゴンに今ゐるとて、カレワまでの便をききに来る。今月の七日にテイデム《（マヽ）》を出て、老大佐がよぼよぼと歩いて来られたとのこと。

○鍵田大尉の話。今度の作戦ははじめからなかなか議論があつた。去年の六月ごろまではまだきまつてゐなかつた。作戦の研究会がしばしば行はれたとき、祭、烈、弓の三師団長とも、危険だといふ慎重説であつたが、牟田口将軍はあくまでも強気で、ブラマプトラ河までも行く自信があるといひ、大本営の参謀も列席してゐたが、さうかなあといふ受け身の形であつた。

敵は中部ビルマ、北ビルマは陽動で、アンダマン、ニコバルを経て南ビルマの上陸作戦を主眼としてゐるやうに考へられ、部隊配置を見ても、インパール方面の兵力は大したことはないと思はれ、雨季までにはアッサムへ出られるといふ意見が大勢を決した。

三月八日に作戦開始されたが、これが今になつて思へばもう一ケ月早く初められたか、或ひは後方機動の決心が一ケ月早くなされたらよかつたかも知れないが、助平根性がすて切れず、今の事態になつた。飛行師団も、フーコン、雲南、印度と三方面を担当し、少い飛行機で苦労し、涙をのんでゐた。今、整備中で、八月になると飛行機も相当のものになる予定。

四月の初め、トルボン隘路口を出た弓が、ポツサムバムをとつたことを報告したとき、河辺閣下は喜んで居られたが、その翌日、奪還されたことを告げると、頭を垂れ、十五分間も黙つて居られた。それから敵の反攻の状態、抵抗力等について詳細を聞かれた。そのときから、これはなかなか難しいといふ感じを持たれたやうであつた。雨季になれば作戦が停頓することは初めから全くわからなかつたわけでなく、それまでにとれるといふことがすべての誤算のもとだつた。
○一日、豪雨。窓外の青葉はみづみづしいが、鬱陶しいことおびただしい。
○21時出発。隊長以下に礼を述べて、車で、小峯河村両君を迎へに行き、ふたたび半輪《(ママ)》してシーンを後に前進。合歓の並木の根を掩つた草ののびが著しく、坦々たる道路をトラックが疾走するのがひどく珍らしい思ひ。この道は雨季でも壊れないらしく、ほとんど一直線で、緑の隧道を爽快にニッ

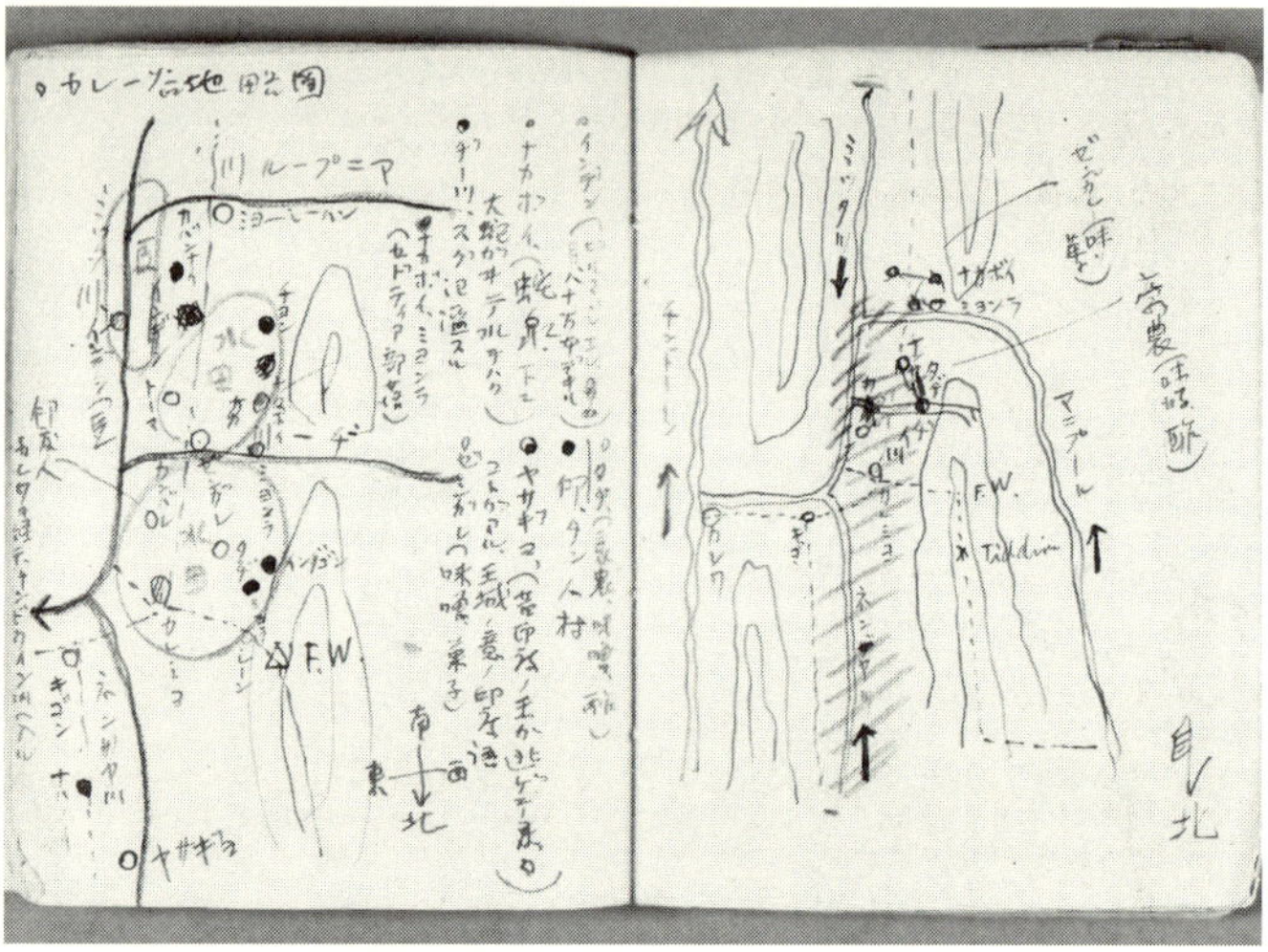

カレー谷地略図。この地図は油断していると混乱する。北が下になっている。

サンの車が飛ぶ。少時雨を顔に受けたがすぐ晴れ、一時間も走ると、道識標《（ママ）》の立つてゐる十字路に出る。左に行くとインタンギで、来るときはその道を来たのだが、一直線にカレミヨウの部落に入り、また抜ける。一寸大きな部落だが、すべて癈墟と化し、青一色のなかに黒い焼けぼつくひのみが立ちならび、日暮れのなかに久しぶりに見るパコダ《（ママ）》がある。ビルマへかへつたと思ふ。草の生ひしげつた狭い道を行くと、暗くなつてから、木かげに止まる。そこで降り、「カレー開発隊」の看板のある野戦倉庫の事務室に行く。

○松木大尉（安田銀行京都支店長、逗子八郎氏と親友の由）皿盛り六角饅頭、ジヤム入りの水菓子が出ておどろく。二十ほどあつたのがたちまちなくなる。部屋の中に掛け時計のあるのが珍らしい。豪雨。用意された部屋で、食事をよばれ、カレー谷地に於ける諸状況を聞く。（裏頁参照《右掲図》）風呂に入らぬかといはれたが、おそい上に疲れてゐたので寝る。みな、白飯を食つて屁がとまつたといふ。

7月25日　（チョヂカ）

○タヂの村長が持つて来たといふ菓子。タヂは豪農のゐる部落の由。
○七時に乗船といふことだつたので、車で六時半に揚渡場に行くと、船頭が飯食ひにかへつたとてなかなかやつて来ない。まつ黒な身体によれよれのロンギをしたビルマ人苦力が列をなしたり、牛を追つたりして通る。風のまつたく吹かぬところで、合歓の木は日暮れとともにぐつたりと葉をたれ、熱気は身体を蒸すやうである。ぼんやりと船頭の来るのを待つてゐると、道をへだてた一軒の家から呼ぶ者がある。尾下伍長が立つてゐる。行くと、カレワに荷物をとりに来たところ、マラリヤにやられて目下熱発中とのことにて苦しさうだ。安崎隊の兵隊がほかにも三四人ゐて、ビルマ人の郡長代理の家といふに厄介になつてゐる由。
　顔すこしけんはあるが顔立ちの立派な女が七ケ月くらゐの赤ん坊を守りし、五つ位の男の子が赤ん坊をあやして抱いたり、ちんぽをくはへてくすぐつたりしてゐる。主人の妾で本妻は別のところにゐるといふ。子供のはこんでくれた茶をのんでゐると、雨になつて来て、何台もやつて来るトラツクがことごとく家の前にとまり、数十人の患者が降りる。患者集合所が遠くないところにあるらしいのだが、連絡がわるいとみえて、みんな渡場の前で降りて、うろうろしてゐる。

　何人かが郡長の家にやつて来て濡れた身体を休める。裸の衛生兵がやつて来た。たつた一人らしく、処置に窮してゐる模様。患者のあつかひが出たらめなのに腹が立つが、同時に敵に対するはげしい怒りが胸をかきたてる。無念ないくさである。

○船頭やうやく来て、川岸から乗船。幅のせまい長い挎《く》り舟。ロンドインといふ民船。艫の方にわづかにアンペラで屋根がしてあるだけで、五人ははいれない。両太股きたない彫青をした船頭がロンギをとつて褌ひとつになる。もつさりしたもう一人の船頭。入江からゆらゆらとミツタ河の本流に出ると、まつ赤な泥がいくつも渦をまき、すさまじい流れがいろいろな流出物を押しながしてゐる。陸から見たミツタは大して大きい川とも思はなかつたが、河心に出てみると洋々たる大河で、両岸は垣のやうに丈余の葦が密生し、森林が船の進行にしたがつて廻転するやうに後方へ去る。雲のかかつたチン丘陵はその突角の多い稜線を青く沈ませ、いちばん高いところがケネデピ《（ママ）》イクかと経て来た道を思つて感慨ぶかい。

船頭はにぎやかな男で、同乗した野戦倉庫の鴨井准尉や小峯曹長としきりにビルマ語で話し、ふんどしをとるとちんぽが風邪をひいて女房が泣くなどといつてきやつつきやつと笑ふ。薄い船べり

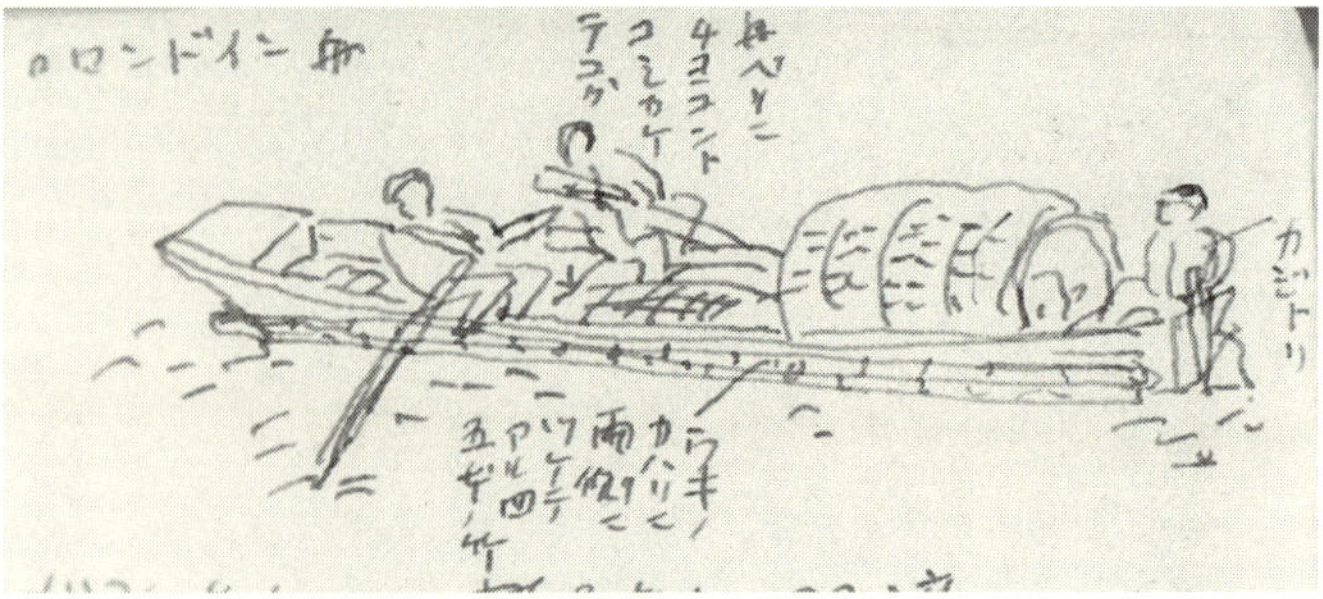

ロンドイン舟。右の俵型のものが「屋根」だろう。

にちよこんと腰かけて櫓をこぐが、流れに乗つてゐるので船足は早い。川を掩つてまつ白に雨降つて来る。右岸に子供の抱《（ママ）》いた女のゐる家が見え、そこへ船をつけた船頭がいつまで経つてもかへつて来ず、なにか奇妙な声で遠くを呼んでゐる声ばかりがきこえる。

　のんきなのにあきれてゐると、一人の子供が降りて来て、そばにある細く浅い丸木舟にのり、身体を半分外へ出して艫にちよこんとしやがみ、たくみに櫂をあやつつて流れをさかのぼつて行つた。その舟が三人の男を積んで二千米ほども先からかへつて来たころは日が暮れたのに、こちらの船頭はまだかへつて来ない。青い果物をビルマ人が投げてくれた。柚だ。子供が舟をつなぎ、罐に川の赤い水を一杯汲んで葦の間の道を上つてしばらくしてから、船頭共がやうやくやつて来た。一人増えて、その一人が大きな籠を下げてゐる。

　舟は岸をはなれて、ミツタを降る。雨止んで、空にぼうと一点の明りがあらはれ、それが下弦の月になつたが、まもなく曇つて消えてしまつた。カレワまで行くといふと船頭はおどろいて、ナチゴンまでしか行かない、そんなことしたら、松木旦那にビンタはられると、手で頬を打つ真似をする。話が徹底してゐないらしい。それでは行くから、証明書と、米と塩と油とをくれといふ。普通舟は13マイルのナチゴンまでしか通つてゐない。その先に二ケ所滝のやうな瀬があつて危険だからである。カレワまで行くにしても、夜そこを通るのは危いので、どこかで一泊して早朝瀬を降りることとし、鴨井准尉がナチゴンの野戦倉庫附近で泊らうといへば、船頭はそこには家がないからチヨツカに行かうといふ。小峯曹長もしきりにビルマ語で話すが一向要領を得ない様子で、ムカブ、ムレブ、シデ、などと同じ言葉をくりかへしてゐるばかりだが、わかることがあるとみえて、今夜の月は六日といつてゐるとか、ナチゴンからカレワまで三時間（これは聞きそこなひ）かかるとか、バナナ買はぬかといつてゐるとか取りつぐ。

両岸はただまつ黒で、すごい流れの音と、櫓の音しかわからず、点々と暗黒の両岸に灯があつて、船頭はかならず大声でなにかどなる。星があらはれたり消えたりするが、雨は降らない。キーゴンに戦場報道隊や棟田君がゐる筈なので、横を通るときにどなつてみるつもりでゐたら、知らぬ間に通過してしまつた。水浴をした場所などまつたく見当もつかなかつた。

◉ミツタ河　厳しい自然環境に取り巻かれるなかで、雨中の撤退は困難なものだった。帰国後に火野が発表した文章にその様子を記している。

まつたく道の破壊されたチン丘陵の山岳地帯を、数日の行軍でやうやく下りて来たものの、これから先の行程もまつたく予定の立てやうもないほど、雨と飛行機のために破壊されてゐた。（火野葦平「ミツタ河を降る」「短歌研究」一九四五年三月号）

撤退を続ける火野が、七月二五日に辿りついたのが、大河ミッタ川である。陸路が荒れていたため、火野たちは、この川を下って日本軍が要衝としていたカレワを目指すことになった。カレワは、ミッタ川とチンドウィン川との合流点でもある。

船に同乗したのは向井潤吉と鍵田大尉らである。

この時の様子は、前掲のエッセイ「ミツタ河を降る」に詳しいのだが、その内容は、手帖の記述とほぼ同じであることに気付き、あらためて私は手帖の重要性を痛感した。棟田はこう記している。

私が、手帳へメモすることを覚えたのは、あしへいさんのメモぶりを見てからである。あんなにメモスる男も珍しいと、呆れたり感心したりしたものである。私も、それから真似するようになつた。

（棟田博「戦場歩きの友」「九州文学」一九六〇年四月号）

○ナチゴン。舟をとめて、「松本軍曹」と准尉がどなると暗黒の森林で答へる者があつた。准尉上陸する。船頭からバナナを買ふ。ひとふさ四円といふ。軍票をやると、妙にうれしさうに笑つて、古いから変へてくれの、破れてゐるから駄目などといふ。顎のおちるやうにおいしいバナナ。思はず五つほど食ふ。准尉なかなかかへつて来ず。やつと来ると、ここは病人ばかりで寝るところがないとのこと。出発。

○チヨツカ。両岸ともまつ暗だが船頭たちはよく心得てゐると見え、しばらく降つてから、右岸に船をつけ、ここがチヨツカ村といひ、さつさとあがる。水の中まで木が茂つてゐる岸にあがると、船頭があらかじめ通じたらしく、真紅のロンギをした若い男がランプを下げて案内に来た。大きな家がならんでゐて、そのうちのまた大きな家の階段をのぼると、薄暗い土間に三四人ビルマ人がしやがんで居り、なまめかしい恰好の女がロンギひとつでシエレ《現地のタバコ》を吹かしてゐる。精悍な顔をした若い男はひろい板の間にアンペラをしかせたり、枕を出したり、部屋の偶（ママ）の囲炉裏に土瓶をかけさせたり、いろいろ指図しながら出て行つた。

　きくとその男が村長のモン・トン・ミヤで、ここは彼の兄の家とのこと。下僕風の男が「アレ、オニイサン」と一人の中年の男を指さし、のつぽの老人がむつつりした様子で出て来ると、オトウサンと片言の日本語でいふ。もう十二時を過ぎてゐるのに、とつぜんの深夜の客をいやがる風もなく、接待してくれるのは心地よい。村長が客の数だけ枕を持つてやつて来てならべる。

鴨居《ママ》准尉がナチゴンから持つて来た龕燈《がんどう》の仕掛をしきりに珍らしがる。蚊帳のなかから三つくらゐの子供が寝ぼけ眼をこすりながらびつくり顔で客を見てゐるのを、ビルマ人たちも客も顔見あはせて笑つた。村長は「ゴクロウサン」とはつきりした日本語でいつて、ランプを下げて帰つていつた。湯をもらつて食事をし、アンペラの上に寝る。壁にパコダ《ママ》の絵や、妙な仏像があるので、そちらを頭にする。雨の音。

7月26日　（カレワ）

○暗いなかで鉦が鳴り、ぶつぶつと経を読む声。経は家のなかだが、鉦は外で、近くに寺があるらしい。起きて、便所をきくと、川にしてくれとのこと。船頭二人はどこか友人の家に泊つたらしく、薄明のころ来て出発を告げる。村長に好意を謝し、気は心で、

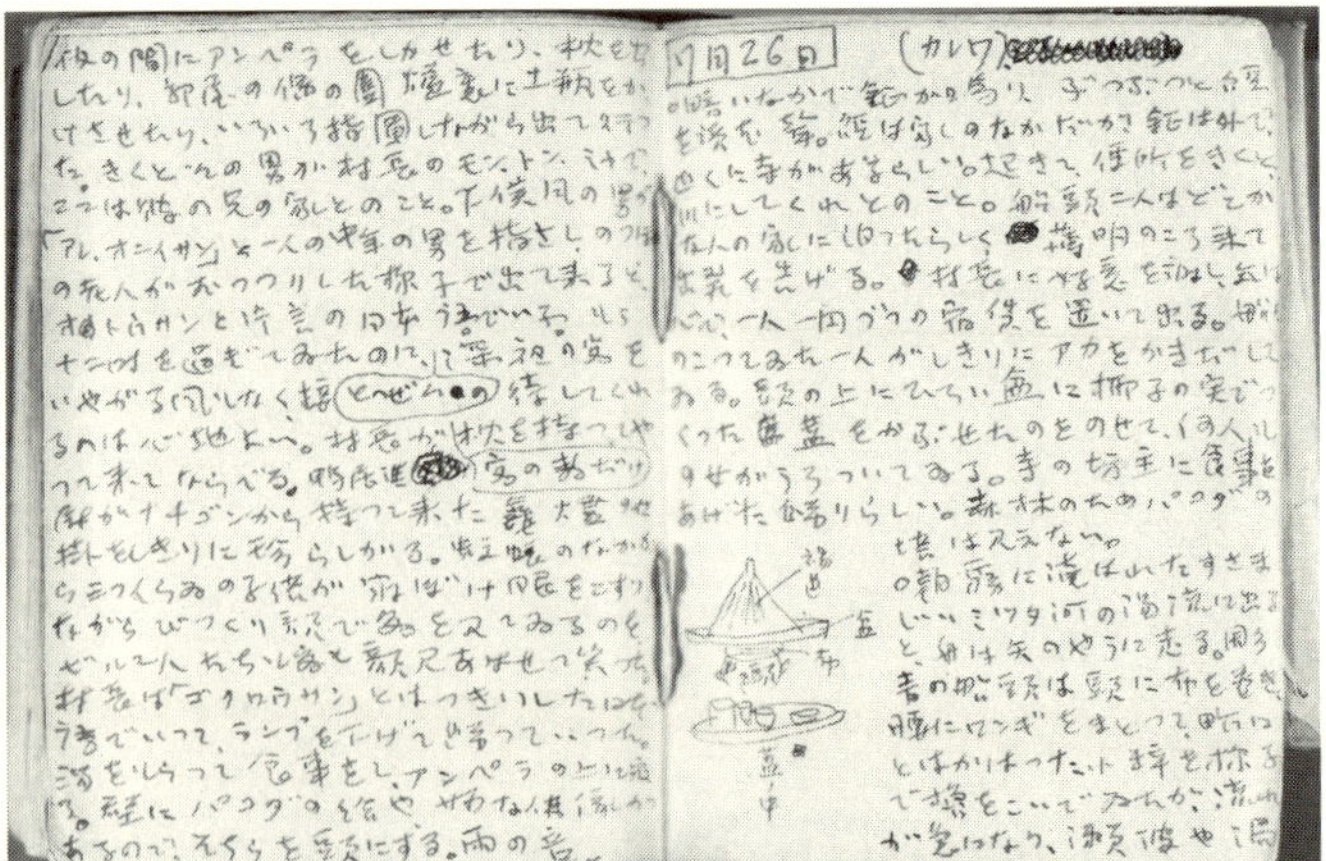

ぎっしり書き込まれた文字と小さいながら情趣あふれる図解の組み合わせ。

一人一円づつの宿賃を置いて出る。船にのこつてゐた一人がしきりにアカをかきだしてゐる。頭の上にひろい盆に椰子の実でつくつた蓋をかぶせたのをのせて、何人もの女がうろついてゐる。寺の坊主に食事をあげた帰りらしい。森林のためパコダ《（ママ）》の塔は見えない。

○朝霧に掩はれたすさまじいミツタ河の濁流に出ると、舟は矢のやうに走る。彫青の船頭は頭に布を巻き、腰にロンギをまとつて、昨日とはかはつた小粋《（ママ）》を様子で櫓をこいでゐたが、流れが急になり、瀬波や渦の巻いてゐるところに出ると、かうしては居ら《れ》ぬといふやうにまた褌ひとつになる。

　雨季とともに水量の増したミツタ河は川幅もずつと広くなつてゐるらしく、乾季には陸地であつた部分が水中に没し、両岸にはいたるところ、樹木が岸をはなれた水中からはえてゐて、ごうごうと水に抗して鳴つてゐる。流木がくるくると舞ひながらくだる。底からふく《（ママ）》あがつて来る泥の渦、擂鉢のやうに水面がへこんできりきりとはげしく廻つてゐる渦、一方は下つてゐるのに一方ははげしい勢で逆流してゐるところ、ぶつつかつたいくつかの渦や瀬波がしやあと滝のやうな音を立ててゐる場所、奔流の中央にあつてすこしも流れずに静まつて淀んでゐる淵、さういふ複雑な水流のなかをたくみにあやつ《つ》て船はぐんぐん降つてゆく。

　普通の舟はナチゴンからカレワまでにある二つの瀬を越えることができず、ナチゴンまでしか行かないわけだが、さういふ危険な瀬のあることなど念頭にないやうに、船頭はのどかな節のビルマの歌を口ずさみながら櫓をあやつる。両岸は幽邃《【スイ】》の気につつまれ、霞や霧に出没する山の形には神秘な影があつて、戦場とは思はれない。飛行機が来ると一寸困るのだが、やや曇つてゐるので、まづ来ないだらうときめる。船頭は岸にもやつてゐる舟にいちいち何か声をかけてゆく。

溯江する舟はひととほりの苦労ではないらしく、岸近くを亀の歩みで遅々としてのぼつて行く。このあたりには溯る舟を押しあげることばかりを商売にしてゐる部落が二三あるとのこと。両岸に高い椰子の木が見えて来て、そのなかにパコダ《(ママ)》も散見し、チン丘陵の風景とはまつたく異つて来たが、この幽谷のながめにはかへつて印度の匂ひがしてゐるやうに思はれる。

一本の木にまつ白に鷺が群れてゐたり、蟬や鳥の声をきいて行くと、点々とある小屋の附近に兵隊がずらりと尻をならべて川のなかへ脱糞をここ《ろ》みてゐる。流れは焦茶色の切りたつた岩壁につきあたつたり、葦の藪のなかに入つたりして切れてゐるかとときどき思ふが、狭い流れを抜けるとたちまち洋々たる水路がひらける。みちみちと渦が鳴つてゐる渦のなかに入ると、急に波立つて来て、どこも舵で抜ける場所がなくなり、舟はぐうとかたむいて水がざぶりと入る。擂鉢のやうな渦がいくつも接して舞ひ狂ひ、巨大な流木が燈芯でも廻すやうに軽々と廻転してゐる。かういふ場所で転覆したらそれきりであらう。みんな緊張した顔で舷側をつかみ、船頭は必死の顔で櫓をあやつる。何度か傾き、何度か舞つてやうやく静かな場所に出た。

そこが危険を伝へられてゐた第一の瀬なのであつた。水量が増してゐるためにこの程度の荒さなのだが、水が少いと滝になるので通れないといふ。川の中央を通つてゐるときに、すぐ眼下の水面を見ると浮いてゐる埃などが舟のまはりにくつついてゐて、すこしも進行してゐる感じがしないが、川全体がすごい速力で流れてゐるので、岸の方を見ると、木も家も椰子もパコダ《(ママ)》もみるみる後方へ下つてゆく。流速はわからないが三米はくだるまい。

やがて、とつぜん、船は逆にまはつて右岸に近づき流れに抗してさかのぼりはじめた。第二の瀬の危険をおもんばかつて引きかへすのかと思つてゐると、ながれて来た一個の壺を船頭どもが拾ひに行くと知つてあきれた。いろいろなものが流れて来るなかに一個の壺がぽかりぽかりと浮き、ときどき廻りながら下るのを気づいてゐたが、それが右岸の樹のところで引つかかつてなかなか下つて来ない。それをわざわざ取りにひどい苦労をして流れをのぼるのである。さすがに鍛練された腕で、はげしい流れの上を二本の櫓ですこしづつ登る。のんきなのにあきれて、顔見あはせて笑つてゐると、五百米ものぼつてやつと壺にたどりつき、彫青の船頭があやふく落ちこみさうになつて引きあげた。大きな壺で、舳にあげてごしごしと洗ひ、買へば三十円するといふ。ふたたび、流れに出る。

　小雨すぎたあと、すぐ眼の前の水面から虹が立つて門のやうになる。はるかの下流に横たはる山系があらはれ、左岸の突端に椰子の林があつて、いくつかあるパコダ《（ママ）》のうちの金色の塔が光るのが見えて来た。山の下はすでにチンドウイン河らしく、さすればパコダ《（ママ）》のある場所がカレワの筈である。八時ごろ出たので壺とりの余興を入れても二時間足らずしかかかつてゐない。第二の瀬のところはいつか知らぬうちに過ぎてゐた。あとで、あそこだつたらうと、すさまじい瀬のところを思ひかへしたくらゐである。左岸についてゐる一隻のヤンマーに貨物廠の位置をきくと、もつと上流といふ。顔見あはせてがつかりする。二マイルほど下りすぎたのだ。船頭に引つかへすやうにいふと渋面をつくつて、しぶしぶと船をまはしたが、流れがはげしくて、ほとんど進むか進まないかくらゐ遅々としてゐる。これでは二マイル溯るのに降つて来た三倍の時間がかかるだらう。止むなく、岸に船をつけ、荷物をおいて徒歩で行くことにした。

バナナを十円ほど買ひ、朝飯がはりに腹ごしらへする。跣足で水汲みに来た兵隊が前線はどうですかときく。それから、この対岸の部落で、餅をつくつてゐるが売りには来ず、渡し舟に乗ると一回一円とり、往復二円で一個一円の餅を買ひに行くことになるといふやうな話をする。一《(ママ)》マイル7（カレワを起点とする）の道標があつて、貨物廠は3マイル7のところとのこと。ひどい道で、車は通つてゐない。2マイル2のところに倉庫があつてビルマ人の顔が多く見え、さすがにここには多くの物資が集積されてゐる。問題は輸送である。爆音。

○ビルマ兵の墓。三本、日本式の白木の墓標が立つてゐて、ジヤングルの花が手向けてある。「故緬甸一等兵補モンテープ之墓」「同、モントンチヤイ之墓」「同、モンテンペ之墓」どうして死んだのかわからない。そこらの兵隊に聞いてみたが知つてゐる者がなかつた。

○貨物廠事務所、樫尾隊本部。事務所に誰もゐないので宿舎の方に行く。荒川少佐、樫尾《【カシヲ】》中尉に会ひ、松木大尉からの紹介状を渡す。朝食をよばれ、準備してくれた部屋に休む。じめじめした密林。碁盤を借り、河村通訳と打ち、一目づつ増して、井目にする。

○第五輸送司令部司令官百瀬大佐。大柄で磊落な人。内閣交迭《(ママ)》をきき、おどろく。小磯國昭首相の下に、外相重光大東亜相を兼ね、陸相杉山元大将、海相米内大将、内相大達、などの由。サイパン島一万六千玉砕。北九州、七月十三日再空襲、被害はボヤの程度。

　輸送の困難と、あまり情況を知らぬ者が一部を見てつまらぬデマを飛ばすことへの憤慨。たとへば前線は食糧がないのに、カレワに行くと、腐らせたり、道にすてたりしてゐる、など。シエージンに方面軍参謀長仲閣下、牟田口将軍などが居られる由。参謀長によばれてゐるので、八時の舟で行くとのことなので、鍵田大尉は先行して、もし閣下がラングーンへかへられるならその車に乗せてもらふことにする。百瀬大佐がいろんなものを読んで居られるのに恐縮し、「明治天皇御集」を紀念に残す。爆音。爆撃、銃撃の音。

◉東條辞任　七月二六日の時点で、火野は内閣更迭を耳にしている。東條英機首相は、サイパン陥落の責任を取って七月一八日に内閣総辞職をしていた。後任は、朝鮮総督だった陸軍大将小磯國昭である。

○八時、夕食後、鍵田大尉、百瀬大佐と先発。世話になつた礼を述べ、徒歩で０・７マイルの揚渡場へ行く。朝よりはすこし道かはいてゐるが、荷物のため汗まみれになり、ぼちぼち歩いてゐると、トラツクが来たので、助け舟と乗せてもらふ。

○揚渡場。日暮れごろからぼつぼつ、兵隊が集まつて来る。大部分患者のやうである。合歓の木が数本立つてゐるが葉はことごとくぐつたりと垂れ、まつたく風がない。あたりはものの腐敗した異様な匂ひにみたされ、腰を下さうとしても腐つた土がじつとりと苔むして水気をふくみ、乾いてゐる場所がない。どこを歩いてもむつと鼻つく臭気で、これでは病気がはびこるのも無理はなく、草木も人も腐敗してしまふやうな陰鬱さである。小峯曹長が連絡をとりに行き、交通統制隊の兵隊が優先的に乗せるといひし由。

岸に一隻のヤンマーがついてゐて、ビルマ人の苦力がしきりに米を積みこんでゐる。タム方面行きらしい。日暮れて来て、星と月と出る。患者ぞくぞくと臭気のなかに集まつて来る。シエージンから来る予定の門橋、時間になつても来ない。患者を緊急輸送するので、普通の便乗者は乗れるかどうかわからぬなどとどなつてゐる。

7月27日　（シエージン）

《以下、八ページ空白》

7月28日　（イエウ）

《以下、六ページ空白》

7月29日　（マンダレー）

○久しぶりにからりとさして来る朝日を珍ら《し》がつてゐると、ひよつこりと朝日の岡本君がやつて来た。隣りの部屋に寝てゐたといふ。

《以下、三ページ空白》

◉記述の空白とマンダレー到着　七月二九日、火野は、目指していたマンダレーに到着した。そこにいたるまで、手帖には二日間にわたって記述がまったくない。カレワに到着後の二六日夜に、渡船場に行った記述があるので、チンドウィン川を

7月27日、突然日付だけになる。火野の胸中に去来したものは。

わたり、次の目的地に移動、そこから陸路でマンダレーに行ったと思われる。
二人三脚で歩んでいた向井潤吉についての記述は、七月二三日を最後に消えている。しかし、八月一〇日の手帖を見ると、向井と「マンダレーで別れるとき」と記述しており、実際にはマンダレー到着までの行動は一緒だったと考えていいだろう。向井はマンダレーにとどまったが、火野はさらなる前線を目指すことになる。

◉インパール最後の手帖　火野は、「支那事変七周年紀念日」の七月七日から、四冊目の従軍手帖を記し始めている。インパールの前線に近いライマナイから撤退した時期の記録である。
手帖の実物は、他のものと比べると、もっとも汚れていた。表紙はところどころ黒光りしており、手垢によるものと思っていいだろう。火野らの撤退は、この手帖を綴り始めた翌日からである。もはや、記述の際に手が汚れていても気にする余裕などなかったにちがいない。

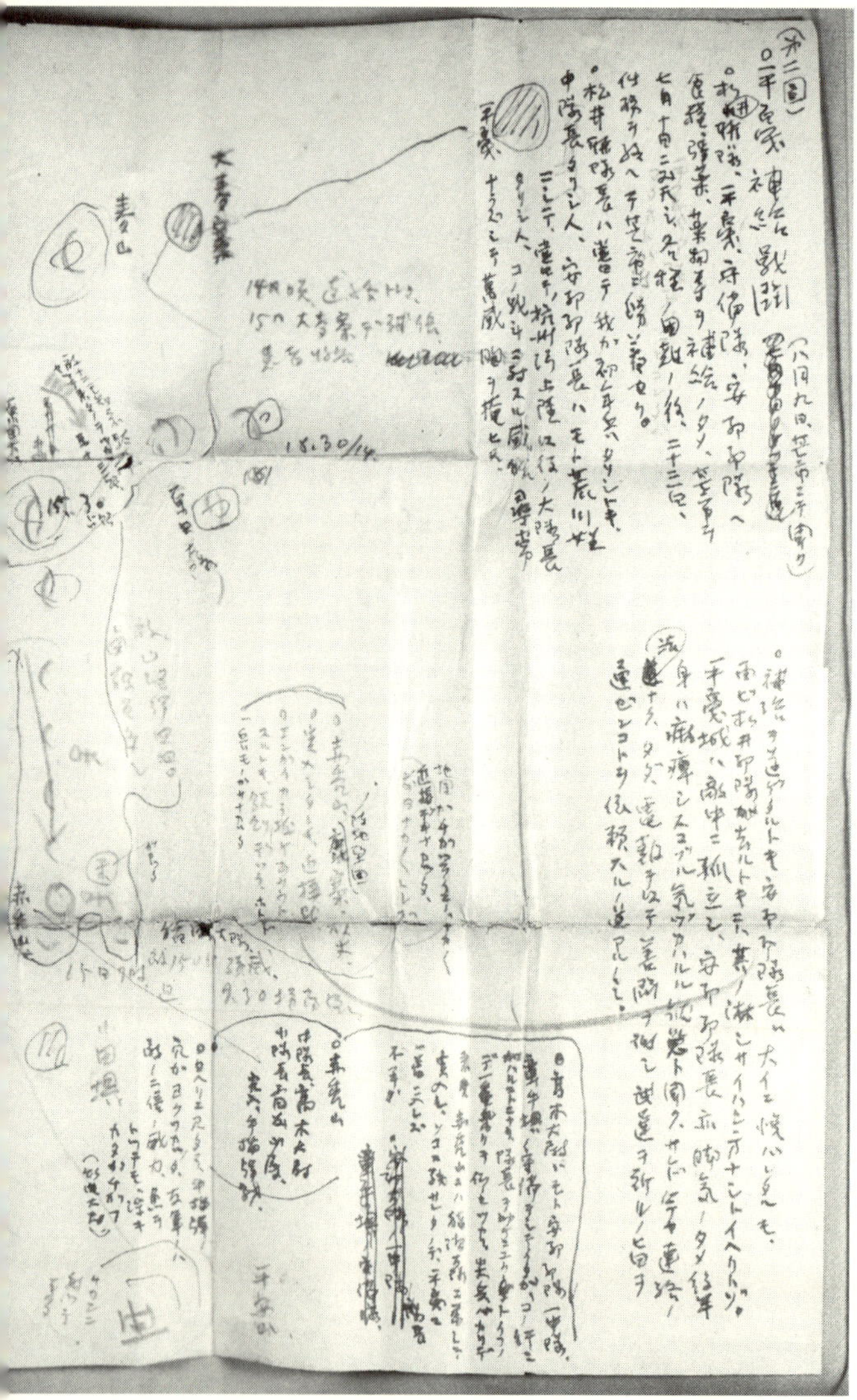
（第二図）

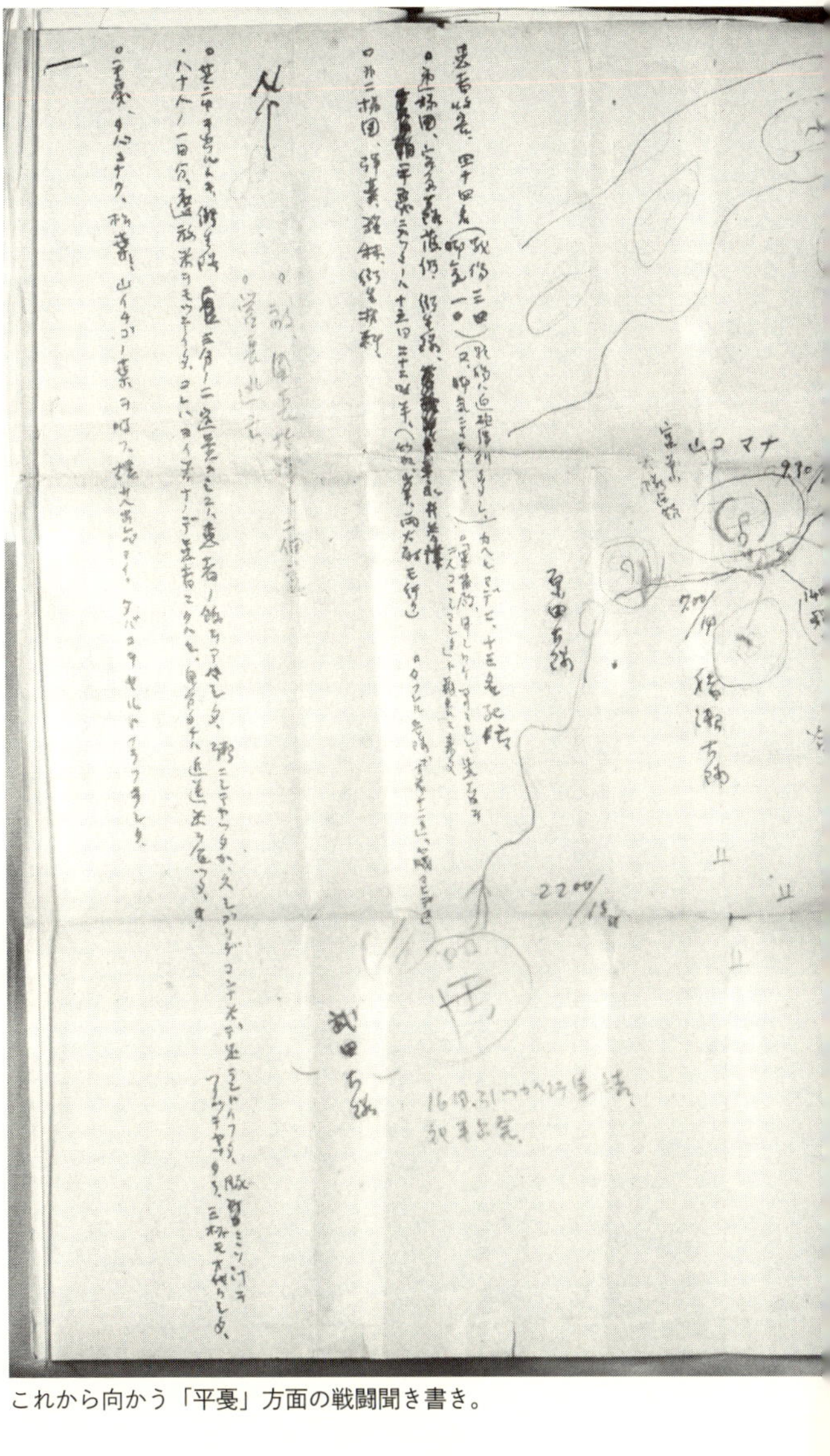

これから向かう「平憂」方面の戦闘聞き書き。

第７章
菊兵団が奮戦する雲南前線へ

（一九四四年　八月四日〜八月一九日）

インパール作戦に続き、火野が向かったのは中国との国境・雲南だった。その地で、第一八師団、通称「菊兵団」が激闘を繰り広げていた。火野のかつての部隊・第一一四連隊が所属する師団だ。郷土部隊の仲間たちに、火野は再会できるのだろうか。

Ⅴ《第五冊》（雲南）（フーコン）

８月４日　（メイミョウ）

○頭が痛いので、寝てゐると、もう出発といふ。４時か５時ときいてゐたのだが、２時半に兵站の前に行くことになつてゐると急にいふので、すぐ支度する。雨降りだす。一行は中埜君、穴田君、片山君、それにラシオにある自動車をとりにゆくためにつれてゆく現地人一人。

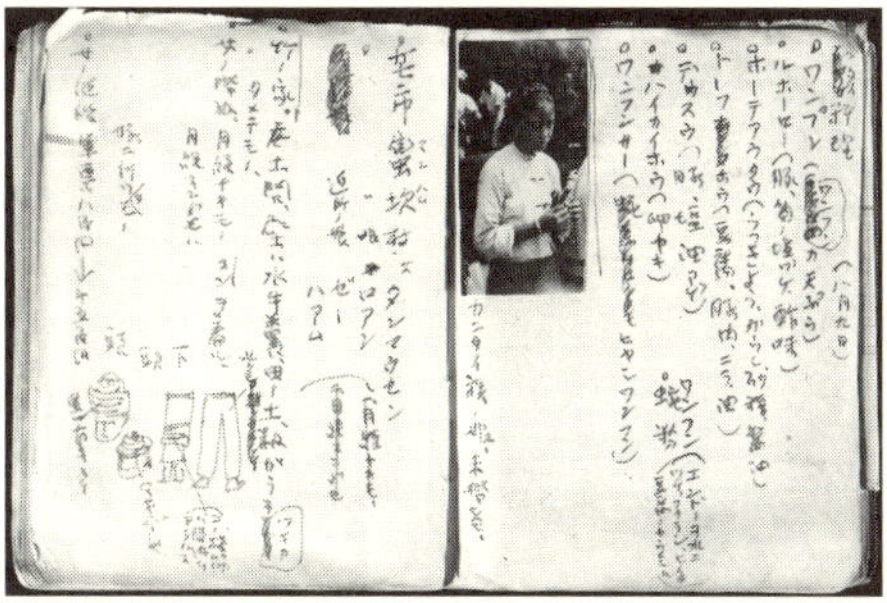

手帖末尾のメモ部分の一部。現地人の写真、服装のイラストやデータなど内容は多彩。

荷物は大してないが、書籍箱一梱。（田中参謀が前線への土産として偕行社で買つてくれた36冊。そのうち、「幻燈部屋」6冊）出発の時、田中中将の日記、わがノオトの類厳封して、ラングーンへかへる岩本君にことづけ、正木君に保管をたのむ。

田中参謀の書いてくれた依頼状、（龍《たつ》、菊の参謀、ならびに各地警備隊長宛、交通、宿営、資料の便宜供与の件）出る前に田中参謀のところに寄るつもりでゐたのに、連中、自分たちが愚図ついてゐたくせに、もう時間がないからとて、まつすぐに兵站に行く。トラツクと乗用車一台。トラツクの方に便乗。五六人「勇」の追及兵が乗つてゐる。「勇」は二師団で仙台、弓の方で関西弁を多く聞きなれてゐたのに、東北言葉がなつかしく、兵隊も頑固で強さうである。

○15時出発。送つて来てくれた成田君と別れる。雨のなかをメイミヨウを出る。頭が痛い上に、胸もわるく、吐きさうな気持。せまいところに横になつてみるが、震動がはげしくて眠れない。道は鋪装路から、赤土の泥濘路になる。しかし、チン丘陵の方の道にくらべると段ちがひによい。シヤン地方へ入つて行くわけである。変化してゆく風景など見たいと思ふが、頭が上らない。

○夕刻、トラツク小休止。出がけの準備わるく、飯を持つてゐない。日没頃はラシオに着くつもりでゐたのに、ここは恰度半分のところで、道標が立つて居り、「メイミヨウまで66哩、ラシオまで66哩」とある。農事試験場などがあるが、どこやらわからない。曹長が、飯食べませんかといつて、飯盒飯をわけてくれた。雷鳴、稲妻すさまじく、前方は暗黒の雲にとざされ、トラツクは雨のなかにつつこんで行くことになる。

出発。道はよくなつたりわるくなつたりし、雨のなかに入つたが、思つたほどの豪雨でなく、埃が立たずにかへつてよい位で、やうやくいくらか眠れた。
眼がさめてみると皎々たる月明である。昨夜も満月であつたが今夜も満月、明日も満月であることはつとに実験するところ。いつか道をまちがへて、出あつたビルマ人に聞き、引つかへす。この道でも行けんことはないが、大まはりでラシオまで三日かからうとのこと。

◉雲南へ　インパール作戦から撤退した火野だが、マンダレーを経て向かったのが、ビルマと中国の国境地帯だった。ここで繰り広げられていた「雲南作戦」に従軍するのが主眼だった。

あらためてビルマの戦いを俯瞰図で見てみよう。戦いは、大きく三つの方面で行われた。西ビルマとインド国境で行われた「インパール作戦」、北ビルマの「フーコン作戦」、そしてビルマ東北部の中国国境で繰り広げられた「雲南作戦」である。そのうち、「フーコン作戦」と「雲南作戦」は援蔣ルートをめぐっての戦いだった。

ルートを遮断したい日本軍と、物資輸送の動脈としたい連合国軍。戦いが本格化するのは、一九四四年五月のことだ。インパール作戦が泥沼化し、先行きが見えなくなっていた日本軍にとって、二つの戦いは重要だった。

この頃、蔣介石率いる雲南遠征軍の標的は、ビルマと中国の国境を流れる怒江近くの日本軍陣地だった。装備は、主にアメリカ軍に依存したもので、幹部教育は、アメリカ軍将校によるものだった。そのことから「米式重慶軍」とも呼ばれていた。

一九四四年五月、雲南遠征軍は怒江を渡渉、進撃を開始する。主な目標は怒江西岸の日本軍陣地の騰《とう》越《えつ》であった。日本軍はこれを一度は撃退するものの、六月、雲南遠征軍は再び怒江を越えて、騰越、芒《ぼう》市《し》、龍陵《りゅうりょう》、拉孟《らもう》へ攻撃が仕掛けられた。このうち、主戦場となったのが騰越と拉孟だった。戦いに配備された部隊は第五六師団（通称龍）と第一八師団（通称菊）の一部である。菊には、火野のかつての部隊である歩兵第一一四連隊が含まれていた。知人、戦友そして昔の上官が多く、火野は「彼らに会えることを何よりも楽しみ」にしていたという。火野の頭には「そこにいるはずの戦友知人の誰彼の顔が次々に浮かび」、再会した時に彼らがどんな顔をするのかを想像し、まるで「子供のようにワクワク」していた。

　しかし、待ち受けていたのは、厳しい現実だった。

7《（ママ）》月5日（ラシオ）

○うつらうつらしてゐて眼がさめると月光がまぶしく、ラシオに着きましたといふ。午前5時。野原の道のまんなかにトラツクは止つてゐて、乗用車が兵站を探して走りまはつてゐる。やがてわかつたとみえて先導。夜目でよくわからないがラシオは相当の部落らしいが、見かける家はほとんど爆撃で破壊されてゐる。車止ると、四角《（ママ）》に大きな洋館があり、月光で「名古屋ホテル」と読めた看板に異様な感じがした。道をへだてた「へいたんじむしよ」に連絡をとりに行くと、もう二時間もしたら夜が明けるから、それまであそこの家でなにもないから何か敷いて寝て下さい、とぶつきらぼうである。

　将校だけ名古屋ホテルに行くと、満員とて、番頭が毛布をかついで「じむしよ」の階上に行き、四つ入れた寝台を三つ設営してくれた。あきやのやうにがらんどうで、天井の裂目と壁の破れ目と

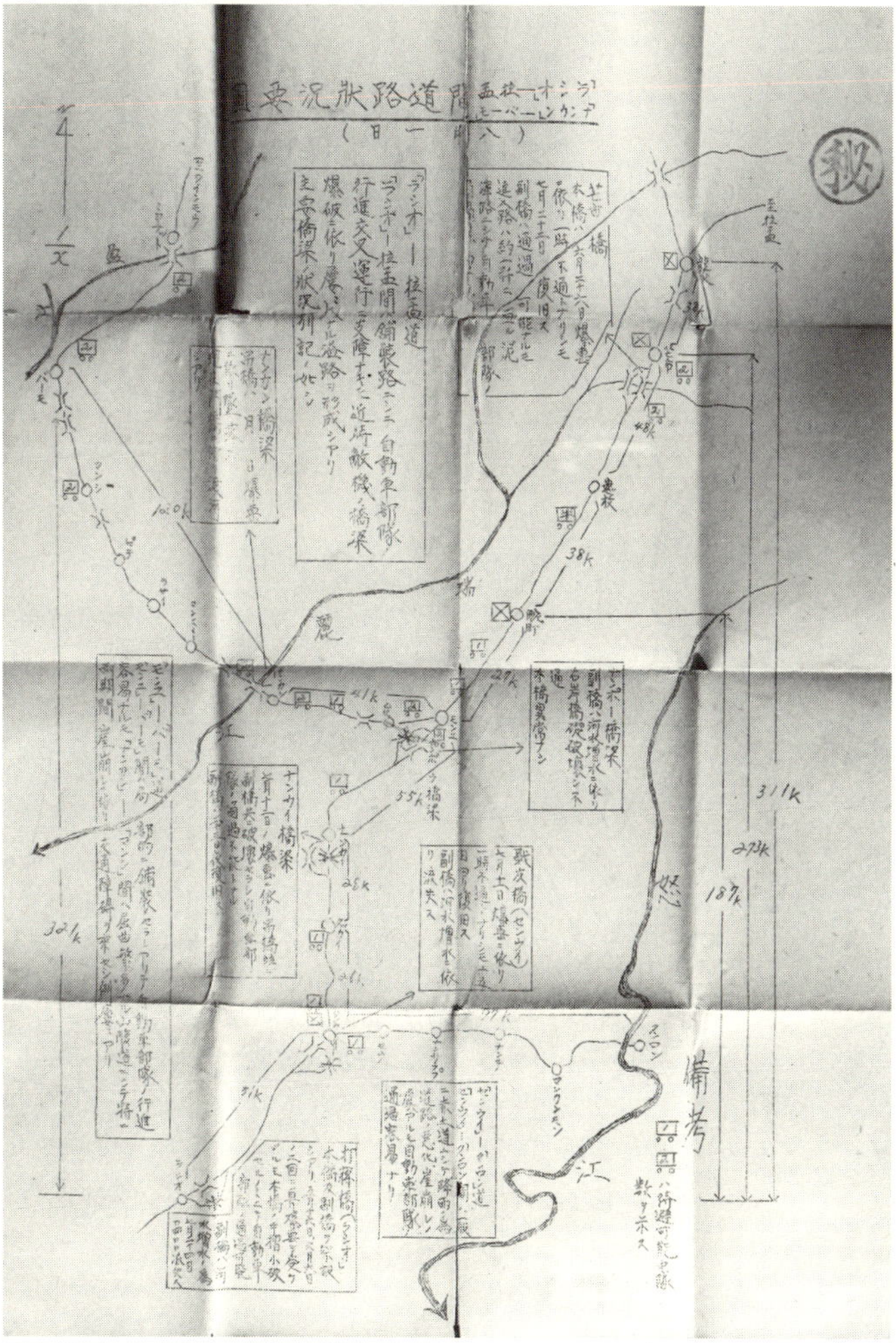

雲南方面に向かう火野が軍関係者から入手したと思われる丸秘印の地図。

が無気味だ。疲れてゐるので横になるとすぐに眠つてしまつた。
○名古屋ホテルへ洗面食事に行く。爆弾をいくつも食つて、壁も屋根も硝子も天井も破れてゐる始末。西郷番頭は命のない思ひをしたのは何回か知れぬといふ。そのうちにも、へいたんじむしよでがんがんと空襲警報が鳴りだしたので、じむしよの裏の防空壕に行く。ぎらぎらと眼にいたい青空と白雲の間を縫つて三機。砲の音がしたので機上からかと思つたら、地上から野砲で射つてゐるとのこと。五六発砲声がしたあとで、爆弾の音が遠くで聞えた。地理不案内なので、どの辺なのかさつぱりわからない。
○中埜君と警備隊本部に行く。隊長池田大佐に会ふ。龍の師団輜重聯隊長。山口県の人。敵が橋ばかり狙ふので困るが、何とかしてやつてゐる。落されてもよい準備はしてあるが、やはり橋はありがたい。あるときには何とも思はぬがなくなるとありがたさがわかる。用意のため正橋と副橋をかけて置くのだが二つともいつぺんに落す。二つ落ちてもよいやうに船を送つておいた。内地にかへつたら、飛行機を少しよこせといふてくれ。
しかし、龍も菊もじつによくやつとる。龍陵、騰越、拉孟、平戛《へいかつ》はいづれも敵中に個立《ママ》してしまつとるが、よく頑ばつとる。食糧、弾薬はまだある筈。平戛に切れかかつたので、松井さんが敵のうしろを廻つて、駄馬に積み持つて行つた。敵ははじめは気づかなかつたが、知ると猛烈に妨害をしたが、任務を果してかへつて来た。松井さんと自分とはこの作戦ではずつと一緒で、あの人は最前線、自分は最後方を受けもつて来た。八月一日に閣下になつた由で、めでたい。便宜はできるだけはかるから、前線部隊の健闘をよく見てやつて欲しい。さういふ話をきき、こちらもインパール

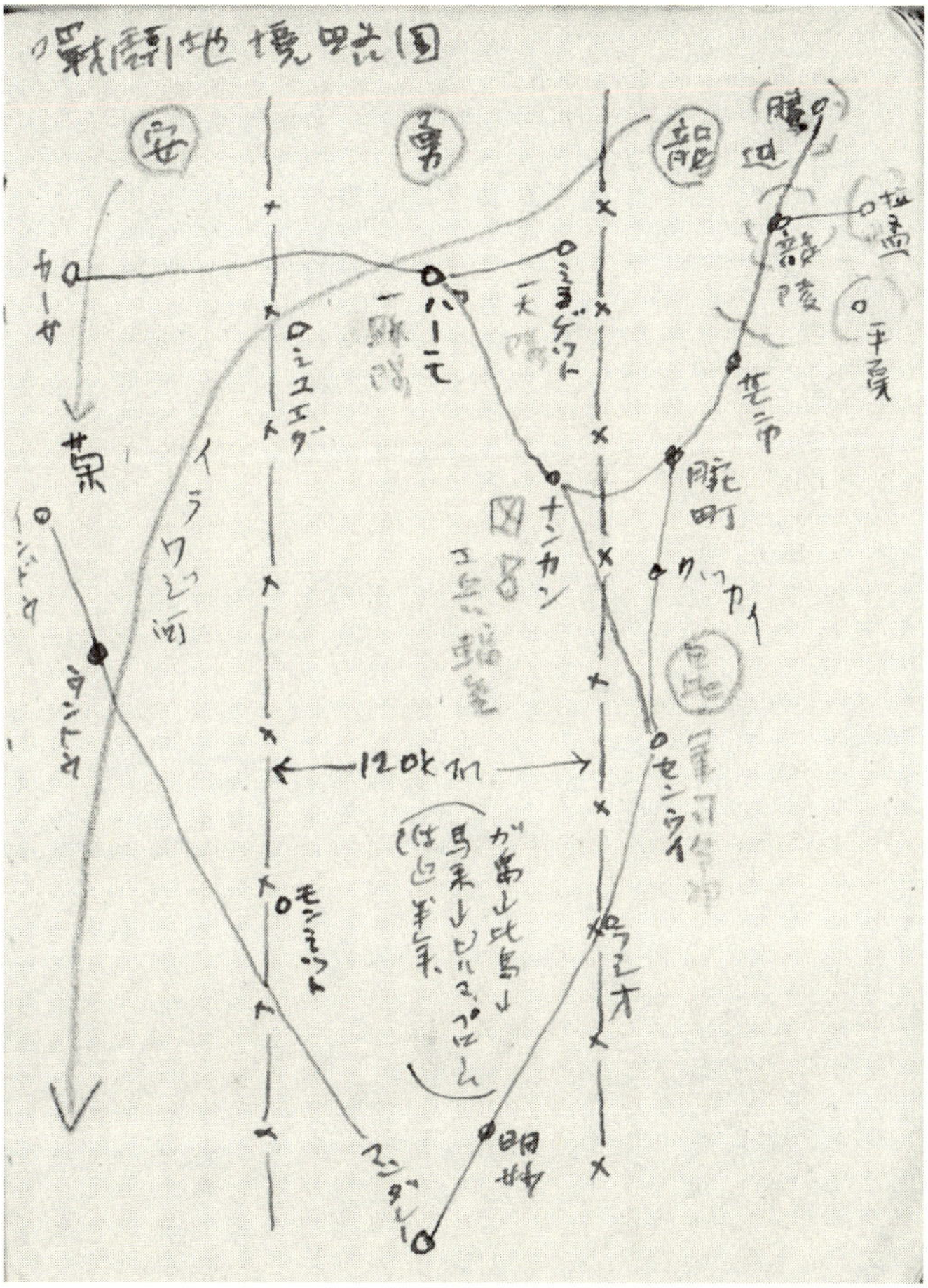

火野が目指す第一八師団（菊）と他の各師団（安・勇・龍）の「戦闘地境略図」。

方面の情況など話して辞す。

○ラシオは旧ラシオと、援蔣ルートができてからの新ラシオとあるらしいが、今はどちらも爆撃のため、さんたんたる廢墟と化してゐる。こはれた家、散乱した瓦礫のなかを野犬や牛が群をなしてのそのそ歩いてゐる。しかし、広闊な高原に位置した町で、緑の起伏のなかを帯のやうにアスファルト道がつらぬき、平和時には快適な街であつたらうと想像される。

○名古屋ホテルの部屋があいたとのことで引つこす。荷物を入れ、廊下に出ると、やぶれた扉から、若松の品川中尉の顔が見え、どちらからも同時にやあといつた。島本少尉が偕行社で会つたとき、メイミヨウですぐ探したがわからなかつた。五月十六日に動員を受け、菊部隊要員として二十六日、門司を出帆した。大動員があつて、杭州湾以来の兵隊をはじめ、国内にはもう将校下士官は居るまいと思はれるほどたくさん出た。（それを聞き、政雄《弟》も応召したものと思ふ）中西徳太郎君は戦死した。

島本少尉は沿道で牛を集める役をいひつかつてゐて、それをやりながらまもなくここへ来るが、われわれは教育隊としてしばらく畹町《ワンチン》に居ることになる筈。菊部隊がこんなにやられたことは、こつちに来るまで知らなんだ。死ぬ覚悟で来た。といふやうなこと。話は尽きない。

●火野の家族の「召集情報」　政雄とは、火野の弟である。火野は、九人弟妹の長男で、六人の妹と二人の弟がいた。東京大学法学部を卒業した次男の政雄は、この時点では召集されていない。九州大学を出た三男の千博は、生来、左手が不自由で兵役を免除されていたが、兄に倣って陸軍報道班員を希望し、沖縄に貨物船で向かう際、米軍に撃沈され戦死した。ちなみに政雄は戦後、作家となり活躍した。

○碁盤があるといふので、穴田君、品川中尉などと数面打ち、支那人の店が昨夜やつてゐたといふので、すぐ近くの三和食堂に行つてみる。きたない店にゐるきたない支那人。ボーイが註文をききに来て、ブタハツポウサイナ、アヒルニクナ、スープシルナ、などといふ。酒あるかときくと、チヤンチユウナ、イツポン、ニジユエンナとのこと。料理四皿ほどたのむと、おいしいものをこしらへて来る。

支那人の居らぬところなく、その生活力の強靭さに首をひねることは毎々である。注文すると、大きな声でわめき立てる。七つくらゐの女の子がチヤン酒の瓶を持つて来る。食ひ、のみ、且つ談ずる。酒一本追加。

この下に、若松の友成といふ人が店を出してゐるといふので、四人で出かける。皎々たる満月。「紫月」に行く、主人居ず、前線の労苦を思つて、商売はしてゐない。留守の者と若松のことなど話して帰る。部屋にかへると、蚊帳がとぶほど涼しい風がはいり、廃墟の街には彷徨する牛が月光にあきらかである。「へいたんじむしよ」は昼の間にどこかに引つこして、空家の前に、涼んでゐる二人の兵隊が歌をうたつてゐた。感傷の一瞬。

◉新たなパートナー　雲南を目指し、メイミョウを出発した火野。この行軍に、終始同行した二人がいる。それが「中埜君」と「穴田君」である。「中埜君」は、火野が五月八日にメイミョウで出会った中埜誠一である。五月の時点ですでに「中埜君」はフーコン地区の作戦に関わっていたことを火野は記述している。「穴田君」と火野が最初に会ったのは、マンダレーで、五月一二日のことだ。しかし、この時は、すぐに別れたと手帖には書かれている。「穴田君」は、どうやら漢字間違えのようで、途中から「穴太君」に代わっており、「穴太」が正しいと思われる。

　彼らは、雲南から北部ビルマ、さらにそこからイラワジ川を下っての撤退まで、つねに火野をサポートする形で登場する。インパールへの行軍時の三浦参謀、および青砥大尉のような存在である。とくに中埜君はそれなりの身分だったようで、火野が軍司令官に面会した時も同席、軽口まではさんで、火野をはらはらさせている。火野の手帖のふたりに関する記述は、愛があふれていて、単なるエスコート役というより、向井画伯と別れたあとのパートナー的存在だったようだ。

8月6日（センウイ）

○インパール方面の原稿「新戦場」紙がないのでホテルのメニユをもらつて書き、品川中尉にメイミヨウの司令部経由朝日へとどけてもらふやうにたのむ。

○食事をしてゐると「勇《第二師団の通称》」の主計中尉田中良といふ将校が話しかけて来て、自分の姉が若松にゐるといふ。「勇」は現在追及中で、ガ島《ガダルカナル島》方面では奮戦し、ずゐぶん痛んだが、比島《フィリピン諸島》、馬来《マレー》、と経て来るうちに補充し、最近は南ビルマ、プローム附近に半年ほどゐて転進して来た由。

　ナンカンに司令部が落ちつく筈だからぜひ寄つて欲しいといひ、うちの兵隊が強いと思つてゐましたが、九州の兵隊の方がもつと強いですな、よくこんなところで頑張つてゐます、感心しましたなどといふ。煙草はありますかときくので、ないと答へ、前線の慰問用にもとすこし貰ふ。たちまち、中埜、穴田両君の慰問になり、減る。

○この先に福岡の小母さんのやつてゐる店があつて、饅頭を食ひに入り、おふむね《（ママ）》二十円ほども食べたところが、郷里の人とて金をどうしてもとらない、おまけに土産までくれたと、飴《（ママ）》入り饅頭を二十ほど包んで品川中尉がかへつて来た。食べる。

○警備隊に連絡すると今夜便があるとのこと。後ほど、七時に出発するから、連絡車停車場まで二十分ほど前に来てくれるやう電話してくれた。支度をし、そこへ行く。すばらしく晴れた空に雲わき、陽つよく汗になる。これまで通つたことのなかつた道であつたが、廢墟の中に残された家屋に原住民の姿がかなり見え、店などもあつて兵隊が談笑してゐた。道路傍の大木のかげにある指定の場所でしばらく待つてゐると、車七輛来る。示された空車に三人乗るとすぐに走りだし、反対側の道を走つて、停車場の附近の倉庫に行く。広場に堂々たる幾棟かの倉庫がならんでゐるのにおどろく。かういふことはインパール方面では夢にも考へられぬことで、飛行機にやられずにゐるのは不思議である。

　汽車の走る音、警笛がしきりに聞え、ひどく珍らしい。シヤン人の苦力を使つてトラックへどんどん米袋を積みこむ。梅田一郎軍曹来つて、自分で若松だといひ、種々話する。

○沿道に集結。トラックは「善」の符号をつけた部隊で、メークテーラにゐる第五飛行集団の地上勤務隊、これまで燃料と爆弾ばかり積んで走つたが、今度は米積みに協力してゐるとのこと。申しわけのやうに樹枝で偽装してゐるが、道の中央に七車輛が日の高いうちに勢揃ひするなどはこれもインパール方面の関知せざるところ。飛行機が向ふほど跳梁してゐないせいと思はれる。

九時出発。ラシオの街を出はづれる。坦々たる鋪装道路を矢のごとく疾駈し、またもインパールの悪路を思ひださざるを得ない。シャン高原へ入つてゆくわけだが、山の形も柔かく、なだらかな高原の連続でところどころにある水田も日本と変りなく、南画を思はせるやうな岩石山の間をしばらく抜けると、道はまたゆるやかな高配《ママ》をひろびろした高原の肌へ入つてゆく。空はあくまで深く高く、空気がすみきつてゐるので、はるか彼方に立つ雲の小さいふくらみや襞や陰影がくつきりと浮び上り、虹がたなびいた雲にいくつにも遮断されて、半弓のやうに立つ下を嘗ての援蔣ルートを走るトラツクの疾走はこころよいばかりである。さういふ道さへ、兵隊はこのごろ少し悪くなつたなどといふ。

日暮れかかると、調子のわるい車ができて来て、大した匂配《ママ》でもないのにやむなく小休止する。蟬の声に、プツプツ、ピーチーローロー、クツツイクツツイ、ホーキヨホーキヨ、と鳴く鳥が和す。旗さしもののやうな竹林の根に筍の生えてゐるのが見え、チン丘陵のやうな陰惨な樹木が少くて、シヤン高原は開闊な展望のなかに大らかさ持つてゐる。

日没頃、また止つてゐると、一台の乗用車が来た。池田大佐が乗つてゐて、ホテルに迎へに行つたら出たあとだつた、これに乗んなさい、センウイの橋を落されたので情況を見にゆくところといふ。二人しか乗れぬので、中埜君と乗せてもらふ。快適な道をいつそう快適な疾走。中埜君しきりにフーコン方面征軍の話を大佐とし、話も面白いが、そのよくしやべるのに感心する。

○センウイ。沿道に多くのトラツクが止つてゐる。降りて、橋梁のところに行く。破壊された戦友橋。これはセンウイをもじつたもので、ラシオ橋は打蔣橋ととなへられてゐるが、池田大佐は明日はきつとあれを狙ひに来るぞと笑ふ。ナムツ川の流れの音。川幅は八十米ほどであらう。橋は中央がひんまがり、向ふへ着くところが完全に落されてゐる。

蠟燭の光を先頭に、滅茶滅茶になつた高い橋を大佐達は下へ降りて行つた。ついて行つても邪魔になるので、車のところに引つかへして来て待つ。月の出。12時半。蛍がしきりに飛んでゐるが、その光りかたが独特で赤い線光《（ママ）》花火のやうにするどくまぶしい。橋畔の一本の樹に無数に群れて明滅してゐて、流星と見まがふばかりである。月は今夜はやや欠けて見える。

大佐がかへつて来て、こりやなかなかむつかしいといつたが、横で一人の将校が一週間は修理にかかりませうといふのをきくと、そんなことでどうする、荷物と人はなんとか渡せる、区間輸送をやるんぢや、今から所要の人員を出して直ちに工事開始と命令する。陣頭指揮をするよい部隊長である。昔は輜重の池田とて鳴らした人とかで、晩年はあまり冴えなかつたと聞く。大佐と副官はまた橋をわたつて対岸に行く。あとになつた穴田君を心配してゐると、兵隊三人が荷物を持つていつしよにやつて来た。すぐに橋をわたる。どんどん焚火をし、瓦斯燈をともして、もう修理工事にとりかかつてゐる。

大佐と道に出て衛兵所に行くと、まだ車来てゐない。龍の戦車隊の兵隊が数人ゐて、話してゐるのがむきだしの九州弁でなつかしい。今朝、10時半ごろ、ノースアメリカン二機でやつて来た。一機はアメリカのマーク、他は「支那さん」のマークで、四十回くらゐ、くるくる橋の上をまはり、百米、五十米に低空して、爆弾を二十五六発落した。なかなか当らなかつたが、たうとう当つた。当らぬ爆弾が水中に落ちると、ぐつぐつとふきあがるやうにゆるやかな速度で水柱が立ち、それがなかなか落ちず、止つてゐるやうな感じだが、くづれだすとしやあと滝になつて落ちた。あんまり低く爆弾をおとすので、縦にならず、横に下につき、爆発せず魚のやうにはねあがつてから、二度目にやつと爆発したのもあつた。

　こちらからは機関砲、機銃で射撃したが翼にあたつたり、一つの機関から煙が出たのが見えたが落ちなかつた。橋がすむと、そこら中の陣地をやたらに銃撃して廻つた。さういふことを話す兵隊は「あがしこ射ちあげたとに落ちやがらん、はがいいけ、つかみ落してやらうち思ふけんど手がとどきやせん」と笑つた。インパールの方では射たぬことをたて前にしてゐた。さういふ九州の兵隊たちに会つて、ほつとしたひゐき《（ママ）》の気持はいかんともしがたい。

　ひろびろした田圃のなかに硝子の欠片のやうに無数に月光にひかる水たまりはすべて爆弾の穴である。もう一人の兵隊は、今日あれだけ射つたから、なんぼ敵がぼんやりでも陣地を見つけとるぞ、陣地を変へちよいて、明日来たら、こんだ、のがしやせんといつた。池田大佐は、たつた二機で来たか、横着のことしやがるのうといつた。大佐は山口の人である。トラックが来たので乗る。しばらく行くと、センウイの部落がある。ここは王様のゐたところで、相当の家が立ちならんでゐる。軍司令部はまもなくここへ進出する筈。

○坦々たるアフフ《（ママ）》アルトの山路をふたたび疾走。月はみるみる中天にあがつて、ときどき雲に入るが、また出る。皎々たる月明とあきらかな星座。夜は飛行機はほとんど来ぬとのこと。インパール方面とは諸種の状況がだいぶ違ふやうだ。高くなるにつれて涼しくなり、寒くなる。一望さへぎるものもないクツカイの大平原に出る。ほとんど樹も見られない。そのなかを一直線に走る道。クツカイの部落を過ぎてもなほ平原はつづく。空挺隊が降りるに屈強のところの由。ラシオからセンウイまで51キロ。センウイからクツカイまで26キロ。クツカイからナンカイまで28キロ

◉立派な道路　火野は、中国国境に向かっていく時、道路の広さと快適さを何度も綴っている。それが「援蔣ルート」の「滇緬《てんめん》公路」だった。道路や風景だけでなく、戦闘そのものもインパール方面と違っていることが驚きだったようだ。

8月7日（雲南、畹町）

○七月十二日に爆破されたナンカイ橋。副橋をかけてゐたら、二つとも落された由。辛うじて人の通れる傾斜した徒歩橋をわたる。いくつかの英霊とすれちがつた。水は増してゐて、橋床のところまであふれて来て渦をまいてゐるのが月光をうつしてゐる。幅約四十米。対岸には多くの車輛（あとで26車とわかる）と集積された弾薬箱がある。根元のふくれあがつたえたいの知れぬ大樹があつて、その根元に袋のやうな布にくるまつて多くの現住民のクリーが寝てゐる。その大木にワイヤをかけ、傍に櫓を組んで、滑車で索道が向ふ岸にわたしてあるが、できたばかりでまだ試験してみないとのこと。

山砲くらゐはわたせる自信があるといふ。ナンカイから芒市までは寺田隊（軍直輜重で、池田大佐の指揮下に入つてゐるもの）が輸送を担当してゐる。大佐は中隊長青木中尉に種々指示をあたへ、われわれのことも頼んでくれて、帰つて行つた。荷役の終るのを待つ。苦力は何人なのかさつぱりわからない。ホテルでつくつてくれた握り飯を食べ、草むらに脱糞に行き、よい気持でやや霞んで

来たいざよひの月を見てゐると、ひどく蚊に尻をさされた。

○なにかとインパール方面と比較したくなるのだが、橋の障害も若干で、どんどん食糧弾薬が前線へ送られてゆくのを見てゐることはなによりたのしい。二時間ほどかかるうちに、星は消え、あたり一面は霧に掩はれて来て、月も煙るやうにかくれてしまつた。雨の気配。うすら寒いので外被を着る。荷役終り、26車輛勢揃ひして、午前4時出発。中隊長青木中尉の乗用車に乗せてもらひ、すこし走りだすうちに道のよさと、クッシヨンのやはらかさにいい気持になつてたちまち眠つてしまつた。ナンカイから畹町まで83キロ。

○国境の町、畹町（ワンチン）。すでに夜が明けて霧雨が降つてゐる。道に沿つてながれてゐる小さい濁流が国境線で、通称ワンチン川といふとのこと。山間の一部落だが、久しぶりで見る支那家屋に「中央銀行」の看板があつたり、何々飯店などとあるのが眼につき、なつかしい思ひがわいた。今は支那人は一人もゐないが、占領直前までは国境の町として独特の繁栄をしてゐたところであらう。

援蔣ルートの関門であり、飯店、酒店もあり、銀行もいくつかあつた。それに今はなくなつたが、凱旋門がついこのごろまで立つてゐたといふ。重慶軍がビルマに入り、開戦時にはマンダレー、トングまでも受けもつてゐたのだから、この町を抜け、その門をくぐつて意気揚々と出て行つたものであらう。

支那の方をむいては、「送遠征軍」ビルマの方の門には「迎遠征軍」の文字があつたといふ。その情景が眼にうかぶやうである。今はここは警備隊をはじめ、わが部隊がゐるわけだが、さいきんは連日爆撃を受けてゐるとのこと。病院がやられた。
○青木隊長の家。特別に建築されたもので、壁なども土を塗り、瀟洒なものだ。家のまはりにブリキでひくい垣がしてあるのできくと、鼠よけとのこと。それを越えて入る。家の中には長火鉢に炭がおこしていけてある。美人絵の額、ラヂオ、本箱、机などきちんとしてゐて、前線の兵舎とは思はれない。コーヒーをよばれ、ドラム罐の風呂にはいり、朝食を御馳走になる。こちらは書籍の梱包をといて、十冊ほど進呈した。
　青木中尉は滋賀県の産、近江商人の発祥地として有名な南五ケ庄村。柔和な将校だが、部下はてきぱきときめつけてゐる。室外の柘榴の木、ぶら下る二つの実、屋根にはひ上る南瓜棚、黄色い花、軒下の風鈴、下つてゐる短冊「吾が背子が挿頭の萩に置く露を清かに見よと月の照らしし」裏「丈夫の名をし立つべし後の世に聞きつぐ人も語りつぐかな」家のなかにある「拓南荘」の風雅な額。
○夕刻まで休み、21時半出発。寺田少佐の宿舎に行くと、老若あはせて八人ほどの中少尉がゐる。飴《(ママ)》コロをよばれる。日が暮れても部隊なかなか集結せず。はるかの山上にひらめく火を見て、怪しいとて調べさせると、陣地構築を夜業でやつてゐるとのこと。どこに行つても感じるのだが、苦労を自分の隊だけでしてゐるやうに自慢するのは、さもあるべきことであらう。
○指揮官車に乗り、本道へ出るとまだトラック揃つてゐない。集結してゐる隊だけ先発する。11時を過ぎる。両側に萱《(ママ)》の林がつらなり、風景もどうやら支那式に行儀がわるくなつて来たやうである。眠くてたまらず、うつらうつらしてゐて、何度も額をうち、瘤になる。ときどき眼がさめて見ると、深い山に入り、断崖の道はチン丘陵にどこか似てゐて、諸所に小規模な崖くづれがあるが、通れないほどのところはない。なにしろ、向ふにくらべてありがたいほどのよい道である。満天の星と、すでに急速にすぼんだ月。

○遮放。久しぶりに支那家屋、廟のやうなもののある部落で小休止。ここで後続部隊を待つことになる。車のなかでなほも眠りこけてゐると、降りて茶でものまないかとのこと。鼠よけの鉄板を越えて行くと、立派な家があつて、机の上に置時計、中央に五徳をかけた長火鉢、かんかんおこつてゐる炭火、などがある。

　ここは衛生隊が警備をしてゐる由で、すべて、北九州の兵隊ばかり。小倉陸軍病院で会つたことのある竹内大尉、水巻町の峯大尉などで、九州弁丸出しがなつかしく、且つ、元気のよいのに、またひゐき《(ママ)》の心がおこる。衛生隊が歩兵と同じに戦闘したり、突撃をしたりしたことも度々とのこと。この先の十二寨に敵二千が陣地を作つてゐるといふ情報が入つてゐる由だが、なに、まだ二つも山の向ふぢや、どうせ、ここも籠城の覚悟しとると平気な顔である。ここには兵隊約２５０、チエツコ《軽機関銃》4、小銃１５０、弾丸2万、キカン砲2、タマ１００、があるので、それらは籠城の折につかふつもりでふだんはあまりうたぬ。

　飛行機が昨日、空家を銃撃していつた。ここは住民が全部ゐて、名英培といふ王様（土司であらう）がこれを統治してゐる。周辺部落を入れて人口約5千、トスカン（王）の碌高《(ママ)》5万石、裏高あはせて10万石といふところ。皇后も居り、皇太后は心臓弁膜障害でセンウイの病院に行つた。病気平癒のおはらひなどをやり、そのときよばれて御馳走になつた。

　ただ、軍票の値が下つたのが困る。去年はパインアツプルが一個2銭5厘、高くても4銭くらゐだつたのが、今は1円50銭以上する。この向ふの遮告（チエコ）は裕福な村で、王の一族が集まり、豚などもたくさんゐて、祭もにぎやかにやる。ここらは人種が雑多で、カチンも三千位居り、タイ族も多く、支那人はむろん一番多いが、そのあいの子のカンタイ人といふ種族もある。ここらは有名な悪性マラリヤの産地。宿営に適せぬところといはれ、もとアメリカのマラリヤ研究所もあつた。山地性、平地性と両方ともあつて、大いに警戒してゐるが、来た最初に少しやられたきりで、その後はあまり出ない。

竹内大尉は薬剤と診療と戦闘中隊長と三つを兼ねるといはれてゐる由。頑健で、軍医とは思へない。唐津の産。話をしてゐるうちに、平戛籠城の話が出て、峯大尉がそこから下つて来たといひ、そこの部隊長が荒川少佐ときいておどろいた。杭州湾以後の大隊長であつたが、帰還後は消息を知らなかつた。はじめ安部隊長といふのでよくわからず、別人かときいてゐたら、荒川少佐が養子に行つて改姓してゐるものとわかつた。

平戛は現在、全く敵に包囲されてゐて、連絡はつかない。弾薬、食糧も不足して苦戦をしてゐるが、特に野菜の欠乏と水びたしの壕に入つてゐるために、脚気が続出し、動ける兵隊は四十人くらゐしかゐない。歩哨も立哨はほとんどなく、座哨、臥哨だ。患者をつれて下つたときにも、一見元気に見える兵隊があつといふ間にたふれて死ぬる。営養《ママ》不良と脚気傷心。城内の雑草もほとんど食ひつくし、主食も食ひのばししてゐたが、このごろはときどき空輸をしてゐる。周囲の部落に物はあるが、全部敵におさへられてゐるのでなんともならぬ。安部隊長もひどい脚気《ママ》で、腰から下は全くしびれて居られた。しかし、みんなよく頑ばつてゐて、敵はつつこんで来きらん。さういふ話。

竹内大尉からキニーネをもらひ、この附近のだといふ新鮮なパインをよばれる。そこへ、やあといつて木村副官入つて来る。嘗て、荒川大隊副官たりし人。久闊を叙す。さつそく、荒川隊長が平戛で苦労しとられる。行くことはできんが、電報でも打つ《て》あげなさい、どげ喜びなさるか、といふ。片山二郎大尉が龍陵にゐる筈とのこと。雲南戦線は今もつとも苦難の時期で、怒江をわたつて来た敵大軍のため、騰越、龍陵、拉孟、平戛、諸城ことごとく包囲されて、連絡が絶たれてゐる。芒市前面にもすでに敵があらはれて陣地をつくり、日夜、城内へ砲弾をうちこみ、飛行機は銃爆撃を加へてゐるとのこと。各籠城部隊にはたしかに多くの戦友がゐると思はれるが今は状況上いかんともすることができぬ。切歯。

しかしながら、数十倍の敵を受けて頑として譲らぬは、まさに九州男児の真面目と力づよさがわき、戦況を悲観する気持は更におこらない。近く反撃の期あつて、かならずふたたび敵を怒江対岸に追放し去るの日をかたく信じることができるのだ。しかし、せつかく来て、芒市までしか行けぬのは残念のいたり。かへりにはぜひとも遮放で一泊してほしい、ここには温泉もあるし、現地料理もできるので大歓迎をするといはれ、さう約束する。

一時間ほど話してゐたが、後続部隊なかなか来ない。芒市橋が敵機に落され、芒市まで行つて卸荷してかへる時期がおくれては困るので、ふたたび先発することになる。青木中尉とともにお暇して、乗車。午前一時半、出発。みんな出て来て、待つとるから、ほんとに寄らんといけんどな、その前に電話しておくれ、準備の都合があるといふ。

◉なつかしい九州弁　インパール作戦に従軍していた時に火野が出会った将兵たちのほとんどは本州出

身だった。しかし雲南や北部ビルマの作戦の中心は、菊（第一八師団）、龍（第五六師団）の二つの九州編成の部隊だった。そのため必然的に火野が接触する将兵たちの多くは九州出身者となる。それまで数ヵ月、本州の人間と一緒にいた火野としては、九州の言葉ひとつひとつが温かく感じられたに違いなく、彼らへの親近感を再三再四手帖に綴っている。火野が故郷九州を心から愛していたことがくっきりと伝わってくる。

◉平戞籠城　火野がこの籠城作戦を気にするのにはわけがあった。平戞の作戦の指揮にあたった荒川少佐は、日中戦争時の火野の直接の大隊長で、小説『土と兵隊』にも実名を用いて描いた人物だったからだ。好意と信頼を寄せていた上官がまさに絶体絶命の境地にあることを知った火野の心中は苦悩の極みにあったであろう。結局、平戞には援護部隊が派遣され、荒川は救出されたのだった。

（補遺）

○青木隊長の家で、芒市行きの便を電話でたしかめてくれたが、兵隊が「今日の福岡行は何時ですか」ときいてゐた。妙な気持でゐると、隠語で、芒市が福岡、龍陵が東京、畹町は久留米とのこと。

○図《372ページ》は隊長がシャンの酋長から貰つた太刀。

8月8日　（芒市）

○本道上に車とまると、前方から芒市橋の調子が上等でないから、車がいつぱいつかへ、朝まで渡れるかどうかわからぬといふ連絡。青木中尉が、仕方ありませんから、前の車に乗りかへて下さいと

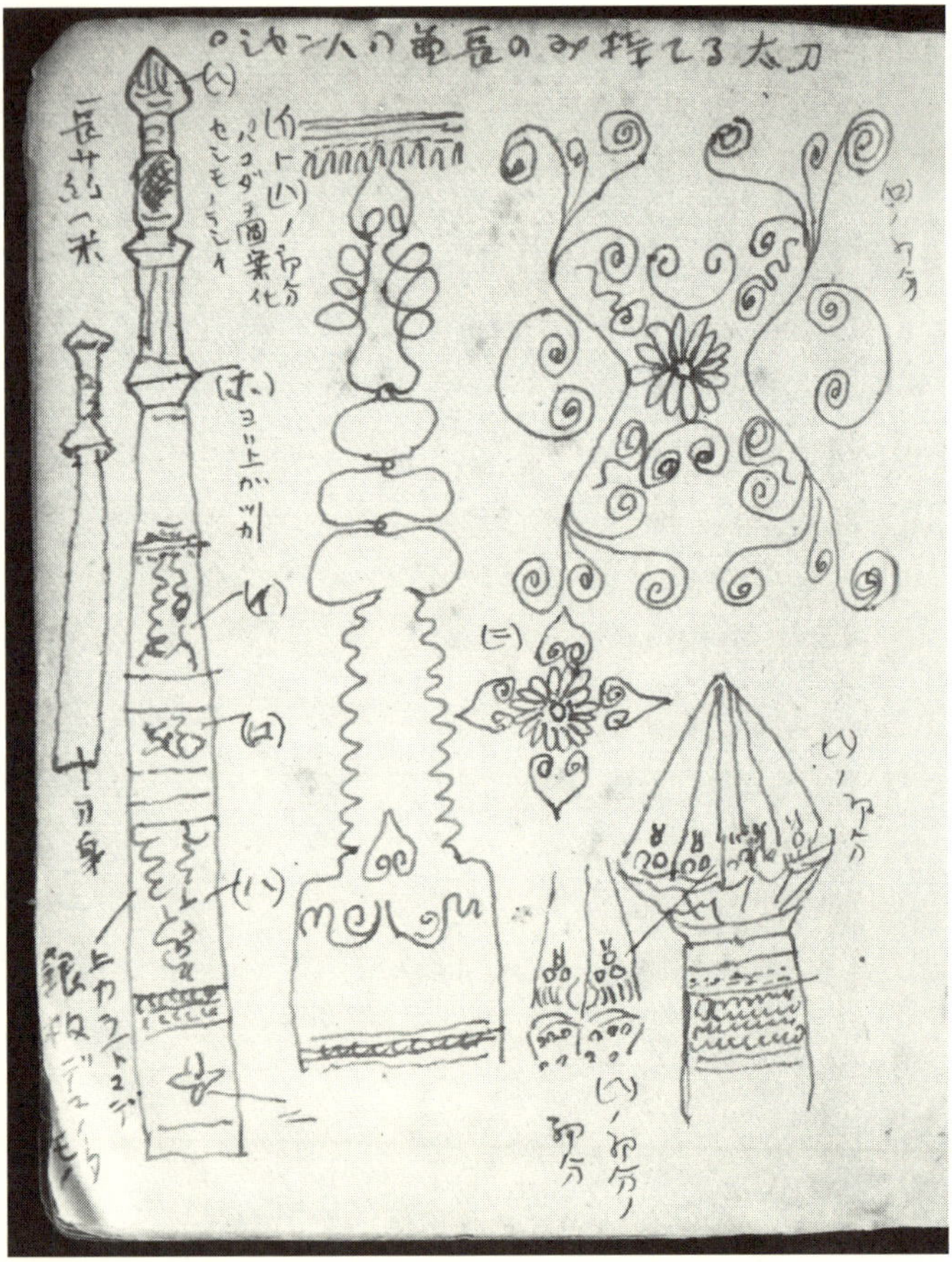

「補遺」の項目を設け、図に１ページ費やす程、この太刀に強く惹かれたのか。

いふ。降りて、月光の道を行くと、車がいつぱいつかへ、芒市橋は門橋を急設して、一台づつ危かしい渡河をしてゐる。60米幅ほどの川。歩いてわたると、橋床になつてゐる折りたたみ鉄舟のなかで工兵がくるまつて眠つてゐる。対岸にわたり、第一中隊のトラック（青木隊は四中隊）に乗せてもらつて行く。月光の道をしばらく走り、巨大な菩提樹の下にある野戦倉庫の前で止る。下車。卸荷する間待つ。

　もうこの間は芒市らしい。周囲はすべて山でとりかこまれ、道路の両側は水田らしく、海のやうに見える。旗ざしもののやうな竹林と、支那家屋。ふたたびトラックで、滇緬公路を疾走。蛍橋への入口で、降りる。そこまで来ると中埜君がよく知つてゐるらしく、先に立つ。司令部への入口で、角にある二階建ての一家屋は嘗て、怒江作戦の折り、前線支局を置いて無電を発したところの由。がたがたの傾いた蛍橋をわたると、寺か城かと思はれるやうな土塀《（ママ）》に廻された家が道をはさんでゐて、そこが師団司令部であつた。

　衛兵に聞き、門をくぐつて入つてみたが、まだまつ暗でなにもわからない。時計を見ると6時。起すのも気の毒と思つてゐると、一人の将校が門から入つて来た。参謀部を聞くと、あ、火野さんですか、自分は宣伝班長の永松中尉です、といひ、をかしいな、畹町にあれだけ連絡をしておいたのにこんなことになつた、こちらへ着く時刻を知らせてもらへば自分が芒市橋まで出迎へに行く筈になつてゐた、宿舎もちやんと準備してあつた、とのこと。畹町の警備隊に連絡したとのことで、青木隊にゐたためにわからなかつたものらしい。永松中尉はあちこちと電話したり、かけまはつたりして、ふたたび蛍橋をわたり、二百米ほどひつかへしたところにある将校クラブに案内してくれた。

途中、両側の家を指して、芒市の花街といふ。将校クラブに入ると、立派な建物で、いくつも部屋があり、いづれも畳が敷いてあるのにはおどろいた。21畳敷の大広間にはいると、ぷんと畳のにほひがし、はりまはされた障子の外に廊下があつた。床の間には表装はしてないが二本の山水の日本画がかけられ、壁間には師団長筆の「聖戦完遂」の扁額がある。畳は日本のやうな藺《い》がないので、なにか類似した草でやつたものらしい。前線へ来て、こんな座敷に寝るやうなことになるとは思ひがけなかつた。永松中尉は笑つて、来てから建てたもので、もとは翠光園がゐたがかへつて、将校クラブになつた、龍陵、騰越の方にはまだ立派な家がありますよといふ。兵隊が来て、大広間のまんなかに三つ藁蒲団を敷いてくれた。永松中尉かへる。あまり蚊はゐないので、蚊取線香をたいて寝る。あたりを見まはして異様な感じである。内地みたいだと中埜、穴田、両君しきりにいふ。疲れてゐたので、すぐ眠つた。

○よび起された。外はすつかり明るくなつてゐる。兵隊が、空襲ですがといふ。爆音。裏庭の防空壕に行くと、一人のアッパッパの女が走つて来て、飛行機がいちばん好かん、あげなもんで怪我したらつまらんばいといふ。花街の一人らしい。南の方にあたつて、三機。しきりに旋回をしながら、急降下をしてゐる。芒市橋附近と思はれる。橋はもう五回もやられた由。やがて近づいて来たが、まもなく北東の方角へ去つた。

庭は築地にしつらはれて、松も植えられ、奇妙な形のサボテン、菩提樹もある。朝食をたべてゐると、今度は砲弾。地ひびき。すぐ周辺の山から射つものらしい。宣伝部の中島伍長（毎日社員）

安河内曹長来る。十二時に、閣下へ申告とのこと。予定表ができてゐて、見ると、座談会などがいくつかあり、閉口する。

○司令部。松の木がなつかしい。チン丘陵のと同じく三葉だが、丈ひくく横に張つてゐて、やはらかな感じ。もとは土司の家だつたらしく、広壮ではあるが、ブリキの屋根など張り、安つぽい。土司は一種の酋長（畹町の王様ときいたものもこの土司であつた）で、すこぶる権勢を持つてゐるらしく、雲南地方特有のものらしい。（土司については後頁《資料編５３０ページ参照》）

○高級副官。《空白》少佐。閣下に客人があるといふので待つてゐると、遮放の衛生隊長黒田中佐来て、かへりには是非よつてくれといふ。平戛へ強行補給に行つた人。持つて来た本を十冊ほど副官へさしだす。永松中尉、映画を持ちまはつてゐるとかで、「姿三四郎」はよいが、「結婚三羽烏」は困つたとのこと。

○師団長松山祐三中将。挨拶したときにはいかめしかつたが、話をしてゐると童顔で笑ひ、はげしさのなかに風雅のところの見える人。九州の兵隊はつよい。よく頑張つてゐる。大丈夫だから安心してくれ。安部隊が一部来てゐるが、これには困つた。こちらの兵隊が七時間くらゐで行くところを二日以上もかかつてまだ届かない。警戒ばかりしてびくびく行く。

拉孟部隊は感状を三つ（南方軍、方面軍、昆）同時にもらつたが、感状なんかいらん。くれるなといふのにくれたから、すぐに、兵隊は感状なんかあてにして戦つてゐるんぢやないぞといひきかせてやつた。もうこれでええといふやうに気がゆるんでいかん。今度は徹底的に一つ叩いてやる。今度やられたら敵もちよつとは再起できまい。（九月に入つてから断作戦がはじまる）その他、しばらく話す。
出て来ると、長かつたですね、閣下待つとられたもんだからと永松中尉いふ。孫圩《そんう》でやられたとき、救援に来たのは松山大隊であつたが、この人ではなかつたかとふと思つた。

◉断作戦　第三三軍の参謀となった「作戦の神様」辻政信が立案した作戦。ミッチイナなど、北部ビルマを失いつつあった日本軍が失地挽回を目指し、援蔣ルート遮断を再度試みようとした作戦である。具体的には雲南を攻める予定だったが、すでに援蔣ルートは空輸にかわっており、地上ルートの遮断は意味をなさなかった。そのため作戦自体の目的が変わり、北部ビルマの持久戦となった。

◉孫圩でやられたとき　孫圩とは、中国の徐州郊外の安徽省の農村である。日中戦争

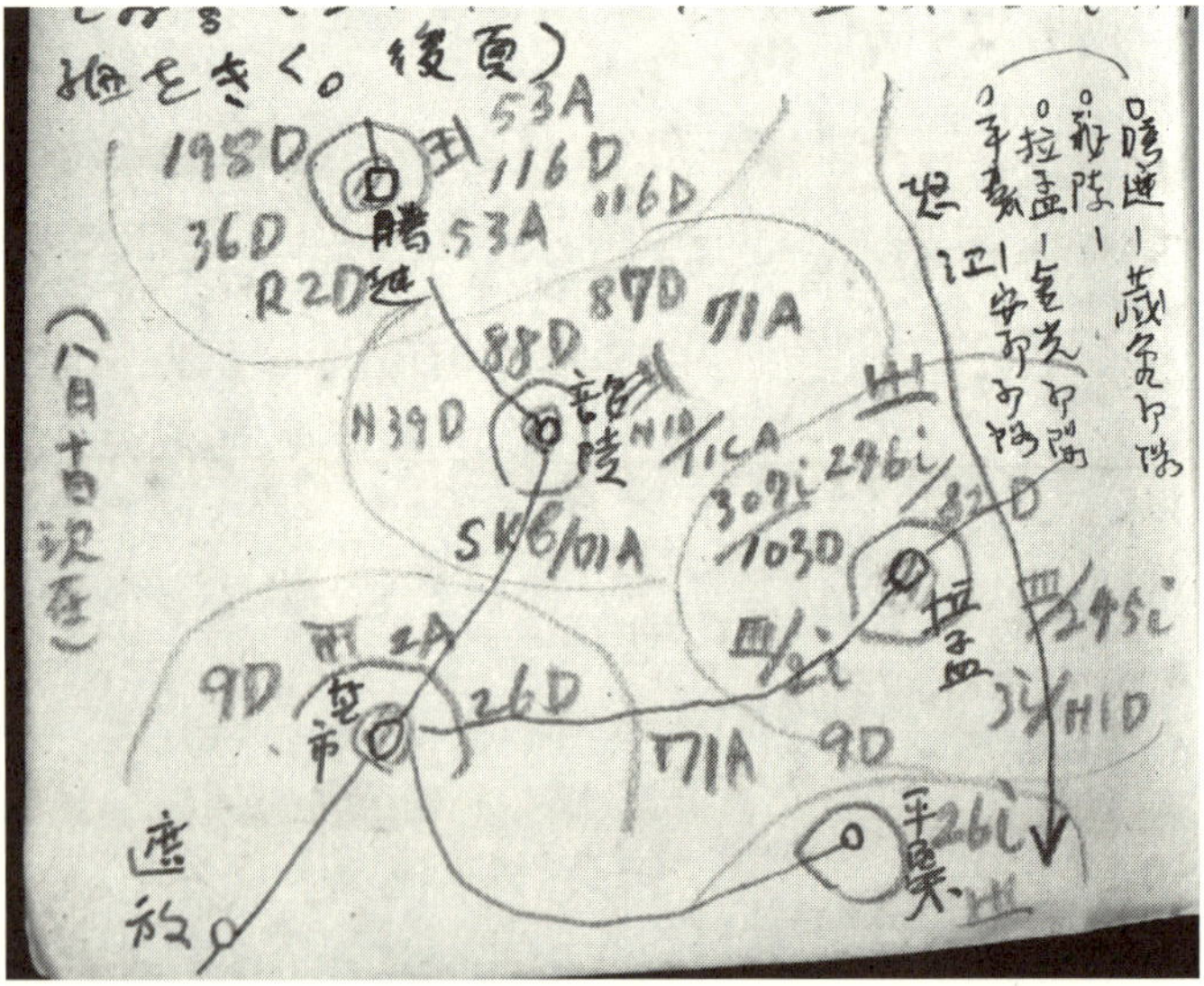

赤青の鉛筆で記入された最前線の部隊配置図。記号の裏には多くの将兵がいた。

で徐州作戦に参加していた火野は、その村で激しい戦闘に巻き込まれたのだが、その様子は、代表作『麦と兵隊』のクライマックスとして描かれている。生死の狭間に立たされた火野の心情がつぶさに描写されており、重要なシーンとなっている。前述した引用（１３１ページ参照）は、その時のものである。私は、四年前にその場所に実際に行ってみたが、どこにでもあるような農村地帯だった。あたり一面に麦ととうもろこし畑が広がっていたのが脳裏に残っている。

○参謀長川道大佐。眼のくりくりした面白さうな人。いろいろ話をききたいと思ふが、いづれ夜、ゆつくりといふ。

○田口参謀。作戦、永井参謀。下の部屋の地図の前で、田口参謀から戦況の概略を聞く。怒江を敵がわたつて来て以来の龍の苦闘。大なる損害をあたへたが、騰越、龍陵、拉孟、平戛は現在、地上連絡は絶たれてゐる。近くこれを撃砕する予定と、面は自信にあふれてゐる。（重村少尉から拉孟陣地戦の詳細をきく。後頁《資料編５３４～５３６ページ参照》）

◉雲南の苦闘　火野は、雲南の戦いの主戦場となっていた騰越と拉孟に向かおうとしていた。しかし、すでに二ヵ月前に、雲南遠征軍はおよそ五万の兵力で攻勢をかけ、騰越の城壁の周囲の道路を遮断していた。これにより騰越守備隊は完全に取り囲まれてしまい、七月二七日以降、騰越城に籠るしか術がなくなっていた。

八月五日、ラシオに到着した火野は、龍の池田大佐に前線の様子を聞かされた。「龍も菊もじつによくやつとる。龍陵、騰越、拉孟、平戛はいづれも敵中に個立《ママ》してしまつとるが、よく頑ばつとる」。

火野はその日の手帖に、同郷・若松から来た中尉から聞いた話としてこう記している。「菊部隊がこんなにやられたことは、こつちに来るまで知らなんだ」。火野の驚きが伝わってくる。

八月八日には、田口参謀から池田大佐同様の概略を聞いている。田口は、何を根拠にしているのか不明だが、「近くこれを撃砕する予定」と「自信にあふれて」いたという。

火野が離れておよそ一ヵ月後の九月七日に、雲南における主要な戦闘が終結した。補給を断たれ孤立し、撤退命令も出ず、また救援部隊も送られなかったため、拉孟守備隊は玉砕した。

○昼食。井上中尉のところに行く。鶏、豚などの料理が出て、御馳走ですなといふと、あしたもつと御馳走しますよといふ。住民の家で現地料理を食べる予定の由。井上中尉はこの附近の親分らしい。宣伝部の人たち集まり、座談会。バーモ行きの便をきくと、陸路はだめで、民船でゆく外はないが、増水で危険な個所がところどころある上に沿岸のカチン人が子供にいたるまで銃を放つと、谷村君、どもりながらいふ。バーモ警備隊長萩原支配人に民船とロンギを用意してもらふがよからうとのこと。

砲撃。待避して、菩提樹の下の壕のところに行く。途中、すこし遮蔽してゆかぬといかぬといはれる。眼前の山は友軍が陣地をかまへ、それがよく見えるが、そのもう一つ向ふに連つた山は全部敵なのである。一つの山の上になにかあり、兵隊が十数名立つてゐるのが見えるので、きくと、てつぺんに山砲陣地があるときいておどろいた。壕の横で、国内のこと、文学のこと、女のこと、話す。

○会食。振袖、断髪の女が庭で扇をつかつてゐた。席にはべるのである。副官、永松中尉、すこしおくれて、田口参謀。野戦倉庫でできるといふ上等の酒。
○座談会。司令部その他の将校。約５、60名。すこし酔つてゐて困つたが、内地のこと、インパールのこと、雲南での感想など話してゐると、砲弾一発。いつも射つて来る方角なので、かまはずに話をつづけようとしたが、将校連ざわざわと立つて待避しはじめ電燈も消えてしまつた。
たつた一発の砲弾になにごとかとすこし腹が立つた。誰かが静めるかと思つてゐると、全部立つて、田口参謀がまた続けるかときくので、打ちきりませうと答へた。茶碗をひつくりかへしたり、刀をかへたり、靴をかへたりした者もあるらしい。九州の兵隊はつよいといふ話をしたのだが、苦笑がわいた。七発ほど、同じ場所に落ちて止む。谷村君に、バーモの民防衛の話きく。（後頁《資料編５６２ページ参照》）

８月９日　（芒市）

○早朝、砲弾の挨拶。四発。
○松井聯隊本部へ中島伍長の案内で行く。松井少将（八月一日附進級）は、福岡現役時代の中隊長だが、16年ぶりである。
間道のやうな細径裏径を抜けてゆく。見事な竹林がいたるところにあり、そのせいで、家も橋もその他のたいていのものが竹製だ。竹小屋に竹の水車がごとんごとんと動き、いたるところに巨大な菩提樹がある。地上にむくれあがつた根からすぐに多くの枝が出てゐるので、葉のついた梢はひろがつて、地上にひくく掩ひかぶさつてゐる。瘤牛にまじる水牛。壕掘りをしてゐるカンタイ人の苦力。

　タイ族が雲南には多かつたが、漢民族の生活力の強さに押されてビルマの方へはみだすと同時に、漢人と混合し、漢擺夷人といふ別種の民族が誕生したものらしい。紺の着物でちよつと見ると支那人だが、体格が立派なのが目立つ。しかし、苦力はなかなか集らず、ことに砲爆撃のために逃亡しきりの由。

○松井少将。入つて一目で見て、昔の俤《おもかげ》がそのままのこつて居られるのを懐しく思つた。頭を下げ、玉井《火野の本名》ですといつた。閣下は昨日からしきりに考へてゐたが、どうもよく思ひ出せずにゐたが、顔を見て思ひだしたと笑つた。顔も手も黒々と焦げ、転戦の労苦が偲ばれる。

　昔のこと、今のことなどを語る。平戛へ強行補給をしに行つたときのことを聞き、救はれた人は荒川隊長なので、終始、涙のにじむのを抑へることができなかつた。話は尽きさうもなかつたが、中島伍長が二時までにかへらなくてはならぬといふ。写真をとり、御健闘をいのつ

菩提樹のスケッチ。植物や虫へ向けられた火野のまなざしは、細部に及ぶ。

て辞す。閣下は帽子にたれをつけてゐた。（平戛戦、後頁《資料編５３６ページ参照》）

○蛮坎村《ワンハム》。カンタイ人の部落。中島伍長に案内されて一軒の家に入ると、永松中尉が来て、娘たちと話をしてゐる。色は小麦色、顔立ちのよい清潔な娘たち。カンタイ人の未婚既婚は明瞭で、頭髪を編んでくるくると二重に上部で巻いてゐる者は未婚、既婚者は頭に帽子をかぶる。のみならず、嫁たるの資格のできた者と然らざる者との区別も明白。月経のまだない女はコンといふヅボンをうがつてゐるが、月経がはじまると、スカート様の下衣に変る。下衣には下の方に黒筋が数本入つてゐて、階級をあらはす。土侯などの一族は多いわけである。

　植付けが終ると方々で結婚がはじまるさうだが、嫁の値段がほぼきまつてゐて、軍票で８００乃至１５００位の由。嫁は家の中に入らず、友だちが数人で泣く嫁をつれて家のぐるりを廻ると、中から亭主になる男がかくれてゐて、いきなり頭から袋をかぶせて引きずりこむ風習があるとのこと。ここの家の主はタンマウセンといふさうだが、外出してゐない。頭にトルコ帽のやうな黒いかぶりものをいただいた上品な母親が居り、娘ロアンに、近所から、ゼー、ハームなどの娘が手つだひに来てゐる。いづれも快活で、少しづつ日本語をしやべる。

　やがて、井上中尉をはじめ、宣伝部の人たち、中埜君とともに来る。家の中に卓を据えて、会食がはじまる。家は竹ばかりをつかひ、壁と土間とは水牛糞、田ノ土、籾がらなどをつきかためたもの。家の隅に仏壇。宗教はやはり仏教らしい。カンタイ料理が出る。盛られた七つの椀。支那料理のやうでもあれば、ビルマ料理のやうでもある。ワンプン（ワンフンの天ぷら）ルホーロー（豚、筍の塩づけ、これに酢味）ワンフンサー（ワンフンのひやしたもの）など。蜿粉《ワンフン》はえんどうを水につけ、ふくらし、ひいて豆腐のやうにしたもの。おいしいのでむしやむしや食ふ。なくなると、ついてゐる三人の娘がつぎつぎに運んで来て、減つてゐる椀に補充する。はじめは一椀のみかと思つてゐたが、それを見て安心する。

白米飯。ワンハム米は特別によい米で、土侯などに献上してゐたといふが、炊きかたが独特で、蒸し炊きにしたもの。茶椀に娘が盛つてくれるが、腹一杯になり、卓においておくと、またつぐ。いらんといふのに、油断を見すまして飯を入れる。客にすすめることの上手な伊予の人を思ひだしたが、ここでは飯を娘がついでやるのは、自分の気のある人にするとのこと。オヨメニナゼユキマセンカといふと、スキナヒトアリマセンデスヨとロアンいふ。酒のないのがいささかのうらみである。パインアップル、パンの実など食後に出て、腹つつぱり、眼の下たるむ心地。井上中尉は土民の顔役である。

○今日出発の予定であつたが、行動車が出ないといふので、明日になる。竹水から女二人借り、野戦倉庫から酒二升都合してもらひ、宣伝部の人たちをみんな招待して歓談する。十数人居り、さかんである。

8月10日　（芒市）

○市場。朝豪雨だつたので、市場は駄目かと思つてゐたが、すこし晴れたので行く。宣伝部の藤本軍曹（憲兵）土民の服装で案内してくれる。上下紺の素衣、赤のシヤンバツグ、蝙蝠傘に跣足といふいでたちである。本道の菩提樹の下にトラツクをとめ、そこから横道に入る。泥濘の悪路。行く者、

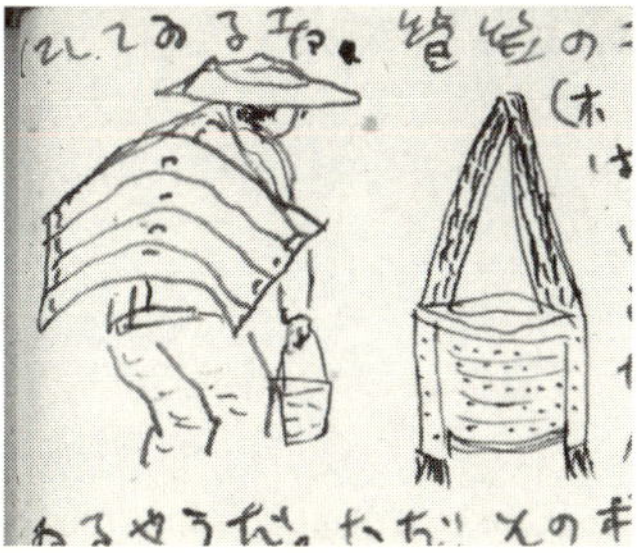

簑を背にした人とシャンバッグ。

かへる者。もと市場のあつた場所は爆撃でやられたので、臨時に移動したものらしい。一目瞭然、まだ嫁に行く資格のない者、ある者、女房になつた者。服装が清潔で、紺と黒とのとりあはせはほとんど爽やかな感じさへする。娘たちの顔だちがいづれも立派なのに一驚する。ただ難をいへばおふむ《(ママ)》ね鼻が天井をむいてゐるやうである。

雨の中を跣足で、列をつくるやうにして行く。蝙蝠傘のもの、林投の繊維で編んだ簑を甲羅のやうに背にしてゐる者。管笠《(ママ)》の者。シャンバッグ。（木綿でつくつたこの鞄は普通シャンバッグといはれてゐるが、シャン地方だけではなく、チン人も、カチン人も、同様に持つてゐるやうだ。ただ、その模様などに特色があるのであらう。向井画伯からたのまれてゐたので探したが、なかなか手に入らない。マンダレーで別れるとき、二つ三つ買つて来てくれるやうにとて、30円ほど出してゐたが、来てみると、一個二百円三百円といふ。井上中尉は土民の中に信用を博してゐる王様らしいので、あとできいてみると、笑つて、買ふのはたいへんですよ、私がなんとかしませうと無造作にいつた。銀三枚あれば買へると、軍票の下つてゐる話をした。）

すこし時間がおそかつたと見えて、市場はすでに盛りをすぎてゐて、品物もほとんどなくなつてゐた。

カンタイ人がいちばん多く、シャン人、カレン人などもゐるといふが、どれがどれなのか素人には見わけがつかない。支那人は敵性の者が多いので、芒市から追放してあるとのこと。粗末な小屋の立ちならんだ中をすこし歩く。目ぼしいものはなにもない。女たちの口中の赤黒いのに辟易する。おはぐろのやうだが、これはチヨコレート色をした木の実を嚙むために、さうなるので、いたるところ、血のやうに赤い唾をぺつぺつと吐く。売つてゐて、手にとつてみると堅く、ちよつと嚙んでも別に味がない。売り手の婆が赤い口の中を指さしてげらげらとたわいもなく哄笑する。娘はあまりやらないのか、白い歯をしてゐる。一軒の店に入つてウドンと称するものを食ふ。ワンフーサー《（ママ）》（ひやしワンフン）もあつた。小皿だが一杯一円。皺のよつたのや、よごれた札はどうしてもとらない。二つに折つたのも駄目である。住民の服装でうろうろしてゐる兵隊たち。雨中をかへる。

○出発。6時にトラックが来るとのことであつたので、司令部に行き、閣下、参謀長、参謀、副官、その他の人々に別れの挨拶に行く。閣下はにこにこされて、ちかく敵をやつつけるから、よかつたら又来たまへ、大丈夫だよ、と自信にあふれた口調でいはれた。砲弾の音しきり。友軍の砲兵が陣地を推進して敵を制圧してゐるらしい。まはりの山は全部敵で、城内の行動は手にとるやうに見えてゐるのであらうが、みんな平気な顔をしてゐるのは奇観である。将校倶楽部で紀念の写真などとりながら、トラックの来るのを待つ。

　6時になつても、半になつても、7時になつても車来ない。永松中尉をはじめ、やきもきして、あちこちに電話をしてもさつぱりわからない。そのうちに、伝書使を三人だけ乗せてトラックはすでに出発してしまつたらしいといふことがわかる。芒市橋は11時以降でなれ《（ママ）》と通れない。それまでは敵機に対して、橋をこはし、日暮れから修繕する。毎日さうしてゐるのだ。そこで芒市橋まで行き、そこから二キロほどの坩底《パテ》まで歩いて、行動車部隊に合する予定。やむなく野戦郵便所のトラツクを借り、宣伝部の人たちに別れを告げて、芒市橋まで行く。

車をすて、橋をわたり、坩底まで行軍。さがしても、トラツク隊居る様子がない。途中であつた騎馬の兵隊から、村長の家に田籠曹長がゐて、あなたに会ひたいといつてゐるときき、たづねて行く。住民に案内されて、どろどろの道のとび石づたひに村長の家に行く、馬と牛のにほひ鼻をつく土間に七八人の兵隊がゐた。田籠さん（三井物産社員）は土民の服を着て、跣足になり、妙にものものしい様子。気がつくと彼だけでなく、その場の空気が殺気立つてゐるのがわかつた。経理部で、いつも行く三里ほど先の部落に三十人ほどで徴発に行つた。ところがいつもは平穏であつたのに、60名あまりの敵に出あつて交戦し、一名戦死、負傷若干を出して、やうやく引きあげて来た。さういふ話である。敵がやうやく芒市周辺にも出て来たらしい。

日暮れ、雨降りはじめる。車が来たといふ連絡があつて、田籠曹長にわかれ、本道に出る。行動車はなく、憲兵の乗つた単車が行くといふ。ついて来た中島伍長心配して止めたらどうかといふのを、大丈夫とて乗る。出発。同乗の兵五名、警戒しながら行く。やんでゐた雨降りだし、シートをかぶる。止む。暗黒の山岳道。淋しい密林の丘の上にぽつんと立つてゐる一人の歩哨。ライトに照らしだされたその姿がつきささるやうに眼にしみた。単車なので、早く、遮放へ一時間半ほどで着く。竹内大尉をおとづれる。餅を焼いて、黄粉をつけてくれたのを食べる。珍味である。

◉五冊目の手帖　一九四四年の八月四日から、ビルマ戦線での火野の従軍手帖は五冊目に入っている。その扉には、ペンで大きく「雲南」「フーコン」と書かれている。

手帖を読むと、火野の足取りがはっきりと伝わってくる。中部ビルマにある日本軍の拠点地メイミョウを出たのが、八月四日、そこから反時計回りに、ビルマ北部へと移動し始めた。

かつての戦友たちの窮状を知った火野は、かなりの速いピッチで雲南に向かっていく。インパール方面と違って道路がさほど破壊されていないのである。その頃の手帖の一日当たりの記述の長さに驚かされる。火野は、初めて足を踏み入れたビルマと中国の国境地帯の観察に膨大なページを費やしていた。伝単など、様々なものが挟み込まれ、手帖そのものがパンパンに膨れ上がっていた。

八月七日、火野がまず到達したのはワンチンである。この日の手帖の記述は詳細で実に一一ページを費やしている。

火野が手帖に書き記す通り、八月一〇日の時点で、日本軍の雲南戦線での敗戦は明らかで、火野はその手前の芒市までしか到達できなかった。火野がこの場所に滞在していたのはわずか三日間。孤絶した戦場で闘う仲間たちと顔を合わせることなくして後方へ移動した。

8月11日（遮放）

○朝食に雑煮、茶椀むし（但し、ブリキの茶椀）などあつて、腹の正月。事務室の壁に、「捕鼠甕鼠受付薄《（ママ）》」といふ帳面がぶら下げてあつて、鉄板の防鼠壁とともに、ペストの地であることがわかる。小雨模様のなかに茫々と煙る雲南の野。山。竹林。ひろがる水田。甲羅のやうな簑をつけた土民がしきりに草をとつてゐる。庭前に梨の木があつて実がなつてゐるが、食べられないといふ。

○遮放温泉。立派な設備をしたものだ。木村副官の設計に成るとのこと。豊富にわきいでる湯が附近の小川からも湯気を立ちのぼらせてゐる。シヤン地方から、このあたりへかけて温泉がいくつもあるが、火山といふものを聞かない。一説にはこの周辺の山は外輪山で、このあたり一台《（ママ）》は噴火口のあとといはれる。湯にひたるとよい心地。凝脂をあらふ思ひ。尤も、効能書にはラヂウムなどもふくみ、たいていの病気にはきくやうに書いてあるが、竹内大尉は苦笑して、出たらめですよ、素人にやわからんちゆうて、兵隊が書きよつたといふ。出る。

　放馬数頭。あれが私の馬と示す。昼間は勝手に出あるいて草を食ひ、夕方になるとちやんと厩にかへる由。支那馬だが立派である。

○秦大尉、竹内大尉などと長火鉢をかこんで雑談。糸と針とをつくつてゐると聞き、その創意に感心した。手術用の糸がないため困り、作るといつたら、初めは笑はれた。四川絹を手より編んでやつたが、たびたび失敗し、やつと完成した。（と、その糸の見本を見せ）今では全軍の病院が「うち」の糸をつかつてゐる。しまひにはあちこちから貰ひに来るやうになつたが、釣り糸にしたり、投網を編んだりするのにまで使ふので断つた。寺田部隊ではコイルがはりに使つた。十本ほどよると強くなり、絹糸のコイルは世界にあるまいといばつてゐた。手術針もつくつた。兵隊が毎日こつこつと十本位づつ作るが、それで三ケ師団分はあることになる。（いくつかの見本）これを軍司令官に見せたら、お前たちは手品づかひのやうなことをするのうといはれた。

　芒市の第二野戦に機械工場があつて、ハサミ、メス、針、その他、たいていのものはそこでできる。そこを見て貰へばよかつた。そんな話をきいて、兵隊が自給自足してゐるのに感じ入つてゐると、上等の和紙のやうな塵紙をくれて、これはナンカンで兵隊がこしらへてゐるものだといふ。

○「半七捕物帳」を読みながら、一時間ほど昼寝。（遮放のこと、後頁《資料編518ページ参照》）
○警備隊本部で会食。もと土侯の家だつた建物で、その後は重慶軍の兵舎になつてゐた模様である。いくつか門があつて、「宣撫司副使」の大額、「賞延於世」の金泥の扁額などがある。将校十二三名集まり、雑談。東條内閣が挂冠したので国内状勢を悲観してゐたといふので、その反対だと元気をつける。木村副官が土産だといつて象牙の仏像をくれる。
現地料理。ワンハム村のと大同小異だが、味はやや落ちるやうだ。もつとも、実は畹町に来て以来、つぎから次にいろいろな御馳走を出され、あまり満腹することもいかがかと妙な気持になつてゐた。支那酒にいささか酔ふ。

畹町へ籾とりに行く車に乗せてもらつて出発。久保田瑞一氏の弟君来る。厚情をふかく謝して、人々へ訣別。木村副官、あんたが来てくれたのでみんな元気づいたといふ。遮放から先は今のところ単車でも危険はないらしい。約二時間。畹町の野戦病院に寄り、島田大尉を見舞ふ。院長山口大尉、龍軍医部長などと深夜まで話をし、車を出して貰つて寺田隊へ行く。もうみんな寝てゐた。

8月12日（畹町）

○空襲警報。裏山にみんな上るのでついて上る。いくつも待避壕が掘つてある。爆音の遠いうちから、ここの人たちは待避するのがまことに早い。遠く通過する飛行機でも一々、山へ行く。これでは昼間はなにもできまい。夕刻までに五六度、警報が鳴つたが、そのうち、二度は友軍機であつた。久しぶりで見る日本飛行機。さいしよのは新司偵《一〇〇式司令部偵察機》と覚しく、二度目は十四五機、翼を列ねて通つた。拉孟あたりへ空中補給をするのかも知れない。
○すこし下痢。食ひすぎであらう。
○今日もバーモ行きの行動車はないらしい。明朝、5時、野菜受領の車がナンカンへ行くといふので、それに乗せて貰ふことにする。
○第一中隊藤井中尉のところで、昼食を出したいといふことであつたが、次に、飛行機が来るので夕食にするといふ連絡が来る。八時すぎ、川むかふの宿舎に行く。川はワンチン川の国境線で、寺田橋をわたるとビルマ領である。ここの部隊は毎日数回両国間を巡回してゐるわけだが、川をへだてて特別に変つたところもない。
　藤井中尉の家の立派なのにおどろく。兵隊が建てたといふがちやんと牀《とこ》の間までついてゐて、畳がないばかりである。中尉は腹をこはしてゐるらしく元気がない。

　ならべられた豪華な盛り料理。カラバイを食べてゐた頃を思ひだし、感慨少くない。咽喉元すぎれば熱さを忘れる心になるまいと常に考へてゐるのだが、むつかしい修養である。酒。藤井中尉は騰越から引き上げてから身体の調子を壊したらしい。騰越の飛行場に敵機がふらふらと着陸した話をする。（後頁《資料編561〜562ページ参照》）なにか一筆と、兵隊のつくつてゐる紙をひろげられ、墨をすられ、幾そたび棄てむ命ぞ新しき戦の庭はいづくにもあれと書く。字をすこし本格的に勉強しようとまた思ふ。支那へ帰る。

8月13日　（ナンカン―マンモウン）

○車が来たとて朝くらいうちに起される。午前5時出発。眠いけれどもうまく眠れないでゐると、空を飛翔してゐる夢など見てゐた。夢のなかの空の青さと川の黄色さと花の赤さが幻燈のやうであつた。黎明。道路に添つて、籠をかつぎ、つづいて行く女たち。頭に既婚の帽をいただいてゐる女が多いのはやはりここの附近にもカンタイ人がゐるのであらう。よく耕され、植つけされた青々とした水田は日本と少しもかはりがなく、ただ、水牛の群が水たまりのなかをのたうつてゐるのだけがちがつてゐる。

　ところどころに石づくりの祠のやうなものがあるので、道祖神かと思つたが井戸であつた。竹の杓で汲んでゐる子供や、女たち。道の右手は洋々たる濁流で、瑞麗江と思はれる。支流と及《ママ》ぼしき五十米ほどの川の橋が流されてゐて、門橋でわたる。住民たちは細い丸木舟の両舷に太い竹を浮きかはりにつけた長い舟でわたる。二人船頭が舳と艫に立つて棹をつかひ、15人ほども乗るとまるで筏に乗つてゐるやうだが、早い流れをたくみに対岸につく。

　つぎつぎに住民が増して、船頭は忙しい。門橋に、乗れ乗れと兵隊がいふと、女たちがよろこんで飛びのつた。いづれも竹竿で両方に籠をかけてゐる。渡ると、ビルマ女が、どこまで行きますか、ナンカンまで乗せて下さいませんか、と上手な日本語でいひ、許可を得ると、ありがたうございました、と一族郎党7名ほど引き具して乗つた。籠のなかは砂糖らしく、震動するたびに、目からはみだして架橋の上にどろどろに流れだすのを、惜しさうに連中は眺めてゐる。明るくなつたのに、車は平気で走る。所々に待避してゐる車輌がある。中埜君がまだ遠いのやつたらすこし考へないかんなと心配。

○ナンカン。畹町から70キロ弱。10時半着。菩提樹の下に穴田君と荷物とを残し、丘の上の司令部に連絡に行く。勇の本部がすでに閣下を初め、ここに来てゐて、前の警備隊はどこに行つたかわからない。経理部に田中中尉をたづねると、恰度朝食をしてゐて、昨夜着いたばかりとのこと。日用品袋に煙草を入れ、あげませうといふ。物を押しつけるのは不愉快である。

参謀部に行き、宍戸参謀に会ふ。挨拶し、バーモ行の便のことたのむ。管理部の板垣大尉をよび、種々配慮してくれる。大尉に案内されて、管理部の舎屋に行くと、兵隊二人を出してくれたので、穴田君を迎へに行く。一人の兵長はガダルカナルの生き残りで、そのときの状況などをぽつりぽつりと話した。

単艦で行つたので食糧はじめからあまりなく、一合の米が大切だつた。最初の部隊が玉砕したので、とりかへしに九月上陸したのだが、そのときには無血上陸のやうなことだつた。敵が爆撃をさかんにはじめたが、海岸の方ばかりなので、馬鹿なことをしとると思つてゐたら、ジヤングルを焼いて上陸点を作つてゐたのだとあとでわかつた。

十一月に総攻撃をしたが、それがうまくいかなかつたので、大いに士気が落ちた。正月もさびしいもので、米をはじめ何もなく、戦友が血の給与といつてわけてくれたわづかの物で気持ばかりの新年をむかへた。さういひながら、兵長はその時の給与の通信紙を手帖の間からとりだして見せ、紀念に持つてゐるのですよと笑つた。

○堺聯隊（ガ島の感状部隊）の連絡将校武田少尉が、さいきんの情況を詳細な略図によつて聞かせてくれた。龍陵は手榴弾戦を演じてゐるとのことで、あるひは玉砕したのではないかと気づかつてゐる。今度はひとつ、龍といつしよに徹底的に敵を叩いてやるつもり。ミツチイナでは水上少将は玉砕されたが、丸山隊長は軍旗を奉じて下つて来た。昨日ここへ来て、すぐバーモへ帰つた。龍の兵隊に会ふと勇は強いといふし、勇の兵隊は龍をつよいといふ。なかなか奥床しい。ただし「安」さんは困るといふ。

◉水上少将は玉砕　ミッチイナ（ミートキーナ）は、「フーコン作戦」の拠点であり、火野自身のかつての部隊である第一一四連隊が守備につくビルマ北部最大の要衝だった。しかし一九四四年七月の時点で、中国軍三個師団とアメリカ工兵隊と歩兵隊からなる二〇倍もの兵力に囲まれ、籠城戦に陥っていた。指揮官は水上源蔵少将だった。守備隊は不足しており、援軍はなく、食べ物はすっかりつき果てていた。七月一〇日、水上に暗号電報が送られてきた。そこには、「水上少将ハミイトキーナヲ死守スベシ」と書かれていた。書いたのは、「作戦の神様」辻政信参謀だと言われている。

この頃水上のそばにいたのが、久留米出身の軍医・丸山豊だった。丸山は詩人でもあり、火野と「九州文化」「文学会議」などで活動をともにする文学仲間だった。丸山は、水上が拝命した時のことをこう綴っている。

閣下への死守の命令は、とりもなおさず全員に戦死しなさいということである。万一生きのこるみちが残っていても、名誉を重んじてさっぱりあきらめなさい、ということである。（丸山豊『月白《つきしろ》の道』一九七〇年　創言社）

しかし、水上は自分の命と引き換えに部下たちを救出する道を選ぶ。水上は八月三日、「ミイトキーナ守備隊ノ残存シアル将兵ハ南方へ転進ヲ命ズ」という撤退命令を出し、自らは命を絶った。生き延びた将兵は、イラワジ川の激流を下りミッチイナの南およそ二〇〇キロにあるバーモ守備隊に辿り着いた。丸山もそのひとりである。しかし、全体が撤退できたわけでなく、同日には、一〇〇〇人の守備隊が戦死、ミッチイナにおける組織的戦闘は終結した。結果的には守備隊三〇〇〇名のほとんど全員が戦死していた。そのなかには火野とともに中国の前線で戦った将兵も多かった。火野自身、参謀からその実情を聞かされ、「惨苦と死闘とには言葉がない」と書き、「無事脱出を祈る心や切」と結んでいる（八月二二日）。

○この丘はなにがあつたのか知らないが、洋館や寛闊な建物が広い庭を持つて建てられてゐて、緑も深い。二階になつた事務室の下には夕かり樹の下に、真紅のカンナが咲き、桃色の薔薇が咲いてゐる。勇司令部は来たばかりでごたごたしてゐるらしいが、やがて、戦闘司令所はもつと前に出るとのこと。今度こそは癪に触る敵をうんと叩いてもらひたいと口でもいひ、心からさう思ふ。祈武運永久。

○午後五時出発。ひと休みしてゐると、武田少尉が渡河点まで行く車が来て待つてゐるといふので、寝てゐる両君を起して、あはてて出発。ビフテキを御馳走しませうといつて出て行つた板垣大尉はまだかへつて来ない。武田少尉も同じトラックに乗つて行く。陽あかるく、ぎらぎらと白雲光る上天気。

市場らしい大きな建物のあるナンカン部落。住民はほとんど見かけられない。すこし行くと渡河点。幅二百米ほどの瑞麗江が名のやうではなく赤土にさまざまの流出物をうかべて左手へ流れてゆく。水流は早いが、ミツタやチンドウインを渡つて来た眼にはおどろくほどではない。バーモへ行くといふ本部の上野少尉に紹介してくれておいてから、武田少尉はかへつた。

20時から渡河開始とのことにて、水辺の小屋で待つ。寺田隊の吉正中尉がバーモまでの輸送があるといふことで、便乗を依頼。工兵おちついてゐて、なかなか舟を出さず、客は岸に殺到する。三百米ほど下流に、落ちてゐる鉄橋。これを落すために敵は相当の犠牲をはらつた。爆音さへすればこの上で、連日爆撃したがなかなか落ちず、友軍の砲兵が、そのうち、直接照準で二機うち落した。

芒市橋も何回かおとされたが、歩哨の話によると、百発は命中せず、百一発目で落したとのこと。そんな話をきいてゐると暑い陽がかげると、とたんに涼気がわいて来て、工兵が岸辺に笹の葉で遮蔽してあつた門橋を出しはじめる。索道式。バーモの手前の峠にある四十ケ所ほどの崖くづれをなほしに行くといふ工兵隊と一緒に、第一回にわたる。対岸の泥水たまりに水牛が四頭ごろごろところげまはつて濡れ、てらてら光りながら歩く。ここから六キロほどの地点に、マンモウンといふ部落があつて、そこが車の待避所になつてゐるとのこと。そこから来た三台のトラックに工兵が乗つたので、便乗し、ひどい道をマンモウンに着いて、下車。

まつ暗でわからない。糧秣交附所に行き、そのかまどを借りて炊爨。現住民が来て、なにかがやがやいつてゐる。兵隊が日本語とビルマ語とをまぜこぜでやつてゐると、どうにか意味は通じるらしい。なにか事件がおこつた模様で、村長の家に五人の日本兵が来て、息子を怪しいから来いといつてつれて行かうとした。そこで注進にやつて来たのだが、もう日本兵は逃げてしまつてゐた。息子は無事だつたが、日本兵ではなくて敵のスパイであつたかも知れん。いや、兵隊がいたづらしたのだらう、など。

○積みあげてある米の上でしばらく寝る。蚊に食はれる。

8月14日（バーモ）

○六時出発。さいしよ9車輌行く筈が急に命令がかはつて、3車輌になり、あとは畹町にかへるといふ。米袋の上にあがる。眠つてゐるうちに夜が明け、トラックはところどころ鋪装してある山道を前進。チン・ヒルとは比較にならぬが、相当に屈折の多い難道である。水のあるところで朝、昼食。小隊長吉正中尉、パンの実を出して来る。前進。乗つてゐる車の助手は半島兵で、はじめは内地兵と同じに行動してゐるので気づかぬほどであつた。内地兵も別に区別してゐず、のびのびしてこまめに動いてゐる。話をしてゐると発音がそれとわかる。

崖くづれの個所。道がせまいので曲り角では岩に車体をこすりながら前進。曇天。雷鳴。雨。晴。道下るにしたがつてだんだん暑くなつて来る。眠つてゐて気がつくと車止つてゐて、身体中は汗。道路からちよつと入つたところの樹かげに待避してゐて、この先は昼間は危く、現在も爆音がしてバーモがやられてゐるとのこと。機体は見えないが、数機の爆音と、爆撃音とがきこえて来て、消えたかと思ふとまた続く。上野少尉が、バーモの手前の橋が落ちたといふ。土民が話したといふのである。

日暮れを待つことになつて、トラックのなかで寝てゐたが、全身汗になつて眠れない。外に出てもむつと暑い。風がない。バーモはもつと暑いですよと吉正中尉いふ。これまで涼しいところばかりにゐたので、こたへかたがはげしいのかも知れない。部落に行き、井戸で身体をふく。雲南からビルマへ来るとまた瘤牛があらはれる。土民は昼間山中へ待避してゐるらしく、日がかげるとともに、三々五々、わづかの荷をかついで帰つて来る。ダアで下駄をつくつてゐる彫青男。炊爨、食事を終ると、またパンの実が出る。

日没後出発。山を出て、平地に入る。二つ共橋が落ちてゐるともいひ、さうなると今夜はバーモへ入れないと思つてゐると、第一の橋をすぎた。手前でなくてよかつたと思つてゐると第二の橋もすぎた。土民のデマだつたかと思つたが、さうでなく、やはり爆破されたのを急速に修理したのだとのこと。敵機は執拗に爆弾を落したが下手くそで、つまらぬ当りかたをした。第二の橋をわたつ《た》ところに白旗が立つてゐて、巨大な不発弾に縄が張つてあつた。いつたん、橋の中央に落ちたのが魚のやうにとんで、そこへ来たものときいた。

○バーモ市。前方に火災。今日の爆撃でビルマ警察署が全焼したといふ。吉正中尉も警備隊本部に糧秣をわたす用があるので、一緒に探してゆく。並木のある鋪道が縦横に走つたかなり大きな町で、空襲がひどいときいたのに、大部分の家はまだ完全にのこつてゐる。堺聯隊本部、やつとわかる。

到着したばかりで、事務室は蠟燭の光のなかでごつたがへしてゐる。副官野田《大》尉、電報が来てゐたので、宿舎の準備、カーサ行きのことなど、萩原中尉と相談して考へてゐるといふ。小柄で黒い顔に八字髭。瓢逸《ママ》で、くだけた副官。以前、18師の機関銃隊で広東にゐた由。

工作班の小野少尉来る。憲兵岡部曹長来て、今日の爆撃で、宣教師連中が恐がつてよそにやつてくれといつてゐる、どうしますかと副官と相談してゐる。憲兵隊も若干の被害があつた。明日あたりはどうもやられるらしい、狙はれてゐるからと笑ふ。昼間も防空壕通ひばかりしてゐて、商売にならん、と、ここでもまた飛行機の間《ママ》である。さいきんは附近の部落をしきりに空爆し、スチナのパコダ《ママ》を粉砕したので、ビルマ人が激昂、いよいよ反英熱が高まつてゐる由。

○小野少尉に案内されて、萩原中尉のところに行く。すでに寝ていたが起き出て来た。連絡があつたけど、トラックから落ちて足を怪我したのがなほらず失礼しましたといふ。永松中尉からの手紙わたす。萩原隊はバーモ警備隊であつたが、勇に引きつぎ、宣撫班の仕事をしてゐるらしい。バーモからイラワジを下るといふことは必ずしも安全ではない。昼間行動はできず、夜間になると馴れた船頭でも瀬や洲をあやまることがある。水が多すぎても、少なすぎても渦をまくところもある。

　それに対岸のカチン族が敵意をいだいてゐて、子供にいたるまで射撃をする。途中、シユエグといふところがあるが、そこの附近にカチンの活動がひんぱんで、シユエグは爆撃され、カチンが襲撃して占領するといふ情報も入つてゐる。しかし、まづ、今は左岸寄りに行けば多分行けると思ふ。舟はあるし、馴れた船頭もゐるのでなんとかしませうといふ。三時に近くなつたので、いづれ明日のことにして、本部にかへる。

◉バーモと川下り　雲南から火野が移動してきたのは、イラワジ川沿いのバーモだった。ミッチイナを失った日本軍がこのエリアの拠点とした町である。火野はこの町に三日滞在、リスク覚悟でイラワジ川を下っていく。手帖の描写は、中埜、穴太をともなった、川下りの冒険譚のようである。

8月15日　（バーモ）

○堺聯隊長。ガ島にて感状を貰つた人であるが、小柄でもの柔かなので、さやうな猛将とはちよつと思へない。しかし、部下にきくと一様に気性のはげしい人ですといふ。

○朝食のとき、飯盒に昼食をつめて、萩原中尉のところに行く。萩原中尉が毎日県知事の家によい防空壕があるので待避してゐるとのことだつたので、昨日ウ・サンペに会ふ約束をしたのである。谷村からきいたウ・サンペとウチヨゾ《ママ》とにぜひ会ひたいと思つてゐた。

　公園のやうになつた邸宅を入ると左側に日語学校の大きな建物がある。県知事の家はひろい庭をかまへた洋館づくりで、玄関にはタイ・パンの花が鈴生りになり、周囲にはスエレ・パン、ニン・パン、白粉花などが密生してゐる。（タイ・パンはマニラで見たカデラ・デ・アモルで、こちらでは building flower の意。ニン・パンはチチリカで露の花の意、スエレ・パンは仏桑華で、bell flower の意。知事の姪にあたるキンキンタン嬢にきくところ。）

　無造作な様子でウ・サンペが出て来て、さあと椅子をすすめる。谷村君からの紹介状を出すと、ああ、タニムラサンと親しみのある笑ひかたをした。その声で、谷村君が一種の愛嬌ある人気者であつたことがわかる。大事な話はあとで、すぐに witch《魔女》の話になると、谷村君の話はだいぶ独創があるらしく、明快な英語で、身ぶり手まねをしながら、ウ・サンペは伝説をかたる。オカンポを思ひ出させる風貌だが、きかぬ気の頑固親爺らしい。バーモ《ウ》首相とラングーン大学の同期生といふ。

　witch の話の途中、爆音。娘たちとびだして来て、いつしよに防空壕に入る。ウ・サンペの三人の子供。男二人、娘一人。名キンメイメイ。キンキンタンは金魚のやうな眼、黄色い粉を顔中につけてゐるが、キンメイメイは顔立がよい。壕の中にゐて、爆撃の音がすると、頓狂な声を立てて萩原中尉にしがみつくが、快活でおしやべりである。二人ともいくらか日本語がわかる。

キンキンタンの両親はマンダレーにゐるが、今はまだ帰れる状態にならない。彼女の父とウ・サンペは兄弟。かへりたいが無理をしてイラワジを下り、カチンなどにやられてはつまらない。そんなことなら、いつそ、日本の兵隊のゐるところで、爆撃にやられてもよいから死にたいと真剣だ。壕はひろく、外より涼しい。

○野田大尉来る。菊の山中中尉来た。道路偵察に来たのだが、シユエグに自分たちを迎へるために兵力が出むいてゐる。さういふ話。顔の赤らむ恐縮の心地。自分のために兵力を出してくれたとはどういふことか。ただ、申しわけない思ひである。山中中尉も今夜かへるとのことなので、警戒にも恰度いいし、一緒にかへるやうに連絡方をたのむ。副官引き受けてかへる。

○ウ・サンペは県庁に出て行つた。なにもないがらんとした家に、たつた一人、机をおいて頑張つてゐるとのこと。

○今日あたりやられさうだから、避難して来たとて、憲兵隊長岡部曹長、自転車に重要書類を積んで来る。言葉から広島の人とわかる。ここには敵性人の抑留者が２５０人も居て厄介で困るさうだが、爆弾が当ると面白いななどと笑ふ。此の周辺の民情、カチン族の動きなどを資料によつて聞く。

（後頁《資料編５３７ページ参照》）

小野少尉も来て、カチン工作の話をする。おふむね《（ママ）》、カチンは敵性だが、中には協力する者もあつて、小野少尉はカチン部落に入つてゐることが多いらしい。チン丘陵地区の正田、稲田諸君と同じく、中野の学校で特種教育を受けたらしく、あの学校はまるで化物屋敷ですよと笑つた。

爆音たえ間なく、爆撃、銃撃をやるので、夕刻まで穴ごもり。穴のなかで娘に花の名をきけば、白粉花はビルマでは名がなく、hopeless flower として、きらはれてゐるとのこと。

壕の中に、お茶、コーヒー来る。千客万来で、飛行場設営に来てゐる《空白》少尉、その他の兵隊もやつて来たが、爆音と同時に壕に入らず、飛行機を見てゐるとて、キンキンタン、キンメイメイからどなりつけられてゐる。すぐに穴に入らないと、見つけられるたら《ママ》お仕舞だといふのである。

○大槻さん、自転車にまたがり、汗だくで来る。三十年もバーモで暮した人。戦前、英人の圧迫ひどくなり、精米業をいとなんでゐたが、引きあげなければならなくなつた。しかし戦になれば、敵産として没収されるので、ビルマ人の夫人とにせの夫婦喧嘩をし、離婚訴訟をおこして、財産を奥さん名儀にした。そこで、開戦後も、精米所が残つてゐた。さういふ話を芒市で谷村君からきいた。萩原中尉は初耳だといふ。谷村君の創作でもあるまい。ウ・サンペ、大槻さん、萩原中尉と、玄関のベランダで、いろいろな話をする。

㈹このごろの爆撃は無茶で、住民へのいやがらせであることは明瞭だ。バーモ周辺の部落はしらみつぶしで、スチナは全滅に瀕した。ことに有名な大寺であつたスチナのパコダ《ママ》がまつ二つになつたので、住民の反感はいやが上にも高まつてゐる。英人を殺すときにはひと思ひにやらず、耳を切り、足を切り、鼻をそぎしてやらねば気がすまんといきまいてゐる。

㈽奴等のするままに今はさせておくがよい。必ずしかへしのできる日を信じてゐる。ビルマは東から来た神兵日本によつて救はれるしか道がない。いかなことがあらうとも、ビルマ人の心はかはらない。少くとも、この私は一人となつても、日本とともに英をたふす決心だ。

㈹八月一日には独立紀念のもよふし（ママ）をにぎやかにやつた。それまではなんともなかつたのに、急に飛行機の跳梁がひどくなつた。もともとビルマ人は怠け者であつたが、この頃やうやく目ざめて、本格的に農作にいそしむやうになつて居たのに、その出鼻をくじかれたのは少し痛かつた。

　このひと月うちに植え付けを終らなければ、米ができない。ところがかう飛行機が来てはなにもできないし、牛は逃げまはつて苗をあらす始末。このあたりはよい米のできるところで、自分は永い間、ここで米屋をした。ラングン（ママ）米は私の手ひとつでここから出てゐた。今度も、ただ儲けるだけなら、安全なラングン（ママ）でもどこでも行けるが、友達もゐるし、第二の故郷のバーモがすてきれず舞ひもどつた。

　数日前の爆撃で籾蔵をやられた。住民が籾をもらひに来るのをことはるに往生してゐる。自分は壕に入つてゐて難をのがれたが、使用人がやられた。
(ウ)飛行機をもう少したくさんといひたいが、いろいろ作戦の都合や秘密があるので、そんな注文は口にしないことにしてゐる。日本が現在のままでだまつてゐるやうな国でないことを知つてゐるし、かならず快哉を叫ぶ日のあることを信じてゐる。今はただ住民の米の問題だけだ。
㈹住民の日本への協力心はゆるがない。もともと貯蓄心のない民族で、お客を接待することが好きだが、ことに日本人には好意を持つてゐるので、ビルマは無銭旅行をするにもつとも適した土地だ。

あ、火野さんの本がビルマ語になつてゐるのが私のところにあつた。大勢で読んだと見えてすりきれてゐた。
(ウ)その本があつたら、ぜひ、私に。日本に対していろいろいひたいことはあるが、私はただ信じることによつて進むつもりだ。
○門を出たところで、急いで来る二人のビルマ人に会ふ。ウ・チヨゾーで連絡があつたので、やつて来たといふ。精悍な男を想像してゐたので、その細造りが少し意外であつたが、眉宇にはきかぬ気のものがあらはれてゐた。（ウ・チヨゾーのことについては後頁《資料編562ページ参照》）時間がなく、心のこりの別れをする。
○日暮れて部隊本部にかへると、各隊の命令受領者が集まり、聯隊長が気魄のこもつた声で、命令と指示とをあたへてゐる。戦機せまるの緊迫した空気。蠟燭の明りに照しだされた諸将兵の顔。
○20時出発の予定で準備をして待つたが、山中中尉がかへつて来ない。十二時近くになる。副官が山中中尉がゐなければ、護衛兵をつけてくれるといふので、ことはる。大切な兵力を借用しては相すまぬ。しかし、副官はそんな遠慮はいらぬ、それはこちらの責任だからと、阿部小隊から吉澤伍長以下五名を出してくれた。恐縮の外はない。
　萩原中尉のところから宣撫班の浅野軍曹来て、何回も出たり入つたりして、船と通訳とを心配してくれる。子供の通訳が恐いといつて泣くので、一人しかゐないモン・バタンを出すことにしたといふ。人々の好意が身にしみた。どういふわけか、中埜君はそんなことは当り前だといふ顔をしてゐて、あちこちに電報を打つことを依頼してゐる。

　副官が人を派して山中中尉をさがしてくれたがわからないので、通訳の来るのを待つて出発。すでに二時半であつた。暗い中を浅野軍曹が先に立つて、船のところまで案内してくれる。イラワジ河のほとりに出ると、二十人乗り位の幌かけ舟が待つてゐる。こんな大きな舟でと、中埜君の心配することおびただしい。舟底になにも敷いてなく、水がたまつてゐる。竹床に外被を敷く。気をつけて、皆さんによろしく、と浅野軍曹と別れる。船頭五人。船は暗黒のイラワジに出る。無事に下れるかどうかはわからない。舳で寝てしまつた。

8月16日　（シンカン）　Sinkan

○じつとりと身体がしめつた変な寒さで眼がさめる。うつすらと明るくなり、船頭は二人しきりに櫓を漕ぐ。ひろびろと悠容《ママ》たるイラワジの流れ。ミツタ、チンドウインのすごさはないが、不敵な川のかたち。水は濁流。上る舟も下る舟もなく、明けて来た朝の光のなかに、パコダ《ママ》のある部落が前方に見える。そこで泊るのだとモン・バタンがいふ。

　シンカンといふ部落で、地図をひらくと、バーモとシユエグとのほぼ中間である。部落に近づくと左手から一本の支流がはげしい流れをそそぎこんでゐて、本流をかきまはしてゐる。舟はその支流へ急速にさからつて苦労しながら入つた。このごろの旱天で、水が減つてゐるらしく、岸には水面から十尺ほどが赤土を露呈し、そこからはつきり草と区別されてゐる。二キロほど岸づたひにのぼると、偽装して待避してゐる船数隻。上陸。午前9時。

○シンカン。天をのぞむことのできぬ密林の泥濘路を抜けて行くと、船から望んだ水辺の部落に出た。ブリキ屋根のこじんまりした家がならび、住民もゐるらしく、垣根で花を摘んでゐた女が向ふをむいた。花はスエレ・パン（仏桑華）で、かなり大きいパコダ《ママ》があり、久しく見なかつた椰子の木が部落の中にたくさんつつたつてゐる。

　赤いロンギをはいた一人の住民に村長をたづねると、案内してくれる。部落を出はづれた一軒の二階にどつかりとあぐらをかいた村長。むつつりとした人相のよくない男。休憩する場所を交渉すると、先に立つてゆく。寺の火焔形の屋根のある階段を降り、水辺の一軒に出る。階段を上ると、一枚板に「シンカン連絡者宿泊所、バーモ警備隊」とした看板がある。中にはことはり書きがあり、みだりに民家に無断で入りこまぬこととのこと。そこで装具をとく。

　あまり部落のなかに入らぬがよいといふ中埜君はこんな家で大丈夫かと不安さうである。村長に、舟に敷くアンペラ、果物、鶏一羽欲しい旨通じると、むつつりと厚い唇をうごかして、なんとかしませう、野菜もある筈といふ。浅く頭を下げてのつそりとかへつて行つた。

　この家にゐるらしい赤ロンギの老人が茶を出してくれる。孫といふ少年が掃除をしたり、土瓶をはこんで来たりする。この家も寺の一部らしいが、今は階下が造船所になつてゐて、やがて大工が来て、すでにでき上りかけてゐる一隻の舟の仕上げをはじめた。
○朝食。水は川の水。すこしのこつてゐた甕の水を老人がくれる。なにもいはないが、孫と二人でなにかと世話を焼いてくれる。吉澤軍曹《ママ》に兵隊の名をきく。みんな下士官候補者で、阿部隊は44名の優秀な兵隊ばかりで編成された護衛小隊とのこと。五人とも新潟の産。いづれもよい兵隊たちである。
○野菜、さや豆と、六角な胡瓜を長くしたやうなもの。籠いつぱい6円。鶏一羽9円。水面をしきりに大魚が飛ぶがとらへる術がない。老人が椰子の実を切つて来て、久しぶりその汁をのんだ。パインアツプルとバナナも来る。

○爆音しきり。シンカンには来ないが、通過したり、バーモと覚しきあたりを爆撃したりしてゐて、午後は戸をしめたりあけたりする。空家と見せるためである。川面をわたつて来る川《(ママ)》が涼しいが、しめると、室《むろ》になつてたちまち流汗三斗。飛行機のあひ間を見て、穴田君イラワジで泳ぐ。こちらはねころんで加藤武雄の「国難」をよんでゐて、加藤さんはこんな作家であつたのかと意外の感がすてきれない。読まねばよかつた。

○21時出発。吉澤伍長とモン・バタンを上陸点にやり、船を家の前に廻してもらふ。ビルマ人がアンペラを二枚かついで来たので、いくらかときくと、村長からの贈りものとの答。船底に敷き、どうやら座敷らしくなる。昼間は川はただ水のながればかりなのに、夕刻からしきりに小舟大舟が動きはじめ、人の姿もあらはれて来る。

　暗くなつて舟が動きだすと、まもなく両方から山がせまつて来て、流れは騒ぎ、早くなる。この辺から、カチンへの警戒を厳にする。満天の星。蛍。三挺の櫓の音ばかり。風は向ひ風で、涼しいが、速力は減退。吉澤伍長が警戒区署をしてゐる。しつかりした分隊長。

　しばらく風に当つてゐたが、ひどく眠くなつて来て、シユエグに舟をとめるやう通じておいて、船底に横はる。アメリカ大艦隊を将棋の駒をたふすやうに海にしづめる壮大な夢。一つ一つ緑の泡になつて溶けるのである。

○シユエグ。おこされると、シユエグに着いたといふ。点々と対岸に灯が見えるので、こちらは火をともさない。二時半。岸に船をつけ、吉澤伍長、通訳、兵一名だけをつれて陸に上る。斜面をのぼると、もうそこが町で、かなり大き《(ママ)》家が間をおいて椰子林のなかにある。まつ暗でわからないが、モン・バタンに民家を起させる。最初の家は印度人。つぎの家からビルマ人が出て来たので、この町に日本の兵隊がゐないかときくと、ゐるといふ。先に立つてそこへ案内してくれる。あちこちから犬が集まつて来て吠えたて、うるさい。

大きな一軒の家を起す。ビルマ人出て来て、この二階に十名ほど泊つてゐるといふ。吉澤伍長が入つて行つてきくと、それが菊の方から迎へに来てゐる一行であつた。長、井納少尉降りて来て、連絡がうまくつかぬのでどうかと案じてゐたといふ。こちらも同じことをいふ。カーサから行軍して来たり、船で来たりした由。ふたたび、自分のために大切な兵力をさしつかはされた好意に感謝するとともに、自責の心おこる。それほどの自分でもないし、かへつて煩務第一線に来て、迷惑をかけることのすまなさがおさへきれない。

十人も来て、十四日から待つてゐたとのこと。吉澤伍長をかへして、みんなを迎へにやる。船はカーサまでのつもりであつたが、明日、別の舟で下り、吉澤伍長以下は乗つて来た舟でバーモへかへすこととする。兵隊は今夜は舟の中で寝、明朝来ること。中埜、穴田君来る。おそいので話は明日とし、二階にあがつて、アンペラの上に横になる。蚊はゐないらしい。うとうとしてゐると、時計の鳴る音がして、なにかどきんとした。三つ打つた。なつかしい音であつた。

8月17日　(シユエグ)

○商人の家らしいが主人は早くから密林に待避して留守。息子が三人残つてゐて、兵隊の接待に当る。これまではほとんど日本兵がゐなかつたが、日本兵さへ来てくれればカチンの心配がないと町民はよろこんでゐる由。入れかはり、立ちかはり、野菜、果物などを持つて来て、金を払はうといふと、いくらでもよいと値段をいはない。町の積立金で買つてサービスをしてゐるといふのだが、ほんとにいくらでもよいかと思ふと、鶏一羽五円でよいかといふに対し、十円くれなどといふ。しかし、どこに行つてもビルマ人が心から親日的であることは気持のよいことで、大槻さんがビルマは無銭旅行するに絶好のところだといつた言葉を思ひだした。

○行方の知れなかつた山中中尉ひよつこりと来る。同じ日の一時頃、舟でバーモを出たとのこと。副官があやふやだつたので、よく徹底してゐなかつたとのこと。

○シユエグ警備隊長として、今朝、モダから来たといふ緒方中尉。宮崎の産だが、落下傘部隊のことなど少しも知らぬといふ。シユエグ周辺の敵情をきく。（第六冊、村松軍曹ノ報ニ詳記《資料編539ページ参照》）

○野田副官、萩原中尉、阿部少尉に礼状をしたため、吉澤伍長にことづける。

○紅顔の青年将校井納少尉は一月に内地を出発、昭南の第七方面軍にゐたのが七月に菊部隊配属を命ぜられたとのこと。五五聯隊（山崎部隊）第三大隊。

○飛行機と鳥と犬。ザボンがうまい。敵機はビラをまいたが、ここには落ちて来ない。あとで住民が拾つて来たのを見ると、「あはれ、ミチナ籠城軍の最期」と赤に白抜きの見出しで、笑ふべき文章が書いてある。文中、河辺大将とあり、いつ大将になられたのか、敵の方がよう知つちよるのうと笑つた。

◉伝単　火野の従軍手帖第五冊には、いろいろなものが挟み込まれていたが、そのなかに敵軍から投下された伝単があった。否が応でも目を引く真っ赤な枠に白い大きな字。「あはれ　ミチナ籠城軍の最期」。「日本軍兵士諸君」に投降を呼びかけたものだった。一八師団と五六師団の勇敢な戦いぶりをたたえながらも、「ミチナ」の戦いが連合国軍の勝利の下に終結したことが書かれ、河辺軍司令官や作戦を立てた幕僚たちの無責任さが問われていた。日本軍将兵の厭戦意識を引き出そうとしている意図が明白である。

ミッチイナで自決した水上少将が「部下を見棄て、脱出し」たことになっているが、全体的には正確で、それを流暢な日本語で簡潔に表現していることに舌を巻かざるをえない。連合国軍側の自信に満ちた文体に、もはやビルマにおける日本軍の作戦がどこでもうまくいっていないことが感じられる。

火野は、この伝単についてイラワジ川の沿岸の町シュエグで記述しているが、どうやら現地住民が日本軍の陣地に持ってきたもののようだ。しかし、「笑ふべき文章」と簡単に片づけられ、この期に及んで日本軍が現状認識をしようとしていないことがよくわかる。

●（前日書きおとしたこと。出発直前にミチナからかへつて来た兵隊に会つた。患者は筏に乗つてイラワジを下つたのだが、途中でいろいろの事故に合つた者が多かつたらしい。カチンに射たれた者もある。畑部兵長（？）はやはり負傷して筏で下つたが、筏転覆し、イラワジ川に二十日も浸つてゐた。腰から下はできものだらけ。さういふ苦労をしたのに、にこにこしてゐるのに涙が出た。も

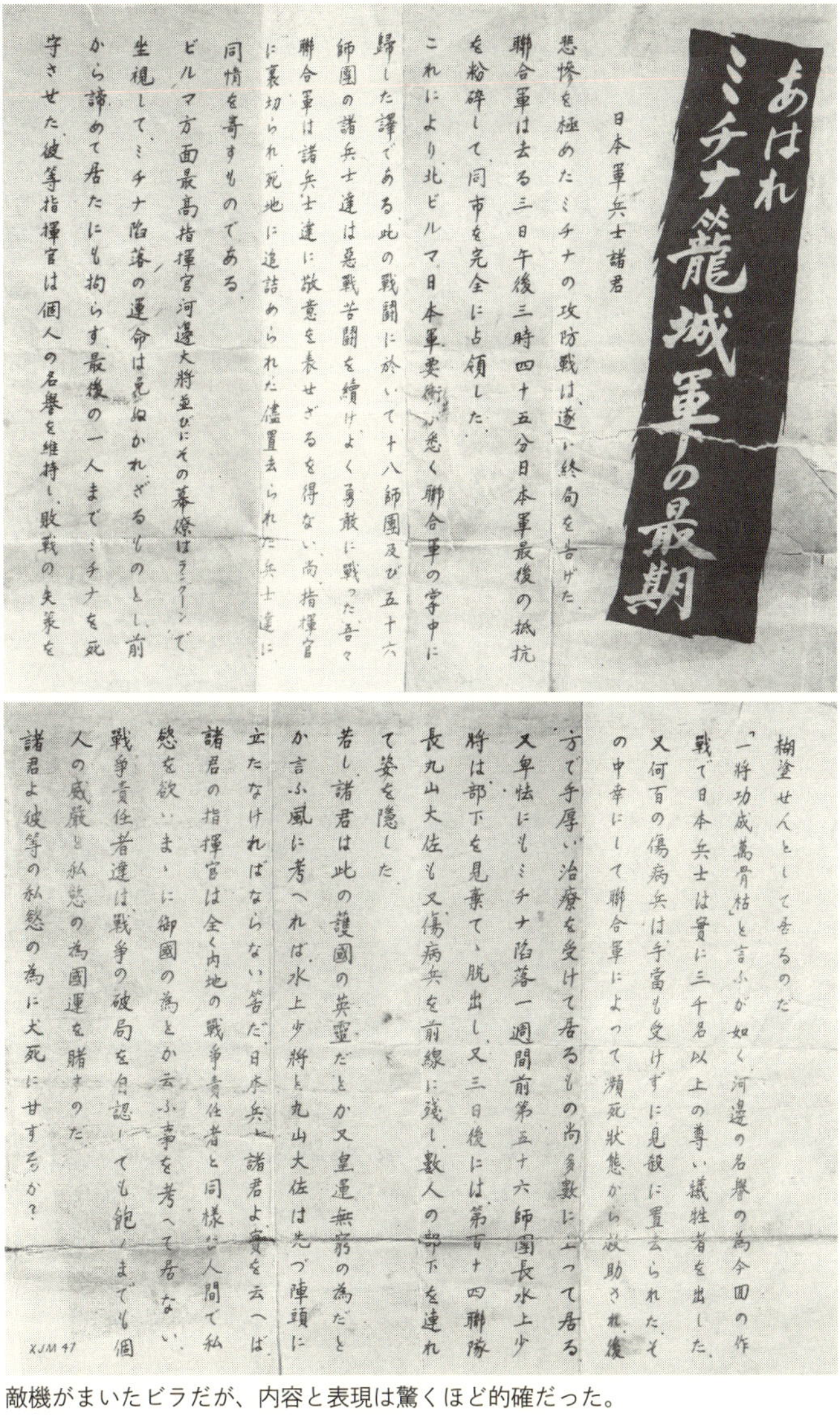

敵機がまいたビラだが、内容と表現は驚くほど的確だった。

と、小倉、朝日九州本社につとめてゐた男。ゆつくり話す間がなかつた。)
○21時出発。吉澤軍曹《(ママ)》分隊とモン・バタンとは先にかへす。椰子林のなかにある古ぼけたパコダ《(ママ)》を抜けて行くと、渡船場に出る。5隻。分乗。船頭がなにかがやがやいひ、ビルマ語のできる森兵長が相手になつてゐる。兵隊一人遅れたのを待つてゐるうちに日が暮れかけた。ビルマ巡査が、この舟はモダの舟で、モダで船頭をとりかへる筈だから、自分が先に行つて船頭をととのへて来るといひ、一隻、矢の早さで漕ぎ去つてしまつた。やがて、おくれた兵隊、あちこちから叱られて乗船すると、出発。

小舟ばかりで、自分たちのは、井納少尉、森兵長と五人で、あとの舟はみな小さい。船頭たちはひどく陽気で、大小四隻からいづれも櫓の音とともに歌声と笑ひ声がおこる。船べりをたたいたり、口拍子(トウトウ、ロロロロ、…)をとつたりして、大声で歌ひ、合唱したり、掛け合ひになつたりする。左岸に灯が点々。「ソマ、ヤウヂヤ、ハ…」といふ歌だけわかつた。夜になつて涼しくなるので、急におしや《べ》りになるのかも知れない。カチンの敵情があるといふのに賑やかなことである。穴田君、船頭になる。ゆるやかなイラワジの流れ。たのしい舟旅。

8月18日　(カーサ)

○モダ。眠つてゐるとがやがやいふので眠《(ママ)》がさめた。モダは右岸の部落で、ここはまだカチンに対しても安全らしい。なにか、もめごとができてゐる様子であつたが、いつたん上つた船頭がまた乗りこんで来た。巡査がいくらいつても、村長が交替の船頭を出さず、ついでにカタ(Katha をカーサといふは日本人ばかりで、土民はカタといふ）まで行けといひたる由。

船頭は前田、緒方中尉を乗せてシユエグに来たもので、疲れてゐるので、モダで交替をたのしみにし、シユエグを出てからも櫓に力が入り、たのしさうにしてゐたのに、すつかり当てがはづれて、ひどく不機嫌になつてしまつた。もう、歌もうたはない。ぶつぶついつてゐるので、森兵長が、カタに行つたら、その悪い村長のことをいひつけてやるといつてなぐさめてゐる。漕ぐ手に力もはいらず、お役目に動かしてゐる様子だが、流れにのつて、船は下る。もう四時半である。深夜のイラワジ。
○眼がさめると、明るくなつてゐて、あたりは海のやうにひろい。霞んだなかにぼうと陸地らしいものが見えるが、やがて、水平線が消え、空も水もひとつになる。風がないので、全く浪が立たず、広大な硝子をのべたやうで、地図を見ても、このあたりで、こんなにイラワジが広いといふのが腑に落ちない。図中に洲になつてゐる島が水中に没してゐるのであらう。茫漠たる水の上を一隻ゐるだけで、あとの舟は先に行つたとのこと。
船頭は三人とも、眼を赤くし、ときどきこくりこくりと居眠りする。三人とも若く、やがて、右岸に部落が見えて来て、人かげがあらはれ、女がマンデをしてゐると、猥褻な声を発して、人さし指と中指との間に親指の頭をさし入れた拳をふつて見せる。なにも見えなくなつた水上の靄のなか《か》ら声。先をゆく舟である。空はいちめんのあいうん《靄雲》にとざされてゐたが、すこしづつ明るくなつて来て、空間に陽がすこしづつ出て来た。すると、たちまち、かつと強い日ざしを投げる。いきなり、火ばしをつきつけるやうな日の照りかたである。舵手が居眠りして、舟はくるくる廻る。

午前八時、鶏の声をきく。岸辺を苦労して溯航してゆく数隻の苦舟。笹の葉のやうな小舟の艫にしやがみ、櫂をあやつる一人の女、乳から下はロンギで掩ひ、膚白く、黒髪が背から水までたれてゐる。イラワジは水の出るたびに広くなるにちがひない。水辺の岸はくづれ、木の根はあらはれ、水中から立木が何本も出てゐる。壺二つのせて行く舟。

腹痛。脱糞したいのをがまんしてゐると、爆音。岸につけたを幸いに脱糞。下痢。爆音ではなく、モーターボートであつた。水辺の兵隊に、速射砲はどこですかときくと、その横で魚釣りしてゐたビルマ人が、教へてくれた。日本語を発したのでおどろいたが、憲兵らしかつた。

○カーサ。楷段になつた桟橋から上ると、そこはカーサの一つ手前の部落で、住民や兵隊が大勢ゐて、バナナ売る店、煙草屋などもある。患者。

○55聯隊本部。井納少尉一行とは三大隊本部の前で別れる。（三大隊、七中隊）井納少尉が聯隊本部まで案内してくれる。カーサは森林のなかの瀟洒な町である。聯隊長山崎大佐に挨拶。一口話しかけると爆音。庭前の防空壕に行く。この数日、毎日ひどい銃爆撃を受けてゐる由。

敵機去つたあと、庭の合歓の木の下に天幕をひろげて休む。風青く、涼しさいはん方ない。副官、永松大尉、山口中尉、などと話す。昼食をよばれる。精進料理。数度、爆音。爆撃のため、黒煙二ケ所に上る。隊長の車にて、ジヤングル内の小屋に行き小憩。

○部隊は今夜から行動をおこし、カーサから上流八キロの地点からイラワジ渡河、爾後、左岸地区を行軍して、ナンカンに到るとのこと。新作戦のためだが、フーコン地区の一年間の苦闘の疲れがまだ癒えてゐず、補充も来ず、兵の身体も快復してゐないといふのに、御苦労なことだと思ふ。

　裸になつてゐる兵隊を見ると、いづれも身体中に紫色の斑点があり、特に腰から下がひどいのを見て、胸いたむを覚えた。フーコンでは脚気と足ぐされに弱つたとのことだが、バーモで会つた畑部兵長の腰から下が全部デキモノになつたといふ話が思ひ合はされた。

○夕刻、永松副官が迎へに来て、隊長宿舎へ行く。庭前に百キロと及ばして《（ママ）》不発爆弾が尻尾だけ出してつきさつてゐる。山崎大佐はこれまで身体を壊してゐたが、今日は大丈夫だからと、東條さんの「勲業顕多難」の扇をつかひながら元気である。

　風呂をいただき、食卓につく。永松大尉、中尾中尉（小中、26回生）旗手大瀧少尉、のち、三木中尉（三大隊副官、門鉄にて3月10日の講演をきき、ボースと現地菓子サカパラを食べた話を新聞で見て、応召、五月二十日門司出発の由）聯隊長、きはめて快活で、のみ語る。久留米に奥さんありとて、訪問を約す。マンダレーウイスキイに酔ひを発す。隊長は扇と象牙の箸を紀念にくれ、こちらは持ち歩いて破れた三河童の扇を呈する。参謀部がどこかで会食して居るとて、奇襲のため出発。どこをどう行つたかわからず、大勢の将校と女とゐる場所にいたる。池田、三橋、両参謀。のみ、歌ひ、トラツクにて疾走。山中に入りて、寝る。

◉稚児参謀　八月一八日、イラワジ川を伝って辿り着いたのが、日本軍の拠点カーサだった。軍相手の女性もいたこの場所で火野が酒を飲み交わした参謀が三橋泰夫だ。最年少の参謀で「稚児参謀」とも呼ばれていた三橋を火野は情報源として頼りにしていたようで、手帖第六冊の後ろのメモにフーコン作戦の内容を細かく書き写している。

8月19日　（白菊橋）

○密林で、名はないらしい。道路に小さい橋があつて、それに因み、白菊橋と通称されてゐる。菊部隊戦闘司令所。筍の無数に出た竹林に、竹を組んだ幾つかの小屋。寝たのは参謀部の部屋であつた。カーサからナバへ出る山中の出はづれの位置になるらしい。暗号班長、吉富中尉、川原大尉（池田参謀補佐）牧野中尉（三橋参謀補佐）など。吉富中尉が川に行かうといふので、林のなかを抜けて行くと、あなたの隣といふ兵隊が自分の部下にゐますといふ。

清流。ごくごくと飲む。かへりに誰もゐない竹小屋があるので、そこで引つくりかへつてしばらく寝る。山崎大佐の気持のよいまま、昨夜は久しぶりで酔つた。すこし頭が痛い。うとうとしてゐると、玉井さんですかと呼ぶ声。刀根君が立つてゐる。子供のやうであつたが、よい兵隊になつた。兄貴の春雄君は徴用されたことも知つてゐた。もう四年になる兵長。

○師団長田中新一中将に挨拶。ムツソリニにどこか似た風貌。部下のすべてから敬慕されてゐる人。開戦のときには大本営作戦部長であつたので、そのころのこと聞きたいと思ふ。入ると、顔をひつつけるやうにして机上の地図を見て居られた。挨拶だけにして、高級副官森田中佐のところに行く。慇懃な人。もう十年戦地にあるとのこと。遺骨不要論について、述ぶるところあり。三橋情報参謀来て、いろいろ話す。宇垣大将の娘む《こ》の由。少年のごとき顔であるが頭髪はすこぶる薄い。明晢、闊達の人らしい。閣下から報道班員の係りを命ぜられたと笑ふ。

◉菊兵団師団長田中新一　ここで火野は菊兵団の師団長である田中新一のことを記している。もともと第一八師団（菊兵団）の師団長は、牟田口だったが、彼が第一五軍の司令官になったため、その後任に選ばれたのが田中新一だった。

田中は、日中戦争勃発後、先頭に立って拡大を訴えたことで広く知られている。その後、陸軍の作戦立案のトップ中のトップ、大本営陸軍部作戦部長となった。火野は牟田口と通じる「信念の人」と書いているが、田中は牟田口同様、積極的で猪突猛進、そして喧嘩っ早かった。一九四二年一二月には、圧倒的不利な状況下のガダルカナル島をあくまでも奪回することを主張、そのことで軍務局長佐藤賢了と対立、殴り合いとなった。さらに、東條首相に向かって「この馬鹿野郎」といって面罵した有名なエピソードをもつ。この事件で中央のラインから外され、南方軍総司令部付に一時回されたのちに、ビルマの菊兵団の師団長になったのである。

○三橋少佐と閣下のところへ話を聞きに行く。フーコン作戦の特異性について明確な説明。悽壮苛烈といへる戦ひの真意についての意見、一人一剣による断、はじめて必勝の信念となるといふこと、大いに同感である。牟田口中将と一脈も二脈も相通ずるところのある信念の人。戦争哲学、高いものを求める深い志。その熱情に衝たれた。（後頁《資料編５６４ページ参照》）ときどき、中野君《ママ》が言葉をはさむのをはらはらした思ひできく。

○久しぶりで爆音をきかぬ一日であつた。

○部隊はすでに転進の準備がすすめられてゐる。カーサの55聯隊は昨夜から、イラワジを渡河しはじめてゐたが、師団長はその状況視察のため、夕刻よりカーサへ出発された。（かへつて来られてから、山崎大佐が大元気で、昨日、火野一行と酒のんでヘドをはいてから身体に自信ができたといってゐたといふことを話された。）

司令部を中心とする師団主力は、56聯隊すでにメザの渡河点を渡つて汽車輸送のため乗車点附近に終結《ママ》、114聯隊第一大隊（ミツチイナ丸山部隊はこの一大隊員）も、爾余の部隊も同様。司令部は明夜出発とのことなので、同行することにする。弱兵（患者、足弱の者をさやうに呼ぶ）は牛車にて先発するとかにて、牧野中尉などは日没後出発して行つた。

菊兵団はインダウ、シウエボ、サガイン、マンダレー、メイミヤウを経て、ラシオ、センウイ道を左に入り、ナンカン（勇司令部のあつたところ）へ到り、次期作戦を準備するのである。フーコン作戦一年間に近い労苦から引きつづきで、言葉がない。心ひそかに武運を祈らざるを得ぬ。

◉転進　日本軍が本来の意味とは異なる「言い換え」を行ったことはよく知られているが、「転進」もそのひとつだ。転進とは、本来なら次に展開して進むことだが、実際は撤退と同意だった。フーコン作戦に敗れた日本軍は、新たな「断作戦」の下、北部ビルマの持久戦を仕掛けていたが、実際には、撤退しながらの防御戦となっていた。

○参謀部会食。竹の机に竹の腰かけ、竹の箸。岐阜から来たといふ日本うどんに顎いたくなる。酒はない。池田参謀、吉富中尉、川原大尉、など。談、夜陰にいたる。満天の星。竹をわたる風。ながれてたまる蠟燭、五本ほど絶えて後散会。池田参謀は薬のせいか、黄疸のやうに黄色で、瓢乎《ママ》たる風格がある。

第8章 帰国

（一九四四年　八月二〇日〜九月七日）

この章で火野のビルマ従軍は終わる。だがインパール戦線三個師団の撤退行はまだ続いていた。火野の向かった雲南戦線では九月中旬まで連隊「玉砕」を含む激戦が続いた。後方でのこの時期の記述には、これら作戦の責任者らとの接触などが淡々と綴られる。

VI《第六冊》

この命埋めて甲斐ある戦なれ生きて帰らば恥多からむ

火野葦平

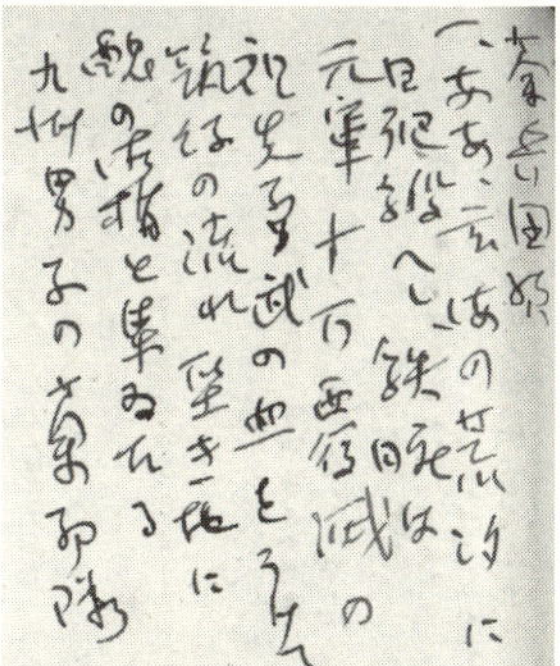

火野がいた部隊・菊の兵団歌。書き取る火野の心中はいかばかりか。

8月20日　（白菊橋）

○憲兵の村松軍曹がバーモ、カーサ間の敵情報告に来てゐた。参謀連まだ寝てゐるとのことで、その間に話をきく。ぼろぼろのシヤツとロンギ。原住民の服装をして、イラワジの対岸にわたり、カチン部落にもぐりこんで、夜飛行場を偵察して来たとのこと。（後頁《資料編539ページ参照》、要図）

三月初めカーサ近傍に空挺隊が降りたときにもなかなか活躍したらしい。死地にたびたび入つたが、このごろ少しも郷里に音信してゐないといふ。清水港の産。留守宅の母親へ消息を告げることを約す。参謀が起きたらしく、出て行つた。ビルマ人の密偵をつれてゐる。

○昼は閣下と会食。両参謀に森田中佐。日本酒。開戦当時、大本営の作戦部長だつた閣下の話は、想像もつかぬことが多く、きはめて興味ぶかい。ガダルカナル作戦のことなど、意外の極である。談尽きず、参謀去り、副官去り、われわれだけとなる。人間の幅の大きさに敬服の外はない。自分も志を述べる。遂に、出発時間にいたつて宴を閉ぢた。

○20時30分出発。部隊は20日ほど駐留したジヤングルのセブリを棄てる。家を編むこと31回の由。トラツクは満員で、藤岡少佐が輸送指揮官。老将校で、一名トンコンさん。混沌をさかさにしてかく呼ぶといふ。白菊橋をわたつて行くと、日暮れ、一時間でインダウに着く。ここには病院もあり、多くの部隊がゐて、あちこちで派手に火をたき、兵隊たちが赤い光のなかに屯し、右往左往してゐる。宿舎に入つて小憩。まもなくトラツク来る。閣下をかこんで乗車、出発。

二十分ほど走つて、鉄道線路のガードに来ると、トラツクがつかへて通らない。輜重隊の将校偵察したといふのだが、不徹底で、申しわけなさにうろうろするばかりである。ガードの下の土を掘るなどといふが、ちよつとの間に合はない。引きかへして、本道の方を走る。これも三キロほど先は泥濘のため通過できず、結局、インダウへあともどり、行軍となる。永井軍医少佐が先に立つて、四人で行く。ガードのところへ又来て、下をくぐるとすぐ川で、じやぶじやぶと対岸へわたり、藤岡少佐の一行を待つ。メザの方向へ行く牛車は松火をともして、えんえんとつづく。やがて、一行が来て、ともに行軍。

開闊した泥濘地で、道などは全くなく、牛車の轍のあとをわづかにたどるばかりだ。これではトラックはガードの下をくぐれても、絶対に通らない。どろどろにこねかへされた道、どぶ、畦、よごれながら難行軍。道に迷つて相当大廻りしたらしい。眠くてたまらず、歩きながらはつと眼をさます。

8月21日　（アンゴン）

○一晩中歩いて、どこかわからぬ川ぶちに来て夜が明ける。水がきれいなので、そこで炊爨をすることにする。石田一等兵がやつてくれる。流れで顔を洗ふ。水牛のやうに水の好きな吉富中尉はさつそく褌一つになつて浸つてゐる。

籠を下げた女が二人やつて来た。芭蕉の葉につつんだ団子ひと包み5円。親指くらゐのが二十ほど入つてゐる。腹が減つてゐるので25円使い買つて食べる。ぷんとくさい。黒砂糖の飴《（ママ）》が入つてゐる。

川向ふに部落があるらしい。雨が降りだして来たので、川をわたつて部落に行き、牛の糞臭でみなぎつてゐる土民の家に休む。黄色い衣の僧形の少年三人、大きなシエレをすぱすぱふかしてゐる。子供を抱いた女、心よく迎へて、茶などわかして出す。眠いので、食事のあと、ひと眠りしようとアンペラの土間にひつくりかへつたと思つたら、出発といふ声。もうどんどん先頭は行く様子。準備もかけず、自分だけ支度ができると、出発といつて、藤岡少佐が歩きだすのは有名である。今日はナンテ西方二キロの待避所までの予定。そこまで森林で、そこからは開闊地になるからである。

行軍。肩いたくなり、汗にぬれる。穴太君と二人になつてしまつた。歩いてゐると、シヤンバツグをかけたビルマ人が、メザに行く近道を教へてくれた。一行はまつすぐにカンニの方へ行つた模様だが、教へられた山道に入る。三角形の一辺を行くことになるらしい。すばらしいチークの林。どんどん行くと本道に出た。前方に馬がつながれてあるのが見えた。すでに閣下の一行が先になつてゐるのである。今朝、七時に出発したといふ。どうぢや、疲れはせんか、と閣下笑はれる。休む。閣下、参謀、乗馬、出発。しばらくして、藤岡少佐一行到着。われわれと閣下一行の先行が気に入らぬ様子で、閣下がどうかいはれたかとしきりに気にしてゐる。もう60に近いかと思はれる老少佐で、ひどく好人物らしく、若い将校連から馬鹿にされてゐることなど気づく様子もない。輸送指揮官なんか御免ぢや、川原大尉が俺におしつけてしまうたと苦笑する。

一緒に出発。閣下の一行とあとになり、先になりする。道はチークの林を貫いてゐて、広い葉のために陽もつよくあたらず、もとより敵機からも遮蔽されてゐる。鋪装はされてないが、中断さへされ《て》ゐなかつたら、自動車も楽に通る赤土道。ナンテの部落にゐると、雷鳴、豪雨。そこで、昼食をとり、雨晴れるを待つて前進。虹。

インダウからナンテまで12キロほどといふのだが、どこできいてもあと一里といふ。やつとナンテに来ても、待避所まではまだ一里といふ。やがて、「アンゴンへ至る」といふ紙片にぶつつかり、矢の方向に行くと「元寇部隊進入路」に到着する。そこから、アンゴンまでまた2キロほど入りこんでゐる。

小さい部落。どの家にも住民がゐるが、きいてみると、ここの部落民はどこかへ避難し、そのあとへどこからか避難して来た連中が入りこんでゐるとのこと。三橋参謀が裸で表に出てゐて、バナナをくれた。参謀部の宿舎に行く。大きな二階家で、顔立ちのよい三人の娘と、小柄でよく笑ふ上品な老婆と、病気らしい一人の青年とがゐる。アンペラをしいて、武装をとく。牧野、吉富、川原、久保田、諸君同居。今夜は一泊のこととなる。出発してもメザの渡河点がわたれないからで、半数は先発。バナナ、団子など。爆音。逃げ足の早い土人たち。遠くで、銃爆撃の音。やがて、日暮れる。一人蚊帳なので、穴太君と入り、中埜君は牧野中尉と同衾。

8月22日　（アンゴン）

○南京虫に食はれたといつて諸君は騒いでゐるが、自分と穴太君は難をのがれた。池田参謀は身体中を嚙まれ、一晩中寝られなかつたらしいが、その隣りに寝てゐた三橋参謀はなんともなかつたといふ。

朝早くから、女どもが団子を売りに来る。五個一円。バナナがうまい。伝令が来て、「医科大学」はどこですかといふ。軍医部のこと。参謀部は中学校。石田一等兵、飯たいてくれる。

○三橋参謀のところに行き、フーコン作戦のこと聞く。参謀は三月に赴任して来て、ミツチイナにも行つたとのこと。中西大尉ともしばらく一緒にゐた。負傷とは聞いたが、戦死かどうか確認してゐないといふ。戦線で友人たちはいづれも悪戦苦闘をし、たづねる由もなく、連絡もつかず、生死のほども定かでない。菊兵団の惨苦と死闘とには言葉がない。ミツチイナ籠城部隊にはたしかに嘗て部下であつた者、知人が多いにちがひないのだが、無事脱出を祈る心や切。（作戦談、後頁。《資料編546ページ参照》）

三橋参謀は宇垣大将の娘婿。顔は少年のやうだが、頭は髪がほとんどない。純朴の人で、たびたび死地に入り、死を覚悟したときの心境をかたり、日記を読む。田中閣下をしきりにほめる。

○20時出発。汽車に乗るといふことがなにか子供のやうにうれしくて仕方がない。汽車はカーサまで来てゐたらしいが、メザの鉄橋を落されたので、渡河点をわたつて、仮駅まで行かなくてはならない。森林を出て、草原の道を行く。いくつかの川をとび越えたり、濡れたりしてわたり、三キロほど行くうちに日没。きいきいと轍《（ママ）》を鳴らしながら、牛車が行く。やがて、鉄道線路につきあたつた。嘗て、杭州湾上陸以来、嘉善の附近に出て、はじめて線路を見て、その直線の美しさにおどろいたことがある。いまは感動の性質が別であるが、やはり感慨をおさへきれない。

メザの駅があつて、放置された貨車が何台もある。兵隊たちがあちこちに屯してゐる。枕木を踏んで、線路づたひに行く。線路の横に寝てゐる兵隊たち。病人もゐるらしく、呻つてゐるのを、吉富中尉が、元気を出せとどなりつける。吉富中尉は「中学校」の引率者で、小柄だがそりくりかへつて腹の中から声を出し、潑溂たる青年将校である。刀根兵長はその部下。鉄道の手前から左に土堤を降りると、渡河点。両岸であかあかと篝火をたき、祭のやうだ。門橋による索道わたし。百米ほどの河幅。

対岸に着くと、乗車点までまだ三キロあるといふ。ふたたび、線路に出て、行軍して行くと、い
くらも行かぬうちに、止れといふ号令。吉富中尉が、汽車がここまで来る筈だから、ここで休憩と
いふ。ほつとする。積まれた材木の上に引つくりかへる。あたりは兵隊で満たされ、先発した後方
参謀の木村少佐が忙しさうにとびまはつてゐる。待避してゐた貨車を兵隊たちが手で押しだして来
る。いろいろな形と種類、例外なく共通してゐるのは銃撃の弾痕。

やがて、硝子も戸もない粗末な客車が一台来る。閣下も到着され、これに乗車。われわれ三人も
それに乗る。ピーといふ汽笛の声。しゆしゆと蒸気の音がして、機関車が客車のすぐ前につく。乗
車完了して、発車。12時半。ゆつくりした速度。窓から風が入つて涼しい。いくらも行かぬうちに、
停車。

どこかわからなかつたが、そこの駅から、多くの部隊が乗車。面倒なことがもち上つた。部隊の
乗車が愚図つくと、機関車が水があがつて駄目になるといふ。給水設備はナンカンだけしかなく、
そこまで水を入れに行かねばならぬが、それも早く行かぬと釜が焼ける、牽引力はとてもないとの
こと。予定のコタンポまでは到底覚束ない。閣下は一日も早くシエボについて、牟田口閣下にお会
ひしたいのに、汽車の方はさうはいかないと見える。駅長と木村参謀が押し問答をしてゐる間に、
機関車だけ、切りはなしてどんどん行つてしまつた。

あとには薪の㶣が線路の上に山と残り、兵隊が出て行つて煙草を吸ひつける。機関車がなくなつ

てはいかんとも術がない。ナンカンまで一時間半、水をのんでかへつて来れば6時になる。幾つかあつた機関車はほとんど飛行機にやられたらしい。うつらうつらしてゐると、機関車が水をのんでかへつて来た様子。やがて、ごとごとと走りだす。坂にかかると止るのではないかと心配である。

8月23日　（ナンカン）

○ほのぼのと明けた頃、ナンカン着。下車。ここで夕刻まで待避することとなる。汽罐車さつさと、どこかへ行つてしまふ。小駅だが、停車場の風景がはなはだ珍らしい。霧。附近にあるナンカンの部落にはいづれも兵隊が入つてゐる。一キロほどのところにある寺の空屋で休憩。閣下、参謀連もそこで休む。朝食。

また、五百米ほど入つたところのジャングルへ待避。チークの林、薄黄の花が咲き、風に雪とまがふて降りきたる。草原の上に天幕を引いて引つくりかへる。梢越しの太陽が移動するにつれて、住宅も移動。谷に降りて水浴。刀根兵長等と話す。石田一等兵、なにかと世話を焼いてくれるので、こちらは旦那気どりでただごろごろしてゐるばかりである。（穴太君は、昨夜、メザで持ち物すつかり失つた）

○20時出発。隊伍をととのへ、駅へ出る。すさまじい烈風おこつて、チークの花を散らし、枝を折り、ブリキ屋根をはがす。風の中に立てばよい心地。暗澹と四方の空雲を走らせ、電光各所におこる。四周ことごとく雨らしいが、不思議にナンカンは降らない。客車は今日は一番最後。各隊、乗車。混雑。

21時出発。シエボまで走るやうなこと聞いてゐたが、コタンポまでもどうかといつてゐる。汽車まもなく止まる。駅かと思ふとさうでなく、すこし坂道になつて来て、正面から突風が吹くのに加へて、蒸気が上らないとのこと。薪が濡れてゐて燃えが悪いらしい。十五分ほどしてやつと走りだす。ウントウで停車。前に出てゐた大越参謀長、ここから乗りこむ。土と兵隊その他の戦争はまだ甘かつた、今度の戦は脳漿を地にすりつけるやうな戦だといふ。薪の火を散らしながら、汽車前進。

8月24日（シエボ）

○うとうとしてゐると汽車とまつてゐて、軽列車が準備してありますから乗りかへて下さいといふ声。あたりはまつ暗だ。六時ごろらしい。降りる。軽列車とはどんなものかわからないでゐたら、トラツクであつた。トラツクのタイヤを外しただけで、線路の上にのせたのだ。半輪《（ママ）》ができず、後むきに走りだす。閣下は運転台、ほかは架橋に乗つたが、せまい上に、やがて、雨がま正面から降りだして、びしよぬれとなり、寒さが耐えがたくなつて来た。乗りかへた駅はどこかわからなかつたが、軽列車もシエボまでは行かず、タビタ《（ママ）》ビンまでといふ。待避時間をすぎるかららしいが、なにかと問《（ママ）》句の多く、手間のかかる鉄道である。寒気のため、寝るどころではない。ほのぼのと夜明けはじ《め》る。

タビ《（ママ）》タビン駅着。ここで降りてくれといふ。車もなにもないので、木村参謀が鉄道聯隊長に電話し、やつとキヌまでやつてもらふことになる。発車。雨の中をキヌ着。8時。下車して、兵站まで、2キロほど歩く。そこで朝食をとり、髯を剃り、トラツクで出発。

閣下の牟田口中将に会ひたき心は、まるで恋人に対するやうである。土堤の道を走る。ここも夜ばかり通つたところで、ライトのなかに蛙がしきりにとびだすのを見ながら、トンネルのやうになつた緑の並木をくぐつたのだが、今度は昼間で、蛙も見えず、長堤の道は存外索漠としてゐる。パコダ《(ママ)》の多いシエボの町。連絡所で、案内の兵隊をつけて貰ひ、チバの司令部へ急行。十歳位の子供がしきりに天を指さすので、敵機のあるを知り、途中、運河のかたはらで小時《(ママ)》待避。そのとき、参謀長が、牟田口閣下はシエージンの戦闘司令所に三日ほど前に出られたらしいと閣下に報告してゐた。閣下の顔にあきらかに失望の色があらはれた。出発。

チバ到着。パコダ《(ママ)》の中に林軍司令部がある。高級副官出て来て、お出でになることをすこしも知らなかつたといふ。意外なので、きき正して見ると、三日前に打つた暗号電報がまだ解読されずにそのままになつてゐるらしい。電報は山積してゐるが人手不足でほつたらかしらしく、作戦関係のものだけしか、すぐには見ないらしい。牟田口中将の方も、ぜひ田中中将にあひたし、ウントウまで迎へに出てもよいといつて来られたほどだから、無論、電報を見て居れば待つて居られたにちがひないのだ。誰か先行すべきだつたと、閣下の心境を思ひ、参謀連も恐縮してしまつてゐる。シエージンには電話も通じないし、また牟田口閣下はもつと前の方に出て居られるらしく連絡はつかない。来月の初めにかへる予定といふ。

　ともかく、副官部の一室で休憩。木下高級参謀来て、やあ、あなたとインパールで会ふ約束でしたがと笑ふ。田中閣下は、会はんでかへるのもまたよいもんぢやといはれる。寄せ書をのこすこととし、閣下が中央に「万里泊船」と書き、それぞれ書く。自分は「天地を轟かしたるこの戦牟田口の名の消えざらめやも」と題す。橋本参謀来る。木下、橋本両参謀の憔悴のさまに今度の作戦の心痛がしのばれた。閣下はすこし酔ひ、手を打つて歌をうたはれる。爆音。敵機約50機、シエボの上空をすぎて、マンダレーの方向に向ふ。夕刻、出発。サガインに深夜到着。兵站将校宿舎泊。

8月25日（サガイン）

○サガインはすばらしく涼しい町である。イラワジから吹いて来る風が樹木をさわがし、一日中絶えることがない。ぶらぶらとすぐ傍のイラワジ河畔に出る。水量はいちじるしく減り、増水期には道路まで来るといふ水が、ずつと河底を露出して、そこには青草や合歓の木が生え、首に鈴をつけた多くの牛が草を食ひながら、のそのそ歩いてゐる。河幅は１０００米ちかくあらう。左手に二橋節爆破された鉄橋がはるかに見え、上流は漂渺《（ママ）》とかすんで、光るなかに大小の舟がうかぶ。敵機の跳梁のため、いんしん《殷賑》といふわけにはいかない。

○ルーマニヤ、独逸と国交断絶。

○自室に渡辺軍属（松山の産）あつて、林の恩賞班（？）勤務、酒四本、煙草などくれる。メイミヨウへ野菜とりに行く由。

○参謀長から、フーコン作戦について聞く。（後頁《資料編５５１ページ参照》）

○夜、閣下、参謀などと会食。山海の珍味。久しぶりの魚。すしもある。盆と正月がいつぺんに来たと笑ふ。酒。席に寒吉と商業の同級といふ松田中尉。北九州爆撃の話。空襲後、七月に内地を出た兵隊が来てゐて、話したさうだが、小倉は米町、原町附近がひどく、第一回のときは死者２００、負傷者400ほどを出したとのこと。若松のことはわからない。ひとびと酔ひを発して喧騒となる。歌をうたへば、閣下は、火野君は悲憤慷慨の士だねなどといふ。閣下の酒のつよいのにおどろく。電燈十二時に消え、蠟燭となり、深更をすぎても宴は終らない。そのうち、汽車組の森田副官など到着し、つひに六時にいたつて止む。

8月26日　（マンダレー）

○8時半出発。1キロ足らずの渡河点に行き、ただちに門橋に車を二台乗せる。昼わたるのははじめ《て》だ。風強く、黄色いイラワジの水面は海のやうに波たちさわぎ、白帆舟が矢の早さで降る。支那の揚子江といひ、イラワジといひ、たいへんな川があつたものだ。

　落ちてゐる鉄橋に添つて、対岸にわたる。兵站司令官高田少将と副官などが迎へに出てゐる。田中閣下とは旧知の間柄らしく、ややあと懐しさうに話し入る。すぐに車を列ねて出発。にぎやかなアマラプラ（ロンギをつくる町）をすぎて、マンダレーにいたる。来るたびに住民が増して賑やかになつてゐる。瓦城園のアイスクリームが一つの目標であつたが、いまは氷ができなくてつくらないとのことであつた。

　高田閣下の宿舎（いつか宇野少尉から馳走になつた家）に行く。宇野少尉、どうしたものか、ひどく陽にやけてあらはれる。二人きりになると、なに思つたか、士官学校出の将校は人間ができて居りませんな、召集将校の方がよつぽどしつかりしたのが居るといふ。小憩。ラムネの大瓶が出て、マンダレーは都だと思ふ。

○アラカン・パコダ《（ママ）》に行きませんかと松田中尉にさそはれて、この前向井画伯と見そこなつてゐたので、早速同道。木村参謀の象牙を持参。参謀が王城を知らぬといふので、車を南門から入れて、王宮を一巡する。松田中尉がビルマの歴史に詳しいのに一驚した。この間、中尾中尉の説明しなかつた細部をいちいち解説してくれる。マンダレー案内記のやうなものを前に書いたことがある由。王妃たちの墓、第三次英緬戦争で、三代目の王様がとらはれたところにぽつんと立つてゐる白い紀念碑、昔の栄華も偲ばれるが、その建築の安つぽさには前のときと同様、あきれるほかはない。
○アラカン・パコダ《（ママ）》。門前は崩壊して、瓦礫が堆積し、住民が深い穴をしきりに掘つてゐる。壊れた殿堂のなかに首がなくなつたり、胴体が裂けたりした仏像がいくつもころがつてゐる。足の踏み場もないところを抜けて行くと、跣足にならねば入れぬ入口に到着。
　靴下を巻脚絆の下にしてゐたので、靴だけぬいで上る。穴太君も靴下、木村松田両氏は跣足。両側にいろんな店がならび、ラングーンのシユエダゴン・パコダ《（ママ）》のやうに不潔でない。一軒の象牙細工屋に入り、持参した象牙で、箸箱、箸、パイプ、印行《（ママ）》、などを作つてくれるやうに註文。姉妹だといふビルマ娘。第一回日語学校卒業生とかで、若干、日本語がはなせる。あんまりいろんな物を一つの象牙からとれといふので、慾張つてゐるといふやうに姉妹顔見あはせて笑ふ。穴太君、60円のパイプを40円に値切つて買ふ。象牙の盃60円、ソロバン２００円、箸箱２００円。

　そこを出て、本堂にいたる。化粧煉瓦をしきつめた祭壇の前に多くのビルマ人たちが額づき、経をとなへながら礼拝してゐる。奥殿に近づき、その絢爛たる仏陀に一驚した。もともとこのアラカン・パコダ《（ママ）》はアラカンへ遠征し、その勝利の紀念に建てられたもので、その時持ちかへつた一尺八寸の黄金仏を本尊としたといふが、その仏像はしだいに太つて現在のものとなつたといふ。祭壇のうへにどつかと坐した仏陀は丈ほぼ一丈五尺、全身黄金で、なほも日々膨脹してゐるとのこと。毎日、信者が金箔を張りつけるらしく、もとの形はなくなつて、手の形もぶよぶよにふくれ上つてゐる。顔だけは端正に磨かれて荘厳で、これまで見た仏像のうちでもつとも立派である。

　本尊の安置された奥殿の前に宝石をちりばめた扉があり、そこに番僧がゐて、靴下をぬがなければ中に入ることはならぬといふ。中はうすぐらく、豪華な装飾にいろどられ、なにかありがたいものがあるかも知れなかつたが、脚絆をといて靴下をぬぐのは面倒くさかつた。木村参謀と松田中尉は中に入つた。そこから、庭に出ると、当時の分捕品といふ青銅の騎士像や、三頭の象がならべてある。

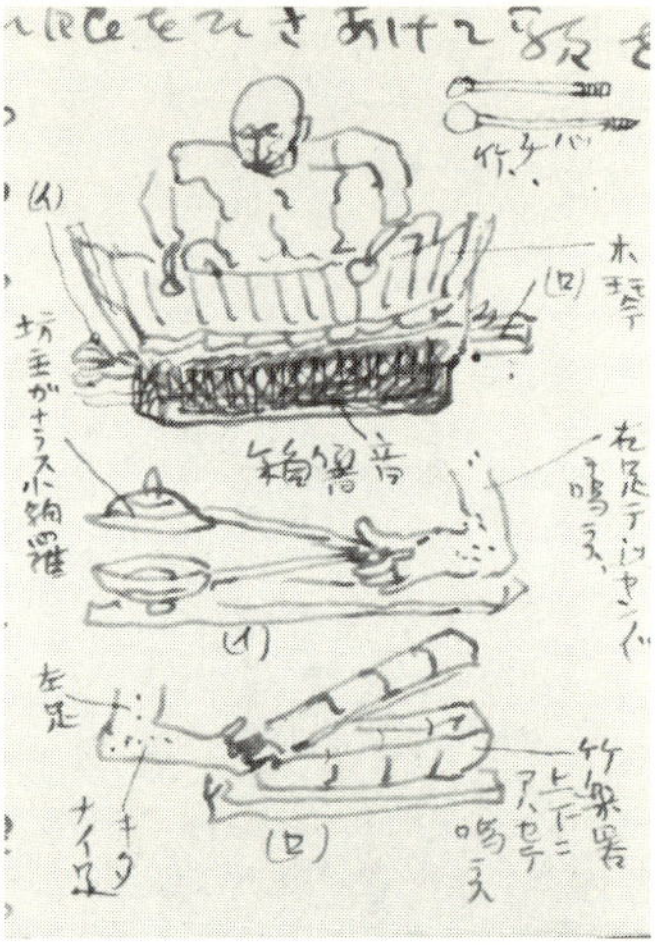
アラカン・パゴダで見た音楽師の楽器と奏法がこまかく描かれている。

　三頭象は貴重のものらしいが、その上にまたがつて写真をとるなど、不信心のかぎりをつくして、ビルマ人をあきれさせる。彼らはひそひそと指さしてはささやくのは、今に仏罰が当るぞといふものらしい。庭に池があつて、巨大な亀がおよいでゐる。これに餌をやると、さつと上空から禿鷹が飛んで降りるのが見ものだつたが、ビルマ人はいまは禿鷹はゐなくなつたとおしへてくれた。そこに、乞食の音楽師がゐる。木琴を両手でたたき、右足で小銅羅《(ママ)》をふみ、左足で竹の楽器を鳴らし、くされ眼をひきあけて歌をうたふ。帰る。
○高田閣下から招待され、宴会。終つて、出発。メイミヨウへ向ふ。ぜひ来いとつれて行かれる。宝塚ホテル。夜は翠明荘にて全員会食。ジンギスカン料理などもあつた。

8月27日　(メイミヨウ)

○朝食をすませて川原大尉と碁を打つ。なかなか強く、互先《たがいせん》五面のうち、白番二面負ける。すこし頭もぼんやりしてゐた。
○中埜君と村田君と来る。久闊。村田君が一人残つてゐるらしい。古関君はしばらく盤谷に滞在、「ビルマ派遣軍の歌」はそこで作曲してラングーンへ送る由、向井画伯はかへつたらしく、石山さんは昭南支局長となるとのこと。村田君はもと警視庁警部（?）出身の無電技師、一風かはつた伝法肌で、酒の上の喧嘩でときどきしくじるのである。気さくなよい男。
　朝日へ引きあげることにし、荷物をもつて、車に乗る。依然《(ママ)》の奇妙な車はなく、巌部隊高級副官の残置車をしばらく借りてゐるとかで、新田曹長が運転するハドソンの高級車。司令部はもう誰もゐない。参謀長はじめ、田中参謀も、すでにセンウイに前進。朝日も、ラングーンから鈴木君が来て、みんな前へ出た。

　管理部の荒井中尉をたづね、いつしよに糧秣交附所に行く。自働車曲り角で転覆することなどあつて、交附所で、給与のこと話す。荒井中尉のところへ偕行社の安藤さん（物品倉庫係）が来てゐたので、新しく来てゐるといふ単行本を又出して貰ふやうにする。三十日にラングーン直行のトラツクがあるといふので、荒井中尉にそれに便乗させてもらふやうたのむ。
○久しぶりに散乱したなつかしの朝日支局へかへる。印度人ボーイ、サミーが相もかはらぬ様子で働いてゐる。疲れてゐたので、ともかく寝ることにする。またメイミヨウに来たかと、われながらをかしい。深夜にいたるまで、風呂に入つたことのほか、ただ寝るばかり。
○巴里陥落。

◉前進　メイミョウまで辿り着いた火野。雲南における援蔣ルート遮断を目す断作戦に入った日本軍の「前進」は止まなかった。しかし連合国軍は空路を使い国民党に援助を続けており、日本軍の地上作戦は効を奏さない。北部からは中国軍の雲南遠征軍、西部からは英印軍が進攻、日本軍は守勢に回るしか術はなかった。

8月28日（メイミヨウ）

○「ベルツの日記」を読む。草津を愛し、これに没頭した彼の気持と、日露戦争当時の世相髣髴して感興多し。活火山白根の爆発のとき、落ちつきはらつて煙管に火を点じる老婆の話が面白い。
○中埜、村田、穴太、サミイ、総動員にて貨物廠に糧秣受領に行くので、留守番。日記を整理する。諸君なかなか帰らず、四時に到る。一同新田曹長の運転する車に乗り、町の店に行き、やきめし、やきそば、やきにくを食ふ。いづれも小量の一皿3円故、この店の上り高ほとんど一日に千金を下らざるべし。月見そばと称するもの5円。一人の中年の女とそのやや見る《（ママ）》に足る娘と一日休まるときもなく働いてゐる。一つの鍋が金を産む魔法の宝ものである。客はおふむね兵隊。

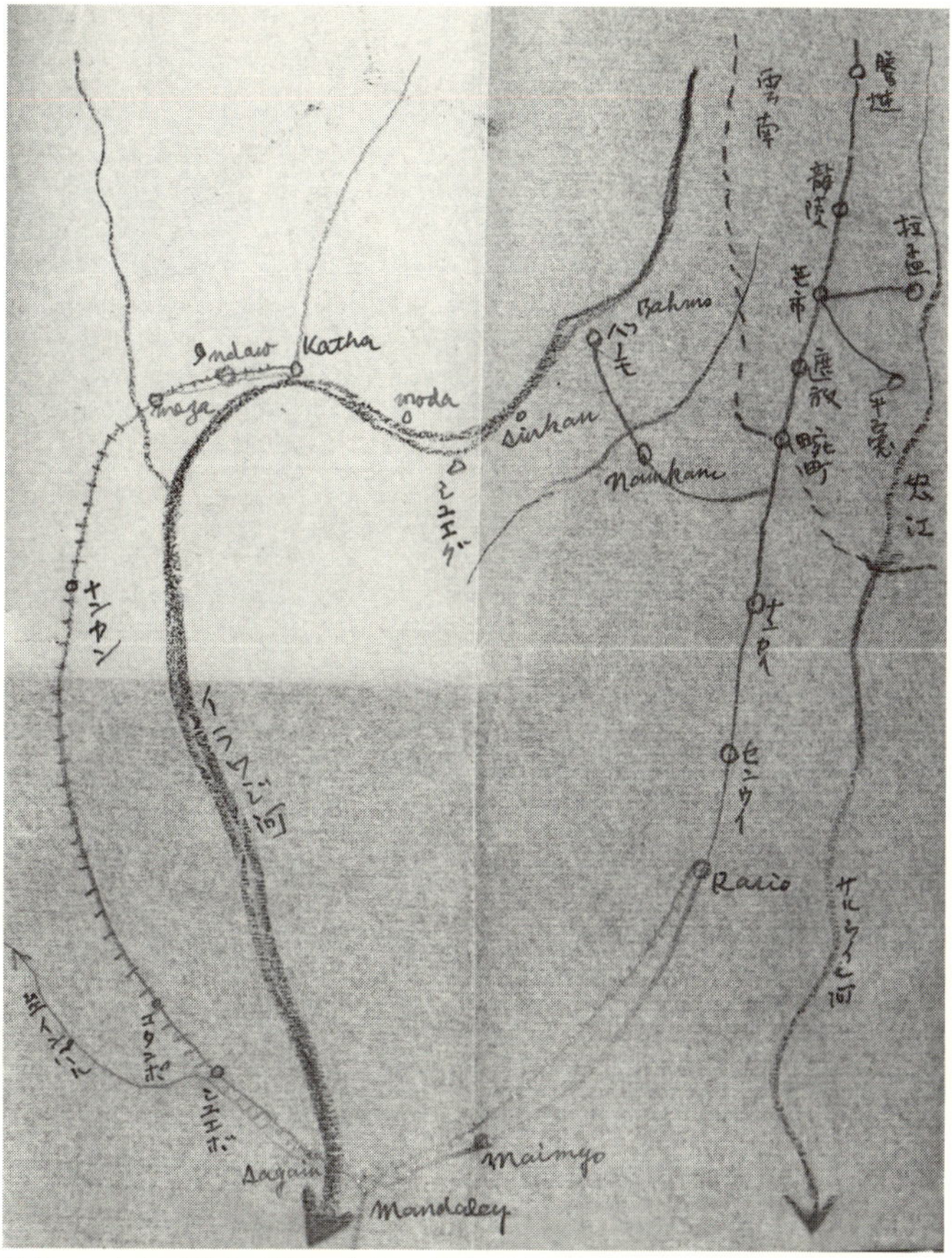

北ビルマと中国国境の地図。右上に中国の地名、下部にローマ字でマンダレー。

○偕行社事務室に行く。昨日、約束しておいたとほり、単行本十一種類、五冊づつ、安藤さんに出してもらふ。読むに足る本少く、いささか気が引けるが、撰択して居ればなくなるので、玉石混淆にして、「贈菊兵団」として、中埜君と二人で署名する。

戦地での読み物がなんでもよいとはいへ、すこし統制して撰んで出したらどうであらうか。兵隊を馬鹿にしてゐるばかりか、兵隊を誤まらせ骨抜きにする作品が少くないと思はれる。活字であればなんでもよいといふことはもとよりわかるが、食物であればなんでもよいといつて、毒草を食ふわけにはいかないのである。

○宝塚ホテルへ行く。本を森田中佐を通じ、上野副官にわたし、適当に分配方を依頼する。今日、19時出発とのこと。一室からジンギスカン鍋の匂ひが洩れてゐる。

○閣下の部屋に入る。卓の上に紙をひろげて、硯の墨を筆をふくませて(ママ)居られるところであつた。一寸待つてくれ、今書くからといはれる。小磯首相《に》は今来てゐる大本営の参謀によくいつておくから、その方から会つてくれ、杉山さんだけに書いて置かう、二宮秘書官にも書いておくからな、俺がなにも秘書官に手紙かくことはないが、ぢかにやるとすぐつむじを曲げて、あとがうるさいからなと笑ふ。すらすらと書いて行きながら、大本営から三人参謀が来た、恰度、間に合つてよかつた、フーコン作戦の話をしたら、よくわかつた、東京でもはじめはなにかさつぱりわからなかつたらしい、田中が居つて退却ばかりしとるなどと思ふちよつた、そのうちに研究して、たいへんだとわかつた、東條さんも首をひねつた、陛下はとくべつに北ビルマ作戦について御軫念《ごしんねん》で、たびたび御下問があつた、フーコン作戦は三つの方法があつた、攻勢に撃つて出て印度に入る、それは軍命令で禁じられた、第二、カマインまで一挙に下る、それでは四、五月頃まで持ちこたへることがおそらくできまい、第三、今度やつたやうに、すこしづつ地域を利用し、敵と膚接しながら下る、これはよつぽど精鋭な部隊でないとできない、研究してみて、これが一番よかつたと、今ごろになつて大本営もわかつた、東條さんもわかつてくれたらしい、やつぱり知己が居る、全軍で二度御嘉尚の言葉を賜はつたのは菊兵団ばかり、兵隊の苦労が報ひられた、すぐ兵隊に知らせよというてやつた、兵隊はよくやつた、なんにもいはずによく働いた、しかし、みんな銃後のこと、家庭のことを気にかけとる、自分の当番も子供が二人ある、自分はときどき小使《(ママ)》をやる、遊んで来いというてやるが、あれば貯金して、故郷へ送つて居るらしい、兵隊一人一人が家の主であつたり、大黒柱であつたりする者が多いのだから、それぞれ、心配がある、さういふことを無視しては兵隊を動かせない、自分はいつもそれに気を配つてゐる、さうして兵隊が笑つて死ねるやうにしてやりたいと思つてゐる、それができなければ師団長の資格はないと思つてゐる。手紙を書きながら、そんな話をされ、諸君もよく来てくれた、かういふことは一生忘れないやうにしようぜ、男のつきあひぢやからといはれるのをきいて、さつきから胸にせまつてゐた涙がおさへかねた。

　閣下を仰ぐ心がわいた。大きな人である。ただ、頭の下る気で、中埜君がなにかとしやべるけれども、自分はなにもいへない。志はひそかに高まり、決意は心の中に燃えるばかりである。従軍の当初からすでに死を期してゐたが、悪運つよく、ここまでは無事で来た。今度の四ケ月の従軍はこれまでにないよい勉強になつた。この悽烈さを肉体とし、悲哀を糧として生きぬくことこそ御奉公である。すべては、大君のためとは夙《つと》にさだめた覚悟であるが、今度の戦場の悲風にいつそう洸はれた思ひである。この心を失ふまい。生を思はざる人々の中に伍してゐることは爽快である。

閣下は書き終へた二通の手紙を、上野副官を呼んで封をさせ、大本営に行つたら、すぐその足で大臣に会つて、よくこちらのことを話してくれといはれた。それから、瀬島参謀を呼べといはれた。バタアンでお会ひしたことがあるといふと、さうかも知れん、なにかバタアンの歌をうたひ居つた、あれはわしの部下で、できた男ぢや、士官学校も一番、大学もたしか一番か二番、だいたい優等生といふのはおふ《(ママ)》むね駄目ぢやが、あの優等生はなかなかええと笑はれる。

瀬島参謀入つて来る。向ふでも覚えてゐて、やあ、といふ。バタアン総攻撃直前、4師団の戦闘司令所で、作家を徴用して報道班員としたことについての意見をきかれ、寸見をのべたことがあつた。そのときはすでに黄昏で、話をしてゐるうちに夜にいたり、顔もよくわからぬままに、土の上に腰を下して話した。瀬島少佐は、かへりは大本営の飛行機に乗せてかへつてあげようといふ。ありがたいのでさうして貰ふ。参謀はニューギニヤの方からずつと廻つて来た由にて、かへりは昭南、マニラ、台湾経由とのこと。これから前線へ出るとのことなので、自分はラングーンで待つてゐることにする。嘉悦参謀あて、大本営機に乗せるからといふ名刺を書いてくれた。

瀬島少佐に、閣下は、杉山さんと小磯さんに会ふやうに君が尽力してくれ、それから火野君は召集されれば一下士官だが、それがよいか、もつと外のことで働かしたがよいか、考慮しとけよといはれ、参謀が出て行くと、恰度よかつたなあ、うまいときはうまい具合にいくもんぢやのう、さういふもんぢや、わしも貴官がかへる便のこと気にかけとつたが、こつちからはいひださずに鎌をかけたら、向ふからいひだした、と笑はれる。御好意のほど忘却しがたい。

なほ、傷痍軍人の問題、将兵遺家族のことにも心をつかつてゐる話をされ、独逸ではこの眼で前大戦の哀れな癈兵の姿を見た、手のない、片足の癈兵が町角でマッチ売りをしてゐた、金を入れてマッチをとる、中に金を入れずにマッチだけとるのがゐると、傍についてゐる犬がわう、わんとびかかる、日が暮れると、その犬が雑踏のなかをかきわけながら主人をみちびいて行く、日本でも日露戦争後などはひどかつた、今はお上の覚召しでずつとよくなつたが、まだ心配なことが少くない、さういふ話。

　報道班員集まつてなにか仕事をして欲しいといふ希望。いろいろ話してゐると、出発の時間になる。

○参謀長、各参謀にお別れの挨拶。参謀長は大本営の三人の参謀に地図をひろげて戦況の説明をして居た。これまで世話になつた人々へ礼を述べ、上野副官の部屋で、閣下へ手紙をしたため、副官に托す。面と向つて、お世辞のやうな言葉のどうしても吐けないたちで、文中に素志を述べる。自分の心がつねに菊兵団とともにあることは、これまでもさうであつたが、これから一層つよくなるだらう。ホテルの前に自動車隊整揃《(ママ)》ひ。紀念の写真を閣下はじめ幕僚ととる。最後のお別れ。車は動きはじめ、しづかに去つてしまつた。いひやうもない寂寥がしばらく心の中を去らなかつた。

◉閣下　火野はこの日、メイミョウで「閣下の部屋」に行った。閣下とは、菊兵団師団長田中新一のことである。田中が火野に語ったのは、火野のもとの部隊であり、自身が指揮をとっていた菊兵団の話、それも彼らの「苦労」や功労ぶりだった。初対面の時から「部下のすべてから敬慕されてゐる人」と書いているように、もともと火野は田中を慕っており、別れ際にも菊兵団に温情を注ぐ田中に対し、火野は「仰ぐ心」を持ったのだろう。

田中は火野に手紙を二通渡し、日本に戻ったら陸軍大臣に会うように話している。実際に火野は、帰国後に陸軍大臣の杉山元と面会するのだが、そのことは後述にゆずる。

●瀬島参謀　瀬島参謀とは瀬島龍三参謀のこと。敗戦後シベリアに一一年にわたって抑留されたものの、帰国後、伊藤忠商事に入りそのトップまで昇りつめた。山崎豊子の小説『不毛地帯』の主人公のモデルと目され、中曾根康弘元首相のブレーンでもあったことは知られている。この記述からすると、火野が戦場で瀬島と出会うのは二度目で、すでにバターンの戦いの時に、面会し意見交換をしたことがあったようだ。

瀬島は、自身が日本に帰る折りに、同じ飛行機に火野を乗せて帰った。搭乗したのは、瀬島と、同じく参謀の羽場安信少佐だった。瀬島らは火野に対して、「あなたが見た前線の様子について、忌憚のない意見を聞かせてもらいたい」と言ったという（火野葦平「解説」『火野葦平選集』第四巻　一九五九年東京創元社）。

火野は、自分の意見を一一箇条に書いて、瀬島に渡した。逮捕されても、投獄されても、処刑されても良いという気持ちだったというので、かなり踏み込んだ内容だったと思われる。それまで軍部の意向とつねに寄り添っていた火野のなかに大きな変化が生まれた瞬間だと思う。

○雨あがりの濡れたメイミヨウの町。しんとした鋪道をぶらぶらと歩いてかへる。馬車ももうゐない。夕暮れの市街にはいると、やきそば屋の娘たちがジヤングルの家にかへるところ。にこにこと馬車の上から挨拶する。どこか女房に似てゐるのである。なにか酒がのみたくなり、穴太君の案内で、「ふるさと」に入つてみたが、酒はきれてゐた。またぶらぶらと歩いてかへる。穴太君と三面うち、蠟燭の光に、ベルツを読んで眠る。

8月29日（メイミヨウ）

○ラングーンの正木君から連絡、あづかりの極秘品（田中信男中将手記、わがノート）たしかに受取り保管しあり、政雄《弟》、文化報国会から便り来てゐる旨。

○風涼しく、むしろ肌さむい。五月に来たときには到るところに、大束な赤い花々を見たが、今はそれらの多くは散り、ときどきセクパン、稀に仏桑華を見るのみである。防空壕の上の黄赤のカンナもわづかに花をとどめ、いまメイミヨウ平原にいちめんに咲いてゐるのは野菊に似た小粒の花、萩に似た黄色い花、女郎花やうのもの、などであつて、名を知らぬが、まさに秋の野の気配である。ただ、樹々のみはいつから枯れる様子もなく、いつまでもみづみづしく青いが、やはり、ひどい風が吹くと、雪のやうに葉が舞ひ散る。町の店にも西瓜はもう見あたらなくなつた。バナナとみかんが出てゐる。パンの実は一個八円。

雨季は場所によつて一定せぬが、メイミヨウではまだ雨の気候らしく、からりと晴れた日は少く、ときに豪雨が降り、ときに小雨が降る。そのせいかどうかはわからぬが、五月に来たときは毎日空襲があつたが、いまはほとんど爆音をきかない。たまに聞けば友軍機である。町も賑やかさを増したやうだ。

○北九州また空襲の報。
○荒井中尉、ラングーン行は31日とのこと。
○翠明荘にて送別会。村田、中埜、穴太の三君を招待。金なき故、中埜君にたのみ、同盟から500両借りる。相かはらず忙しいらしく、昼間から宴会があり、喧騒をきはめ、女は今日はもちろん、明日までもすでに全部売り切れとのことに少々首をひねる。光機関の大友中尉（行橋）座に加はり、明日は親日四人兄弟のところでビルマ料理を食べる計画といふ、歓談、清潔にして散ず。

8月30日　（メイミヨウ）

○「ベルツの日記」当時、世界において、独逸がきはめて不評判で、各国から指弾されてゐたことに対する独逸人としてのベルツの気持に同情のほかない。同時に、そのとき、ベルツは今はしきりに日本と英米とは歓を通じてゐるやうに見えるが、将来、日本は英米と、特に米国とは最大の敵手となるであらうといつてゐる。

ベルツの各接触面に対する観察は適確だが、神式葬儀における場合、神道に対する意見はいささか受けとりがたい。神道を政治的必要に依る様式に過ぎぬといふは、教会で敬虔な祈りをささげた信者たちが、教会を一歩出ると忽ち俗気たつぷりな人間臭を露骨にあらはすことと同じやうに解釈するのは当つてゐまい。神道と歴史とを切りはなしては何もわからないのだ。とはいへ、ベルツは日本の知己である。
○荒井中尉から何ともいつて来ないので、ラングーン行きが明瞭でない。夕方、散歩がてら、宿舎八紘荘へ出かけると留守。「山」に行つてゐるとのこと。かへりかけると、中埜君が出て来て、「山」へ行かうといふ。月明。心地よさにぶらぶら歩く。音もなく緑のしづんだメイミヨウ平原。皎々たる十日ほどの月。戦争のまつただなかにある悽壮な土地であるのに、この一瞬の静寂は心にしみ、眼にしみるものがある。旅愁しきりにうごき、感傷の心おこる。

食卓のまはりに群れる子供たちの顔がちらついて消えない。もう、七人目も生れた頃かも知れぬ。男であればよい。翠明荘で荒井中尉をよびだして貰つて聞くと、多分、明日の十八時になるとのこと。上れといふことであつたが、人の座敷に入りこんで飲むのはいやなので、かへる。雨に月くもり、ぱらぱらと来たので、急ぐ。鋪道の上に鳴る軍靴の音。

○四人兄弟も待つてゐたのに、来なかつた。

◉七人目の誕生　火野は五男、二女を妻の良子との間にもうけている。この時生まれた七人目は、五男の良晴である。

8月31日　（マンダレー）

○サハイ「印度」よむ。情熱にあふれたる書。人物の軽薄な感じは文章にはない。

○荒井中尉来て、センウイからまだ自働車がかへつて来ないので、これから電話してみるとてかへる。当てにならないので、宝塚兵站からマンダレーに出る便でもあつたら便乗するつもりで出る。中埜君が友人に会ひにホテルに行き、マンダレー兵站に電話したところ、瀬島参謀一行はすでにセンウイから引きかへして現在マンダレーに居るとのこと。穴太君に五時半の連絡で、嘉悦参謀あて、セジマサンボウトダイホンエイノヒコーキニノセテクレルムネヤクソクシマシタトコロクルマノジコデオクレタタメセウセイガアトニナリマシタタダチニシユツパツサレレバヤムナキモノセテイタダケレバアリガタイトオモヒマスと電《報》して貰ふ。

朝日はみんな前線に出たので、電話も自動車もない。手足をもがれたとはこのことであらう。ぶらぶら町の方へ歩て行くと、車で荒井中尉が来て、兵站の方にも行つてみたが、マンダレーに行く便はない、センウイには電話がかからないといふ。ふと思ひついたやうに、隣りの郵便局に入る。局長平曹長が明日出す車を今日出してくれることになつた。さつそく、かへり、サミイに別れをつげ、馬車で、荷物とともに郵便局に行く。この郵便局は四月にジヤワを経《(ママ)》つて、この十五日に開設したばかりだが、郵便物が少く閑散とのこと。

諸子に礼をのべて、17時半出発。中埜君、同盟のところまで乗つて来て降り、ラングーンへかへる同盟通信員、一人乗る。好青年中埜君と最後の別れ。走つてゐると寒いくらゐに風涼しいが、下るにしたがつて、あつくなつて来る。この街道を走ること、これで四度目である。すれちがふ牛車、トラツク。19時半、マンダレー着。

第五輸送司令部の副官、牧野大尉の宿舎にゆく。メイミヨウ郵便局からあらかじめ電話しておいたので、いろいろラングーン行きの便をさがしてくれたがないらしい、ところが兵站へ連絡とると、瀬島参謀一行がまだゐて、22時出発の車に同乗してゆくとのこと。ほつとする。大尉はドラム罐風呂に入浴中で、裸で話したが、そのあとでこちらも風呂をよばれる。大尉が食事の準備もしてゐてくれた。

瀬島参謀一行は高田閣下と「若葉」で会食中とのこと。高橋大尉、福原中尉など来て雑談。時間になつたので、すぐ前の「若葉」に行く。高田閣下に送られて三人の参謀出て来る。世話になる礼を述べて乗車。前の車に瀬島、岩越、両少佐、あとのに、羽場参謀と同乗。22時すこし前、ラングーン出発。

○皎々たる月明。すでに唐突に太る月は十三夜。明日から満月が三日つづく筈である。疾走する車の中に涼風とびこんで、すばらしいドライヴである。戦地なればこその贅沢と羽場参謀と笑ふ。いろいろと話する。快活な人である。ラヴアルの三日月は角があつて赤いといふ。メークテーラを過ぎてなほ走る。

9月1日　（ピンマナ）

○七時、ピンマナ着。トングーまで延ばす予定であつたが、敵機の顧慮もあり、運転手も数日来の強行軍で疲れてゐるらしいので、ここで、夕方まで大休止することになる。

警備隊をおとづれると、紅顔の少尉が出て来て、世話を焼いてくれた。五十を越した老准尉も来る。隊長は若干不例の由。二階。朝食をよばれて、しばらく寝る。

家の前に池があつてビルマ人が筏に乗つて投網を打つてゐる。大きな魚がゐるといふ。夕食に御馳走するつもりだといつて、兵隊がすつぽんを釣りに出かけて行つた。隊長松本中尉も起きて来て、兵隊に講話をしてくれといふ。この部隊は朝鮮編成で、九州の者も多いらしい。講堂と称する建物に40名ほど集まつてゐる。一時間ほど話をする。風呂。

○夕方にちかづくと雲いでて、雨となる。八時の出発を七時にする。
すつぽんは釣れなかつたらしい。加地准尉は息子が二人とも将校で出征してゐる由。名刺をもらふと、肩書が12あり、剣術の先生であると同時に、生花、尺八、剣舞などの師範である。新藤少尉は長崎の産。加地准尉はやかましやらしく、兵隊が残飯をこしらへるので、銃後を思へといつて、半定量にしたところが、腹減つてたまらんといつて、残飯を出さんやうになつたと笑つて語る。出発。
羽場参謀は明日の準備だといつて地図と書類をひろげる。忙しいことである。責任ある人の労苦を思ふ。雨。日暮れる。暗くなつたので参謀も仕事を止め、宣伝のことについて色々話す。軍内宣伝の必要なこともう少し適確に国民の行くべき道を示さねばならぬこと、現象的が多すぎる、戦意昂揚、必勝の信念、いまもつとも大切。雨晴れて満月出る。車の調子わるくなり、一台を残して、のりかへる。ビルマ平原をつらぬく坦々たる道。マンダレーからラングーンまで約1000キロ、九州から東京まで走るわけである。

9月2日　（ラングーン）
○七時、ラングーン着。
《以下、四ページ空白》

9月3日　（バンコック）

○ラングーン発。

《以下、四ページ空白》

9月4日　（昭南）

《以下、四ページ空白》

9月5日　（昭南）

《以下、四ページ空白》

9月6日　ボルネオ↓（マニラ）

《以下、六ページ空白》

9月7日　（那覇）

《以下、一二ページ空白》

◉陸軍大臣との対面　私は、戦後になって火野が書いたあるエピソードに対して、自分のなかに落とし込めないでいた。インパールから帰ってきて二週間後に火野が、陸軍省に出頭し、杉山元陸軍大臣と面

ラングーンを発って以来続く空白のページの最後は「那覇」。

会したという逸話である。いくら人気作家の火野といえども、そこまでの要人と会うことができたのか、と私は疑っていたのだ。しかし、火野の従軍手帖第六冊の最後のほうを何気なく見ていて、はっとさせられた。こんなことが書かれていた。

九月二十五日　陸軍省　大臣室にて

ひょっとして、と思った。

火野は、そこに一〇人の人物の名前を書いていたのだが、冒頭にどきっとさせられる名前があった。

「陸相　杉山元帥閣下」

火野は、やはり杉山と会っていたのである（資料編579ページ参照）。

確かに八月二八日の手帖に、第一八師団の師団長である田中新一に「陸軍大臣に会うように」と言われ、それを瀬島参謀がコーディネートすることになった、という内容の記述があった。それは現実化していたのだ。

火野は市ヶ谷の大本営陸軍部に到着すると、陸軍大臣杉山元の部屋に通された。戦後の火野の回想（火野葦平「解説」『火野葦平選集』第四巻　一九五九年　東京創元社）によると、大きな机を囲んで、大本営陸軍部の幹部がずらっと揃っていたという。火野は、杉山の正面に向かい合う形で座らせられた。

杉山は火野に、「インパール作戦、ならびに、ビルマ戦線全般について、率直に、考えたとおりを述べよ」と命じたという。火野は度胸定めて、前述した意見書（ラングーンから内地に引き揚げる際に書いたもの）と同じ内容を開陳することにした。訴えようとしたのは過酷な戦場の実態だったが、陸軍幹部のあまりの厳しさにたじろぎ、動悸が打ってきたという。それでも地図を広げ、従軍手帖を頼りに、できるだけ具体的に説明した。

「作家としてではなく、一軍曹としてでもなく、一国民として、祖国を思う一念から申しあげることです」といい、「このままで進めば、由々しき結果を将来することを恐れます」と訴えた。

火野は詳細に前線の様子を説明したのだが、「そんなかねえ」と首を時々傾げる人がいて本当の戦況事実が伝わっていないらしいことに驚かされた。

杉山本人は「ありがとう。御苦労。よくわかつた。しかし、まだ望みは充分ある。肉を斬らしておいて、骨を斬るんじや」と言って両手で刀を持つ格好とともに、一太刀振り下ろす仕草をしたという。

まさに牟田口と共通する精神論である。それは戦況の実相を知った火野の心にもはや何ら響くものではなかった。「そんな原始的な精神力ではもう間に合わなくなつているのに、軍の中心となる責任者が、まだそんなことをいつているのが、私は悲しかつた」、とまとめている。

戦場の悲惨を目の当たりにした火野が、勇気をふるって真実を伝えようとしている姿には打たれるものがある。積み重なる死を己のまなざしで見てしまった者としての責務を、火野は強く意識していたにちがいない。瀬島らに意見書を渡した時から、火野自身が大きく変わっていたことは間違いないだろう。

もうひとりの主役

渡辺　考

焼け焦げたスケッチ

火野の従軍手帖の随所に登場するひとりの男がいる。

ある時はインパールへ向かう峡谷で生死を共にし、またある時は、冒険活劇さながらの河下りをし、ひとつの毛布を分け合い、夜通し雨をしのいだ。火野は、彼のことを親しみと尊敬をこめ、手帖のなかでは「画伯」と呼んでいる。戦後、民家を描いたことで知られる洋画家・向井潤吉である。

小説家・火野と向井の戦場での結びつきは、深い。ふたりは、インパール作戦のみならず、太平洋戦争初期のフィリピン攻略戦から苦楽を共にしていたのだ。

戦争と芸術家。

火野は、戦争を言葉で表現するという使命を帯びていた。そして、向井は画家として絵画という手段で記録しようとしていた。芸術家として、それぞれ、戦争と切り結び、銃後の国民に前線の様子を伝えようとしていたのである。火野の手帖に、インパール作戦における向井のミッションがダイレクトに書かれていた。

向井画伯は日印軍インパール入城の記録画を描きに来たのである（五月九日）。

日印軍の「印軍」とは、前述したスバス・チャンドラ・ボースが率いたインド国民軍のことである。

つまり、作戦が成功し、日本軍とインド国民軍が手を携えインパールに入る場面を描くというのが向井の最終的な任務だったわけだ。

今回、火野の手帖をあらためて読み解くと、絵画に取り組む向井についての記述が多数あることに気づかされ、向井が行く先々の現場で風景や人物をスケッチしていたことがわかった。たとえば、一九四四（昭和一九）年五月九日、火野と向井は、チャンドラ・ボースと直に面会しているのだが、火野はこの時のちょっとしたエピソードを記している。

画伯がスケッチした肖像を見せると、実物よりも肥えとる、と、顎のあたりをさして笑ひ、サインをする。

「実物よりも肥えとる」と言って笑ったのは、ボース本人である。つまり向井は、ボースをモデルにスケッチもしていたのだ。

向井が画家として戦場に向かった始まりは、日中戦争だった。そして、太平洋戦争初期のフィリピン作戦にも従軍している。それらの戦場を舞台にして描かれた戦争記録画の多くは日本各地の展覧会などで展示された。

しかし、インパール作戦を描いた絵についてはこれまであまり語られることはなかった。ビルマの戦場の作品は二点あるが、そのうちのひとつは、向井が行ったことのない「ミイトキイナ」の戦いがテーマだった。つまり、向井が実際に行ったインパールの戦場がテーマのものは、一点だけしかない。それも帰国後しばらく経って描いたものである。

だが、上述の通り、向井はリアルタイムの現場で、確実にスケッチをしていた。

向井がインパールでどんな絵を描いていたのか、思いをはせた。峻険な緑の山々を前にスケッチブックを広げる軍服姿の男の姿が目に浮かんでくる。火野も実際に手帖に書いているが、路傍に咲く名もない花などもスケッチしていたようだ。向井のことだから、田舎の暮らしにも興味を持ったであろう。とはいえ、そもそも戦場であるし、徴用された画家である。素朴な題材だけを描いていたわけではないだろう。日本軍に交じって戦うインド国民軍の兵士たち、まなじりを決したような日本兵たち、そして盟友火野葦平も題材になったのではないか。あれこれと想像しているうちに、画家が、過酷な戦いの中で、何を見つめ、筆を動かしていたのか、是非この目でみてみたいという気持ちになった。火野の手帖を読む限り、かなりの数のスケッチを描いていたはずだ。でも、過酷な作戦のさなかに描いたこれらの作品は、日本に持ち帰ることはできなかったのだろう。白骨街道を火野とともに歩いた向井は、やっとのことでビルマを脱出したに違いない。私としてもそれらを目にすることは、ほとんど諦めていた。

ところが、インパール時代の向井の絵は、意外な形で残されていた。

一九九五（平成七）年にこの世を去った向井の作品の管理にあたっているのは、東京世田谷の砧《きぬた》公園にある世田谷美術館である。向井が戦前からアトリエを構えていたのが世田谷の弦巻《つるまき》だったことから、縁ができたようだ。学芸部長橋本善八さんは、生前の向井とも交流がある向井研究の第一人者である。多忙な橋本氏をようやくつかまえることができたのは、二〇一六（平成二八）年の九月のことだった。

一通り雑談めいた話を終えたあと、私は、まさに「ダメもと」で質問をぶつけた。「ところで、向井さんが、インパール作戦の時に描いた絵画は残ってないでしょうかね？」。そして、私は、火野のインパール時代の手帖に散見する「画伯」の記述について語った。ほとんど失笑を予想していた。叱責さえ覚悟していた。何を言っているんですか、引き揚げることができたことすら、たいへんなことだったんですよ、絵など残っているわけはないじゃないですか、インパール作戦ですよ、と。

しかし、橋本氏は、予想に反する意外な反応をした。「たとえば、どんな絵ですか」と言って身を乗り出してきたのである。そこで私は、ふたりがチャンドラ・ボースに会いに行ったことと、そこで向井がボースをスケッチしていた記述が存在することを語った。橋本氏はちょっと興奮した表情になり、「インドの将兵のようなひとを描いた絵は残されていますよ」と語った。「ちょっと待ってくださいよ。ひょっとして……」。そう言うと、部屋を足早に出て行った。

しばらくして戻ってきた橋本氏が抱えていたのは、写真が入ったアルバムだった。それを開きながら、「ビルマには、インド人がけっこういたんでしょうかね。そうであれば、インド人のような人物も多いし、光景は東南アジアのようです」と語る。

そこにあったのは、絵画を接写したスチール写真だった。すべてが彩色画で、水彩の絵の具が使われたようだ。パッと見ただけで、それらが日本で描かれたものではないことがわかった。「これなんか、インド兵ですよね」。そう言ってみせてくれた一葉に、私の目は吸い寄せられた。そして興奮のあまり、大きな声をあげていた。「これ、チャンドラ・ボースじゃないですか!!」

そこに描かれていた軍服姿の男は、歴史本の写真で見るボースそのものだった。火野が手帖に「つよい表情のなかに童顔に似た柔かさをみせる」と形容した通りの面構えである。

向井作品の調査の過程で、橋本氏自身がカメラで接写したものだった。氏の説明によると、一九六一（昭和三六）年に、世田谷弦巻の向井のアトリエが火事で焼けたのだが、その時にたまたま焼け残ったスケッチがあった。向井が亡くなる直前に、それを託したのだという。

「橋本くん、これを何かのために取っておいて、役立つなら使ってくれ、と言って手渡されました」

劇的な形で手に渡ったスケッチを世田谷美術館では大切に保管し続けていたが、そこに描かれた絵の数々について語らないまま向井が他界したこともあり、詳細不明の状態で、今日に至ったのだという。

「まさか、これが、向井さんがビルマの戦場で描いたものとは確信できていませんでした」

後日、スケッチそのものを見ることができた。前述の火災を生き延びた証の、縁が焼け焦げたスケッチは三〇枚あまり。それらは、戦時下を画家として生き抜いた、向井潤吉の記録だった。

そのうち一〇枚ほどは、フィリピンの戦場で描いたもので、一枚は、太平洋戦争前に描かれたものだったが、残りは、どうやらビルマで描かれたもののようだ。私は火野が従軍手帖に描写したビルマの戦場の様相を絵筆で裏付ける歴史的資料ではないかと期待した。

ビルマを目指す機内にて

その後スケッチのコピーを借り出した私は、「手帖」の記述と「画稿」の日付を照合して確認してみた。やはり予想通り、スケッチとして残された画稿は、火野のインパールの従軍手帖と歩調を合わ

画 13　戦後の静謐な民家の画題を思うと、この機器類の緻密さは新鮮だ。

せるようなタイミングで始まっていた。スケッチの一番古い日付が四月二五日（一九四四年）。まさに火野が手帖の記述を始めた日でもあり、火野と向井たちが、福岡の雁ノ巣飛行場を出て上海に向かった同じ日だ。

　見送りを受けながら火野たちは重爆撃機に搭乗する。「席もない重爆にて、つめこまれ」、「入ってしまふと窓がなくて顔を見ることもできな」かった。そんな状態で、向井が描いた最初の絵は機内のスケッチだった。絵の下に書かれた向井のメモ（以下「キャプション」）には「上海への途上にて」とある。火野の手帖によると「9時離陸」して「12時40分」に上海の大場鎮飛行場に着いたと書かれているので、この絵は三時間四〇分のフライトの間に描かれたものなのだろう。その間火野は『万葉集』を読みながら眠くなりうつらうつらしていたようだ。

　向井の絵（右図）には機材や計器などがこちらに迫るように描きこまれている。それらにさえぎられて顔は見えないのだが、軍服姿のひとりが座っている。偕行社顧問で軍事研究家の大東信祐さんに聞いてみた。

「なぜこちらを向いて座っているか不明ですね。重爆撃機だとしたら、正副操縦士・機関士・通信士・銃手・爆撃照準士がいるのですが、任務からいうと、後ろを向けるのは、機関士なのかもしれませんね」

向井の次の絵は翌二六日。やはり軍用機の内部を描いたものだ。キャプションには「屛東への途上にて」とある。火野の手帖には九時に上海を離陸して、一二時四三分に台湾の屛東についたことが書かれている。「せまいところに海老のやうになつて寝る」と書いているように、相当機内が狭かったことがわかる。向井は、前日より後方からスケッチしたようで、人物にスポットをあてた。体を縮めた男を描いているが、それは「海老のやう」になっていた盟友・火野の姿かもしれない。

次の絵はその翌二七日。キャプションには「盤谷への途上にて」とある。「盤谷」とはタイのバンコクのことだ。今度はコックピットが描かれていた。パイロットと副操縦士が着座し操縦している(37ページ)。

バンコクに向かう飛行機は、火野の手帖の記述によると、かなり遊覧気分だったようで、カンボジアの遺跡めぐりをしている。メコン川の上を飛び、トンレサップ湖を眺望し、さらにはアンコールワットの上を高度三五〇メートルの低空で四、五回、旋回した。相当な余裕である。物見遊山気分がうかがえる。

二九日に描かれたのは、やはり軍用機。「蘭貢への途上」と書かれている。一瞬どこのことだかわからなかったが、ラングーンの当て字であることがやがてわかった。いよいよビルマに向かったのだ。火野の手帖に、フライトについて記述されているのはバンコクを八時四五分に離陸して、二時間後にラングーンについたことと、上空から金色のパゴダを見たことのみである。この日、向井が描いたのは通信兵の姿である。ランニングシャツ姿であることから、機内がそうとう暑かったことがうかがわれる（47ページ）。

これら一連の軍用機の内部を描いたスケッチには戦争の実態というより、そこに従事している飛行士や無線技士など、技術者の姿が淡々と描かれている印象を受けた。

世田谷美術館は、このスケッチの一部を展覧会で紹介したことがあった。世田谷美術館宮本三郎記念美術館で企画された「画家と写真家のみた戦争」（二〇一五年一二月一九日〜二〇一六年三月二一日）もそのひとつだ。

会場には、これらの軍用機の内部を描いたもの三点を含め七点のスケッチが飾られた。この時点では、これらの作品の制作年は、「一九三七〜一九四四」と幅のある紹介となっていた。つまり向井が従軍した期間を全網羅したもので、日中戦争で描かれたものなのか、太平洋戦争でのものかさえ判明していない状態だった。

このたび、火野の手帖との照合ができたことにより、これらの作品の多くの制作時期が特定できるようになった。この時の七点のうち、六点がインパール作戦従軍時のものだった。

そもそも向井は、どのように戦争と切り結んでいったのか、そして後年、火野とどのような接点が生まれインパールの「同志」になったのか、その辺のいきさつを簡単にみてみよう。

従軍体験と日中戦争

一九二一（大正一〇）年、向井が入営したのは、郷里である京都の歩兵第三八連隊である。二年後に除隊、それまで勤めていた大阪髙島屋呉服店に復帰している。

しかし、一九三七（昭和一二）年七月に勃発した日中戦争で運命が大きく変わる。その二、三ヵ月後、向井は、個人の資格で従軍を志願したのだ。「戦争は神速に片付いて行く。男と生まれ、殊に画描きを業としたからには、一度はぜひ戦塵も浴びて見たい」と考えたからだと後述している（向井潤吉『北支風土記』一九三九年　大東出版社）。

その願いは通り、向井は一九三七年一〇月、軍の後を追って歩いた。杭州湾に火野が上陸するのはその一ヵ月後のことだ。この時の心情を向井はこう語っている。


この異常な経験を介して自分の身体がどれほど酷使出来るか、戦場と云ふ特殊な地域に立つて果してどれほどの神経と視る事に堪へられるかと云ふ、言ひ換へれば手段とし方法とし又燃料とも滋養分ともする。（向井潤吉「従軍画家私義」「美術」一九三八年八月）

向井の戦場行きのモチベーションは、とにもかくにも前線でその空気を兵士とともに感じたい、というものだったように思われる。当然のことながら命がけのアクションである。あらためて感じさせられるのが、火野と共通する戦争に対しての姿勢である。火野は一九〇六（明治三九）年生まれで、向井は一九〇一（明治三四）年生まれなので、向井が五歳ほど年長だ。日本が満州事変を経て戦争の時代に突入する時、火野は二〇代半ば、向井は三〇代前半であった。まさに自己の精神が形成されるタイミングに日本が戦争に突入していったということになる。殉国精神を育みやすい時期だったといえば簡単だが、ふたりに共通するのは、現場に行かないと、ことの本質はつかめないという芸術家の探求心、好奇心のようなものだったのかもしれない。

軍の思惑

日中戦争での最初の向井の従軍は、自らの志望だったが、その後になり、軍は正式に画家を戦場に送り始める。上海派遣軍報道部は、戦争記録画制作のための従軍を画家たちに要請、選ばれたのは一〇名。中村研一や小磯良平ら、当時すでにその名が轟いていた画家にまじって向井の名もあった。

彼らを招いた中心人物が、報道班長馬淵逸雄《まぶちいつお》中佐だった。馬淵は、日中戦争に一兵士として参加し、戦地で芥川賞を受賞し人気作家になった火野に、いち早く目を付け報道班員に引き込み従軍記を書かせた。それが一〇〇万部を超える大ベストセラー『麦と兵隊』の誕生に繋がったことで知られている。

馬淵は著書『報道戦線』（一九四一年　改造社）に「十名の作家は各自、二百号大の作品一点を確実に製作して陸軍省へ献納」し、「いづれも第一線へ従軍した出征兵士の労苦と激戦の跡を描写したのであつた」と記している。さらに馬淵は、戦争記録画の意義を四つのポイントにわけていた。

（一）聖戦の意義を永久に記念する意味の、モニュメントとしての戦争美術

（二）前線将士の活躍振りを銃後に示し、以て国民精神作興の資料とするもの、即ち多分に教育指導的意味を持つ記録美術

（三）芸術的作品として、それ自身立派な存在価値を示す新しき戦争美術

（四）砲弾や爆弾のごとく、直接戦場にばらまかれて効果を現はす、伝単、ポスターの絵画（これは所謂広義の武器に等しいものである）

戦争記録画に詳しい千葉工業大学教授の河田明久さんは、日本が戦争に傾斜していくなか、戦地に向かう画家たちがどうふるまったのかをこう解説する。

「日中戦争が始まってからも、最初の一年は大変なことになったと騒いでいるだけで、それほど切迫していない段階でした。この時期に描かれた戦争画の特徴は中国兵がほとんど画面に登場しないことです」

こうして一九三八（昭和一三）年五月、向井は、「現地軍の要望する『記録画』を描く」ため上海の戦線に赴いた。つまり今回は軍公認の従軍画家となったのだ。

戦争が画家に植えつけたものは

上海従軍の成果として描かれた「新木橋の激闘」は、一九三九（昭和一四）年の第一回聖戦美術展に出品された。さらに前年からこの年にかけての二科展に向井は「突撃」「甦民」「難行」という「聖戦三連作」を発表した。

画 12「突撃」1938 年作（現在所在不明）

私は、そのうちの「突撃」が雑誌（「美術手帖」二〇一五年九月号）に掲載されているのを見たが、タイトル通り、敵陣に向かって銃剣を振りかざしていく日本兵たちの姿を正面からとらえたものだった。センターに描かれた兵士の大きく見開かれた眼光に、鬼気迫るものがある。向井は、戦場の兵士のなかにある何かを見つけ出し、抉り出してしまったようにも思えてならない。向井を研究する迫内祐司《さこうち》氏（小杉放菴記念日光美術館学芸員）によると、在外邦人から日中戦争について諸外国に悪印象を与えるので、海外への図版公開は控えてほしいと要請があったほどだったという。迫内氏は「向井の日中戦争期の戦争画には、人々が気がつかないふりをしようとしていた、事変といいながらズルズル長期化していくこの戦争の闇を浮かびあがらせかねないものが、しばしば見受けられた」と述べている（「美術手帖」二〇一五年九月号）。

これらの作品で、向井は一気に世間の耳目を惹くようになる。上海から帰った直後の一九三八年六月に、朝日新聞社の支援の下、藤島武二、川端龍子、小磯良平らとともに大日本陸軍従軍画家協会の設立に参加している。翌三九年に大日本陸軍従軍画家協会は陸軍美術協会に改組するが、向井は、その設立発起人ともなっている。

向井のみならず、中国戦線に向かった画家は多く、一九三九（昭和一四）年春の時点で、戦地へ赴いていた画家は二〇〇人を超えていた。

そういう流れの中で向井は、聖戦美術展に参加しただけにとどまらず、従軍体験を記録した『北支風土記』を出版する。そこに向井はこう書いている。

従軍以後、急激に単に（花）や（人物）や（風景）に対して筆を持つ興味の失つて来たのは事実だ。そして仕事の上で生活の内で、より以上に戦闘意識が熾烈さを加へ、不逞なものが芽を吹いて来たのはかくす事が出来ぬ。

この文章を読むと、戦争が向井の作品世界に強い影響を及ぼしていたことがわかる。『糞尿譚』に代表される、それまでの飄々とした火野の作風が、戦争に参加したことで変わったように、向井も戦争に参加したことで、大きくモチベーションが揺さぶられていた。

一九四〇（昭和一五）年、向井は初めて火野葦平と出会った。火野の「朝日新聞」の連載小説『美しき地図』の挿絵を向井が担当したことで、顔を合わせたふたりは、深く共感したという。

そして太平洋戦争が始まると、さらにふたりの関係は濃いものとなっていく。ふたりは、この過酷な新しい戦場のステージで「同志」から「戦友」となっていった。

太平洋戦争開戦、駆り出された文化人

日中戦争では、画家たちの多くは、いわば自らの意思で「従軍」し、陸海軍に「顎足《あごあし》」ももってもらい、仕事として絵を描いていたわけだが、太平洋戦争開戦間近には、すでに事態は一変していた。

国家による情報・宣伝活動の一元化などを目的として一九四〇年一二月に発足した情報局は当時、メディア対策・世論対策を担っていたが、開戦の日の一九四一（昭和一六）年一二月八日には「日英米戦争に対する情報宣伝方策大綱」を策定、情報統制をより一層強化した。また、民間人の徴用に関しても、一九三八年の国家総動員法に基づく「国民徴用令」によって、すでに白紙（徴用令書）一枚で本人の希望とは無関係に軍が文化人を徴用できるようになっていたが、開戦前後の時期には、宣撫・文化工作のために、徴用がいっそう大々的に行われるようになっていた。

その結果、多くの文化人が次々と徴用されていった。作家も画家も、である。

向井も、徴用された画家のひとりだった。千葉工業大学の河田教授はこの時の事情をこう教えてくれた。

「確かに画家も戦場へと『徴用』されました。しかし、作家などと比べると、人数はさほどではありませんでした。向井潤吉そして栗原信など限られた数の人たちにとどまっています」

徴兵された一般の兵士と似た立場の「徴用」。そんな向井たちとは別に、陸軍省や海軍省から委嘱される「派遣型」というものがあった。その代表格の画家が藤田嗣治《つぐはる》と宮本三郎だった。命の危険を伴いながら前線に行った向井たちの「徴用画家」と、官に身分を保障された「派遣画家」と、ひとによって立場がわかれていたのだ。

一方この頃、文学者は三回に分けて徴用され、総計七〇名に及んでいた。そのひとりが火野葦平だった。そして火野と向井のふたりは同じ戦場へと向かっていく。

比島、フィリピン。

向井は、火野とともにフィリピンの戦場で宣撫工作にあたっていたのだ。

ふたりがフィリピンに滞在した期間はおよそ一〇ヵ月にわたる。その間の一九四二（昭和一七）年六月のミッドウェー海戦での敗北が転機となり、戦局は悪化していた。アジアから太平洋にかけて、日本軍は戦線拡張を続けた結果、制空権・制海権をおさえることができなくなり、延びきった前線に兵站も行きわたらなくなった。

このような戦局悪化のはざまの一九四二年九月、火野に先んじてフィリピンに着任していた向井は、マニラでの陸軍報道班の任務を終え、日本に帰国した。火野の帰国はその三ヵ月後のことだ。

ビルマに従軍

その後、インパールの戦場でコンビを組むまでの軌跡はどうだったか？

火野は、帰国翌年から一九四四年まで芥川賞の選考委員を務め、日本文学報国会の九州支部幹事長に委嘱されるなど、日本の文壇のキーパーソンとなっていた。作家活動も旺盛で、一九四三年には、「朝日新聞」朝刊に明治維新から昭和にかけての七〇年にわたる陸軍の歴史をある軍人一家を通して描いた連載小説『陸軍』を連載、「西日本新聞」夕刊には『中津隊』を掲載した。雑誌連載としては、「改造」にフィリピンでの実体験をもとに描いた『敵将軍』、「文学界」に『パグサンハン教会』を発表した。小説のみならず、詩集も刊行するなど、八面六臂の活躍である。さらに、日本の戦争目的を共有するため、大東亜共栄圏各地の文学者を一堂に集め開催された「第二回大東亜文学者大会」にも出席、その閉会のスピーチもつとめた。一九四三年八月のことである。

一方この時、向井はどうしていたのか。一九四三年、向井が向かったのは、ビルマだった。現在、世田谷にある向井の旧宅に暮らす長女・美芽さんの書庫に、父が原稿用紙に綴った文章が残されていた。雑誌掲載の下原稿なのか、何なのかは不詳だが、向井はこう書いていた。

戦争記録画を描くために陸軍報道班員として昭和18年の夏ビルマに派遣された。すでにビルマ戦線は膠着状態の最中で、私はラングーンから直ちに飛行機で西南端の基地アキヤブに送られたが、そこは英軍の飛行基地に最も接近しており、連日銃爆撃が繰り返される危険な場所であつた。飛行機は私をおろすとそのまま引き帰すほどのあわただしい空気であつた。その夜は兵団長の招宴で焼け残りの集会場の2階で夕食会が催された。室内にはすでに暗幕がかけられてあり、お酌に出た女が和服の袖でろうそくの火を隠しながらの酒盛りであつた。

向井は「昭和18年の夏」と書いているが、実際は同年の五月から一〇月にかけてアキャブに滞在した。この時ビルマには画家がかなり集中して集められていたようで、ラングーンの朝日新聞社に向井が赴くと、そこには小磯良平が滞在していた。また猪熊《いのくま》弦一郎はタイとの国境方面へ出向いていたという。そして栗原信は雲南方向に出かけたと記されている。つまりこの頃、陸軍はビルマの宣伝に力を入れ、「徴用」「派遣」の両者を含めかなりの数の画家を派遣していたのだ。

向井はビルマに関してそれ以上記していない。

国内で文学活動と文学報国会の活動にいそしんだ火野。そしてビルマの戦場に駆り出された向井。ふたりがフィリピンに続いて、同じ戦場に向かうことになったのが、一九四四年四月のことである。その目的地がインパールだった。

ボースと大東亜

向井が残した三〇枚のスケッチのうち、ビルマ到着までに描いたものは、前述した通り、軍用機の内部を描いたもの四枚だ。

ビルマ到着後で最も古いと思われるのが、ばらばらに配置された複数の人物が描かれたものである。そしてこのスケッチこそがまさに、世田谷美術館の橋本氏から私が最初に見せてもらい、驚愕させられたものだった。描かれた九人のうち、一番手前に配置された人物が、スバス・チャンドラ・ボースだった。他の人物がラフスケッチであるのに比し、彼だけがきちんと表情まで描かれ着色されている。

前述したように、向井は火野とともに、ボース本人と実際に面会している。場所は、第一五軍が前線基地を構えていたメイミョウのボース邸だった。この時向井がボース本人をスケッチしていたことも前述した通りだ。火野は、この日の手帖にボースの風貌の特徴を記している。

軍服の胸に印度国民軍の徽章をつけてゐる。堂々たる体軀、広い顔に、思ひのほか強い感じの眼、禿げあがつた額、剃りあとの青い鼻の下と、顎、ふつくらとした首筋、浅黒い顔には思慮と決意とのみなぎつた精悍さが感じられたが、態度はものやはらかである。(中略) ボース氏はつよい表情のなかに童顔に似た柔かさをみせる。親しめる顔である (五月九日)。

火野の言葉通り、向井が描くボースの表情にも思慮深さと強い意志力が感じられる。自信に満ちた面構えが印象的である。

スケッチは、ひとりを除いていずれも上半身のみである。東南アジアの民族衣装とおぼしき布を頭に巻いた人々もいる。タイの王族らしき人、日本の軍人らしき人物もいる。よく見てみるとみんな正装のようだ。原稿を読んでいるようなひともいる。

向井のミッションは火野の手帖にあるように、「日印軍インパール入城の記録画」を描くためだった。つまり、日本軍がインド国民軍と協力して戦い、勝利を収める現場を描くことだった。それはまさに大東亜共栄圏の理想を描くことである。インドの代表、東南アジアの人々、そして日本の軍人が一枚の画に収まっているこのスケッチは、向井がインパールに入る前に、大東亜の理想を描こうとした試作ではないだろうか、とふと思った。

この絵以外にもキャプションがないもので、ひとりがマイク前で何かを読み上げ、それを周囲の人

画 14　公式の場でも向井は記録を怠らない。

たちが直立して聞き入っているスケッチも残されている。前に立つ人物は頭に布を巻いていることからビルマ代表のようにも見える。右側に、大使、海、北沢、市田、小川など人物名が書かれている。出席者の名前なのだろうか。これは大東亜会議なのか、ビルマ国内での会議風景なのか定かではないが、向井は、日本とアジアの国が大東亜共栄圏の理念のもと、ひとつにまとまろうとする姿を描こうとしたと思われる。

　私には悲惨なインパールの戦いを経験する前の段階で、向井がまだ大東亜共栄圏を理想化し、そこに大いなる可能性を思い描いていたような気がしてならない。

異国人へのまなざし

　向井は、火野とともにボースに会った際、女兵士たちとも会っている。その時描いたと思われる絵も残されていた。画面の右側には、白いサリー

火野に同行した向井潤吉は、そこで接した様々な階層の人々をスケッチした。

画 15

画 17

画 16

のようなものをまとった女性が敬礼をしている。火野がサインまでもらっていた女性部隊のリーダー・ラクシュミーかとも思ったが、火野の描写だと、ラクシュミーは小柄で眼鏡をかけていたとあるので、別人物のようだ。同じスケッチの左側に、ターバンを巻いた半ズボン姿の兵も描かれていた。こちらの兵士は、正面から見た座位の姿と横から見た立ち姿の二つのポーズである。インド国民軍の兵士であると思われる。

さらに、向井は、日本軍に協力していた少数民族の兵士たちも描いていた。火野は五月一八日、インダンギで手帖にこう記している。「画伯、しきりにグルカ兵、チン兵を写生」。向井のスケッチにこの時に描いたものと思われるものが二枚あった。一枚は、褐色の肌の二人が向かい合って座っているもの、もう一枚は、強い目線でこちらを睨むような男が寝そべっている構図のものだ。どちらがグルカでチンなのか、はっきりわからないが、双方の絵とも少数民族の兵士たちだと思われる。

またそれから一一日経った五月二九日に描いていたのが、ひとりの男性の立ち姿だ。背景にヒョウタンのようなものと籠が見える。鍋のようなものも見え、男性が労働の途中であることが暗示されている。この日、火野と向井がいたのは、長く足止めされていたティディムであるが、火野の手帖によると「画伯、梅本少佐にたのまれて、軽四輪の模写に」行ったと書かれているので、その途上で会った現地住民を描いたものなのかもしれない。いずれにしても、まだ余裕のある段階では、向井は、火野がそうであったように、昔ながらの生活を続ける少数民族に深い関心を持ち、筆を走らせていたことは間違いないだろう。

激戦地の風景に込めたものは

激戦地、３２９９高地に火野と向井が足を踏み入れたのは六月二一日だった。日本軍がこの場所を攻め立て、連合国軍の陣地を奪い取ったのは、それよりおよそ三ヵ月前の、作戦開始から間もない三月半ばのことだ。ここには連合国軍の膨大な軍需品の集積場が築かれ、大量の自動車が置かれていた。しかし連合国軍は、この場所を捨て去ると同時に焼き払っていた。それでも残された物資はおびただしいものだったようだ。数百の幕舎があり、そこには、食糧、被服、さらに酒、ガソリンが残されていた。

火野も六月二二日の手帖に、この場所について、「あたりいちめんに何百といふ自動車が散乱し、焼けてゐるもの、てんぷくしてゐるもの、こはれてゐるものがある」と詳細に記述した。

画 18　戦後向井の中心テーマ「民家」を思わせるビルマ・チン丘陵の戦跡。

この場所の情景も向井はスケッチに残していた。二枚あるが、ほぼ同じような状況が描かれている。火野の記述通り、雑然と何かの残骸のようなものがあたりに敷き詰められているなか、トラックのようなものが描かれていた。その背景には幕舎や医療施設のようなものも見え、３２９９高地が軍の拠点のひとつであったことをうかがわせる。さらに、３２９９高地の近くでは、敵軍によって壊された橋の修復作業が行われていたことを火野は手帖に記している。二三日、火野はその現場に出かけたが、「画伯は留守番」だったと手帖にある。

　しかし、その作業の様子を描いたと思われるスケッチもあった。火野が手帖に書いた通り、壊れた橋を取り除き、新たな橋を日本兵が架けている（２２４ページ）。二四日にも火野は現場に行っているので、この時向井は同行したのであろう。

　この翌日（六月二五日）にも向井はスケッチを描いている。絵の左下に「１１９哩地点にて」と

画 19「イエウの部落入口」とある。爆撃を受けた木々、遠くに洋館も見える。

いう小さなキャプションが記されていた。火野の手帖に「画伯、幕舎の残骸を画いてゐる」とある通り、画家が取り上げた題材は、うち捨てられてボロボロとなった今にも倒れてきそうな幕舎だった。連合国軍が使っていたものであろう。

　スケッチを見ているうちに私はハッとさせられた。古く朽ち果て、やがては消えゆくものへの慈しみ……。それは、戦後になり、向井がテーマにすることになる民家への眼差しと通底しているように思えたのである。

　向井のインパール時代のスケッチには激しい戦闘そのものは描かれていない。悲惨そのものも描かれていない。日中戦争従軍で、「従軍以後、急激に単に（花）や（人物）や（風景）に対して筆を持つ興味」を失い、仕事でも生活でも「戦闘意識が熾烈さ」を加えていたという向井の志向は、ここでは微塵も感じることができない。インパール作戦に従軍し、荒んだ現状を目の当たりにしたことで、戦争への意識がはっきりと変わったに相違ない。それ故に、脚色なしに描写された情景には、強烈なメッセージが秘められているように思える。

「イエウの部落入口」という何気ない風景画（前ページに掲載）がある。火野と向井がこの場所に到着したのはインパール作戦が中止され、部隊が前線近くから撤退を始め、ひと月近くたった七月の終わりのことだ。すでに火野も向井も、数々の悲惨を目に焼きつけていた。

向井が描いた風景は、複数の枯れ木を前面に配した構図の集落だった。かつては青々としていたに違いない木々の変容。そこに向井は心情移入していたのではないだろうか。朽ちた寂寥感漂う風景を描くことで、圧倒的な暴力が何気ない日常、その奥にある人間性まで壊してしまうことを向井は自身のスケッチに刻み込もうとしていたように思えてならない。そして同時に、そこにかつてあった自然の豊かさや生活への慈しみを表現しようとしていたのではないだろうか。

画20　牟田口廉也

キーパーソンの肖像画

向井は人物画も描いている。驚かされたのは、ひとりの人物の肖像画だった。意志の強そうな目に、いかめしい髭。第一五軍司令官・牟田口廉也だった。

画21　河田槌太郎

火野が牟田口に会ったのは、六月一日、ティディムでのことだ。火野の手帖には、向井を帯同したとは書かれていない。ましてや、向井が牟田口をスケッチしたなどとの記述もないし、本人もそのことを後日談などに残していない。しかし向井は牟田口の表情を細部までとらえており、時間をかけてスケッチしたものと思われた。ティディム滞在時、火野が立ち会わない時に、描いたのかもしれない。すでに窮地に追い込まれていた軍司令官。そこはかとない孤独な男の姿がスケッチにはうつし出されていた。他に日本の軍人を描いたものとしては、河田槌太郎《かわだつちたろう》があった。河田は、更迭された佐藤幸徳にかわって第三一師団の師団長になった男だ。彼が着任したのはすでに向井や火野が前線近くから引きあげた後の八月二日なので、それまでのタイミングでどこかで出会い、描いたものと思われる。

向井は、一九四四年八月、さらに雲南、北部ビルマを目指していった火野とわかれ、帰国の途についた。向井がスケッチに残した最後の絵は、再び軍用機内の様子だった。八月八日、海南島の三亜より屏東に行く途中の機内で手紙を読む人物が描かれた。

向井は、帰国後に一枚の油絵に取り組んだ。スケッチブックには描かれていなかった風景画だった。

一枚の絵画

「父が、若松の河泊洞の他に、上京した折の書斎としていたのが、杉並阿佐ケ谷の鈍魚庵ですが、その居間の真ん中に飾ってありました」

火野の三男・史太郎さんが、こちらに茶をすすめながら、語り始めた。戦後十数年の間、一度も外されなかった一枚の絵画。

個人宅の一室には不釣り合いなほどの大きな絵だった。描いたのは、向井潤吉だった。

「向井さんから、鈍魚庵が完成した時にプレゼントされたものですね」

絵に付けられたタイトルは、「ロクタク湖白雨」（カラー口絵ⅳページ）。ロクタク湖は、火野と向井が一ヵ月以上行軍した末に辿りついた場所である。

「ロクタク湖白雨」は現在、北九州市立文学館に収蔵されていた。

普段は公開していない資料であるが、今回の翻刻のこともあり特別に閲覧を許可された。木製の額に入った五〇号の油絵を前に、学芸員の中西由紀子さんが感慨深げに口にした言葉は、史太郎さんの言葉と重なり合うものだった。

「こんな大きな絵を火野さんは書斎にかけていたんですね」

青い空。広がる緑の大地。画面中央には、モクモクとした入道雲が配置されている。透き通るような淡い水色に輝く湖面は、「その水の色の変化にともなつて、とりどりの光りかたをした」と火野が

『青春と泥濘』に記しているように美しい。湖面には雲が映し出され、「まつ白に光つて」、スコールが降り注いでいるのがわかる。南国の陽光があふれたような生き生きとした鮮やかな絵というのが第一印象だった。

「ぱっと見て戦争画とはなかなかわからないですよね」

青と緑が基調で明るいトーンの絵には激しい戦闘の様相はなく、中西さんの言うとおり戦争の一場面を描写したものとは思いがたい。向井は戦後、美術雑誌の企画でインタビューに答える形でこう語っている。

戦場というのは、こんなのが多いんじゃないですか。お天気さえ良ければ、どこかで煙は上がっていますが、青空でのんびりしたものでしょう。（「みづゑ」一九八六年一二月）

絵が描かれたのは、一九四四（昭和一九）年の秋から冬にかけて、である。火野とともにインパールの戦場を撤退した向井が、日本に戻ってきてから完成させた作品だった。

向井は厳しい現実を直視せず、明媚な風光に逃避したのかと一瞬思った。しかし、子細に見ると、画面手前の稜線に三人の軍服姿の人物がいるのがわかる。その前のひとりは歩いているようだ。

この絵とともに寄贈された毛筆書きの文章には、向井本人による解説が書かれていた。

昭和十九年七月イムパール戦線敗退直前の一場景である。爆撃の為に火災をおこしたニントーコン部落を急降下攻撃する二機、日本軍後方を爆撃して、東より南より、又新しく出撃するすべては敵英印軍である。

向井の言葉通り、戦闘機が小さく描かれていた。急降下しているような機は、索敵し爆撃を加えようとしているに違いない。

向井はさらに、稜線にいる軍服姿の男たちに関しても言及していた。

スコールの激しい雨脚を呆然と立つて眺めているのは、火野葦平君であり、坐しているのは向井である。この一本道はイムパールに通じるものであり、附近は人馬の死臭が充ちて、明るい風景とは裏腹の凄惨な場面である。向井記
明るさと正反対の実情こそ、向井が描きたかったものだったと私は思い知った。言い方を変えると「ロクタク湖白雨」は、目に飛び込んでくる印象とは異なる、生々しい戦場の絵図だったのだ。それでいて画中の向井は、何かを手元で動かしているようにも見える。私には彼が眼下に広がるインパールの光景をスケッチしているように思えた。また仁王立ちしている火野は、いつもの矍鑠《かくしゃく》とした自信に満ちた姿に見えた。

中西さんは、私と一緒に、絵をじっと見つめながら、ポツリと語った。

「絶望しかなかった状況で描いたと思うと、この明るいトーンが違って見えてきますね」

もういちど絵を見つめなおす。すると、明るく見えていた光景の中に、交差する要素があることに気づかされた。画面中央部に配置された湖は右半分が透き通るような水色だ。しかし、逆に左側半分はどす黒くなっている。入道雲から湖に注がれるスコールの中心部は黒く描かれていた。

インパールで死線をさまよった画家が行きついたのは、戦争に対しての徹底した疑問と空虚な気持ちだったのではないか。画家は怒りを込めて静かな光景を描いたのではないか。その場を経験したもののしかわからぬ感情を思うと、胸が重くなった。

火野、そして戦争芸術家たちの戦後

一九四五（昭和二〇）年八月一五日。

火野は福岡で、西部軍の報道部員として敗戦を迎えた。故郷若松に戻ったものの、世間の空気は厳しいものだった。それまでの国民的作家が、一気に「戦犯扱い」されるようになったのである。さらに公職追放も受けるなど、厳しい状況に追いこまれていった。それでも一九五二（昭和二七）年から五三年にかけ、読売新聞に、父・玉井金五郎を主人公にした『花と龍』を連載、単行本は大ヒットし、ふたたび流行作家としての道を歩んでいく。

火野はインパール作戦についても大作を発表した。一九四八（昭和二三）年から翌年にかけて発表された『青春と泥濘』である。火野は、そこに自身の目の当たりにしたインパール作戦の実態を描こうとしていた。火野は、この作品についてこう記述している。

どうしても書きたかつた作品、書かねばならぬという使命感にとらわれていた作品を、とうとう書いたという、作家としての満足感は小さいものではなかつた。それは、この作品が傑作という意味ではない。それどころか不備だらけで、最初の意図とはまるでちがつたものになつてしまつているけれども、兵隊であつた私が、戦場で生死をともにした兵隊たちの気持を、いつかは代弁しなくてはならないと思いつづけていた意図の若干を果たし得たと考えたからであつた。（火野葦平「解説」『火野葦平選集』第四巻　一九五九年　東京創元社）

しかし、火野が戦後、流行作家としてトップランナーで走り続けられたのも、長い期間ではなかった。

向井潤吉は、ビルマから帰国後、空襲が激化するなか、娘の美芽さんを新潟に疎開させ、本人は妻と息子とともに東京世田谷弦巻にとどまった。空襲は繰り返され、焼夷弾が家に落ちたこともあったが、妻と息子が消し止め大事に至らなかった。

向井が、防空壕に避難するたびに持ち込み、読み耽ったものがある。日本の古民家ばかりが被写体に選ばれた写真集だった。一枚一枚の写真を心に刻みながら、向井は、空襲により変わりゆく日本独自の風景に哀しみを覚えていたという。

敗戦を東京で迎えた向井がさっそく向かったのが、美芽さんのいる新潟だった。そこで向井の目を奪ったのが一軒の民家だった。八三歳になる美芽さんは、今も弦巻に暮らしている。父が新潟に来た時のことを教えてくれた。

「雨の日だったのですが、私たちが疎開していた宿舎の軒下に父は画架を立て始めました。ちょうど向いに、農村の、牛馬を飼っているような古い民家がありました。その民家をモチーフに油で絵を描き始めたのです」

そうして誕生したのが古民家をテーマにした第一作「雨」である。雨の降りしきる中、民家の前を歩く人物の姿をとらえた。

「絵自体が暗いんです。どんよりとした空の下の侘しい絵でした」

これ以来、向井のメインテーマは古民家となり、それを描き続けた。

火野と向井とともにビルマに赴いた作曲家・古関裕而についてもふれておこう。

古関は敗戦を故郷福島で迎えた。しかし二ヵ月後の一〇月には早くもラジオで作曲の仕事をしている。その後『鐘の鳴る丘』や『長崎の鐘』さらに『君の名は』、高校野球のテーマ曲『栄冠は君に輝く』を手がけるなど国民的作曲家として大活躍した。

そんな多忙の古関だったが、戦友たちから持ちかけられた作曲は絶対に断わらなかった。校歌の作曲がその一つで、各地に散った戦時中の仲間が関わった校歌の作曲は必ず受けたという。

火野とも校歌を共作しており、主だったものだけでも一〇ほどある。その一つがサッカー全国優勝で名をあげた東福岡高校の校歌である。私は実際、東福岡高校に行ってみたが、体育館に大きく掲げられたプレートに刻まれた校歌に、火野と古関の名前が並んでいたことが印象に残った。インテル・ミラノで活躍中のサッカーの長友選手や元巨人の村田選手などもこの学校出身だ。彼らアスリートたちが、在校していた時は、火野と古関のコラボ作品を校歌として歌っていたのだ。

戦後に出された自伝に、インパールから引き上げてきた火野とラングーンで会った時の様子が書かれている。

火野葦平さんも戻ってきた。その夜はオフィスで夜の更けるのも忘れて体験談を一同で聞いた。泥濘と雨と悪疫。生命を保つさえ難しい兵隊に、進撃命令、進攻作戦の地図上の参謀。すべては無謀、無駄な作戦であった。火野さんの熱のこもった話に、我々は言葉もなく聞き入った。（古

関裕而『鐘よ 鳴り響け』一九八〇年 主婦の友社)
そして古関は、続けてこう記述していた。
彼は戦争製造人ではなく、兵隊(すなわち当時の大衆)の最も深い理解者であり同情者であった。火野自身、インパールの戦いを経て、悩み、そして兵隊たちの代弁者として大きな疑問に行き着いていた。火野を「戦争作家」として戦犯扱いし、片付けるのは簡単だが、平時に暮らす私たちが、その内面の苦悩を想像することもなしに、白だ黒だと裁断を下すことは許されることではないだろう。

敗戦とともに、苦境に追い込まれた火野がたびたび訪れる場所があった。世田谷弦巻にある「画伯」の家だった。美芽さんに火野のことを尋ねると、懐かしそうに目を細めた。

「火野のおじさまは、いらっしゃる時、原稿用紙をたくさん抱え、何日も泊まっていきました。父とふたりでサイダーをおいしそうに飲んでいたのも印象的です。そして父と話をするのが何よりも楽しみだったのだと思います」

美芽さんの「おじさま」という言葉にこめられた親しげな響きに、火野が向井家で見せた包み隠さぬ素顔を垣間見る気がした。

「今でも思い出すのは、はにかんだ、おじさまの笑顔です。あたたかい方でした」

前述した通り、火野が杉並にもう一つの書斎を構えた時、向井から「ロクタク湖白雨」が贈られている。火野は自らの手によって命を閉じるまで、その絵をずっと大切にしていたという。絵を見るたびに、向井が渾身の力をこめて描いた戦の実相をひりひりと思い出し、そして戦場での絆を確認していたに相違ない。ふたりは戦後も、「戦友」だった。

一九六〇（昭和三五）年一月、火野は若松の自宅で自殺する。その心のなかには戦争の傷が大きく横たわっていた。向井潤吉が火野の訃報を聞いたのは旅行先のパリでのことだった。その時の様子を美芽さんが記憶している。

「父は、『火野さんが死んだ』と叫んだきり、絶句しました。それから一週間というものの、父はひとことも口をききませんでした」

向井は、その後も日本中をまわり、民家の絵を描き続けた。それはやがて滅びゆくものへの愛着であり、すでに消え去ったものたちへの鎮魂歌だった。

インパール作戦は、戦後さまざまな研究も進んでおり、その無謀さが強調されている。作戦を編み出した人々の無責任さを問う声も多い。今回の取材と執筆を通して、いやおうなくそのことを再確認させられたのは事実だ。そして同時に、火野の「従軍手帖」を読み込み、あらためて畏怖を感じたのは、戦争は芸術家や表現者をもその渦の中に巻き込んでしまうという事実である。

人の心に希望と感動をあたえること。そして、言論や表現活動を通して、不条理な暴力を未然に防ぐことが芸術家や表現者の仕事であると私は強く思う。決して、国家や権力に奉仕することではない。

しかし、大きな渦がうねり始め、一度その中に入り込んでしまうと、そこから容易に抜け出すことなどできない。私たち表現者に、一番求められているのは、この渦に巻き込まれずに、毅然として自分の言葉を守ることである。

今、火野のインパール時代の「従軍手帖」が、語りかけてくるものは多い。

火野は、大きな運命の渦の中に身を投じながらも、懸命に、現実から目をそらさず、文学ができることを考え、揺れ続けながらも文字を綴っていた。その葛藤が手帖にはあふれている。

火野が実際の戦場で、生身で体験したことが言葉で残されていることはきわめて重要だ。作家は戦争と対峙して、何を考えたのか、何を悩んだのか。泥と汗にまみれながら、血をしぼり出すように綴られた生の言葉を私は、今後も繰り返し、読み続けていきたい。

解　説

増田　周子

一、インパール作戦概要と火野葦平のインパール出発

一九四一（昭和一六）年一二月八日に始まった日本軍のビルマ侵攻作戦は、翌年三月初旬にはビルマの首都ラングーンを占領し[1]「大成功を収めて昭和一七年五月末、終了した[2]」。日本軍はビルマを占拠することで、ラングーンからマンダレーを経て、昆明、重慶に至る連合国軍側の援蔣ルートを遮断し、一時的に有利となる。これに対し連合国軍は、新たなレド公路の建設を試みる。だが、日本軍の妨害やジャングルが支障となり進まず、日本軍からビルマを奪還するべく「一九四三年から四四年にかけて、徐々に連合国側は戦力を拡充し、ビルマへの反攻に転じてきた[3]」のである。そうした中、第一五軍司令官牟田口廉也中将は、ビルマ戦線を打開しようと新たな作戦を考案した。それは連合国軍の拠点インパール滅亡を試みようとするものであり、早速大本営にその計画を上申した。これを受け、大本営は、一九四四（昭和一九）年一月七日、「奇襲によって大勢の優越を期する[4]」ことや、連合国軍の援蔣ルート壊滅を目的とし、インド北東部インパール攻略を目指したインパール作戦開始の号令を出した。

この作戦により、南方軍寺内寿一元帥、ビルマ方面軍河辺正三《まさかず》中将の下に牟田口率いる第一五軍が

おかれ、第一五軍の下に「烈」（第三一師団）、「祭」（第一五師団）、「弓」（第三三師団）の三兵団が編制された。[5]「烈」は北方コヒマ方面、「祭」は中央方面、「弓」は南方面からアラカン山系を越えてインパールを目指すものであった。三月八日から作戦が開始され、三兵団はチンドウィン川を渡河し、またたく間に、ビルマ国境を突破し、連合国軍側に大打撃を与えた。この作戦は、開始からおよそ一ヵ月、四月五日頃までの初期は、日本軍が優勢であった。牟田口も作戦実施は「天長節（四月二九日）まで」[6]とし、当初は雨期が来る五月以降は戦争を続ける気はなかったのである。[7]しかし、結果的にインパールを攻略できないまま七月三日[8]まで作戦を続けた。長期化するにつれ、食糧、物資などが欠乏し、三師団だけで四万八九〇〇人中三万六二四五人[9]という実に損耗率七四％もの多くの戦死者、餓死者、負傷者、行方不明者を出し、歴史的敗北を喫した。インパール作戦は、補給線を軽視した杜《ず》撰《さん》で無謀な作戦であり、死の作戦とも呼ばれる悲惨な結果を残したのである。

　火野葦平は、インパール作戦に、古関裕而、向井潤吉ら親友とともに陸軍報道班員として従軍する。火野は出発前から、自らの死を覚悟していたようで、その覚悟を次のように語っている。

> 　劉寒吉や、岩下俊作は、「今度こそは、お前は死ぬぞ」といつた。私も死ぬかも知れぬと思つた。（中略）晴れがましいインパール入城どころか、インパールの土と化す。その可能性は充分にあつたのである。しかし、私は覚悟していた。今から考えると、その悲壮感が尋常ではなかつたと回想されるが、そのときの私は、日本が興亡を賭けた最後の戦場に屍をさらすことに、責任のようなものを感じていたのである。インパール作戦従軍は、私が志願したのであつた。[10]

火野は、たとえ自らが死ぬとしても、それを恐れず、陸軍報道班員としての責任を果たそうと志願したのであった。火野は、一九四四年四月二五日に飛行機で日本を出発、二六日には屏東、二七日は海南島に進んだ。海南島では、飯野中尉から「敗残兵もときどきやって来るが物資目的で」「うるさいが大したことはない」などと聞く。上海、屏東、海南島は一九四四年でも日本軍が占拠していて日本人には安全地帯だったようだ。二八日にはバンコク、二九日はビルマ方面軍司令部のあるラングーンに着く。「描く〝勝利〟の記録」によると、火野は、「ビルマ前線基地で　兵隊の気持で渾身の力を傾けて報道の任を完うしたい　と語つてゐる」[11] とある。これまでの中国戦線と同様に報道班員として、戦争の実態を赤裸々に知らせることに全力を尽くすつもりだったのであろう。同じく従軍した向井潤吉も「そろそろ怪しくなった戦線の景気直しにイムパール作戦に望みをかけ」、「葦平さんの感激の詩に古関祐而《(ママ)》さんが作曲し、そして私が入城光景をスケッチし、銃後の士気を一段と昂めようとする魂胆であった」[12] と語る。戦局の打開も重要な使命であった。この思いは、火野自身の天皇への忠心でもあった。「従軍手帖」の冒頭には次の短歌が記されている。

　　印度新戦場へ
　いでてゆく戦の庭は何処とも数ならぬ身を醜《しこ》の御楯に
　　　　　　　　　　　　　　昭和十九年四月二十四日朝

これは、日本を出立する前日に火野が作成した短歌である。この短歌は『万葉集』巻二〇・四三七三の防人の歌「大君の醜の御楯と出で立つ我は」などをふまえて詠まれたと考えられるが、火野は、自らへりくだり天皇陛下の身を守る盾となって、インドの戦地で戦うことを誓ってインパール作戦に臨んだのであった。

二、「従軍手帖」から見た激戦のインパール作戦

火野は、インパール作戦について次のように語る。

最初のすべりだしが上乗であつたために、日本の新聞は、連日のように、「インパール入城間近し」と書きたてた。（中略）四月末、大本営報道班員として、私が東京を出発するときには、報道部では、「今から行つても、インパール入城には間に合わんかも知れんぞ」などといっていたくらいだ。[13]

最初は、日本軍優勢で戦局が進み、報道もそれに応じていたために、火野は、日本の勝利を疑わずに戦地に乗り込んだ。だが火野が日本を出発したのは一九四四年四月二五日、すでに日本軍は劣勢になっていた。ここからは行軍を追いながら「従軍手帖」を詳細に見ていきたい。手帖には、火野が見聞きした戦場の実態、そして、戦地での火野自身や、火野が出会った人々の赤裸々な心情や会話が記録されている。二八日のバンコクでは、ラングーンから帰ったばかりの朝日新聞支局長横田千秋に会い、火野は戦局の情勢を聞いた。横田は「想像以上の苦戦にて、インパールもさう簡単には落ちさうもなく、来月五日（節句）か、5月27日かといふやうに、しだいに予測がのびてゐる、一ケ月分くらゐの準備しかしてゐないので、敵に進撃を遮まれて、進展してゐない、ラングーンから先の空中輸送はまづ困難、兵力も充分でなく、機械化部隊も道がないため、思ふやうに活躍できない、コヒマ方面もとつたりとられたりの激戦、ラングーンは毎日のやうに爆撃がある」と述べた。四月末には、苦戦を強いられている日本軍の様子が伝わる。すなわち火野がビルマ入りした時は「インパール戦線は膠着状態におちいつていたのみならず、日本軍は凄惨な敗勢の中でのたうつていたのである」。[14]四月二

九日からは、ラングーンに滞在する。二九日、火野らは、コカインヒルの朝日新聞支局で戦局の話を聞き、「出発の節考へてゐたやうではなく、たいへんな苦戦であることがわかる」と手帖に記している。火野もこの頃からは、戦争の実情を悟っていったようだ。五月七日、ラングーンを偵察機で発ち、ナウンキオを経てメイミョウへと向かった。メイミョウには、第一五軍司令部があり、一二日まで滞在した。司令部に隣接する朝日支局の記者藤井重夫から、八日火野は「問題は飛行機で、もう少し飛行機があつたら、わけはない」などと話を聞く。日本軍は圧倒的に兵力が不足していた。火野はこの話を「きいてゐて、はがゆい話ばかりで、銃後は何をしてゐるのだと思ふ（中略）義理にも銃後が立派であるとはいへぬ。腹立たしく、悲しくなる」と記している。火野の銃後の人々への批判はこれにとどまらず、手帖のあらゆるところに散見する。九日、チャンドラ・ボース氏邸に行き火野はボース閣下に、次のように述べたと記す。

印度の英国からの解放のために日本がいかなる支持をも惜しまないのは閣下の知られる通りである、インパールに印度《国民》軍とともに入城したいつもりである。

ボースは、「日本全国民の誠実ある支持はたいへんありがたい。（中略）デリーに入るまではいかなる困難があつても退かぬ決心である」と答える。ボースは、インドの独立に日本が協力してくれていると信じ、火野も、アジア諸国の欧米列強からの独立を企図し、日本を中心とした大東亜共栄圏実現を真に望んでいたのだろう。

なお、「従軍手帖」の三冊目には、備忘録として大東亜宣言を記していた（５７１ページ）。このようなことから火野自身の大東亜共栄圏樹立に疑いを持たない姿勢がわかる。

この同じ五月九日、インドの詩人タゴールと親しかった高良《こうら》富子の話も出る。高良は国民軍のラクシュミ連隊長の友人で、戦後一九五五（昭和三〇）年に、アジアの平和と連帯を誓いデリーで開催された「アジア諸国会議」に火野とともに参加する人物でもある。一二日未明、空襲という声で火野は目が覚める。すさまじい攻撃だった。この日も「こち《ら》に対空砲火や抵抗のまったくないことを知りぬいての傍若無人のふるまひである。こちらの飛行機や高射砲はどこにもない。銃後はなにをしてゐるかと、くやしさがわく」と銃後を批判している。兵士と銃後が一体となって大日本帝国を守り、大東亜共栄圏を形成するという思いが、日本が劣勢になるにつれて崩れ、それが敗戦につながると予感していたのだろうか。

その日、イラワジ川を渡河し、一三日にはナシガに到着した。ジャングルや断崖絶壁を進み、一四日ムーンタイク「あけぼの村」に着いた。時々爆音を聞き、カレワ付近に行き、一五日にはインダンギに入る。

火野は、作戦の北部方面・コヒマから帰還したばかりという同盟通信記者の野口勇一からコヒマの状況について「死闘をくりかへしたが、今は敵が蜂ノ巣陣地を作つてゐて、いくら突撃しても落ちない」と聞き、「悲壮な話である」と記しているが、コヒマを進んでいた「烈」の悲惨さは想像を絶するものであった。

空襲を受けながら、一九日まで滞在した。戦況の不穏さを体感しながらも、一九日、シーンへ、二〇日に出発し、チン丘陵を通りティディムに行った。チン丘陵は、「丘陵ど《こ》ろではなくて、山脈である」「一つの山を越えると次の山があり、さらに断崖は深く、道は登り、寒さはきつくなる」

とあり、山脈を登っていく辛さの臨場感が手帖から犇々《ひしひし》と伝わる。さらに火野は次のように記す。

　このやうな長大にして困難な行程によつて、今度の作戦が行はれたことを思ふと、頭が下がらざるを得ない。また、インパール戦闘への補給路としての路がこんなであることは想像のほかであつた。

　インパール作戦の失敗の一つとして、補給路の問題があるが、手帖からも実際、いかに補給が困難だったかがわかる。火野はこのような中でも、前線の兵士たちの活動に敬意を表している。このことも、「従軍手帖」を通して一貫している点である。

　二一日ティディムで、火野は一冊目の手帖冒頭に記した自身の短歌を思い出す。それは「自分の全精神を傾けての吐息」であり、「覚悟がゆらいではゐない」、「たとへ、印度の戦線で散つても悔いのない気持は変つてはゐない」ことを確信し、「死は惜しくない」という決意を改めてした。ただ、向井潤吉に対しては「画伯を自分と同じ立場と思ふことはできないし、かういふ前線まで伴つて来たことがよかつたか悪かつたかと気になるのである」と気遣っている。向井は、報道部から電話連絡があった時「『いつしよに行く作家は誰?』と訊ね、私の名を聞くと『そんなら行きましよう』と即座に承諾した」[15]ということなので、自分が死を決意しているとはいえ、向井画伯まで犠牲にするのは忍びなかったのであろう。このように従軍の日々の揺れ動く火野の微妙な心理状態も手帖のはしばしに描かれる。二三日、火野ら陸軍報道部は、危険なので「弓と一緒にならうか」と言われる。この辺りから、「弓」師団と、かなり密に行動を共にすることになる。火野らは二五日までティディムに滞在し、二六日ランザンに向かう。マニプール川をはるか眼下に見ながらチン部落を進み、またティディムに戻り、二八日ティディムで「弓」の前師団長、柳田閣下に会って話を聞いた。柳田閣下とは、一九四〇（昭和一五）年にハルピン特務機関長、関東軍情報部長をしていた柳田元三中将であった。火野は同年九月関東軍の斡旋で「満州事変一〇周年記念講演旅行」に、川端康成、大宅壮一ら五人でペン部隊として参加する。大連、旅順、奉天、新京などを約三週間に亘って講演旅行した。だから手帖には「ハルピンでお世話になつた柳田閣下なのでおどろいた」と記している。続けて「苦労されたと見え、憔悴されてゐる（中略）快活な様子であるが、ことさらに自分の気持を殺してゐるものと察せられる」と記した。一方火野は、鋭い観察眼でも柳田を見ていた。柳田は、「牛が凍死するやうな道」を行き、ピーコック要塞を落とした部隊や、「一度、夜襲をやると、すぐに百名の犠牲者」を出した部隊の苦戦の様相を語った。そして「誰がやつてもさううまくいかない。有史以来の戦争かも知れない。自分ではよくやつたつもりでゐるのに、何故変へられるのかわからない。どこが悪いとはつきりいつて欲しい」と述べた。

柳田はまた、しばしば第一五軍司令官牟田口とも意見対立し、具申書を提出し、牟田口を激怒させた[16]。そのため、五月一二日、「弓」師団長を罷免され[17]、参謀本部付となる。そして新師団長に田中信男中将が就く。このことへの不満を、知己の火野になら、吐露できたのであろうか。火野は「閣下の残念さと寂寥とが胸にこたへた」と記している。

ティディムには、六月四日まで滞在した。五日にはヒアンズンに行くがその日のうちにティディムに戻り一九日まで駐屯した。一八日には、「インパール作戦が現在のごとく行きつまつてゐることは憂慮にたえぬ。（中略）不動の姿勢となつて、軍人勅諭を口吟む。涙あふれて、止らない」と書いている。なすすべのない、日本軍の戦闘をなんとか打開して成功させようとする火野の張り裂けんばかりの心情が記されるのである。二〇日には、ティディムを出発し、トンザンへ行く。山を登って行き、途中兵士に会う。疲れのため「みんな怒つたやうな顔つき」だった。柳田閣下のことは、五月二八日以降も話題になっている。

五月三一日には、火野は三浦参謀から師団長の変更は「気の毒ではあるが、神経衰弱がひどくてあのままでは身体がつづかなかつたらうといふことである」と聞かされた。また、六月二〇日には、青砥大尉が、次のように語った。

> 柳田閣下は気の毒であつたが、第一線部隊長としては無理であつたこと、トンザンを落して、マニプール河へかかつて来たとき、敵は猛烈な砲爆撃をして来た、さうすると、大変ぢや、全滅ぢやと、騒いだ、空襲があるとまつさきに壕にとびこみ、頭をかかへて出て来ない、自分はたびたび諫言《かんげん》したこともある。

この話が記述通りだとしたら、陸軍中将とは全く思えない行動だ。前線の状況は、逼迫し、柳田もだんだん平時と異なる心境になっていったのかもしれない。いよいよ六月二一日からは、３２９９高地にさしかかる。青砥が「今度の戦だけで、もう遺骨が五千に達して居る」と述べ、悲惨さが日増しに増大していく様が手帖に記される。二六日にはインパールまで九一マイルの地点まで進み、かなり前線に近づいた。車で進み、車窓から「点々と焼けた車があり、中に白骨が靴をはいてハンドルをにぎつてゐる」のが見えたとある。衝撃的な様相である。

六月二七日は八九マイルからチッカへ。車に同乗してきた軍医は「悲壮な顔をして、自分は大隊附なので、これから最前線へ行くが、インパールはとても落ちさふもないし、一ケ月後には自分も死ぬでせう」と語った。前線に近づくにつれ、みんな死と隣り合わせだったのである。さらに、「マラリヤの猖けつははなはだしく」「車の運転手は脚気で全身はれ上り、指で押すと一日もとのとほりにならない。前線から引きあげて《くる》患者は毎日、絶えるときがない」などの記述もある。兵士たちは、病気や怪我にも苛まれながら行軍し、戦っていた。地雷が一面に埋められているので車を降り、歩いていると一人の兵隊が食べ物を欲しいと懇願する。火野が「飯盒に残つてゐた飯を出すと、手拭を出してつつみ、何度も手を合はせてから去つて行つた。胸うづき、涙ながれて止まらない」と記している。兵士は飢えにも苦しんでいた。

二九日にはチュラチャンプール、三〇日にはインパールへ二六マイルの地点まで来た。七月一日には、ライマナイにたどり着く。ライマナイからビシェンプールまでは歩く。火野は「全体の大きな感じが、印度へ来たといふ旅情をさそふ」と書くが、「この壮麗な景観のなかでは悽惨な死闘がつづけられてゐるのである。わが将兵の多くがここに屍の山をきづいた。今もなほきづきつつある。さう思つて見ると、この新戦場にはいひやうもない鬼気がただよつてゐる」とも記す。ビシェンプールに近づくと、さらに絶え間ない爆音と銃撃音が激しく起こった。

七月二日、火野はここで岡本参謀から敵の話を聞く。

砲撃でもまるで太鼓をたたくやうな連射で、5千発位射つのはなんとも思つてゐない。こちらは砲弾がないのでめつたに射たない。道路を破壊しても、またたく間に修理してしまふ。戦車が傍についてゐるので、黙つて見てゐる外はない。包囲して退路を絶つても、空中補給をやるのでなんにもならない。

何をやっても、日本軍だけが空回りして、犠牲ばかりが増大していく虚しさが漂っている。

七月三日ライマナイ、四日には、コカダンに到着する。コカダンは、ごくインパールに近いので、火野は、下って来る兵隊たちの姿を見て「胸いたむ」とし、次のような光景を手帖に記している。

まつ青な顔にぎよろりと落ちくぼんだ眼を光らせ、全身まつ黒に泥と雨とによごれ、両手に杖をついて、亀の歩みよりもおそく、一歩一歩をはこんで来る二人の兵隊。足にはなにもはいてゐず、異様な色にはれあがり、杖を持つた手はまつ白に手袋をはめたやうにふやけてゐる。（中略）戦友の肩にすがつて来る全身血まみれの兵隊。うつむきかげんに杖をついてよたよたと来る兵隊の顔は原形をとどめぬほどに破れ、眼の下にも、唇の横もだらりと肉がぶら下つてゐる。道ばたにたふれてゐる兵隊たち。

無惨な負傷兵の様相である。手帖全体の中で最もセンセーショナルな箇所であろう。火野は「眼を掩《おお》ひたいやうだつたが、腹のなかは悲しみと怒りとで煮えくりかへつた。英米の奴、と、歯がみして憤怒の情がおさへきれない」と記す。手帖には日本軍の作戦に対する批判は書かずにあくまで、憎しみを敵兵に向け、そして次のように銃後の支援のなさを批判する。

この兵隊の苦難と、銃後との結びつきはどうか。この大悲哀のさなかに直立せよ。まつすぐにすべてを見よ。相すまぬ。銃後はもつとこれに応へるために心をひきしめねばならぬ。戦線はありたけの力を出し切り、尊い犠牲を日夜出してゐる。（中略）路上の悽惨な状態に涙がとまらない。

ここで、火野の従軍期間の戦局について確認してみたい。火野は「弓」師団のルートと重なる地点を行軍し、手帖には「弓」師団の詳細を記している。だが、インパール作戦では前述の通り北部方面に「烈」や「祭」師団が展開して熾烈な戦闘を続けていた。

「烈」の佐藤師団長は、食糧や弾薬補給が全くないため、牟田口の反対に合いながらも、部下の宮崎部隊を残置し六月三日主力部隊を軍命令に背いて撤退させた。宮崎部隊は健闘を続けたが、二二日にはコヒマ—インパール道は英軍に統轄された。他の師団も劣勢を打開できず、七月一日、大本営はインパール作戦中止を認可し、二日南方軍が中止命令書を出す。

五日にはビルマ方面軍も第一五軍に中止命令を出すが、第一五軍が「弓」師団に後退命令を出すのは七月七日である。[18] すなわち、中止が上層部で決定されてからも、下部命令は遅れ、火野らは無駄に前線に進んでいるのである。

七月四日、まだ「インパールは見えない」が、爆撃、砲弾落下の音が聞こえていた。火野はこの日罷免された柳田中将から「弓」を引き継いだ田中信男師団長に会う。田中は自分が来てから四〇日以上も前線の兵士たちに補給していないがそれでも何とか兵士たちが戦っていること、随分と無理な戦いだが立て直してインパールを落とさなくてはならぬと語った。そして、自身が今書いている「陣中日記」「戦ひの記」なるものを火野に見せる。田中は一八年も戦地にいて、豊橋で一年教官をしていたほかは家族とも一緒に暮らしたことがない。だからこそ「これは戦場の実相をもつて、子供を教へたい気持もあつて書きつけたものだが、連絡の方法もなかつたのでどうしようかと思つてゐたが、君が荷にならなければ持つてかへつて下さるとありがたい」と話した。「戦ひの記」については、実際に残っていて[19]内容を確認でき、五月一〇日から始まり、冒頭に「北泰チエンマイニ於テ内命を受ケ急遽任ノ途ニ就ク」「俺の死場所　インパールの山よ　泰の半歳　夢の跡」とある。また五月二三日には「柳田中将ヨリ申送ヲ受ク悉ク悲観論ナリ[20]」とある。柳田から引継いだのは二三日だったようだ。七月五日には次のように記されている。

火野葦平氏来陣ス、此ノ砲火ノ中ニ単独ニテ第一線ニ来ル意気ニ感謝ス
色々内地ノ様子ナド承リ久振リニ銃後ノ力強キ国民ノ気合ヲ知リ欣快ナリ、丁度河辺将軍ヨリノ土産モアリテ酒ヲトモニ飲ム[21]

火野の手帖に戻ると七月五日、トッパワールへ行く。この日も左腕が「紫色に腫れあがり、水ぶくれのやうに腐つてゐる」兵士に会ったことや、ビシェンプール、ブリバザーにとび込んで玉砕した凄惨を極めた兵士の話を記している。その他に「『戦ひの記』『陣中日記』の二冊をあづかる」とある。五日に田中中将から受け取ったようだ。この二冊の日記に関しては続いて七日に「『戦ひの記』『陣中日記』愛読する。まじめな人柄が躍如としてゐて、すでに深い覚悟をされてゐるのに頭が下る」と記されている。一方「戦ひの記」の最後は七月五日で、「御願ヒ　火野葦平氏ニ託シ此ノ日誌ヲ先ヅ留守宅へ送ルコトトス」とあり、実際火野は「戦ひの記」「陣中日記」二冊を持ち帰り、豊橋の田中豊子夫人に届けた[22]。

七月六日はライマナイへ、激しい砲撃が絶えず続き、火野は途中敵機の飛行機の兵士と顔を合わせ「奴等の勝手放題だ。怒りが身体をふるはせる」などと記す。七日までライマナイに滞在した。

火野がインパール作戦の中止、撤退を知るのは七月八日で「部隊はトルボン隘路附近へ撤退して、戦線を収縮整理するもののやうである」と手帖には記されている。敵の激しい爆撃があり、「残念な

話であるが、諸般の情況から見て、止むを得ないところであらう」とも書く。この日から、撤退を続け、九日はインパールから六六・五、一〇日は七二、一一日には八九マイルの地点まで下ってきた。一〇日には、火野は次のように記す。

言語同断《ママ》の兵隊も少くない。病気には同情するが気合の抜けてゐることがはがゆくてならぬ。兵隊の素質低下はやむを得ないことかも知れぬが、はがゆいばかりではすまされぬ由々しき問題である。国難の真の意味はかういふところにあるかも知れぬ。

兵士の士気のなさを批判する記述は何度も見られる。一四日（3299）も「愚痴ばかりで聞きづらい」「痛くても痛くないといふ兵隊の意地はないものかとはがゆい」、一六日マニプール川付近でも、渡河作業にかからない兵士たちの姿に「無責任にあきれる」と記し、怒りをぶつけている。

戦後、一九四五（昭和二〇）年一一月二四日に火野が米国戦略爆撃調査団から調査を受けた際にも、

大東亜戦争に発展して俄かに急ごしらへの軍人が多くなり訓練も不完了な兵隊が多くなると軍参謀の素質なども低下して皆ちよつとした思ひつきなどで事を運ぶといふ風が見え、加へて敗戦つづきとなつてからは命令が徹底しなかつたやうに思ふ。[23]

と語っている。今回この手帖を見ても、軍命令が徹底せず、師団長が交替させられるなどの前代未聞の出来事がインパール作戦では起こっていたことがわかり、負傷兵死者続出、食糧補給なしで軍の素質低下も否めない混乱した状況だったことが窺われる。

七月一七日にはティディム、一九日まで滞在、二〇日ケネディピーク、火野はこの日三浦参謀に別れの挨拶に行き、電報の情報を見せて貰う。「いよいよ、部隊は後方機動を本格的にはじめる」と聞

いた。この日から、報道部と「弓」師団は別ルートにて行軍していくようだ。火野らにはラングーンへの帰還命令書（二二日に記載）がでていた。二一日金峯山、フォートホワイト、二二日泥濘の山道を進む。毎日新聞東亜部の大久保憲美記者に出会い、「弓」よりももっと酷い「烈」「祭」兵団の様相や次の話を聞く。

> 烈兵団長も変つた。牟田口閣下は毎日粥を二度食つては毎日釣りをしてゐる。今度の作戦の責を負つて自決するのではないかと見てゐる者もあり、また兵隊のなかには牟田口を殺すといきまいてゐる者もある。

牟田口を憎み殺してやりたいと思う兵隊たちの話である。火野は、インパール作戦を題材にした小説『青春と泥濘』[24]の中で、このエピソードを使っている。『青春と泥濘』は農民出身の田丸兵長と元中学教員の小宮山上等兵を中心とした今野軍曹率いる一中隊の苛酷なインパール作戦を描いた作品で、該当場面の一部は次の描写である。

> 兵隊が瀬川（注：牟田口）中将を殺そうとした。なんでも三人組だとかで、まるで乞食の化物のような兵隊だつたという。（中略）三人とも、その場で憲兵の手で射殺された。こういう事件ははじめてではない由。（中略）「（前略）射殺されるとき、俺たちを殺しても、あとからいくらでも軍司令官を狙つている者があるぞと、凄文句をならべたそうだ」

手帖中の壮絶な場面を生々しく作品化している。二三日はシーン、雨季になり泥濘のぬかるみで道路の崩壊が無残でほとんど進まない。二四日カレミョウ、鍵田大尉の「雨季になれば作戦が停頓することは初めから全くわからなかつたわけでなく、それまでにとれるといふことがすべての誤算のもとだつた」という話を記している。部隊の人々も作戦自体の無謀さは、計画時からあると思っていたようだ。二五日にはチョッカへ、船でミッタ川をくだる。二六日カレワ、二七日シュエジン、二八日イエウ、二九日にマンダレーに到着し火野のインパール作戦従軍はひとまず終止符を打つ。

三、「従軍手帖」から見る現地の人々

今回、本書で新たに翻刻されたこのインパールの手帖の特徴として、以上述べてきた作戦面の詳細な記述は言うに及ばず従軍中でも、原住民との交流の様子がわかる記述の多い点も指摘できる。ともに従軍した向井潤吉は、飢餓や惨憺たる戦場でクタクタになっていたが、「そんな時にでも葦平さんは端然と坐って、こまかいメモを、それも絵入りで丹念に綴っていた」[25]と述べられている通り、ここには、絵入りで現地の人々や小動物、自然をよく観察した数多くの様相が記録されているのも、もうひとつの魅力である。例えば五月二五日には、チン族の女性を観察し、「チンの女たち、被服のつくろひ、縫ひ物などをしてゐる。首かざりを二十ほどもしてゐる」などと書いたり、翌二六日には、ランザンの村長の家に行き、村長や助役らと交流し、チン酒を振舞われチンの歌を聞かせてもらったエピソードが記されている。二九日にもティディムの郡長に会い、その晩は宴会を開いていた。

作戦中にも、爆撃が激しくない時があり、その間は、比較的ゆったりした気持ちで、自然を満喫したり、現地人と触れ合ったりしたようだ。チン族は織物で有名な種族である。その機織りの様や住居など数多くの現地の見聞を絵で記している点も興味深い。現地の人々と交流を持つことは、円滑に作戦を遂行する目的もあるが、それだけでなく、異国の風俗や風習を知り、正確にそれを報道するため

でもあったのだろう。五月一七日には、正田中尉の話としてモン・サン・カインという現地工作員のことが書かれている。モン・サン・カインは、『異民族』（「思索」一九四九年九月）というインパール作戦を原住民チン族工作の立場から描いた作品に登場する。

四、「従軍手帖」から見た雲南・フーコン戦の実態

実は「インパール」と銘打たれた六冊の手帖の五冊目からは、インパール後の火野が雲南に向かう記述が残されている。

一九四三（昭和一八）年一〇月三〇日、ニンビンの日本軍基地が中国軍に攻撃され、フーコン戦が開始された。田中新一師団長率いる第一八師団（「菊」兵団）やミッチイナ守備隊が攻防にあたり、一九四四年七月上旬まで長い間戦った。[26] 一方日本帝国陸軍の雲南遠征軍は、一九四四年五月に反攻を開始し松山祐三師団長率いる第五六師団が任に就き約二ヵ月熾烈な抗戦を続ける。これまで数々の戦勝をあげた第一八師団も苦戦した。七月初旬にはインパール作戦が終結となり、「印支連絡の封殺は『できる限り』[27]」となったため、一時撤退した「菊」兵団の司令部は次の軍令を待っていた。

火野は、このような時期の第一八師団司令部と合流を果たしたのである。すなわち司令部での交流や伝え聞いた激戦の雲南・フーコン戦などの記述が「従軍手帖」第六冊の主な内容である。この第一八師団はかつて火野がいた部隊だ。

八月四日火野はメイミョウを出発、五日にはラシオに行った。火野たちとは一月後れ五月二六日に日本を発ったという北九州若松出身の「菊」兵団品川中尉に出会う。「菊部隊がこんなにやられたこ

とは、こっちに来るまで知らなんだ。死ぬ覚悟で来た」などの話を聞く。六日センウイ、七日雲南の国境の町と言われる畹町《ワンチン》に辿り着いた。この町は北九州出身の兵隊ばかりであった。竹内大尉、峯大尉らと話し、杭州湾上陸作戦で火野の部隊長だった荒川少佐のこと、「雲南戦線は今もっとも苦難の時期」で、怒江を渡ってきた敵大軍に包囲されて連絡が絶たれたことなどを記している。八日芒市に着いた。ここには司令部があり、松山祐三師団長に会い、「九州の兵隊はつよい。よく頑張つてゐる。大丈夫だから安心してくれ」と言われたことを記録する。火野は郷里九州の兵隊たちが所属するこの師団の安否が心配だったのだろう。一〇日まで滞在し、一一日は遮放、温泉などでくつろいだ。一二日は畹町。ジャングルと異なり藤井中尉の家で豪華な料理を振舞われる記述も手帖にはある。畹町は安全だったようだ。一三日はナンカン―マンモウン、一四日にはバーモ、一五日まで滞在するが、爆音が絶えなかった。一五日イラワジ川を船でくだり、一六日バーモとシュエグとの中間地点シンカンに着きシュエグに向かった。

シュエグから「ゆるやかなイラワジの流れ。たのしい舟旅」を味わいながら、一八日カーサに着く。火野は後に、

　二万の兵力を有していた「菊」は、八月十八日、私がカタで出あつたときには、千五百人ほどしかいなかつた。しかも、そのほとんどが傷病兵であつた。全滅に近く、私の多くの戦友も死んでいた。私は息のつまる思いがした。そして、もはや、太平洋戦争も末期に近づいたことを感じ、こういう状態が続けば、悲しいことではあるが、祖国日本の勝利はあり得ないことを悟つたのである。[28]

と述べているが、一八日の手帖には、そのショックは何も記していない。やはり、軍人であることを考慮し、軍に見られても問題ない点だけを記していたのだろうか。

一九日には通称白菊橋へ。ここは密林だった。菊部隊戦闘司令所があり、火野は師団長田中新一中将に会って挨拶をし、三橋情報参謀に出会う。三橋参謀は、火野には好印象だったらしく、「明晳、闊達の人」とあり、三橋参謀と一緒に田中閣下に話を聞きに行く。田中閣下から戦いの真意を聞かされ、火野は田中閣下の「戦争哲学、高いものを求める深い志。その熱情に衝たれた」とある。三橋は「稚児参謀[29]」と呼ばれ、火野も「宇垣大将の娘婿。顔は少年のやう」（二二日）と記していた。三橋自身も「昭和十九年日誌」なるものを戦地でつけていて、ご遺族が保管している。そこには、一九日「今日ハ火野葦平ト大イニ語ル」と記していた。火野は田中師団長や三橋参謀と語り合い、さらに決意を固めたのであろうか、手帖を改め、冒頭に「この命埋めて甲斐ある戦なれ生きて帰らば恥多からむ」という短歌を記している。

三橋泰夫参謀。先に帰国する火野に妻への手紙を託した。（写真提供／土田とよの氏）

二〇日も白菊橋に滞在し、昼には、田中中将、三橋参謀らと昼食をとり談話した。火野は「開戦当時、大本営の作戦部長だつた閣下の話は、想像もつかぬことが多く、きはめて興味ぶかい」と感想を書いている。三橋も「今日ハ昼火野葦平ト会食午后僕カラ火野葦平ニ戦地其ノ他ヲ話ス[30]」と記していた。二一日はアンゴン、二二日まで滞在する。この日、火野は三橋参謀にフーコン作戦のことを聞き、

「菊兵団の惨苦と死闘とには言葉がない」と記す。三橋も「火野葦平ソノ他ノ報道班員ニ戦況其ノ他話ヲシテヤル」[31]と記述していた。汽車で二三日はナンカン、二四日シエボ、二五日はサガインへと進む。三橋参謀は、八月二五日に「火野葦平ニ内地ヘノ手紙ヲ頼ム事ニスル」[32]と記している。「従軍手帖」にはこの手紙のことは何も書いていないが、ご遺族がその手紙を残していた。

他所に転進する為に「インドー」と云ふ町までさがつて来ましたら報道班員の火野葦平と一緒になりました。彼は近く内地に帰るらしいのでこの手紙を頼む事にしました。葉書ではながく本当の事が書けませんので自分の夫、自分の父がどんな土地でどんな苦労をし、どんな死に方をしたか想像出来ない様ではいけないと思ひ悪い事（規定違反）ではありますがある程度の真相を書き火野君に頼みます。

規定違反の手紙を託すなど、火野を余程信頼していたのだろうし、死も覚悟していたのだろう。手紙には、「菊」兵団が敵の爆撃で苦戦を強いられどれほど死んだか、自身も敵に囲まれ、何度も自決を覚悟するが九死に一生を得たこと、脚気とマラリアで死んだ兵士が多数いたこと、一九〇人もの兵団がたった一六人になったこと、食糧補給がなく野草を食べるしかなかったことなど辛い戦闘の様相が書かれていた。戦後七〇年以上たっても火野の持ち帰った手紙が残っているとは感無量である。

二七日にはメイミョウにたどり着いた。すでに向井画伯は帰国していた。古関裕而はバンコクに滞在、そこで『ビルマ派遣軍の歌』の作曲をすると手帖に書かれている。これは作詞・火野葦平、作曲・古関裕而で作成された歌であった。二九日、「ラングーンの正木君から連絡、あづかりの極秘品（田中信男中将手記、わがノート）たしかに受取り保管」。田中師団長は「記念にといつて、古ぼけたヘルメットを私にくれた」[33]ともいう。三〇日までメイミョウに滞在し、三一日はマンダレー、九月一日ピンマナ、二日ラングーン、三日バンコク、四日、五日昭南、六日ボルネオからマニラを経て七日那覇に到着した。

五、インパール作戦「従軍手帖」と『青春と泥濘』

火野は、インパール作戦に従軍した体験をもとに数多くの作品を創作している。その代表は、戦後に「風雪」[34]に連載され、六興出版社から発刊された『青春と泥濘』である。火野は、「作品を書き終つて泣くということは、めつたにあるものではない。しかし、私はこの『青春と泥濘』の最後の行を書いてペンを置いたとき、涙があふれて来てとまらなかつた」[35]と述べる。達成感なのだろうか。『青春と泥濘』は火野の描きたいことが詰まった作品である。

先にも述べたが『青春と泥濘』はインパール作戦の「弓」師団の下級兵士今野軍曹率いる一部隊の熾烈な戦いを描いた作品である。田丸兵長、小宮山上等兵、自殺する稲田兵長などが登場する。作中の島田参謀は、稚児参謀と記されていて、前節で述べた三橋参謀、瀬川軍司令官は牟田口中将を指すと考えられる。また、作品中には、島田参謀の話として曽田閣下を、

師団長は軍刀組で頭のよいことは無類なんだが、こんな戦争には適当ではないかも知れんな。太つ腹で、図太い神経の人でないと、ちよつとこういう凄惨な戦には向かんよ。（中略）このごろでは、軍司令部と喧嘩ばかりされとる。

と記している。「満洲で特務機関の仕事をやつた人」とも書かれているので、作戦中更迭されてしま

う「弓」師団司令官の柳田元三中将と思われる。

すなわち、この『青春と泥濘』は、インパール作戦に関わった軍が登場し、「従軍手帖」の記述ともオーバーラップする部分は多い。さらに指摘すると、作品中での瀬川軍司令官のこんな会話がある。

戦争は神聖なものだ。戦争は戦争の神聖さを信じて、これに没入する者に、いつでも勝利をあたえるんだ。俺はいつも部下へ三つのホルモン注射をする。第一は必勝の信念、かならず日本が勝つという強固な確信を持つこと、第二、戦争は外国人の考えるように、悪ではないこと、正義の師は善なること、第三、人生の完遂は臣下としての任務の完成以外になにもないこと。こんなこと、みんな当り前のことばかりなんだよ。

この会話は、「従軍手帖」の六月一日に、牟田口中将から火野が聞いた言葉としてほぼ同じ内容が記されている。

このように、残された「従軍手帖」の記述が作品に生かされていることは事実である。火野自身も、作品を書く際に、「私には従軍当時のノートがあつたので、そのよごれた、糸もきれかかつてゐる手帖をくりながら、当時の凄惨な印緬戦場を、まざまざと瞳と心とに再現した[36]」と述べている。だが、一方で、「インパール作戦に取材し、印度戦場を舞台としてゐるが、いはゆる戦争文学でも、戦場記録でもない。単なる私の小説である[37]」と記すように、『青春と泥濘』は「記録文学、ルポルタージュ、セミ・ドキュメンタリー[38]」とは程遠い作品なのである。

『青春と泥濘』は次のような話だ。登場人物の田丸兵長は、「ただ兵隊になりきろう」とし、小宮山上等兵は、祖国の勝利を願い、陛下を仰ぐことに悔いはなかった。だが、小宮山は、日増しにこの戦争に懐疑的になっていく。不安と疑惑が増大していく中、捨てることができず、大事にしていた恋人満津子からの青春、情熱、愛情などが熱く語られたラブレターの一部で尻をふく。小宮山は、「青春など用はない」「俺達とは無縁の贅沢品だ」と、甘い恋愛の陶酔をあきらめ、祖国のために兵士としての任務を全うしようと誓うのであった。すなわち、田丸も小宮山も二人共、最初は、実に忠実な兵士であろうとする。

だが、作品は後半、一転する。島田参謀から「この中隊は、まだ戦力があるようだな」と尋ねられ、部隊長今野軍曹は、威勢よく「はい、充分あります」と答えた。今野が虚勢を張ったためにとんでもない命令が部隊に下される。

命令、今野中隊ハブリバザー、ビシェンプールノ中間地区マイバム附近ニ直チニ進出シ、該地敵戦車部隊ヲ攻撃、戦車ヲ爆砕スルトトモニ、敵戦車進出主要道路ノ全部ヲ破壊スベシ。

こうして、今野軍曹率いる部隊は、最前線で敵の戦車破壊の任務に就く。五月三一日に「ビシエンプールの北、ブリバザーに飛びこんだ部隊もあるが、おそらく玉砕ではないかと思はれる」とあるし、七月五日「ビシエンプール、ブリバザーにとびこんで、二個大隊が玉砕した話をきく」と記されているので、おそらく、火野は、こんな玉砕した部隊の実態をもとに創造力を駆使して今野軍曹の部隊を描いたのであろう。戦車に爆弾が付けられ、それが爆発すると、

一瞬の間に途方もない乱戦になつていた。（中略）今野はまつきりと部下たちの身体が弾ねあがり、さかさになり、手や足のちぎれ飛ぶのを見た。（中略）こちらで仕掛けた爆薬で飛ぶよりも、新たに落下する砲弾や爆弾で戦車の破壊されているのが奇怪だつた。

とある。まさに部隊玉砕の有様が、活写される。

さらに田丸が戦車の下に転げ込み地雷を仕掛けた。今野は「馬鹿、田丸、止めろ」と叫んだ。そして、「いま自分一人安全地帯で、部下の壊滅を見ている自分の立場へ、強烈な自責をおぼえた」。その後、自身も左足を負傷し、「原形をとどめず折れ砕かれ」「肉を破つて」骨が出た。三浦看護兵は、今野のその瀕死の姿を見て、一度は一散に逃げ去ったが、戻って手当をしたのだった。この作品は、人々の疑惑や、三浦のような裏切りなどがうごめく。部隊の作戦が失敗したのも、インド兵ババが裏切ったためでもあった。インド兵ハリハルは、小宮山にババは信用できないと進言するが、戦場において一番大切なのは「愛情と信頼」だとハリハルの疑念を押しのけ、ババを斥候に出した。そして裏切られた。だが、敵国に味方したババは敵国の爆撃で死んでしまった。小宮山はババの死体を抱きしめる。小宮山はこの時、「彼が、遠い幻のようにして来た人間の最後の結合のよろこびに似たものを、体温のように身内に感じていた」のであった。

『青春と泥濘』では、この「従軍手帖」とは相当異なり、戦場での微妙に揺れ動く人間の心情が細やかかつ克明に描かれる。人間の結合という言葉も何度も記されるが、どんなに激しい戦場で、死に直面しようとも、人間は誰かとの結びつきを求めているという、人間の真実の物語が描かれている。苛烈な状況下で今野は、部下たちとはぐれるが、月光の中、数人の兵士たちが「咽喉のちぎれるような声をふりしぼつて七転八倒している姿を見た」。沼に吸い込まれそうになっているのだ。今野の願いはむなしく、せっかく会えた部下たちはみるみる沈下し、首までになり、手だけとなり、沈んでいった。その時、傍にいた三浦看護兵が「今野軍曹の馬鹿、大馬鹿」と何度も叫ぶ。その叫びは「今野のくだらぬヒロイズム、虚栄心に対するはげしい憎悪のみ」であった。今野も、多くの部下を失い、三浦看護兵から馬鹿と罵られ、島田参謀のおだてに乗って見栄を張ったことを後悔する。しかし、しばらくして落ち着くと「自分は立派に任務を果たした」「自分の敬服する参謀の期待に背かなかったことに、さらに満足した」のである。そして、「部下を一人失うたびにすぐ頭に浮かぶ功績文章が、またも今野の頭に浮かんで来た」のである。「うふ、と今野は思わずほくそ笑みが出た」。部下を失って絶望的になり自省しながらも、またもや、自身のエゴイズム、虚栄心が擡《もた》げてくる。これも残念ながら人間の姿だ。火野は、「運命と意志との絶好な格闘場である戦争を通じて、懐疑と混乱とのなかに、人間の姿をさがしたいと思ったのだ[39]」と述べるが、『青春と泥濘』は戦争という極限の場所での人間の生の姿を描くことを主眼としているのだ。

さらにこの「従軍手帖」には火野が何度も蟻の巣を観察する記述がある。蟻については、六月二日「毎日、蟻の巣を見てゐる」と書かれる。蟻は小さいが、「うるさいほど動く」「力つよく、身体の五倍くらゐのものを運ぶ」「慓悍で、まだ生きてゐる大きな虫にもとびかかつてゆく」などとある。日本兵が劣勢でありながらも強敵の連合国軍に立ち向かう姿が蟻に重なったのだろうか。また、同日「太陽蟻は図体の大きなくせにすこぶる弱虫で、赤蟻をおそれてゐる」、六月四日、太陽蟻の「協同の精神は赤蟻に及ばない」「利己主義で臆病な種族」とも記す。太陽蟻は、連合国軍の姿を暗喩し、赤蟻には頽廃した日本軍の部隊を重ねているのだろうか。

六月一八日には、火野は蟻を棒で押さえ二つに割る。別々になった頭と胴体はそれぞれ動き回っていた。他の蟻は死にかけた蟻を巣穴の入口まで運んだが放棄した。「いづれは死ぬであらうが、見てゐる間中、どちらも動いてゐた」と記している。戦争の閉塞した息苦しさを蟻にぶつけたのであろうが、蟻の生命力は驚異的である。これらを見ると、蟻が兵士に重ねられていることは容易にわかる。一連の手帖中の蟻のエピソードは、『青春と泥濘』で、「みずからの感情や、思考や、行動までも、蟻のために支配される」田丸兵長が蟻を観察する描写に生かされている。

手帖よりも作品中ではさらに細かく「臆病で狡猾な蟻」「小粋な黒蟻」「勇敢な漆黒な蟻」など、蟻の種類を様々に書き分け、蟻を兵士、すなわち人間に喩えている点も「従軍手帖」と同じだ。ただ作品中での蟻は、手帖の記述にとどまらず、さらに、悪魔に見えると描いている点は興味深い。『青春と泥濘』の第二章「昆虫と悪魔」では、蟻の「底知れぬ貪欲さ」に田丸は不快感を覚え、バッタを全て食い処理する蟻に、もし自分が死体となったら粉々に食いちぎるだろうと、「不気味さを感じ」るのであった。なお、「従軍手帖」で記されていることと同じように、第一一章「死神」では、田丸も蟻を二つに潰し、他の蟻はそれを巣穴に引きずり込んだ。田丸は蟻の巣を踏みにじる。それは「怒りというよりも、恐れ、昆虫が悪魔に見える戦慄」からであり、「こいつらのために身体を寸断されて、穴のなかに引きこまれてしまう。死んではならぬ」との思いからであった。

ここには、戦争を引き起こした人間の悪魔性、そして、そんな悪魔のために死んではならないという田丸の心情が描かれている。蟻とは、人間の、動物的な悪魔性を象徴するものである。『青春と泥濘』には、「戦争は罪悪の是認のうえに成立している」とあり、ダンテの地獄の門の「一切の希望をすてよ、／汝等、ここに入る者」という言葉が引用される。つまり、地獄である戦争に突入するためには、人間の悪魔性を是認し、希望を捨てるしかないのだ。だが、人間は、いつまでもそんな悪魔的なものになり、希望を捨てて生きていられるのか。いや、そうではない。『青春と泥濘』の最後は、青春つまり、希望を見出す小宮山の姿で締めくくられる。かつて青春を投げ捨て戦争に邁進しようとした小宮山は、英軍捕虜になった。戦時中の日本兵士としては屈辱であったが、小宮山は捕虜になったことで、ようやく人間性を取り戻した。そして満津子のもとに「かえらねばならぬ」と考える。それは、「愛情であるとともに、巨大な意志」であった。小宮山は「青春を失つていたのではなかつた」のである。

馬鹿げた爆破作業の失敗により、小宮山は覚醒した。そして、「人間の救いは若若しいその人間の青春以外にない」と確信する。「青春の自由」「青春の特権」の素晴らしさに目覚め、「人間の尊厳」を回復したのである。火野は、戦場での人間たちの様相を次のように記す。

　肉体と精神との実際におかれてゐる場のぎりぎりの認識は、美しい観念をよせつけないのである。しかし、それは観念が無価値といふことではない。むしろ私は人間を救う観念の所在を信じる。（中略）光と灯を観念の中に見得ると信じてきた。そして、それが戦場で、いつか、なにかしらの宗教的色彩をおびるのさへ見てきた。[40]

すなわち、戦場にあっても、愛、信頼、自由という観念の中に、未来や平和への光が見いだせるのだ。そしてそれは、宗教的な心の支えとなる。小宮山の言葉には「人間にとつて。少なくとも、僕自身にとつて。人間の証明がなされる場所というものが、つねにぎりぎりのところにあつた」とある。究極の場面に遭遇して、ようやく人間の在り方を認識する。「従軍手帖」には記しえなかった、人間の信念が作品から看取される。

『青春と泥濘』の冒頭には、キプリングの詩「ピューリーの魔魚の呪文」が置かれている。それは、「小さき盲目の魚よ、汝は神妙不可思議なる賢者なり。／小さき盲目の魚よ、なにものが汝の眼を奪ひ去りたるや？／汝の耳をひらきて我が願望をきき入れよ、／我に愛《いと》しき人をもたらせ、小さき盲目の魚よ。」である。この詩は『青春と泥濘』作品全体のテーマを象徴的に示唆している。すなわち、この詩の見る力を奪われた「盲目の魚」を、戦争により判断力を失わされた作品中の一介の兵士になぞらえている。そして、この詩が、盲目の魚たちに語りかけるように、無我夢中になり何も見えなくなって軍の命令を遵守しようとする兵士たちに、愛こそが人間を救う大切なものだと気づいてほしいとの願いをこめて、この詩を作品の冒頭に置いているのである。最後、田丸兵長が盲目のまま、戦地で朽ち果てようとする場面や、今野軍曹が捕虜にされそうになり自殺するのは、目覚めることのできた小宮山とは対照的で哀れを誘う。『青春と泥濘』には、小宮山の次の言葉が書かれる。

> 戦争をしてはならぬ、人間同士殺しあってはならぬ。人間は愛し合わねばならぬ——それをたれが疑い、反対する者があろうか？　しかしながら、この単純な問題が、何万年もの間、一度も人類によって解決されず、実行されなかったのは何故であろうか？

小宮山だけが、愛の重要性に気づき、自決することなく生還することにしたのだ。『青春と泥濘』には、戦況を記した「従軍手帖」には書けなかった、「巨大な戦争の真実」や人間の心の問題、「人間と獣と、神と悪魔と、それから、民族と、政治と、歴史との秘密」[41] などをふまえた人類への未来永劫の思いが描出されているのである。本書と比較すると、作品の傑作ぶりがよりよくわかるであろう。

終わりに

火野は、帰国する直前の九月三日、戦線視察に来ていた大本営の情報参謀瀬島少佐、羽場少佐二人に「あなたが見た前線の様子について、忌憚のない意見を聞かせてもらいたい」[42]と言われる。「投獄されても、処刑されてもよいと考えて」いた火野は機上で「意見を十一ケ条に書き」、瀬島少佐に渡したという。それは次の内容だった。

インパール作戦が無謀きわまる強引作戦であつたこと、それから、前線の将兵の質の低下、特に、参謀や部隊長の統率力の欠如、意地や面目や顔などの固執によつて、いたずらに、兵隊が犬死させられていること、正確な情報が伝わらず、或いは伝えないために、誤つた作戦や命令がくりかえされていること──その他であつた。そして、結論として、もし、この後もこういう状態がつづくとしたならば、「由々しき結果を生じる」ものと危惧されると結んだ。[43]

火野の見たインパール作戦とは、やはり、多くの証言と変わらず、悲惨で、無謀で、強引な戦争であったのだ。火野によると、帰国後の九月二五日、大本営に呼び出され、陸軍大臣杉山元帥他が並ぶ前で、「地図をひろげ、従軍手帳をたよりに、出来るだけ具体的に説明し」[44]、瀬島少佐に渡したのと同じことを述べたという。杉山元帥は、「御苦労。よくわかつた。しかし、まだ望みは充分ある」と答えた。火野は「中枢である大本営の本部に、ほんとうの戦況、真実が伝わっていないらしいことにおどろいた」と言い、「軍の中心となる責任者が、まだそんなことをいつているのが、私は悲しかった」[45]と述べる。前線を戦った兵士たちと、軍の上層部とでは、これほどまでに意識に懸隔があったのである。このことが、戦争を長引かせ、無駄な死者を増やし、惨劇を起こした。だが火野はインパール作戦で、日本、インド、ビルマの名もなき兵士たちの死闘を見、彼らの無念さを知り、悔しさや怒りの体験を戦後、反戦への取り組みに生かしていったのであった。一九五五年にデリーにて開催され、火野も参加した平和会議「アジア諸国会議」の準備委員会での講演で、

インパール作戦はいろいろな意味で無暴《ママ》きわまる作戦であって、日本の兵隊たちの苦悩も言語に絶するものがあったのである。戦後になって、私はこのときの経験をもとに「青春と泥濘」という作品を書いたが、その中でも悲劇的なインド兵の姿を日本の兵隊と同じ親しみをもって書かずには居られなかった。今でも眼をとじると、死闘のなかで友人になった多くのインド兵たちの悲しげな微笑をたたえた泥まみれの顔が、はっきりと浮かびあがって来る。[46]

と述べている。また、「私たちアジア人同志が二度とくりかえしてはならぬ同志討ちの記録は、私たち日本人の魂にするどくひびき、この悲劇を噛みしめることによって、より深いアジア人の共感、より深い平和への祈りが湧いて来るものにちがいない[47]」とも語った。本書は、悲惨な従軍記ではあるが、戦争の貴重な記録であり、そこからは、火野が戦後訴えた、平和への希求が感じられることだろう。

1　陸戦史研究普及会編『ビルマ侵攻作戦』（一九六八年　原書房）
2　陸戦史研究普及会編『インパール作戦　上巻』（一九六九年　原書房）
3　山本武利『特務機関の謀略　諜報とインパール作戦』（一九九八年　吉川弘文館）
4　2に同じ
5　磯部卓男『インパール作戦』（一九八四年　磯部企画）

6 『戦史叢書インパール作戦』（一九六八年　朝雲新聞社）
7 同右
8 大本営が、インパール作戦中止を認めたのは七月一日、二日に南方軍が正式に中止を認める軍令を出す。よってこの日から終結とするのが通例である。
9 5に同じ
10 火野葦平「解説」（『火野葦平選集』第四巻　一九五九年　東京創元社）
11 無署名「描く〃勝利の記録〃　火野、向井、古関氏ビルマ前線へ」（「朝日新聞」一九四四年五月九日）
12 向井潤吉「葦平軍曹・潤吉上等兵」（『火野葦平選集』第四巻　月報第七号　一九五九年二月　東京創元社）
13 10に同じ
14 同右
15 同
16 5に同じ
17 同右
18 同
19 田中信男「戦ひの記」は、北九州市立文学館に寄託、収蔵されている。
20 田中信男「戦ひの記」
21 同右
22 10と同じ文献に「『戦ひの記』は、豊橋にいる夫人に届けることが出来た」と記述あり。
23 USSBS, Morale Division, Special interviews by locality（Fukuoka).「あしへい」第一七号（二〇一六年）の梶原康久「米国戦略爆撃調査団・火野葦平聴取記録」に全文公開。
24 火野葦平『青春と泥濘』（一九五〇年　六興出版社）
25 12に同じ
26 『太平洋戦争写真史　フーコン・雲南の戦い』（一九八四年　池宮商会出版部）
27 陸戦史研究普及会編『イラワジ会戦』（一九七二年　原書房）

28　10に同じ
29　土田とよの「稚児参謀と火野葦平氏」（「あしへい」第一三号　二〇一〇年）
30　三橋参謀「昭和十九年日誌」
31　同右
32　同
33　10に同じ
34　「風雪」に一九四八年一月（二巻一号）～五月（二巻五号）まで連載。火野が公職追放を受けたため止むを得ずいったん中断する。その後、一九四九年三月に『青春と泥濘』の一部「地獄の門」を「新小説」（四巻三号）に、四月には「太陽と岩石」を「叡智」（四巻三号）に、一二月に残りを「風雪」（三巻一一号）に発表して完成に至る。
35　10に同じ
36　火野葦平「後書」（火野葦平『青春と泥濘』一九五〇年　六興出版社）
37　同右
38　同
39　同
40　同
41　同
42　10に同じ
43　同右
44　同
45　同
46　火野葦平「全アジアを文学の美しい鎖で」（アジア諸国会議日本準備委員会編『十四億人の声』（一九五五年　おりぞん社）
47　同右
＊　火野葦平『青春と泥濘』からの引用部分は『火野葦平選集』第四巻（同）による。

資料編――手帖巻末控

葦平雑感（風俗・生活他）

ちんどいん河わたりきていんだんぢいへとつきたれば竹の小笹の枯林小鳥の声のかしましくときには豹も出るといふ日ごと夜ごとのいとなみは寝るよりほかの芸もなしぱこだ《（ママ）》の塔の金色に月桂冠をしのびつつときどき通ふ防空壕されどかなたの前線はつはもの猛くたたかひてやがては落ちんいんぱある雨のきざしを知るころはわが日の丸はうつくしく印度の城にひるがへりでりい望みて進むべし

五月十八日、インダンギにて　［Ⅱ］

画伯《向井潤吉》の話から。（五月二十七日）

○巴里にゐた岡本平といふ男、すこし気が変になり、橋の上を通るときに腹が痛くなるのは、両方から石ではさまれるからだ、といつたり、蚤の市の日本刀を買ひ集めたりした。日本刀は維新のどさくさに渡つて来たもので、国辱だから、無理算段をして買つてゐるのだといふのである。

○中村常夫《（ママ）》。面白い物知り男。フランスにゐた。ギロチンのこと、医者のこと、画のこと、芝居のこと、なんでも知らぬことなし。ナポレオンが胃癌で死に、そのコックが支那人だつたといふこと、女優がどういふベツドに寝てゐること、ソルボンヌ大学で国際航空法などを習得したり、土浦に山本元帥の銅像《（ママ）》を作つたり、中央公論から「ムツソリーニ自己を語る」を出したり、松陰神社には毎月花をもつて必ず詣つたり、挨拶することを知らなかつたりする男。

○ロンドンで行はれた万国博覧会に、日本館ができ、それにマネキンとしてパリから雇はれて行つた者がある。箪笥をほどいたり組みたてたりする役。

○巴里の街は美しくて、靴みがきがゐない。ゐるのは靴墨の広告など。　［Ⅱ］

《以下、×印のついたメモ》

4月29日　ラングーン着、宣伝部、ビルマ公館

4月30日　パコダ《（ママ）》に行く　鈴木君から戦況をきく。庭で豚のスキヤキ

5月1日　司令部に行く　河辺司令官、伴参謀長、嘉悦

参謀、夜、斉藤曹長、肴をもつて来る。（兵隊ルンペン、叱る）
5月2日　オツタマ日語学校　放送局、吉野中尉（カローの話　ホレグスリ）湖畔荘。
5月3日　光機関、湖畔荘　報道部。パンの実
5月4日　湖畔荘　朝日を招く
5月5日　ハタオリを見る。
5月6日　模型　於青木高級参謀室。

［Ⅱ］

○象のはなし、
○連続四時間くらゐしか働けぬ。飛行機から見ると岩石に見える。走ると割合に早い。通信隊が使つた。上に腰かけたままで架線ができる。泳げるか泳げぬか問題になつた。カレワにわたすとき、初め舟にのせるといつたがそれは困るといふので、泳がせてみた。泳ぐ。また、底を歩くと、身体全部水に沈み、鼻だけ上に出してゐる。乗つてゐる男がその鼻をつかんで行く。竹の笹の根を好み、食事が長くかかる。象に乗ると舟に乗つてゐるのと似て、ゆられるので酔ふ。象が通ると歩哨が通行税とて象牙を切る。片方だけのやら、ないのやらある。痛くはないらしい。交尾期になると荒くなつて危い。急坂を早く上り下りする。降りるときは後足を折り、上るときは前足を折る。兵隊、象牙で将棋の駒、碁石、パイプ、はしばこなどを作る。野象と交戦三時間したことがある。泥濘は象の通つたあと、自動車通らぬ。象使ひは象が動かぬときには手鉤で頭をたたく。ちかつとするらしい。それでもきかねば耳の下のところを突くと、怒つて力を出す。トラックなど引きあげて半輪《ママ》させる。竹林にほりこんどけば何でも食ふ、過働のときは籾、豆を少しやる。駄載は不得手。

［Ⅲ］

○テイデム《ママ》にて、六月九日、
ちん丘陵を越え来ればていでむなる街のありけり石楠の花は真紅に松籟の音さやかなり夜となれば虫鳴きいでて月に和しはるかなるけねでぴいくに雲たれて雨季ちかきけはひぞみゆるかくあれば遠征のみち郷愁のこころも深し硝煙のいまだ消えざる新戦場の旅情かな（安崎隊長へ）
○三浦参謀像に題して曰く「いんぱあるいくさ長びき兵站線いよいよ長しうべなるか参謀殿の顎長く思案は長

し」
○久賀中尉像に題して曰く「いまだこれ森にはあらずかつはまた林にあらぬ髭なぶるちぢむ颪に博士の暗の夜寒かな」 [Ⅲ]

○象のはなし　その二
象ハ用心ブカク、橋ヲワタルトキニハカナラズ鼻デタタイテ見ル、門橋デワタサウトシテモ、鼻デオサヘテ乗ラヌ大キイ奴ガ先ニワタルトワタルガ小象ガワタツテモワタラナイ、乳ヲノムトキハ鼻ト口両方ヲツカフ、歩クトキハ先ノ象ノ足アトヲユク、カユイトキ、笹ノ葉ヲチギツテ鼻デカク、蠅ヲオフトキハ広イ葉ヲツカフ、患者ヲノセルトキニハ坐ル、二人乗ル、十八ノ言葉ヲキキワケル、山ニハナシテアツテモ名ヲヨブトクル、首筋ノ上ニノルトナニモシキラン、象ヅカヒハダーデ頭ヲタタキ血ダラケニスル、象ポロ〳〵涙ナガシ泣ク、草ヲ食フトキニハ、鼻デヒキヌキ、足デ土ダケノケテロニ入レル、馬ノカヨハヌ道デモユキ、ジヤングルデモ二頭モ通スト道ガデキル、民家ノ籾ヲ食ツタリ、稲床ヲアラシテ抗議ヲモチコマレタ、象ノ屁ハクサクナイ、ナニカサーツト風ガ来テ、木ノ葉ガ散リ、笹ガユレ、頰ニアタツタノデ、風トオモツタラ象ガ屁ヲタレタノデアツタ、 [Ⅴ]

遮放（竹内大尉　峯大尉）（八月十一日）糸ト針ハミンナウチノヲツカフ由、
○糸、四川絹ヲ手ヨリデ編ム、手術用ノガナイタメニ困リ、作ルトイツタラハジメハ笑ハレタ、ソレヲヤツタ、騰越デ糸百キロ四万七千円、（交換物資トシテ松板ヲツカツタ、）太イノト細イノ。アチコチカラ貰ヒニ来ル、ツリ糸、トアミ、寺田隊ではコイルガハリニ使フ、一番ハジメニ九十六斤ツクツタ、
○針、手術針、一日十本、兵隊ガ手デコチ〳〵ヤル、十本デキレバ三ケ師分ハアル、腸ヲヌフ針、皮膚ヲヌフ針、ヒヤスノニ困ルガイロ〳〵ヤル、師団司令官ニ見セタラ、オ前タチハ手品ノゴトアルコトスルノトイハレタ、戦ヒナガラ自給自足スル
○芒市第二野戦ニ機械工場ガアル、タイテイモノ（ハサミ、メス、針、ソノ他）デキル動力ハ水力、針モメスモ彎曲ノ度合ガアル、 [Ⅴ]

○菊兵団数へ唄　松田中尉作

一ツトセ、人モ知ツタル杭州湾、トーチカ陥シテ南京へ
二ツトセ、不滅ノ武勲ハバイアス湾、一番乗リシテ広東へ
三ツトセ、南支那ナル広東ノ警備討伐三ケ年、
四ツトセ、世ヲ駭カスコタパ(ママ)ルヤ、ジヤングル突破ノマライ戦
五ツトセ、イツノ世迄ノ語リ草、シンガポールノ肉弾戦、
六ツトセ、向フ敵軍撃滅シ、パコダ(ママ)輝クビルマ国
七ツトセ、夏尚寒キヒマラヤニ高ク掲ゲシ日章旗、
八ツトセ、ヤガテ乗込ムロンドンノ入場(ママ)式ヲタノシミニ
九ツトセ　故国ヲ遠ク幾千里九州男子ノ意気ヲ知レ
十トセ　東亜ノ栄ハ永久《トコシエ》ニ菊ノ誇ゾイヤ高シ
　各節クリカヘシ「ソイツア豪気ダネ」

［Ⅵ］

菊兵団歌

一、ああ、玄海の荒汐に
　日夜鍛へし、鉄腕は
　元軍十万覆滅の
　祖先勇武の血をうけて
　筑後の流れ堅き地に
　醜の御楯と集ゐ(ママ)たる
　九州男子の菊部隊

［Ⅵ］

○正木君のことづけ（松本憲道氏へ）九月三日
○秦正流君、（内地へ講演ヘカヘツテイル）（ヒコーキノコトクハシ）
○カロー、高部隊ニ行クコトニナル筈、（第五飛行師団四戦隊）
○秦君ガカエツテクレバ、自分ガカローニ出ルカ、ラングーンニノコルカ、ワカラナイ
○今ノヤウナ生活状態面白クナイ、帰還シテ内地デ働キタイ、
○全力ヲフルヒ、仕事シタガ、ヤリ場ノナイハリ合ヒノナイ気持、
○秦君ガカヘラネバ、来年マデヤルガ、カヘツテクレバ、今年イツパイクライデヨイノデハナイカ、中ブラリンニナル、

［Ⅵ］

新琉球

幻灯の青の絵の町夢の町那覇は戦都となりにけらしな

波上の社の鳥居おごそかに戦の雲を望むがごとし

がじまるのかちの実ひとつ銃もてる樹下の歩哨の兜に落ちつ

青貝の紅型にほふ島にして水漬く屍のつはもの多し

気を負へる戦の街の那覇にして絣模様の広袖のよき

組踊り人盗人を見し小屋の兵営となり喇叭ひびくも（珊瑚座）

泡盛の酒壺売りの声なくてひねもす那覇に爆音消えず

紅灯のかげの絃曲歌のこゑ今つはものをなぐさむといふをみなありて歌へる

君迎へ今宵の宴たのしかり月も冴えなんうるまの島に

夕来り鏡にむかひ粧へども見ゆる人なきわれぞ淋しき

月の夜を一人歩めば淋しげについて来るなり細きわがかけ《（ママ）》

わが部屋に思ひ出の品数あれど君が笑顔に勝るはあらじ

君去りて那覇は淋しくなりにけり明るき月を見るにつけても

ただ一人もだゆる胸のこの思ひ君に伝へんすべを知らねば　［Ⅵ］

ビルマ・インド他の風俗

○「蜀腴」（広西路）杉山平助氏ガペン部隊デ来タトキニイツシヨニ来タコトガアル。ニギヤカナ支那人。芸者ノ胡弓。ジヤンケンアソビ。ウタフ「興亜ノ歌」、

内山完造氏

○銅貨1銭　590倍（戦前）
1銭ノ銅貨1・60銭　1ドル7匁2分、（戦前1円ガ30枚）
銀貨は40倍位（必要ナキタメ）

○管理通貨ヲ兌換券トスル、銀ヲ全部トリ上ゲテオイテ、前ハ1ドル7匁2分デアツ《タ》モノヲ、ウント、小サナ銀貨ヲ作ツテ、銀行ノ窓口カラ少シヅツ出ス、銀貨ガ出タトイフ人気ヲアフル、

○金100匁15万弗デ売ツテキル、金持ガ買ツタラワカラン、コレヲ小サイ金貨ニシテ銀行カラボツボツ出ス、人気ガ出ル、

○金ノ国債ヲ売リダス、（二方法ニヨツテヤル、中国参戦ノ実際ハ公債ヲ買フコト）

○100円《ママ》ガ18円ト定メラレテオルガコレハ日本人ダケ、支那人ハ軍票100ドルガ4円トシテシカ計算セン、重慶ハインフレデ弱ツテイルラシイガ、コチラトアマリカハラン、日本人ガ金ヲ儲ケサセテクレル、今年ホド金ヲ持ツテ正月ヲシタコトガナイ、アマツテ仕方ガナイ、

○ヘイガイハイクラカ出ルガ、ナニヲヤツテモ弊害ノ出ナイモノハナイ、積極的ニヤルベシ。

○米、支那一石（545升）3700ドル—4000ドル　高イ時ニハ5000ドルニナツタコトガアル、

○配給、日本人、月8キロ、支那人2キロ、（重工業ダケ8キロ）足ランノデ闇ニナル、支那人ヲ使ツテイル家ハ闇ノ米ヲドーシテモ買フ、闇ヲセザルヲ得ナイ、日本人ハ毎月、十四種ノ配給品、価格660ドルガアルノデ、ホボ困ラナイ、コノ品ヤ数ハトキドキ変ル、日本人ガ減ツタトイフ人ガアルガ、ソンナニ減ツテイナイ、

○時魚、
芙蓉《富陽》ノ上ノ桐廬ト厳州ノ間ノ七里滝トイフ急流ガアル、ソコマデニ桃花ヒラクコロノボル、コレガ一番ウマイ、四五月頃、アトハ豆腐ノヤウデウマクナイ、

○マツチ一ツ15ドル（日本人家庭デ3ドル配給）、苦力ノ日当、150ドル、朝食　饅頭4ドルノモノ三個デ12ドル、汁8ドル、昼　飯二杯14ドル、汁8ドルデ22ドル、

夜モ22ドル、
○木炭10キロ、650ドル、
○蠟燭ガオソロシク高イ、（ワセリンガナイノデ作レヌ）［Ⅰ］

○ビルマの僧侶
町をうろついてゐるのは、コエンといふ修業僧《ママ》か、ウブセンといふ無寺の和尚で、一寺を預る住職ポンジーとなると、めつたに出歩かない。ポンジーを数百人も弟子に持つシヤドウといふ階級の長老や、それらを統率するサドジー（管長）になると大衆とは隔絶してゐる。［Ⅱ］

○ビルマの雨乞ひ。雨の神ミンゴウン・キヤウスワはのんきな神様でときとすると自分のつとめを忘れる。そのために旱魃になつたり、雨の降りすぎになつたりする。そこで、農夫たちは旱魃になると、供へ物をして、乱痴気騒ぎをし、狂躁な音楽ではやし立てる。その騒音が雨の神に達すると、下界の人たちが何を求めてゐるかを察して、忘れてゐた任務に気づく。

○永雨をとめる法。シン・ウ・パゴクといふ仏陀の弟子に形どつた人形を持ちだす。彼は大海に住み、行くところ雨が止むといふ。
○主食、米、食用油、塩、ガピ（魚肉をどろどろにしたもの）時に、魚や鳥肉も食べるが、牛は食べない。牛は家族。
○モン、コ、ウ、——幼児から十七、八歳まで、モン。三十歳まで、コ。三十歳以上、ウ。ウは尊敬の意、地位も財産もないと三十以上でも、コ。［Ⅱ］

伝説習慣　モン・サン・キン
《以下、新聞の切抜を貼付》
ビルマでは村々のどの家にも粘土製の花甕や水甕が少くとも三個は据ゑられてあるのは興味深い情景である
これはニマンエーヤ（バンヤン水甕）と呼ばれ、ビルマ人から最高の尊崇を受けてゐる三人の聖者である仏陀とその弟子ダーマ、シヤンガに恭々しく供へたものである
毎日、或は一日隔《お》きに甕は普通女の人によつてきれいに洗はれ新しい草花が活けられる　女の人は朝台所へゆ

く前のお勤めの一と時にはまづ頭を洗ひ口を嗽ぐことを絶対に怠らない　ビルマの婦人はまだ幼い時から花を扱ふことをかういふところから覚えるのである、日本の活花に似たものである、幸ひビルマでは花が非常に豊富なのでビルマ婦人はいくらでも好きな方法で活花を覚えることが出来る。

かうした朝のお勤にビルマの婦人や娘が台所で守らねばならない作法がある、一例をいへば、彼女達は台所へ入る前に必ずロンジーをしつかり締めておかねばならない、これは一旦米を洗ひ料理を始めてからは二度とロンジーに触つてはならないことになつてるからだ、普通のビルマ人には、ロンジーや女の着衣の下の方は穢れてゐるとして忌む風習がある、米はビルマ人の主食物であり、従つて勿体なく扱はねばならぬものである、そのうへ米は仏陀とお坊さんにお供へしてその残りを家族の者がたべるのである

また食卓に坐つた時も同じである、御飯はよく心を使つて食べるもので食事中一粒も皿からこぼしてはならないし、また食べものを齧んだり、スープを吸ふ時に音を立てゝはいけないのである、食事中はしたないお喋りは上長者から禁ぜられてゐる、また食事の時間はのんべんだらりと暇をかけるのもいけない　そのすべてが時間通りに行はれねばならず家族の者達が先づ一つの皿から一緒に食事をはじめたら、その終るのも同時でなければならぬ、また食事の時、皿の中に何も残さずペロリと食べてしまふのはいけないとされてゐる　一般にペロリと食べ尽すのは犬だけで、その犬は食事中ガツ〳〵と音をたてゝ食る、だからこんな賤しい真似はしていけないといふのである

再び台所の作法について見ると、農村では今でも花嫁を選ぶ時にその家では選ぶべき娘を招待して何か台所の仕事をさせて見るといふ風習が残つてゐる、その娘がその試験にパスしたなら花嫁に選ばれる幸運をつかむのである、ビルマ人は元来熱心な仏教信者ではあるが、しかしまたナツツ即ち精霊の信仰もまた強いものである、ビルマ人の家の片隅にはエンデイン・ミンといふナツツ、その妹のナツツ、ウ・シンギイといふナツツを礼拝する場所が今でも設けられてゐる、エンデイン・ミンといふのは「家の守護者」といふことを意味し本来の名はマハギリといふのであり、その妹ナツツはシユエ・ミエート・ナ（金色の頭）といふのである

ビルマ人の家を訪問すると家の隅に紅白の木綿糸と花

とで乾からびた椰子実を吊り下げてあるのが目につく
これは上記の兄妹ナッツへの供へ物なのである　［Ⅱ］

○ビルマの祝祭日
○一月一日フネサンネ（新年）
○三月八日タボンラポエド（パコダ《（ママ）》みのり）
○四月十二日―十五日ティンジヤンポエド（ビルマの正月、水祭り）
○五月一日ペヤイエタペネ（パコダ《（ママ）》清掃日）
○七月四日―五日パンサポエド（花祭り、安居の入り）
○八月一日ロレイエネポイロ（建国記念日）
○九月廿九日―十月二日、タデンジヨポエド（火祭り）
○十一月九日アミヨーザネ（国民紀念日）
○十二月八日アシアシヤセチネ（大東亜戦争勃発記念日）　［Ⅱ］

○タイ国のこと（田中信男閣下談）
○低《（ママ）》度ヒクシ、ピプン首相ガ夫婦ケンカヲシテソノ弁明ヲラヂオデスル、女房ハ砲兵中佐

○ドロボー多シ、アヒルノツバサ、トケイ、横田次郎邸ノコト
○殿下ハズツト下、大臣ノ末席ニ坐ル、皇帝ハスイスヘ亡命
○ピプンヘ絵トタバコケースヲヤツタラ、絵ハカザラズケースヲカザツタ
○イツモ政変ノ気配、六代ノ皇帝ト、六代ノ反対派、
○空軍、六十台ホド、
○殿下、大臣、商売シテイル、商売ハ下手、支那人ニ牛耳ラレテイル
○英勢力ツヨシ
○ピプン、臆病デニゲマハル、バンコツクニイナイ、　［Ⅲ］

○ビルマ印象記
○五ケ国五日（日本、上海、屏東《日本》、盤石、西貢、蘭貢）
○勇気について（軍隊手帖第七章）
○円筒形陣地
○チン丘陵（チン人）
○孔雀要塞

○女傑ママコ
○インパール平原
○道脈（補給路のこと）↑或る副官
○美しい牛（ビルマのこと）
○印度国民軍
○ボース主班会見記
○マンダレー
○メイミヨウ
○テイデム（ママ）
○《空白》
○新戦場
○金峯山
○蟻
○フーコン地区
○雲南（雲の山）　［Ⅲ］

○印度人のはなし
ビシエンプール附近の○○より○○○までの道路を戦車が通れるかどうかを偵察にやつた。朝早く出て、夜おそく帰つて来たので、どうだつたときくと、戦車の通るのを一日待つとつたといつた。［Ⅲ］

○ビルマ兵の話
ビルマ兵がフーコン地区の空挺隊討伐に従軍した。ある日五六人の兵隊が数倍の敵に出あひ、びつくりしてこれを射撃したところ、敵がおどろいて退却した。あとに遺棄屍体がいくつかと、機銃迫撃砲がすててあつた。あとで、日本兵が行つてみると、紙片がのこしてあつて、「もうこれだけの働きをしたので帰らして貰ひます」とあつた。［Ⅲ］

ミツタ河《以下×印で抹消》
チヨツカ村長　モン・トン・ミヤ
○朝カラ読経、鉦ノ音、
○坊主ニ飯ヲ持ツテイツタカヘリノ女、
○尻ヲナラベテクソスル兵隊
○一々、他ノ船ニ声ヲカケル、
○ウヅ、スリバチ、タクミニヨケル、ミチミチ鳴ル、渦ノ中ニ入ル、スサマジイ逆流、船カタムク、流木、スゴ

イ瀬ノ音、
○サギノトマツテイル木
○溯江スル舟、オシアゲル商売ノ部落、
○岸ノ木ハ水中ニ没ス、
○壺ヲヒロフ船頭、
○椰子トパコダ《（ママ）》、深山幽谷、鳥の声、露、
○断崖ゼツペキ、岩盤ノ傾斜ヲナガレル滝、
○小舟ヲタクミニアヤツル
○中央ノトキニハ走ツテイルヤウニミエヌ、
○ハルカニ見エルパコダ《（ママ）》、チンドウイン河？
○不得要領ナ小峯曹長ノ通訳
○マヂカク水上カラ立ツ虹、

［Ⅳ］

○カレミヨウ（七月二十四日）
（松木大尉ノ話）
○カレー谷地《バレー》、東西十二キロ　南北八十キロ　西境、アラカン山ノ裾　東ハチンドウイン、
○ミツタ河——南カラ北ヘ流レ、（ミツタとチンドウインと水面ノ高低ガ交替スル）
○チンドウイン河ハ平行シテ北カラ南ヘ流レテイル

（カレハ子供ノ意）
○カレミヨウ部落ヲ爆撃シタ、屋根ツクツトクトマタ来タ、
○セドテイア（ミンム県、エナンギアン対岸、アラカン麓、）
アラカン族一種、
○ナカボイ、
○ミヨンラ、）セドテイア移住、（古イ女、黒イイレズミ、パガン王朝時代、王様ニ見コマレルノヲ避ケタ、）
チン部落ト二ツニナツテイタ、初メチンガ襲撃シタガ、今ハチンガ退却シタ　チントイフトイヤガル、アマリケンカシナイ、
○シヤン人少シヰル、（ラッパズボンヲハイテイルモノアリ）
○チン部落、働クヤウニ出来テイル、アンペラ織リノ上手ガイル、（ナハンノイ、ミヨラ、インダゴン、カバンナイ、チンチヨン、ペンタノチス、）
○イエウカラカレワヘ出ル大森林、チーク、「黄色イ森」、パガン王朝ノ頃、コノ森カラモニワ一円ニ女王ヰテ大勢力ヲ持ツテイタ、破リタイガ太鼓ヲ打ツトツヨイノデ、スパイガ坊主ニナツテ、女王ニトリコミ、スコシ切レバ

モ少シヨイ音ガスルトテ、破ラセル、ソレ以来、国弱ル、爾来黄色イ衣ヲキタモノハ通レナイトイフ、
○カレワハ木材ノ集産《ママ》地、下マデ三年カカル、
○方々ノ移住民雑居
モーライリ　パコツク、チン、シヤン、セドテア、等
○シインハチン、
○カレミヨウ、十字路　第一ストツケツド《ママ》　関所アツテ、英兵イタ、
○宗教、ビルマト同ジ、パコダ《ママ》、ナツツ、
○カレー平地、年、籾二万トン、（米ニシテ一万二千トン、百十四万バスケツト、一バスケツト一七キロ）えんどう豆、（イラワジに出て印度へ入つた）二千トンでき、千五百屯ホド輸出、住民アマリ食ハズ、豆ハ川ぶちに植える、雨季スギ川ぶちガ減水スルトウエル、豆トツテカラ、稲作ヲハジメルガ二毛作デナク、地域ガチガフ、十二月ニ米収穫、一月末籾ニナリ、二月ニ格納サレハ《ママ》、乾季ニタマ〳〵一日カ二日降ル雨ガアル、「悪イ雨」干シタ籾ヲメチヤニスル、去年ハ二回降ツタ、六、七、八月ガ忙シイ、六月ハ雨季間ノマキヲ集積、牛ヲヒツパツテイク、橇（牛ニツケル）ヲツクル、七、八、ハ、女子供ウエツケ、用水カンガイノ準備ヲスル、上流ニセキヲツクル、豪雨デナガサレル、
○ビルマ作戦当時ハ雨少ナカツタ、日本軍ノ力ツヨカツタ、
○今年ハ雨多シ、兆候、バナナノ新芽ガ春先ニタホレル、「ホリイ」の木ニ花ガ咲ク、（日本軍ガ弱ツタトハイハヌ）
○印度人、十二軒百五十人ヰテ威張ツテイル、土地、牛、金ヲ持ツテイル、カンバレー部落、村長ニ印度人ノ苦力ヲ出セトイツテモ手ヲツケキラン、印度人ハエライト思ツテイル、タクサン牛ヲ飼ツテイタガ、戦争ト同時ニ牛モツテニゲタ、
○税金ナシ、村長ガ仕事ガ多イ、命令村長単位、手数料ヲトル、竹一万本出セトイフト、大村長（酋長？）ガ小村長ニワリアテル、籐籠一万個、ワリアテ、早イノハ六日位デ出シテ来タ、十日位デデキタ、供出命令ニオクレタ者ハ村長、助役ツキソヒデコトハリニ来ル、
○苦力、十五日交替、人口ニ対スル五分供出、一回ダケデナク、継続シテ出ストナルト考ヘナクテハナラン、蚊ノクハレ【カレ】タアト掻クト化膿（ネツタイカイヨウ）三分ノ二居ル、子供ヤ女ハ出ナイ、達者ナモノガ出ル、気候ノワルイトコロノ荒仕事、実動シテヰル者、今、千百名、

遠イ所ハ三日行程、順グリニスレバ三千名ノ者ガ動イテヰル、今植エ付ケノ時期デサウ全部出セナイ、自分タチノ食ヒブチマデ放棄サセテハ宣撫ニ困ル、
○象ツカヒ、象カラハナレヨウトシナイ、一頭ニ一人半乃至二人、象ヲ竹林ニホリコンデオクトナンデモ食フ、穀類アマリ食ハヌガ、過労ノトキハ籾、豆ヲヨロコブ、象駄載ハ不得手、二百キロ位、引ツパルノガ得意、一トン、一トン半平気、橇ヲ引ツパラセルガヨイ、コノアタリハ少ナイ、カレー谷地ハ二十頭足ラズ、チンドウイン河筋ニ多イ、
○虎ガトキ〳〵出ル、牛ヲ食フ、
○チン部落ナハンノイ、部落ヲステ山ニ入ツテイル、日本兵ガ物買イニ行ツテモタレモイナイデ、持ツテユカウトスルト山カラ矢ヲイカケタ、
○チンガゴルカヲキラツタ、酒ノミ、女ニタハムレル、パンジヤブト交換シタ、
○カレー谷地ハ不健康地デ外人住マナカツタ、マラリヤ、コレラ、天然痘等、キチガイマラリヤ、一週間程気ガツカズ、二度地獄ニ行ツタトイヒ、熱ニウカサレテ□ヲカキムシル、細イヤセツポノ蚊、外ニ出ナイガヨイ、照ラレルノトヌレルノガワルイ、ビルマ人日中ヲ歩カナイ、

○カレー谷地（カレミヨウ郡）七十六ケ村、十一地区ニ分割シテ、大村長ヲツクツテアル、人口、約二万、
○地主ト小作、小作料約二割、一エーカー、約四段
○牛ノ貸料、二頭（一対）四十バスケツト、牛二頭ノ耕作能力、三百バスケツト、（一バスケツト、十七キロ）
○牛二百五十対位ヲ持ツテイテ貸シテヤル、貸料ヲトラヌ、ソレヲ有難ガツテ、イフコトヲキク、食油三カンヤツタコトモアル（三千円）
○部落ニ入ツテ来テ、タダ飯ヲ食フ兵隊ガアル、迷惑カケテハイカンカラソーユーコトハナイカトキイテモ、村長ソンナコトナイトイフ、
○籾、牛車、復興資金ヲ貸シテヤツテ、ヤウヤク住民ガカヘツテ来タノニ、兵隊ハイリコム、立札ヲ立テタガ効果少ナシ、
○村長、世襲ガ多イ、戦後、適当ニ任命モヤツタ、住民ニヨイ村長ハコチラニワルク、コチラニヨイ村長ハ住民ニワルイ、移民部落ハ団結ガヨイ、
○苦力、一円五十銭（通ヒハ飯クハセヌ、泊リコミハ飯ヲ食ハセル、）
○米ノ値段、一人一日五十銭位、（生活程度低シ、）食塩と油ホシガル、モトハ籾一バスケツト二十五銭、三月前

三円、今ハ十円、（食油一カン千円、）
○下流デ舟ツカマヘタタメ、ミンギニまで来ルガ、ココマデ物ガ来ナイ、
○野菜ヲツクラセテイル、早クウエタ白菜ナドヨクデキタ、オソイノハクサツテ駄目、
○気質、ノンキデ従順、
○村長鉦タタイテ村民ヲアツメル、
○全村アツメルトキニハ駅伝式、村長当番ガ次ノ村ニモツテユク、早イ、村長ヨイ牛車ヲモツテイテ、ソレニ乗ツテヤツテ来ル、村長、当番助役（ルジー）ハクリーニ出ナイ、山ニクリーヲ出スヤウニナツテ、代人ヲ出スト百五十円、船頭ト倉庫ノ当番交替ナシ、村長割出表ヲモツテイル、山ニ行クヤウニナツテカラ、元気ナ奴ガ炊事ニモグリコンデ来ル、オイカヘス、一村コゾツテ農村トイフトコロハクリー出シヤスシ、大キナ部落デ色ンナ商売ノアルトコロハ出シニクイ、
○精米所ハ一ケ所シカナイ、水車、手ビキ臼、
○肥料、山ヲ焼ク、野火デ灰ヲツクルトソノアクガナガレテ肥料トナル、ソノアトニハエタ草ヲダーデ刈ツテ、牛ニフマセテ肥料ニスル
○牛三万二千頭イタノガ四千頭ニナツタ　［Ⅳ］

遮放、昔、アメリカノマラリヤ研究所ガアツタ、マラリヤノ本家、平地性　山岳性　宿営ニ適セズ　来タトキツヅケテヤラレタ　近接部落二千、周辺五千、カチンナド入ツテナイ、

○キニーネモラフ、
王様《【トスカン】》（五万石位、裏高入レテ十万石）
多英培、四川省カラ来タ、明代カラ十四代、五〇位、センウイニ皇后ト行ツタ、皇太后心臓ベンマク症害《（ママ）》、病気ノオハライシタ、ヨバレタ、　［Ⅴ］

遮告《【チェコ】》、裕福、王ノ親類ソコニイル、豚タクサンイル、祭ニギヤカ、
軍票値下リ、パイン、二銭五厘、→一円五十銭、
カチン三千位居ル、
兵隊二五〇、チエツコ四、小銃一五〇、タマ二万、キカン砲二、タマ一〇〇〇、昨日、空家ヲ銃撃シテイツタ、　［Ⅴ］

○遮放土司、苛斂誅求ヲシタ、ゼイキン十分ノ六ヲトル、米、竹ヤブハ土民ノモノ、生エル筍十本ノウチ六本トル、タマゴハトラヌガカヘルトヒヨコモ十羽ニ六羽トル、新教育ヲウケタ青年ハ日本軍来タラ日本軍ニゼイキン出スベキデ、土司ナド廢止セヨトイフ、

[V]

○上ビルマノ伝説ノ内、(八月十日)

○巫女(witch) 普通ノ女ガ魔法ヲ知ツテイテ、亭主ハマツタクソレニ気ヅカナイ。夜ニナルト、鼠ヲ食ツタリ蛇ヲ食ツタリ、糞ヲ食ツタリ、又、蛇ニナツタリ、烏ニナツタリスル、アル村長ガ夜中ニ龍《ドラゴン》ガトンデイルノヲミテオソレ、燭台ヲモツテコレヲタタキオトシタトコロガ、自分ノ女房ガタフレテイタ、巫女同志ガ技倆ヲ争ツテ、火ノ玉ヲアゲアツテ競争スル、谷村君ガ見タ、スーツト蠟燭ノ灯ノ色ノヤウナ火ガ下カラ上リ、マタ一ツ上ルノデ、不思議ニ思ツテキクト、witch トイツテ、説明シテクレタ、勝ツト位ガアガルガソレデ負ケタ方ハ没落スルトイフワケデモナイ、大キナ火ノ玉ニナツテ土地ヲコロガツテユク、

○右ハ谷村君ノ話ナリシモ、バーモニ来タ、ウ・サンペ県知事ニ会ツテキクト少シチガツテイタ、便所ニ行ツタラ頭ノ上ヲクルクルトドラゴン(銀々虫?)ガ舞ツテイルノデタタクト一人ノ女ニナツタ、口ノマハリカラ火ヲハイテ《ママ》ノヲアハテテ手デオサヘ、手ヲアハセテ、秘密ニシテクレトオガンダ、

○天性ソノ素質アル者ニ witch ガ伝授スル、

○アル日ベランダカラ山ノ方角ニ一ツノ火ガ見エタ、アヤシイトオモツテイルト県知事ハウイツチトイツタ、ソノトキハヨクワカラナイデイタラ、下士官ガアヤシイトイフノデ非常警戒ヲシタ、

○秘密ニシテイテオ互ハ知ラナイガ村医者ガ知ツテイルトイフ、(八月十五日)

[V]

作戦・戦闘聞き書き

○孔雀要塞（ピーコック）八一四三高地ト七九五三ノ暗部《（ママ）》第六中隊佐藤中尉、牛モタホ《（ママ）》レル道ヲ這フヤウニシテ行ツタ、一〇〇名位、三月十一日払暁、山砲ガ敵前百米ニ行キ、下カラ打ツタ、中隊モ上ト下トデウチ合ヒ、三日間、阿部小隊長エンガイノ間ヲ縫ツテ敵情ヲ見テ来タ、急斜面、鉄条網、竹矢来、掩蓋、突入、ツヅイタ第八中隊ガカヘツテ損害ヲ出シタ、壕ヲ一ツヅツツブシタ、重ナリアツテイル遺棄シタイ、敵ガトラレタト知ラズ駄足デ糧秣補給、白人ノ捕虜五〇、印度人三〇、屍体二〇〇以上、（内白人一五〇）ココバカリハ取ラレルトハ思ハナカツタ、アナタダチノ力デハリツチモンド要塞位ワケナカラウ、当方ノ損害戦死二一、負傷一五。

ヤザギヨーカラ三日行程、二五マイルホド、寒カツタ、外套カブリ、火ヲタイテガタ〳〵フルヘタ、道ヲキリヒラキナガラ前進、

○リツチモンド要塞、三月十三日払暁、奇襲占領、九中隊、斎藤小隊先頭ニテツツコム、河谷ヲ通リ、牛ヲカランコロン〳〵サセテユキ、バクヤクヲ砲ヲ打ツタヤウニ見セカケ、テキガ二箇ヲナラベタ、白人二三百、一中隊?、大尉ガイタ、

○トンザン占領、抵抗ナシ、四七二九高地、十四日、

○マニプール渡河点附近、激戦、空中補給、猛砲撃、爆撃、美しい五色ノ傘、

斎藤中尉（斎藤延二、農学校　ヤサイ作リ名人）ツギ〴〵ノ袴、子供〳〵シタ顔、

○六月五日、朝、九時半、ライマトン出発、五十三名（工兵一個小隊一五、堀井曹長　十二中隊十名、中村兵長　九中隊三十二名、）

テンカイカラワイボル、ロイチン、道狭クワルシ、断崖、這ツテ上ル、竹林、雨フツタラ通レヌ細道、コイリポークの手前ニ止マリ、敵情地形捜索、十八時頃、敵ナシ、カイカツ地ニテ対空シヤヘイワルイ《ノ》デ、夜出発、曇天、濃霧、山脚ニ陸稲畑ノ番小屋ニ全部入レル、夜明ケタノデ、ソノ日ヲスゴス、六日、斥候派遣シタガ敵ナシ、七日十時晩、行動開始、部落ノ間ヲ縫ヒ、水田、湿地帯、カヤガ乳マデ、水ハ膝マデ、川ヲ六七本、腰マデ、部落ノクリークヲ縫ツテイク、灯ヲトボシテ住民ガイタ、

竹林ニオフハル《ママ》、二時ゴロ、チンマング部落ノ後ノ山ニ出タ、本道カラ約七八百、三組に地雷敷設隊ハケン、本道（六マイルノ地点）カラ、カンカク千二三百、千五百三ケ所、幅十五米ノ道、一ケ所ニ七―九個ヲウヅメタ《ママ》、爆薬六、七キロ、敵ノ戦車地雷ヲ二ツカサネタ、半輪シテモカカルヤウニアチコチウメタ、ウメテオイテカヘツタガ、兵行ツタ道ヲカヘレズ夜アケニ山脚ヘカヘリツイテ、見テイタ、シセツニ一時間ヲ要シタ、八日、十時ゴロ、北カラ戦車二、トラック四、五輛、一番目ニヒ《ツ》カカラズ、二番目ニ戦車一、トラック四ガヒツカカツタ、ノコツタ戦車ウロ〳〵見ル、二番目ノニヒツカカツタトラツクガ怪我人ヲノセテヒツカヘサウトシテ、一番目ノニヒツカカツタ、午後、偵察機（モスキート）戦闘機、爆撃機（ノースアメリカン）ガ十数機ヤツテ来テ、山脚附近ヲ三十米位ノヒクサデ一日中ヤツタ、モグツテカクレテイタ、兵隊モツカレタ、九日、地形捜索、休マセタ、十日ノ晩、マタ山脚ヲ出発、二十二時、ブリバザーニ出発、湿地帯、炊サン、カンパンヲ二食持ツテイツテカジツタ、一隊ハ8マイル附近ニ二ケ所地雷ヲウメタ、住民ニアヤシマレ、ケイカン□、敵ヲＬＭＧとテキダン筒デ急襲シタ、二時頃、ソノ音ヲ合図ニシセツヲ終リ、別々ニモトノ附近ニカヘツテ来タ、入ル家ハ毎日変ヘタ、十日朝、戦車一、トラック一ヒツカカル、十台位ノウチ、資材モナクナツタノデソノ日ノウチニカヘツタ、十一日ノ晩、コイルポークマデ、ブリバザー附近ニハ陣地見エナカツタ、急襲シタトキ反撃サレタガ、目的ガ擾乱デアツタカラ、ソノママ引キ上ゲタ、インパール四マイル附近ニ飛行場、附近ニハ物資集積シタアトガアツタ、宿営ノ形跡、ブツシナカツタ、祭ノ方ノ砲撃ガキコエタ、インパールヨク見エタ、白イ家点々、大都市ノ観、飛行機タエマナクトビ、スイサンノ煙各所、夜、灯ハ見エナカツタ、マハリニ竹林ガアルラシ、大キイ白イ家シカ見エズ

○第四中隊、上田中尉、（隆造）（六〇二七高地）三月十五日ヨリノ戦闘、マウルカイの山ニ十数日ガンバリ、進撃ニナツテツツコンダ、包囲サレタトキ毎日電報レンラクガアツタ、飯ガナクナツタ、生米カジリ、一週間水バカリ、山ハ砲撃デ変形シタ、六十名ノ中隊、千発打チコマシタ、電報「敵ノ抵抗案外熾烈ナリ」

斎藤中尉、渡河シテ握リ飯ヲ一日分、米ヲ三日分モツテイツタ、大キイ握リメシ、三ツ持ツテイキ、アマリスキバラニ急ニ食フト死ヌノデ、一ツヲ一日食ヘト指示シタ、

泣イテヨロコバレタ、全部モーレツナ下痢、（中隊、キカン銃、ムセン、戦死二〇、負傷一二、ハジメ一〇〇名アマリ）川ハ敵味方デツカツタ、タマナクナリ、敵ノヲツカツタ、白人ノ間ヲ食フモノハナイカトテトリニ行ツタガ、持ツテカヘツタノガ砲弾デフツトンダ、川マデ一キロ位シカナイノニ、フラ〳〵ナノデ往復四時間クライカカツタ、

トツタ時ハ敵ハ気ヅカズ、近クノ砲陣地、宿営地、道路ノ擾乱ヲヤツタ、吉田小隊、高橋将校斥候、大成功、自動車四百位トマツタリシテ山ヘ引キアゲ、ソレデ気ヅカレタ、

○渡辺安平一等兵（森第六八二五部隊第一中隊）

昭和十九年六月十六日、コイロツク合流点東側第一分哨ニ服務中、二十時頃、敵襲ニ際シ伝令トシテ本隊ニ報告、途中、英人少佐オルヘムノ指揮スル十数名ノ敵ト不意ニ衝突《ス》ルヤ敵ハ衆ヲタノミテ十数米ノ至近距離ヨリ猛烈ナル射撃ヲ浴セ更ニ手榴弾数発ヲ投擲シ肉迫シ来レリ剛胆ナル渡辺一等兵ハ之ニ屈スルコトナク泰然自若トシテ近迫シ来ル指揮官ニ対シ銃床ヲ以テ先ヅ一撃ヲ加ヘ其ノ体ノ崩レタルニ乗ジ更ニ胸部ニ向ヒ発射シ致命傷ヲ尚モ組付キ来レルヲ格闘数分ニシテ遂ニ之ヲ斃シタリ指揮官ヲ失ヘル敵ハ周章狼狽、再ビ同一等兵ニ乱射ヲ浴セタルモ単身克ク衆敵ト敢闘シ之ヲ潰走セシメタル上悠々トシテオルヘム少佐ノ屍体ヨリ幾多ノ貴重ナル文書其ノ他ヲ押収報告シ作戦上極メテ重要ナル敵情判断ノ資料ヲ提供シタリ（表彰状ウツシ）

オルヘム書類命令書アリ、一個大隊デコノ附近占領ノ任務ヲ帯ビ二小隊ヲ先ニ配置シ、指揮官ヲツレテ見分ニ来タモノノゴトシ、

○渡辺砲兵奇襲隊（見習士官渡辺敏郎以下十六名　陸軍伍長内田垂穂以下五名）

○渡辺曹長ノ指揮下、目標三三五一高地（ブンテ南側）ノ砲兵ヲ求メ六月十八日深更、冷雨ノ中、咫尺ヲモ弁ゼザル暗夜ヲツキ、嶮難ナル地形ヲ克服、監視哨網ヲクグリ、二十日三時目的地ニ到着、高地北側ノ急坂ヲ攀ヂ、隠密裡ニ鉄条網ヲ切断、六時敵陣地深ク潜入、全力ヲ以テ敵掩蔽部隊幕舎ニ手榴弾ヲ投入シ之ヲ擾乱スルト共ニ一部ハ更ニ敵中深ク突進、同高地東斜面ニアリタル高射砲ノ砲尾機関部ニ爆薬一五キロヲ装着シ之ヲ完全ニ爆破シタル上敵本部ト覚シキ大幕舎ニ残薬十キロヲ投入之ヲ粉砕シ敵ノ阿鼻叫喚ヲ後ニ悠々負傷者ヲ収容シ全員帰来、破壊セル高射砲ハ連日我ガ陣地ヲ猛射シテ我ニ最モ苦痛

ヲアタヘシモノニシテ爾後ノ戦闘ヲ容易ニシ敵ニ甚大ノ脅威ヲアタヘタリ　［Ⅲ］

《以下、×印のついたメモ》
○敵ハ一週間位デ交替　退却ト思フコトガアル
○乱射、クツツイテ陣地ヲトルガ良イ、50m位、砲撃、飛行機で味方射ツ、戦車ガ困ル、ゴルカ兵、パンヲアタヘルモノニ忠実ナレ、督戦、銃剣突撃ヨリ、自動短銃ニヤラレル、
○作間部隊
ライマトンからタイレンポクピへ下りつつある、シルチアへ通ジル軽四輪道、
○印度兵、情報とりに行く、さいきん怪しまれる、このごろ民心はなれつつある、物とりに行く住民打つ、
○森の台　5000呎位、シルチア道（5846高地の南　Kungpi の北）
○トルボン、山砲デ射ツタガ平気　エンガイ　重砲デ三十発ツ
○ダグラス　三屯　60キ位毎日来タ、三屯——（一個大隊充分持ツ、）
○包囲シテモ退路タツテモダメ
○飛行機、高射砲ガ太鼓タタクヤウニ打ツ、
○安、
ブリバザー西南2キロ　2926高地、作間部隊一個大隊デ遮断、八日間デ潰滅シタ　500が50人
一個小隊32名、蜂の巣陣地（円形陣地）（LMG3　小銃21　テキダン筒1　ムセンキ1、自動短銃5、ハクゲキ砲、）ムセンキヲドンナ斥候デモ持ツ
○道ヲコワシテモスグ補修
○戦車ガ一番コマル、4千　5千ノ路外上ル、
○砲ノ集中射、五千発位平気デ射ツ、
○チン米、酒ニスルモノ、
○奇襲セイコース、
○準備スルノガワカルトヤラレル、
赤イ、フエナイ、ソノママ出ル、下痢、　［Ⅲ］

拉孟陣地戦（重村少尉談）隊長金光恵次郎
○六月五日、敵攻撃開始、新編二十八師ノ主力、敵ハ松山、本道ニ重点、二日以来五日マデ二百発ノ砲撃、松山、新編三十九師ノ一個団、

○六月十四日ニ至ル間、新手ヲ以ツテ反覆攻撃、部隊ハ砲撃デ制圧、陣地前ニヒキツケテ急襲、コレヲゲキタイ、
○第二回、敵、六月十五日、上松林Ｎ28Ｄ、関山Ｎ39Ｄ攻撃、砲撃、ヒコーキ、十九日ニゲキタイ、
○第三回、関山Ｎ39Ｄ一個団、Ｎ28Ｄ一団、重点指向、二十三日攻撃、敵一千発ノ砲撃、陣地直前ニヒキツケテ火力デタタキ出撃、撃退、敵大打撃、再起デキズ、新手交替、
○第二次、８Ａ怒江カラ戦闘加入、六月二十八日→七月四日、主力、１０３Ｄノ一部交替、七月五日、怒江対岸鉢巻山十五榴野砲、山砲ヲ以テ一日二千発ノ砲ゲキ、ヒコーキノ銃爆ゲキ、火焰放射器、燐光弾、破壊筒ヲモチ、第八軍長統率来攻、松山、関山、本道、陣地ヲツクリナホシ敵ノモノヲトリ、戦力バイヲシテ攻撃、十二日、コレヲ撃退
○第三次、龍陵ヘ１０３Ｄノノコリ、82Ｄノ一部、ヲ充当、十四日頃、ケイツー橋ノ仮橋ヲツクツテ兵力ヲ補強、十五日カラ一千発ヅツ砲撃、二十三日十六時、側方、本道ニ１０３Ｄノ全力、攻撃開始、コレニ対シテ陣地前ニヒキツケ撃砕シテイタガ、手榴弾ナクナリ、本道陣地ハ砲撃ト雨デ膝ヲ没スル泥濘、陣地ノアトカタナシ、砲弾ナクナリ砲兵ニ陣地ヲツクラセ歩兵コレニヨツテ反撃、二十三日、二十名ヅツ守備シテイタガ側方ハホーキシ、本道ハ一時トラレタガマタ奪回確保、敵、側方ヘ十二榴二門ヲモツテ、本道ノ背面ニナル山崎陣地ヲ攻撃、崖ニ対シテモ攻撃、砲弾ナシト見テ砲ヲ直前ニモツテ来テ直接照準デ打ツ、
二十三日以来、連日、二千乃至五千ノ砲弾、ヒコーキ、本道陣地、火焰ホウシヤ器破カイトウ、
○七月末、本道陣地半分ヲトラレ、ドロ〱ノトコロデ対峙死闘、八月二日頃、本道、崖、山崎ハ抛棄、
○一一三聯隊ノ軍旗奉安、威光ノ下、部隊長金光少佐（砲兵大隊長）ノ気魄ヲモツテ確保、
本道ノ激戦ノトキ、自分ノ作ツタ陣地デ死ニタイトテ負傷者下ラズ、他ノ兵モ応援ニユキタイトタンガンシタ、
○二十三日以来、不眠不休不食、フツカク陣地ニ寄ル、本道ニ敵砲兵、猛烈ナ砲撃、逐次手兵ヲ交替頑張ツテイル、
○敵　Ｎ39　Ｎ28　Ｎ82　Ｎ１０３　第二次マデ火力主戦、第三次　１０３Ｄ全力、肉弾デ来ル、督戦ガアリ、泣キナガラ来ル奴モアル、
○一一三ノ聯隊本部、第一大隊ノ主力外ニ出テソノノコ

リ、ソノ他歩兵ノヨセ集メ、金光砲兵一個大隊、十榴八門、（八月一日現在、健康ナ兵、三〇〇　初メハ七、八百居タ、）
○敵ノロカク戦車（軽装）三台ヲ利用、
○敵損害、敵ノ遺屍三三三五、友軍戦死一一五（第一次二次）二九対一
敵損害、敵ノ遺屍一五一九、友軍戦死一一七（第三次）十二対一
○敵屍骸モッテカヘルノガ多イ、団隊号ナドツケテナイノモアル、編成秘匿、
○敵攻撃法、攻撃築城、
○ケイツウ橋ヲワタリ、一日五十車輌クライ、一平山陣地ノ下マデ来テイル、
○拉孟一四三八米、
○トラクターで、木ヲ伐リダシ立派ナ陣地ヲツクツタ、陣地ニ対スル信頼、　［V］

○平戛、周囲ノ部落ミンナオサヘラレトル、約八百、使兵一五〇、
○動ケル兵隊四十人位、脚気、阿部隊長

○腰カラ下シビレトル、歩哨ハ立哨ナシ、坐哨、臥哨、
○戦傷患者ツレテクル途中タホ《ママ》レル、営養不良脚気傷《ママ》心、
○城内ノ雑草モ食ヒツクシタ、主食モ食ヒノバシ、
○敵ハツツコミハ《シ》キラン、　［V］

○八月八日、田口参謀、（滇緬公路）
○雲南遠征軍　日本軍ヲ知ラヌ、米ノセンデン、インパールウマクイカン、オソルルニ足ラントイフ老人、米化シタ装備、ゼツタイ必勝ノ信念ヲモツテ出テ来タ、一ケ月以内ニレド公路ヲ確保スルツモリ、コレヲ叩ク、僅少ナ兵力デ苦戦ヲシタ、コレイコーヲ越エテ下ル、三分ノ一ノ損害ヲアタヘタトキ、雲南軍ガ全軍ヲアゲテ出テ来タ
○蔵重部隊ノ一大隊、騰越、ミートキイナカラ飛行機来ル、敵36D、R2D（予備二師）センメツ的打撃、白兵ノ戦力ナシ、
○龍陵、
○拉孟、表玄関、敵ブツツカツテ、損害ヲウケ、リユウリヨウヲ衝ク、
○平戛、サイシヨカラ攻撃ヲウケタ、

○断作戦計画、
九月ハジメ、怒江ノ線マデ押シカヘス、
○敵大軍ガ入ツテ、食ヒモノガナク弱ル、土民掠奪、テツポー打ツ、
○千崖附近ニ敵飛行場、
○雨季、
○数十倍ノ敵、緒戦ニオケル苦戦、
○コレイコーヲ越エテ、敵、日本軍ノ強サヲ知ル、営長、連長投降ガアル、
○兵団ニオイテハ敵センメツノ自信、個立《ママ》シタノハ大丈夫、テツテイシタセンメツ戦ヲ期ス、
○心配ナノハ拉孟、十数師相手、敵新鋭、数十門ノ砲兵、コチラ砲アレド玉ナシ、トキ〴〵空輸、手榴弾、各科兵、歩兵ト同ジニタタカフ、
○大東亜戦ノ決戦、敵二十師近クヲセンメツデキル、敵タタカレタラ二年セネバ攻勢トレヌ、湖南作戦ト相マチ、蒋介石マイル、
［V］

○カチン工作（憲兵隊、《空白》曹長）
○親米英的。宣撫隊宣撫シ、物資ヲアタフ、シバ〴〵部落ニ潜入、放火、掠奪、
○「モモク村」《ママ》村長アツメ、米英、非人道的行為ヲ説ク、募兵、八名ヲ得タ（六月十四日）教育訓練、民防衛、諜報、
（現在二十名ホドニナツタ　ヨクヤツテイル、）
○シエグ町、県知事直接指導ノ下、民防衛ヲ組織、
○カチン病人多く、医療ヲ熱望ス、
○工作重点、一、物質ニ依ル工作　二、宣伝　三、医療宣撫、四、カチン有力者ノ身分保障、五、民防衛組織、
○潜入諜者ノ処出《ママ》、諜者、○敵情兵器ノ回収、○無電機没収、○敵側流出物資ノ防止、○名ヲ二ツヅツ持ツ、○思ヘ《ママ》コメバヨクヤル、
　工作員、
ガンボウガム（ガンパン村）ガンボノウ（ガンパン村）ゾウゼツプ（モンモク村）ザオク（トンポン村）カンパン（モンモク村）サムトウ（シンロン村）ザオタン（マルカトン村）ラバンカウ（ナロン村）
○ヨク切レルカチン刀、（バサツ、グサツト切レル）
［V］

カーサ（八月十八日）菊八九〇二部隊（五五聯隊、山崎大佐）

○初年兵田中伝令ノ行動　軍旗小隊、第一機関銃中隊田中義美一等兵

○一月二十四日、樫六《カシロク》（河岸ノ六番目ノ意）陣地、吉岡ト室積大隊ト交代、連日敵攻撃、是ヲ撃退、○一月三十一日、衆ヲ以テ敵左翼ヨリ潜入、完全ニ包囲サル、樫村ニ聯隊本部ニ（ママ）アリ、連日攻撃ヲ続クルモ連絡トレズ、損害続出、大隊ハ陣地死守ニ決シ至近距離ニ対峙ス、種々連絡ノ方法ヲ講ズルモ成功セズ、総攻撃七回マデヤツタガ成功セズ、二十名クライデ行クト向フニツイタトキニハ三名位ノ突撃シカデキヌ、衛生隊ガニギリ飯ヲ持チ、患者ヲ積ンデカヘルツモリデ、サニツプヲ渡ツテ行ツタガ不成功、最後ノ手段トシテタナイ河ヲ利用スベク、伝令ヲ出シタ、下士官一、兵二、出カケタガ流速ハゲシク、下士官ハ流サレ、流木ニノボルヲ見タル後、姿ヲ失フ、兵ハ命令書ヲ持タズ帰来ス、第二回、ソノ夜、直チニ休メトイフヲキカズ、兵二出発、田中、松本又芳（第二中隊）両名ハ任ヲ受ケ、命令書ヲ別々ニ持チ出発、一（ママ）月三日薄暮、褌一ツニナツテタナイ河ニ入ル、時ニ大隊ハ食ナク一週間ヲスゴス、命令ヲ頭に縛シ、途中、将校ヨリ地形敵情、行動要領等ヲキイテ自信を昂メ、サニツプ河ニ添ツテ、タナイニ出テ、寒冷膚ヲ切ル水中ヲオヨギワタル、両岸山セマリ、川彎曲シテ流早シ、土手ノ上ニ敵陣地アリ、川岸ニ添ツテ、樫六陣地対岸ト及（ママ）ボシキアタリニタドリツキ、黎明ヲ待ツ、夜間ハ特ニサムク、焚火セネバ居ラレヌホドナリ、二人ハツカレテイタガ身体ヲスリアハセテハゲマシアヒ、月ノ出ヲ見テ渡河、岸ニツキ、ヤレ〳〵トテ陣地ニノボリ、ネテイル兵隊ヲユリオコスト支那兵ダツタ、オドロイテ逃ゲ、更ニ前進、川ハ水少ク、河岸ハ八—一〇米ノ高サ、急峻ニシテ泥濘、ヤガテ薄明ニ歩哨ノ影ヲミトム、シノビヨレバ第二中隊ノ河岸監視ノ歩哨、サムサノタメ、メマヒヲオボエタガ、大隊本部ニオモムキ転進ノ命令ヲ伝達ス、五日、夜、月没ヲ待チ敵中ヲ突破シテ転進、田中一等兵ハ共ニ転進シ、松本ハ戦死セリ、聯隊ハソノ後転進、（田中ハ他ノ戦闘にて戦死セリ）

○分隊長ノ銃側墓場主義——第二機関銃中隊、陸軍兵長松竹光四郎、

○敵飛行機トビ居ルモ第一撃、彼我近接シスギ、射撃シ

得ズ、　〔V〕

村松軍曹（八月二十日）

バーモーカーサ間ニ於ケル敵情ノ概況（要図）

一、ミツチイナ陥落以後、敵ハ南下シテバーモ、カーサヲ両断セントスルモノノ如シ、

一、シユエグニカチン襲撃占領ノ計画

一、ナウンペン附近ニ大勢ノクリーヲ動員シテ、ナンモニ向ツテ道路建設中、コノ附近カラ渡河ノ計画カ、渡河以後イカナル行動ヲトルカハ不明、（ナンモ附近ガ一番アブナカツタノデスヨト笑フ）

一、二三日前、カチンガ水浴シテイタノヲツカマヘタ、百名ホド、ポーマニ附近、

一、以前ニモコンナコトガアツタ、ビルマ人ニ化ケテカチン部落ニ行キ、タバコナドヲヤツタラ、カチンモモチヤバナナヲクレタ、ソコニ英人ガ居ツテ、ドコカ水浴スルトコロハナイカトイフノデ、アルトテ川ニ案内シ、警備隊ニ他ノ一人デ知ラセタ、警備隊ガ来テ、LMGヲツキツケルト五十人位ガミナ手ヲアゲタ、　〔VI〕

バーモーカーサ間の図。

○フーコン地区作戦（三橋参謀）八月二十二日
○印度作戦、一方ハインパール、一方ハコチラ、師団長ハ守ルヨリ攻メルガヨイトテ、北、ニンビン、シユロウガジヤズツプニ出タ、軍カラ下ツテ守レトイフ命令、残念ナガラ、マインカン附近ニ集結、タナイ川南側、
○机上デ地図ニ見テ考ヘタノト、現地トハ全クチガフ、山ニハ敵ハドコデモ来ルシ、コレヲタタクト簡単ニイカナイ、
○地域ヲ利用シテ下レ《ト》イフ命令、苦労シテ下ツタガ、イタルトコロ退路ヲタタレタ、戦車ハタイテイヤツツケタ、ジヤンボーヘ来タ、
○カマインヘ下レトイフ軍命令来ル、今マデノケイケンニヨリ、一キヨニ下ツテハ、カマインデ一ケ月ハモテナイトイフコトニナリ、敵ヲヤブツテハ一歩ヅツ下ツテ来タ、攻勢作戦
○サズツプ附近ガ三月末、インパールヲ片ヅケテ主力ハナガ平地ヲ通ツテ、フーコンヘ出ルトイフ牟田口閣下ノ手紙モモラツタ、インパール辷リダシガウマクイツタノハフーコン作戦ノオカゲ、四月末マデガンバツテクレ、

○サズツプカラカマインマデ十五日、カマインニ来テ十五日ガンバロートイフ計画、コノ時、一中隊四十名内外ノ兵力ニナツテイタ、
○インパールウマクユカズ、ドチラカラモ兵力来ナクナツタ、
○ワラ高地デハ四十五日、他デモ十五日、二十日トガンバツタ、四月、五月ニナツテモ補充モ来ナイ、六月ニナツタラ中隊ハゼロニナルダロート報告シタ、米ハ一月以来補給ナシ、兵員モ来ナイ、（一月ハジメ少シ来タ）
○カマインニ来タトキノ戦力、
聯隊（55）一中隊2、二中隊27、三《（ママ）》中隊15、四中隊9、五中隊0、六中隊0、七中隊3、8中隊52、九中隊4、アト大隊砲ナドモ同ジ、
(56)聯隊、一、2、二、4、三、4、四、7、五、3、六、3、七、3、八、1、九、1、（コレガマダ減ツタワケデアル）
○ワラ高地、敵ト櫛ノ歯ニ入リミダレ、敵味方ワカラヌ、下ルトウシロカラ敵ツイテ来ルノデ、穴ホル間モナイ、剣ヤ爪デホリ、爪ハゲテシモフ、爆弾、砲弾でヤラレ、食物モナカツタ、
○サズツプ→ラパン、→カマイン、

モガウン川周辺の図。

○カマインマデ下ルノニ何度モ後ヲタタレ、戦闘司令所モタビ〳〵孤立シタ、
○五月、転進ノ時期、一月ホドオクレタノデ、敵後方ニ入リ、川ヲワタツテカマインニ行カネバナラヌノニ行ケズ、伐開路ヲ抜ケ、山中デ五五、五六ノ兵隊バラ〳〵デワカラナクナツタノモアル、
○モロコンデモ敵英兵来タガ、モーレツニ攻撃シテトツパシタ
○モロコン東方ノ山中ニ敵飛行場マデ出来テイタ、
○一月以来野菜不足、脚気デ足ハレ上リ、マラリヤ続出、青竹ツイタ兵隊攻撃ハシテモサイゴノ一押シガキカヌ、戦車ガ来ルト志願シテ警備隊カラ志願者ガ出タ、戦車ニハ自信ヲモツテイタ、五六聯隊ノ最後陣地ヲ三人ノ病兵ガイタ、百五十名クライガ数回来タガ、コチラカラ出撃シテ、コレヲゲキタイヤツツケタ、コレニ感状ヤリタイト思ツテモ、ソンナノバカリ、
○モガウン川ハ四五十米幅、左ニ(56)、右ニ(55)川カラ二十キロ近ク（普通ナラ二師）ヲ担当シタコトニナツタ、
○ワラ高地ニ(55)四十五日ガンバリ、山崎隊長立派ダツタ、
⚐（セント《ウ》シレイジヨ）ハパクペンバムヲ道路ヲツタツテカマインニ来タガ、(55)(56)モ下ツテ来ズ、敵スデニ雲集シテ下レナイ、山中ヲ(55)二十日間、(56)四十日間モ、敵中ツキヤブリ、イカダヲ組ンデ川ヲ下ツタリシテ、メチヤ〳〵ニナツタガ、逐次下ツテ来タ、カマインニツイタ兵ハナニモ食ベナイ、カマインデ玉砕スベキダツタ、カマインノ時全員デ五百アマリ、両聯隊長ガ約三百ノ半病人トトモニ川向フニ到着シタノガ六月十八日、敵ナホドン〳〵穴ヲアケテ進入、穴ヲフサグ、又他ノ穴アク、永久《（ママ）》隊長負傷、腰貫通シテ徒歩、川ヲワタルトホツトシテタフレタ、担架デ⚐マデハコンダ、兵ヲ静養ノ間ナク、第一線ニナラベザルヲ得ナカツタ、
○カマインヲ墓場ト決ス、ソノ時敵後方セトンニ進入、ココニ輜重イタガ、ヤラレタ、自動車ミナトラレタ、モガウンカラ若干食糧ツイテ野戦倉庫ニ入レタ次ノ日ダツ

タ、小銃、手榴弾ナシ、モガウンカラコレヲツキヤブロウトシテ攻撃シタガ、弱ツテイテ抜ケヌ、止ムナク、大湿地、モノスゴイロイパバムノ山地ニ伐開路ニ(ママ)ツクツテ、ハコンダ、患者モツカツタ、アゲル能力一日シレタモノ、カマインデハ一日七勺クライノ米、

○ナハインカラロイパバムヲ経テセトンノ西ニ出、カマインニ行ツタ、人力デハデキズ、馬デアゲタガ、駄馬タフレ、人タフレ、十数キロノ間、屍臭山ヲ掩ヘリ、

○ミツチイナヘ行ク安兵団ガ反転シテカマイン救援ニユクコト《ニ》ナツタガ、ナカ〳〵ユカズ、ソノ朝、カマインニ敵デテ来タノデソレトタタカツタ、

○カマインでの問題、玉砕ヲ覚悟、実情ヲ泣キ言ニナラヌ程度ニ報告シテイタ、○ナハインノ伐開路ノ入口ニ。外、部隊全部イタトキ、軍カラ下レトイフ命令ガ来タ、参謀長フンガイシテ、下ル必要ナシ、敵ノ攻撃モ大シタコトナシ、トイフ返事ヲシタ、昆カラハ下ルノヲ中止トイツテ来タ、師団長ハ一歩モシリゾカヌツモリデ立派ニ指揮サレタガ、下レトイフトキ、下ルトイハレタ、中止ノトキ、サガツタ方ガヨイト参謀ハ思ツタガ、師団長ハオチツイテガンバレトイハレタ、安ハ行ケヌコトガワカツテ昆カラモ下レト又イツテ来タ、六月二十九日、

○大砲バクハシタ、スコシモツテイタ自動車バクハ、大砲ハ大切トテ、山砲ヲ分解シテ、人モ単身デハトホレヌ伐開路、崖ヲ通ツタ、

○エイセイ隊ガコノ道ヲ何回カタンカデ往復シタカシレヌ、馬モツカツタ、

○カマインヲ出テ、ナハインヘ着イタノハ七月二日、

○七月一日、戦闘司令所、伐開路ノ地獄道ヲトホル、

○ナハイ《ン》カラ再ビ転進ヲシタ、下ル途中、陣地ヲトラウト思ツタ場所ニスデニ敵ガ来テ陣地ヲトツテヰタ、空挺隊、百十一、三、七十二、十四旅ナドガヰタ、前後左右イクサダラケニナツタガ、コレヲオツパラツタ、支那兵ハナカ〳〵逃ゲンジヤツタガ、英兵ハニゲルト兵隊バカニシタ、戦闘司令所ハパホツクヲ経タ道路ヲ下リ、部隊ハ山中ヲ行ツタ、

○コノ後ハズツト戦闘ナク、安トカハツテ、下ツテ来タ、

○彼我戦力ノ比較、（敵ノ報告電報ウバツタモノ）

・八月以降、四千二百名ヅツ補充、毎月二千イルトイツテイル、

・戦闘兵種一師一万一千、新編、

・ミツチイナ方面七千―八千、支那ハ六千、

・コチラ、第一線普通五、六千、補充サレタモノ三千、

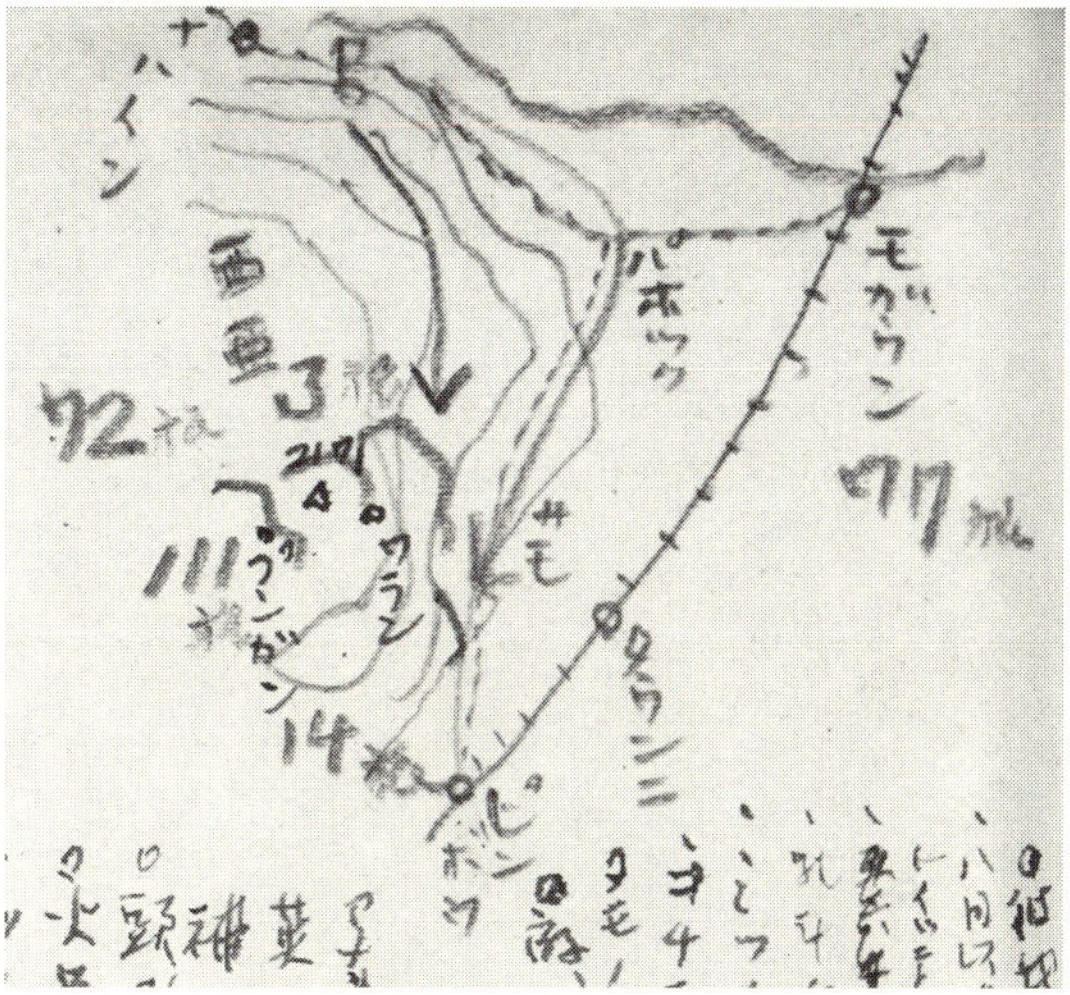

ナハインから戦闘司令所はパホックを経て、部隊は山中を行く。

○敵、四万四、五千ガ来タ、
二十二師　三十八師、二万二千
アメリカ本隊　三千、
英空挺隊　一千、
補充、一万四、五千、弾薬数十倍、
○頭数トシテ約六倍、火器十分ノ一、
○火器　敵、一個師、一九八門、迫撃砲、ソノ他ヲアハセテ約五百門、
○味方、約五十門、
○弾薬（統計ヲ戦闘中トッタ）
一日、迫、三千六百発一陣地ニウッタ、
○砲弾千発、迫、千五百ヲウッテキタ、
○飛行機戦車コチ《ラ》ニハナシ、
○給与衛生、スベテ戦力、敵数十倍、
○損害、敵、一万四、五千　我ガ方、五千、
○訓練モコチラ劣ッテイタ、
○支那ノトキハ、一対九、（六百ノ兵デ一個師六千ヲタタイタ）装備、敵一、日、五、今ハ敵十、日、一、数十倍ノ敵トイフコトニナル、
○損害ガ出タシ、後方機動ヲシタノデ負ケ戦ノヤウニ見ラレルノハ心外、有意義デ崇高ナ戦ヒ、

○飛行機ノ損害ハ微々タルモノ、五パーセント、シカシ間接被害大、敵機トブダケデ二個師ノ戦力、
○出ルトキハ一万九千イタ菊兵団、今、補充サレタノヲ入レテ千五六百、昔ハ半分ヤラレレバ全滅トイフトイツタ、ナホ、戦意旺盛、菊ノ強サ、兵隊ノ立派サニオドロイタ、田中師団長ノ偉大サ、
○四月二十日頃、ワラ高地附近、中隊二十名位、㊻カラ増援ヲヤル命令ヲ出シタラ、㊺山崎大佐オコツテイラントイツタ、二十三日、ハジメテ高射砲三門出テ来タ、キカン砲、キカン銃トソロハネバ射ツナトイツタノニ、ドン〳〵ウツタ、両方カラハゲシイ射チ合ヒ敵機、低空シテ来タノデウマクイカズ、一機落チタガ二台ハスツトンダ、平田少尉ノコツタ一門ニノボツテ指揮シタ、
○四月二十九日、天長節、（「勅ヲ奉ジテ死ス、死ストモ尚生キルガ如シ」松陰「萬古天皇ヲ仰グ」藤湖《ママ》）
（日記ニ恰度ソコガアツタ、玉砕ノ幸先ヨシ）
○前線ヘノ飯ハニギリメシニシテハコンダガ、アツ《イ》ノヲ水ツケテニギリ、袋ニツメテ引キヅツテユクト、ドブノナカニ入ツタリ、ツブレタリシテ、グチヤ〳〵ニナリ、下ノ方ハクサツテイルコトモアツタ、
○「フーコン」ハ「首の集積所」或ハ「髑髏《シャレコーベ》」ノ意、

シヤン語（カチン語トモイフ）

［VI］

○マインカンヨリサズツプニ到ル間ノ戦況（二月末ヨリ三月中旬迄）

マインカンよりサズツプに至る概要図《545ページ》

○二月末、マインカン正面ヘ敵来ル、右部隊ニハ戦車三、四十台、飛行機協力シテコレヲ出撃ストアリタルモ、飛《行》機来ズ、㊺ハ歩兵団（相田少将）ノ指揮下ニアリ、野重、肉迫ヲ以テ戦車ヲ十台ホドヤツツケタ、戦車群マインカン平原ニ進入、戦闘司令所ノ前ニアラハレ、ヤムナク、不急梱包、書類等ヲ焼ク、
○三月二日、敵一部（米軍）ワラウバンニアラハル、西堀中佐（師団輜重）ココニアリテ交戦、コレヲ撃破ノタメ㊻ノ一中隊急行ス、ナンビユウ通過ノ際、敵尖兵居タルラシキモ道アケテ通シ、通過後、タダチニ敵部隊ナンビユウニ入リテ遮断ス、ナンビユウ附近ニアリタル⚐設営隊（長以下二十五、六名）喪ハル、
○五六主力ハ先ニ一中隊トトモニワラウバンヘ向ヒ、敵

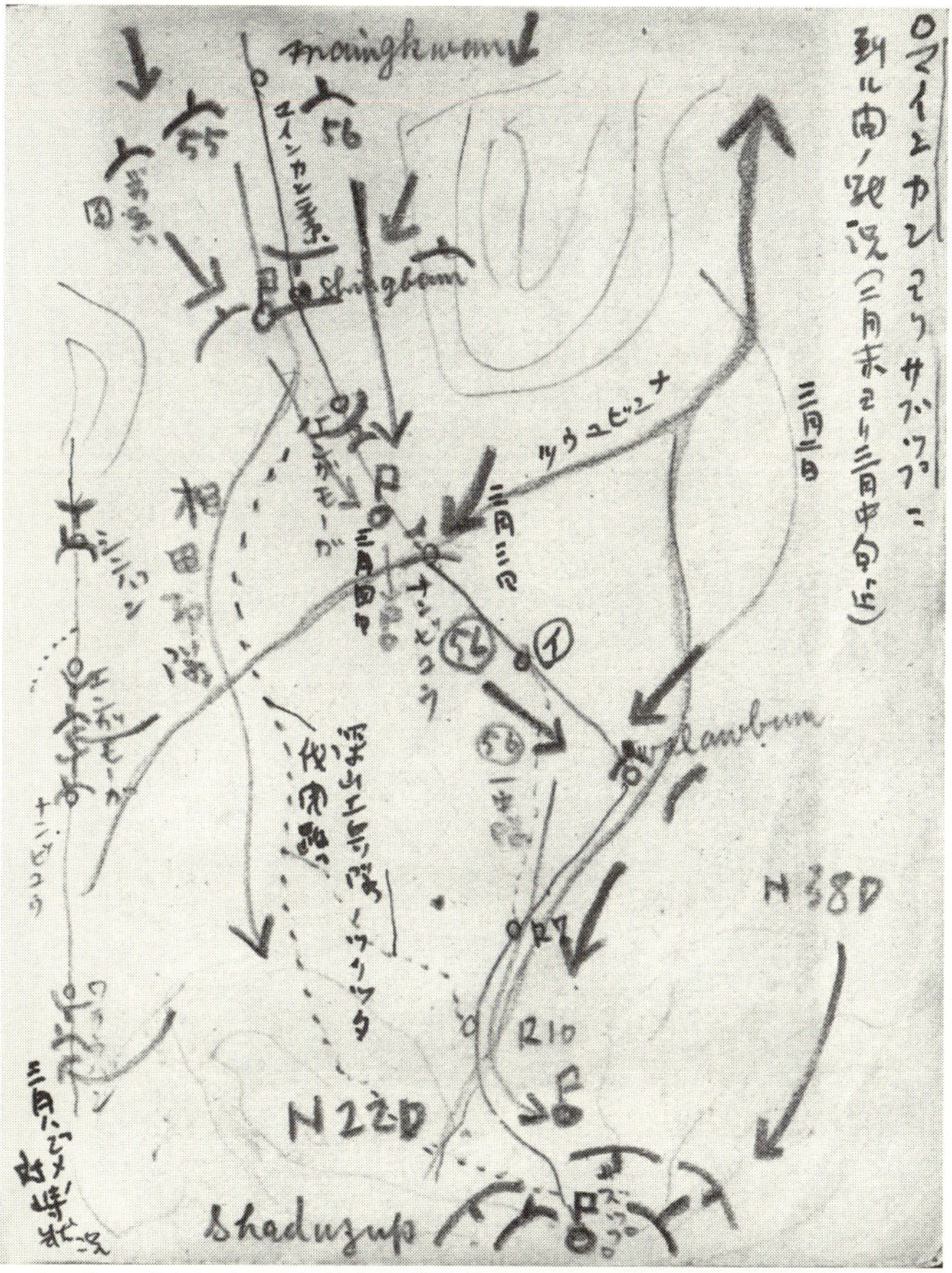

マインカン（Maingkwan）よりサズップ（Shaduzup）に至る概要図。

ヲ対岸ヘ駆逐、対峙、
○三月四日、♪ハモン《(ママ)》ガモーガト渡河点ノ中間ニアリ、相田部隊ハ敵トシンバン附近ニテ交戦、転進ヲハジメントシタルトキ、本道ハ一杯ツマツテ動キガトレズ、困ツテイルト、深山工兵隊長ガ、スデニ伐開路ガツクツテアルト報告、直チニソノ道ヲ転進開始、衛生隊（大塚中佐）砲兵、ソノ他コレニツヅク
○西堀中佐、ワラウバンニテ負傷、
○♪ハナンビユウ川ヲ渡河（五日夜）、六日朝、敵戦車ト部隊エンガモーガトナンビユウノ中間ニ出ヅ、前後ニ敵ヲ受ケ、重要書類ヲスベテ焼却、♪ハ、㋑ノ地点ヨリ伐開路ヲ抜ケ、R7、R10ヲ経テサズツプヘ出タ、閣下以下徒歩、三月十二日頃到着、♪がR7 R9ニヰル時分ニ、サズツプニ敵若干出テイタ、敵ハ我ガ軍ノ後方ヘ後方《へ》トマハリ、スコシモ余裕ガナカツタ、
［VI］

○ミツチイナ戦闘　三橋参謀（MYITKYINA）支那、密支那　日本、三致名〔ミイトキイナ〕
○五月十七日、ミツチイナニ空挺隊降下、ワラ高地ニイタトキ、東南方ニムカツテ、グライダーヲヒツパツタ飛行機トブトイフ報告、密偵ヲツカマヘタトキ、ミツチイナハ日本軍イナイ、空挺隊オロスニ絶好トイフ報告書ヲモツテイタ、
○ミツチイナニハ一個分隊シカイナカツタノヲ急拠《(ママ)》アツメテ一中隊ニシタ、敵、西ノ飛行場ニ地上カラ突入シテ来タ、ワヅカシカイナカツ《タ》ノデ占領サレタ、ソコヘグライダーガ降リタ、現地除隊ヲシタ印度人ヲ召集シテ、飛行場整備サセタ、一中隊ナラベテモ、一人ト一人ノ間ガ遠イ、病院六百ノ患者ノウチ動ケル者三百、竹槍デユク、
○一一四聯隊ハモガウン南方ミンヂ《(ママ)》ボムノ山中デ作戦シテイタ、反転シテ、一部ハ汽車、一部ハ行軍デ急拠《(ママ)》ミツチイナヘカヘツタ、丸山聯隊長、（一一四聯隊）
○弾薬糧秣ハミツチイナノ南、敵包囲外ニアツタノヲ、トリニ行ツタ、
○ナムクイン（モガウン西南方）ニイタ中西大隊、ト龍《【タツ】》ノ一大隊（水淵）トヲモミツチイナヘヤツタ、ミツチイナヘ行クマデ、水淵大隊敵ト衝突シテ傷ンダ、
○敵数百、ヒシ〳〵トカコム、スコシヅツ出撃シテ攻撃、ソノウチ攻撃力減ル、専心防禦、安部隊ガ来ルトテ待ツタガ遂ニ来ナイ、モガウンカラ、ミツチイナ西方ノ七一

五橋梁マデ先頭ガ来テイタ、ココマデ十日カカツタ、来タ一中隊ハ大砲ヲ射ツト敵ガミンナ自分ニカカルヂヤナイカト沈黙シテイタ、安ガ来タラ入ツテモラハウト、七一九橋梁マデ出テオサヘテイタガ来ル気配ガナカツタ、モガウンノ状況モ切迫シテ来タノデ、又、カヘツテ行ツタガ数十日カカツタ、

○ミツチイナハモウ五日シカ持タヌトイツタガ、安来ズ、ガンバツタ、

○龍、水上閣下、一個小隊ヲヒキイテ来タ、舟デ川ヲワタツタ、五月末日、一個小隊ト側近ノ兵ヲツレ、対岸ニ一小隊ヲノコシ、司令部ノ者ダケツレテ、ミツチイナニ入ツタ、

ミツチイナ付近概要図

○イカニスベキヤ、トイフ水上閣下、軍ヘ意見ヲキク左岸部隊ヲ下ゲ、右岸ハ死守セヨトイフ命令、弾丸ハ八月二十日頃、絶エタ、タベモノナシ、

○左岸部隊ハ下ゲロトイフコトナノデ、閣下ハ左岸部隊ヲ大キクシ、丸山部隊長ニ指揮サセ、自分ハ右岸部隊ヲ以テ玉砕シタノデアラウ、丸山隊長ノ報告ニヨルト、遺書ニヨル命令トアツタ、自決デハアルマイカ、

○丸山大佐ノヒキヰル兵約三百、ノコツタホトンドノ者ラシク、現在後退転進中、

○軍旗不滅、全員玉砕スルモ部隊不滅、道ヅレニ軍旗焼クベキニ非ズ、トイフ師団長ノ考ヘ、アブナクナルト司令部ニ軍旗ヲアヅカツタ、一度焼イテ又イタダクト前ノコトヲ思ヒダシ、団結ノ中心ユルグ、師団長、軍司令部ニ意見具申、同意トモ不同意トモイハズ、適当ノ措置スルトイフ返事、一一四聯隊ハ水上閣下行クト同時ニ軍直轄部隊トナツタ、

○丸山部隊ハ脱出中、カズノ橋梁デ先廻リシタ敵ニブツツカツテイル、

○空中補給モシタガウマクナカ〳〵狭イトコロニオチナイ、

ミツチイナ籠城略図《548ページ》

○市中ニ支那人ガ居ツタ、ソコダケ敵バクゲキヲシナカツタ、

○五月三十日ハ第何回目カノ総攻撃、ソノ夜、水上閣下ガミツチイナニ入ツテ来タ、

○敵将ガ眼前デ馬ニ乗ツテ指揮シトル、中西大隊長ト二

人敵中ニアツテ手榴弾ヲナゲラレ、ナランデヘタバッテイタ、
○丸山大佐ハ戦況ノドタン場ニナルマデ平気デ部下ニスベテヲマカセ、イヨイヨニナルトエラサヲ発揮シタ、水上閣下モソーデ、死ニニ来タヤウナモノ、
○負傷者、患者ハ筏ヲ組ンデイラワジヲ下ツタ、到着セシ者、セザル者、途中デ転覆シタモノ、カチンニ襲撃サレタモノ、戦死者ハサイショノ半分位出タアト、ツギツギニツギコンダ兵力ヲ入レテ、四千内外、モットモ多イ時ニハ二千位居タ、（中西大尉ハ負傷ノ報告アリタル後、消息不明）
○速射砲隊ハ師団主力ニ配属サレテイタガ、ミツチイナヘ敵中ヲ突破シテカヘツタ、隊長吉岡中尉ハフーコンニ於テモスコブル勇敢デ斥候ナドニ出テ、敵中ヲモグリ、装備、給与ノ状態（トラツクニ何々ガ入ツテイタ）ナド見テ来タコトモアルガ、コノトキモ、砲ヲ分解シ、首マデツカル泥沼ヲ、敵中ヲ抜ケテ城内ニ入ツテキタ、
○三橋参謀ハミツチイナ戦闘指導ニユキ、ナムクインニ両大隊ヲ迎ヘニユキ、一緒ノ汽車デカヘツタ、
○部隊、方面軍、軍、南方総軍「全軍ニ布告ス」特別感状

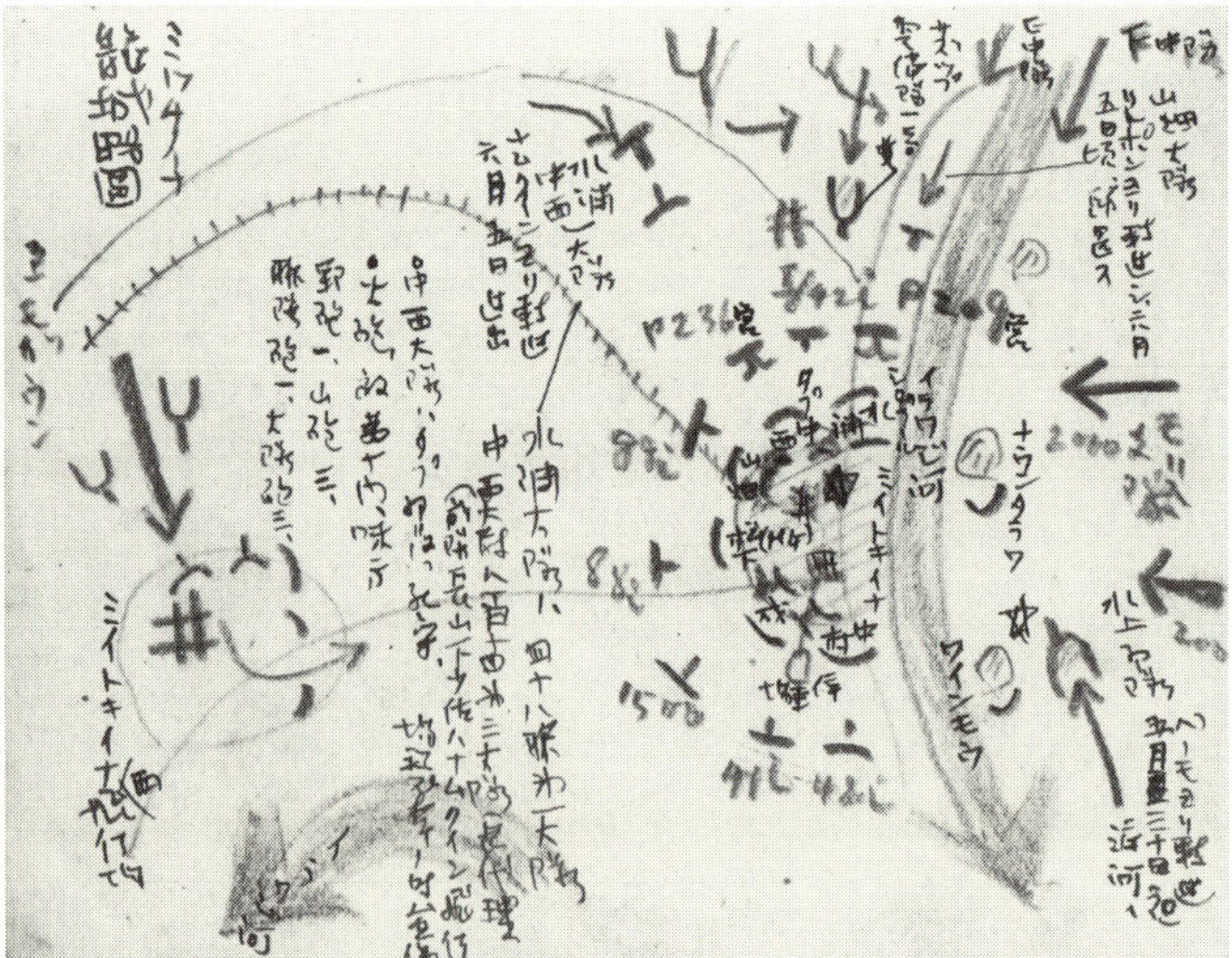

ミッチイナ籠城略図。

陛下カラ二回嘉尚ノ御言葉、参謀総長、
○感状、ミイトキイナ守備隊
　長　第五十六歩兵団長　水上少将
　歩兵第百十三聯隊　第八中隊
○歩兵第百十四聯隊
　歩兵第四十八聯隊　第一大隊
　歩兵第十二聯隊　第一中隊ノ一部
　工兵第五十六聯隊　第一中隊
　輜重兵第十二聯隊ノ一小隊
　第十八師団通信隊無線一分隊
　第五十六師団通信隊無線一分隊
　第十八師団第二野戦病院（三分ノ一欠）
　第十八師団防疫給水部ノ一部
　緬甸東北憲兵隊モガウン憲兵分隊ミイトキイナ分遣
　隊
　緬甸鉄道隊ノ一部
　第五飛行師団　地上部隊ノ一部
○註、第百十四聯隊
（第一大隊（歩兵一中隊一小隊、機銃一小隊大隊砲一分隊欠））歩兵砲中隊半部《ママ》、無線一分隊、欠）

右ハ昭和十九年五月十七日敵ノ空輸挺進部隊ミイトキイナ飛行場ニ進攻スルヤ機ヲ失セズ之ニ果敢ナル反撃ヲ加ヘ爾後逐次増加セル約四ケ師ノ敵ノ四周ヨクスル包囲攻撃ニ対シミイトキイナ附近ヲ確保シ約二ケ月ニ亘リ連日敵数十機ノ苛烈ナル猛爆ト空地相呼応スル優勢ナル敵ノ執拗ナル総攻撃トニ対シ寡兵克ク之ヲ撃摧シ至大ノ損害ヲ与ヘテ其ノ心胆ヲ寒カラシメタリ此ノ間ニ於ケル戦闘ハ真ニ凄壮惨烈ヲ極メ七月上旬ニ於テ我死傷者既ニ過半数ニ達シタルモ一兵ノ増援ヲモ要求スルコトナク将兵一体鞏固ナル団結ノ下益々至猛ノ敢闘精神ヲ発揮シ一騎当千以テ数次ニ亘リ我陣内ニ突入セル優勢ナル敵ヲ殲滅シ孤軍奮闘遺憾ナク皇軍ノ真価ヲ顕揚シ厳然長期ニ亘リ緬支連絡線上ノ鎖鑰ヲ確保ノ重任ヲ完ウシテ軍全般ノ作戦ヲ有利ナラシメタリ右ノ行動ハ水上少将ノ統率宜シキヲ得タルト丸山聯隊ノ軍旗ヲ中心トスル鉄石ノ団結ト諸部隊ノ和衷協同勇戦敢闘トニ拠ルモノニシテ其ノ武功抜群真ニ全軍ノ亀鑑タルモノト認メ茲ニ感状ヲ授与ス

　昭和十九年七月十九日　第三十三軍司令官　本多政材

○中西大隊について。（中西徳太郎大尉）（Ⅲ）
○ナムクインヨリミツチイナヘ帰ツタ中西大隊ハミツチイナ西北方タプノ町（ミツチイナノ一部）ヲ守備シタ、

状況切逼シタトキモ、コノ方面ニ敵ノ来ルノハアトニナツタノデ、五月末、安兵団ニ弾薬ヲ持ツテイツテヤルタメニ、三橋参謀ハコノ道カラ出ルコトニシタ、ヤラレル予感ガシテイタ　五月三十一日夜、八台ノトラツクニ弾薬ヲ積ンデ出発。シバラク行ツタトコロカラ、左ニ入ル、ジヤングル中ノ伐開路ヲ抜ケ、汽車ニ積ミコムツモリ、トコロガ町ヲ出ルカ出ナイカニ道路ノ両側カラ射撃ヲウケタ、先頭ノ衛兵ノ車ト二台目ハ敵中ニツツコンデ半輪《ママ》モ引キカヘスコトモデキナクナツタ、アトノ車ハグツト後モドリシタ、衛兵十二名モトビオリテカヘツタ、将校斥候クライト思ヒ、オイカヘスツモリデ攻撃シタ、トコロガナカナカ引カヌ、ソノウチ夜ガ白ミカケルト、道路ノ左側ノ部落タム（ミツチイナノ一部）ニ陣地ヲツクツテイタ中西大隊カラ、銃声ヲキイテヤツテ来タ、中西大尉モ来テ、十名ホドノ兵ヲ出シ、衛兵トイツシヨニナツテ攻撃シタ、浅イ壕ヲホツテソノナカニ入ツテキルト、機関銃、迫、手榴弾ナドデドン〳〵ヤツテ来タ、中西大尉ハ壕ノ中ニ坐リコミ平気ノ顔デオチツイテ指揮シテイタ、三橋参謀ト二人デナランデヘタバツテ手榴弾ヲヨケタ、ソノウチ敵兵力ガ五六百モアルラシイコトガワカツタ、中西大尉ハ、参謀ニ、アナタハ大切ナ書類ナドモ持ツテ居ラレルノダカラ、コンナトコロニ居テハイケナイ、聯隊本部ニ下ルヤウニトイツタノデ下ツタ、安ニ連絡ニユクタメ、ミツチイナ部隊ノ兵力配備ソノ他ノ機密書類ヲ持ツテイタ、ソノ後、中西大尉ハ負傷シタトイフコトヲ《ママ》デアツタガ、ソノ後ノ生死ハ不明。

三橋参謀ハ中西大隊ヲ迎ヘニ行キ、汽車ヲ下リテ伐開路カラ右ニマハリ、敵中ヲ突破シテ、タツタ一人ニナリ、辛ウジテミツチイナニ入ツタガ、ソレガ五月二十二日デ、アスハ誕生日ダガ、ココデ死ネバ恰度計算ガヨイナドト思ツテイタ、

○永末大尉、人ニイハレルトアマリヤラヌガ、マカセルトナンデモヤル、聯隊指揮班長、丸山大佐ガイヨ〳〵ニナツタラ出ルトイフマデ聯隊ヲ指揮シタ、ソレカラアマリイハンヤウニシタラ、色ンナ仕事ヲシタ、

○吉岡中尉（速射砲小隊長）モガウンカラミツチイナマデノ自働車道路、タレモツクランノニ、ツクツテケロリトシテイタ、

フーコン、マインカン北二里ムーアンカラヨンバンニ通ズル道、工兵ガ一週間カカルトイフ道ヲ、二日デツクツタ、四日クライカカルカモ知レントイツテイタ、歩兵デヤツタ、脇島中隊（永久《ママ》部隊）ガ出撃戦闘シタトキモコ

ノ道アツタタメニ多大ノ戦果ヲアゲタ、
○中隊長秦中尉、（速射砲、吉岡ノ隊長）ミツチイナニ二機、フーコン一機、ジヤングルニ落シタモノ五機、全部八機、中隊団結強固、
○七百米デ射ツタラアタラナカツタ、丸山隊長、有効射程外ノ弾丸射ツタトオコツタ、今度ハ長射程距離デウツタラ、敵機見エズ、オコラレタ、ソンナハヅナイトテシラベサセタ、飛行士ガ川フチニイタノガワカツテ、シラベタラオチテイテ、機関銃、ソノ他ヲロカクシタ、部下ガ慕ツテイテ、斥候ナド出ルトキニハ、ドーシテモツレテイツテクレトイツテ泣イタ、入院シタトキモ、身体ガワルイノニ出テイツテ指揮シタ、
○第一野戦病院、（軍医部長）六月初旬、モガウン西南方八キロ、トンボウニ野戦病院ガ患者三〇〇ヲカカヘテ居ツタ、敵襲ガアツテ、将校以下六〇名デ抵抗戦ニツイタ、一回目ハゲキタイ、二回ハササエテ居ツタ、ソノ間ニ患者ハ器具、衛生材料ヲミンナ下ゲタ、ロイロノ鉄橋ガ落チテイタガソレヲワタツタ、非戦闘員トイフ言葉ナシ、師団長ノ意見、トンボウカラロイロマデ約六キロ、
○獣医部長
病馬廠セトンニアツタトキ一聯隊ノ敵襲ヲ受ケ、十日ホド持チコタヘタ、後、歩兵トナツテ戦死五ガ出タ、（五月二十八日）　［Ⅵ］

○「フーコン作戦ニ就イテ」（大越参謀長）八月二十五日「サガイン」ニテ（日本デ一番若イ師団参謀長）
○フーコン作戦、一生懸命ニヤツタガ結果ニ於テ誤解サレルオソレアリ、事実ヲ以テ奮起サセルヤウニ、
○ビルマダケノ戦ヒデハナイ、
○ビルマヲ守ルノデナク、ビルマニ於テ守ル、大局、
○皇道実践、私心絶滅、文武「二」ニセズ、神州不滅、ゼツタイニツブレズ、
○尚武トハ何ゾヤ、武ハ神事ナリ、大御心、「朕ト一心ニナル」
○戦果、増産デ宣伝シテ来タ、サウイフ現象論デナク、根本、日本精神ヲ徹底セシムレバ足ル、知識階級ニ最モ必要、インテリ問題重大、
○五十年ノ人生ヨリ、コノ一年ニ学ビタルモ多シ、師団長モイハレタ、
○ノーミソヲ地ニタタキツケ、スリツケタイヤウナ戦デアツタ、

○父ガ（或ハ、夫ガ兄ガ、……ガ）ドーシテ死ンダカトイフコトガ遺族ハ一番気ニナル、ソノ死ガムダデナカツタ、オ役ニ立ツタトイフコト、今度ノヤウナ死ニカタヲシタ兵隊ガ多イトソレヲナツトクサセニクイ、
○大義ノタメニ死ス、トイフト、コトノ外ニ、愛情ヲウケテイルトイフ感ジガナイトナカ〳〵死ネヌ、
○動ケナイ兵隊ヲムリニウゴカシタリ、部隊長ニ涙ヲノンデツライ命令ヲ下シタリシタ、心ノ中ニ愛情、万斛ノナミダ、
○軍隊ハ外カラオサヘ、シバツテハ駄目、内カラアフレ、モリ上ルモノアレバ、確固タリ、マゴコロ、戦闘セイサンカレツトナレバ、ヨクアラハレル、
○「無車馬編成」有史以来ナイ軍隊、アラハレテ来タ敵、飛行機兵站地形ノ拘束ヲウケヌ、長距離作戦ガデキル、昔ハ動物輜重百二十キロ、（日露戦頃）トラツクガ出来テカラ千二百キロ位、
○ノモンハン戦ノトキモ敵ノヤツテ来ル兵力ヲ誤算シタ、アンナニ来ルト思ハナカツタ、自動車兵站ニヨツタカラ、
○飛行機兵站、一万二千キロ、コレヲヨク知リ、コノ対策ニ長ジタルモノ勝利ノ鍵トナル、（軍人、指揮者ニヨク徹底サセテモライタイ）

○戦闘ノ実相、未曽有ノ酷烈サ、（ガ島以上、ガ島デハ魚ヲクシザキ《ママ》ニシテ火アブリニスルヤウナモノ、砲爆撃、ダン〳〵犠牲ガ出タ）タビ〳〵デハ油汗ガ出タ、毎日七八十ノ死傷ガ出ル、一中隊ガソレ位デ毎日一中隊ヅツツブレルワケ、（ジヤンブキンタンノ線）
○毎月平均（六月マデ）二千人ノ損耗、（マインカンデ初年兵二千四百ガ来タ、）
○歩兵以外ノ部隊カラ二千名ノ兵ヲワリアテテ、再出征ヲサセタ、砲兵、輜重、衛生等、聯隊長ガ優秀ナモノヲ出シタ、
○ワラ高地ニ来タトキ、中隊ノ兵力四十名位ニナツタ、敵ハドコカラデモ来ル、ソレヲオサヘルタメニ出スト、敵ノ方ガ先ニ出テイル、丸山大佐ヲ呼ブ、軍旗ヲヒキヰテ来ル、
○米軍二大隊、モロコン（ワラ高地ノ西）ニ来タ、コレヲ砲撃シ、軍曹指揮シテ突撃シタラ逃ゲタ、ロカク品、ロケツト砲（戦車ヲウツモノ）アリ、逃ゲル敵ヲカウリニ包囲シタ、自分ハ追撃トイツタガ、ソレハドーカトイハレタ、アウチニ敵一聯隊位、コレヲ大西中隊攻撃シタ、カウリノ戦闘激烈、敵ソノノウチニ空中投下ヲハジメタ、丸山大佐剛毅、ドンナ窮境ニモ苦情ヲイハズ、モロコン

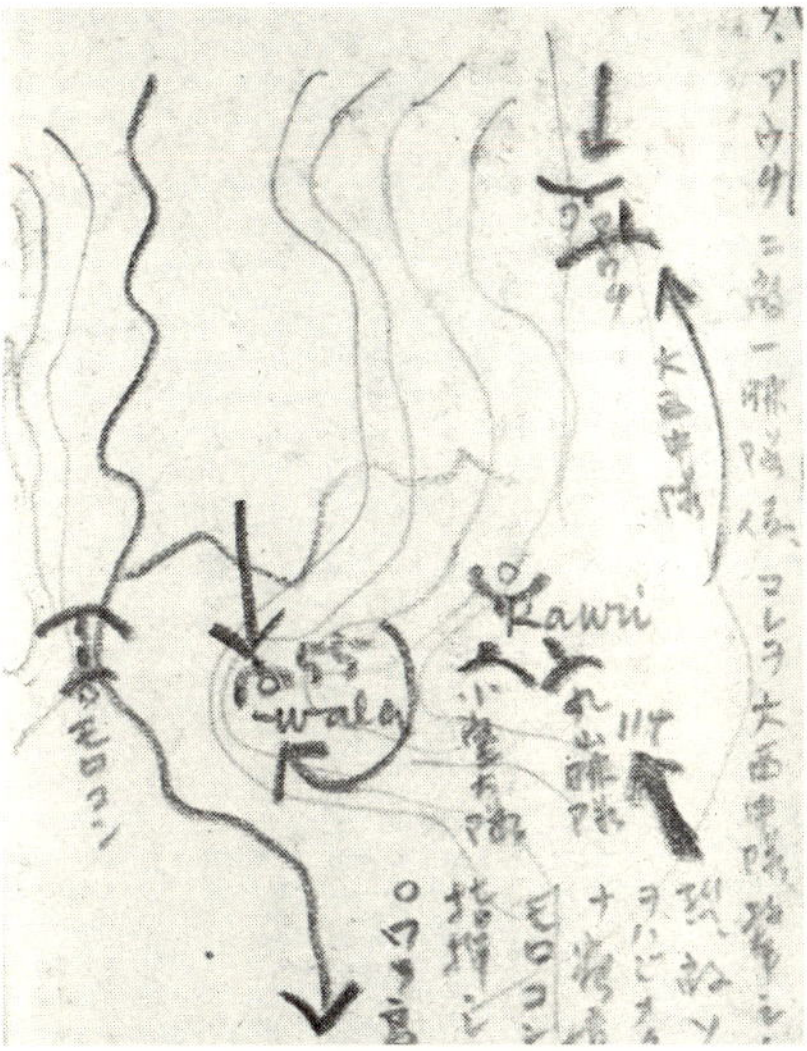

アウチ、カウリ、モロコンでの戦闘。

手を広げたようなワラ高地での戦闘。

デハ森田中佐（副官）指揮シテ苦戦シテイタ
○ワラ高地ハ手ヲヒロゲタヤウナトコロ、馬ガ月ニ７パーセントヅツ減ツテイタ、
○ワラ高地ハ掌ノヤウナトコロ、陣地ノ間、敵モグリコンデ来ル、浸透戦法、二百米モアルト、入ツテ来タ、斥候、尖兵、小隊ナド無線器モツテイテ、補給路ヲ立《ママ》ツ、
○トシヨリ必要、敵ガモーレツニ来ルト若イ者ガキバツ

テスコシ上ツテモ、ウシロカラ聯隊長ガウント押ヘル、
○ワラニハ五五ノ四個中隊、瘤ヲオサヘテヰルノハ兵長、伍長ノ指揮スル数名ヅツ、ソノ間ヘ入リコンデ来タ、逆ニドン〳〵上ツテ来タ、重ナリ合フヤウニナツタ、尖端ノ分隊カラ、小隊、中隊、大隊、聯隊ハ全部ガ戦闘シテイタ、破甲爆雷ヲ持ツテ兵長以下三名ガ一中隊ヲ撃破シタ、山崎大佐一度モ増援ヲイハズ、敵ハ三八師ノ二個聯

隊、英米人、印度人ハカウイフ戦法ハヤリキランガ、支那兵ハカウイフ戦ヲヨクヤツタ、○爆撃ハゲシ、
○カウイフ戦ヲ一ケ月ヤツタ、高地ハ死屍塁々《（ママ）》、臭気鼻ヲツク、夜タイタ飯ヲトドケテヤルノヲ、アクル日一日食フ、クサル、屍臭ノタメ嘔吐、ハヒマハルヤウナ伐開路ヲカツイデユク、四月《空白》日カラ《空白》月《空白》日マデ頑張リ、転進シタトキ、ドツト七百ノ患者ガ出タ、中隊二十名位、
○兵力損耗シタトキ、三千八百ノ兵員補充ガ来テ涙ガ出タ、退院二千、ソノ他、幹部候補生、他隊カラノ選抜キ、弾薬モ来タ、当時、モウルニ降リタ、空挺隊ヲ厳《ゲン》部隊攻撃シテイタ、師団長ハ永井軍医少佐ニ危イカラ行クナトイツタ、ソレヲ任務ダカラト六百ヲ率ヰテ、モウルノ敵陣ノ裏ヲ通リヒヨロ〳〵トナンシヤンヘ出タ、ソレニツヅイテアトモ来タ、ヨク来タ、危カツタロウトイヘバ、ナニ一個小隊護衛ヲツケテクレタト、平気ナ顔デアツタ、コノ兵ヲツカツテ精根コメテ戦シタ、
○カマインニ戦線ヲセイリスルニアタリ患者多クナリ、患者ト心中スルコトニナルカモ知レヌ、七百ノ患者ヲドースルカ、情ニ生キ情ニ死ス、ステルコトハデキヌ、ソノタメニ後ニ敵出テ、遮断サレタ、

○病院長《空白》少佐、一人ノ患者ヲ背負ヒ、胸マデノ湿地帯ヲカヘツテ来タ一例、器具ハ人命ヲタスケルタメ棄テタ、器具ハ全クナカツタ、火砲、弾薬モ失ツタ、シカシ団結ヲ得タ、
○カマイン南方ノ山中ニヰタトキ、敵砲弾ノタメ負傷、コツセツシテナイ、深呼吸シテ見タガ息出来ル、手ヲヒライテ見タ、マヒモシテナイノデ安心シタ、軍医部長ニ酒ノンデイイカ、ヨロシイデセウ、
○55、56、両聯隊徹《（ママ）》収シテ来ルノニ十日カカツタ、敵追尾シテ来ルノデ、下ルト同時ニ陣地ニツク、カマイン籠城、糧秣ナシ、二十トンホドノ籾ヲアツメタ、弾丸モナイ、カマインヲ墳墓ノ地トキメタ、ココヲハナレルノハイヤ、軍ヨリ下レノ命令、兵団長以下、七勺飯ヲ十日食ベタ、伝令ガ自分ノ食フノヲ自分ニ食ベサセテクレタ、参謀長ノ体力オトロヘテハイカントイフ気持、兵隊ヤセテ行クノガワカツテイタガ、ダマツテ食ベタ、カマインデハ最後ノ一発マデ射チツクシテ転進シタ、七里クライノ伐開路伝令ハ四十三瘤アルトイツタ、馬ホトンドタフレタ、馬ヲタベタ、死力ヲツクシテタタカツタ、超人的、任務ハ完全ニ果シタ、
○五五聯隊、中隊長以下零名四個中隊、五六、三個中隊、

兵力ナシ
○サモウ附近ニ来テ、木ノ家ニ入リ、ビンボウ附近デ砂糖ヲナメ、ホピンノ附近デ赤ン坊ノ泣キ声ヲキイタ、
○脳漿ヲスリツブスヤウナ悽壮《ママ》ナ戦、命令ヲ守ラザル者ナシ、
○見習士官等ガ到着シタトキ、「異常ナク参リマシタ」トイフヲキキ、「ナニガ異常ナノカ、軍医少佐ガ敵中ヲ一人デ突破シテ来トル、前線ハ死闘シトル、ナニ愚図々々二ケ月モカカツタカ」トオコリツケタガ、心ノ中デハヨク来タト拝ンデイタ、
○ガソリンナクテ、米ハコベナカツタ、敵機ニヤカレタ、
○「マラリヤノ一番イイ薬ハナニカ」「飛行機ダ」ト答ヘタ、
○経理部長ニ「菊、安、両兵団、二週間分ノ籾ヲ集メロ」トイツタラ、泣キソーナ顔シテイタ、カマインカラ転進スルトキ、シカシ努力シテヨク集メタ、ホピン周辺デ千トンホド買ヒ、ノコリハ安兵団ニ申シ送ツテ来タ、カマインカラノ伐開路ヲスベテ、火砲以下、人力デハコンダ、
○患者ヲ自力デ下ゲタ、軍ノ機関ナシ、野戦病院五〇〇位ノ予定ヲ千六百カカヘタ、野戦倉庫ヲクツツケタ、衛生隊、ヨクハタライタ、第一線ニ出テ、健康状態ヲシラベタ、経理部長モ野菜ナドヲ探シテ来テ食ベサセタ、懸命ノ努力モ及バザルトコロモアリ、申シワケナシ、
○重慶勢力ヲ打通シテ、日本爆撃ノ道トスル、第二ハ陸軍作戦根拠地トスル第三ハ大東亜戦争ヲ終熄セシメ、コノ時ノ貸シタ金ヲタテニトツテ、支那ヲ掌握スル、
○父、大越ハ軍神ナドトイハレ、仙台幼年学校ニ大越精神ノコツトル、ソビエツトニ行クト、理論的ニヤラレル、共産党ヲツブサニヤイカント思ヒ、レニズムヲ勉強シタ、後ドイツニテナチズムヲ研究シタ、後戦史ヲ十年ホド読ンダ、クラゼウイツチハ七八ヘン読ンダガ愚劣、孫子ノ方ガ立派、ドイツハナポレオンヲ学ンデイルガ、不賛成、国家ニ恒久性アルハ日本ノミ、興亡アルハ不正、クラゼウイツチハ殺奪、正与ナシ、ピツトハ与ヲイフモ物質ヲ与ヘ、トルハ「シヤイロツク・システム」（血地）ノ搾取、自由主義帝国主義 take and give の精神、共産党モ方便主義、共同党争、相棒打倒、イカナル秩序ヲ建テルカ、道徳的、結局、国家ヘ帰一スル外ナシ、
［VI］

○戦車について（木村参謀）八月二十五日
○フーコンデハ兵隊ハ戦車ヲタクサンヤツツケタガ、実ニエライト感心シタ、ワレ先ニ志願シテ出タ、破甲爆雷ヲカカヘテ、マヅ戦車地雷デ止メテオイテカラ、コレニ仕カケル、装甲ノ厚イトコロハ通ラナイノデ、ウシロノ方（機関部上部装甲鈑）ノウスイトコロニトリツケル、ナカナカオチツカナイトヤレル仕事デハナイ、戦車ハタクサン出テ来テモ、初メノ二台クライガ止ルトウシロモトマル、一人デ三ツノ爆雷ヲヨクバツテカカヘテユキ、順々ニ三台コハシタ兵隊モアツタ、
○戦車ヲ十台ヤツツケタトイツテモ、炎上カ、擱坐カトキキ、炎上3、擱坐7トイフヤウナノハツマラン、炎上デナイト戦果ニナラントイフト、マタノコ〳〵燃ヤシニ行ツタ、「アア戦車」カト兵隊馬鹿ニシテイタ、
○速射砲モ正面カラデハ弾丸ガトホラヌノデ、近クマデ引キツケテオイテ横カラ射ツタ、
○一人ノ兵隊ガ負傷シタガ、オレガ下ルト中隊ノ人員ガ減ル、（十数人シカヰナカツタ）トイツテ心配シテイタ、ソレカラ、戦車ガ来タラ、ヤツツケ役モ足リンヤウニナルトウヌボレタ、
○木村参謀ハモト戦車出身、自分ノ部下デ戦車ニ乗ツテイテ弾丸デ射チヌカレ、ソノ弾丸ガ又、腹ヲ抜イタ、シツカリシロトイツタラ、モウ私ハ死ニマストイツタ、
○西住大尉ハ同期ダツタ、立派ナ男ダツタ、映画「西住戦車長」ハ不満ダラケ、戦車戦闘ノ実相ガスコシモ出テイナイ、塀ヲコハシタリスルノハ、力ノツヨサヲ示シタノカモ知レンガ、アレハイランコトデ、アンナコトヲ二度モヤルト、《空白》ガハヅレテシマフ、砲ヲ射ツテ穴ヲアケタ方ガヨツポドヨイ、戦車小隊ガ宿営スル場合ニ、アンナ堂々タル家ニ入ルコトハ珍ラシク、野戦ニフサハシクナイ、戦車ハ戦闘ヨリ整備ニ苦心ガイルノダガ、ソノ苦労ガ出テイナイ、西住ハ学生時代、演習後、戦車ノ手入ヲスル、油ヲサスノニ二時間モカカルノデ、他ノ学生タチガソノママニシテカヘルコトガアツテモ、自分ダケハチヤント油ヲサシテ深更ニカヘツタ、戦地デソンナコトデハ困ルゾトイツテイタ、他ノ生徒モ西住ニナラフヤウニナツタ、戦車学校ノデキタ当時デ、ソレマデハアマリ成績ノヨクナイノヲ戦車ヘ廻ス傾向ガアツタガ、ソノ時ハ三分ノ一以上ノ序列ニアルモノカラトツタ、マダ戦車戦闘ノ方法ガ確立シテイナイトキデ、議論モヨクヤリ、ミンナ勝手ナコトバカリイツテキタノヲ、西住ガヨクマトメ、リードシテイタ、戦車ガ夜間、肉迫攻撃（ママ）ニヤ

ルトキニハ、アルヒハ肉迫攻撃ヲウケタトキニハ、友軍トノ距離ヲ知ルタメニ、パン〱ト前ノ戦車ヲ射ツテミル、軽機弾ハ通ラナイノデ、ソレデヨクワカル、渡河点ノ捜索ヲスルトキニモ、ノコ〱一人デ川ニ入ツテ、竹デ深サヲハカルコトモアルガ、モツト策ヲ講ジテ見タアトデノコトデ、映画ノヤウデハ不注意トイフ外ハナイ、犬死シタコトニナル、前戦車ニ牽引鋼ヲツケテ、川ニ入ツテ見テ、ワタレレバヨシ、ワタレネバアトノ戦車ガグツト引キアゲル、敵前デハサウイフ強行捜索ノ方法モアル、マタ、ドウシテモ川ノ《ママ》入ラネバナラヌ時デモ、前方ヲ捜索シテ見ル用心ガ必要デ、バン〱ト前方ヲ射撃シテ見ルコトモヨイ、アレデハ西住ガ可哀サウデ、アンナ映画ハ誤解ヲマネクオソレガアル、

○北支デ、自分ノ戦車ガ炎上シタコトガアル、敵中ニ入ツテカラデ弱ツタガ、外ニトビダシタ、スルト突然豪雨ガ降ツテ来テ、火ヲ消スコトガデキタ、ソノ間敵弾ハ集中シタガアタラナカツタ、火ガ消エルト、雨ガパタリト止ンダ、マタ戦車ニ乗ツテ敵ヲ蹂躙シタ、神助ト思ツタ、

○盲目ニナツテ、手拭デ眼ヲ掩ヒ、カンデ操縦シナガラ敵中ニ入リ、射撃ハ当ラナイガ、敵ノ散兵線ヲフミニジ《ツ》テ、敵ヲ七八人モヒキ殺シタ戦友ガアツタ、

［VI］

○瀬島参謀談（九月一日）ピンマナにて

○七月二十《八》日、近衛師団ヲ仏印ニ入レタトキ、アメリカガ経済断交ヲシタ、対米開戦ニナルカモ知レナイトイフノデ、マレー、ヒリツピン攻略ノタメノ軍ヲ編成準備シタ、海南島附近ニ集結シタ、昆明作戦ト称シタ、

○十月二十日、南方軍ヲ編成ソノ総指揮官ニ寺内大将ヲアテタガ、ソノ親補式ハ公ニデキズ、内閣ニモ宮内省ニモ知ラセズ、背広デソツト坂下門カラ宮中ニ入リ、中デ軍服ニ着カエテ、御前ニ伺候シタ、マダ開戦トハ決定セズ、任務ノアタヘカタガナカ〱ムツカシカツタ、ソツト飛行機デ台北ニオクリ、一ケ月ホド幽閉シタ

○十一月三日ノ御前会議デモ開戦決定シナカツタ、軍部ハ開戦ニ決シテイタガ政府ノ方ガ交渉ノ予《ママ》地アルモノトシ、和戦両様ノカマヘトシタ、

○三ツノ条件、一、米、英、蘭ニ対シテノ作戦準備ヲススメルコト、二、アメリカトノ外交交渉ヲ最後マデ努力スルコト、三、十一月三十日マデニ交渉マトマラズバ開戦ス、

○十一月四日、来栖大使ヲ派遣

○十二月一日、御前会議デ開戦ト決シタ、ソノ前日、野村、来栖両大使カラ、トーテイ交渉ハ成立シナイ、長ビケバ米国ノ開戦準備ヲトトノヘサセルバカリダカラ、自主的ニ処置サレルヤウトノ通報ガアツタ、

○開戦ヲ十二月八日午前〇時ト定メタ、航空気象ノ関係、ソノ他ヲ考慮ニ入レタ、杉山、永野、陸海軍代表者ガコノコトヲ

陛下ニ申シアゲニ行ツタ、ナゼ、八日ガヨイカトイフ御下問ガアツタ、永野大将ガ、アメリカハソノ日ガ月曜デ、前日ニ酒ヲノミ、グツタリシテイル日デアリマスト申シ上ゲタ、出テ来テソレヲ聞キ、ソレハチガイマス、アメリカハソノ日ガ日曜デスト注意シタラ、ソーカト廻レ右シテ訂正ニデカケタ、

○八日開戦トイフコトハ寺内大将ニモ五日ニナツテヤツト知ラセタ、政府ニハ七日ニナツテ、明日ヤルトイツタラビツクリシタ、外相ガオドロイタ、

○ガダルカナルのこと、《空白》

○独ソ開戦ニナツタトキ、（十六年六月）対ソ和戦両様ノカマヘトシテ、五十万ノ動員ヲキメタ、政府トノ協定デハ二師団、経費五、六億トイフ約束デアツタ、仕方ナク二師団ヲ基幹トシテ、砲兵、戦車、ソノ他ノ特科部隊ヲウントクツツケタ、経費モ二十三億ツカツタ、東條サンハ何ニモイハズアトシマツヲシテクレタ、ソノ時ノ作戦部長ガ田中新一少将デアツタ、満洲ヲコウシテガツチリオサヘテイタノデ南方作戦モ心ノコリナクデキ、マダ開戦直前ニ大動員ヲシテ企図バクロヲセズニスンダ、

〔VI〕

軍事関係（一般）

印路偶感　山本支隊視察の際

河辺中将

戦声間断夜沈々
月下巒峯万古心
前路進西通泥。里。
笑望天際夏雲深

六月二日　曙村にて

［Ⅲ］

○敵の宣伝、

○投降票「武士通過票」この票を持つて来る者は武士として待遇す、死ぬばかりが武士か、生きて御奉公をするが武士か、よくお考へ下さい

○全日本軍将兵ハ反問ス、我ガ軍ノ飛行機大砲ハ何処ニアリヤ

○拡声器放送「アキヤブ以来の弓の兵隊さん、あなた方の糧道はすでに絶たれました、こちらには暖いコーヒーもミルクもわいて居ります、すぐお出で下さい」

○「これだけで戦争ができるか」円匙と十字鍬の絵。

○「○○聯隊○○大隊、第○中隊の○○上等兵は負傷を手当した上、インパールの病院に入院させましたから御安心下さい」

［Ⅲ］

《以下、貼付した原稿用紙の裏に記入》

西機関、チン族工作状況

（第二班、稲田中尉）

（一八、一一、二七）ハカ到着後、酋長、村長ノ連絡ニ来リ《シ》者、ハカ郡三五名、ファラム郡一二、国境附近村長トモ連絡、毎日、二、三ケ村長来ル、クラウ、クランクラン、南北ノ線ニ自衛団ヲ組織、

（一八、九、二五→一一、一二）

○ハカ以南ノ敵ニ積極的意思ナシ

○敵警戒厳重、第一線ハ判明セルモ、敵域内ハ不明、

○遊撃部隊スンキャン攻略、陽動、宣伝、共ニ成功、

○住民ノ遠距離逃亡ヲ防止シ得タリ、村長、住民、報道ニ飢エアリタルタメ、印刷物スコブル卓効アリ、飛行機撒布ノモノ効果多シ、英人抹殺、

○デイリンニ配置セシ遊撃部隊（チン、ビルマ、混血）

活躍、
○ガンガウ平地ノ自警団、皇軍信頼、活躍真摯、
○日本軍チツタゴン攻略ノ宣伝ヲナス、
（一八、一二、一→一二、三一）
○物資交易所ノ設置、
○移動工作隊、巡回、宣撫、
○チン高地防衛隊 Cing Hill Defence Army. 編成訓練、フアラム訓練隊二五〇名ノ青年ヲ集ム
○敵、タンテーク附近ニ出撃、一四三九高地（フ《(ママ)》ワイト西方二〇マイル）大部分、ゴルカ兵、
○旧フアラム県知事ステイベンソンハ「ボルクワ」ニアルモノノゴトク、手兵約二〇〇、（一二、一四）
○インパール方面ヨリ、トラツクニヨリ「ゴルカ、パンジヤツプ」約一〇〇〇、「バーマライフル」約一〇〇、「チン」約一〇〇、テイデム《(ママ)》ニ到着セリ、
○ルンゴウ（アイカ南方二五マイル）北端森林中ニ英人コーゼンス大尉ノ指揮スル「チン」「カレン」混成約六〇、ＬＭＧ、自動短銃、小銃、糧秣、
○敵、フアラム日本軍少ト見、奪回企図、
○テイデム《(ママ)》敵情、二十二日、二五台ノトラツクニヨリ英兵、印度兵、約二、〇〇〇到着、運転手ハ英兵、現兵力、八、〇〇〇　印度兵（ムスルマン、パンヂヤツプ）ヲ主体、英兵約八〇〇、
○飛行機ニテ物量投下、一機ニテ約五〇個、集積場所ハ一部市内、大部ハ南方一マイル附近マデ道路両側ノジヤングル、
○毎日、将校用トシテ牛七頭ヲ屠殺
○住民、皇軍ニ協力シアルモ、真意ヲ解セズ、接敵地区ニテハ帰趨ニ迷フモノアリ、ハカ、フアラム以西住民ハ従来印度領ト物資交流アリタルモ、コノ停止ノタメ、敵側ヘ移住ヲ熱望ノ村モアリ、家財ヲ荷ヅクリシアルモノ若干。
○敵工作熾烈。日本ヘ協力スル者ニ対スル処分最重。協力部落ヘ爆撃、協力者ニハ物資給与、飛行機ニテ投下、日本ノ逆宣伝、教会ニ日本軍駐在シアルハ宗教蹂躙トイフ、　［Ⅲ］

《末尾のページに貼付された公文書》
火野氏一行ニ交通宿営報道資料蒐集ニ関スル便宜供与ノ件

昭和十九年八月三日　昆集団参謀　田中博厚　㊞

龍　田口参謀殿
菊　三橋参謀殿
沿道各地警備隊長殿
大本営派遣陸軍報道班員火野葦平氏一行ハ報道資料蒐集ノ目的ヲ以テ左記ノ如ク出張スルニ付格別ノ便宜供与相成度、特ニ畹町――「バーモ」――「カーサ」ノ交通ニ関シ畹町、バーモ警備隊長ハ為シ得ル限リ迅速ニ実施シ得ル如ク処置相煩シ度

記

明妙――ラシオ――畹町――芒市――畹町――ナンカン――バーモ――カーサ――インドウ――マンダレー――明妙

［V］

○龍陵→騰越、龍川江、邦乃渡《ホーダイワタ》シデ飛行機ヲトルタメニ八番線ノ針金ヲ二本張ツタ、
敵機低空シテ来テヒツカカツタ、
カカツタ〳〵トイツテ見テイタラ切レタ、

［V］

○汽車のはなし、
重列車（普通の汽車）
軽列車（敵産ノ自動車ノタイヤをかへて軌道ノ上ヲ走ル。
牽引力ナク、四列車位、山砲一門ト兵隊一杯ツムト動カン、
マキヲタク、マキガナクナルトトマツテ枕木ヲハヅス、
（？）

［V］

○敵飛行士捕虜　飛行機の来るたびたたかれる、自分は外はバクゲキしたがここはしないといふ。
○「聯隊長殿、この捕虜なぐつてもよくありますか」

［V］

○竹内大尉、浜田病院長、「軍医ハ兵隊カ医者カ、」「半分ハ医者、半分ハ兵隊」「ソンナコトハナイ、兵隊ダ、兵隊ガ医術ヲナラツタト同ジ」

［V］

○騰越飛行機事件、
ある日、一機の旧式複葉機（大正時代、ニユーポー

ル？）がふらふらと騰越上空にやつて来た。敵か味方《か》と一同眼をこらすと、青天白日のマークがある。それで射つたが、また、こんな飛行機だから、まさか日の丸をつけては飛ばせられまい、それに平気で上空をゆつくり舞つてゐるし、着陸する模様なので、射つのをひかへた。飛行機は傷だらけの飛行場（杭を射《ママ》つたり、溝を掘つたりした）に降りた。そつと散開して近づくと、ひよこひよこ降りて来た飛行士が複葉の下の羽にちよこんで《ママ》腰を下して煙草を吸ひだした。近づいてみると、支那兵で、よく似た保山とまちがへたとわかつた。そこで、書類など押収し、拳銃をうしろからつきつけて操従《ママ》させ芒市までとばせようとしたが故障でとばなかつた。操従《ママ》する風で壊したらしい。その後、城内の親日支那人（東方医院）といふのにあづけておいたら、示しあはせて逃げてしまつた。　［V］

○バーモ県民防衛団、名誉団長　県知事　ウ・サンペ（バーモ《ウ》首相トラングン大学同期生）
団長　ウ・チヨゾー（三十二）シユエグ産、（衛生補時代ニツケタ、エミコ・サン、チヨウチヨウ・サン　男ノ子、普通ノ名）バーモ、工藤写真屋カラ日本ノコトイロ〳〵キイテ、満洲国ニ興味ヲ持ツタ、ソノ発展ブリヲミテ、ビルマ独立ハ日本ノ外ナシト確心《ママ》シタ
○一年一回ナシヨナルデー、反英演説シテヒツパラレタコト度々、ソノ日ハビルマ独立ニツイテノ気焔ヲイギリスモ大目ニミテイタ、ソノトキノ独立歌「ドバマ」今ニウタハ《レ》テイル、「オレタチノ国ダ」トイフ歌、
○ビルマ人ノ身体ガ弱クテハダメトテ、ベルリンオリンピツクノ体操撰手ヲバーモニヨビ、青年ヲ糾合シタ、
○第一回訓練五月終リ、二、三十人、各部落カラ数人ヅツ、二週間、卒業スルト各村ヘカヘツテ、ソレガ指導者トナリ、民防衛団ヲ組織シタ、
○六月一日結成式、ビルマハオ前タチガ守レ、戦争ヤレトハイハヌ、領土ヲ守レ、敵兵ガ来タラ知ラセヨ、武器ハ竹槍（敵ハ bamboo soldier トイツテ馬鹿ニスル）ウチヨゾー、ワヅカニ拳銃一、
○六月三日、筏ニノツテ流レテ来タ支那兵二人ヲツカマヘテ来タ、アタマヲコブダラケニタタイテイタ、
　広西省田陽県第二軍第五六師一五〇団　上等兵　韋保喜（二五）一等兵　陸亜巣（二六）

表1

○貴陽昆明間ノ汽車、地図ニナキモ、単線アリト主張ス

○雲南駅デコレマデノスベテノ兵器ヲ返納、向フデワタストノコト、一機ニ三十人位、山ソダチデヒコーキニノレトイハレテビツクリシタ

○印度飛行場（テンスキヤ？）ニツイテ、ハダカニナレトイハレタ、ヌグト熊手ノヤウナモノデカキアツメテガソリンカケテヤイタ、米軍二着、英軍一着、米ノハ服ハイイガ大キ《ク》テ着ラレヌノデ、英ノヲ着テ、米ノハ大切ニシマツタ、

○米軍ソノ他ノ兵隊トハカクリシテマサツヲサケタ、行軍シテイテモ別々、雲南デハ外出禁止、昆明ハ人口ハンラン、貧富ノ差ヒドシ、

○印度ニ行ケバ、被服、食物、タバコ、ソノ他一切ヨイトイハレタ、

○百四十八団、百四十九、百五十団、米軍ノ順序デ来タ、ミツチイナノ戦ハソノ順デシタ、三日位ヅツシ、イタムトスグ交替シタ、

○給料

表2

○一ルピー、法幣《【コピー】》四〇元、印度物価高クテ、昆明ノ給料ノ方ガ生活シヤスイ

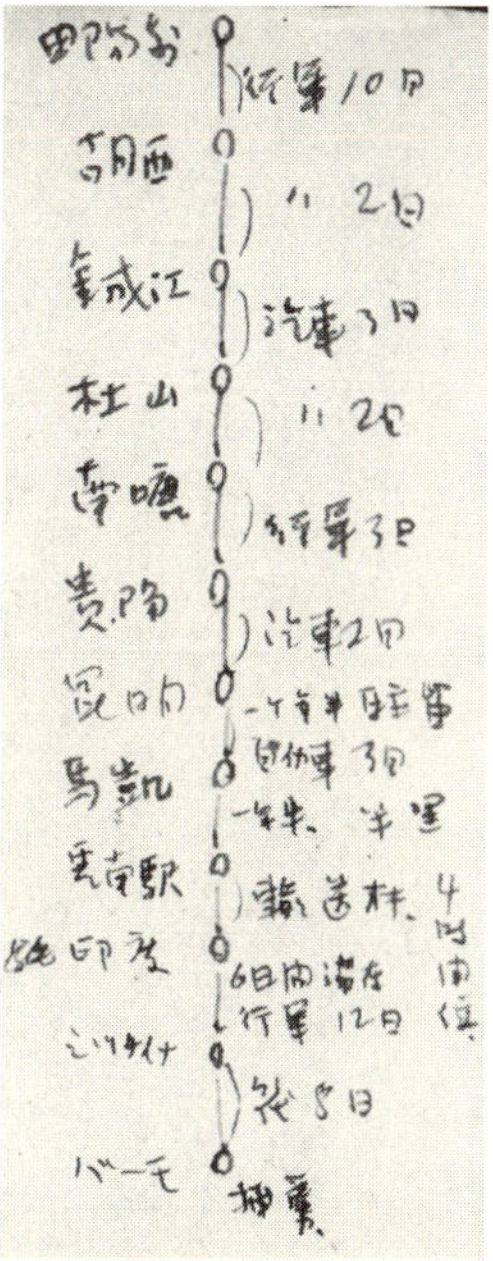

表1　田陽県—バーモの行程。

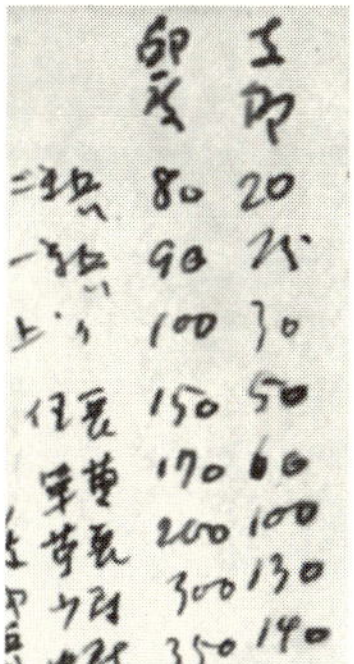

	印度	支那
二等兵	80	20
一等兵	90	25
上等兵	100	30
伍長	150	50
軍曹	170	60
曹長	200	100
少尉	300	130
中尉	350	140
大尉	560	150

表2　給料の比較。

○印度デノ兵器ハ米軍、
○米軍ニ対スル反感、支那兵ハ生米ト罐詰ヲ空輸、アメリカノハチヤントシタ罐、（チエスタフイード四本、ココア、レモンジユース、熱量食、ニユーパン、ナド一回分）敵前ニオイテ米兵ハソノママ食べ、支那兵ハ炊事シナクテハナラン、シカシソレハ生活様式ガチガフトテ別ニ反感ハイダカナイ、
○編成、一個連《【レン】》＝三排　一排＝三班　一班、MG、水冷式、携行兵器　排長自動小銃、副連長小銃、連長拳銃、一個班十名、小銃七、LG一、弾薬手二名、
○逃亡シタ原因、戦争ハ日本軍ガ想像以上ニ強ク、連、排、二長戦死、炊事夫戦死、炊事ガデキナイ、メシニ困ルトオモヒ、カヅラト竹デ筏ヲ組ミ、逃ゲタ、
○米軍ノコトナド何モ知ラナイ、昆明デハ、全然別ノ生活ヲシタ、
○二人ヲカンゴクニ入レテオイタトコロガ、バクゲキデヤラレタトキ逃ゲタ、ソレヲマタビルマ人ガコブダラケニシテツレテ来タ、
○ウ・サンペトインダウ県知事ト兄弟、ソノ知事ハスポーツマン、ハイハードル《(ママ)》ノ記録ハイマダニ破レテイナイ、ソノ娘キン・キン・ターガ日本語ウマイ、

○ウサンペノ娘キン・メイ・メイ、日本語デキル、
○ウチヨゾウノ母親病気ノ報キタルモ、自分ガ行ツタラ訓練ガデキヌトテユカヌ、［V］

○菊の兵隊ハ龍ヲツヨイトイヒ、龍ハ菊ヲツヨイトイフ［V］

○田中師団長（八月十九日）オレ、ワガハイ……ゲヤ、
○フーコン作戦ノ特性、
○戦術ノ根本、包囲、退路遮断デアルガ、新編ノ敵ハコレテ《(ママ)》ヤラレテモ少シモ困ラナカツタ、後方ノ長イ部隊ハ困ルガ、敵ハ後方ガナイ、エン〳〵ト輜重ガツヅクトイフヤウナ日本ノ不便サ、敵ハ空中カラ補給スルノデ、ドコデモ自由ニ機動ガデキル、ソコデ敵ハ出テ来テイル兵力ガスベテ戦闘兵力ニナル、
○空地協同ノ考ヘ方ガ変ツテ来タ、尤モコツチニ敵ニ匹敵スル航空兵力ノアル場合ハ又、別、敵ハ日本軍ヲヨク研究シテイタ、
○一万一千―二千（一個師）敵ハウシロガ必要ナイノデ

第一線兵力トシテツカヘル、歩兵、砲兵、工兵

○密林デノ大軍作戦ハデキナイトイフ考ヘ方、日本軍ガデキルコトヲマレー作戦デ教ヘタ、英米ガ研究シタ、

○後方ヲツヅケル、連絡ヲ早クスルコト、
空中補給 ← 訓練、ジャングル内ノ訓練、戦車、
空挺、（将来陸戦ノ為　速度）

○戦車ガ一個中隊位通《ママ》ルトジャングルニ道ガデキル、一時間、四五キロ、抜開速度、

○飛行機ノ問題、ジャングル内デ困ルノハ方向、場所ガワカラン、展望スルトコロガナイ、磁石ガ南北サカサノモノ、（三十イクツノウチ八ツ）アテニナラン、飛行機カラ見ルトワカル、命ゼラレタ地点ノ上ヲ飛行機トブ、

○連絡、○偵察、銃爆撃、

○昼間行動制肘《ママ》ヲウケ、夜間ニ制限サレル、ジャングルノ夜ハ困ル、日光ニアタラント気ガクサル、努力ト疲労大キイ、

○敵五万、（コレダケ動カスニハ十五万ノ人間ガイル）第一線ニ皆ツカヘル、友軍ハ第一線ハワヅカシカイナイ、ウシロガ長イ、

○装備　小銃、キカン銃ハ別トシテ、大砲ノ問題、（大隊砲以上、敵ハ迫以上、数十倍）弾丸ノ補充、敵空中補充、落下傘六発、五十デ三百発、量ニヨッテ迫ノ威力ヲアラハス、

○有形戦力、相当ノヒラキガアル、（雲南遠征軍ハモット装備ガヨイ）

○（下ツタノハ最初カラノ計画、）戦果、敵ノ死傷、報告シタ正確ナモノ、三倍―四倍。装備ワルクテコノ戦果、精神戦力、（昔ノ支那戦線デハ日本ノ装備ヨカツタ、飛行機、戦車、大砲、弾丸、戦果ハアタリ前、）有形戦力ト無形戦力トノ統一デアルガ、日本ハ無形戦力、有形戦力ハコレニ従順シ、帰一スル、敵ハ反対、当面ノ戦闘ハ彼我鉄量ノ使ヒ方ノ問題、物質戦力ノ精神化ガ大切、銃ヲナガメテコレニ愛着ヲ持チ、神聖視シテユク心、敵ハ有形戦力ガナクナレバソレマデ、

○工事ヲシテ鉄量ヲムダニサセル、迂回シテ敵ノ集結所ヲウバフ、敵ハ浮浪人トナル、コノ戦闘ヲヤツテコノ感ヲ深クシタ、

○戦争、悽壮苛烈、戦略ノ優越デ勝ツ戦争ナラ悠長、仲裁者ガ入ツテ片ヅクナラ悠長、一銃一剣、肉弾デヤラネバカタヅカヌノガ苛烈、

○今ハ、戦争ニ対スル外交力ハゼロ、戦略、戦術ハ大切ダガ、コレデモ解決ツカン、ジャングルデハ側背ニ出テ

モ脅威ヲカンジナイ、距離モ一キロ位デハ戦闘距離ニナラヌ、結局、一人一剣ノ力ガ最後ノモノ、分隊、小隊ノ威力、野戦デハ幹部ノ損耗ガ多イ。○戦略戦術ハフランス、ドイツカラ来タ、ナポレオン、独仏間ノ戦争カラワリダサレタ諸原則、戦理上ダメダトナルト手ヲアゲテ降伏スル、ロシヤ、支那ハ手ヲアゲヌ、一人一剣ノミ、「必勝ノ信念」ココニアル、

○勇ノ某聯隊長、英印軍ハワケナイ、支那兵ハ御シニクイ、東洋的ナモノ、

○持久作戦ハムヅカシイ、局部ダケ見テハイケヌ、勝ツテイル、兵隊ハ精鋭、ヤヤ訓練不足ダガ、エライ師団、聯隊長ミナ自信、

○必勝ノ信念、①戦場将兵ノ必勝ノ信念、②作戦計画部ノ必勝ノ信念③内地ノ軍当局、戦争指導部、④国民ノ必勝ノ信念、コレガ一本タルコト、

○一九一四年、ドイツ　マルヌニオシヨセタトキ、第一線ハ信念アツタガ、戦争指導者ニ信念カケタタメ、退却ヲ命ジタ、大本営カラ（ヒンチ中佐？）視察ニユキ、負傷者ナドノ悲惨サヲ見テイカント思ツタ、

○第一線部隊（師団以下）ノ必勝ノ信念ヲガツチリ持ツコト、槍ノホサキ、長期ニワタツテ微動モセズニ居ルコト、一人一兵ノ必勝ノ信念大切、個人単位戦闘、国民モ同ジ、

○戦ハ一見些《ママ》シタルコトデ勝敗ガキマル、ドーイフ料理人ヲヨビ、ドーイフ風ニシヨウトイフノガ戦略、アナタ上席ナドトイフノガ戦術、食フノガ戦闘、戦略戦術ハ準備行動、トコロガコレデ戦争ガスンダ例ガアツタ、今ハ最後マデヤラネバナラヌ、一人一人ノ行動ガ全戦局ヲ支配スル、悽愴苛烈ナ戦ノ真相、

○敵戦車、三個営、百数十台、約百台永《ママ》久聯隊デ炎上擱座サセタ、兵隊自信ヲ以テ「戦車ナラ大丈夫」トイフ、二月中旬ゴロ、敵ノ書類ヲトルト戦車ノ制《ママ》能、編制ノコトガ詳シク書イテアツタ、研究シテ待チカマヘタ、ハジメ戦車ニブツカツテ擱坐サセテ以後、ドン〳〵ヤツタ、偶然ヲ偶然タラシメザル働ラキ、本ヲヒロツテソレヲ無駄ニシナカツタ、ソノ努力必要、

○カウイフコトヲ一歩進メルト、戦果ヲ二倍ニスルコトガデキル、微ヲ積ンデ大ヲナス、一人ガ二人コロセバ、二万ガ四万ニナル、

○兵隊ガスツカリ変ツタ、タクマシク立派ニナツタ、部隊長モ成長シタ、他ニ対スルタタカヒト自己ニタイスル戦ヒ、困苦久シ、敵ノ砲爆撃中ニアツテ鍛錬、サトリ没

我ノ境地、勝利ノ一途、

○孫子ハ将帥ノ徳トシテ「智信仁勇厳」ヲアゲトルガ、小手先術策ニスギヌ、小サイ　コノ奥ニ「明」ナカルベカラズ、邪心ナク、一切ヲパットウッス心「空」「捨」コレニ次グ（古武士ハコノ境地ニアツタ）禅ニ帰着スルモノ多シ、

○任務第一主義、任務完遂カ、然ラズンバ全員玉砕、

○コノモウ一ツ奥ニ御国体、忠節、戦略戦術ニコノ高イ精神ヲモリコムコトガ大切、有形戦力万能ヲ否定セヨ、

○戦ノ善悪、正邪利害ハ問題デナイ、絶対ノモノ、ハカルモノサシガナイ、

○物質ナラ最初カラ勝負ハワカツテイル、神話ヲ信仰スル民族ト神話モタヌ国トノタタカヒ、増産モヨイガコレヲ精神化セネバナラン、戦果ニマデ国民ヲヒツパツテハダメ、

○軍人ノ生活ニアヤマリナシ、五ケ条ニスベテ帰一、

〔V〕

○米空軍編輯「ジャングルニ於ケル措置」抜筆

○ジャングルに突入するな

○克く事情を考察し而して後行動せよ

○睡眠と食物とは重要なり

○逃亡を急ぐ余り睡眠と食物を忽《ゆるがせ》にするな

㈠ジャングルヲ恐レルナ、危期ヲ避ケ且ツ頭ヲ働カセレバジャングル内デモ安全ニ幾週間カ生活スルコトガデキル

一、良キ食物ト良キ水、之等ハ充分捜査スレバ、ジャングルニハ充分アル

二、大部分ノ野生動物ハ邪魔シナイ限リ危害ヲ及ボサナイ

三、毒蛇ニカマレルコトハ極メテ少イ「ポリネシヤ」「マライ」ニハ毒蛇ハ稀ニシカイナイ

四、「ニューギニヤ」「アッサム」ノ毒蛇ヲ除外スレバジャングルノ動物ハ柔《おとな》シク、近クナラバ柔順デアル

五、マラリヤハ最悪ノ敵デアルキニーネ又ハアテブリンヲ服用セヨ

㈡シグナル、若シ飛行機ガ完全デアツタナラバ（破壊サレヌ場合）不時着時次ノ諸項ヲ確守セヨ

一、車輪ヲデキルダケ土中ニ埋メヨ

二、両翼ヲ固定セヨ

三、ラジオ（携行セルモノ）ヲ設備シテ信号セヨ

四、コウル（Cowl）パネル（板）ヲトリハヅシテ反射鏡ヲ作レ、救援機ヨリ見ヤスクスルコト緊要ナリ
五、機ヨリ数百フイート以内ニ数個ノ火点ヲ作リ救援機ガ来タナラバ点火セヨ、ソノ時オイル罐ト水カンヲアラカジメ用意シ油ニ点火シテ後水ヲカケルトヨイ
六、若シ救急箱ガアレバ、ソノパレル（ママ）ヲ取リハヅシ之ヲ折リタタムコトニヨツテ信号セヨ
七、一度救援機ニ、信号シ注意ヲヒクコトガデキタナラバ次ニハ体ニヨル信号ヲナセ
八、其ノ他、鏡信号（反射利用）ガアルガ、コレハブリキ其ノ他金属等、反射スルモノナラバ何ヲ利用スルモ可
九、以上ノ外、任務ノ分担見張ノ設置ヲ確実ニ行ツテ、敵ノ包囲中ニナキコト明瞭ナルトキハピストルヲ以テ信号スルモ一方法ナリ
十、尚、コンパス、星座デ自分ノ位置ヲ知リ、要スレバ斥候ヲ出シテ小流ヲ探シ、附近ノ樹木、河原ノ石等ヲ利用シテ信号ヲナスモ可
㊂　水
一、流レヲ求メヨ
二、次ニ宿営地ヨリノ距離ト方向ヲ定メヨ、之ハ村ニ出ル道ヲ得ル可能性ヲ増ス
三、モシ流ヲ得ルコトノデキヌ場合ハ最モ低イ地ニ穴ヲ掘リ三、四尺デ水ナキ時ハ数ケ所ニ試ミヨ、高地デナイカギリ、必ズ水ヲ得ラレル
四、動物ノ足跡ニ注意セヨ、コレハ水流ニ導クコトシバ〳〵ナリ
五、以上ノ外、イカニシテモ水源ヲ得ザル時ハ次ノ植物ニヨレ　LIANA（熱帯産葛類、ジヤングルブドウ）ノ幹ヲ地上ニ近ク切ル　蓮ノ葉ノヤウナモノニ雨水ヲタメル、バナナノ葉ニテモ可
㊃パラシユート、常ニ手元ヨリ離スナ、種々ノ利用法ガアル、例ヘバテント、布片、紐ヲ得、サツクヲ分解スレバ背嚢ニナル
㊄尚万一ノ場合ハ飛行機ヲハナレル前ニ機密書類ヲヤキ、ヒミツ兵器ヲハカイシ、且ツ部分品モ煙（ママ）滅セヨ、モシ敵地ニ近ケレバ機体ヲ焼却セヨ、
㊅ジヤングルヨリノ待避法
ジヤングルヲ貫通スルナ、必ズ水流ニ添フカ、動物、人ノ足跡ヲ辿ツテ歩キ、道ナキトコロヲ貫通スルナ、象ノ足跡ハ三―四フイト、他ノ獣ハ十二―十八吋位ノハバデアル、
㊆天然食料品ニ関シテ

一、ソノ本態ガ判明スルマデ、苦《ニガ》イ味ノモ《ノ》ハ食フナ
二、乳汁ヲ有スル植物ハスベテ避ケルコト
三、猿ノ食ベルモノハ何デモ食ベ得ル、
ソノ他
〔Ⅵ〕

十月十日　一〇、一〇　ラヂオ
一、南九州地区ニ敵味方不明機現ハル依テ北九州地区ニ対シ警戒警報発令セラル
二、（一〇、三八）一〇、二〇分南九州地区空襲警報解除、現在小倉上空ニ友軍機飛翔中ナリ
三、（一〇、三〇）八時二〇分沖縄上空ニ敵艦載機約百五〇機来襲セリ（西軍情報）
四、（九、三〇《(ママ)》分）南九州ニ空襲警報発令セラル（下要□□）通報）
五、（一〇、三〇分）午前六時三〇分敵機動部隊沖縄方面洋ニ現ハル、艦載機十数ヲ以テ沖縄及大島方面ニ来襲シ一部ハ北上中ナリ南九州空襲警報発令（大毎情報）
六、（一〇、五〇）一〇時二〇分南九州地区ハ空襲警報解除セラレタルモ尚南部方面ニハ東南方洋上ヨリノ空襲ヲ受クル公算アル情況ナリ（西軍通報）
七、（十一、二分）敵機動部隊ノ特質ニ鑑ミ警戒警備ハ概ネ、午前中継続セラルル予定、
八、大島名瀬港空襲サレ被弾十発
九、八時三〇分、淹《(ママ)》美大島徳ノ島ヲ爆撃シ攻撃目標ハ主トシテ飛行場ナリ
十、（十二、三〇）敵艦載機六十五機ヲ以テ徳ノ島ニ来襲爆撃中ナリ（西軍情報）
十一、（十二、三〇）十二時十五分沖縄島ニ於テハ爆撃ヲ受ケツツアリ
十二、知覧《チラン》（鹿児島県）情報ニ依レバ敵艦船及飛行機ヲ発見ス

（夜）那覇郵便局ニ直撃弾ヲ受ケ、通信不通トナル
十一日、午前中、全ク情報ナシ、台湾不明、
一、沖縄ハ再度、三度空襲ヲ受ク、
二、宮崎県都井崎沖合四百海里ニ敵艦船十八隻（？）ヲ発見シタルモ爾後ノ消息不明トナル、
三、台湾空襲中、（以上、正午頃、下津屋情報）
〔Ⅵ〕

那覇空襲

敵機動部隊艦才（ママ）機の南西諸島来襲は敵の常套手段たる無差別爆撃を東亜戦線に於てはじめて大規模に実施した点に重大性がある

即ち敵は戦爆連合の大編隊で那覇に対し波状攻撃を行つた

第一波七時から八時二十分までに
　二百三十六機
第二波九時二十分から十時十五分までに
　二百十機
第三波十一時四十五分から十二時半まで
　百五十六機
第四波十二時四十分から一時四十分
　九十二機
第五波二時四十五分から三時四十五分
　百三十六機

前後八時間、間断なく合計八百三十機で右の如く来襲した

第一波は戦闘機のみだつたが二波から爆撃機が参加し飛行場、港湾、船舶の軍事施設を狙ひ四、五波は市街を無差別銃爆撃した

超低空のため高射砲陣地を抜け機銃掃射で民防空活動意の如くならず焼夷弾多数のため大火発生かつ烈風のため火焔全市を蔽ふに至り死傷者多数あり

十月十五日十五時、大本営発表、
台湾東方海面ノ敵機動部隊ハ昨十四日来、東方ニ向ケ敗走中ニシテ我部隊ハ此ノ敵ニ対シ反復猛攻ヲ加ヘ戦果拡充中ナリ現在マデニ判明セル戦果左ノ如シ
轟撃沈、航空母艦七隻、駆逐艦一隻、
(既発表ノ艦種不詳三隻ハ航空母艦三隻ナリシコト判明セリ)
撃破、航空母艦二隻、戦艦一隻、巡洋艦一隻　艦種不詳十一隻、計二十三隻

十六日、撃沈、空母十隻、戦艦二隻　巡艦五隻　駆艦一隻
　撃破空母三隻　戦艦一隻　巡艦《空白》
　艦種不詳十一隻　計三十五隻
［VI］

葦平備忘録

大東亜宣言
一、大東亜各国ハ協同シテ大東亜ノ安定ヲ確保シ道義ニ基ク共存共栄ノ秩序ヲ建設ス
二、大東亜各国ハ相互ニ自主独立ヲ尊重シ互助敦睦ノ実ヲ挙ゲ大東亜ノ親和ヲ確立ス
三、大東亜各国ハ相互ニ其ノ伝統ヲ尊重シ各民族ノ創造性ヲ伸張《（ママ）》シ大東亜ノ文化ヲ昂揚ス
四、大東亜各国ハ互恵ノ下緊密ニ提携シ其ノ経済発展ヲ図リ大東亜ノ繁栄ヲ増進ス
五、大東亜各国ハ万邦トノ交誼ヲ厚ウ《（ママ）》シ人種的差別ヲ撤癈《（ママ）》シ普ク文化ヲ交流シ進ンデ資源ヲ開放シ以テ世界ノ進運ニ貢献ス
［Ⅲ］

○鶯鳴枯野寒更新
曽遊田良飛魂多
［Ⅲ］

○、話（テンデハナシニナラン）、物
五分と五分とにしかけた上は引くに引
かれぬ身の事情
［Ⅲ］

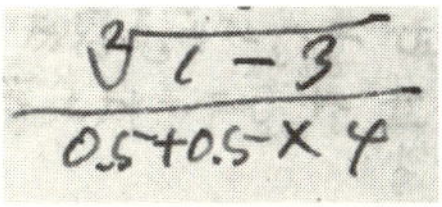

上記の戯れ句を表した数式。

《以下、原稿用紙の裏に記入し貼付》
（一九、一、一、→一、三一）
○一一、一二、酋長村長召集、（「ライゾウ」「タイソン」）ルンバン酋長「ルンモン」ノ対敵行為ノ末路ヲ示シ、協力ヲ誓ハシム、塩、ロンギヲ与フ、
○チン高地防衛軍、素質アマリヨクナシ、給食ノ不平ヨリ逃亡スル者アリ、
○二〇日、県庁、郡役所ヲ復活、
○医療宣撫実施、「フアラム患者集合所ノ後援、病人、マラリヤ、銃爆撃ニヨル負傷、
○敵さかんに蠢動、ゴルカ兵、英人ノ指揮スルチン兵、

○民情不安定。高地ハ昨年ノ降雨少量ノタメ四十年ノ不作、餓死セル者モアリ、苦力ノ徴用、円滑ナラズ、酋長下約一五〇程度、ファラム附近ノ村落、遠キタメ、発令後、苦力到着マデ五日ヲ要ス、
○軍票ニ対スル信頼度ウスシ、印度貨ヲ好ミ、敵ノ動向ニ直チニ影響サル、接敵地ハ機ヲ見テ蜂起ノ兆見ユ、英人、軍票ハ紙ニシテ無価値ナリト宣伝、「カレミヨウ」ニ軍票印刷所アリ、日本軍将校ハ携帯用印刷機ヲ所持ストイフ、コレヲウケツグ村長アリ、バナナナド売リニ来ルモノニスパイアリ、
（一九、二月一日―二九日）
○敵ハ遊撃拠点ヲ推進シツツアルモノノ如シ、テイデム《ママ》兵力約一万、インパールヨリ昼夜兵器糧秣ノ輸送、落下傘物量投下、地上ニ地雷ヲ敷設シツツアリ、
○行政機構活潑化シ、民情漸次良好、苦力、肉類、薪、野菜等集合状態ヨシ、現地人工作員中、反英思想濃厚トナリ、討英会ヲ組織、方面軍司令官、バーモ《ウ》首相ニ忠誠ヲ誓フモノアリ、
○五組ノ啓蒙宣伝隊（一組五名）占領治下遊説、防衛軍（遊撃部隊）逐次増大、百五十名トナル、「戦果」投降兵一二、スパイ一〇、小銃四二三、弾薬四〇〇〇、自動短銃二、手榴弾一八、通敵分子家屋焼却一二、迫撃砲弾、大三〇、小四四、
「損害」戦死三、脱走六、射耗弾、小銃約二〇〇〇、自動短銃五〇〇、手榴弾五、
○郡長レンロエイ（二八）タイソン酋長ワーモンノ甥、反英思想ツヨクシ、徴募課長シエルマン（三〇）活躍、延苦力、七〇〇〇、警察課長ゾムン（三四）民防衛ノ指導、縁者工作、警官五、
○各村、自警団、防空壕、
（一九、三、一、→三一）
○工作ヲ部隊ナラビニ印度国民軍ト密接ニ直結、
○一七日、ハカ郡役所開設、
○敵苦力ヲ強請《ママ》徴発シ、道路開通修理、脱走帰郷スルモノアリ、物量ヲ飛行機ニテ投下、飛行機事故アリ、倉庫ノ周囲ニハ薪ヲ積ミ、イツニテモ焼却ノ準備ヲナス、テイデム《ママ》附近混雑、牽引砲トンザン方面ニ後退スルヲ見ル、チン兵ノ脱走ニゴルカ兵ヲ使用シ厳重警戒、テイデム《ママ》（黒猫部隊）一七師ラシ、シキリニ各所ニ地雷ヲ埋ム、住民被害ヲ受ク、ピヤノ線式引綱式、
○一九二〇、「Burma military police」誕生、一九三九、「バーマ・フロンテヤ・フオース（国境部隊）」ト改名、

ファラムニ本部、ホマリン、タム、モーライク、カレワ、カレミヨー、テイデム《（ママ）》、ハカ、ニ各守備隊駐留、長ラツセル大佐、両部隊指揮官ハズウエル准将、国境部隊ハゴルカ、チン、クマウヲモッテ編成、コンサイ、チン兵勇敢、二月末、インパール方面へ撤退、

○三月《空白》日、テイデイム陥落、

○対日感情逐次良好、日本軍実力ヲ知ル、コレマデ日本ヲ全ク知ラザリシヲ英軍、日本軍ノ様子ヲサグレナドトイフコトニヨリ、漸次知リタル程度、

○村民協力、マニプール河吊橋架設、ミツタハカ→ウエブヲ道補修、

○チン高地防衛軍（C. D. A）ニ対スル認識高マリ、チン高地防衛ハチン人自ラノ手デトイヒダシ、討英会ハC. D. A. Fund（後援会）ニ合併、クラウ酋長タンテンリンヲ会長トシ、寄附ニナル基金八千余円ニ達セリ

○ビル新、英字新聞、伝単、写真、画報等ヲ待望シ、効果大、

○子息、肉親、敵域ニアルモノ、英国銀行ニ預金ヲ有スルモノ、不安、

○食糧飢饉深刻トナリ、一般ニ栄養不良トナル傾向、

○言語、習慣、風俗、知能等ノ差ニヨル行キチガヒ、不満、部落毎ニ言葉チガフ状態、

○酋長村長会議ヲ定例開催、利敵行為者ハ厳重処断、

○「C. D. A」二〇〇名、元英兵ノ参加モアリ、俸給、給与ヲ言ハズ、宣伝ノ中核トナリ、行政活動ノ側面支援、各種工作ノ尖兵、敵游撃拠点ノ前進妨害、後方攪乱、父子兄弟、敵味方トナル、

○ノンビル少尉（父カプクル大尉ハ敵側）指揮スル一隊（三五、自動短銃二）ハファラム西北一〇キロ、コンリーヲ四日早朝出発、ジヤングルヲ抜ケ、夜半、ローソー西北高地ヲ奇襲、英人ノ指揮スル六〇ノ印度兵ヲキヤンセン方面ニ遁走セシム、

○八日、二二時、コンザル曹長ノ一隊（一二、自短一）ハランクロウヲ出発、ルウルブウニ向フ途、七四二一高地ニ敵アルヲ察知、夜襲、五〇ノ敵、（軽機二）ヲクランクワ（ファラム西方二五キロ）ニ遁走セシム、敵死傷一〇、味方、戦死一、重傷三、軽傷三、（「フライツル」ハ単身敵中ニ突入、手榴弾ニテ戦死、）

○コノ外、タビタビ游撃、奇襲ヲクリカヘス、敵チン兵動揺ノ兆、

○「訓練隊」ガンガウニ於テ教育、ハカ、ファラム作戦ニ参加セシ優秀者ヲ教官トシ、幹部教育、兵教育ノ二組

ニ分チ、連日猛訓練。

［Ⅲ］

《以下、原稿用紙の裏に記入し貼付》

○特殊技術者ヲC. D. Aニ徴用、輸送隊工兵隊ヲ新設、一般隊員ハ苦力ヲ以テ編成、架橋、道路補修、兵器糧秣輸送、伝令、通訳、道案内、

○郡役所、治安ノ確立、教育ノ振興、言語ノ統一、「週報」発行、重要報道アルトキハ号外（特報）発行、断髪令ノ施行、インフレ防止、

○苦力提供、道路奉仕作業者ヲ除キ、二七三〇名ヲ部隊、印度国民軍ヘ、連日一〇〇〇名、延一四、〇〇〇動員ヲ準備（徴募課）

○ルンバン、ボルクワ地区ニ帰郷シタル元英兵ノ動向監察、或ハ指導ノタメ警官一五ヲ同地区ニ配置、フアラム、ハカ、タンテイク、ウエブラ、ナチヤング、沿線各村ヲ巡回、通敵分子四ヲ捕縛、（警察課）

○五組ノ宣伝隊（一組、長以下五名、地図外、伝単、写真、画報等）ハ常時、各村落ヲ巡回、個人宛書翰ノ密送ヲ励行、チン兵ノ切崩シ、要人ノ誘致、ルシヤイ丘陵トノ連絡、（情報課）

○ハカ郡長、モウモン任命、一七日、開庁、

○敵工作モ盛ニシテ侮リガタキモノアリ、拝英、恐英ノ念ナカナカ抜ケズ、英人ヲ神ナリト思フ者、

（一九、四、一→五、三一）

○本部ハ、八日、フアラム出発、一二日、テイデム《ママ》着、第三班（正田中尉）ヨリ継承、

○インパール作戦膠着ニ乗ズル敵工作サカンナリ、游撃、銃爆撃、

○耕作ノ奨励、各人昨年ノ二倍ノ面積、各村、一共同農園（約二エーカ）各郡五農園（一農園二エーカ）ヲ開設、大半、播種ヲ終ル、三倍増産目標マニプール河沿村、村民各人二ビース乾魚製造、計約三屯購売可能、

○道路補修苦力、毎日一〇〇〇名内外、

○敵ハテイデム《ママ》、トンザンの陥落ニヨリ、チン兵動揺シアルモノノ如キモ、ナホ積極游撃ヲ企図シアリ、（メニング少佐、チン女五人ヲ引キツレ、ウロウロ）

○医療宣撫、熊胆円（皇道普及会）最モ好評、日本キニーネ良シ、

○野天礼拝をするチン人、クリスチヤン

○ヨーチンのこと。クリー女頭。

○鼠を食ふといふ説。

○六月二十二日、三二九九高地にゐる稲田中尉を訪ふ。
○このあたりはトンザンのポンザマン酋長の管下、
○部落には家少く、程度もなにかにつけて低い、ポンザマンの弟二人を使つてゐるが、頭がわるくてうまく行かぬが、仕事のできる奴を使ふと、住民との接触が円滑にいかぬ、昨日、やつと牛を一頭持つて来た、
○十日ほど、家がなく、雨にたたかれてゐたが、やつと家ができると、これまではうやむやだつたチン人も、どうやらいふことをきくやうになつた、毎日、道路工事にチン人を出してゐるが、人が少い、
○ビルマ工作ではやられかけたことがある、チンドウイン河を民船で降つて来たとき、対岸から射たれた、
○パウザカンに日本と英人とどつちがよいかといふと、まだよくわからんと正直にいふ、テイデム《マヽ》では投下した物品の頭をはねて売りさばいてゐたらしい、　［Ⅲ］

《貼付》
《6月》28日
　チツカ発、印度
下つて来る患者

70マイル露営
29日
手榴弾、魚、雨、砂糖水、
70マイル発——38マイル
患者、(餓死してゐる者)
副官マラリヤ、
30日
モミツキ、警報、銃砲撃、
野象　手紙、
オコル土屋中尉、(病院ヲヌケダス)
38発、26山当リ、道迷フ、
《7月》1日
警報ナシ、
戦闘司令所へ、ノベツ、
砲撃の音、
チン部落、墓、ミカン、唐キビ、　［Ⅲ］

価目表　(七月二十八日、イエウにて)
ミルクコーヒー　　、五〇
豚肉やきめし　三、〇〇

豚肉やきそば　三、〇〇
豚肉野菜　三、五〇
鳥やきめし　三、〇〇
鳥やきそば　三、〇〇
あんまき一本　二〇
やきめし　二、五〇
やきそば　二、五〇

モンテンモン
花や食堂店主白

〔Ⅳ〕

○ラングン脹れ、（熱帯カイヨウ）
身体のあちこちが脹れて移動する。もともと牛の病気で、牛の胃袋に入り、袋を食ひやぶつて皮下を動きまはるのだが、人間は筋肉がかたくて、皮下を自由に早く通過することができない。そこで、すこし行つては休み休みするので、その散歩の休憩所がはれあがる。そこを切つてももうバイキンは他へうつつてゐる。六年位体内で生息してゐることができるといふ。上海マラリヤといはれてゐたのもこの種のものかも知れない。
○火花をまき散らしながら走る薪の汽車。途中で枕木を外してたく。
○月が若干出てゐるといふこと。
○煙草、「Ｖ」「デレスケ」「マスコット」「サイクル」

〔Ⅳ〕

賞　状　（写し）

淫巴留平原より手出無に帰来すれば嚢中我等が為に慰問品あるを知る、宜《うべ》なり今日是を喰《くら》はざれば何時の日にか此の珍宝を如何せん、乃ち嚢を闢《ひら》き盃を挙げて戦陣の労を落し貴官の厚情に酬ゆ、斯くて勝利盃初めて其の所と時とを得たりと云爾、酔つて是を賞す

十九年七月二十日　安崎隊にて

火野葦平
向井潤吉

毎日報道班員
大久保憲美殿

〔Ⅳ〕

タイ料理　（八月九日）
○ワンプン（ワンフンの天ぷら）

○ルホーロー（豚、筍ノ塩ヅケ、酢味）
○ホーテアウタウ（らつきよう、からし、砂糖、醬油）
○トーフホウ（豆腐、豚肉、ニラ、油）
○デスウ（豚、塩　油アゲ）
○ハイカイホウ（卵ヤキ）
○蜿粉《【ワンフン】》（エンドーヲ水ニツケ、フクラシ、ヒイテ豆腐ノヤウニスル）
○ワンフンサー（ヒヤシワンフン）
［Ⅴ］

○便所、「こぞうやう、」「ばんとうやう、」「しはいにんよう、」［Ⅴ］

留守宅ヘ二百円トドケルコト《赤鉛筆使用》
兵庫県有馬郡●●村●●
●●茂子（父母つづいて死に、子病気）
森七九〇〇部隊（ふ）副官部
軍属　●●義雄（運転手）
［Ⅵ］

○原稿　○ハスミ
㊀、「文芸春秋、」九月末、四〇枚
㊀、「文芸」九月末、六〇枚
㊀、「報道」二十三日、三五枚スミ　雲南戦線
㊀、「週間《ママ》朝日、」二〇枚（スミ）
㊀、「少国民、」一〇枚（スミ）
㊀、朝日新聞　二〇枚（スミ）
一、「週間《ママ》毎日」比島参戦ノ感想
◎週間《ママ》朝日、参戦比島への言葉
◎毎日新聞、比島参戦の詩
一、映画評論、
㊀、「衣服研究」一〇枚
㊀、「防諜」五枚、
㊀、「アサヒ・グラフ」五枚（印度国民軍ト日本兵）
○「航空文化、」十月五日、二十枚
◎「征旗」二十八日、四〇枚
一、「時局日本」二十枚
㊀、「生産指導者要報」八枚
○「新女苑」十月二十五日、五〇枚（十二月号）
○「軍隊手帖」
「楷《ママ》行社記事」十一月末迄二十枚ビルマ戦線

ニオケル幹部親泊中佐　戦車戦闘
○「グローブ」globe
○「少女倶楽部」十月五日、十五枚—十七枚、
◎「少女の友」十月号　十五枚「ビルマの女性」
○「若桜」十二月号、十月末マデ、二十枚創作
○「少国民の友」十一月号　十月十日　十三枚、従軍記
◎比島民譚集　解説　スミ　［Ⅵ］

◎「新戦場」インパール平原「文芸」(50)
○「道脈」「文芸春秋」(50)
　インパール戦線補給路
◎「雲南戦線」報道 (35)
　怒江西岸
◎「一人一剣」週間《ママ》朝日 (20)
◎「前線拾遺」朝日 (20)
◎「二人の中隊」少国民 (10)
◎「印度国民軍」
◎「フーコン地区」
○「チン丘陵」チン族工作
○「飛行機ばなし」航空文化

○「五日五ケ国」（上海　バンコツク　タイワン　西貢
　昭南）
◎「バーモ」ウサンペ、ウチヨゾー
　戦都、北ビルマ伝説、大槻サン、
○「重列車」
○「マンダレー」　火団
○「ラングーン」　月、□
○「雨季」
○「橋と兵隊」何度でもかける
○「マニラ」
○「初年兵」　樫村陣地のこと
○「宣伝について」伝単、
◎「昔の隊長」平戛　芒市　強行輸送、
○イラワジ川を降るの記
○「象譚」
○ミイトキイナ籠城記
○「メイミヨウ、」ママコのことなど
○「滇緬公路」ラシオ、センウイ、ナンハイ、ワンチ
　ン、シヤホウ、
○芒市
怕《ママ》底

○蟻
○花鳥風月
『民族』
ビルマ（チン、カチン　シヤン　カレン、アラカン、
インド
支那――雲南
日本
［VI］

参戦賦　九月二十二日
焔となれ真珠要塞
東方海面にあらはれたるもの
ふたたび東海の真珠を窺ふ
垂涎《すゐえん》醜貌を濡らせども
すでに真珠の要塞たるを知らないのである。
さらに加へられたる歴史の日、九月二十二日
ああ友邦皆々いま決然と戈をとれば
民族と矜恃と剣と夢と
リサールとボニフアツシヨとの血はたぎり、
豪宕《ごうとう》の戦意は共和国の颯爽の旗に燃える。
輝けよ、バゴン、アラウ、
焔となれ、八千の島嶼《たうしよ》、
天地に轟け、戦ひの歌、
息せききつて来る碧眼の夷《えびす》を
たちどころに海底の客と化して
高らかに唱へよ、マブハイ、
微笑もて應《ママ》懲の鞭をふるへば
今日の開拓は永遠の栄光を放つのである。
［VI］

九月二十五日　陸軍省　大臣室にて
陸相　杉山元帥閣下
次官　柴山兼四郎中将
軍事課長　西村大佐
〃高級課員　高崎大佐
軍務課長　赤松大佐
南方班長　高橋中佐
大臣秘書官　二宮大佐
元帥副官　小林中佐
報道部　澤畑中佐
大臣秘書官　宮本中佐
［VI］

インパール作戦「従軍手帖」関連年表

——火野葦平が同行した第一五軍第三三師団を中心に

★印は、政局や第二次世界大戦の事項

一九四三（昭和一八）年

一二月二二日、第一五軍（牟田口廉也中将）、メイミョウに各師団参謀長らを集め、インパール作戦兵棋演習実施。同月二八日、南方軍総司令官（寺内寿一元帥）、ビルマ方面軍（河辺正三中将）のインド進攻、インパール作戦を認可。

一九四四（昭和一九）年

一月　七日　東條英機首相、インドの独立運動の援助の意味も含め、インパール作戦許可。同日、杉山元参謀総長、同じく認可。

一月一五日　南方軍、指揮下ビルマ方面軍に対し、同作戦の実施を命令。

一月一九日　同方面軍、第一五軍にインパール攻勢を命令。

一月二七日　牟田口軍司令官、メイミョウの軍司令部に、麾下三個師団（第一五師団／祭、第三一師団／烈、第三三師団／弓、八万五〇〇〇余）の参謀長を集め、正式な軍の命令を伝える。

三月　八日　第一五軍、インパール作戦開始。他二師団に先んじ、第三三師団（柳田元三中将）、戦線南側が進撃開始。

三月一五日　第一五師団、第三一師団、チンドウィン川渡河。アラカン山系に進撃開始。

【北部・中央戦線の作戦は順調に推移。第三三師団は苦戦。】

三月二五日　戦線南部から北上する第三三師団・柳田師団長、マニプール川峡谷で敵のインド第一七師団を包囲攻撃中の第二一五連隊からの「暗号書を焼き、軍旗を処理して玉砕覚悟で奮戦」の電文を受け、敗勢を悟り師団の撤退を命令。そのためインド第一七師団、インパールに撤退。柳田師団長、第一五軍にインパール作戦中止を具申するも、牟田口軍司令官、同師団の前進を督促。

四月一一日　ビルマ方面軍の指揮下に、第三三軍の編制を発令。この軍の編制は、ビルマ北東・中国国境付近のフーコン谷地に第一八師団（久留米／田中新一中将）、怒江（サルウィン川）に第五六師団（久留米／松山祐三中将）。

四月一四日　中国重慶軍、雲南部隊の怒江渡河を決定。

四月二〇日　インパール攻撃の各部隊督戦のため、軍司令官・牟田口中将、戦闘司令所をメイミョウからインダンギに前進。

【四月二五日、火野葦平、日本を発つ。】

四月二六日　第三三師団、インパール総攻撃、失敗。

四月下旬～五月　連合国軍、インパールへの空輸により膨大な量の兵員、軍需品の増援あり。第一五師団、第三一師団の駄牛の全数、駄馬の大半が進攻中に斃死。軍需品、食糧も尽き果てる。第三三師団の

五月　九日　補給、他師団よりも良好。各師団、損耗と疲労により、戦力は四〇%ほどに減少。インパール―コヒマ方面の連合国軍、本格的反攻開始。

五月一〇日　第一五軍、インパール作戦の局面打開を企図し、軍司令官・牟田口中将、南方軍、陸軍大臣双方に対し、戦意不足を理由に、柳田第三三師団長の更迭を上申。

五月一一日　第三三師団方面に攻撃の重点を移す。重慶軍六個師団が怒江を大挙渡河。

五月一二日　作戦中にもかかわらず、柳田第三三師団長解任される。後任は田中信男中将（着任は一五日）。

五月一三日　第一五軍司令官・牟田口中将、モローに進出。

五月一五日　東條英機首相兼参謀総長に対し、南方視察から帰京の秦彦三郎参謀次長、「インパール作戦は前途多難」と報告。

【火野、第一五軍戦闘司令所のあるインダンギに到着。】

五月一七日　ビルマ北部の要衝ミッチイナの飛行場が連合国軍に占領される。八〇日間の激戦、始まる。

五月二五日　第三一師団長・佐藤幸徳中将、インパール戦線コヒマ東方一〇キロのチャカバマの司令部から、牟田口軍司令官宛に、「師団は、今や糧絶え山砲および歩兵重火器弾薬もことごとく消耗するに至れるを以て遅くも六月一日までにはコヒマを撤退し補給を受けうる地点まで移動せんとす」との電報。この報に対し、牟田口軍司令官、再三翻意を求めて打電。

五月二八日　ビルマ・中国国境、雲南戦域の第三三軍第一八師団長（田中新一中将／火野はインパール従軍の後、この部隊に合流するため雲南地区に向かう）、ワラ陣地からカマインへの引き上げを命じる（六月中旬、第一八師団、カマインを放棄。インドウに撤退を始める）。

五月三一日　第一五軍からの補給途絶を怒った佐藤幸徳第三一師団長、独断で六月一日を期し、コヒマからの撤退を前線に指令する。

【本作戦開始以来の第三三師団の戦死者一三一〇名。戦傷者二五六二名。戦病者三五四四名。】

六月　一日　雲南の重慶軍、拉孟以南で怒江を渡河、ビルマ戦線へ反攻開始。迎撃の第五六師団、騰越北方で持久戦を展開するも、十数倍の敵軍に苦戦。第三一師団、コヒマ攻撃中の作戦を放棄して独断で退却を開始。

六月　五日　作戦停滞を憂慮したビルマ方面軍司令官・河辺中将がインダンギの第一五軍戦闘司令所に出向き、六日まで牟田口軍司令官と会談。

六月　六日　★欧州戦線の連合国軍がノルマンディー上陸作戦を開始。

六月　七日　第一五軍戦闘司令所、インダンギからクンタンに移る。

六月上旬　第三一師団長、「軍よりの補給の見込みがない現実では軍命令の遵守は不可能」と主張、退却を続行する。
六月一〇日　第一五師団長・山内正文中将、重病のため更迭（八月五日、メイミョウの兵站病院で戦病死）。後任に柴田卯一中将。
六月二三日　牟田口軍司令官、河辺ビルマ方面軍司令官にインパール作戦の中止を具申。
【第三三師団、本作戦開始以来の戦死傷者七〇〇〇名、戦病者五〇〇〇名に。】
七月　一日　東條英機参謀総長、天皇に作戦の中止を上奏、裁可受ける。
七月　二日　南方軍、ビルマ方面軍に対し、作戦中止を命令。
七月　五日　ビルマ方面軍、第一五軍にインパール作戦の中止を命令。
コヒマから独断退却の第三一師団長・佐藤幸徳中将、罷免。後任に河田槌太郎中将。
フーコン谷地の第一八師団がカマインを放棄、撤退に成功。八ヵ月ものフーコン作戦終わる。
七月　七日　★サイパン島守備隊、玉砕。
第一五軍、指揮下三師団に対しインパール作戦の中止を命令。
連合国軍、ミッチイナ飛行場を再び占領する。
【火野は作戦中止を知らず、ライマナイにあり、軍と作戦行動を共にしている。火野の手帖の記載も以後、撤退の様子が鬼気迫る筆致で描かれる。】
七月一二日　中永太郎ビルマ方面軍参謀長、チャンドラ・ボースを訪ね、作戦中止を説明。インド国民軍の撤退を要望。
ビルマ方面軍が指揮兵団に対し、インパール、フーコン地区からの撤退と、雲南方面の強化など、戦線の全面整理を命令。
七月一三日　第一五軍、指揮兵団に、改めてチンドウィン川西岸のミンタミ山系への退却を命令。
七月一四日　★東條英機参謀総長辞任。
七月一六日　インパール戦線中央の第一五師団、撤退開始。
七月一七日　南側の第三三師団、撤退開始。
七月一八日　★東條英機内閣総辞職。
七月二三日　第一五軍、クンタンの戦闘司令所を引き払う。
★サイパン島守備隊玉砕を、この日発表。
その後、牟田口軍司令官はシッタンからシュエジンまでチンドウィン川を一気に下航、さらにシエボまで単身で後退する。この行為は軍の各方面で波紋を呼ぶ。

七月二四日　インパール戦線より退却の部隊最後尾、山本支隊（山本募少将）が、パレル前面の陣地から撤退開始。インパール戦線全域で、参加部隊苦難の退却戦始まる。

ビルマ南西部に配置の第二師団（仙台／岡崎清三郎中将）、鉄道輸送により雲南方面に移動。

八月　一日〜一〇日　コヒマ戦線より撤退の第三一師団（河田槌太郎中将）、シッタン付近のチンドウィン河畔に兵力を結集して布陣。軍主力が退却の場合の援護配備を始める。
八月　二日　ビルマ戦線、ミッチイナ守備隊の第一一四連隊（小倉／火野のもとの部隊）、戦力八〇〇名で、イラワジ川東岸へ渡河。
八月　三日　ミッチイナ守備隊、第五六師団歩兵団長・水上源蔵少将、第一一四連隊最後の一〇〇名を脱出させたあと自決。五月より続いた攻防戦で、日本軍の戦死者二千数百名。連合国軍側は五三〇〇名以上。
【八月四日、火野、第三三師団を離れ、雲南戦線へ向かう。】
八月　五日　インパール戦線から退却中の第一五師団、チンドウィン河畔についに到達。
【火野、雲南戦線戦況悪化のため、拉孟に向かえず、引き返す。】
八月一二日　大本営、インパール作戦の中止を「戦線整理」として命令から一ヵ月遅れで発表。
八月一三日　雲南戦線、重慶軍包囲下の騰越守備隊本部が爆撃され、第一四八連隊長と連隊旗手戦死。翌日、龍陵の大隊本部が爆撃され、大隊長戦死。
【火野、イラワジ川に沿って、マンダレーに向かう。】
八月二〇日　雲南戦線、拉孟の陣地が、地中を掘って接近した重慶軍に爆破され、守備隊の大半が死傷。
八月二六日　苦戦の雲南戦線の部隊救出を企図した第五六師団（久留米／松山祐三中将）、龍陵に向け、芒市から出撃。
八月三〇日　雲南戦線、龍陵の守備隊救出作戦。
八月三一日　インパール戦線、第一五軍主力、チンドウィン川東岸に撤退完了。
九月　五日　重慶軍、騰越に総攻撃開始。
九月　七日　雲南戦線、拉孟守備隊全滅。
【この七日、火野、那覇に帰着。】
九月一三日　雲南戦線、騰越守備隊全滅。
一一月二〇日　第三三師団、チンドウィン川東岸に脱出。

一九四五（昭和二〇）年

三月二〇日　マンダレー陥落。
四月二三日　ビルマ方面軍、ラングーン脱出。
五月　三日　連合国軍、ラングーン入城。

《編集部編》

◆資料◆
『年表 太平洋戦争全史』日置英剛編（国書刊行会）
『戦史叢書　インパール作戦　ビルマの防衛』防衛庁防衛研修所戦史室（朝雲新聞社）

火野葦平年譜——軍歴を中心に

一九〇六（明治三九）年
一二月三日（戸籍上は、翌年一月二五日）、福岡県若松（現北九州市若松区）に、父・玉井金五郎、母・マンの長男として生まれる。本名勝則（かつのり）。家業は、多くの沖仲仕を雇用する石炭荷役請負業「玉井組」。父は「玉井組」組頭。

一九二〇（大正九）年【一四歳】
文学書を読み漁り、創作を始める。

一九二六（大正一五）年【二〇歳】
四月、早稲田大学英文科入学。『聊斎志異』を愛読する。

一九二八（昭和三）年【二二歳】
雑誌「燭台」などに投稿を続けながら、福岡歩兵第二四連隊に幹部候補生（※）を志願して入営。第七中隊第二班に配属され軍曹に。四月、レーニン著『第三インターナショナルの歴史的地位』『階級闘争論』の所持が発覚し、伍長に降格。一一月三〇日除隊。父が早稲田大学に退学届を出していたことを知り、復学ならず。
※除隊後、復学できる制度を利用。幹部候補生は、前年までは「一年志願兵」と言った。一〇ヵ月後に除隊する際、大学出は曹長の見習士官に進み、少尉に任官する道が開けていた。

一九二九（昭和四）年【二三歳】
家業を継ぐことを決意し、知己に「文学廃業宣言」をする。

一九三〇（昭和五）年【二四歳】
若松の芸者・徳弥と駆け落ち。九月、長男・闘志（たけし）誕生。一〇月、婚姻届けを提出する。

一九三一（昭和六）年【二五歳】
若松港沖仲仕労働組合書記長に就任。労働運動に没頭する。

一九三二（昭和七）年【二六歳】
一月二八日、上海事変勃発。苦力のストライキ対処のため、玉井組五〇人の沖仲仕を伴い、父と共に上海へ渡る。これが最初の大陸行となる。二月末帰国し、若松駅で特高警察に逮捕されるが、一週間ほどで釈放。コミュニズムに疑惑を抱きはじめていたので離脱を決意。三月、長女・美絵子誕生。

一九三四（昭和九）年【二八歳】
次男・英気誕生。

一九三七（昭和一二）年【三一歳】
三月、三男・史太郎誕生。七月七日、日華事変勃発。九月、陸軍伍長として応召し、小倉歩兵第一一四隊に入隊、第七中隊第一小隊第二分隊長を命じられる。壮行会の最中、『糞尿譚』（「文学会議」第四号）を脱稿する。九月三〇日、友人が編纂してくれた詩集『山上軍艦』を背嚢に入れ、第一八師団の輸送船団で門司港を中国杭州に向けて出港（杭州湾上陸作戦）。一一月五日、陸軍伍長として北沙に敵前上陸。一八日、南京攻略に参加、一二月一三日に南京陥落。一七日、南京入城後、杭州攻略に出発。二六日、杭州入城、駐留する。

一九三八（昭和一三）年【三二歳】
二月八日、杭州の駐屯地で『糞尿譚』での第六回芥川賞受賞の決定を知る。三月二七日、陣中授与式が行われる。四月八日、馬淵逸雄中佐の斡旋により、中支派遣軍報道部に転属する。五月、徐州会戦に従軍し、軍曹に昇格。八月、『麦と兵隊』（「改造」）発表。一〇月、原隊の第一八師団に復帰、広東作戦に従軍、その後広東駐留。一一月、『土と兵隊』（「文藝春秋」）。『海と兵隊』を「東京日日新聞」「大阪毎日新聞」（一二月〜翌年二月）に連載。一二月三〇日、『花と兵隊』（「朝日新聞」翌年六月まで全一三〇回）の連載始まる。

一九三九（昭和一四）年【三三歳】
二月、海南島作戦に従軍。四月、『海南島記』（「文藝春秋」）。一一月、現地除隊。一二月、帰還。

一九四〇（昭和一五）年【三四歳】
一月、「兵隊三部作」にて朝日文化賞受賞。一二月、台湾講演旅行。台湾から広東へという要請あるも、「朝日新聞」連載があるため思いとどまる。

一九四一（昭和一六）年【三五歳】
一月、四男・伸太郎誕生。六月、南京報道部より、宜昌作戦従軍を命じられる。九月、満州事変一〇周年記念講演旅行。

一九四二（昭和一七）年【三六歳】
二月、南方方面派遣軍宣伝中隊員として徴用を受ける。三月、北ルソンのリンガエン湾に上陸、マニラへ。尾崎士郎、石坂洋次郎、今日出海、向井潤吉、永井保などの第一陣のメンバーと共に、バターン作戦従軍。デング熱のため、コレヒドール戦には従軍できなかった。四月一〇日、米比軍降伏。五月二六日、日本文学報国会結成。六月、『兵隊の地図』（「時局雑誌」）。一二月二五日、マニラの任を解かれ帰国。国家総動員法の個人企業整備により「玉井組」強制解散。

一九四三（昭和一八）年【三七歳】
三月、日本文学報国会九州支部幹事長委嘱。五月一一日、『陸軍』連載開始（「朝日新聞」翌年四月まで全二七四回）。

一九四四（昭和一九）年【三八歳】
三月八日、インパール作戦開始。四月、報道班員として、インパール戦線へ従軍。九月、帰国。一一月一二日、南京での第三回大東亜文学者大会に出席。一二月、フィリピン従軍を命じられる。二九日に先発した里村欣三が戦死。

一九四五（昭和二〇）年【三九歳】
一月、フィリピン戦線状況悪化、ついに従軍中止の決定。三月、末弟・千博が陸軍報道班員として沖縄戦場に向かう。四月、鹿児島県陸軍の特攻基地知覧へ派遣され、少年飛行兵の出陣を見て感無量となり、その様相を各地の講演で伝える。六月一九日、福岡、B29の大空襲により焦土と化し、雑誌「九州文学」の印刷所焼失。以後、発行不能に。二〇日、千博が沖縄に上陸することなく戦死。これが、後に沖縄問題を深く考える契機となる。七月、西部軍報道部発足、岩下俊作、古海卓二らと共に徴用される。八月一五日、終戦。一七日、西部軍報道部解散。九月、随筆『悲しき兵隊』(「朝日新聞」一一・一三日)発表。ペンを折る決心をする。その後、八月一五日をライフ・ワークのひとつにしたいと考える。

一九四六(昭和二一)年【四〇歳】
二月、敗戦後の東京の状況をつぶさに見る。インパール作戦を素材とした『青春と泥濘』の稿を起こす。

一九四八(昭和二三)年【四二歳】
一月、『青春と泥濘』(「風雪」)に発表するも一時中断)。五月一五日(「朝日新聞」他の報道による。ただし官報は二二日)、志賀直哉、豊島与志雄らの必死の嘆願にもかかわらず、文筆家の公職追放指定を受ける。

一九五〇(昭和二五)年【四四歳】
一〇月一三日、公職追放を解除される。

一九五二(昭和二七)年【四六歳】
父と母の一代記を描いた『花と龍』(「読売新聞」六月二〇日~翌年五月一一日、全三二四回)が人気を博し、完全復活。九月、『バタアン死の行進』(「新潮」九月号)。

一九五三(昭和二八)年【四七歳】
六月八日、第二五回世界ペン大会(アイルランド・ダブリン)に出席。一一月、『戦争犯罪人』(「文藝」一一月号、翌年四・六・七月号)の分載始まる。

一九五五(昭和三〇)年【四九歳】
九州平和委員会の推薦を受け、四月、インド・ニューデリーで開催された「アジア諸国会議」に文化問題代表として参加。その後、中国、北朝鮮を視察し、六月九日、帰国。

一九五七(昭和三二)年【五一歳】
九月、第二九回世界ペン大会(東京)に参加。

一九五八(昭和三三)年【五二歳】
九~一一月、米国務省の招きで渡米。ドナルド・キーンと会談。

一九五九(昭和三四)年【五三歳】
二月、広島原爆病院訪問。三月、ビキニ五周年原水爆戦争反対日本大会に出席。五月、『革命前後』(「中央公論」五~一二月号)連載開始。六月、体調が悪化し、高血圧、眼底出血に悩まされる。

一九六〇(昭和三五)年
一月二四日、自殺。遺書とされる「ヘルス・メモ」には、「死にます。/芥川龍之介とはちがふかも/知れないが、或る漠然とした/不安のために。/すみません/おゆるし下さい。/さやうなら。/昭和三十五年一月二十三日夜。十一時/あしへい。」と残した。

編・増田周子(関西大学教授)

あとがき――『青春と泥濘』のこと

玉井　史太郎

父・葦平のインパール作戦「従軍手帖」が、みなさんの努力で翻刻され出版されることとなった。ありがたいことである。深くお礼を宣べたい。

この作戦に従軍した経験を、敗戦直後に、葦平が渾身の力を込めて書き綴ったのが『青春と泥濘』である。この作品は、私の最も好きな葦平作品で、葦平を論じる時は、この作品を読んでからにしてくれと常づね思っている。

葦平の住んだ「河伯洞」が、北九州市の指定文化財となり、一九九九（平成一一）年一月二四日、葦平の命日に一般公開され、私はその管理人として勤務するようになった。

ほどなく、残された葦平資料の中から、『土と兵隊』の戦後出版のため、戦争中には軍の検閲で書けなかった部分を補筆した原稿を発見、それが全国紙で報道された。

その記事を見た、東京の中馬辰猪《たつい》さんからご連絡をいただいた。中馬さんは、戦後、自民党内閣で建設大臣など務められた鹿児島選出の衆議院議員だった方である。その中馬さんが、戦争中はビルマ方面軍第三三師団の主計大尉としてインパール作戦に従軍、最前線で従軍作家として訪ねてきた葦平と語り合ったという。中馬さんは、旧制七高（現鹿児島大）の出身だが、米軍の空襲による火災で母校の図書が焼失することを心配するのを、葦平が帰国後に予防措置をとらせると約束し、図書の一部は焼失からまぬがれたという。若松出身で旧制七高から東大へ進学した俳優の天本英世さんに、中馬さんのことを話すと、よく知っていると懐しがられた。

何年かのち、思いがけなく、葦平が『青春と泥濘』の中に「島田参謀」と名を変えて登場させている「三橋《みつはし》参謀」の御遺族が、河伯洞を訪ねてきた。作中で「稚児参謀」と書かれているのが、三橋泰夫氏で、葦平が同行の向井潤吉画伯とわかれ、一人で原隊の一一四連隊を雲南に訪ねた時、語り合った参謀である。この三橋さんのことを、『菊と龍』という作品のなかで大きく触れているのが、作者の相良《さがら》俊輔氏である。その相良氏の本のあとがきの一文を紹介する。

「三橋参謀の実兄である三橋一夫氏は、作家というより武術家として有名である。三橋氏と親しかった私は、氏を通じて三人で、一夜、酒を酌んだことがある。

そのとき、三橋元参謀は冗談めかしにこういった。

『——火野君と一緒に寝起きしながら、前線から後退をつづけたが、そのあいだ、彼はじつに丹念にメモをとっていた。もしも、生きて日本へ帰ったら、おれは必ず『菊』と『龍』を書くって——ところが酒ばかり飲んでちっとも書かず、とうとう死んじまいやがった。あの部厚いメモはどうなったのか、惜しいことをしたが、相良さん、あんた、火野さんのかわりに書いてくれませんかね』

昭和四十三年頃のことである。」

三橋元参謀も、作者の相良氏も、葦平が鎮魂の思いで書き上げた『青春と泥濘』の存在を知らずにいたことが記されている。三橋氏が知らなかったように、その御遺族もまた、葦平が書き残した作品のあることを知らずに河伯洞を訪ねたのだった。

葦平は、戦争中に活躍した作家ということで、戦後は大きな会社では発表の場が与えられなかった。この作品も、六興出版社が発行する「風雪」という雑誌を中心に、小雑誌に切れぎれに発表して完結させている。戦争中に国民的作家として高名になり、戦後、公職追放という処分を受けたため、火野葦平という作家が、大きく誤解されることとなったのではなかったろうか。

　戦後民主主義が喧伝され、戦争中のもの一切が否定される風潮のなかで、葦平の作品も、葦平の存在すらも無視されるという、そのひとつの証明が、三橋氏や相良氏の言葉に示されている。

　河伯洞を訪問された三橋元参謀の娘さんの土田とよのさんも、葦平の『青春と泥濘』を知ることとなり「葦平と河伯洞の会」に入会いただいたひとりだ。

　その後二〇一二（平成二四）年、病いを得たお姉さんと二人で、父親たちが苦闘をした軍事政権の余燼冷めやらぬ「ビルマ」の戦跡をたずねる旅も実現させている。

　葦平は、『火野葦平選集』第四巻の「解説」に次のように書いている。

「……ともかく、インパール作戦従軍の体験をこういう形で活《い》かし、戦争中に書いたようなルポルタージュ作品でなく、いくらかまともな小説になし得たことは、私の勉強になつた。戦場で生死をともにした兵隊たちに対しても、多少の責任と使命を果たし得た気持もある。（中略）私は最後の行を書き終つたとき、いろいろな感慨が殺到して来て胸が熱くなり、いつか、涙をながしていた。」

　このところ、戦後生まれの人たちが一線で活躍するようになるなかで、葦平再評価のきざしが見えるようになったことを秘かに喜んでいる。今回の出版も、そのひとつとして感謝している。

二〇一七年一〇月七日

図版
表紙図版　火野葦平従軍手帖（北九州市立文学館寄託資料）
口絵ⅰ　火野葦平資料館提供
口絵ⅱ〜ⅲ　火野葦平従軍手帖（北九州市立文学館寄託資料）より
口絵ⅳ　上段：浜田美芽氏提供
口絵ⅳ　下段：「ロクタク湖白雨」（向井潤吉　一九四四年　カンヴァス　油彩　91・0×116・5㎝　北九州市立文学館寄贈資料）
カバー写真　玉井家提供
本書中、特に指定のない図版は、火野葦平従軍手帖「インパール編1〜6」（北九州市立文学館寄託資料）より
本書中の画1〜11、13〜21（向井潤吉　一九四四年他　画用紙　淡彩カラー　世田谷美術館蔵）
同・画12「突撃」（向井潤吉　一九三八年　出典：「国際写真情報」第一七巻第一〇号　昭和一三年一〇月刊）
© Meiko Mukai　2017/JAA1700132

協力
河伯洞（玉井史太郎）
北九州市立文学館
偕行社

坂口博（火野葦平資料館）

編集協力
松村哲男（日本アート・センター）
小出真澄（みらい書房）

福江泰太

本書は、故・鶴島正男氏による翻刻作業（「叙説」（一九九七〜二〇〇一年所収））なくしては、けっして成り立たなかった。氏の業績を称える共に、小欄ながら感謝の意を表するものである。

校正・校閲：日本アート・センター
地図作成：紫藤彰義

販売：島田雄一郎
制作：坂元祥子
　　　櫻田俊太郎
資材：田村修子
宣伝：柿沼佳寿子
編集：忍穂井純二

読者のみなさまへ

本書は火野葦平という小説家が戦場で書き残した「従軍手帖」の記録を、活字化したものです。これらの文章の中には、現在では不適切な表現が使われている箇所があります。

現代よりも人権に対する意識が低かった時代背景、又、戦場でのメモという状況で書かれた文章です。そのため、民族・職業・身体的ハンディキャップ・性等々、今日では配慮を必要とする事柄に対して、差別的な語句、あるいは表現が使われています。

しかし、「インパール作戦」という悲劇の戦場の生の記録を後世の読者に正確に伝えることは出版にたずさわる者の責務と考え、あえてそのままの形で収録することにしました。この記録の成立した時代背景を知ることにより、この記録もより正確に理解されると信じるからです。

読者のみなさまには、この編集方針をご理解のうえ本書をお読み下さるようにお願い申し上げます。

集英社　学芸編集部

インパール作戦《さくせん》従軍《じゅうぐん》記《き》
―葦平《あしへい》「従軍手帖《じゅうぐんてちょう》」全文翻刻《ぜんぶんほんこく》

二〇一七年一二月一〇日　第一刷発行
二〇一八年　四月三〇日　第三刷発行

著　者　火野葦平《ひのあしへい》
発行者　茨木政彦
発行所　株式会社　集英社
〒一〇一-八〇五〇　東京都千代田区一ツ橋二-五-一〇
電　話　編集部　〇三-三二三〇-六一四一
読者係　〇三-三二三〇-六〇八〇
販売部　〇三-三二三〇-六三九三（書店専用）
印刷所　凸版印刷株式会社
製本所　加藤製本株式会社

定価はカバーに表示してあります。
造本には十分注意しておりますが、乱丁・落丁（本のページ順序の間違いや抜け落ち）の場合はお取り替え致します。購入された書店名を明記して小社読者係宛にお送り下さい。送料は小社負担でお取り替え致します。但し、古書店で購入したものについてはお取り替え出来ません。なお、本書の一部あるいは全部を無断で複写複製することは、法律で認められた場合を除き、著作権の侵害となります。また、業者など、読者本人以外による本書のデジタル化は、いかなる場合でも一切認められませんのでご注意下さい。

Printed in Japan　ISBN978-4-08-781630-3　C0021